Michael Molsner, Autor zahlreicher Kriminalromane, Jugendbücher, Fernsehkrimis (»Tatort«) und Hörspiele, lebt heute in der Oberallgäuer Gemeinde Fischen. Er ist Träger vieler Auszeichnungen; 1989 erhielt er den Deutschen Krimi-Preis.

Von Michael Molsner sind außerdem als Knaur-Taschenbücher erhältlich:

»Die Eroberung der Villa Hammerschmidt« (Band 2087)
»Die verbrannte Quelle« (Band 2800)

Originalausgabe 1990

Umschlaggestaltung Manfred Waller
Umschlagfoto Photodesign Mall
Satz IBV Satz- und Datentechnik GmbH, Berlin
Druck und Bindung Ebner Ulm
Printed in Germany 5 4 3 2 1
ISBN 3-426-02801-8

Michael Molsner:
Der trojanische Maulwurf

Thriller

Knaur

VORSPIEL

mit doppeltem Boden

Das Schmiergeld sollte um halb vier Uhr nachmittags im Café des Savoy-Hotels Baur en Ville am Paradeplatz mitten in Zürich übergeben werden. Wie und von wem, das wußte Ralf Ott nicht. Jemand würde ihn ansprechen.
Um nicht zu früh da zu sein, bummelte er den Zürcher See entlang; um ja nicht zu spät zu kommen, kehrte er zeitig um. Er erreichte den Paradeplatz eine ganze Viertelstunde vor dem vereinbarten Termin.
An dem gewaltigen, mit einer Barock- und Renaissancefassade versehenen Palast der Schweizerischen Kreditanstalt hinauf zu sehen lenkte ihn für einen Moment ab. Der Bau schloß den früheren Vieh- und jetzigen Geldmarktplatz nach Norden ab, wo die Reihe der exklusiven Geschäfte fürs zahlungskräftige Publikum sich bis zum Bahnhof hin fortsetzte. Obgleich man sie zu den elegantesten der Welt zählte, interessierten die Auslagen Ott wenig. Am Seeufer den kleinen Angestellten zuzusehen, wie sie Mittag machten – so etwas weckte seine Anteilnahme.
Das Savoy-Hotel Baur en Ville gegenüber dem Bankpalast wirkte bescheiden; es schien sich in die südöstliche Ecke des Platzes zu drücken wie ein verschüchtertes Kind. Davor spielten am Brunnen, der schon wieder plätscherte – die Winterverbretterung war abgenommen –, Straßenmusikanten, Studenten vermutlich, Free jazz. Eine Weile hörte Ott mit Vergnügen zu; der Posaunist war bestens aufgelegt und beherrschte sein Instrument. Als der Trompeter übernahm, flüchtete Ott ins Café und hatte keine Mühe, einen

freien Tisch zu finden. Er setzte sich mit verlangsamten Bewegungen, denn er fühlte sich beobachtet.
Zwei Damen in teuren Klamotten hatten bei seinem Eintritt ihr Gespräch abgebrochen. Die Art, wie sie nach einem Moment der Erstarrung ihre Blicke seitwärts richteten und gezwungen weiterredeten, fiel ihm auf. Er kannte die Frauen nicht, hatte sie nie gesehen. Sie aber, Mutter und Tochter vielleicht, reagierten irgendwie auf ihn.
So eitel, es seinem Sex-Appeal zuzuschreiben, war Ott nicht. Er horchte hinüber.
»Früher ham die fai-nen Damen in... in Wien... die ham auch diese Kremschnitten...« Es war die ältere Frau, die das Gestammel produzierte. Da sie tatsächlich eben Kremschnitten vorgesetzt bekam, konnten es ernstgemeinte Nachdenklichkeiten sein; vielleicht war er zu argwöhnisch.
Ungeduldig fuhr die jüngere dazwischen: »Wie ist das nun mit der Quellensteuer?«
»Also, ich hab' Zürich das erste Mal kennengelernt, da war ich schon mit Mechthild zusammen...« Sie schien zu erschrecken, brach ab und sagte viel leiser etwas, das ungefähr klang wie: »... hatte schon damals sein Geld hier liegen.«
Im Flüsterton ging das Gespräch weiter, es gab nichts mehr zu horchen. Ott konzentrierte sich auf das Café. Ohne schäbig zu sein, war es ein wenig altmodisch. Moosgrüne Samtpolster. Kassettendecke aus Edelholz. Als Leuchten Glaskugeln auf Messingarmen. Irgendwelche Stiche als Wandschmuck; sie schienen – er konnte es von weitem nicht genau erkennen – Jagdszenen zu zeigen.
Die Gäste sahen nach Zufallskundschaft aus. Drei ältere Frauen teilten sich eine Flasche Rotwein. Gruppen von Geschäftsleuten bildeten Flüsterinseln. Bankangestellte? Je-

denfalls fand Ott sie graumäusig in ihren »Kombinationen«: dunkle Hose mit Sportsakko. Elegante Abessinier hatten Akten vor sich ausgebreitet und debattierten aufgeregt. Daß jemand sie belauschen könnte, brauchten sie kaum zu befürchten.
Er sah auf die Uhr. In diesem Augenblick sollte er vier Millionen D-Mark übernehmen.
Um nicht der Anfängerkrankheit, der Nervosität, zum Opfer zu fallen, richtete Ott seine Aufmerksamkeit auf ein üppiges Margeritenarrangement. Der Frühling ließ grüßen, wenn auch nur aus dem Gewächshaus. Auf den Tischen standen echte Vergißmeinnicht.
Eine geschmackvolle, diskrete Dekoration.
Er fühlte, daß der – juristisch gesprochen – Vorteilsgewährer sich näherte, und hob den Blick.
Es überraschte Ott, daß er den Mann erkannte. Er hatte es nicht erwartet. Weil eine gewisse Veränderung in seiner Miene ihn verriet, grüßte er offen und ehrlich: »Guten Tag, Herr Mauch. Ich hoffe, der Tisch sagt Ihnen zu!« Er stand auf.
Mauch grinste verhalten und setzte sich, ohne Ralf die Hand entgegenzustrecken.
Er galt als einer der an Geld und Einfluß reichen Männer Europas. Trotzdem achtete hier niemand auf ihn. Er ließ sich so selten fotografieren wie die Geheimdienstchefs. Die wenigen Fotos, die es gab, zeigten nicht den Mauch von heute. Er hatte inzwischen einiges Gewicht zugelegt.
Ott war verwirrt. Er hatte sich auf einen Mittelsmann gefaßt gemacht, nicht auf den Konzernchef selbst. Jetzt fragte er sich, wie locker er sich geben sollte. Niemand war wirklich ungezwungen in Gegenwart eines Menschen, der über lebensverändernde Reichtümer gebot.

Ott sprach den ersten ehrlichen Satz aus, der ihm einfiel: »Ich hätte nicht gedacht, daß ich Sie persönlich kennenlerne.«

»Hab' sowieso in Zürich zu tun.«

Mauch ließ eine große Reisetasche neben Ott auf die Eckbank plumpsen. Sie war aus abgestoßenem, schon ausgebleichtem Tuch. Ihre Nähte und Ecken waren durch Leder verstärkt. Wer sie sah, konnte unmöglich einen Riesenwert darin vermuten.

Die Tasche enthielt das Schmiergeld für Baumgärtner.

»Hatten Sie einen guten Flug?« fragte Mauch.

Die Kellnerin servierte ihnen den beiläufig bestellten Kaffee.

»Ja, ausgezeichnet, danke, Herr Mauch.«

»Mhm. Zurück wollen Sie auch fliegen?«

»Es ist einfacher, und Komplikationen sind nicht zu erwarten. Ich brauche bei der Einreise nichts zu deklarieren. Eine Zollkontrolle ist nicht üblich.«

»So.«

Ott war sicher, daß Mauch sich über alle Einzelheiten längst informiert hatte. Man packte nicht vier Millionen in eine alte Reisetasche und gab sie aus der Hand, wenn man um den Verbleib fürchten mußte.

Mauch suchte in dem Tischset aus Steingut nach Süßstofftüten. »Es gibt auch braunen Zucker, nicht nur weißen«, stellte er fest. »Für Teetrinker. Toll, oder?«

Ott grinste. Daß Mauch »oder« sagte, wenn er »nicht wahr« meinte, verriet, daß er die Manierismen der Gegend annahm, in der er Geschäfte machte.

Ott trank aus und griff nach der Reisetasche. »Ich darf mich verabschieden.«

»Schönen Gruß.«

»Richte ich gern aus.«
Er nahm, ohne Mauch von sich aus die Hand zu reichen, den direkten Durchgang in die Hotelhalle. Sie war um diese Zeit nur wenig belebt. Er durchquerte die Halle und verließ sie durch den Hotelausgang zur Straße. Ein junger Mann stand gegenüber auf dem Trottoir und fotografierte. Sein lichtbildnerischer Ehrgeiz mochte der Fassade des Hotels gelten. Das war, sagte sich Ott beim Weitergehen, nicht unwahrscheinlich. Immerhin stammte das Baur en Ville aus den dreißiger Jahren des 19. Jahrhunderts.
Jedenfalls war zu registrieren, daß ein Unbekannter ihn beim Verlassen des Hotels fotografiert hatte – mit der großen Tasche in der Hand.
Er ging einmal um den Block, ohne sich zu beeilen. Am Brunnen machte er halt und hielt Ausschau.
Musik wurde jetzt nicht mehr gemacht. Statt dessen trat ein schöner junger Mensch – »ein Jüngling«, dachte Ott unwillkürlich – als Statue auf; eine merkwürdige Darbietung, so was hatte Ott noch nie gesehen. Der auf Griechengott gestylte Schausteller hatte sich von Kopf bis Fuß weiß angemalt: weiße Haare; auch die Hände waren weiß. So stand er auf einer Stele und nahm gefällige Positionen ein. Ein kleines Mädchen reichte ihm schüchtern etwas Münzgeld. Er ließ es sich in die ausgestreckte Hand legen und veränderte seine Haltung, auch die Haltung der Hände: Die Münzen fielen klappernd aufs Pflaster. Bestürzt rannte das Mädchen, hob sie auf und näherte sich wieder dem Denkmal. Der Vorgang wiederholte sich mehrmals, die Zuschauer lachten.
Eigentlich war's kein lustiger Anblick, fand Ott. Ein Kind versuchte, freundlich zu sein. Man ließ es auflaufen, führte es vor.

Jemand sollte mit lautem Protest diese zweifelhafte Darbietung unterbrechen, anhalten, dachte er.
Auf die Idee, es selbst zu tun, konnte er mit der Tasche in der Hand nicht kommen. Er benutzte die Deckung durch so viele Menschen, um seine Umgebung genau zu beobachten.
Mutter und Tochter aus dem Café gingen die Bahnhofstraße entlang, sie schienen in Eile zu sein und jemanden zu suchen. Suchten sie ihn?
Der Fotograf – Typ: Tourist mit Kamera vor dem Bauch – näherte sich. Er grinste und fotografierte den lebendigen Griechengott auf der Stele.
Ott schlenderte weiter. Durch eine automatisch vor ihm zurückweichende Tür tauchte er ins Nachmittagsgewühl eines Kaufhauses ein. Er fuhr mit der Rolltreppe bis ganz hinauf und mit dem Lift wieder hinunter und verließ das Kaufhaus durch einen von mehreren Ausgängen.
Ob er eventuelle Verfolger damit getäuscht hatte, konnte er nicht mit Sicherheit sagen. Jedenfalls hatte er sich selbst genügend verwirrt, um zum Stadtplan greifen zu müssen.
Die Bank, die er für sein Vorhaben ausgesucht hatte, lag nicht in der Bahnhofstraße, sondern in einer Quergasse. Dennoch handelte es sich um eine namhafte Adresse.
Ott trat in eine Riesenhalle. Wände und Decke waren mit Stuck verziert. Bilder zeigten antike Szenen, Bacchus und die Nymphen. Seitlich führte eine durchsichtige Tür in einen bescheidenen Raum. Dort wickelte die Bank ihren normalen Verkehr ab, zahlte kleine Summen auf Schecks und Guthaben aus, das übliche. Mit Alltagsbetrieb hatte Ott nichts im Sinn. Er ging in das Foyer, das an einen alten Palazzo erinnerte. Es war menschenleer bis auf eine junge Mutter mit Kind. Sie sammelte von Stellagen offen auslie-

gende Prospekte ein und erläuterte dem Sprößling, was draufstand.
Links und rechts zogen sich Marmortreppen kurvenreich in höhere Regionen hinauf.
Von einem Glaskasten mit Pförtner löste sich ein Mann in Zivil. Er trat Ott mit servilem Kopfneigen entgegen. Sehr leise fragte er: »Kann ich Ihnen behilflich sein?« Dabei hörte ihn ohnehin niemand.
»Ich habe ein Konto bei Ihnen.«
»Nummern- oder Namenskonto?«
»Nummer.«
»Schalter eins bis vier.«
Ott wurde auf einen Halbkreis von Schaltern im Hintergrund des Foyers aufmerksam. Mit den üblichen Bankschaltern konnten sie nicht verwechselt werden; es stand keine Bezeichnung drüber, nur jeweils eine Ziffer.
Der mit der Ziffer 4 bezeichnete Schalter lag am nächsten. Ott trat einem Angestellten gegenüber, der korrekt und abwesend zugleich wirkte; er benahm sich wie ein unaufdringlich dienstbarer Geist.
Ott kramte in seiner Brieftasche nach einem Zettel. Vorsichtshalber hatte er mehrere Dutzend Nummern darauf notiert. Er wies mit dem Zeigefinger auf die richtige.
Der Bankangestellte tippte wie nebenbei auf der Tastatur eines Personal Computer. Was der Schirm ihm zeigte, schien er kaum zu beachten. Noch mehr Diskretion war nicht möglich, fand Ott.
»Möchten Sie abheben oder einzahlen?«
»Ich will eine Einzahlung machen, aber ich hab' ein Problem. Es ist eine Bareinzahlung. Ich habe das Geld bei mir, in dieser Tasche. Die müßte ich erst aus- und umpacken. Können Sie mir dafür einen sicheren Raum zur Verfügung stellen?«

Jetzt lächelte der Bankangestellte. Für einen Moment sah er fast menschlich aus. »Das nennen Sie ein Problem?«
Er stand von seinem Sessel auf und öffnete eine Barriere. Ott folgte ihm in einen hinteren Raum. Fenster hatte das Zimmer keine, es war künstlich beleuchtet. An Mobiliar stand nichts weiter drin als ein Tisch. Ein Packtisch zweifellos. Man war hier auf Koffergeschäfte eingerichtet.
»Möchten Sie, daß jemand Ihnen behilflich ist? Zählen ist ein mühsames Geschäft.«
»Das wäre freundlich.«
»Ich mache das selbst«, sagte der Angestellte überraschend und nahm Ott die Tasche aus der Hand.
Er stellte sie auf den Tisch und öffnete den Reißverschluß; das war einfach, die Schlüssel hingen am Schloß.
Der Angestellte nahm zusammengeknüllte Zeitungen heraus und dann die D-Mark-Bündel.
»Würden Sie bitte stichprobenartig überprüfen, ob die Banknoten echt sind? Ich habe keinen Anlaß, sie für gefälscht zu halten«, fügte Ott eilig hinzu.
»Aha«, erwiderte der Angestellte nur.
Er war den Umgang mit großen Scheinen gewöhnt wie ein Spieler den mit Karten oder Würfeln. Die Geschwindigkeit und Geschicklichkeit, mit der er vorging, erstaunte Ott und amüsierte ihn.
»Vier Millionen D-Mark, keine Blüten«, lautete nach kurzer Zeit das Resümee.
»Würden Sie bitte vierhunderttausend Mark abzählen?«
»Gern.« Er machte sich ans Werk.
Inzwischen überprüfte Ott die nun leere Tasche. Er hatte den Eindruck, daß sie von innen weniger tief wirkte als von außen hoch.
Geld schwarz in die Türkei zu bringen war keine schwierige

Affäre. Selbst wenn man erwischt wurde, passierte nicht viel; hatte man Pech, wurde eine Meldung an die falschen Finanzämter gemacht.
Wer es jedoch wagte, Drogen in die Türkei zu bringen, und entdeckt wurde, hatte seine guten Tage hinter sich.
Ott tastete im Innern der Tasche nach einem unter Futter verborgenen Reißverschluß und öffnete ihn mit Gefühl. Jetzt konnte er den doppelten Boden aufklappen.
Neue Geldbündel kamen zum Vorschein, doch es waren nicht viele.
Auf einen Wink näherte sich der Bankangestellte und zählte auch diese Bündel durch.
»Zweihunderttausend«, meldete er in einem fast nachsichtigen Ton.
Hier drin kann man wohl leicht die Maßstäbe für reale Werte verlieren, sagte Ott sich.
Der Bankangestellte wartete.
Ott dachte nach. Es war eine seltsame und unerwartete Entwicklung.
Baumgärtner hatte Mauch ein Waffengeschäft im Gesamtumfang von vierzig Millionen vermittelt. Da er die Transaktion im Auftrag des Ostberliner Ministeriums für Staatssicherheit tätigte, auf dessen Gehaltsliste er stand, durfte Baumgärtner keine Provision verlangen. Er holte jedoch, wie in solchen Fällen üblich, mehrere Angebote ein und war schließlich mit Mauch handelseinig geworden, weil der ihm zehn Prozent unter der Hand – steuerfrei schwarz – anbot.
Das waren die vier Millionen.
Die vierhunderttausend Mark, die Ott hatte abzählen lassen, waren seine »Courtage«. Er ging als Kurier, wenn alles normal lief, wie zu erwarten, kein Risiko ein. Es war die Chance seines Lebens, sich gesundzustoßen, hatte er Baumgärtner versichert.

Der hatte ihm das geglaubt.
Insoweit war alles einfach genug, um von einem Schulkind verstanden zu werden. Mauch gab von den vierzig Millionen, die das MfS ihm andernorts durch andere Personen und zweifellos in bar überreicht hatte, vier Millionen an Baumgärtner zurück. Als Belohnung dafür, daß Baumgärtner ihn überhaupt in das Geschäft eingeschleust hatte.
Von den vier Millionen durfte Ott zehn Prozent für sich abzweigen. Er bekam sie, weil er – und nicht Baumgärtner – sich in Zürich mit der Geldtasche zeigte und eventuell, falls die Dinge einen unguten und unerwarteten Verlauf nahmen, erwischen ließ.
Aber was bedeuteten die zweihunderttausend D-Mark im doppelten Boden? Falls sie einen Zehnprozentanteil darstellten, wiesen sie auf ein Geschäft im Gesamtumfang von zwei Millionen hin.
Waffengeschäfte so geringen Umfangs gab es nicht. Jedenfalls nicht für Baumgärtner.
»Die vierhunderttausend gehen auf mein Konto bei Ihnen«, gab Ott dem Bankangestellten bekannt. »Benachrichtigung bitte an die übliche Adresse.«
»Alles klar, oder«, sagte der Typ und verließ den Raum. Die vierhunderttausend Mark trug er auf einer Art Zählbrett davon.
Ott füllte den doppelten Boden mit dem zusammengeknüllten Zeitungspapier.
Das Geld stapelte er offen in die Tasche.
Bevor er die Maschine nach Istanbul bestieg, wollte er am Zürcher Flughafenkiosk Zeitschriften kaufen und auf die Notenbündel legen. Das reichte als Tarnung. Normalerweise wurde er bei der Einreise nie kontrolliert. Schwierigkeiten waren also keine zu erwarten – strafrechtliche ohne-

hin nicht: In der Schweiz unterlag der Transport von Geld keinen Beschränkungen, und in der Türkei war die Ausfuhr, jedoch nicht die Einfuhr von Devisen beschränkt.
Zu befürchten hatte er nur, daß übereifrige Zöllner sich ein Zubrot verdienen wollten, indem sie den Geldfund an die falschen Stellen meldeten: die Kripo, den Fiskus, die Geheimdienste. Sie alle konnten – auch ohne konkreten Schuldvorwurf – unangenehme Schlüsse ziehen und Fragen stellen, die nicht leicht zu beantworten wären.
Aber die Zöllner kontrollierten normale Reisetaschen selten. Er fühlte sich gut, alles in allem. Zuversichtlich wie schon lange nicht mehr.

ERSTER TEIL

Der Tote von »Hellespont Paradise«

1

Die Auslandsaufklärer in Pullach – im Isartal bei München – bezeichnen den Bundesnachrichtendienst gewöhnlich als »die Firma«.
Ähnlich kürzen die Inlandsaufklärer in Köln den vollen Namen ihres dem Innenminister unterstellten geheimen Nachrichtendienstes ab; sie sprechen nicht vom Bundesamt für Verfassungsschutz, sondern salopp vom »Amt«.
Tilmann Kleiber waren diese Kürzel geläufig, er benutzte sie selbst. Die Botschaft, die er auf seinem Schreibtisch vorfand, als er von einem Interviewtermin zurückkam, war ihm daher kein Rätsel. Sie lautete:

Die Firma empfiehlt sofortige Kontaktaufnahme mit dem Amt. Darunter stand in einer zweiten Zeile: *Bin mit W. und S. im Kino – Gruß Eva.*

Kleiber verstand jedes Wort. Eva Kellner, Günter Wittrikkoff und Franz Streibel, seine engsten Mitarbeiter – alle im Rang von Haupt- bzw. Oberkommissaren – sahen sich im Vorführraum des Bundeskriminalamts Fahndungsaufnahmen an. Es handelte sich nicht um bloße Schnappschüsse, die mittels Projektor auf eine Wand geworfen wurden; heutzutage bevorzugte man, wenn verdeckte Aufnahmen möglich waren, Videoaufzeichnungen.
Im übrigen wurde ihm der kollegiale Ratschlag erteilt – von Pullach aus, wo irgendein Wichtigtuer bereits mit dem Prä-

sidenten des Bundesamts für Verfassungsschutz telefoniert und/oder konspiriert hatte – eben diesen, den Amtschef, anzurufen.

Kleiber war überrascht. Das war nicht der Dienstweg. Man hatte ihn zwar mit dem hochtönenden Rang eines Leitenden Kriminaldirektors ausgestattet; doch was er leitete, war nicht die Bonn-Meckenheimer Außenstelle des Bundeskriminalamts. Dessen Chef war der BKA-Vizepräsident, und wer vom BKA etwas wollte, mußte mit diesem verhandeln.

Kleiber leitete – dem BKA-Präsidenten der Sache nach verantwortlich, dem BKA-Vize disziplinarisch – als Controller die Überprüfung und Optimierung sämtlicher Abläufe, die innerhalb der BKA-Hauptabteilung Bonn-Meckenheim, der »Gralsburg«, die Abteilung Personenschutz betrafen.

Der Controller-Posten war eigens für Kleiber geschaffen worden, nachdem es ihm beinahe mißlungen wäre, den Bundespräsidenten vor einer Entführung zu bewahren.

Beinahe mißlungen – das war Kleiberscher Sprachgebrauch. Seine Vorgesetzten – einige Wohlmeinende unter ihnen – und der Bundespräsident selbst redeten weit freundlicher und immer noch aufatmend von einem »gelungenen« Unternehmen.

Öffentlich widersprach Kleiber dieser Version nicht, er war kein Masochist und verdiente genauso gern mehr Geld wie jeder andere.

Aber er machte sich selbst nichts vor. Seine Karriere hatte an einem seidenen Faden gehangen. Im Falle des Mißlingens wäre zum Rausschmiß die Schande gekommen – und die gräßliche Scham, das Stigma des Versagers.

Und im privatesten Bereich die Impotenz! Erfolg sei ein Aphrodisiakum, hatte Washingtons Glamourboy Kissinger mal aus Erfahrung gesagt. Das Versagen wirkte sich entsprechend als Triebkiller aus – nein; was ausblieb, war nicht der Trieb, sondern die tiefe Überzeugung, das glückliche Selbstgefühl, daß man das Recht habe, ihn zu realisieren!

... Als Kleiber bemerkte, auf welche Gedanken er kam, griff er zum Telefon und wählte seine Privatnummer. Kirsten meldete sich und beantwortete die Frage, ob man heute abend mal wieder vergnügliche Stimmung, gute Gefühle, Glück und Ekstase zusammen erzeugen wolle, mit einem Lachen. »Ich denk' schon«, meinte sie.

»Was heißt das?«

»Ich lass' mit mir reden.«

»Okay. Mehr verlange ich nicht. Hier liegt noch irgendwo 'ne Mundharmonika vom letzten Betriebsfest rum, die stecke ich ein und betrete den Vorgarten mit einer Serenade.«

»Au ja. Was koche ich?«

Diese – für Kirsten – so wichtige, sich täglich wiederholende Frage mit Ernst und Gründlichkeit mitzubedenken, hielt Kleiber für selbstverständlich. Nachdem sie sich geeinigt hatten, legte er auf und sah eine Weile lächelnd von seinem Schreibtisch aus über die Eichenwipfel des Kottenforstes.

Das Interview zuvor hatte ihm einige unangenehme Momente bereitet. Sie sei Feministin, hatte die Reporterin verlautbart, wenn auch keine radikale. *Daher* – seltsame Logik – die Frage: Wieso sitze auf seinem Posten eigentlich keine Frau?

Kleiber hatte erläutert, daß zu seinen engsten Mitarbeitern die Oberkommissarin Eva Kellner gehöre. Ob er sie dazubitten solle?

Nein. Sie frage, wieso er Chef sei und Frau Kellner ihm untergeben statt »mal« umgekehrt?

Die selbstgefällige Borniertheit der Person, zu der er doch höflich sein wollte und sogar sein mußte, war nicht leicht zu ertragen gewesen. Im Gespräch mit Kirsten hatte er sich erholt. Er überprüfte seine seelische Binnenatmosphäre. Sie war normal. Er griff zum Hörer und wählte das BfV an. Die Sammelnummer wußte er auswendig. Die des Chefs nicht. Die Vermittlung verband ihn mit dem Vorzimmer, wo es hieß, der Herr Präsident telefoniere eben; ob er zurückrufen dürfe?
»Klar«, sagte Kleiber und hinterließ seine Nebenstelle. In seinem Vorzimmer gab er Bescheid, keine Gespräche durchzustellen bis zur Erledigung des erwarteten Rückrufs.
Die folgenden Minuten brachte er damit zu, sich gedanklich auf den Mann einzustellen, der eines der höchsten Ämter innehatte, die von bundesdeutschen Geheimdiensten zu vergeben sind.
Es war kein Zufall, gestand sich Kleiber ein, daß er vorhin nur die Sammelnummer des Kölner »Amts« auswendig gewußt hatte, nicht die Nebenstelle des Chefs. Obgleich er nun selbst zu den hochrangigen Sicherheitsfachleuten der Republik zählte, war er doch kein Behördenchef und schon aus diesem Grund kein Freund des BfV-Präsidenten.
Hinzu kam, daß Kleiber zu den Geburtsjahrgängen 1935–45 gehörte. Er war 1938 geboren und hatte Freunde vor allem unter den Kollegen, die, wie er, vom Kriegsende mehr geprägt waren als vom Krieg selbst: von den Siegermächten mehr als von den Deutschnationalen. Kleiber und seine Freunde waren – letzten Endes – Amis. Oder Franzosen. Oder Engländer.
Der Amtschef dagegen bildete seine Seilschaften – vielmehr: hatte sie gebildet, vor langer Zeit schon – aus Freunden seiner eigenen Dekade. GehBeh, wie man ihn intern nach seinen

Initialen nannte, stammte aus dem Jahrzehnt 1925–35. Mehr noch, er war schon 1925 geboren und hatte das Dritte Reich, Nationalismus als Rauschzustand, Rückständigkeit als Hoffnung, Landleben als Utopie von heiler Scholle, Stadtleben als Denunziation des Asphalts prägend erfahren – und den katastrophalen Kollaps all dieser Blähungen der Imagination und Emotionen. Er hatte dafür gekämpft, also getötet, und zwar nach seiner Art mit Flamboyanz und Engagement. Und er war besiegt worden, »am Boden zerstört« konnte man nicht sagen, das galt eher für die Luftwaffe als für die Marine, zu der sich der gebürtige Münsterländer gemeldet hatte... Seine Hoffnungen waren versenkt worden.

Er hatte in seinen begeisterungsfähigsten Jahren einen heiligen Eid geschworen, Adolf Hitler zu folgen bis in den Tod – und einsehen müssen, was für eine Vernarrtheit und böse Perversion das gewesen war. Er befreundete und verbündete sich vorwiegend mit Leidensgenossen dieses Traumas. Die folgende Generation der Amis, Franzosen und Engländer behandelte er mit der gewieften Jovialität des kumpelhaften Chefs. Kleiber, der sein Untergebener gewesen war, erinnerte sich gut an diese Art. Manche hatten sie fürchten gelernt, Kleiber nicht. Er setzte gegen die etwas proletenhafte Direktheit – GehBeh war Arbeitersohn – freundliche Distanz, mit der er klar signalisierte, daß er in sein Innenleben nicht hineinregieren ließ. Schon gar nicht von denen, die – wie mißbraucht auch immer – »Urian aufgewartet« hatten.

Sehr hart, diese Haltung, die ich einnehme. Hart wie Glas. Kann auch mal zerspringen, dachte Kleiber, als das Telefon summte. Er meldete sich besonders freundlich: »Guten Tag, Herr Präsident. Ich freue mich, Sie wieder einmal zu sprechen.«

Zu seiner Überraschung blieb es für einen Moment ganz still.
Das war atypisch. Wenn GehBeh eines beherrschte, dann war's die Technologie der oberflächlichen Beziehungen. Man mußte mehr sein als gescheit – auch in der Nachkriegszeit hatte das gegolten –, wenn man in den Polizeidienst von Nordrhein-Westfalen eintreten und von solch bescheidenem Start aus schließlich, unter Überwindung der Grenzen zwischen den Laufbahngruppen, auf dem Chefsessel des BfV-Präsidenten ins Ziel kommen wollte. Leistung war dafür ebenso erforderlich wie das richtige Parteibuch und die Fähigkeit, mit jedermann in jeder erdenklichen Position und Situation auszukommen.
»Ihr alter Chef hat also keine gar zu unangenehme Erinnerung bei Ihnen drüben hinterlassen?« kam die Antwort.
»Was für eine Frage! Ich zittere vielmehr davor, mit welchen Erinnerungen Sie an Ihren alten Untergebenen denken.«
»Das glaub' ich Ihnen aufs Wort.« Er lachte, um zu signalisieren, daß er genau das Gegenteil meinte. »Tilmann...«
»Ja?« fragte Kleiber erstaunt. Der große Boß hatte ihn noch nie beim Vornamen genannt.
»Darf ich Tilmann sagen?«
Es dem Älteren zu verwehren, wäre unmöglich gewesen. »Ich fühle mich geehrt...«
»Ja, und Sie fragen sich: Was zum Donner will der Alte?«
Wieder eine Pause.
Kleiber hatte inzwischen gemerkt, daß höchst Ungewöhnliches sich anbahnte. Es war kein Routinegespräch. »Tut mir leid, GehBeh, wenn ich schwer von Begriff bin.«
»Ich hatte natürlich gehofft, *nicht* der erste zu sein, von dem Sie es erfahren.«

»Von dem ich was erfahre?«
»Das merk' ich ja nun, daß es nicht klappt. Die verfluchten Pullacher! Ich hab' selbstverständlich angenommen, *die* sagen es Ihnen.«
Kleiber wappnete sich innerlich. »Ich habe lediglich eine Notiz vorgefunden, Pullach empfehle einen Rückruf bei Ihnen.«
»Feige Saubande!«
Kleiber wartete...
»Tilmann, können Sie gleich zu mir rüberkommen? Ich käme auch zu Ihnen, wenn Ihnen das besser in den Kram...«
»Ich bitte Sie!« fiel Kleiber ihm ins Wort. »Selbstverständlich komme ich. Eh – *was* sollte ich vom BND zuerst hören?«
»Es ist kein Thema fürs Telefon.«
»Die Leitung ist sicher«, antwortete Kleiber und kam sich wie ein Idiot vor, als er GehBehs Antwort hörte.
»Das weiß ich selbst.«
»So dramatisch kann es doch gar nicht sein!« sagte er ungeduldig.
»Sie haben recht. Was soll's? Sitzen Sie?«
»Ja, an meinem Schreibtisch.«
»Ralf Ott ist tot.«

2

»Tilmann...« sagte GehBeh nach einer Weile.
Kleiber wurde bewußt, daß er noch immer den Präsidenten des Bundesamtes für Verfassungsschutz am Telefon hatte.
»Entschuldigen Sie, bitte. Alles klar. Und sein Tod ist etwas, das Sie mit mir besprechen möchten?«

»Ja. Paßt es Ihnen um vier?«
»Bin um vier dort. Bis dann.« Nachdem der Ältere sich verabschiedet hatte, legte er auf.
Wie ein Schlag ins Herz fühlte es sich nicht an. Auch nicht wie ein Abschied. Er hatte Ralf vor vielen Jahren verloren; nicht einmal so sehr durch den »Verrat«. Wäre Ralf mit einer nachfühlbaren Begründung, irgendeiner, und erhobenen Hauptes – »Ich will es, also tu ich es!« – in die DDR übergelaufen, hätte Kleiber ihn nicht verleugnet. So viele Freunde hatte er nicht, daß er es sich leisten konnte, die wenigen wegzustoßen.
Ralf hatte jedoch schon seit Jahren abgebaut. Der Verrat war nur der Höhepunkt seines Verfallsprozesses gewesen. Mit einem Säufer kann man nicht wie mit einem Gleichgestellten sprechen. Was er zu sagen hat – besoffenes Gebrabbel –, ist irgendwann zu uninteressant, als daß man es sich anhören möchte.
Kleiber hatte Ralfs Bitten um Rückruf längst zu ignorieren begonnen, als eines Morgens in der Zeitung stand: Abteilungsleiter des Verfassungsschutzes in die DDR übergelaufen! Das spielte jetzt, wie Kleiber deutlich fühlte, keine Rolle mehr. Der tatsächlich heruntergekommene, selbstzerstörerische Ralf Ott der späteren Jahre war tot. Um so gegenwärtiger erschien Kleiber, wie auferstanden geradezu, der jugendliche Freund von ehedem.
In der Dimension, in der er Ralf nach so langem Schweigen wieder ansprach, gab es den Tod nur als Erlöser von mißglückten Lebensformen. Die gelungenen vergingen dort nicht, sie wurden neu sichtbar.
Ich war fast drauf gefaßt, sagte Kleiber in Gedanken zu ihm. Du warst von unserer Dreierseilschaft der Labilste und bist jetzt als erster aus der Wand gestürzt.

Ralf antwortete mit seinem selten ganz unbefangenen, meist etwas berechnenden Grinsen: Ich fahr' mit dem Floß den Mississippi runter. Dort mach' ich Camp für uns.
Wo denn, Ralf?
Wo ihr das Feuer seht, wenn ihr kommt.
Kleiber gab sich einen Ruck. Die seelische Realität, die er deutlich empfand, beruhte auf einer Täuschung, der er sich überließ, weil sie angenehm war. In der Wirklichkeit war Ralf seit Jahren kein möglicher Partner mehr für ihn gewesen. Er hatte also niemanden verloren. Sein reales Leben verarmte nicht.
Er griff zum Telefon und wählte das »Kino« an. Wittrickoff meldete sich. Kleiber fragte nach Eva Kellner und hatte sie gleich darauf am Apparat.
»Dieses Gespräch aus Pullach – kann es sein, daß ein Christian Kynast es geführt hat?«
»Nee, wer ist das?«
»Alter Freund von mir.«
»Nee, er hieß...« Sie überlegte. »Ich hab' den Namen auf dem Block auf meinem Schreibtisch. Soll ich nachsehen?«
»Nur wenn es Kynast gewesen sein könnte.«
»Bestimmt nicht, den Namen hätte ich in Erinnerung behalten. Es war – Krause oder so.«
»Dann spielt es keine Rolle. Bis morgen. Ich fahre nach Köln.«

3

GehBehs Kopf hatte die Gestalt eines Kürbisses, er war breiter als hoch. Mit der Bereitwilligkeit zu lachen und den entsprechenden Faltenkränzen um die Augen hätte der Abwehrchef auf jedem Jahrmarkt einen überzeugenden Schausteller abgegeben. Er war ein Mann der Tat. Theoretische Konstruktionen lagen ihm weniger.

Er winkte Kleiber zu seiner Sitzgruppe. Der Schreibtisch stand leer – bis auf einen Schnellhefter – und verlassen weit hinten im Büro.

»Ich weiß, wie es ist, wenn Altersgenossen sich unter die Grasnarbe zurückziehen«, versicherte er. »Man merkt dann mit unguter Deutlichkeit, daß man selbst vielleicht auch eines Tages...« Er lachte. »Was man ja ansonsten eher bezweifelt. Die andern – zugegeben. Ich niemals. So geht es mir. Und Ihnen?«

»Einige Haare auf meinem Kopf sind bestimmt grau geworden«, stimmte Kleiber zu.

»Tilmann, ich beneide Sie! Ich wollte, ich könnte auch so deutlich sagen, was ich empfinde. Statt dessen stolpere ich zwischen Wörtern herum, die alle irgendwie falsch klingen... für mich selber, meine ich, klingen sie falsch. Verstehen Sie?«

»Ohne jede Schwierigkeit.«

»Hervorragend. Kaffee? Tee? Mineralwasser? Oder...« Er sah auf die Uhr. »Weil es auf den Feierabend zugeht, was Gehaltvolles? Ich beziehe ein Weinchen aus Südtirol...« Er schnalzte mit der Zunge.

»Kaffee wär' genau richtig.«

GehBeh wirkte enttäuscht, als er seinem Vorzimmer die Bestellung durchgab. Er hatte jedoch, als er auflegte, bereits begonnen, sich auf Kaffee zu freuen. »Sehr gut... macht uns frisch...« murmelte er.

Die Sekretärin erschien mit dem Tablett, der Thermoskanne und einem aufmunternden Lächeln. Dem Lächeln war anzusehen, daß sie über seine Beförderung zum Controller unterrichtet war.

Nachdem sie den Raum verlassen hatte, legte GehBeh seine Miene in die ernsten Falten, die dem Anlaß entsprachen. »Daß ich als Nummer eins auf'm Verteiler stand, soll Sie nicht kränken, Tilmann.«

»Tut es auch nicht.«

»Immerhin war Herr Ott Mitglied dieses Hauses...«

»Ist mir bewußt.«

»...als ich noch drüben beim BKA in Terrorismusbekämpfung machte.«

»Kannten Sie Ott damals überhaupt?«

Er ächzte. »Erinnern Sie mich bloß nicht dran! Gehört zu den dunkelsten Kapiteln meiner an dunklen Stellen sowieso viel zu reichen Laufbahn. Er versuchte, DDR-Agenten zu fangen... Jedenfalls glaubten wir das bis zu seiner Pressekonferenz in Ost-Berlin. Diese antiimperialistische Tirade! Gott, war die peinlich! Und ich hab' im BKA unsern terroristischen Freunden das Leben sauer gemacht. Selbstverständlich standen mögliche Zusammenhänge zwischen den beiden Gruppierungen zur Debatte.«

»Meines Wissens war Ralf damals noch zuverlässig. Erst später, als der Alkohol seine Identität zerstörte, übrigens auch seine Ehe und seine Freundschaften...«

»Niemand macht Ihnen einen Vorwurf«, fiel GehBeh ihm ins Wort.

»Sehr feinfühlig«, stellte Kleiber fest.

»Danke. Den Vorwurf höre ich selten.« Er wirkte erheitert. »Also – zur Sache, und das heißt leider, zu einigen unerfreulichen Einzelheiten.«

»Ich dachte mir, daß welche im Anzug sind«, ermunterte Kleiber ihn.

»Gut. Ott starb vor etwa – die Angabe stammt von der gerichtspathologischen Abteilung der Universität Istanbul –

vor etwa sieben bis acht Wochen. Gefunden hat man die Leiche, und zwar durch Zufall, erst vorige Woche. Sie lag in einem Ferienapartment der Neubausiedlung *Hellespont Paradise* am, wie der Name sagt, Hellespont... Nun bin ich ein mißtrauischer Mensch und glaube grundsätzlich nie, was die Akten behaupten. Besonders nicht in diesem Fall! Jeder weiß, daß das türkische Militär faktisch mitregiert und die Macht nutzt, um selbst abgelegene Erholungsheime für Offiziere zum Sperrgebiet zu erklären. Den Hellespont sogar mit einem gewissen Recht...«

»Das ist Sperrgebiet?«

»Selbstverständlich. Die meisten Passagierschiffe fahren bei Nacht durch, bloß damit die Touristen nicht sehen, mit welcher Leichtigkeit man in der Ägäis in ein U-Boot steigen und zum Schwarzen Meer fahren kann... Trotzdem konnte ein Sonnendorf für die Istanbuler Schickeria hochgezogen werden. Es ist allerdings näher an Edremit als an Çanakkale gelegen, das heißt, man sieht mehr von der Insel Lesbos als von den Dardanellen.«

Kleiber wunderte sich. »An dieser geostrategisch so sensiblen Stelle überhaupt eine Bauerlaubnis zu kriegen muß ein Kunststück gewesen sein.«

»Zweifellos hat der Bauherr in den richtigen Ämtern Schmieröl ausgegossen wie den dort so beliebten Regen. Nee, das erstaunt mich weniger als die Tatsache, daß ein Ausländer sich einmieten durfte.«

»Ralf Ott war als Hauptmieter eingetragen?«

»Richtig.«

»Kaum zu glauben.«

»Sie sagen es.«

»Außer er hat *nicht* seinen DDR-Reisepaß vorgewiesen, sondern...«

»Hat er, lieber Tilmann, hat er.«
»Die wußten, daß er aus der DDR kam?«
»Ja.«
»Jetzt verstehe ich gar nichts mehr«, gestand Kleiber ein.
»Dann können wir uns ja beruhigt die Hand reichen und weitersehen, mir geht's genauso.« Der Präsident des BfV strahlte ihn an. »Kennen Sie die Ecke?«
»In Troja war ich mal.«
»Sehn Sie, ich auch. Ich hab' meiner Frau aus der Ilias vorgelesen und mich gegiftet, wenn ich mit meinen Sonnenölpfoten Flecken auf jeder Seite hinterließ... Erinnern Sie sich an die klimatischen Verhältnisse?«
»Ich kann es versuchen. Wann war ich dort? Im Mai. Es war – heiß«, schloß er überrascht.
»Richtig. Aber den Winter über ist es da *nicht* heiß, sondern saukalt und regnerisch. Mit einem Wort, die Saison fängt im Mai an und nicht früher. Es trudelten die ersten Sonnenhungrigen ein und merkten...« Er brach ab. »Entschuldigen Sie. Ich weiß, er war Ihr Freund.«
»Er schon. Nicht seine sterblichen Überreste. Also es stank. Die winterblassen Istanbuler rückten an und holten die Polizei.«
»Wenn sie das bloß getan hätten!« GehBeh schickte einen Blick und einen Stoßseufzer an die Decke seines Büros. »Nee, sie dachten – ganz begreiflicherweise –, daß ein Tier, ein Marder vielleicht, sich in Otts Apartment vorgefressen hätte. Also holten sie nicht die Polente, sondern den Verwalter – Hausmeister, Manager, nennen Sie den Kerl, wie Sie wollen. Ein Kümmeltürke halt. Er schloß das Apartment auf, mittels Generalschlüssel, und stieß einen Schrei aus, daß den Istanbuler Damen das Make-up von der Frontscheibe...« Er hustete. »Statt schleunigst den Rückzug an-

zutreten, wollten nun alle selber sehn, wie und was und wo... Der morbide Reiz des Verfalls...«
»Ich verstehe«, behauptete Kleiber.
»Wie die Menschen eben sind, allüberall auf Gottes schöner Welt – leider.«
»Und das heißt?« fragte Kleiber.
»Na, es sind, wie bei uns, alsbald fähige Kriminalisten angereist. Aber wie will man Spuren sichern, wenn zuvor halb Istanbul durch die Bude getrampelt ist?«
»Was sagt der Pathologe?«
»Er will Fremdeinwirkung weder ausschließen noch bestätigen.«
»Ralf *könnte* umgebracht worden sein«, dachte Kleiber laut.
»Bingo!«
»Aha... Das Apartment muß durchsucht worden sein. Liegt ein Bericht vor?«
»Und nicht nur das. Die Türken sind sehr kooperativ.« Geh-Beh trat den langen Gang zu seinem Schreibtisch an. Mit einem flachen Aktenschnellhefter kam er zurück. »Oberstes Blatt.« Er legte Kleiber den Ordner vor. »Das andere hat Zeit. Das oberste Blatt sollten Sie jetzt gleich inhalieren.« Er blickte auf seine Uhr. »Bevor wir in exakt siebzehn Minuten den Bundesminister des Innern treffen.«
»Wie wollen Sie in siebzehn Minuten das Bonner Innenministerium erreichen?«
»Er trifft uns zum Arbeitstee... Hier im Hause. Luxusabteilung der Kantine. Keine Angst, da sollen zwar schon Leute vergiftet worden sein, aber das waren Feinde.« Er lachte herzlich.
Kleiber schlug den Papphefter auf.

4

Er hatte ein Din-A-4-Blatt vor sich, das quer gelesen werden mußte. Er drehte den Hefter entsprechend.

Wegweiser zu den Ministerien

Unter dieser Zeile befand sich eine vereinfachte grafische Darstellung des Düsseldorfer Regierungsviertels an der Rheinkniebrücke.

Das eigentliche Machtzentrum war grau umrandet. Der Ausschnitt tauchte vergrößert am rechten unteren Blattrand noch einmal auf. Hier konnte man überdeutlich ablesen, daß der Sitz des Ministerpräsidenten zwischen Mannesmannufer und Berger Allee zu finden war; daß die Staatskanzlei angrenzte; und daß beide Häuser über die Haroldstraße zu erreichen waren.

Kleiber fragte sich, warum GehBeh dem Wisch Bedeutung beimaß. »Diese Dinger werden täglich zu Hunderten verschickt, soviel ich weiß. Wenn ein Besucher von außerhalb sich ansagt, kriegt er per Post diese Orientierungshilfe, damit er sich nicht verfährt.«

»So ist es. Und doch haben die Türken das Wort Ministerien rot unterstrichen.«

»Wie Sie sagten, die Türkei wird faktisch vom Militär regiert, und Militärs sind übernervös in Sicherheitsdingen. Wieso sollten wir uns davon anstecken lassen?«

»Ich verstehe, daß Sie Ihren Freund nicht gern in einen Zusammenhang mit Attentatsvorbereitungen gebracht sehen...«

»Nun bitte ich aber herzlich!«

»Nein, Verzeihung – was hat ein Agent des Ministeriums für Staatssicherheit, Hauptabteilung westliches kapitalistisches Ausland, mit so einem Plan im Sinn? Er fand sich in Otts Nachlaß.«

»In seinem ganzen beruflichen Leben – soweit ich es überhaupt kenne – hatte Ralf noch nie was mit Attentaten zu tun!« rief Kleiber verblüfft. Zugleich wurde ihm klar, daß der Präsident seine Überlegungen unmöglich auf das Stückchen Papier allein stützen konnte.
»Erinnern Sie sich an Christian Kynast?« fragte GehBeh mit einer Arglosigkeit, die Kleiber für vorgetäuscht hielt.
Er beschloß, sich nicht provozieren zu lassen. »Sie können es nicht vergessen haben«, antwortete er nachsichtig. »Chris, Ralf und ich waren Freunde. Wir hockten in einem Großraumbüro, wenn auch in verschiedenen Verschlägen. Das war, bevor Sie Leiter der Abteilung Terrorismusbekämpfung wurden. Sie waren Kriminalrat, glaube ich, und wir jungen Hauptkommissare blickten bewundernd zu Ihnen auf. Wir beneideten Sie um den interessanten Job und arbeiteten – als Personenschützer – recht eng mit Ihnen zusammen. Als es dann '77 mit dem Terrorismus ernst wurde, war Ralf schon zum Verfassungsschutz übergewechselt, und kurz danach ging Chris nach Pullach.«
»Richtig.« GehBeh lächelte nostalgisch. »Ich weiß noch, wie eifrig Ralf immer war. Und wie komisch er sein konnte. Ihr wart doch auch privat viel zusammen, ihr drei?«
Kleiber stockte der Atem. Es dauerte einen Moment, bis er sich gefaßt hatte. »Für Verhöre gibt's Regeln«, sagte er, als er sich wieder ganz ruhig fühlte. »Wenn dies eins sein soll, möchte ich darauf hingewiesen werden. Das wäre das mindeste.«
»Ich bin oft so«, sagte GehBeh in zerknirschtem Ton zu ihm. »Das Alter verführt mich dazu. Ich fühle mich wie ein Vater und werde zu vertraulich. Neulich legte ich einer jungen Kommissarin die Hand auf den Arm – die Konsequenzen, die sie mir angedroht hat, falls sich das wiederholt, wa-

ren grauenhaft. Und ich hatte mir überhaupt nichts dabei gedacht – doch! Daß ich alt bin und es mir inzwischen erlauben kann.«

Tatsächlich hatte GehBeh die Pensionsgrenze weit überschritten. Er war als Vize des BKA bereits im Ruhestand gewesen, als man ihn zum Präsidenten des Verfassungsschutzes berufen hatte. Die Berufung war nicht ergangen, weil man ihn für senil hielt.

»Auf mich wirken Sie kregel genug, um ernst genommen zu werden, Herr Präsident.«

»Das ist mal nett gesagt – nein wirklich.« Er strahlte. »Das war jetzt gelungen! Danke, lieber Tilmann, für Ihre Freundlichkeit. Ja, also Chris Kynast ist derzeit der *residential agent* des BND in Istanbul... Sie wissen, in Ankara sitzt noch mal einer und behält die Grenzen zum Iran und Irak im Auge... Ihr Freund Chris hat den, salopp gesagt, Balkan im Blick; Bulgarien, Rumänien, Jugoslawien. Das alles werden Sie wissen.«

»Nein«, sagte Kleiber, »ich hatte keine Ahnung.«

»Gar keine Verbindung mehr zum alten Kumpel?«

»Zu Chris? Es hat sich nie ergeben. Sie wissen selber, wie das ist. Man begegnet sich zu selten. Gedacht hab' ich öfters an ihn...« Er hielt inne. Es bestand kein Anlaß, sein Innenleben auszubreiten.

»Er hält es für möglich, daß Ralf in ein Waffengeschäft verstrickt ist.«

»Was meinen Sie mit verstrickt?«

»Als Geldkurier. Kommen Sie, der Minister fährt jede Sekunde vor. Nicht, daß wir ihn warten lassen.«

5

Tilmann Kleiber hatte, was bei ihm selten vorkam, ein Statusproblem. Es plagte ihn von dem Moment an, als der Bundesinnenminister seinen Referenten und den Bodyguard weit abseits an einem Katzentisch zurückließ und sich mutterseelenallein – nackt und bloß, konnte man schon sagen – zu ihnen an den gedeckten »Tee«tisch setzte.
»Es soll ein englischer *Tea* sein«, erläuterte GehBeh das Arrangement aus bunten Häppchen. »Man darf auch Bier dazu trinken!«
Während der Präsident sich mit seinem – sozusagen – Vorgesetzten unterhielt, dem Weisungsbefugten des »Amts«, wurde Kleiber immer saurer.
Einen Termin beim Innenminister bekam auch ein GehBeh nicht ohne weiteres. Er mußte seinen Wunsch sehr dringlich begründen, wenn er Wert darauf legte, daß der Minister so kurzfristig auftauchte.
Der war bereit gewesen, seine Zeit zu opfern. Er wußte, warum. Beide wußten es. Man traf sich im Kernbereich eines total abgeschirmten Gebäudes. Das Gespräch sollte so vertraulich werden, daß nicht mal der Referent des Ministers es mithören durfte. Trotzdem hatte man es nicht für nötig gehalten, ihn vorher über das Thema zu informieren. Sie behandelten ihn wie ihren Büchsenspanner. Unverschämtheit!
Noch während des einleitenden Smalltalks wurde dem Minister ein Telefon an den Tisch gebracht: »Der Kanzler!«
Kleiber entschuldigte sich, erwanderte selbst ein Telefon und ließ sich mit seinem Büro verbinden. Er bat Eva Kellner, ihm aus seinem persönlichen Verzeichnis – es liege in der und der Schublade – die Nummer herauszusuchen, unter

der Chris Kynast notiert sein mußte; irgendwann hatte jemand sie ihm genannt.

»Chef? Es ist 0090 für die Türkei.«

»Hab' ich.«

»Dann 1 für Istanbul und folgende Rufnummer...«

Er notierte, bedankte sich, legte auf und wählte Istanbul. Kein Durchkommen, wie zu erwarten war. Später am Abend vielleicht.

Der Minister sah Kleiber mit einem verstörten und wütenden Lächeln entgegen, das gleichzeitig Ratlosigkeit ausdrückte. Kleiber hatte eine Unerhörtheit begangen.

Ihm war's egal, er fühlte sich leichter. »Entschuldigen Sie bitte. Ich wollte nur meine Kenntnisse aktualisieren, um mir in dieser Runde nicht so unterprivilegiert vorzukommen.«

»Haben Sie Herrn Kleiber nicht informiert?« bellte der Minister seinen Amtschef an.

»Ich hatte gerade vorhin in meinem Büro damit angefangen!«

GehBeh strahlte die Gemütsruhe eines Menschen aus, dem Ärgeres nicht mehr passieren konnte, als daß man ihn dorthin zurückschickte, woher er kam: in seinen Austragsbungalow unweit der Hauptstadt im Grünen, seinen üppig abgesicherten Ruhestand.

Mit Widerwillen sah der Innenminister dem Kürbiskopf beim Verschlingen von Weißbrot-Sandwiches zu. Er selbst hatte nur einen Anstandshappen zu sich genommen; seinen Tee trank er ungesüßt.

Er riß sich von dem Anblick los und wandte sich an Kleiber.

»Zuvörderscht, die Frage meiner Zuschtändigkeit.« Er erläuterte, nicht er sei ursprünglich angesprochen gewesen, sondern der Kanzleramtsminister.

Kleiber nickte. Wenn die Meldung vom BND kam – von Chris in Istanbul –, hatte sie auf dem Umweg über Pullach zunächst den Chef des Bundeskanzleramts erreicht. Er war für die Geheimdienste zuständig und entschied, was zur Vorlage kam: beim Kanzler, bei dem oder jenem Ressortchef, in der Villa Hammerschmidt.
Wegen der eventuellen Gefahr für die Sicherheit der Landesregierung von Nordrhein-Westfalen habe man die Angelegenheit ihm auf den Schreibtisch gelegt. Düsseldorf sei noch nicht im Bilde. Man wolle die Pferde nicht unnötig scheu machen und erst herausfinden, wie konkret die Gefahr überhaupt sei. Bis dahin werde er den Kreis der Mitwisser klein halten. »Es tut mir leid, daß ich so bürokratisches Gewäsch mach'. Aber Ordnung muß sein.«
Von der Erscheinung her war er der Typus des drahtigen Managers. Sein behäbiger Heimatdialekt stand dazu in einem verblüffenden Gegensatz.
Die scharfen Blicke hatten jedoch nichts Behäbiges.
Kleiber registrierte, daß der Amtschef auf dem besten Weg war, die kleinen, bunten Häppchen alle allein zu verputzen.
»Jetzt höre Sie mal auf zu esse, rede Sie!«
GehBeh erläuterte, sich die Fingerspitzen an der Damastserviette abwischend: »Es geht um die sogenannte Artillerie des Einzelkämpfers, sagt Ihnen das was?«
Der alte Teufel wollte ihn vor dem Minister bloßstellen. Das war offensichtlich. Erbost und zugleich mit der innigen Freude, die man empfindet, wenn man einen heimtückischen Angriff abwehren kann, antwortete Kleiber: »Also, wenn Sie das 40-Millimeter-Granatgewehr der Firma ARMSTEL meinen, gehört hab' ich davon. Aber ich weiß wenig darüber. Wie der Name schon sagt, kann man 40-Millime-

ter-Granaten damit verschießen. Ich denke an die Produktionspalette der österreichischen Firma Arges, Splittergranaten mit Aufschlagzündung, Rauch – Brandgranaten mit Spezial-Brandfüllung, Übungsgranaten mit Aufschlagmarkierung, Hohlladungssplittergranaten mit Selbstzerstörung... Doch Sie wollten nichts über Granaten hören, sondern was ich vom MGL 40 weiß. Es unterscheidet sich von den bekannten Granatgewehren in einem entscheidenden Punkt. Das amerikanische M 79 zum Beispiel oder das deutsche Heckler & Koch 69 sind einschüssig, die Feuerdichte ist daher unzureichend. Wenn man über eine optimale Bewaffnung von Infanteristen nachdenkt, landet man immer schnell bei der Frage, wie die Feuerlücke zwischen Handgranatenwurf und leichtem Granatwerfer zu schließen ist... Die meisten westlichen Armeen und auch die Polizei haben sich zur Einführung von Granatgewehren entschlossen; aber die Einschüssigkeit bleibt ein Handicap. Als Antwort auf dieses Problem ist in Südafrika ein leichtes, halbautomatisches Granatgewehr entwickelt worden. Die Trommel hat *sechs* Kammern. Die Hahnauslösung entspricht ungefähr einem Revolver mit Double-action-System. Einzelheiten, wie gesagt, kann ich Ihnen nicht nennen. Ich müßte mich erst sachkundig machen.«

Der Minister war beeindruckt. »Was wüßten Sie, wenn Sie sich über das Gerät informiert hätten?«

»Die höchste Schußfrequenz, die Mindestschußentfernung im Einsatz und die praktische Höchstschußentfernung. Das sind die Daten, die den Praktiker interessieren.«

»Kann er nicht wissen, wenn er nicht vorher nachliest, Herr Minister«, entschuldigte GehBeh sich für die Ignoranz seines Kollegen.

»Nee, mein Gott, das sehe ich ein.« Der Minister schüttelte

den Kopf. Wie viele Zivilisten war er von Waffen fasziniert, fand sie jedoch zu unheimlich, um sich längere Zeit darauf konzentrieren zu wollen. »Also, Herr Kleiber, Sie haben jedenfalls eine Vorstellung von dem Gerät...«

»Vage, ja.«

»Ein Container voll von den Dingern ist auf dem Weg vom Kap in den Irak abhanden gekommen. Wie unser BND-Resident in Istanbul meldet, Namen nenne ich nicht...«

»Name ist bekannt!« rief GehBeh und reckte sieghaft den Kopf.

»Schön, das geht mich nichts an... Wie er meldet, ist ein DDR-Agent als Vermittler tätig gewesen. Und zwar hat er vermittelt zwischen einem Wiener Waffenhändler namens Mauch und einem Istanbuler DDR-Residenten namens Baumgärtner. Nun frage ich mich – und frage Sie –: Was tut der Staatssicherheitsdienst mit einem Container voller – eh –«

»MGL 40«, half Kleiber aus.

»Sehr richtig. Wenn Ost-Berlin Waffen braucht, beschafft es sich welche in der Sowjetunion oder – was weiß ich –«

»Tschechei, Ungarn...« rief der Amtschef dazwischen. »Ich denke an die neue tschechoslowakische Armeepistole CZ 82, eine 9-Millimeter Makarow – das sind schon Ingenieure da drüben! Fordere sie, dann kommen sie auch! Man muß sie natürlich fordern«, schloß er mißmutig, »und sie nicht bezahlen wie den Werkspförtner.«

Kleiber sah mit Vergnügen, daß der Minister allmählich böse wurde. Auch der war nur ein Mensch und liebte es nicht, wenn man Sachkenntnisse vor ihm ausbreitete, bloß um zu imponieren.

Es wurde Kleiber klar, daß er den ihm aufgezwungenen Kleinkonflikt beim »Tea« leicht gewinnen konnte. Er brauchte nur dafür zu sorgen, daß der Minister ihm so wohlwollend zuhörte wie dem Amtschef widerwillig...

»Herr Minister, alle technischen Daten sagen uns nichts über den politischen Hintergrund. Wir sollten die politischen Risiken evaluieren, um abschätzen zu können, was die Technik eventuell anrichtet!«

Die Miene des Ministers hellte sich auf. *Sein* Sachverstand war gefragt.

»Was meine Sie, packe die Ostblock-Staliniste ihr Sach zamma und gehe still nach Haus, wenn nur genug Oppositionelle noch a Demo mache?«

»Was fürchten Sie? Bürgerkrieg?«

»Jedenfalls haben die Sicherheitsorgane weit mehr zu verliere als ihre Privilegie. In Bonn verzählt dir jeder, daß demnächst wahrscheinlich die Stasischläger und die Vopos sämtliche Oppositionelle zusammeschieße – bloß um weiter spanische Mandarine und Pampelmuse im Vorzugssupermarkt einkaufe zu könne. Blödsinn! Das Ostblock-Establishment fürchtet net bloß um Zitrusfrüchte und Datschen. Die Leut verliere ihre Selbstachtung. Warum? Wenn drübe alles zammakracht, habe die keine marktgängige Qualifikation mehr.«

Es war ein Gedanke, der auch Kleiber gelegentlich durch den Kopf gegangen war. Aber er hätte es vorlaut gefunden, das zu erwähnen.

»Wie lang studiert so ein Funktionär auf Marxismus-Leninismus, was glaube Sie?«

»Ende der sechziger Jahre habe ich mit Freunden ein sogenanntes Marx-Kränzchen gegründet«, bekannte Kleiber. »Wir trafen uns jeden Samstagnachmittag und lasen DAS KAPITAL. Für den ersten Band haben wir ein Jahr gebraucht; und das Werk hat *drei* Bände!«

»Das mein ich! Viele Leut drüben könne doch nur des eine, Marxismus-Leninismus. Was mache die, wemmer sie heimschickt? Das sind doch entwertete Menschen.«
Erwartungsvoll sah er sie beide an.
GehBeh antwortete: »Die haben auch vorher nicht viel getaugt.«
Kleiber war froh, nicht als erster geantwortet zu haben. Jetzt zu glänzen war leicht. »Sie spielen auf die Gefahr eines neostalinistischen Putsches in den Ostblockstaaten an?«
»Den ehemaligen Ostblockstaaten«, verbesserte GehBeh ihn.
»Die Gefahr besteht«, meinte der Minister. »Jedenfalls nach der Einschätzung der eigenen und der befreundeten Nachrichtendienste. Vor allem Gorbatschow hat unter den Militärs Feinde. Wenn die sich entschließen, ihn abzuservieren...! Dem Demokratisierungsprozeß im Osten wäre die machtpolitische Grundlage entzogen. Demokratisieren kann man nicht gegen Panzer.«
GehBeh rief: »Die Entkolonialisierung ist drüben sowenig rückgängig zu machen wie bei uns.«
»Alles ist rückgängig zu machen«, widersprach der Minister. »Menschen haben die Reformen in Gang gesetzt, Menschen können sie wieder anhalten.«
»Die Militärs brauchen aber einen konkreten Anlaß...« dachte Kleiber mit.
»Ja, und drum wüßte ich gern, ob ein Zusammenhang besteht zwischen dem Waffenlager in Istanbul und der Tatsache, daß dieser Ott als Vermittler des Waffengeschäfts einen Lageplan des Düsseldorfer Regierungsviertels hinterlassen hat.«
Kleiber faßte zusammen: »Nach Ihren Informationen gibt es im Ostblock Militärs, die den Aufstand planen. Es sind

Neostalinisten, die ihre Privilegien sichern wollen. Psychologisch gesprochen, sind sie gefährlich und unberechenbar, weil man sie öffentlich demütigt und alles, was sie geleistet haben, plötzlich als wertlos hinstellt... Der erste Schritt zu einem Putsch dürfte die Ausrufung des nationalen Notstands sein, entweder in der Sowjetunion oder einem der Randstaaten des Warschauer Pakts. Auf einen Anlaß zum Eingreifen warten die Putschisten sicher mit Ungeduld. Falls keiner sich ergibt, werden sie selbst einen schaffen.«

»Einen oder mehrere! Finden Sie es heraus! Sie sind unser ranghöchster aktiver Personenschützer. Sollte ein provokatorischer Anschlag in Düsseldorf geplant sein, haben Sie ihn zu verhindern.«

»Ich hätte gern absolut freie Hand, Herr Minister.«

»Sie dürfen gar alles, was zum Erfolg führt.« Der Minister stand auf. »Ich will nicht hinterher fünfzig Seiten Erklärungen lesen, warum irgendein hochrangiger östlicher Gast des nordrhein-westfälischen Ministerpräsidenten tot ist! Schreiben Sie einen Bericht von zehn Zeilen, warum der Gast noch lebt. Das genügt. Meine Herren!« Er ging hinaus.

Der Referent und der Bodyguard folgten ihm eilig, ohne auszutrinken.

6

Das von der »Firma« in Pullach gefertigte, ans Kölner »Amt« überstellte Dossier nahm Kleiber mit in die »Gralsburg«, das BKA Bonn-Meckenheim. Er ließ eine von den »französischen Mappen« kommen, wie man sie intern nannte.

Es waren Managerköfferchen, die sich äußerlich von den handelsüblichen, flachen Dokumentenmappen nicht unterschieden. Er legte den Ordner hinein, ohne die Unterlagen zunächst durchzusehen; das hatte Zeit. Er wollte nach Haus und essen, mit Kirsten ins Bett gehen und dann auch mal schlafen. Bevor er sich auf den Heimweg machte, informierte er sich über die Flüge nach Zürich und die Anschlußflüge Zürich-Istanbul. Als er sich auskannte, rief er Lupo de Mavert an, den Luganeser Finanzmakler und Bauspekulanten. Ob man sich morgen in Zürich treffen könne, es sei dringend.

Lupo erwiderte in seiner phlegmatischen Art: »Schlecht.«

»Ist es wirklich unmöglich?«

»Das habe ich nicht gesagt.«

Kleiber schüttelte – am andern Ende der Leitung – den Kopf. Er hatte immer noch Schwierigkeiten, Lupos Schweizer Eigenheiten zu verstehen. »Mir wäre es gegen halb vier Uhr im Café Baur en Ville recht, am Paradeplatz. Paßt Ihnen das?«

»Nein.«

»Können Sie trotzdem dort sein?«

»Ja.«

Kleiber atmete auf. Lupos geschäftliche Verbindungen hatten sich schon oft als nützlich erwiesen. Ihn selbst hatte Kleiber bis jetzt hundertprozentig verläßlich gefunden.

»Lupo, eine Bitte. Könnten Sie eine Expedition in Ihr Archiv entsenden und nach Unterlagen über einen Menschen fahnden lassen, der Mauch heißt? Karl Mauch.« Er buchstabierte. »Mauch wie Bauch. Würde mich interessieren, was Sie über den haben. Beziehungsweise, was man in Ihren Kreisen über ihn weiß.«

»Was sind meine Kreise?«

»Wenn ich das nur wüßte. Ich denke in diesem Fall an die Finanz- und Geschäftswelt.«

»Ich kann Ihnen jetzt schon einiges sagen, oder ist es am Telefon nicht – eh –?«

»Fangen Sie an.«

»Er ist ein Mogul wie Berlusconi in Italien. Ein Konstrukteur von Firmenimperien. Allerdings hat Mauch in einer sehr speziellen Branche angefangen. Haben Sie schon mal von VÖEST-Alpine gehört? Oder von deren Tochter Noricum?«

»Ich weiß, daß es in Österreich einen Noricum-Skandal gibt und daß es dabei um Waffenlieferungen in Krisengebiete geht. Nach geltendem österreichischem Recht wären die Lieferungen verboten gewesen...«

»Ja. Mit dem Noricum-Skandal hat Mauch direkt nichts zu tun. Anders gesagt, er war kein Komplize der Noricum-Manager, sondern ihr Konkurrent.«

»Sie meinen, er hat seinerseits – wie Noricum – den Versuch gemacht, österreichische Waffen in Krisengebiete zu verkaufen?«

»Mauch gilt als Waffenschieber. Er hat aber auch Interessen im Medienbereich. Man sagt, er habe in Jugoslawien ganze Fabrikhallen gemietet, in denen Raubkopien gefertigt werden. Die illegalen Videos läßt er mit Kleinbussen in die Industrieländer schaffen – Österreich, Schweiz, Bundesrepublik vor allem. Sie werden über eigene Videothekenketten vertrieben. So hat er angefangen. Inzwischen hat er Geld gewaschen und in eine ganz legale Filmproduktion gesteckt. Das ist die Wiener Pallas-Film, eine durchaus renommierte Firma. Ihr Sohn wird mehr darüber wissen als ich.«

»Ja, vermutlich.« Kleibers unehelicher Sohn mit einer polnischen Mutter, Jan Ziel, war Film- und Fernsehproduzent. Stolzer Chef der Münchener Global-Film.

»Vielleicht sollten Sie sich eher mit Jan treffen als mit mir?«
»Das kann ich immer noch. Was ich von Ihnen haben will, ist ein Röntgenbild von Karl Mauchs Geschäftsimperium.«
Lupo schwieg.
»Zuviel verlangt, hm?« fragte Kleiber nach.
»Ich überlege gerade, wie ich in der kurzen Zeit... Wen ich...« Er brach ab. »Darf es was kosten?«
»Ich habe freie Hand. Was ich brauche, sind schnelle Resultate.«
»Es darf also viel kosten?«
»Alles im Rahmen«, dämpfte Kleiber seine Erwartungen. »Und noch was, Lupo. Falls Sie Erkundigungen einziehen – es soll sich nicht rumsprechen, daß Mauch offiziell gescreened wird. Vertraulichkeit muß garantiert sein.«
»Hm. Mal sehn. Bis morgen.«
»Bis morgen, Lupo, und schönen Dank.« Er legte auf und ging zum Regal. Dort stand ein Lexikon in zwanzig Bänden. Kleiber hatte es sich auf eigene Kosten angeschafft. Er blätterte unter »V«.
»Vereinigte Österreichische Eisen- und Stahlwerke – Alpine Montan AG, Kurzform VÖEST-ALPINE, größtes Unternehmen der österreichischen Stahlindustrie, Sitz Linz...« 1938 war die Fabrik als »Reichswerke AG Alpine Montanbetriebe« gegründet worden.
Kleiber überlegte sich, was das bedeutete. Das Dritte Reich hatte damals massiv aufgerüstet, Hitler wollte den seines Erachtens unumgänglichen Krieg um die Vorherrschaft in Europa als Fünfzigjähriger beginnen, also 1939. Der »Führer« befürchtete, der Kriegführung aus Altersgründen später nicht mehr gewachsen zu sein. Unmittelbar nach dem »Anschluß« Österreichs, seiner Eingliederung ins nazi-

deutsche Reich, mußte Göring den Rüstungsbetrieb gegründet haben. Als »Beauftragter für den Vierjahresplan« war Göring für die wirtschaftliche Basis der Wiederaufrüstung verantwortlich gewesen.
Kleiber stellte den Band ins Regal zurück und griff zum »Großen Buch der Österreicher«. Mauch war 1939 in Linz geboren, dem Sitz der VÖEST-Alpine. Er war Sohn eines Linzer Postbeamten im mittleren Dienst und einer Friseuse. Nach der Matura hatte er in Wien und dann – erste Anzeichen für ungewöhnliche Initiative – in Berkeley/Kalifornien Nationalökonomie studiert. Nach Abschluß seines Studiums hatte er bei MGM in Los Angeles »volontiert«, als Filmkaufmann. Später war er beim verstaatlichten österreichischen Rundfunk ORF untergekommen. Hier war er auf- und dann ausgestiegen, um sich selbständig zu machen. Er besitze die und die Firmen, die Pallas-Film Wien war genannt.
Nachdenklich stellte Kleiber das Buch wieder weg. Von Waffenschiebereien stand nichts drin.
Andererseits war dem Eintrag ein indirekter Hinweis zu entnehmen. Karl Mauch mußte beste Beziehungen zum politischen Establishment in Wien unterhalten haben. Sonst wäre ihm der Einstieg in den ORF nicht gelungen. Die Österreicher vergaben Posten – und erst recht staatliche – nach dem Parteibuch.
Daß ein Mauch sich in Wien mit Ministern duzte, durfte man nach diesem Eintrag ohne weiteres voraussetzen. Minister aber waren es, die sowohl in der verstaatlichten VÖEST als auch im österreichischen Rundfunk das Sagen hatten.
Die auf den ersten Blick etwas seltsame Verquickung von Waffen- und Mediengeschäften wirkte nicht mehr gar so unorganisch.

7

Die französische Mappe bewährte sich, als Kleiber für den Flug nach Zürich auf dem Köln-Bonner Flughafen »Wahn« eingecheckt wurde. Nicht ohne die Befürchtung, einen Skandal hervorzurufen, gab er das scheinbar harmlose Managerköfferchen der Beamtin, die es – wie alle andern Gepäckstücke – in die Röntgenkammer schob.
Die Mappe enthielt eine Pistole und acht Schuß. Die Patronen waren als Zierknöpfe getarnt und mußten extra entnommen werden. Die Waffe – ihr Lauf – steckte im Metallgriff der Mappe. Als Kolben diente eine Plastikverstärkung an der Verankerung des Griffs.
Die Beamtin warf den üblichen, halb aufmerksamen und halb gelangweilten Kontrollblick auf ihren Sichtschirm. Sie sah Kleiber an und sagte: »Bitte gehen Sie durch.«
Er passierte die Personenkontrolle, wies Schlüsselbund und Geldbeutel vor, über denen der Detektor gepiepst hatte, und nahm seine in jedem Sinne »scharfe« Mappe vom Band.
Es gab jetzt Detektoren, die jede Art von Sprengstoff »rochen«. Doch Köln war damit noch nicht ausgerüstet. Und selbst wenn, sie hätten der Mappe wohl nichts angemerkt.
Während des Flugs studierte Kleiber das Dossier. Es enthielt einen schriftlichen Observationsbericht. Unter Datum und Uhrzeit war jeweils genau angegeben, was Ralf Ott getan und wen er getroffen hatte. Eingeschlossen waren seine Telefongespräche, denn man hatte ihn abgehört. Gespräche mit Besuchern waren protokolliert; seine Stadtwohnung in Istanbul und das Ferienapartment in *Hellespont Paradise* waren verwanzt worden.
Für alle diese Maßnahmen verantwortlich – zumindest indirekt, als Supervisor am Schreibtisch – zeichnete Christian

Kynast. Einer von Ralfs ältesten Freunden, mußte man sagen – auch wenn er Ralf weniger nahe gestanden hatte als Kleiber.

Kleiber hatte Ralf sehr gern gehabt. Lieber als Chris. Bis zu der Zeit, als Ralfs fröhliche Schluckerei mehr und mehr in zwanghaften Alkoholismus übergegangen war. Ein Freund, der torkelte und einen aus glasigen Augen ansah, war kein Freund mehr, sondern ein Patient.

Kleiber sah ihn nun auf den Fotografien der BND-Fahnder wieder. Ralf trug inzwischen, vielleicht eine Anpassung ans türkische Ambiente, einen Bart. Er war über der Oberlippe dunkel, am Kinn aber eisgrau, fast weiß. Jugendlich schwarz, noch kaum mit Grau durchsetzt, waren die buschigen Brauen. Die dunklen Augen sahen Kleiber auf den Fotografien nicht direkt an. Es war ihm beinahe, als weiche Ralf bis zum Schluß einer direkten Begegnung aus. Allerdings nicht aus Furcht.

Nein, ängstlich wirkte Ralf auf den Fotografien nicht. Er trug einen Pullover und darüber ein weiches, beigefarbenes Sakko mit braunem Fischgrätenmuster. Sah mit dem Bart eigentlich sogar recht flott aus oder hätte so aussehen können. Doch Ralfs Gesamtausdruck wirkte auf Kleiber traurig.

Der Blick war nicht tränenvoll – selbstverständlich nicht bei einem über fünfzigjährigen professionellen Agenten erst des Bundesamts für Verfassungsschutz in Köln, dann des Ministeriums für Staatssicherheit in Ost-Berlin. Aber umflort war sein Blick. Kleiber schaute lang in die abgewandten Augen. Er glaubte, sich nicht zu täuschen. Der Ralf, der mit einer übergroßen Reisetasche aus dem Eingang des Savoy-Hotels Baur en Ville auf die Straße trat und ein wenig irritiert Ausschau zu halten schien, nahm innerlich Abschied.

Vielleicht mußte man sich von vielen Hoffnungen verabschiedet haben, um von jemandem wie Mauch Bestechungsgelder entgegenzunehmen beziehungsweise sich davon eine Provision abzuzweigen.
Es stand allerdings nicht fest, daß Ralf selbst profitiert hatte. Die Mitschnitte seiner Gespräche mit Baumgärtner hielten Verhandlungen über einen Anteil von zehn Prozent von vier Millionen fest. Doch es war nicht gelungen, ihm zu einer Bank oder zu einem Versteck zu folgen, wo die vierhunderttausend Mark gebunkert sein mochten.
Als die Maschine gelandet war, ging Kleiber zum Swissair-Schalter und ließ seinen Weiterflug bestätigen. Er wies darauf hin, daß er seinen Koffer schon in Köln-Wahn nach Istanbul aufgegeben habe; die Swissair-Leute versprachen ihm, darauf zu achten, daß er nicht in Zürich-Kloten zurückbleibe.
Kleiber bedankte sich und nahm ein Taxi in die Stadt. Am Paradeplatz stieg er aus und sah sich um. Dies war eine Herzkammer des Kapitalismus – des weltweiten Geldkreislaufes. Vielleicht war der Kapitalismus deshalb so stark, weil er – im Gegensatz zu sterblichen Wesen – mehrere Herzen hatte. New York und London und Hongkong und Tokio selbstverständlich; und das war nur ein Teil.
Wie mochte einem Ralf Ott zumute sein, dem Überläufer zum andern, zum sozialistischen System, wenn er den Überfluß in den Schaufenstern sah? Den Reichtum nicht nur an materiellen, sondern auch an geistigen Gütern...
Immer, wenn Kleiber in Zürich Station machte, suchte er die verschiedenen fremdsprachigen Buchhandlungen auf und räumte ab, was er an englischer und französischer Literatur Neues finden konnte.
Er versuchte, sich in Ralf einzufühlen, und merkte, daß er

einen Blick entwickelte, nicht für reiche Kunden, sondern für den angestrengten Zug in den Gesichtern der Verkäuferinnen. Noch der tote Ralf hatte ihm etwas zu sagen, merkte er.

8

Lupo de Mavert war keine auffallende Erscheinung. Jedesmal, wenn Kleiber ihn wiedersah, wunderte er sich, wie bieder und langweilig der umtriebige Geld- und Immobilienmakler wirkte. Nicht groß und nicht klein, nicht dick und nicht dünn, weder blond noch braun, und immer in gedeckten, manchmal gar dunkelblauen Anzügen oder einer »Kombination«, paßte er sich Geschäftsleuten an wie der Fisch dem Wasser. Er sah aus wie jeder andere Stammgast im Café Baur en Ville, wo die Banker ihren »noir« tranken; den Kaffee ohne Milch, der schlanken Linie wegen.
Während Kleiber ihm die Hand schüttelte, dachte er an die pittoresken jungen Leute, die man in der Zürcher Innenstadt ebenso häufig sah wie in anderen westlichen Cities. Mit rotvioletten Irokesenschöpfen machten sie auf sich aufmerksam, waren aber in aller Regel auf gesellschaftlich uninteressante Tätigkeiten fixiert. Die Frauen und Männer, die durch ihre Arbeit entscheidende Impulse gaben und aufregende Einblicke vermitteln konnten, wirkten äußerlich meist viel langweiliger.
Als Kleiber seinen Kaffeebecher vor sich stehen hatte, kam er zur Sache: »Sind Sie fündig geworden?«
»Teilweise«, antwortete Lupo. »Kennen Sie sich in der antiken Mythologie aus?«
»Sagen Sie mir, worauf Sie hinauswollen.«

»Was fällt Ihnen bei dem Wort *Pallas* ein?«
»Die Pallas-Filmgesellschaft von Karl Mauch.«
»Was noch?«
»Pallas Athene, die Lieblingstochter des Göttervaters Zeus und Namenspatronin der Stadt Athen... Schutzgöttin der Stadt war sie, Schirmherrin, Symbol und Inbegriff Athens geradezu...«
»Die Lieblingstochter von Zeus«, bestätigte Lupo gewichtig.
»Na und?«
»Die Pallas-Film ist wie Athene dem Kopf von Zeus entsprungen! Nämlich gegründet worden von der in Vaduz verwalteten Stiftung Zentraleuropa-Service, abgekürzt: Zeus.«
»Die Filmgesellschaft gehört nicht Karl Mauch?«
»Doch. Mit. Seit er als Geschäftsführer eingestiegen ist, floriert die Firma erst. Als sein Vertrag zur Verlängerung anstand, hat er sich Vorzugsaktien ausbedungen und hält jetzt fünfzig Prozent des Kapitals. Die andern fünfzig Prozent gehören immer noch Zeus in Vaduz! – Ich dachte, Sie würden überraschter sein«, schloß Lupo enttäuscht.
»Sie sehen mich platt wie eine Briefmarke«, versicherte Kleiber ihm. »Es ist eine überaus wertvolle Information. Aber ich muß das erst einmal verdauen. Lassen Sie mich nachdenken, ja?«
Lupo stand auf und holte sich die Neue Zürcher Zeitung. Da er Lust hatte, sich zu zerstreuen, schlug er den Kulturteil auf. Eine Würdigung mehrerer biografischer Arbeiten über den amerikanischen Kriminalschriftsteller Raymond Chandler nahm seine Aufmerksamkeit gefangen. Anläßlich des hundertsten Geburtstags des Amerikaners war einiges Sekundärliterarische erschienen. Der Essay eines früheren

Gerichtsreporters wurde als »frech« gelobt. Lupo war erstaunt; Frechheiten war die würdige Neue Zürcher sonst abhold. Er beschloß, sich den Band mit diesem Essay zu kaufen, es mußte was Besonderes dran sein.

»Was wissen wir über Zeus, Lupo?«

Er legte die Zeitung beiseite und besann sich. »Arabische Staaten haben zwanzig Millionen Dollar in der Form einer Stiftung angelegt, die von einem Briefkastentreuhänder verwaltet wird. Wie das in Vaduz so üblich ist. Zweck der Stiftung ist die Förderung des Gedankens der Selbstbestimmung der Völker – aller Völker, auch der kleinen und kleinsten. Um diesem Gedanken weite Verbreitung zu verschaffen, hat Zeus einen Verlag gegründet, den Zentraleuropa-Informationsservice Zeuis. Der Verlag gibt ein Info heraus, das an die europäischen Parlamentarier verschickt wird, kostenlos – und Bücher. Jetzt steht fest, daß Zeus auch eine, wenigstens eine, Filmgesellschaft gegründet hat, eben die Pallas-Film. Vielleicht hab' ich was vergessen...«

»Warum organisiert man so eine Holding als Stiftung?« fragte Kleiber.

»Das kommt steuerlich günstig. Und der verfolgte Zweck – Selbstbestimmung der Völker – gilt ja allgemein als förderungswürdig. Die Konstruktion wirkt seriös.«

»Bedeutet eine Stiftung nicht auch, daß keine Gewinne entnommen werden dürfen?«

»Drum hat Karl Mauch ja eine Beteiligung kaufen müssen.«

»Verstehe. Was haben die Mitarbeiter davon, außer dem Ruhm?«

»Ja, nun – die tun es selbstverständlich nicht für Gotteslohn. Was glauben Sie? So eine Stiftung zahlt angemessene Gehälter. Was angemessen ist, entscheidet ein Notar in Vaduz.

Liechtensteiner Stiftungen sind ein überaus florierendes Gewerbe. Unter bestimmten Bedingungen dürfen sogar Spenden gesammelt werden. Der Sponsor läßt sich die Spenden quittieren und setzt sie vom steuerpflichtigen Einkommen ab. Was tatsächlich an Interessengruppen hinter der Stiftung steht, wie die Gelder eingesetzt werden und wer letztlich profitiert – das überblickt niemand.« Er seufzte.
»Was haben Sie?«
»Ich bin am Überlegen, ob ich nicht selbst eine Stiftung aufziehen könnte!«
»Sicher ist eine Mindesteinlage erforderlich«, lachte Kleiber. »Und dann eine Art Gründungsgebühr. Der Notar will auch seinen Anteil...«
»Erdnüsse«, winkte Lupo ab. »Von einer bestimmten Größenordnung an, unter der man sowieso keine Stiftung anmeldet – Erdnüsse!«

9

Den Flug nach Istanbul verschlief Kleiber; der Adrenalinstoß beim Auschecken weckte ihn gründlich auf. In Köln wäre ihm gar nichts und in der Schweiz nicht viel passiert, hätte man auf dem Sichtschirm des Durchleuchtungsgeräts die als Griff getarnte Pistole in seiner französischen Mappe erkannt. Auf dem Flughafen Yesilköy jedoch war das anders. Militärposten mit schußbereiten MPs standen in Zweier- und Dreiergruppen, wo man hinblickte; es gab mehr Uniformen zu sehen als in Israel. Die Pistole wurde zum Glück nicht entdeckt.
Er stellte seine Uhr auf türkische Sommerzeit um – mitteleuropäische Zeit plus zwei Stunden – und bestieg, weil er

sich auskannte, kein Taxi, sondern den Bus. Der brachte ihn zum fünfzehn Kilometer entfernten Terminal der Türk Hava Yollari (THY – Turkish Airlines) in Sishane, dem Stadtzentrum. Dort bat er, ihm seinen Koffer durch einen Mietwagen zum Hotel Etap Marmara am Taksimplatz zu schicken.

Nur mit der französischen Mappe belastet, also gar nicht, ging er zu Fuß durch die engen Gassen zur Istiklal Caddesi, Istanbuls Einkaufsboulevard mit den grellen Kinoreklamen und den ebenso bunten Textilien in den Schaufenstern.

Kleiber fühlte sich gut. Er hatte Istanbul irgendwann ins Herz geschlossen. Angeblich sollte Asien erst jenseits des Bosporus anfangen, im Stadtteil Üsküdar; doch Kleiber meinte, daß das nicht stimmte. Mit seiner wimmelnden Menge armseliger Menschen, die sich durch Schuhputzen, die Reinigung von Windschutzscheiben und den Verkauf von Schnürsenkeln auf der Straße ernährten, stellte Istanbul die dritte Welt dar. Und stellte sie auch vor: »Darf ich bekannt machen...?«

Athen war Europa, trotz des Smogs und der heruntergekommenen Mietshäuser, trotz der Verseuchung von Piräus. Istanbul hatte den Anschluß verpaßt und bisher nicht wiedergefunden. Es war Asien.

Im Etap Marmara erfuhr Kleiber, daß sein Koffer bereits auf dem Zimmer war. Er fuhr hinauf. Die Klimaanlage war auf »medium« gestellt; er stellte sie auf »low«, denn es war ihm zu kühl für den Abend. Er zog sich aus, nahm ein heißes Bad und setzte sich mit einem Bier ans Telefon.

Dann rief er Christian Kynast in dessen Büro an. Das Geschäft nannte sich Antique Bazaar; angeblich assistierte Chris einem türkischen Chef beim Im- und Export von Antiquitäten. Der Türke war ein Strohmann.

»Kynast.«
»Ich hoffe, du bist vorgewarnt.«
»Tilmann! Selbstverständlich, eine Frau Kellner hat angerufen und dich avisiert – du, ich konnte unmöglich nach Yesilköy kommen und dich abholen...« Eine lange Erklärung folgte.
Kleiber hörte geduldig zu, bis der BND-Resident zu Ende war. »Danke, daß du dir so viele Gedanken machst. Essen wir zusammen?«
»Ehrensache.«
»Wo?«
»Internationale Küche, türkische Küche oder Fisch? Mit oder ohne Bellydance?«
»Bauchtanz bedeutet Musik, und wo die Musik laut spielt, kann man nicht reden.«
»Auch wieder wahr. Also paß auf...«
Er machte einen Vorschlag, der Kleiber zusagte. Nachdem er sich verabschiedet und bevor er eingehängt hatte, sagte er: »Du – eins noch. Wegen Ralf. War es Fremdverschulden, oder hat er sich gar selbst...?«
»Der endgültige Befund der Pathologen liegt noch nicht vor«, antwortete Christian nach einer Pause.
»Du hattest ihn unter Beobachtung. Wie hat er auf dich gewirkt?«
»Wie meinst du das, Tilmann?«
»War er zum Schluß glücklich oder wenigstens zufrieden?«
»Einsam.«
»Das ist ein häßlicher Gedanke – ich meine, es wäre schlimm, wenn er sich im Suff was zugezogen hätte, durch einen Sturz oder einen Schlaganfall... Und hätte sich nicht mehr helfen können.«

»Das ist die wahrscheinlichste Lösung. Wenn Fremdverschulden vorläge, hätte man längst irgendwelche Spuren gesichert.«

»Er war allein und ohne Hilfe?«

»Sagen wir, er ist sehr stimmungsvoll und romantisch vor die Hunde gegangen.«

Tilmann war überrascht. »Vielleicht muß man das wirklich so sehen.«

»Aber ja. Er war kein Kind, um das jemand sich hätte kümmern müssen. Er war ein Mann. Oder hätte einer sein sollen, statt sich die Birne mit Raki zu bedröhnen.«

Danach beendeten sie das Gespräch wirklich.

Kleiber trat ans Fenster und blickte auf den Taksimplatz hinab. Selbst von oben konnte er die Militärposten deutlich ausmachen.

Er ging zum Bett und öffnete seine französische Mappe. Außer dem BND-Ordner war ein Packen Briefe darin, die ihm Ralf nach seinem Übertritt in den Osten noch geschrieben hatte. Er hatte die Post unter dem Namen seiner Nachbarin an Kleibers Schwager abgesandt, damit sie nicht beide Ärger bekämen. Kleiber hatte damals mit zuviel Ungeduld darin gelesen, um sich jetzt noch an Einzelheiten zu erinnern.

Er legte sich aufs Bett, blätterte in den handgeschriebenen Blättern und strich mit seinem Kugelschreiber an, was ihm wichtig oder rührend erschien. Beiläufig fiel ihm ein, daß er Ralf zum Teufel gewünscht hatte. Doch die Briefe wegzuwerfen war ihm nie eingefallen.

»So ist dies alles doch ein psychologisches Problem« – Ralf meinte seine Anpassungsschwierigkeiten in Ost-Berlin – »das ich nicht zu lösen in der Lage bin. Zumindest nicht alleine.

Aber weißt Du, diese Unruhe in meinem Leben mußte mal

ein Ende haben. Von meinem Wunschdenken her sehnte ich mich immer nach viel Harmonie und Geborgenheit und einem Hauch Verzeihung für private Eskapaden. Alles das finde ich in der Weltanschauung des Marxismus-Leninismus; bin allerdings noch nicht in der Lage, neue, vernünftige Bekanntschaften zu machen, geschweige denn Freundschaften zu schließen. Auf jeden Fall lege ich, wenn ich das so hinschreibe, eine gehörige Portion Selbstmitleid vor – ich weiß das. Aber ich sage immer: ›Einer muß ja Mitleid mit mir haben!‹ Sicher eine ganz ungeeignete Begründung.«
Kleiber mußte – weil er Ralfs zweifellos kalkulierte, aufs wohlige Überlegenheitsgefühl des Angesprochenen rechnende Demutssprache so genau kannte – zugleich den Kopf schütteln, lächeln und ärgerlich die Schultern hochziehen.
»Ich finde es schon toll, daß Du mir in diesem Zustand mit Rat und Tat zur Seite stehst, Tilmann! Vielen Dank für Deine Solidarität!«
»Herrgott«, sagte Kleiber laut. »Dein seelischer Mülleimer war ich. Ralf – du spinnst.«
Dann wurde es fürchterlich. Jennifer hatte erklärt, daß sie ihm nicht nach Ost-Berlin folgen werde und das alleinige Sorgerecht für Igor beanspruche. Sie wollte die Hunde behalten – beide, den Collie und den großen Schnauzer – und die Tresore öffnen lassen; einen entsprechenden Antrag bei den Banken habe sie eingereicht.
»Lieber Tilmann! Mein Zustand, mein psychischer, verschlechtert sich von Tag zu Tag, und ich habe keine Post – keine Nachricht von niemandem. Und trotzdem bzw. gerade deshalb will ich mich Dir heute wieder mitteilen. Ich hab' ja sonst im Moment gar niemand anders. Von Mutter habe ich gehört, daß es ihr wieder bessergeht und sie bald aus dem Krankenhaus kommen kann. Das belastet mich ja auch noch.

Meine Sache mit dem Freigeben der Tresore geht nicht vorwärts. Anscheinend bin ich durch meine Parteinahme für den andern deutschen Staat – man nennt es Verrat, ich weiß – zu einem rechtlosen Wesen geworden. Die Anwälte der Bank schreiben mir, ich hätte keine Möglichkeit, meine Frau an der Inbesitznahme des Tresorinhalts zu hindern. Ob das stimmt? Und ich dachte immer, im Kapitalismus ist wenigstens eines heilig: das Bankgeheimnis! Doch der Bundesanwalt ist der felsenfesten Überzeugung, im Tresor könnte geheimes Material des Spions liegen, als den er mich nun einmal sieht. Er habe also das Recht auf Öffnung – und die Bankanwälte meinen, meine Frau kann, was nicht geheim ist, im Rahmen des Eherechts beanspruchen. Es ist ein verdammt ohnmächtiges Gefühl, sich im Recht zu glauben und doch nichts machen zu können. Und dabei langsam alles zu verlieren, nur weil man den Mut hatte, sich zu seiner Überzeugung zu bekennen.
Ich bin heute früh mal nach Dresden gefahren. Und bis Nachmittag geblieben. Erst war es sehr neblig und diesig, dann herrlicher Sonnenschein. Aber weißt Du, wenn man in einer so fremden Stadt steht – dieses Gefühl der Verlorenheit ist gar nicht bzw. kaum zu beschreiben. Eben habe ich im Radio von Händel eine Melodie gehört, eine Arie, ich weiß nicht, aus was. Es klang so ähnlich wie das Ave Maria. Das ging mir ganz schön unter die Haut. Mein Gott, was ist man nur für ein Arsch...«
»Du sagst es«, entfuhr es Kleiber.
Schließlich kippte Ralf vollends über den Rand.
»Samstag abend, 20.15 Uhr. Der Normalbürger hat gerade seine Nachrichten hinter sich gebracht, und schon allein an dieser Tatsache stelle ich fest, wie unnormal ich lebe. Es ist heute der neunte Tag, wo ich kein Bett gesehen habe, weil

ich es im Hotelzimmer einfach nicht aushalte. Also schlafe ich hier, ewig Nachtdienste schiebend, auf den üblichen Notbetten. Bin aber wenigstens nicht allein, höre die Kollegen schnarchen, und das ist besser als die Stille im Hotel.
Ich muß es Dir schreiben, denn ich bin am Ende. Keine große Kraft mehr, es ist einfach zuviel des Negativen. Alle westlichen Zeitschriften bezeichnen mich als Säufer. Trinken andere denn nicht auch mal ein Glas über den Durst? Und die Fotos. Jennifer muß gerade die herausgesucht haben, die mich mit aufgerissenen Augen oder schiefem Mund oder Zahnlücke zeigen. Warum tut sie das?
Hinzu kommt nun noch, daß Mutter wieder im Krankenhaus liegt. Lungenentzündung. Das erleichtert meine Lage absolut nicht, denn ich muß mir sagen, daß sie unter dem Ansturm der Pressekampagne zusammengebrochen ist – oder jedenfalls möglicherweise.
Ich sitze hier in einer Woge von Gemurmel und Geschirrgeklapper. Stasi-Kantine! Ein Schauplatz für einen James-Bond-Roman, sollte man meinen. Nun, Du glaubst nicht, wie ganz und gar unromantisch es hier zugeht. Alle Nationalitäten um mich herum! Bei manchen hat man das Gefühl, sie sehen dich an, weil sie deine Gefühle ahnen oder dich für einen Sonderling halten.
Nun bin ich umgezogen in einen anderen Raum, mit sogar fast gemütlicher Atmosphäre. Noch, denn in den Nachtstunden wird sich die soziale Struktur der ›Bereitschaftler‹ ändern. Man nimmt dafür mit Vorliebe Leute wie mich, auf die zu Haus niemand wartet, und das wirkt sich aus auf alles, die Gespräche, sogar die Gesichter.
Ich habe in den letzten Tagen öfters mit Jennifer telefoniert, die Stimme war nicht unfreundlich, aber in der Sache selbst unversöhnlich. Mein Entschluß sei keine bewußte politi-

sche Entscheidung, sondern ein Weglaufen vor der Wirklichkeit. Wie kann sie das so einfach behaupten?
Es wird mir jedenfalls weiter nichts übrigbleiben, als mir so schnell wie möglich Wohnraum zu besorgen. Es ist ein Unterschied, ob eine Leerwohnung oder möbliert, ich kann oder mag mich nicht entscheiden. Weißt Du, es ist alles so unklar, so ungeklärt.«
Der Brief ging mit einer römischen Ziffer II weiter, anscheinend hatte Ralf nach einer Denkpause noch mal angefangen: »Wäre der Ausweg nicht das erlösende Wort ›Ich liebe dich, und das allein zählt; was kümmert mich deine politische Meinung und Entscheidung? Ich halte zu dir!?‹ Oder: ›Mit deiner Politik kannst du mich am Arsch lecken, und mit deiner Zunge leckst du mir die V...!‹ oder ›Die Hunde sehen traurig aus, seit du weg bist, ich bringe sie dir, oller Tierquäler!‹ Sooft ich anrufe, habe ich diese vage Hoffnung.
Ist Nachgeben denn charakterlos? Müßte sie das nicht auch einmal lernen? Bisher kam es ja immer nur dadurch zur Versöhnung, daß ich bedingungslose Kapitulation anbot. Ich wollte immer raus aus der Ellenbogengesellschaft und auch aus der Schutzmannschaft dafür, aber jedesmal gab ich nach, der Weg nach Canossa war ein Scheißdreck gegen das, was ich geschluckt habe, um diese Frau zu halten – nicht nur die Frau, den Jungen. Sogar die Hunde. Tilmann, Du hast selbst einen, klopf Euren guten ›Boß‹ von mir. Du weißt, daß man einen Hund so vermissen kann, daß einem die Tränen in die Augen steigen. So geht es mir manchmal.
Auch wenn ich meine eigenen Fehler zugebe, ja überbewerte, muß es doch nicht so enden. Mit der ganzen Familie als Schwurgericht, Jennifer ist die Vorsitzende, Igor und Mutter die Beisitzer. Justitia schaut mich an.

Ich sitze an einem Vierertisch, neben mir ein ständig plappernder fünfzigjähriger Deutsch-Russe, mit mehreren Promille und deutschrussischem Wortschatz. Mir vis-à-vis ein junger Soldat, ich frage schon gar nicht, wie er reinkommt, wir sind doch angeblich ›Geheime‹. Rechts gegenüber ein volltrunkener gutsituierter Herr, ich schätze Akademiker, fast bis zur Bewußtlosigkeit voll – aber ruhig. Seine Bekleidung und die Accessoires wie Uhr und Unterarmtasche sind vom Feinsten. Das ist meine Samstagsgesellschaft. Was werdet Ihr zwei jetzt wohl machen? Es ist 22.03 Uhr MEZ. Ihr sitzt sicher in Eurem Haus und genießt den Abend. Bin fast ein wenig neidisch und meine doch, ich hätte den bessern Teil des Vaterlands erwählt. Spinne ich? Mache ich mir selbst was vor? Ich kann nicht mehr denken, meine Gedanken sind sonstwo, und das macht alles so beschissen. Herzliche Grüße an Kirsten...«

Es folgten einige Notschreie.

»S.O.S. oder *Save our Souls* heißt dieser internationale Hilferuf. Das mühsam zusammengehaltene Gebilde meines mehrmals gekitteten Familiendaseins hält nicht und hat nicht gehalten. Sie will die Scheidung, und den Grund ahnst Du nicht, er ist nicht zu ahnen. Diese Zeilen schreibe ich Dir aus dem Wartesaal in Erfurt, es ist 1.16 Uhr früh, und ich warte auf den Zug nach Berlin, Hauptstadt der DDR. Seit Donnerstag vergangener Woche ist das Unheil wieder auf meiner Seite. War es eigentlich schon immer, aber es hat sich nun zugespitzt. Und weshalb? Da lachst Du Dich krank, denn es liegt ein bizarrer Grund vor. Schon der Ablauf der Sache ist kaum glaubhaft. Ich hatte Dir geschrieben, daß die Öffnung meiner zwei Banktresore drohte. Okay, in einem davon lag nichts weiter drin als ein Pornoheft. Ein einziges. In welchem Zustand von Benebelung ich war, als ich es da reinschob – ich besinne mich gar nicht, es gekauft zu haben –, kann ich heute nicht mehr rekonstruieren. Nun schreibt Jennifer, das sei der Beweis für meinen Zynismus, ein wahrer Marxist-Leninist würde keine Pornografie sammeln. Daher sei es bei mir nicht Überzeugung, sondern schnöder Verrat um des Mammons willen – und sie lasse sich scheiden. Wegen seelischer Grausamkeit, ich weiß gar nicht, ob das in unserm Rechtssystem ein Grund ist. Bei uns gilt doch eher ›Zerrüttung‹. Aber so sieht sie es nun einmal, und stell Dir vor, sie hat das Heft unserm Sohn gezeigt. Vielleicht ist es ja blöd von mir, doch das trifft mich. Ich telefonierte gleich und kriegte Igor auch an die Strippe, er hat gelacht und gesagt, ach, Daddy, was soll's, das sehn wir doch alle gern... Aber letzten Endes bleibt in mir eine Art Scham zurück, mit der ich in meinem Zustand des Fix-und-fertig-Seins einfach nicht mehr angemessen umgehen kann. Es ist zum Kotzen, weil mir das vielleicht in der Beurteilung meiner Seriosität hier am neuen Arbeitsplatz im MfS sehr schadet. Ich habe eine Heidenangst, daß Jennifer die Neuigkeit mit dem Pornoheft auch noch an die Presse gibt. Was ich dann mache, weiß ich nicht. Drüben nichts mehr und hier die grinsenden Kollegen und die Chefs, die mir sagen, so nicht, Freundchen! Sie haben für die Stasi eine Art Ledigenheim. Da war ich zwecks eigener Bleibe und soll Mittwoch wieder nachfragen. Eher ergibt sich keine Möglichkeit, meinen die. Soviel zu den im Westen für märchenhaft gehaltenen Privilegien eines Offiziers der Staatssicherheit. Der ich ja nun mal bin.

Weißt Du, was Jennifer meinte? Ich sei nur rübergegangen, weil bei mir wieder mal der Wandertrieb ausgebrochen sei. Sie hat ja auch meine Alkoholtouren als ›Streunen‹ bezeichnet. Die macht es sich so einfach und weiß so gut, was mit

mir los ist. Das Heimweh nach einer quasi familiären Herzens- und Ofenwärme ist, glaube ich, schon lange mein Problem. Ich werde doch immer älter; wie lange soll ich denn noch warten, um meine Überzeugung auszuprobieren? Ich lebe absolut normal, was will sie mehr? Ich gehe meiner Arbeit nach, mache Überstunden, bringe Leistung und guten Willen in die Familie ein – und nischt ist! Ich würde schon mal sehr gerne wissen, woran das liegt. Bin ich vielleicht ›selbstzerstörerisch‹? Für den Psychiater würde es in meinem Alter wohl zu spät sein. Zuviel ist falsch gelaufen.
Ich werde diesen Brief hier gleich in Erfurt einwerfen. Als Absender steht ein anderer drauf als ich, und als Empfänger ein anderer als Du; und was drin steht, ist zum Heulen. So sieht das Leben eines Geheimagenten aus. Ob die Fans von Roger Moore sich das wohl träumen lassen?
Wie geht es Dir, beziehungsweise Euch beiden? Ich hoffe doch, sehr viel besser als mir! Ich lege eine Fotografie aus besseren Tagen bei. Vergiß nicht ganz Deinen alten, sicherlich etwas zu sehr durchdrehenden – *Ralf.*«
Die Fotografie zeigte Ralf, Jennifer und Igor mit den beiden Hunden in ihrem Kölner Haus.
Es folgte eine Postkarte mit dem Stempel »Berlin – Hauptstadt der DDR« und, was Kleiber jetzt wunderte – er hatte beim Empfang seinerzeit nicht darauf geachtet – dem Reklameaufdruck: »Lebensversicherung heute – finanzieller Vorteil morgen«. Die DDR zahlte karge Renten, machte er sich klar. Viele Bürger vor allem der Intelligenz hatten das Bedürfnis nach zusätzlicher Auspolsterung des Lebensabends. Die Postkarte zeigte als Ansicht die Marx-Engels-Brücke.
»Ihr Lieben!« schrieb Ralf auf der Rückseite. »Auch ständiges Absetzen von S.O.S.-Signalen schützt ein Schiff nicht

vor dem Untergang.« Unterschrieben hatte er mit dem Namen, den er immer als Absender angab. Die Schrift war freilich unverwechselbar, ein Risiko, das Ralf einging.
Kleiber überprüfte das Datum. Kurz danach hatte Jennifer sich seinen Selbstmorddrohungen mehr oder weniger widerwillig gebeugt. Sie war mit Sack und Pack nach Ost-Berlin umgezogen.
Von da an beschränkten Ralfs Mitteilungen sich auf gelegentliche Grüße.
Eine letzte Karte zeigte Ansichten der »Messestadt Leipzig«: das Messehaus am Markt mit dem alten Rathaus; die Milchbar *Pinguin* mit bunten Sonnenschirmen auf der Straße; und das wie ein Justizpalast oder ein Bahnhof aussehende Georgi-Dimitroff-Museum.
»Lieber Tilmann, liebe Kirsten! Von einem Kurzaufenthalt hier sende ich Euch liebe Grüße. Laßt von Euch hören – wünscht sich Euer alter...« Es folgte, wie üblich, der echte Name des real existierenden falschen, aber unverdächtigen Absenders.
Die Sendepause danach hatte Kleiber als sicheres Zeichen dafür gewertet, daß Ralf sich wieder gefangen hatte, daß es ihm gutging und er es sich wohl sein ließ im Ministerium für Staatssicherheit.

10

Kleiber steckte die Fotografie der Familie Ott in seine Brieftasche. Er wollte sie Chris als Geschenk mitbringen, es war eine der letzten privaten Aufnahmen des Freundes.
Er fuhr mit dem Lift ins Foyer, gab seinen Schlüssel an der Rezeption ab und trat auf den Platz hinaus. Es wurde dunkel

und war schon nicht mehr heiß. Er kam an einem Mann vorbei, der ein Taschentuch vor sich auf dem Boden liegen hatte. Auf dem Tuch waren Nadeln ausgebreitet: Nähnadeln, Sicherheitsnadeln, Stecknadeln... Vom Verkauf dieser Kleinigkeiten zu leben schien Kleiber auch in den Slums von Istanbul unmöglich; vielleicht diente der Extraerlös der Aufbesserung einer Staatsrente, das mußte man wenigstens hoffen.

Obgleich er zu Fuß ging, erreichte er das Restaurant vor der Zeit. Er fragte nach einem von Efendi Kynast reservierten Tisch und bekam als Antwort eine Extraverbeugung des mit einem Fez behüteten Oberkellners. Wie überall in den armen Ländern – sowohl der sozialistischen »Zweiten« wie der »Dritten« Welt – wurde Arbeitskraft in einer Weise vergeudet, die der Westler als peinlich empfand. Kleiber jedenfalls ging es so. Es war ihm nicht recht, derart viel Servicepersonal zu beschäftigen: den Oberkellner, der einem Kellner winkte; den herbeieilenden Kellner, der ihn dienernd zum Tisch geleitete und durch herrisches Augensignal eine Art Pikkolo herbeirief; den ganz jungen Menschen, der den Stuhl von der Tischkante wegzog und unter Kleibers Hintern wieder hinrückte; den smart blickenden Twen mit den hart kalkulierenden Augen, der die Karte reichte. Schließlich den weiteren Bediensteten, der ein Wachslicht auf dem Tisch anzündete.

Inzwischen war der Kellner wiedergekommen, stellte einen Korb mit Ekmek hin, dem türkischen Brot, einen Teller mit Tomaten, Gurken und Oliven und einen Raki – »Willkommensgruß vom Haus« sagte er auf deutsch.

Da Kleiber im Ausland sonst nicht als Deutscher erkannt wurde – man hielt ihn eher für einen Skandinavier –, mußte Chris Stammgast sein. Sie kannten *ihn*.

Man aß spät in der Türkei, und es war früh am Abend, das Restaurant also noch fast leer. Kleiber konnte sich die Wartezeit nicht damit vertreiben, andere Gäste zu beobachten. Er vertiefte sich in die Karte, sagte sich aber, daß das überflüssig war. Was hier schmeckte, wußte Kynast; seine Empfehlungen abzuwarten schien sinnvoller als eine Wahl aufs Geratewohl, nur weil die eine oder andere Speise exotisch klang: ›Seiner Majestät hat es geschmeckt‹ (Gulasch), ›Der Imam fiel in Ohnmacht‹ (Gemüse), ›Frauenschenkel‹ (Klopse), ›Frauennabel‹ (Dessert) und so fort.

Kleiber sah sich die Fotografie an, die er für Chris mitgebracht hatte.

Jennifer, fiel ihm auf, trug eine »Abend«-Bluse aus schimmerndem, silbergrauem Material wie für eine Feier, ein Fest. Sie stand einen Schritt hinter und zwischen Igor, dem Sohn, und Ralf selbst: Die beiden Männer saßen vorn – man sah nicht, worauf –, und Jennifer beugte sich von rückwärts zwischen sie, eine typische Fotografierhaltung. ›Damit ich euch alle gut draufkriege‹, hatte der Fotograf – ein Knipser eher, es war ein Schnappschuß – zweifellos gesagt. Wer das wohl gewesen sein mochte? Ein Kollege von der Stasi vielleicht. Warum war er eingeladen worden?

Es wurde Kleiber immer deutlicher, daß die Fotografie einen festlichen Augenblick festhalten sollte.

Er sah genauer hin. Der Sohn guckte ernst und bedeutend, er hatte sogar die linke Hand hochgenommen und in Besinnlichkeitspose drei abgespreizte Finger ans Kinn gelegt. Er war Volkspolizist geworden; auf diesem Foto sah man ihm das nicht an. In der Art junger Leute trug er sich sehr informell, er hatte ein T-Shirt an, allerdings ein seriöses: Es war schwarz.

Ralf neigte nicht zu bürgerlichem Aufzug, der Krawatten-

zwang in den höheren Rängen der Sicherheitsdienste hatte ihn immer gewaltig gestört. Er trug ein blaurot gewürfeltes Seidenhemd, darüber ein weiches, braunes Sakko und – als einzige Konzession an den erkennbar bedeutenden Anlaß – einen schönen, seidenen Schal als Ersatz für den Schlips, der ansonsten obligatorisch gewesen wäre.
Was hatten sie gefeiert?
Kleiber kam reichlich spät auf die Idee, die Fotografie umzudrehen.
»Die alte Familie Ott«, stand drauf. Nicht in Ralfs kleinen Wackelbuchstaben, sondern in Jennifers kräftigen Federzügen. »An diesem 13. 4. 88 hätten wir Silberhochzeit gehabt«, schrieb sie.
An wen richtete sie die Mitteilung? Eine ungute Ahnung dämmerte Kleiber. Sie hatte ihren neuen Freund mitgebracht, er war irgendwas bei der Reichsbahn. *Er* hatte die »alte Familie Ott« fotografiert. Jennifer hatte den Film entwickeln und einige Vergrößerungen ziehen lassen und eine davon für Ralf mit Inschrift auf der Rückseite verziert.
Kleiber kannte Jennifer. Er wußte, daß sie nicht gezögert hätte, so was zu tun. Sie wollte nicht brutal sein. Doch Zartgefühl hielt sie für eine unnötige Konzession an die Feigheit der Männer.
Ralf lachte auf der Fotografie, er wirkte belustigt. Vielleicht hatte jemand gerade einen Scherz gemacht. Vielleicht Jennifers neuer Freund, der Reichsbahner.
Sein Herz lachte nicht, das wußte Kleiber. Ralf hatte die Unverantwortlichkeit besessen, öfters spätnachts telefonisch Trost bei ihm zu suchen...
Bissu noch mein Kumpel, Tilmann?
Ich spreche mit dir, wenn du wieder nüchtern bist. Bitte leg auf.

Bissu noch mein Kumpel, ja o' nein?!
Du, es ist sehr spät.
Grüßi Kirsten von mir.
Du hast sie aufgeweckt.
Grüßi vom alten... vom alten... haha, wer bin ich? schloß er listig und hängte ein.
Es war aber so, daß die Nachrichtendienste, die das Gespräch abfingen, auf Namen nicht angewiesen waren. Sie identifizierten Stimmen durch Computerabgleich. Die Stimme Ralfs, des einst prominenten Überläufers, war mit Sicherheit gespeichert.
Und Kleiber war über seine Rufnummer identifizierbar. Jeder Anruf, der den Apparat eines Leitenden Kriminaldirektors beim BKA erreichte, ging auf irgendein Band.
Daß die Amerikaner mitschnitten, wußte er positiv. Gelegentlich landeten Typoskripte ihrer Aufzeichnungen auf seinem Schreibtisch.
Sie filterten weltweit Gespräche von und zu eingespeicherten Rufnummern aus dem elektromagnetischen Wellensalat, der den Globus umwabert.
Wurden in einem Gespräch sensible Themen berührt – Militärisches und Hightech vor allem –, so wanderten die Typoskripte nach einem bestimmten Verteilerschlüssel an die Firma, das Amt und die Gralsburg.
Als ein »Leitender« des BKA hatte Tilmann schon manches Mal sich selbst überprüft.
Er spürte, daß er beobachtet wurde, und blickte auf. Lächelnd, denn er erwartete Christian Kynast.

11

Zwei Männer kamen rasch durch das Lokal näher. Sie waren dunkel gekleidet. Ihre Mienen wirkten angespannt. Sie zeigten ihre Hände nicht.
Seine Erfahrung warnte Kleiber. Es war eine nicht ganz eindeutige Situation.
Sie bildeten ein Trio. Der dritte neue Gast – ebenfalls dunkel angezogen – hatte sich neben der Tür zur Straße an einen Tisch gesetzt und blickte zum Eingang. Auch die rechte Hand dieses Fremden war nicht zu sehen.
Bis dahin war Kleiber der einzige Gast gewesen. Er saß mit dem Gesicht zur Straße, mit dem Rücken einer spanischen Wand zugekehrt, die mit künstlichem Weinlaub dekoriert war. Hinter der Wand befand sich ein Durchgang zur Küche. Dorthin schwärmte immer wieder das Personal aus, von dort kamen sie zurück wie Bienen aus einem Stock.
All das hatte Kleiber unbewußt registriert, ohne besonders darauf zu achten.
Die beiden Männer, die zwischen den Tischen auf ihn zukamen, waren – nach der Haarfarbe und den Bärten zu urteilen – Orientalen, Türken vermutlich.
Das Restaurant befand sich an der belebten Istiklal Caddesi. Bei der Militärpräsenz da draußen – auf zweihundert Meter kam eine Streife – war an einen Überfall nicht zu denken.
Trotzdem griff Kleiber zu der französischen Sicherheitsmappe. Er hatte sie auf dem Stuhl neben sich abgestellt. Drinnen befanden sich nach wie vor das von Chris Kynast verantwortete BND-Dossier über Ralf Ott und dessen Privatbriefe an Kleiber. Da er gehofft hatte, das Dossier mit Chris durchzugehen, hatte er beides mitgebracht – die Briefe zur eventuellen Ergänzung ihrer Erkenntnisse.

Kleiber lächelte nicht mehr.
Die beiden Männer machten vor dem Tisch halt. Dachte man an die Sicherheitsvorkehrungen an dieser belebtesten Straße Istanbuls, konnte es sich nur um türkische Kollegen handeln. Polizei oder Geheimdienst, Staatsschutzabteilung.
Aber die Türkei war ein befreundetes Land. Sie suchte Anschluß an die EG. Die Fürsprache der deutschen Regierung war dabei unverzichtbar.
Es war schwer erklärlich, weshalb türkische Kollegen sich ohne vorherige telefonische Anmeldung unter so merkwürdigen Umständen genähert hätten. Vermutlich hätten sie sogar das deutsche Konsulat eingeschaltet. Das wäre um so einfacher gewesen, als es sich ebenfalls am Taksimplatz befand.
»Kriminalpolizei«, sagte der ältere der beiden in gutem Deutsch. Zugleich ließ er ein Metallstück in seiner linken Hand aufblitzen, das genausogut ein Schlüsselanhänger sein konnte wie eine Polizeimarke. »Die Tasche ist beschlagnahmt, sie enthält verdächtige Gegenstände.«
»Ich gebe die Tasche nicht heraus«, antwortete Kleiber erstaunt. »Ich bin aber bereit, sie zu öffnen, falls Sie sich vorher ausweisen.«
Beide Männer zogen Pistolen. Das war ihre Antwort.
»Ich öffne die Tasche«, sagte Kleiber. Er hob sie etwas an und ließ sie aufspringen.
Es war eine Mappe, die französisch genannt wurde, weil ein privates französisches Sicherheitsunternehmen sie für Sondereinsätze entwickelt hatte. Von diesem Unternehmen hatte das BKA auf Kleibers Veranlassung einige Exemplare gekauft. Sie hatte den Vorteil, ganz unverdächtig zu wirken, und war einfach zu handhaben.

Durch Knopfdruck sprang sie nicht nur auf, sondern fiel – aufklappend – am Körper herab wie eine Schürze. Zugleich gab eine Feder die Pistole frei. Sie konnte leicht gezogen werden.
Kleiber machte von dieser Möglichkeit Gebrauch. Er richtete die Mündung der Waffe auf die beiden Männer, die er vor sich hatte, und behielt den dritten im Auge, der neben der Tür abwartete und den Eingang zu bewachen schien. Falls es sich um Kollegen handelte, waren sie übermotiviert, unzureichend ausgebildet und verantwortungslos geführt.
Sie schossen gleichzeitig. Beide Kugeln waren auf seine Körpermitte gezielt und hätten ihn lebensgefährlich verletzt, wäre nicht der Effekt der »Schürze« gewesen. Die aufgeklappte Mappe funktionierte wie eine kugelsichere Weste.
Die beiden Türken starrten ihn an und warteten sichtlich darauf, daß er mit einem Aufschrei umkippe. Statt dessen sagte Kleiber verärgert: »Ich bin Kriminalpolizist. Lassen Sie Ihre Waffen fallen. Nehmen Sie die Hände hoch – oder ich schieße.«
Eine Weile verging, die Kleiber lang vorkam. Vermutlich erschienen die wenigen Sekunden den Türken sogar noch länger. Sie starrten ihn an und verloren Farbe. Wie auf Kommando drehten sie um und rannten dem Straßenein- und -ausgang zu. Sie stürzten an ihrem dort wartenden Begleiter vorbei hinaus und schrien ihm dabei etwas zu.
Der Mann machte einen bestürzten, ungläubigen Eindruck, er konnte nicht fassen, was er erlebte.
Kleiber richtete die Pistole auf ihn.
Da raffte er sich auf und stolperte hinaus.
Das Knallen der Schüsse hatte das Personal aufgeschreckt, das sich hinter der spanischen Wand zu schaffen machte.

Mehrere Kellner – vor allen andern der Ober mit dem Fez auf dem Kopf – stürzten heraus und versuchten, sich Klarheit über die Geräusche zu verschaffen, die sie gehört hatten.
Chris Kynast kam von der Straße herein. Sein Lächeln verwelkte, als er die wütenden Gesichter des Personals sah – und Kleiber mit der aufgeklappten Tasche als Kugelfang vor dem Körper und der Pistole in der Hand.
»Scheiße!« Er rannte auf die Straße zurück.
Kleiber klappte schnell seine Mappe zusammen und schob die von der Feder aus dem Griff gestoßene Pistole an ihren Platz zurück.
Er drückte dem Oberkellner einen Geldschein in die Hand und lief hinter seinem Freund auf die Straße.

12

Zwei Soldaten kamen mit vorgehaltenen Maschinenpistolen eilig die Straße entlang. Sie hatten Passanten rufen hören und eine allgemeine Unruhe wahrgenommen; Näheres wußten sie nicht.
Kleiber war Europäer, er steckte in einem nicht billigen Anzug und trug einen dunklen Managerkoffer. Die Soldaten beachteten ihn nicht. Den Zurufen folgend, die einzelne Straßengänger ausstießen, stürmten sie das Restaurant.
Kleiber orientierte sich, wie die Soldaten, an den Neugierigen. Wo hingegafft wurde, da war was los. Die Gesichter waren alle bergabwärts gewandt. Dahin ging Kleiber.
Er geriet rasch in enge Gassen. Die Beleuchtung wurde funzelig. Laternen über verrottenden Hauseingängen leuchteten bunt. Männergestalten traten aus der Dunkelheit auf ihn zu.

»You want girl?«
»No.«
»You want boy maybe?«
»No.« Es mußten die Puffs der Stadt sein. Sie wurden nicht nur von Ausländern frequentiert, auch Türken waren zu sehen.
Außer Atem kam Chris den Berg hinauf gerannt und hielt inne, als er Kleiber erkannte. Er rang nach Luft.
Kleiber, der es abwärts bequemer gehabt hatte, ließ ihm Zeit.
»Ich hab' – drei Typen – aus dem Lokal rennen sehn...«
»Drei Türken, schätze ich«, bestätigte Kleiber. »Dunkle Anzüge, zwei Schnurrbärte, ein Ernest-Hemingway-Bart von Ohr zu Ohr ums Kinn. Der mit dem buschigeren Schnauzbart könnte fünfunddreißig gewesen sein, die andern beiden schätze ich auf fünfundzwanzig bis dreißig. Hast du eine Ahnung, wer die sind und wer sie auf mich angesetzt haben könnte?«
»Bin ratlos«, gestand Kynast. »Die kamen so überstürzt auf die Istiklal mehr gestolpert als gerannt, daß ich an eine Komödienszene dachte: eifersüchtiger Ehemann oder so etwas... Breit grinsend trete ich ein und frage dich innerlich schon, was los war – da seh' ich dich mit deiner Kanone und dem Lätzchen dastehn. Und vor dir Ağa Abdullah mit seinem Fez auf'm Kopf und seinen Mannen um sich geschart...«
»Ağa? Ist das nicht ein hoher militärischer Titel?«
»Abdullah verdient ihn, du solltest erleben, wie er seine Leute zwiebelt. In seiner Küche findest du keine Fliege, und wenn du auf'm Klo 'ne frische Feige fallen läßt, kannst du sie aufheben, so sauber ist es da, und sie aufessen – na, ich will nicht übertreiben.«

Kleiber wartete, bis er sich erholt hatte.
»Sie sind hier entlang gerannt?«
»Ja, und in diesem Viertel kann ein Elefant verschwinden, ohne daß du eine Spur von ihm entdeckst. Seit wann sind die hinter dir her, Tilmann?«
»Vom Hotel aus ist mir niemand gefolgt. Sie tauchten erst auf, als ich schon im Restaurant am reservierten Tisch saß. Von dir reserviert – bei diesem befezten Ağa Abdullah.«
»Dem hab' ich nicht gesagt, mit wem ich komme.«
»Jemand muß gewußt haben, daß ich dort sein würde, Chris.«
»Ja, scheint so.«
»Entweder mein Telefon im Hotel ist angezapft – oder dein Büro.«
»Du meinst, unser Telefonat ist abgehört worden?«
»Ich weiß sonst keine Erklärung.«
»Sehn wir uns dein Hotelzimmer an, weit ist es ja nicht.«
»Von mir aus gern... Aber ich hab' bemerkt, daß die im Lokal dich gut kennen. Gleich hinter mir, als ich wegging, stürmten zwei Soldaten rein. Die werden das Personal ausquetschen. Sobald sie deinen Namen haben, wird Polizei bei dir im Büro...«
»Ağa singt nicht«, fiel Christian Kynast ihm ins Wort. »Der ist mir verpflichtet.« Er wirkte erschüttert und angespannt.
»Sehn wir uns dein Zimmer bitte gleich an.«
Das Treiben auf der Istiklal Caddesi war jetzt – gegen neun Uhr abends – auf seinem Höhepunkt angelangt. Gruppen junger, gleichaltriger Türken ließen sich schnatternd dahintreiben. Frauen mit dem Tschador vor dem Gesicht gingen mit niedergeschlagenen Augen vorbei.
Das Jaulen von Polizeisirenen und Militärjeeps fiel Kleiber jetzt noch unangenehmer auf als vorher.

Er ließ sich an der Rezeption seinen Schlüssel geben und fuhr mit Chris hinauf. Sein Zimmer war unangetastet, das Telefon sauber, soweit sich das mit einigen Handgriffen und einem Blick feststellen ließ.

»Wir sollten dein Büro durchchecken«, empfahl Kleiber seinem Freund.

Der schien in Gedanken versunken. Jetzt schreckte er auf. »Ich weiß nicht, wie es dir geht – ich hab' einen Bärenhunger. Essen wir erst.«

»Bei Ağa Abdullah?«

»Nee, ich führ' dich in ein Bistro um die Ecke. Französische Küche. Ich hoffe, es ist recht. Und sei mir nicht böse, wenn ich wortkarg bin... Ich muß nachdenken.«

Auch im Bistro, wie zuvor beim Türken, kannte man Christian Kynast. Obgleich die Restaurants sich jetzt füllten und etliche Tische das Reserviert-Schild trugen, bekamen sie zwei abgetrennte Plätze.

Während die Aperitifs kamen, musterte Kleiber den Freund. Er verglich ihn mit dem Toten.

Ralf Ott war der Bohemien unter ihnen gewesen. Seine Vorliebe für Seidenschals, lose um den Hals geschlungen und statt der verhaßten Krawatten getragen, war insofern typisch für ihn. Ralf hatte die große, melodramatische Geste geliebt. War man nicht auf ihn eingestellt, konnte er einen zu Tode erschrecken, da er extreme Thesen vertrat und zwischen äußersten Gefühlen hin und her schwankte.

Chris war der karge Typ. Er wurzelte im Lippischen. Lemgo war seine Heimatstadt. Kleiber wurde bewußt, daß er sich in der Gegend nicht auskannte. Nach Christians Schilderungen stellte er sich Fachwerk, Kneipen, Honoratioren vor. Specknackige Besitzermacht. Schmatzende Lippen am Bierkrug.

Aus dieser Region stammten die Dönekens, mit denen Chris sie beide, Ralf und Kleiber, in den Anfängen amüsiert hatte. Anscheinend war Chris so etwas wie der Schrecken der Kollegen gewesen. Bereits als Kommissar zur Anstellung, frisch von der Schule, verblüffte er den biederen Kriminalrat an der Spitze der Behörde mit Hinweisen auf die Menschenrechte auch von Stadtstreichern. Man dürfe beim Verhör niemanden mißhandeln. Mit derartigen Initiativen machte Chris sich rasch unbeliebt. Er belegte einen Fortbildungskurs, der ihn ins BKA Bonn-Meckenheim brachte.
Was Chris sich hier geleistet hatte, wußte Kleiber besser als jeder andere; er war dabeigewesen. Sie hatten Personenschutz bei einem Staatsempfang zu leisten. Chris kam neben Franz Josef Strauß zu stehen und erkundigte sich, ob er ihn was fragen dürfe. Strauß knurrte verwundert Zustimmung. Nun legte Chris los: Was eigentlich der Widerstand gegen die Polen-Verträge solle...
Die meisten hatten drei Kreuze gemacht, als Chris endlich zum BND abging.
In Pullach konnte man ihn gut gebrauchen, weil er einzigartig frankophil war. Es gab unter den deutschen Kriminalisten, wie unter den Deutschen überhaupt, Anglophile genug; jeder zweite konnte Englisch sprechen, lesen und sogar schreiben.
Chris hatten es die Franzosen angetan. Hörte er Jazz, dann Claude Luter. Legte er Pop-Platten auf den Teller, so waren es Aufnahmen von Sylvie Vartan, Johnny Halliday oder außerhalb Frankreichs völlig Unbekannten. Chansons von Georges Brassens hielt er für Heiligtümer der Musik, zur Unterhaltung entspannte er sich bei Scheiben von Yves Montand.
Er trug – auch jetzt in Istanbul – fast ausschließlich Cordho-

sen, grell karierte Sporthemden mit dunklen Krawatten, Lederjacke und Baskenmütze.
Wer ihn nicht kannte, hielt ihn für skurril. Tatsächlich war er ein Mensch, der aus der Kargheit seines Wesens in Bereiche flüchtete, wo er sich Üppigkeit erhoffte. Im Savoir-vivre erwartete er Befriedigung nicht nur der Sinne, sondern auch seiner intellektuellen Ansprüche.
»Wie geht's Mirl?«
»Das weißt du nicht? Wir sind seit zehn Jahren geschieden.«
»Oh! Tut mir leid.«
»Man lebt sich auseinander, das übliche. Sie wollte nicht soviel reisen... Ich war dann noch mal verheiratet. Aber die war auch mehr der Schollentyp. Jetzt bin ich mit einer ganz jungen Frau zusammen...« Er hielt inne und schüttelte mißbilligend den Kopf: »Das ist das senile Grinsen eines Lustgreises!«
»Ich bin bloß neidisch.«
»Deine Phantasie geht mit dir durch. Sie emanzipiert sich andauernd von mir, es ist ihre Hauptbeschäftigung.«
Dennoch, er machte einen würdig-geschmeichelten Eindruck, als er bestellte. Kleiber bemerkte das; zugleich fiel ihm ein, daß er unbewußt Ralfs Methode übernommen hatte, gut mit Christian auszukommen.
Ralf hatte ständig – mit fortschreitenden Jahren oft geradezu mechanisch – Unterlegenheitspositionen eingenommen. Indem er sich klein machte, suggerierte er seinen Partnern, sie seien bedeutender als er. Das gefiel den meisten. Sie vergalten es Ralf mit einer Zuneigung, die allerdings manchmal mit Nachsicht vermischt war.
Noch bis in das briefliche und telefonische Gejammer der letzten Jahre hatte Ralf das fortgesetzt. Kleiber hatte

schließlich mit Ungeduld reagiert, es für einen Trick gehalten, die Klagen nicht mehr recht ernst genommen.
Was man ihnen vorsetzte, war eine Art Döner kebab – Hammel am Spieß – mit Gemüse aus Auberginen und Zucchini. Sie tranken einen mildherben weißen Doluca dazu.
Während sie sich zuprosteten, zeigte sich, daß auch Christians Gedanken in Richtung Ralf gewandert waren. »Du wirst dich fragen«, begann er übergangslos, »wieso ich mich dazu hergegeben habe, unser gutes Rälfchen zu observieren.«
»Der Gedanke ging mir das eine oder andere Mal durch den Kopf«, gab Kleiber zu.
»Drum leg' ich Wert auf die Feststellung, daß ich mich nicht drum gerissen habe. Wann hatten wir beide das letzte Mal direkten Kontakt?«
Kleiber rechnete zurück: »77 ging es mit den Terroristen los, da warst du schon weg... Es ist über zehn Jahre her, Chris!«
»Dann mußt du wissen, daß ich nicht speziell auf Ralf angesetzt worden bin. Ich war *vor* ihm hier. Niemand war überraschter als ich, als es plötzlich hieß, unser Ralf sei dem Büro Baumgärtner zugeteilt worden. Soll ich dir was sagen? Ich bat um meine Ablösung aus persönlichen Gründen.«
Das überraschte Kleiber. »Alle Achtung, Chris.«
»Hättest du das nicht genauso gemacht?«
Kleiber überlegte. »Doch.«
»Der Anstand gebietet es«, stimmte Christian zu. »Aber sie sind nicht drauf eingegangen. Ich sag dazu, wegen Ralf allein war es nicht, ich wollte auch nach Frankreich zurück... Nein, hieß es. Ich habe den schweren Fehler gemacht, außer Französisch in einem Anfall von geistiger Umnachtung auch noch Türkisch zu lernen. Damit hab' ich mich selber

hier festgeschmiedet wie mit Ketten. Wer in Pullach kann schon Türkisch? Ich werde hier verenden.«

»Magst du Istanbul nicht?«

»Ich liebe Cäsar nicht weniger, aber ich liebe Rom mehr. Istanbul ist nicht Paris.«

»Klage nicht, du hast einen krisensicheren Job.«

»Es ist kein Lamento. Ich will bloß vermeiden, daß du mich für einen Saukerl hältst. Oder für einen Versager.«

Kleiber schwieg verlegen. Christian war einst mit brennenden Ambitionen zu einer Karriere angetreten, von der er großartige Vorstellungen entwickelt hatte. BND-Resident von Istanbul zu sein und auf den MfS-Residenten Baumgärtner aufzupassen war nicht gerade der Gipfel einer bedeutenden Laufbahn.

»Du kannst in Istanbul nur so und so hoch steigen. Mehr gibt der Stellenplan nicht her«, erläuterte Kynast.

»Und wenn sie dich nach Ankara spedieren?«

»Gibt's mehr Geld und mehr Diplomatengattinnen. Falls man auf Amouren Wert legt. Aber sonst?«

»Das klingt nicht gerade begeistert, Chris.«

»Was hast du erwartet? Mit sechzig packe ich meine Sachen und ziehe in die Provence. Grundstück hab' ich bereits. Traumhaft schön auf einer Anhöhe. Olivenbäume und Lavendel rundrum... Bis dahin tue ich hier meine Pflicht. Mehr auch nicht. Bin ich blöd? Soll ich mir den Arsch aufreißen für die Pullacher, und die lassen mich erst recht hier versauern, weil sie sagen, der macht es ja gut?!«

»Warum ist Ralf herversetzt worden, was glaubst du?«

»Genau das, was im Dossier steht. Sie haben ihn in den Austrag geschickt. Er wird einmal zu oft besoffen durch Ost-Berlin getorkelt sein... In Istanbul kann er keinen Schaden anrichten, werden sie sich gesagt haben.«

Kleiber wurde auf die feinen Falten aufmerksam, die Christians Gesicht durchzogen. Und auf das eine und andere graue Haar im rostroten Schopf des Freundes. Er gestand sich ein, daß Christians Absicht, mit sechzig in Rente zu gehen, ihn erschreckt hatte. So alt geworden waren sie schon, daß der Gedanke an den Ruhestand nicht mehr absurd wirkte und zum Lachen reizte wie früher?

»Was ist das für eine Geschichte mit den ARMSTEL-Granatgewehren? Wie ist Mauch drangekommen?«

»Er hat einen Ruf als Waffenhändler. Hat einiges von der VÖEST-ALPINE durch Anatolien in den Irak und den Iran geschleust, während der Golfkrieg prosperierte... Als Nomaden den Container mit den MGL fanden, wußten sie, daß der Deal zu groß war, um von ihnen allein gehändelt zu werden. Sie haben sich an einen Mittelsmann gewandt und der sich an Mauch.«

»Der Container kann doch nicht in der Wüste rumgelegen haben!«

»Es war ein Flugzeugtransport. Das Flugzeug ist beschossen worden, weil es syrisches Gebiet überflog, und wurde beschädigt. Es mußte im Sand auf'm Bauch landen. Die Ladung blieb heil. Der Pilot machte sich auf die Socken, um Hilfe zu holen... Da kamen die Nomaden. Sie luden die MGL auf ihre Kamele um und zogen eilends davon...«

»Klingt wie bei Karl May.«

»Das *ist* hier noch wie bei Karl May.«

»Was hat Mauch mit der Ladung gemacht?«

»Auf Lager gelegt und sie als Maschinenteile deklariert. Dann hat er die Verhandlungen mit Baumgärtner aufgenommen. Ihm ein Angebot gemacht.«

»Wie kommt er dazu, einem Ostblock-Residenten Waffen anzubieten? Die haben ihre eigenen Rüstungsbetriebe.«

»Die MGL ist eine technisch sehr interessante Neuentwicklung. Allein die Blaupausen wären vierzig Millionen wert.«

»Du übertreibst.«

»Aber nicht sehr. Zwanzig Millionen hätte der Packen mit den Konstruktionsplänen alleine gebracht.«

»Heutzutage, wo alle abrüsten?«

»Im Nahen Osten rüstet kein Mensch ab, die rüsten auf wie die Wahnsinnigen!«

»Mauch ist aber an keine nahöstliche Macht herangetreten, sondern an den Residenten des DDR-Nachrichtendienstes.«

»Tilmann, ich bin kein Hellseher. Ich kann dir nur sagen, daß die Russen, wenn sie die Baupläne in die Finger bekommen, eine Waffe auf den Markt bringen können, die sowohl aktuell wie auch heißbegehrt sein wird. Ein echter Devisenbringer!«

»Warum hat Mauch sie dann nicht den Russen angeboten?«

»Warum soll er? Mit einem Gleichsprachigen verhandelt es sich leichter.«

»Entschuldige, ich denke nur laut... Es war keine ernstgemeinte Frage. Du kannst es schließlich nicht wissen. Ich finde es unglaublich, daß du überhaupt soviel weißt. Ehrlich gestanden, ich würde gern hören, wo du die Informationen herhast.«

»Das kann ich mir vorstellen«, antwortete Christian trokken.

»Darf ich laut weiterdenken, oder bindest du mir dann den Mund zu?«

»Denken darfst du alles.«

»Schön. Im allgemeinen geht es in eurer Branche genauso

zu wie in allen anderen. Wer was haben will, kriegt es nicht geschenkt. Ich nehme an, du hast eine Hilfskraft im Büro Baumgärtner eingekauft. Der fleißig im dunkeln grabende, unauffällige Kamerad erfährt vieles, aber nicht alles... Und das würde erklären, warum du teils über erstaunliche Details verfügst, andererseits manches nicht erfahren konntest.«

»Kein Kommentar.«

»Hab' auch keinen erwartet. Eins ist klar. Während wir hier so gemütlich fressen und uns den Doluca schmecken lassen, ist die Jagd auf deinen Maulwurf bereits im Gang.«

Christian stellte sein Weinglas langsam und mit Bedacht auf den Tisch zurück. Er demonstrierte, daß seine Hand nicht zitterte. »Woraus schließt du *das* denn, um alles in der Welt?«

»Die drei Rabauken vorhin. Staatliche türkische Kollegen waren das nicht. Die wären über die Botschaft beziehungsweise über unser hiesiges Konsulat an mich herangetreten und hätten um Kooperation gebeten. Also – wer war es dann? Mein Verdacht ist: Baumgärtner hat gemerkt, daß sein Büro ein Leck hat. Um dem Maulwurf auf die Spur zu kommen, hat er keine Mühen und Kosten gescheut, dein sicherlich hervorragend abgeschirmtes Büro anzuzapfen. Er wußte, daß ich komme. Er konnte sich denken, daß ich vermutlich das von dir erstellte BND-Dossier mitbringen würde. Und er hat seine Chance zu nutzen versucht. Und noch eine These würde ich riskieren, Chris. Er hat Ralf umbringen lassen.«

»Warum?«

»Weil Ralf eine Schwachstelle war. Er wußte zuviel, und er war – du weißt, wie er war. Dieser Scheißkerl hat unsern Freund umgebracht, und ich möchte...« Er brach ab.

»Was?« fragte Christian. Er sah Kleiber starr und unbeteiligt an – bemüht, seine Gefühle zurückzudrängen.
»Na, mich rächen.« Kleiber bemerkte, daß er rot anlief. Er lachte auf: »Ziemlich atavistisch, was?«

13

Den Inhalt seiner französischen Mappe deponierte Kleiber im Hotelsafe, bevor er schlafen ging. Die Mappe selbst nahm er mit aufs Zimmer.
Beim Eintreten war er vorsichtig – stieß die Tür auf und blieb in Deckung, um erst zu sichern. Ebenso überprüfte er das Badezimmer. Er kam sich albern vor, als er die Schränke öffnete, unters Bett blickte und die Fensterriegel kontrollierte.
Er nahm nicht an, daß Baumgärtners Gorillas es in dieser Nacht noch einmal bei ihm versuchen würden. Wenn sie kein Glück gehabt hatten, als der Überraschungseffekt auf ihrer Seite gewesen war, würden sie einen zweiten Zugriff auf seine Person mit Umsicht vorbereiten.
Falls sie überhaupt noch davon ausgingen, daß er etwas über Christians Maulwurf wußte.
Nachdem er seine Zähne geputzt und den Pyjama angezogen hatte, legte er sich aufs Bett und knipste das Licht aus. Es wurde nicht dunkel im Zimmer, auch nicht still. Vom Taksimplatz herauf drangen Licht und der Verkehrslärm, der hier nie ganz abzuebben schien. Es war ein bißchen wie am Omoniaplatz in Athen; wenn man zu Bett ging, egal wie spät, fuhren noch Autos, und wenn man aufwachte, schon wieder. Es war ihm recht. Er fand es angenehm, sich allmählich zu entspannen, indem er Istanbul zuhörte.

Seine Gedanken befaßten sich mit Chris und dessen Befürchtung, in der Türkei zu versauern, während glücklichere Kollegen in Paris NATO-Offiziere bespitzelten oder in Pullach Intrigen spannen, um an einen wichtigen Schreibtisch versetzt zu werden.
Ganz überzeugt war Kleiber nicht von Christians angeblichem Frust. Sicherlich, während des kalten Kriegs war die Türkei so was wie Zonenrandgebiet gewesen. Vorgeschobene Bastion des Westens, der NATO, der USA vor allem. Für die siebziger und beginnenden achtziger Jahre traf Christians bittere Analyse zu.
Aber inzwischen war, mit der Plötzlichkeit eines zweiten Napoleon, Gorbatschow auf der weltpolitischen Szene erschienen. In Gedanken probierte Kleiber aus, was er Chris etwa vorhalten könnte:
Wir leben in der Gegenwart eines politischen Genies. Das ist nie ganz einfach. Man ist immer in Gefahr, für die Pläne des Genies verheizt oder mindestens verschaukelt zu werden...
Der Mann sah sein Land auf der Verliererstraße. Er hat deshalb begonnen, alle Steine zu verschieben. Wie ein guter Schachspieler sieht er einige Züge voraus, aber selbstverständlich nicht alle. Er wird versuchen, seine Gesamtsituation zu verbessern, indem er Vorteil aus jeder einzelnen Figur zieht.
In dieser Situation wirst du wieder wichtig, Chris. Geostrategisch kontrolliert die Türkei eine Schlüsselposition!

»Baumgärtner jetzt schon die Polizei auf den Hals zu hetzen ist sinnlos«, beantwortete Christian die Frage Kleibers, wie er sich das Joint venture gegen den DDR-Residenten vorstelle. »Wir würden ihn nur warnen.«
Sie frühstückten gemeinsam im Hotel. Kynast zerrte an ei-

nem gummiartigen Croissant, und Kleiber war froh, daß er *ham and eggs* gewählt hatte.
»Wie kommen wir zu einer Beschlagnahme der Waffen?«
»Mit einer Strafanzeige ist es nicht getan! Ich muß einen begründeten Verdacht äußern. Wie soll ich das machen, ohne mein Cover preiszugeben? Außerdem weiß ich nicht, wo ich die Kripo hinschicken soll... Wo liegen die Waffen, unter welcher Adresse findet die Polizei die Lagerhalle, wo die Waffen fein eingeölt und regengeschützt vor sich hinstinken? Wenn ich das nicht sage und mich – par exemple – bloß auf einen anonymen Tip berufe, ein Gerücht... Dann screenen die als ersten *mich*, nicht Baumgärtner.«
Kleiber mußte seinem Freund recht geben. »Hast du überprüft, ob Baumgärtner beziehungsweise sein Büro ganz offiziell über Lagerräume verfügt?«
»Selbstverständlich. Und ich kann dir verraten, es ist eine zeit- und kostenaufwendige Veranstaltung gewesen. Das Büro hat Räume in zwei verschiedenen Lagern, eines am Hafen und eines am Flugplatz draußen, in Yesilköy. Aus den erwähnten Gründen habe ich die Polizei *nicht* eingeschaltet und die Depots in eigener Regie observieren lassen. Nichts außerhalb der Normalität war festzustellen.«
»Bist du in die Lager reingegangen?«
»Die sind bewacht.«
»Vielleicht hättest du einen von den Aufpassern schmieren...« Er räusperte sich. »Entschuldige, anscheinend macht mich die Atmosphäre hier haltlos.«
»Ihr Kriminalisten aus der Heimat seid schon lustig«, erwiderte Kynast mit saurem Grinsen. »Selber stets pingelig auf die weiße Weste bedacht – nur nicht die Pension gefährden! Aber dem Kollegen Auslandsaufklärer traut ihr jede Niedertracht zu... Was sage ich, wenn ich erwischt werde?«

Kleiber verschwieg seinem Freund, daß er sich einen Spion waghalsiger vorgestellt hatte.
Er kam auf den Spitzel zurück, den Christian im Büro Baumgärtner sitzen hatte. »Und dein Maulwurf – wirft der gar nichts auf?«
»Über dieser Frage hab' ich die halbe Nacht gebrütet wie die Henne über dem Ei – statt zu schlafen, ich Blödmann. Jetzt kann ich kaum aus den Augen sehn, und ausgeschlüpft ist aus dem Ei doch nichts.«
»Chris, ich will dich nicht bedrängen. Aber sag mir einen guten Grund, warum ich nicht mitdenken darf.«
»Du willst Einzelheiten?«
»Ja!«
»Hast du die drei von gestern abend vergessen? Was machst du, wenn sie wiederkommen und dir nicht nur ihre Kanone unter die Nase halten, sondern ein brennendes Feuerzeug? Oder meinst du vielleicht, die Jungs, die im Bordellviertel von Istanbul ihre Liebchen verschachern, sind besonders zartfühlend? Wenn du einen Namen weißt, dann sind das die Leute, die ihn aus dir rausschinden können.«
»Wenn ich ihn nicht weiß, probieren sie es trotzdem. Weil ich lügen könnte.«
»Das wäre nicht mein Problem, sondern deines – entschuldige, es ist nicht als Roheit gemeint. Aber ich habe nicht dich zu schützen, sondern den Agenten, der mir sein Leben anvertraut. Sollte ich *das* nicht mehr bringen, bin ich in meinen eigenen Augen der letzte Dreck von einem Versager oder Opportunisten!«
Nach einer achtungsvollen Pause äußerte Kleiber: »Ich habe durchaus Verständnis, Chris. Wie geht es weiter?«
Kynast ließ die zerrupften Reste des Croissants auf seinen Teller fallen. »Vertrau dich meiner Fahrkunst an!«

Anderswo bewundert man Stadtparks, die Zierde Istanbuls ist ein Stadtmeer; dorthin fuhren sie, zum Goldenen Horn. Am Nordende der Galatabrücke bog Kynast in die Rithim Caddesi ein.

Kleiber erkannte das Hafenamt; dann verlor er die Orientierung. Docks tauchten auf, Schiffe... Lagerhallen in jedem vorstellbaren Stadium des Verfalls.

Die Aufschrift DARDANO auf einem Blechdach fiel Kleiber auf, weil sie frisch sein mußte. Die Lettern glänzten schneeweiß auf dem Rost.

Ein gleichermaßen rostiger Zaun umgab das Gelände. Das Tor wiederum schien neu und robust. Es war jedoch nur durch ein simples Vorhängeschloß gesichert, wie man es in jedem Kaufhaus für wenig Geld bekommt.

Wachpersonal war keines eingesetzt.

Christian fuhr zu einem benachbarten Schrottplatz weiter. Der Pächter war ein kräftiger Türke. Er hatte ein Tuch um den Kopf gewunden wie ein Araber. Seine Augen wirkten überwach, und sein Lächeln hatte etwas Atemloses: Nicht oft kamen Europäer zu ihm. Er wußte, dies war die Gelegenheit des Tages.

Chris gab ihm zehntausend türkische Lire, zwölf Mark nach dem aktuellen Kurs. Er redete auf den Mann ein. Der war mißtrauisch.

»Was erzählst du ihm?«

»Er glaubt es sowieso nicht. Die Frage ist, ob ich ihn bestechen kann.« Das Gespräch ging weiter.

»Im Handschuhfach findest du ein Glas«, sagte Chris plötzlich.

Kleiber wanderte zu dem Auto, von dem sie sich etwas entfernt hatten. Er zog das Glas heraus. Da er nicht wußte, worauf er es richten sollte, nahm er ein vorbeischwimmendes Passagierschiff als Orientierungspunkt. Es war vom Südende der Galatabrücke aus gestartet, dem Hafenbahnhof Eminönü. Von dort legten Touristen ab, die durch den Bosporus die türkische Schwarzmeerküste erreichen wollten. Es bestanden Verbindungen zu den Schwarzmeerhäfen der UdSSR, Rumäniens, Bulgariens...

»Was gibt's dort zu sehen?« fragte Chris.

»Auch nicht viel.«

»Sei nicht sauer, es ist mehr als eine Spazierfahrt. Baumgärtner hat eine Freundin, eine Deutsche – mit einem Türken verheiratet. Der heißt Büyük und ist Inhaber der Firma DARDANO. Jetzt dachte ich mir, vielleicht ist Büyük der Strohmann, den ich suche...«

»Womit handelt die Firma?«

»Plastikblumen, Brotkörbchen aus Synthetik, bemalten Christusfiguren...«

»Kommt sicher alles aus den Billiglohnländern gen Sonnenaufgang?«

»So ist es.« Christian grinste. »Ramsch aus Fernost.«

»Und die deutsche Ehefrau des Firmeninhabers schläft mit Baumgärtner?«

»Kennt ihn«, schwächte Kynast ab.

»So hatte ich dich nicht verstanden, Chris. Wie heißt sie?«

Er zögerte.

»Na komm, das kann ich im Telefonbuch nachschlagen!«

»Ilsabe geborene Kapp. Nennt sich Ilsabe Kapp-Büyük.«

»Du meinst nicht Isabel?«

»Nee. Noch weiß ich, was ich sage!«

»Und dein Schrottmensch...« Kleiber wies auf den Türken mit dem Arabertuch um den Kopf. »Hat er irgendwelche Beobachtungen gemacht?«

»Mehrere. Der Namenszug DARDANO ist erst im Frühjahr

aufs Dach gemalt worden – ich weiß aber, daß die Firma seit vielen Jahren besteht. Mehrmals im Monat kommen Lastwagen aufs Gelände gefahren, in der letzten Zeit Sattelschlepper. Die Männer, die ab- oder aufladen, sind elegant angezogen. Keine gewöhnlichen Lagerarbeiter. Städtische Typen, Anzug-mit-Krawatte-Türken... Während der letzten vierzehn Tage herrschte lebhafter Betrieb. Palettenweise wurden Kartons und Kisten in die Halle geschafft. Lieferwagen kamen und holten einzelne Kartons ab. Wie hört sich das an, wirst du schlau draus?«

»Büyük müßte beschattet werden. Frau Ilsabe auch. Das Lager solltest du durch Profis observieren lassen. Den Lieferwagen könnte man folgen... Hast du Leute für so eine Aktion?«

»Leute kriege ich, wenn ich sie entsprechend bezahle. Die Frage ist: Wie verantworte ich den Aufwand?«

»Und wenn ich mich namens des BKA an den Kosten beteilige?«

Kynasts Miene hellte sich auf: »Wen muß ich dafür um die Ecke bringen?«

»Chris, ich brauche mehr Hilfe von dir, als ich bis jetzt gekriegt habe.« Nach einer Weile fragte er: »Was wolltest du mit dem Fernglas? Auf dem DARDANO-Gelände Orangenschalen zählen?«

»Ich bin so offen zu dir, wie ich sein darf«, versicherte Kynast.

»Die Antwort hast du dir aber verdammt lange überlegt.«

14

Die Überraschung des Antique Bazaar, Christians legaler »Front« in Istanbul, war nicht sein Kompagnon. Bei ihm handelte es sich um einen einheimischen Anwalt, der jung war – jünger als Kynast – und in Deutschland studiert hatte. Als er dort um politisches Asyl eingekommen war, hatte der BND sich seiner weiteren Karriere angenommen. Ein Türke, der perfekt deutsch sprach, dazu englisch – und türkisch sowieso – und über Rechtskenntnisse sowohl der römischen wie der islamischen Tradition verfügte, kam Pullach gelegen.

Man schleuste ihn in die Türkei zurück und gab ihm genügend Anfangskapital, um einen darniederliegenden Antiquitätenhandel zu kaufen. Es war ein Trick dabei.

Wie andere Länder, die über alte Kunstschätze und wenig neues Geld verfügen, hat die Türkei die Ausfuhr von Antiquitäten streng untersagt. Das bedeutet nicht, daß tatsächlich alle im Lande bleiben. Es heißt, daß der Staat sich am Gewinn beteiligen möchte.

Beim Bemühen, einen florierenden Export in Gang zu setzen, mußte Kynast ausgedehnt reisen, der junge Anwalt Gesetzbücher studieren und mit Amtsträgern verhandeln. So verband man zweierlei: Erschließung der Region zwecks Auffindung kostbarer Stücke – und den Aufbau eines Informationsnetzes innerhalb der Staatsbürokratie. Beides konnte Christian Kynast nachrichtendienstlich nutzen.

Business as usual, sagte sich Kleiber. Die Überraschung war für ihn Nadine, die neue Lebensgefährtin. Er fand sie der ersten Frau Kynast – Mirl – derart ähnlich, daß er mit Verwirrung reagierte und bei der Begrüßung anfing zu stottern: »Ich freue mich, liebe Mi – eh... Nadine.«

Er mußte sich sagen, daß Chris die Frauen gewechselt hatte, um beim Typ bleiben zu können – von dem Mirl sich anscheinend wegentwickelt hatte.
Damals hatte er Mirl in den Haushalt, nun wurde Nadine ins Geschäft eingespannt. Die Begründung, die Chris äußerte, hatte er zwanzig Jahre vorher ähnlich formuliert: »Wenn sie immer was zu tun hat, kommt sie nicht auf dumme Gedanken.«
»Glaubt er!« rief Nadine trotzig aus, lächelte jedoch geschmeichelt. Sie leistete Widerstand. Aber gefallen ließ sie es sich.
Während Chris im Chef-Kabaus verschwand, um die Überwachung des Lagerhauses von Dardano anzuleiern, spielte Nadine Fremdenführerin. Sie zeigte Kleiber »den Laden«, mehrere Räume, in denen es nach Staub, Leim und Farbe roch. Zwischendurch stellte sie überfallartig besitzergreifende Fragen: »Ihr kennt euch schon lange?«
»Immerhin über ein Vierteljahrhundert. Aber was heißt kennen? Wir haben uns lang nicht gesehen.«
»Warst du nur mit Chris befreundet oder auch mit Mirl?«
»Solange die Ehe dauerte, auch mit Mirl«, antwortete er vorsichtig.
»Und nach der Ehe?«
»Ich weiß nicht, was aus ihr geworden ist. Sie wird wieder geheiratet haben.«
»Ja, das möchten wir gern! Eben nicht! Wir zahlen uns kaputt für sie. Könntest du nicht mal mit ihr reden, wenn du wieder in der Bundesrepublik bist?«
»*Ich* kann sie doch nicht heiraten!«
»Freunde hat sie genug.«
»Woher willst du das wissen?«
»Sie schickt Fotos!«

Er gab vor, sich für Teppiche aus Marmaris zu interessieren, und fragte nach ihrem Wert. Nadine ließ sich nicht vom Thema abbringen. »Die Kinder sind groß und bald aus dem Haus, sie kann eine neue Familie gründen!«
»Weißt du, Nadine«, sagte er ehrlich, »du erinnerst mich sehr an sie. So direkt und geradezu...«
Sie fiel aus allen Wolken: »Ich? Sie war ein Hausmuttchen, ewig am Putzen für ihn und die Kinder. Ich bin Kauffrau mit Ausbildung!«
Sie bewohnten eine Siedlung Richtung Yesilköy. Auf der Fahrt erläuterte Christian die Gründe. In der Altstadt gebe es zuwenig intakte Bausubstanz. Komfort könne man nur von Neubauten erwarten – hinzu komme der Sicherheitsaspekt. Für die Konsulatsangestellten und »für unsereinen« miete beziehungsweise kaufe »der Bund« ganze Blocks. So könne einer dem andern nicht nur in den Kochtopf gucken – »zuweilen lästig« – sondern auch mit aufpassen. Man sage nebenan Bescheid, wenn man abends was vorhabe, und wisse, nun könne nicht mehr viel passieren.
Kleiber fiel an der Doppelhaushälfte auf, daß sie aufs Haar derjenigen glich, die sein Freund als junger Ehemann zusammen mit Mirl bei Meckenheim bezogen hatte. Auch die Sitzecke unterschied sich kaum von der alten. Betroffen ließ Kleiber sich darauf nieder.
Nadine brachte aufgeröstete Baguettes mit Butter, Käse, Oliven. Chris stellte händereibend Weinflaschen auf den Tisch. Kleiber solle wählen.
»Wie habt ihr damals eure Abende verbracht?« fragte Nadine, als man beieinandersaß.
»Sehr ähnlich!«
»Er behauptet immer, es war alles schrecklich. Lauter Nazis in den oberen Rängen...«

»Ach so, beruflich... Aber jetzt sind *wir* verantwortlich!«
»Und wahrscheinlich genauso reaktionär für die Jungen!«
Mit nachsichtigem Grinsen schüttelte Chris aus einem Glasröhrchen zwei Tabletten in seine Hand. Er zerbrach jede in zwei Hälften. Von den vier halben Tabletten schluckte er drei mit Wein runter, die vierte gab er in das Röhrchen zurück.
Kleiber mußte lächeln: »Daß man den Abend mit ein bis zwei Kopfschmerztabletten anfängt, falls man mehr trinken will als sonst – das hab' ich von ihm.«
»Weiß im Lippischen jeder«, erläuterte Chris. »Ich kenne Kneipen, da wird dir die Tablette zum ersten Bier serviert.«
»Und so habt ihr Ralf Ott das Trinken beigebracht!« kritisierte sie.
»Das konnte der schon vorher, du wirst lachen.«
Kleiber sagte: »Es ist sonderbar – wenn ich mich an Ralf erinnere, wie er damals war, dann sehe ich *dich* trinken, Chris, ihn nicht. Wie gesagt, der Trick mit den zwei Tabletten, der ist von dir... Ralf hatte keine Affinität zum Alkohol.«
»Und die Bierchen, die er tagsüber nebenbei wegschluckte, hast du die vergessen?«
»Richtig, diese nie leer werdende Bierflasche im Papierkorb!«
»Es war immer wieder eine andere!«
»Wie kamt ihr eigentlich alle auf die Idee, euch zum BKA zu melden?«
»Wenn du mich meinst...« fing Chris an. »Mirl wollte Kinder. Sie hatte dann ja auch schnell welche. Also mußte ich sehn, daß ich aus der Provinz rauskam und entsprechend mehr verdiente... Bei Ralf waren es gute Leistungen und ein gewisses soziales...« Er brach ab.
»Er empfahl sich durch bescheidene Liebenswürdigkeit«, half Kleiber aus.

»Und Sie selbst?« fragte sie ihn.
»Ehrgeiz, getarnt als Patriotismus.«
»Was heißt das?«
»Na, ich hab' mir selbst vorgemacht, ich wollte gar nicht 'ne große Nummer werden, sondern das Vaterland vor Üblem beschirmen... Ich seh' uns noch vor mir. Es war ein Großraumbüro. In der Mitte brütete Chris über seinen Tabellen. Von hinten grinste einem Ralf durch die ewig verstaubten Scheiben entgegen. Vorn stritt ich mich mit GehBeh, dem war ich zum Einarbeiten zugeteilt.«
»Warum gab es Streit mit ihm?«
»Seine Witze gefielen mir nicht.«
»Erzählen Sie mir einen!«
Kleiber seufzte: »Auf eigene Gefahr, Nadine. Was ist der Unterschied zwischen einem dicken und einem dünnen Juden?«
»Gott!« rief sie aus.
»GehBeh strahlte über alle vier Backen«, erinnerte Christian sich, »wenn er einem die Antwort ins Gesicht trompetete. ›Der dicke brennt länger!‹ ›Sie testen mal wieder unsere Ekelschwelle, GehBeh‹, hab' ich ihm geantwortet.«
»Ja, ich besinne mich. Dir fielen solche Antworten ein.«
»Wie haben Sie sich gewehrt, Tilmann?«
»Daran denke ich ungern. Ich wußte meistens keine Antwort. Ich war damals sehr – wissen Sie, ich bin vaterlos aufgewachsen. Mir fehlte das Training. Der alltägliche Umgang mit Männern in Autoritätspositionen war mir einfach fremd. Ich haßte ihn. Aber ich wußte nie, wie ich meinem Haß Ausdruck geben sollte. Ich behielt ihn in mir drin – wie ein Geschwür. Haß hat mich in einer Weise vergiftet...«
Kleiber merkte, daß es ihm schwerfiel weiterzusprechen. Neugierig sah Christian ihn an.

Kleiber lächelte ihm zu: »Du bist sehr viel besser damit umgegangen.«
»An lippischen Stammtischen lernst du das schnell. Oder du hängst dich auf.«
»Was hat Ralf – ich meine, wie hat er sich geschützt gegen solche Menschen wie diesen GehBeh?«
»Er hat noch krassere Witze erzählt. Er übertrumpfte den Horror, bis es grotesk wurde. Nach dem Motto: Goebbels lutscht gerade dem Führer einen runter. Da kommt seine Frau herein und sagt: Aber Josef, das kann ich dir doch abnehmen...«
»Darüber lachte dieser...«
»GehBeh? Er tat jedenfalls so, als fände er's komisch.«
»Dir geht das alles noch sehr nah, Tilmann.« Chris wirkte verwundert.
»Das sind für mich lauter Niederlagen. Weil ich mich nicht zu wehren wußte.«
»Warum haben Sie keine disziplinarische...«
»Man empfiehlt sich nicht zur Beförderung, wenn man mit Formalien gegen seine Vorgesetzten anrennt.«
»Ah ja, Ihr Ehrgeiz.«
»Genau, der stand mir im Weg. Oder vielleicht sollte ich sagen, er hat mich davor bewahrt, einfach wegzulaufen. Einmal lebte ich vier Wochen auf Formentera, unter den Hippies sozusagen... Ich überlegte mir ernstlich, auszusteigen und nicht mehr heimzufliegen.«
»Auf mich hast du weit robuster gewirkt, als du dich jetzt darstellst, Tilmann.«
»Du, ich hab' diese entsetzliche Hilflosigkeit gegenüber dem, was ich heute die Brutalität der Vaterfiguren nenne – aber damals eben gerade *nicht* zu benennen wußte...«
»Ich verstehe das«, sagte Nadine.

»Danke.«
»Daß man etwas fühlt, nicht weiß.«
»Der einzige Zusammenhang, in dem ich denken konnte, war der politische. Es sind Nazis, sagte ich mir – und sagten auch Autoren, die ich las, Böll etwa... Es sind Nazis, und ich muß sie bekämpfen. Nur wie, ohne mich selbst dabei zu zerstören?«
»Sag einmal, das klingt ja alles ganz gräßlich. Und ich dachte, wir hätten eine schöne Zeit gehabt. Wie oft hockten wir bei mir...« Er brach ab und warf einen Kontrollblick auf Nadine. »Oder auch bei einem von euch und fraßen gut, tranken noch besser, ließen GehBeh verbal zerschellen und – he! Hast du nicht sogar gelegentlich Lyrik rezitiert?«
»Hör bloß auf! Wir waren sehr jung«, entschuldigte er sich bei Nadine.
»Wären Sie Franzose, würden Sie sich nicht entschuldigen, weil Sie die Poesie lieben!«
»Das ist wahr. Ich entschuldige mich für die Entschuldigung.«
»Gott! Er ist typisch deutsch!«
»Ja«, stimmte Chris behaglich zu. »Und du bist es Gott sei Dank nicht. Wie ich dich dafür liebe!«
»Er will mich gefügig machen für die Nacht. Und wenn ich soweit bin, hat er zuviel getrunken und sagt, heute nicht, mon amour.«
Kleiber fiel keine passende Bemerkung ein. Er war verlegen.
Christian war es nicht. Ungerührt stellte er fest: »Früher konnte ich noch mit 'ner erheblichen Promillezahl einen Nagel gerade und zufriedenstellend einschlagen. Mit den Jahren fängt die Hand an zu zittern – und nicht nur die Hand.«
Nadine verdrehte die Augen.

Kleiber tastete sich auf ein Gebiet vor, das er seit langem nicht mehr in Gesprächen berührt hatte: »Auch früher haben wir, glaub' ich, über Sex geredet, wenn wir nach Dienst zusammensaßen.«
»Wie man es zu tun pflegt, alter Freund.«
»Nicht über Liebe?«
»Na, ich weiß nicht, Nadine – nein. Ich erinnere mich jetzt mit großer Deutlichkeit an eine Äußerung von Ralf, ein Geständnis war es wohl eher... Wir sprachen alle mehr oder weniger offen über unsere sexuellen Wünsche, Ängste oder Probleme oder was es war. Zum Beispiel wunderte ich mich über eure drei so schnell hintereinander geborenen Kinder. Und Mirl fragte: Ja, warum kriegt ihr keine, wir machen es einmal, und schon bin ich schwanger... Ich brachte ein, daß ich vor der letzten Station absprang, das tat ich damals. Meine Frau, es war meine erste Frau, hatte nie was dagegen...«
»Ihr habt alle eine erste und eine zweite Frau!«
»Bis auf Ralf«, merkte Chris an.
»Mirl rief naiv aufrichtig: Das könnte ich nicht, das würde ich nicht ertragen. Und Ralf sagte in die Stille hinein, also ich, ich bin kein großer Ficker, das ist mir klar.«
»Was meinte Jennifer dazu?« fragte Nadine nach einer Pause.
»Das dürfte hinkommen, sagte sie.«
»Gott!«
Chris räusperte sich. »Jennifer – die hatte was... was Glasiges. Spitz. Brüchig. Hart.«
»Ja, man konnte sich an ihr die Seele schneiden.«
»Gott!«
»Ich weiß diese Sachen auch alle noch. Aber ich sehe sie aus einer größeren Entfernung als du, Tilmann.«

»Ja, das spüre ich, mir ist es näher.«
»Ich bin froh, daß wir uns mal wieder gegenübersitzen.«
»Geht mir genauso, Chris.«
»Störe ich?« fragte Nadine.
»Sie ist meine Tankstelle für clarté, das verstehst du jetzt hoffentlich.«

15

Hellespont Paradise war ein Freizeitdorf für Edelpensionäre und Nobelurlauber. Kleiber meinte, als er seinen Leihwagen vor dem Kiosk unter Palmen parkte, die genau gleiche Urbanisation schon mehrfach am Mittelmeer gesehen zu haben.
Da die Siedlung auf einer Anhöhe lag und immer ein leichter Wind darüber hinstrich, wurde man weder von Mücken noch von drückender Hitze geplagt. Die einzelnen Anwesen waren nicht einmal übermäßig teuer. Denn altes Geld hatte an versteckten Buchten Zuflucht gefunden, neues siedelte sich an überlaufenen Küsten an. Nur »die Mittelstandskohle«, wie Chris Kynast es formulierte, suchte sich neuerdings abgelegene Flecken, wo man im Schutz von Pinien, Palmen und Drahtzäunen für sich blieb und trotzdem schnell zum Meer gelangte; im eigenen kleinen Jeep, der das ganze Jahr über in der Sammelgarage stehen blieb. Man sah – wie Kleiber sich überzeugte – tatsächlich den Hellespont, die Meerenge der Dardanellen einige Kilometer nördlich. Doch es war nicht die Schokoladenseite der Siedlung. Die lag westlich.
Der Ausblick von hier oben auf die Ägäis gehörte zum Schönsten, was er je vor Augen gehabt hatte. Sprachlos blieb er stehen.

Wie ein riesiger Delphin entsprang die griechische Oliven-Insel Mythilene dem Meer. Menschenfreundliches Grün im unermeßlichen Blau. Nicht anders hatte Odysseus die Insel gesehen, als er mit den andern Königen aufs Troja des Priamos losgesegelt war, um es zu zerstören.
Auch jetzt kreuzten Schiffe. Schneeweiß sahen sie von weitem aus.
Hier fühlte man sich nicht fremd. Man kam heim. Kleiber wäre gern jemandem in die Arme gefallen.
Die beiden Türken, die ihm aus dem Schatten des Kiosks entgegentraten, eigneten sich jedoch nicht für eine solche Geste. Einer war klein, untersetzt, stämmig, mit breiten Backenknochen und einem buschigen Schnauzbart; er trug die Uniform der Polizei. Der andere war ein Stadttürke. Er mochte aus Istanbul oder gar Ankara nach Çanakkale versetzt worden sein. Er trug einen Anzug aus leichtem, trotz der Hitze dunklem Material. Keine Seide, irgendein mit Baumwolle versetzter Kunststoff. Dazu helles Hemd, Krawatte und einen Hut, den er in der Hand hielt. Er hatte eine Art, Kleiber anzusehen, die dessen Gefühlsüberschwang abkühlte. Das Gemüt eines Verdächtigen konnte dieser Bursche zweifellos schockgefrieren.
Kleiber war als Freund des Verstorbenen angekündigt. Zugleich hatte man seinen Rang innerhalb des Bundeskriminalamts erwähnt. Die Situation war heikel. Von den Türken wurde erwartet, daß sie mit Sorgfalt und Tempo ermittelten. Sie zu verärgern konnte niemand einfallen.
Man wollte, daß ein Beamter des Bundeskriminalamts den Tatort inspizierte. Aber es sollte nicht so aussehen, als mißtraue das BKA den ansässigen Behörden.
Hier wußte man inzwischen, daß der liebenswürdige, nachgiebige Mann mit den Seidenschals um den Hals ein ehema-

liger bundesdeutscher Verfassungsschützer gewesen und in die DDR übergelaufen war. Man konnte sich leicht denken, daß die Deutschen aus anderen Gründen als sentimentaler Pietät eines alten Freundes Interesse am Tatort anmeldeten. Ralf Ott hatte bis zu seinem letzten Atemzug im Fahndungsbuch der Bundesrepublik gestanden. Hätte er deren Grenzen überschritten, wäre er wegen Landesverrats verhaftet worden.

Den Türken war es – wie man im Innenministerium beteuerte – nicht angenehm, daß sie einem berufsmäßigen Spion Asyl gewährt hatten. Er habe ihnen seine wahre Identität verborgen. Wie er das gemacht hatte, unter Vorlage seines Reisepasses, blieb ihr Geheimnis.

Kleiber vermutete einen andern Hintergrund. Auch im übrigen Europa wurde nicht jeder, der als Ostspion erkannt war, gleich verhaftet. Entweder man ließ ihn an langer Leine laufen, um ihn weiter auszuforschen, oder man vereinbarte sich, manchmal stillschweigend: Tut ihr unserm Agenten nichts, tun wir euerm auch nichts.

Das gehörte zum Spiel.

Der Stadttürke mit dem Eisblick schien die Zusammenhänge zu kennen. Er stellte keine überflüssigen Fragen.

»Das Apartment ist versiegelt. Sie können es nicht allein betreten.«

»Das hatte ich nicht erwartet.«

»Bitte folgen Sie uns.«

Es war keine auf Unauffälligkeit berechnete Aktion. Vornweg fuhr der Uniformierte in einem Polizeijeep. Es folgte in einem US-Wagen der Zivile. Schließlich wirbelte auch noch Kleiber mit seinem Leihwagen Staub auf.

Es gab, wie in allen diesen Siedlungen, verschiedene Haustypen. Ralfs Apartment befand sich in einem turmartigen Gebäude.

»Der oberste Stock«, erläuterte der Zivile.
Sie stapften eine Wendeltreppe hinauf, die kein Ende nahm. Kleiber wunderte sich, daß Ralf – ohnehin kein sportlicher Typ und abends ja meist betrunken – das Treppensteigen in Kauf genommen hatte. »Kein Lift?« fragte er.
»Kein Lift«, bestätigte der Zivile.
Der Uniformierte drehte sich um: »Meine Füße mein Lift.« Er lachte über den Scherz.
»Sie können gut deutsch«, schmeichelte Kleiber ihm.
»Habe in Deutschland geschafft.«
»Hat es Ihnen gefallen?«
»Gut gefallen«, versicherte er. »Verdienst gut, mußt aber auch viel zahlen für alles, Wohnung teuer!«
Als Fabrikarbeiter hatte er gelernt, seine Kumpel zu duzen. Daß Menschen außerhalb der Belegschaft mit »Sie« anzusprechen waren, hatte er vergessen.
Der Zivile entsiegelte die Tür und kramte nach dem Schlüssel. Er öffnete, während er zugleich nach seinem Taschentuch griff.
»Der Geruch ist noch nicht ganz abgestrichen.«
»Ich verstehe.« Kleiber entfaltete Papiertücher, um sie vor Mund und Nase zu halten.

16

Stark war die Geruchsbelästigung nicht. Vielleicht zerrte sie nur deshalb an den Nerven, weil man die Ursache kannte. Der Zivile durchschritt rasch die gesamte Länge des Apartments und riß alle Fenster auf. Der Uniformierte setzte sich seitlich in einen Sessel und grinste. Die Empfindlichkeit derer, die mehr Geld verdienten als er, machte ihm Spaß.

Kleiber hielt sich zurück. Er ging langsam, nahm die Einzelheiten auf. Das Apartment befand sich noch in dem Zustand, in dem Ralf es hinterlassen hatte. Sehr persönlich wirkte es trotzdem nicht. Der Grund war klar: Das gesamte Mobiliar war im rustikalen Einheitsstil gehalten. Es stammte aus einer der Möbelfabriken, die sich auf die Ausstattung von »Landhäusern« oder »Landwohnungen« spezialisiert hatten.

An privaten Dingen gab es wenig. Neben dem Bett stand auf dem Nachtkasten ein kleiner Familienbaum aus Silber. Es hingen – wie Früchte – Fotografien in ovalem Rahmen dran. Igor und Ralf. Jennifer in der Mitte.

Bedachte man, daß die Frau mit einem andern lebte und daß Igor erwachsen war, so konnte einem Ralf leid tun. Im Gegensatz zu seinen Freunden hatte er die Kraft nicht aufgebracht, nach dem Zerfall der ersten eine zweite Familie zu gründen.

Der Zivile kam von der Fensterfront zurück und sah Kleiber über die Schulter. Der ließ sich davon nicht stören, öffnete die Schublade des Nachtkastens und fand zwei Pornohefte. Er ließ sie liegen.

Im Bad fanden sich außer den üblichen Utensilien an Interessantem nur die Medikamente, die – sofern angebrochen – Ralfs »points of lowest resistance« anzeigten, seine Achillesfersen.

Als Alkoholiker neigte er zu Kater und Kopfschmerzen; es waren mehrere Sorten Schmerztabletten im Schrank, immer gleich in Haushaltspackungen.

Dann gab es Magentabletten zum Zerkauen – gegen Säure und Völlegefühl.

Tabletten zum Stoppen von Diarrhöe; aber darunter litt im Süden jeder mal.

Es gab ein – wie Kleiber wußte – sehr starkes Medikament gegen Kreislaufschwäche; es zusammen mit Alkohol zu sich zu nehmen konnte durchaus tödlich sein. Und es gab einige ebenfalls mit Alkohol nicht verträgliche Beruhigungsmittel wie Valium.

Um sprechen zu können, entfernte Kleiber die Papiertücher von seinem Mund: »Falls er an einer Medikamentenvergiftung im Zusammenhang mit Alkohol gestorben ist, müßten die Spuren feststellbar sein!«

»Es sind keine Spuren von Medikamenten in den Leichenresten gefunden worden.«

Leichenreste. Die dramatische Formulierung wurde verständlicher, wenn man bedachte, daß der Tote bei geschlossenen Fenstern, aber unverschlossenen Vorhängen gefunden worden war. Die Frühjahrssonne war hier stark genug, einen Gewächshauseffekt zu erzielen.

Kleiber wandte seine Aufmerksamkeit der Glasfront zu. Der herrliche Ausblick auch nach Westen überraschte ihn. Von so weit oben lag die Wasserstraße, die sowjetische Schiffe auf dem kürzesten Weg vom Westen in die Heimat brachte – oder umgekehrt, von Odessa und Sevastopol ins Mittelmeer – wie ein topografisches Schulbeispiel da. Ein Dampfer durchfuhr soeben im Schneckentempo die enge Pforte zur Ägäis. Hier hatte Troja gewacht und auf Beute gelauert. Inzwischen war Troja ein Arbeitsplatz für Archäologen, die nachwiesen, daß die Stadt öfter aufgebaut worden war, als man bisher geglaubt hatte. Wenn Kleiber sich recht erinnerte, wurde soeben das neunte Troja ausgegraben.

Der Wasserweg zu den ganzjährig eisfreien Häfen der Sowjetunion wurde längst nicht mehr am Hellespont kontrolliert, sondern am Bosporus: Istanbul hatte die Rolle des alten Troja an sich gerissen.

Von hier oben, wie von einem Wachtturm aus, hatte Ralf die Transitstrecke UdSSR–Westen–UdSSR an der *alten* Kontrollstelle beobachtet. Warum?
In der Epoche der Satellitenüberwachung konnte man ein Fernglas kaum als aktuelles Instrument der Spionage ansehen. Trotzdem, es lag eins da und fiel Kleiber auf. Daß es aus der DDR stammte, sah man dem altmodischen – aber auch schönen und gediegenen – Lederfutteral an.
Ralf Ott hatte von diesen Fenstern aus Schiffe betrachtet, die weiß und langsam und schön und stolz wie Schwäne die Dardanellen durchschwammen. Es war eine der geopolitisch sensibelsten Stellen des Globus – seit dreitausend Jahren.
»Weshalb, zum Teufel, die Türkei je eine Baugenehmigung für dieses Projekt erteilt hat, verstehe ich nicht«, wandte Kleiber sich scharf und plötzlich an den Zivilen.
»Nach der Aktenlage war ein Gutachten ausschlaggebend, das dem Verteidigungsminister vorlag.«
Der uniformierte Polizist an der Tür lachte. Kleiber sah ihn an. Der Mann sagte: »Gegen Trinkgeld wird so was bei uns gemacht – du versteh'?«
Der Zivile sagte sehr schnell und böse einige türkische Sätze. Der Uniformierte wandte sich unbeeindruckt ab. Er zwinkerte Kleiber zu. Kleiber lächelte.
Er ging zur Schrankwand, die in diesem Apartment sowenig fehlte wie in Millionen anderen. Was er sah, war das übliche mittelgroße Fernsehgerät mit dem zu erwartenden japanischen Recorder. Daß Kassetten daneben lagen, überraschte ihn. Es bedeutete, daß die Kriminalisten noch nicht dazu gekommen waren, sie zu überprüfen. Kleiber stellte fest, daß neben Aufzeichnungen türkischer und griechischer Nachrichtensendungen – so ging es jedenfalls aus den Aufschriften hervor – Pornokassetten auf Halde lagen.

Er blickte auf und sah den Zivilen abfällig grinsen. Vielleicht hielten die den späten Ralf für einen exzessiven Lüstling. Das Gegenteil war richtig. Er war Frauen gegenüber scheu gewesen. Während ihrer gemeinsamen Zeit hatte Kleiber ihn nie mit andern Frauen in Verbindung gesehen als mit Jennifer, und die hatte er geheiratet.
Andere Männer suchten Abenteuer. Ralf war zu schüchtern dazu, er hatte als Ersatz Filme wie »Griechische Feigen« oder »Türkischer Honig« im Regal – merkwürdig, diese regionalen Bezüge.
Da Kleiber keine Zeit hatte, die Kassetten durchzuspielen, wandte er sich dem Audiobereich zu. Er sah die Schallplatten durch. »Spottlieder« Frank Wedekinds, gesungen von Ernst Busch, herausgegeben von der Deutschen Akademie der Künste zu Berlin und dem Volkseigenen Betrieb (VEB) Deutsche Schallplatten Berlin. Ebenfalls von Ernst Busch gesungen: Chansons von Kurt Tucholsky, vertont von Hanns Eisler – Eisler war auch Komponist der DDR-Hymne »Auferstanden aus Ruinen«, fiel Kleiber ein. »1848 – Lieder der deutschen Revolution«, gesungen von Dieter Süverkrüp, erschienen im Dortmunder Verlag »pläne«; ein Unternehmen, wie Kleiber sich zu erinnern meinte, das der bundesrepublikanischen Deutschen Kommunistischen Partei nahestand. »Miteinander« hieß ein Album, das die Gruppe Zupfgeigenhansel auf Electrola eingespielt hatte. »Lieder mit Gisela May«, Komponist war wieder Eisler, VEB Deutsche Schallplatten Berlin, DDR. »I Yitonia ton Angelon« von Mikis Theodorakis, »Made and Printed in Greece by C.G. C.G. Ltd.« – die Telefonnummer stand dabei, doch der Sinn der Abkürzung war nicht angegeben. »100 Jahre Deutsches Arbeiterlied – Eine Dokumentation« der DDR-Plattenfirma Eterna. Kleiber schlug auf und las ei-

nen Text: »Empor zum Licht! Es wich die Nacht,/ nur Wolken noch decken der Sonne Pracht –« Er klappte das Cover wieder zu. Der typische Endzeitoptimismus der offiziellen Arbeiterbewegung um die Jahrhundertwende. »We shall overcome – Pete Seeger, Recorded Live at His Historic Carnegie Hall Concert June 8, 1963«, eine CBS-Platte...
Mit Herzklopfen und Schauergefühl im Rücken drehte Kleiber das Cover um und las die Titel: »If you miss me at the back of the bus« (bei den Demos zur Aufhebung der Rassentrennung), »I ain't scared of your jail«, »That's what I learned in school«, »A hard rain 's a-gonna fall«, »Guantanamera«.
Um seine Bewegung zu verbergen, legte er die Platte rasch weg und griff irgendwohin. Er zog die Wedekind-Lieder heraus, eine von »Aurora« (DDR) sehr rücksichtsvoll ausgestattete Edition. Es war nicht nur die übliche Erläuterung beigegeben, sondern ein Heft in Broschürendicke. Kleiber schlug auf und las, was Wedekind in das »Merkbuch der Bekenntnisse« im Hause des Publizisten Maximilian Harden eingetragen hatte. »Meine Idee vom Glück: Seinen Anlagen gemäß verbraucht zu werden« – »Worin am geschicktesten: Im Lügen« – »Worin am Ungeschicktesten: Im Wahrheitsagen« – »Welche Gesellschaft die liebste: Harmlos lustige« – »Liebling-Buch: Casanova« – »Liebling-Farbe: Roth« – »Liebling-Spiel: Das Spiel mit der Welt« – »Wie lebst du? Leidlich« – »Dein Temperament: Melancholiker« – »Dein Hauptcharakterzug: Ich hoffe, Starrköpfigkeit« – »Motto: 2 mal 2 = 4«. Wedekind war 1918 in München gestorben, erfuhr man aus einer Textspalte daneben. Kleiber stellte auch diese Scheibe wieder zurück.
»Es liegt noch eine offen auf dem Tisch«, sagte der Zivile und kam näher. »Viel Musik für einen Mann in den Ferien.«

»Ja. Sieht fast so aus, als ob er erwartet hätte, seinen gesamten Lebensabend hier zu verbringen.« Kleiber trat zum Tisch und nahm die Platte auf. »My Golden Favorites – Bing Crosby.«

»Ziehen Sie die Platte aus der Hülle.«

»Warum?«

»Bitte tun Sie es.«

Schulterzuckend erfüllte Kleiber ihm den Wunsch und las auf der inneren Hülle die Widmung: »Mein lieber Ralf, für dich und deine Pistol Packin' Mama ein glückliches, langes Leben – Tilmann.«

»Sie heißen auch Tilmann«, sagte der Zivile.

Kleiber nickte. »Die Widmung ist von mir. Ich hatte es ganz vergessen.«

17

Der Uniformierte ließ sich von Kleiber einen Raki mit viel Wasser ausgeben und verzog sich an einen Flipper. Der Zivile begleitete ihn zur Bar, wo ein grauhaariger, aber sportiver Türke Zeitung las. Er hatte die Siedlung als Bauträger hochgezogen und betrieb nun die Serviceeinrichtungen: Restaurant, Grill, Dancing und das Hotel. Sein Name sei Mehmet Fahti, sagte er und streckte Kleiber kommunikativ die Hand entgegen. »Sie müssen sich nicht für Hotel einchecken, sind schon eingecheckt.«

»Danke.« Kleiber wußte, daß er von Chris telefonisch angemeldet worden war. »Ich frage mich, wie Sie die Genehmigung bekommen haben, an einem solchen Platz zu bauen, Herr Fahti.«

»War sehr schwierig«, antwortete der Türke ernst.

»Das kann ich mir vorstellen.«
Der Zivile machte einen irritierten Eindruck. Er schien ein ernsthafter Mensch zu sein. »Können Sie diese Schallplatte über Ihre Anlage abspielen?«
»Selbständlich«, antwortete Fahti, der sein Deutsch offenbar an der Bar aufgeschnappt hatte.
Der Zivile gab ihm die LP mit den Hits von Bing Crosby und begründete seinen Wunsch gegenüber Kleiber: »Möchte hören, was für Musik Sie Ihrem Freund geschenkt haben.«
»Es sind konventionelle Schlager.«
»Wir reden besser am Tisch weiter.« Er bestellte beim zurückkommenden Fahti Kaffee und setzte sich abseits.
Kleiber verriet dem Wirt, er sei ein Freund des Verstorbenen gewesen und fühle sich vom Besuch des Apartments erschüttert. »Ich brauche was Stärkeres, aber es soll mich nicht müde machen.«
»Nehmen Sie Cuba-Libre, Rum-Cola auf Eis mit Zitrone.«
»Gute Idee.« Während Fahti den Drink komponierte, sagte Kleiber: »Mein Freund muß ein sehr guter Kunde von Ihnen gewesen sein.«
»Ralf? War jeden Abend hier, saß meistens auf diesem Hokker.« Er deutete darauf. Es war der Hocker am äußersten hinteren Eck. Von dort aus hatte Ralf das ganze Lokal überblickt.
»War er meistens allein, oder hatte er Freunde?«
»Alle waren seine Freunde. Er war nie allein – nur einsam.«
»Sie beobachten sehr scharf.«
»Man muß Psychologe sein in meinem Beruf.«
»Kannte er Frauen?«
»Er war mit jedem Menschen gleich gut Freund, auch mit Frauen.«

»Ja, ich weiß. Ich meine – gab es eine Frau, die er näher kannte? Mit der er sich öfter sehen ließ als mit andern?«
Fahti hob die Schultern. »Mit Ilsabe, aber sie war nicht seine Freundin. Sie war mehr...« Er suchte nach einem passenden Wort und fand keines.
»Verstehe, Ilsabe kannte ihn gut und saß gern mit ihm zusammen, und das war alles.«
Fahti warf ihm einen kumpelhaften Blick zu. »Ilsabe ist keine Türkin. Ist Deutsche und albert gern rum.«
»So was kommt vor und sollte einen Mann von Welt nicht weiter stören«, sagte Kleiber in herzlich einvernehmlichem Ton.
»Wissen Sie...« Fahti knetete sein Ohrläppchen; vielleicht hatte er Humphrey Bogart das in »Casablanca« tun sehen... »Ich bin Türke und nicht Moslem. Ich bin Christ und Europäer ohne Vorurteile. Ein Türke, wenn seine Frau einen Fremden anschaut und ist selber ein Moslem, dann macht er mit ihr diesen...« Fahti zog seine flache Hand quer über die Kehle. »Schneidet ihr den Hals durch wie einem Schaf. Nicht anders.«
»Ja, davon hab' ich gehört«, antwortete Kleiber mit der verständigen Miene eines Menschen, der weiß, daß man in fremden Kulturen nicht mit eigenen Vorurteilen hausieren gehen soll. Andere Länder, andere Sitten!
»Drum bin ich vorsichtig, was ich sage!«
»Herr Fahti, ich möchte gern mit der Frau sprechen. Nicht um sie zu kompromittieren. Sondern um zu hören, wie mein Freund Ralf Ott – was sie von ihm weiß.«
»Ihr Mann soll besser nicht wissen...«
»Ich bitte Sie!«
»Er ist streng wie die Türken von der alten Art. Ich bin ein moderner Mensch, mein Geld hab' ich in Dortmund mit Ke-

babständen gemacht. Ich hab' heute noch Döner-Kebab-Buden in Essen, Duisburg, Oberhausen... Angefangen hab' ich mit *einem* Stand in Dortmund«, wiederholte er.
»Das ist eine phantastische Leistung. Kaum zu glauben!«
»Ich kann Ihnen Fotos zeigen.«
»Es würde mich wirklich sehr interessieren, wie Sie das gemacht haben«, gab Kleiber ihm weiter Zucker.
Fahti trug ein engsitzendes T-Shirt, expandergestählte Muskeln zeichneten sich darunter ab. Sie schienen noch zu schwellen. »Meine Frau ist aus Dortmund, meine Tochter hat Kauffrau gelernt, richtige Lehre.«
»Ich bin sehr beeindruckt.«
»Ilsabe ist Freundin von meiner Frau!«
»Ah ja! Sie selbst oder vielmehr Ihre Familie hat Ilsabe hierhergebracht.«
»Absolut, so war's. Ilsabe ist in Ordnung.«
»Ich bezweifle das keinen Moment.«
»Also, wenn ich sage, sie hat gern mit Ralf gesprochen, dann meine ich nichts anderes als das.«
Kleiber verbot sich jede Ungeduld. »Ich verstehe Sie ganz genau.«
»Sie bekommt sonst Schwierigkeiten mit ihrem Mann!«
»Wir werden das zu verhindern wissen. Ist ihr Mann ein Freund von Ihnen?«
»Ja!«
Das hatte so grimmig geklungen, daß Kleiber ihn erstaunt ansah.
»Sehr guter Freund.«
»Ist er auch hier?«
»Er hat hier Eigentumswohnung, aber arbeitet in Istanbul.«
»Mhm, und Ilsabe, wenn sie in der – eh – in *Hellespont Pa-*

radise Ferien macht oder Sport treibt oder was immer, dann ist sie abends allein und kam gern mal an die Bar und traf dann Ralf...«

»Ja, zu einem Gespräch.«

Kleiber nickte. »Meinen Sie, ich kann Ilsabe heute noch treffen? Ist sie hier? Oder in Istanbul?«

Er zögerte. »Wird wohl da sein, ich sage Bescheid.«

»Danke.« Kleiber beließ es dabei und schloß sich dem Zivilen an, der abseits an seinem Tisch türkischen Kaffee trank und mit gefurchter Stirn – als werde ihm eine Denksportaufgabe abverlangt – Bing Crosby hörte.

»Ist das die Musik Ihrer Generation?«

»Eher der Generation davor.« Durch einen Blick auf die Plattentasche überzeugte er sich, daß Crosby die Lieder Anfang der vierziger aufgenommen hatte. »Als diese Schlager populär wurden, sind Ralf und ich kleine Kinder gewesen.«

»Warum haben Sie ihm gerade diese Platte geschenkt?«

Das führte nun wirklich zu weit, fand Kleiber. Er hatte das Geschenk pädagogisch gemeint, Ralf sollte von Crosby lokkeren Lebensgenuß lernen. »Es ist eine Musik zum reinen Vergnügen, sie hat sonst keinen Sinn.«

»War er depressiv?«

»Labil mit Neigung zu Depressionen, ja.«

»Gefiel ihm die Platte?«

»Wir haben sie oft gehört.«

»Er hat sonst nur kommunistische Musik gehört.«

»Ja, das sah ich.«

»Bing Crosby ist nicht kommunistisch, er ist westlich-dekadent.«

»Ich dachte mir, es ist vielleicht nicht schlecht, wenn Ralf Geschmack an der westlichen Dekadenz entwickelt – ich meine, ein bißchen davon ist ja manchmal recht angenehm, finden Sie nicht auch?«

Der Blick des Zivilen wirkte kälter denn je. »Was Sie da entwickeln, ist das Psychogramm eines Spions.«
»Das hört sich jetzt vielleicht so an...«
»Warum haben Sie keine Überprüfung veranlaßt?«
»Wie veranlaßt? Hätte ich ihn denunzieren sollen?« Er fühlte, daß Ärger ihn übermannte, und stand abrupt auf. »Ich bin heute abend noch da, falls Sie mich brauchen. Bitte entschuldigen Sie mich bis dahin.«

18

Es sollte kein bloßes Verdösen von Zeit werden. Kleiber zog sich aus und legte sich nicht aufs Bett, sondern hinein. Die Vorhänge hatte er geschlossen, Mücken war der Weg zu ihm durch Fliegengitter versperrt, und er war bereit, sich vom Gesang der Vögel einlullen zu lassen.
Trotz allem konnte er nicht schlafen. Er war Ralf das letzte Mal in Jena begegnet. Der Bundespräsident hatte dort in der Aula der Universität gesprochen. Kleiber, damals noch dessen Sicherheitschef, hatte die üblichen Vorkehrungen getroffen. In Absprache mit den Kollegen von der andern Seite, der Stasi also, wie das überall auf der Welt üblich war.
Es war kein Geheimtreffen mit Ralf gewesen, sondern ein öffentliches. Es hätte öffentlicher kaum sein können.
Nach der Beendigung der Arbeit in der Uni hatten sie sich – mehrere Mann hoch, Ossies und Wessies durcheinander – zur großen Kirmes aufgemacht, die auf dem Platz tobte. Es gab gegrillte Broiler und Bratwürste, alles zu den lächerlich niedrigen DDR-Preisen, dazu wurde Bier getrunken, und wer wollte, konnte auch einen Kurzen bestellen.

Er hatte Jena sehr sympathisch gefunden. Vor dem Eingang zur Universität war ihm ein schwarzes Brett aufgefallen und darauf eine Veranstaltungsankündigung des John-Lennon-Clubs. Da er die Universitätsbuchhandlung bereits nach einem Geschenk für Kirsten abgegrast und ein schönes altes Buch gefunden hatte – 1948, Bruno-Wilkens-Verlag Hannover, »Thurn und Taxis« –, war er geneigt, die DDR mit Wohlwollen zu betrachten.
Ursprünglich hatte er halb erwartet, Ralf würde sich vielleicht zeigen, doch diese Hoffnung hatte er nicht mehr; er wollte austrinken und gehen, solang es am schönsten war.
Während er gerade das leichte Aluminiumgeld hinzählte, strich ihm von rückwärts eine Bier- und Schnapsfahne in die Nase; als er sich umdrehte, um zu protestieren, hatte er in Ralfs grinsendes Gesicht geblickt.
»Na, was sagst du jetzt?«
»Ich hab' mir fast gedacht, daß ich dich zu sehen kriegen würde.«
»Es war nicht einfach. Ich mußte mir 'ne Genehmigung holen – nicht daß die denken, ich will zu euch zurück.«
»Willst du denn?«
»Wäre ich willkommen?«
Sie hatten beide gelacht.
»Ich bin hier ganz zufrieden. Mein Problem ist weniger die Politik als meine...« Er hatte vor dem Wort ›Ehe‹ abgebrochen. »Nee, ich bleib' hier. Ein Agent ist schließlich kein Perpendikel, das mal nach der einen und dann wieder nach der andern Seite ausschlägt.«
Sie waren nicht allein miteinander gewesen. Die andern hatten sich am Gespräch zwar wenig beteiligt, aber mit Interesse zugehört. Ralf hatte – es verstand sich fast von selbst – nach Kleibers Eindrücken von der DDR gefragt.

Daraus war dann mit überraschender Schnelligkeit, für Kleiber nicht vorhersehbar, ein Streitgespräch entstanden. Er hatte sich von Ralf also zornig getrennt.
Eigentlich war er zunächst mit Lob nicht geizig gewesen. Jena sei zum Verlieben. Die typische Atmosphäre einer deutschen Scholarenstadt. Patina als unaufdringliche, selbstverständliche Würde.
Ralf hatte etwas angestrengt lächelnd bemerkt, dies alles sei wohl kein Verdienst des Sozialismus.
Kleiber erinnerte sich, widersprochen zu haben. In gewisser Weise doch: Tübingen und Heidelberg, um vergleichbare Städte zu nennen, seien heute hektisch geworden. Nicht Jena. Hier gehe es noch zu wie im ausgehenden 18. und beginnenden 19. Jahrhundert, als die Romantiker...
Er hatte es den Gesichtern angesehen: Das war es nicht, was sie hören wollten.
Nun hatte er seinerseits ein wenig zu aufgebracht reagiert. Die aktuellen Daten kannten sie besser als er!
Ja, also ehrlich, Leute: Mein Eindruck ist schlecht. Der Verfall der Städte, auch in Weimar! Bei Goethe hui, bei Normalbürgers pfui. Die der Realität hohnsprechenden Losungen... und so weiter. Er kam nicht her, um das Land runterzumachen. Aber die beinah lästerlich zerstörte Umwelt im Braunkohlebereich um Halle konnte man nicht zum Lungensanatorium umverbalisieren.
»Wenn du das so über Lautsprecher verkündest«, hatte Ralf gemeint, »dann würde so mancher von den gestandenen Prolis hier auf dem Platz dir eins aufs Maul geben.«
Im Moment hatte er mit Betroffenheit reagiert. Und Ärger: »Nicht eher dir? Wenn er von deiner produktionsfernen Tätigkeit erfährt?«
»Tilmann, der erkennt seine Leistungen in deiner Puzze-

lung mieser Daten zu einem Propagandazerrbild nicht wieder!«
»Dieser Idealprolet, den du übrigens fingierst – vielleicht existiert er nur in deinen Wunschträumen –, maßt sich also ein Züchtigungsrecht an... Gegenüber einem Gast, den er nicht kennt und den er bis zum Beweis des Gegenteils für vertrauenswürdig halten sollte.«
»Wer sich auf den Klassenstandpunkt stellt, wird meist nicht höflicher. Dafür aber deutlicher als vorher.«
»Biermann hat recht, bei euch geht es zu wie in feudalen Verhältnissen, wo der adlige Machthaber seinen Narren abstraft, der unangenehme Wahrheiten sagt. Ich lasse keinen Narren aus mir machen.«
Jemand drückte ihm einen Pappbecher Bier in die Hand, er hörte Beruhigendes: »...alles nicht so eng sehn...«
Doch nun war er in Schwung und mochte nicht bremsen:
»Euer Züchtigungsanspruch im Namen eines erdachten Klassenstandpunkts! An dem ist die DDR schon lange schwer erkrankt! Alle, die ich in dieser Gesellschaft kenne, haben Angst vor den Schmerzen, die *ihr* ihnen androht für den Fall, daß sie es wagen sollten, unzensiert zu sprechen!«
»Während in Westdeutschland, und dort ganz besonders bei den Polizeien, nach unserer gemeinsamen Erfahrung jeder unbefangen herausplappern darf, was er denkt – ohne den geringsten Nachteil befürchten zu müssen«, höhnte Ralf.
»Angst liegt über eurer Gesellschaft wie ein saurer, böser Schweißgeruch!«
»Manchmal riechen auch Frauen so. Im Ernst, manche Frauen stinken vor saurem Schweiß, wenn es ihnen kommt.«
»Ach, dein übliches Ablenkungsthema... Ralf, vor euch haben die Leute solche Angst! Vor dir!«

In Ralfs Lächeln – unsicher wie bei einem Kind, das ein Lob erwartet und zusammenzuckt, weil es statt dessen geschimpft wird – hatte er den alten Freund wiedererkannt.
»Laß uns von was anderm reden, Tilmann…«
»Ich soll den Mundtoten spielen, das willst du sagen. Aber ich bin nicht einer von euern Schriftstellern, mich könnt ihr nicht ausbürgern.«
»Ich hab' nicht gedacht, daß du so empfindlich reagierst…«
»Jawohl, da reagiere ich empfindlich. Weil ich mir von dir Verständnis und Unterstützung erwartet hätte und nicht die Prügel, die du mir angedroht hast – wenn auch feig und indirekt –, weil ich deine Illusionen bedrohe. Das ist nicht dein Problem, Ralf, es ist meines: Ich habe Freunde dort gesucht, wo ich keine habe.«
Und er hatte den Pappbecher, fast noch randvoll, im Papierkorb deponiert. Ein wirkungsvoller Abgang.
Wie albern, sie beide hatten sich aufgeführt wie blöde Turnierritter, die sich für ihre heimischen Farben und Majestäten schlagen. Danach hatte er Ralf nur noch am Telefon erlebt; stets besoffen.
Ich wollte den endgültigen Bruch, sagte Kleiber zu dem jetzt, da er tot war, überall und jederzeit verfügbaren Freund. Deine Schnapsfahne war in Jena mehr als aufdringlich, sie war unangenehm. Nie wußte ich: Meint er das, oder ist es der Fusel?
Er erinnerte sich an die Gesichter von Ralfs Kollegen. Ihr leeres Lächeln. Es ging ihnen nicht nahe, was er vorbrachte; sie empfanden es als unpassend und etwas peinlich. Von Ausländern mußte man sich so was öfters anhören, wer von denen lobte schon die Stasi?
In dem Job hatten sie gelernt, sich mit den Streicheleinhei-

ten zu begnügen, die von der Nomenklatura und ihrer Presse verabreicht wurden. »Die bewährten Sicherheitsorgane, die in ihrem Friedenseinsatz an der antiimperialistischen und antifaschistischen Front schon manchen friedensgefährdenden Plan zunichte machten...«

Niemand rühmte die Stasi – außer denen, die man über die Folgen eines Tadels nicht im Zweifel ließ.

Armer Ralf. Offizier an einer der Fronten des kalten Kriegs. Mit seinem seidenen Tuch um den Hals.

Nachdem Kleiber eine Stunde geschlafen hatte, duschte er und zog sich um. An der Rezeption hatte er Lagepläne der Siedlung bemerkt. Er nahm einen vom Stapel und orientierte sich.

Die teuren Bungalows waren nicht schwer zu finden, unterwegs bewunderte er die Pracht des Oleanders. Schon auf der Herfahrt – entlang dem Marmarameer – hatte er die Sträucher an den Böschungen der Autostraße wuchern sehen wie Unkraut.

Die Häuser lagen nah beieinander. Sie waren allesamt über dieselbe Straße zu erreichen. Wer mit dem Auto kam, konnte nicht unbemerkt bleiben. Rückwärts gab es versteckter liegende Garteneingänge. Sie waren durch einen unbefestigten Rundweg verbunden, von dem Pfade in die Macchia wegführten.

Kleiber zog genießerisch seine Sandalen aus. Der Sand hatte eine fast staubartige, mehlige Konsistenz. Er fühlte sich warm an, nicht mehr heiß.

Mehmet Fahti trat verschlafen auf die Terrasse seines Hauses. Er hatte die hier übliche Siesta hinter sich, man sah es seinen kleinen Augen an. Nachdem er Kleiber erkannt hatte, winkte er routiniert, und Kleiber grüßte zurück.

In der Art eines Spaziergängers schlenderte er weiter.

Er kam an einem Haus vorbei, das laut Lageplan namenlos war – also auf einen Käufer wartete –, und erreichte die Rückfront der Villa Baumgärtner. Die Fensterläden waren zu, nichts regte sich. Es war niemand da.
Das angrenzende Anwesen gehörte den Büyüks. Die beiderseitigen Gärten waren durch einen Holzzaun getrennt. Er war niedrig und leicht zu überwinden, auch von einer Frau.
Er hielt nach Ilsabe Ausschau. Wäre sie aufgetaucht, hätte er sich als Freund Ralfs vorgestellt. Aber er sah sie nicht, ging daher auf dem Rundweg weiter, bis er den Ausgangspunkt erreichte, und von dort zur Bar, um sich mit einem Aperitif fürs Abendessen fit zu machen.

19

Die Konstellation – sah Kleiber – war günstig für seinen Zweck. Der Zivile hielt sich immer noch an dem Tisch auf, wo er ihn verlassen hatte. Neben der Kaffeetasse stand eine Flasche Mineralwasser. Ein Block lag vor ihm, er hatte Notizen gemacht und legte den Stift erst beiseite, als er Kleiber eintreten sah.
Ilsabe Kapp-Büyük saß am Ende der Bar, an deren Schmalseite. Dort standen zwei Hocker; den äußeren hatte sie mit Bedacht gewählt, hier konnte sie ihre übereinandergeschlagenen Beine herzeigen. Und das wollte sie offensichtlich. Sie war der Typus der Geschäftsfrau, Mitte der Dreißig, welterfahren. Das waren Kleibers erste Eindrücke. Hals und Gesicht wirkten etwas zu breit, um hübsch zu sein, doch war Ilsabe eine attraktive Person. Er fragte sich, was an ihr so anziehend wirkte, und kam darauf, daß es eine gewisse Genußsucht sein mußte, die sie offen zur Schau stellte. Die soziale Form der Begehrlichkeit.

Sie hatte lang genug hart gearbeitet, den ganzen Winter über. Nun war das Ferienhaus in *Hellespont Paradise* eingeweiht, und Freizeit war angesagt.
Sie trug einen Taftrock wie zum Tanz und darüber einen Pullover mit einem so tiefen Ausschnitt, daß ihre Absicht klar war. Sie wünschte Kontakt. Daß der Pulli über eine ihrer kräftigen Schultern herabgeglitten war, machte zusätzlichen Effekt. Er wurde nicht dadurch gemildert, daß sie – sozusagen nach Art der Türkinnen – über die Blöße ein hauchdünnes Tuch, zum Dreieck gefaltet, gebreitet hatte.
Die Beine, die sie hinter der Bar hervor in den Raum hineinstreckte, waren bloß. Die Füße steckten in halbhohen Samtschuhen, weinrot wie der Taftrock.
Ilsabe Büyük sah aus wie eine Frau mit Vergangenheit, Gegenwart und Zukunft. Vielleicht hatte sie einen Türken geheiratet, um ihrer Unternehmungslust Zügel anzulegen. Die Berechnung, so etwas zu tun und sich selbst zu überlisten, war allerdings nur bei einem Menschen mit Eisherz zu vermuten.
Vielleicht hatte sie sich in Büyük verliebt oder – aus irgendeinem Grund – Schutz bei ihm gesucht.
Sittsam senkte sie den Blick, als Kleiber sie voll ansah, und zupfte an ihrem durchsichtigen Dreieckshauch von einem Tuch. Gleich darauf – sie besann sich, keine Türkin zu sein, und hatte innerlich die Kraft gesammelt, sich zu ihrer freiheitlicheren, westlichen Prägung zu bekennen – schaute sie auf.
Was immer es war, das sie anstellte, Kleiber blieb die Luft weg.
Er nahm den Drink entgegen, den er beim Barmann in Auftrag gegeben hatte – Raki auf Eis mit Soda –, und trug ihn zu dem Tisch, wo der Zivile auf ihn wartete.

»Ich dachte, Sie würden in Ihr Büro fahren«, entschuldigte er sich.
»In Izmir?«
Kleiber war irritiert. »Ich nahm an, Sie seien aus Çanakkale.«
»Wirklich? Ich habe mich nach Ihnen erkundigt. Sie werden mir als ein Mann geschildert, der das absolute Vertrauen des deutschen Bundespräsidenten besitzt.«
»Ich konnte ihm einen Gefallen tun.«
»Sie haben ihn vor einer Geiselnahme gerettet!«
Kleiber besann sich. Solche Auskünfte bekam man nicht von irgendwem. In den Dateien türkischer Kriminalpolizeistellen waren sie mit Sicherheit nicht gespeichert. »Sie sind vom Militärischen Abschirmdienst der Türkei«, stellte er fest.
»Ich bin Offizier, Major nach Ihren Begriffen.« Er räusperte sich, zog sein Taschentuch, spuckte hinein, faltete es zusammen und steckte es wieder weg. »Ich wunderte mich schon über Ihre Begriffsstutzigkeit!«
Dazu sagte Kleiber nichts. Er verzichtete seit langem gewohnheitsmäßig darauf, sich gegen provokative Rüpeleien anders zu verteidigen als durch sein Verhalten. »Es tut mir leid, Herr Major, daß ich das vorhin nicht wußte. Ich hätte sonst Ihre Frage, wieso ich Ralf nicht überprüfen ließ, anders beantwortet... Da ich annahm, mit einem Kollegen zu sprechen, wies ich nur indirekt auf die Tatsache hin, daß ich gegen Ralf keinen konkreten Verdachtsgrund hatte. Auf Grund nur vager Verdächtigungen wird die Kriminalpolizei aber nicht tätig, auch nicht in Ihrem Land. Laut Strafgesetz ist es verboten, unbegründbare Beschuldigungen gegen jemand zu erheben. Deshalb hatte ich Ihre Bemerkung, wieso ich Ralf nicht überprüfen ließ, als Beleidigung mißverstan-

den. Als hätten Sie mir noch nachträglich zumuten wollen, einen unbescholtenen Bürger zu denunzieren, der außerdem mein Freund war!«
Der Türke wirkte befremdet.
»Spreche ich zu schnell?« fragte Kleiber.
»Ich verstehe Ihre Sprache sehr gut! Sie haben keinen Idioten vor sich. Ich frage mich, wie ein hochrangiger Kriminalist marxistische Tendenzen bei einem engen Freund übersehen konnte!«
»Ich habe sie nicht übersehen. Ich hielt sie nur nicht für verdächtig. Ralf Ott hat sich frühzeitig auf Marxismus-Leninismus spezialisiert. Er hat entsprechende Lehrgänge innerhalb der Behörde mit Auszeichnung absolviert. Das war eine wesentliche Voraussetzung für einen Wechsel ins Bundesamt für Verfassungsschutz, wo er sowohl bei der Abwehr von ausländischen Spionen wie bei der Bekämpfung linksextremistischer Bestrebungen innerhalb der Bundesrepublik derartige Kenntnisse brauchte. Er hätte seine Gegner und deren Absichten sonst gar nicht verstehen können... Sind Sie mit polizeilicher Ermittlungsarbeit vertraut, Herr Major?«
»Ich mache selbst solche Arbeit«, fuhr er ärgerlich hoch.
»Dann wissen Sie, daß es Milieus gibt, die eine Verführung auch für Polizeibeamte darstellen. Es ist nicht neu, daß Kriminalisten die Seite wechseln. Oft dauert es lange, bis die Behörde merkt, daß jemand für die Szene, die er ausforschen soll, arbeitet. Ralfs Vorgesetzte haben es nicht bemerkt. Ich als sein Freund auch nicht.«
»Hörte er nur Bing Crosby, wenn Sie kamen? Nie Theodorakis?«
»Ich selbst hab' Platten von Theodorakis! Würden Sie mich deshalb als Verdächtigen einstufen?«

Der Türke sah an ihm vorbei. »In bestimmten Ermittlungszusammenhängen bekommen Details eine Bedeutung, die sie für gewöhnlich nicht haben.«
»Ich gebe Ihnen recht. Aber so einen Zusammenhang hat niemand bei Ralf vermutet! Darf ich jetzt auch mal was fragen?«
Der Major in Zivil nickte.
»Ralfs Apartment ist eine Art Beobachtungsposten. Was konnte er von dort sehen? Die Gewässer zwischen Griechenland und der Türkei. Es ist nicht anzunehmen, daß Griechenland in der nächsten Zeit eine Invasionsflotte durch die Dardanellen gegen Istanbul schicken will. Selbst wenn, es sind zwei NATO-Länder, was ginge es den Osten an? Mit einem Wort, ich kann mir nicht zusammenreimen, wie Ralfs Einsatzbefehl gelautet hat!«
Der Major verschränkte seine Hände und legte sie hinter den Kopf. Er starrte Kleiber an. »Was wollen Sie, meine persönliche Meinung, die Einschätzung meines Dienstes, die Auffassung meiner Regierung oder die der andern türkischen Dienste?«
»Wollen Sie damit sagen, daß alle diese Stellen sich über Ralf Ott und sein Apartment in *Hellespont Paradise* Gedanken machen?«
»Wundert Sie das? Dann sollten Sie Fachliteratur über die strategische Bedeutung der Dardanellen studieren. Die Antwort ist ja.«
Kleiber verdaute das. »Ich hätte gern Ihre persönliche Einschätzung der bisher bekannten Fakten.«
»Ein derartiges Angebot habe ich Ihnen nicht gemacht! Sie können meine Meinung hören. Das ist etwas anderes. Meine Meinung unterbreite ich Ihnen gratis. Meine Einschätzung der Fakten bin ich der Dienststelle schuldig, die

mich besoldet.« Grimmig tadelnd stieß er das hervor wie eine militärische Instruktion.
Kleiber mußte grinsen. Er mochte Militärs an sich gern, auch ihre Strenge. Er fand sie amüsant – solange man ihnen nicht unterstellt war. »Okay, Ihre Meinung. Und wenn Sie erlauben, geht Ihre Rechnung in der Bar auf mich.«
Seltsamerweise stimmte er mit diesem Angebot seinen Gesprächspartner sichtlich milder. »Europa stehen neue Kriege bevor. Für mich als Offizier lassen die letzten dreitausend Jahre Geschichte keine andere Folgerung zu. In Ihrer Presse ist derzeit viel davon die Rede, die Supermächte sollten endlich abziehen und den europäischen Völkern Gelegenheit geben, friedlich wie seit Jahrhunderten miteinander zu leben. Was für geschichtsblinde Dummköpfe die Journalisten sind! Die europäischen Völker haben untereinander immer nur dann Frieden gehalten, wenn mächtige Imperien sie dazu zwangen. Ansonsten führten sie Krieg! Von der Eroberung Trojas durch Menelaos bis zu Hitlers Unternehmen Barbarossa ist die Geschichte Europas nichts anderes als ein Kampf um die Dominanz auf dem Landsokkel, den seine Völker bewohnen. Nur die großen Imperien sind imstande gewesen, Frieden zu erzwingen. Rom. Die Türken. Zuletzt die USA und die Sowjetunion. Immer, bemerken Sie wohl, Herr Kriminalist: *Immer*, wenn die Großreiche zerbrachen, fielen die kleinen Völker bei erster Gelegenheit übereinander her. Gorbatschow ist kein Held des Friedens. Er ist ein Hasardeur, der mit Kleinkriegen Gewinn machen möchte. Indem er seine Truppen aus Osteuropa abzieht, gibt er es zur Plünderung frei. Die Serben rüsten auf gegen Slowenen und Kroaten. Und umgekehrt. Deutsche verlangen Schadenersatz für enteignete schlesische Fabriken und Landgüter in Pommern. Polen fordern Entschädi-

gung für die Zwangsarbeit, die sie im Deutschen Reich leisteten... Noch glauben die Politiker, dumm und blind, wie sie sind und immer waren, Verträge würden das alles regeln. Aber ein Vertrag ist nur ein Fetzen Papier, wenn nicht Waffengewalt ihm Geltung verschafft! Das Mittelmeer ist ein Aufmarschgebiet für einige Kriegsschauplätze der nächsten Zukunft. Die Moskauer Generale kennen den Zugang zum Mittelmeer, es sind der Bosporus und die Dardanellen!«

»Aber die Türkei ist NATO-Land. Die Dardanellen schützt der mächtigste Militärbund der Ge...«

»Was ist denn die NATO noch wert, wenn der Warschauer Pakt zerfällt? Man meint, in Moskau wird der Friede geplant. Welche Naivität! Gorbatschow hat festgestellt, daß der kalte Krieg der Imperien sein Land nicht begünstigt hat. Er beendet ihn, weil er erwarten darf, daß die heißen Kriege der kleinen Völker der UdSSR bessere Chancen bieten werden. Im großen Schachspiel werden die alten Gegner um neue Beute kämpfen. Zum Vorteil der Menschen ist das nicht. Da haben Sie die persönliche Meinung eines Offiziers... Die Einschätzung meiner Dienststelle lautet selbstverständlich anders. Sie ist so formuliert, daß die zarten Nerven der Öffentlichkeit geschont werden.«

»Sie glauben – falls ich Sie recht verstehe –, daß Ralf Ott als Schläfer in *Hellespont Paradise* plaziert worden ist? Ein Agent, der sich unauffällig zu verhalten hat, bis die Stunde X schlägt?«

»Die Stunde der Zerstörer«, nickte der Major, »die von der Krim aus durch den Bosporus und die Dardanellen brechen werden. Mit dem Befehl, die rote Kriegsflotte im Mittelmeer kurzfristig so zu verstärken, daß die Interessen der Sowjetunion in allen denkbaren Kriegstheatern im nördlichen

Afrika, dem westlichen Asien und dem südlichen Europa jederzeit gewahrt werden können.« Er stand auf. »Ich habe Angst um den Frieden – dabei kann ich nur in einem Krieg Karriere machen. Glauben Sie mir?«
»Ja, sicher.« Auch Kleiber erhob sich. »Aber wissen Sie, Herr Major, das ist Weltpolitik, dafür bin ich nicht zuständig.«
»Ihr Freund war es.«
»Ja, sieht so aus.«
»Gorbatschow weiß, daß sein Land den friedlichen Wettbewerb der Systeme verloren hat. Den großen Krieg darf er nicht wagen, er würde die völlige Vernichtung des alten Rußland bedeuten. Also setzt er auf den in Europa normalen Wolfskampf aller gegen alle... Sie finden mich im Offiziersclub von Çanakkale, morgen fahre ich nach Izmir zurück. Hier meine Karte.«
Er gab sie Kleiber, nickte kurz und verschwand. Mit der Karte in der Hand ging Kleiber lächelnd auf Ilsabe Büyük zu.

20

Ob sie erpreßbar war, konnte Kleiber nicht wissen. Er nahm es an und war entschlossen, sein Glück zu versuchen.
Er legte die Karte des Majors vor ihr auf den Tresen und sagte: »Der ist vom türkischen Militärischen Abschirmdienst. Sein Schreibtisch steht in Izmir. Das heißt, er ist auf Flottensachen spezialisiert, ein Beschützer der Marine.«
»Wie sonderbar und aufregend.« Sie nahm die Karte auf und studierte sie. »Und wer sind Sie?«
Kleiber legte seine eigene Karte daneben. Er schwang sich

auf den Barhocker an ihrer Seite und signalisierte dem Keeper, noch einen Raki mit Wasser zu bringen.
Sie las von der Karte ab: »Leitender Kriminaldirektor... Bundeskriminalamt... Da sind Sie ja ein ganz hohes Tier!«
»Halb so wild. Ich war ein Freund von Ralf Ott und versuche etwas über die Umstände herauszufinden, die zu seinem Tod führten.«
»Alkohol, würde ich sagen, in Verbindung mit Medikamenten.«
»Nein, Frau Büyük. Es sind bei der Untersuchung der Leiche keine Spuren von Medikamenten gefunden worden. Lassen Sie uns, bitte, nicht drum herum reden. Ralf war im Büro von Dr. Baumgärtner tätig, der auch in dieser Siedlung ein Haus hat... Sie müssen es gut kennen.«
»Sicher, er ist unser Nachbar.«
»Genau. Ihr Grundstück grenzt an seines. Das hat es Ihnen beiden erleichtert, zueinander zu finden, wenn ich das mal so ausdrücken darf.«
»Was fällt Ihnen ein, was sind das für Andeutungen?«
»Begründete. Ralf hat gelegentlich mit mir telefoniert... Mir fällt jetzt speziell ein Gespräch ein, in dem er erwähnte, daß eine nette Dame, mit der er sonst in der Bar den Abend versitze, leider bei seinem Boß im Bett liege. Er hat Sie gemeint, Frau Büyük.«
Sie holte aus, um ihn ins Gesicht zu schlagen.
Er fing ihre Hand auf: »Lassen Sie diesen Unsinn.«
»Sie sind ein unverschämter...«
»Sie nehmen das viel zu persönlich. Kriminalistik besteht zu neunzig Prozent aus der inneren Bereitschaft, seinen Mitmenschen – jedem, auch sich selber – Verhaltensweisen zuzutrauen, die eigentlich verpönt sind. Ich sehe Ihre Aufma-

chung und spüre Ihre Ausstrahlung, ich weiß, Sie sind mit einem Türken verheiratet und haben einen reichen, auf Frauen sicher anziehend wirkenden Landsmann als Nachbarn. Dazu kommt, daß Mehmet Fahti, als ich mit ihm über Sie sprach, Ihre Wohlanständigkeit auffallend wortreich und sozusagen abwehrbereit gerühmt hat, als ob das nötig wäre...«

»Sie müssen verrückt sein.«

»Nein. Frau Büyük, Sie sind erpreßbar. Jeder Ehepartner, der fremdgeht, ist es bis zu einem gewissen Grad. Es kommt aufs Gespons an. Die meisten Ehemänner in unserer westlichen Welt würden äußerstenfalls die Scheidung verlangen, falls man ihnen sagte, daß ihre Frau einen Liebhaber hat... Sie leben mit einer ganz andern Bedrohung. Wenn Ihr Mann herausfindet, daß Sie mit Dr. Baumgärtner intim sind, kann das bedeuten, daß Sie sterben müssen.«

Er sprach schnell und ohne besondere Betonung. Er wollte ihr das Gefühl geben, daß er eigentlich lauter Selbstverständlichkeiten sagte.

Sie faßte sich allmählich. »Was wollen Sie überhaupt von mir?«

»Kommen Sie mit mir nach Istanbul.«

Sie fing an zu lachen und hörte gleich wieder damit auf. »Wann?«

»Jetzt. Sie können morgen früh zurück sein.«

»Aber was soll ich dort? Fragen werde ich immerhin dürfen. Das kommt mir alles vor wie ein absurdes Theaterstück.«

»Dardano...« Er pausierte bedeutungsvoll.

»Ja und? So heißt die Firma meines Mannes.«

»...steht in frischen weißen Buchstaben auf dem rostigen alten Blechdach einer Lagerhalle, die über die Rithim Caddesi erreichbar ist und – grob gesagt – gegenüber dem Ha-

fenbahnhof Eminönü liegt. Die Halle wurde neu angemietet. Schließen Sie mir dort auf. Ich will wissen, was drin ist.«
»Was geht das die deutsche Polizei an?« Sie sprach leiser als zuvor.
Kleiber konnte erkennen, daß Ilsabe viel innere Kraft aufwenden mußte, um ruhig zu bleiben. Er sagte nach einer Pause: »Es besteht der Verdacht – er kann unseres Erachtens begründet werden –, daß Dr. Baumgärtner die Halle nutzt oder mitnutzt. Falls das stimmt und er tatsächlich unter dem Namen Ihres Mannes Waren zwischenlagert, wird das den türkischen Zoll interessieren. Vielleicht auch die Polizei, zuerst wäre jedoch der Zoll involviert. Nehmen wir an, daß Ralf davon erfahren hat...«
»Das wäre nicht verwunderlich. Er war Dr. Baumgärtners Mitarbeiter! Aber selbstverständlich ist Ihre ganze Unterstellung Unsinn! Falls Dr. Baumgärtner in einer Lagerhalle unserer Firma Räume angemietet hat, ist das ein normaler Vorgang in einem Hafen, wo trockener Raum immer wieder knapp wird.«
»Wissen Sie positiv, daß Baumgärtner bei Dardano offiziell als Einlieger Räume gemietet hat und daß die Miete in irgendwelchen Büchern auftaucht?«
»Nein.«
»Warum nicht? Spricht Dr. Baumgärtner mit Ihnen nur übers Vergnügen, nicht über die Arbeit?«
Als Antwort sah sie ihn zornig an.
»Und Ihr Mann, Büyük – der würde Ihnen so etwas auch nicht berichten?«
»Es wäre ein völlig unwichtiger, nebensächlicher Vorgang. Was spielt es für eine Rolle, ob Herr X oder Herr Y gegen eine Miete Waren bei uns zwischenlagert?«

»Wie gesagt, es kommt sehr darauf an, ob es legale oder schwarze Ware ist. Und falls es sich um Schwarzware handelt, was es für eine ist. Es ist ein Unterschied, ob man – beispielsweise – Zigaretten schmuggelt, was ja in dieser Ecke des Mittelmeers gang und gäbe ist ... oder ob es sich um brisantere Artikel handelt!«

Nun saß sie vor ihm wie das Kaninchen vor der Schlange. Er hatte ihr Angst eingejagt.

Lange Sekunden verstrichen, ehe ihr eine Antwort einfiel: »Es nützt Ihnen gar nichts, wenn ich mit Ihnen zu dieser Halle fahre. Ich habe keinen Schlüssel für Dardano-Depots. Wir müßten meinen Mann wachklingeln. Er wird wissen wollen, ob Sie in diesem Land überhaupt ermittlungsberechtigt sind. Er ist türkischer Staatsbürger. Vermutlich wirft er Sie raus.«

»Deshalb spreche ich Sie an.«

»Weil ich noch meinen deutschen Paß habe?«

»Weil Sie erpreßbar sind.«

»Ich rede schon viel zu lange mit Ihnen.« Sie glitt vom Barhocker. Der Taftrock rutschte dabei attraktiv hoch.

»Wenn Sie mich sitzenlassen, rufe ich jetzt sofort Ihren Mann an und frage unter Verweis auf die Tatsache, daß der Tod von Ralf Ott noch nicht geklärt und kein Totenschein ausgestellt ist, ob er mich zu einem Gespräch über Dr. Baumgärtners und Ihre mögliche Verwicklung in diesen Todesfall empfängt. Sollte er ablehnen, wende ich mich an die türkische Kriminalpolizei und bitte um Amtshilfe. Das deutsche Konsulat wird meiner Bitte den nötigen Nachdruck verleihen.«

»Ich kann Sie nicht in diese Halle führen!« Sie warf ihre Handtasche vor ihm auf den Tresen. »Sehen Sie selber nach! Ich trage derartige Schlüssel nicht mit mir herum!

Mein Mann auch nicht. Sie hängen am entsprechenden Haken in unseren Büroräumen!«
»Dann bringen Sie mich dorthin.«
»Ich komme nicht rein. Es ist ein Neubaublock an der Istiklal. Er wird bewacht, es stehn teure Geräte drin, Computer... Niemand hat bei Nacht Zutritt außer dem Boß oder seinen Beauftragten!«
»Sie können sich nicht herausreden, Frau Büyük. Ich lasse Sie nicht einfach gehen. Helfen Sie mir weiter – irgendwie. Oder ich bitte Ihren Mann um Hilfe.«
»Gegen wen?«
»Baumgärtner!«
»Fragen Sie Mehmet.« Mit einer Bewegung des Kinns wies sie auf Fahti, der gekommen war und mit dem Keeper hinter der Bar übers Geschäft sprach. »Er haßt Baumgärtner, ich liebe ihn!«
Sie wandte sich brüsk ab und verließ den Raum.

21

Fahti tauschte den Aschenbecher, den Ilsabe benutzt hatte, gegen einen neuen aus. »Herrliche Frau.« Sein Blick folgte ihr.
»Meinen Sie?«
»Tüchtig, kann arbeiten. Kann auch feiern! Meine Frau ist genauso.«
»Ich hoffe nicht.«
Fahti sah ihn mit unsicherem Lächeln an; er fragte sich, ob er richtig verstanden hatte.
Kleiber erläuterte: »Frau Büyük hat mir eben gestanden, daß sie Dr. Baumgärtner liebt.«

»Sie liebt ihren Mann!«
»Herr Fahti – das möchten Sie gern. Aber es stimmt nicht.«
»Entschuldigen Sie mich bitte.« Er wandte sich Neuankömmlingen zu, die an der Bar Platz genommen hatten, und sorgte dafür, daß sie prompt bedient wurden.
Dann kam er zu Kleiber zurück. Seine Miene war, ohne verschlossen zu wirken, nicht deutbar. »Hier saß Ihr Freund Ralf Ott.« Er deutete auf den Hocker, den er meinte. »War sein Stammplatz. Sie haben gefragt.«
»Ja, und daneben Ilsabe. Wenn Ralf voll war, begleitete sie ihn bis zu seiner Haustür. Von dort aus ging sie zu Dr. Conrad, genannt Conny, Baumgärtner. Wissen Sie, was das für ein Mensch ist?«
»Er hat mich um fast achtzigtausend Mark betrogen. Nicht Ost-Mark.« Er lachte auf. »Sein Spielgeld kann er behalten... Harte West-Valuta!«
»Sie schätzen ihn richtig ein, Herr Fahti.« Kleiber legte ihm seine Visitenkarte vor. »Nach unseren Erkenntnissen ist er ein berufsmäßiger Schieber. Sie wissen vielleicht, daß die Machthaber in Ost-Berlin zum Zweck der Devisenbeschaffung Tarnfirmen im westlichen Ausland unterhalten. Keine volkseigenen Betriebe, sondern GmbHs. Viele dieser Einzelfirmen sind in Holdings zusammengeschlossen, die in Liechtenstein oder Luxemburg registriert sind und die dortigen Steuervorteile nutzen. Soweit ich es überblicke, ist Baumgärtner der Istanbuler Vertreter dieser Devisenmafia. Ein Großteil der Gewinne wird mit Zigarettenschmuggel verdient. Kennen Sie sich aus in diesen Dingen? Man kauft Zigaretten waggonweise direkt bei der Herstellerfirma und bringt die Ladungen schwarz nach Bulgarien, in die DDR oder nach Rumänien. Dort werden sie gegen eine finanzielle

Beteiligung als Exportgut deklariert und mit falschen Papieren ausgestattet. In Ländern wie Spanien zum Beispiel, aber auch Portugal, Süditalien und Griechenland, Jugoslawien und anderen gibt es Verteilerringe. In ähnlicher Weise werden Waffen verschoben, Medikamente ... Wir glauben, daß Baumgärtner in derartige Machenschaften verwickelt ist.«
Während dieser Erläuterung hatte Fahti die Visitenkarte studiert. »Können Sie das alles beweisen?«
»Leider noch nicht, wollen Sie mir dabei helfen?«
»Bringt mir wieviel?«
Der Barhocker hatte eine kleine, niedrige Lehne. Gegen die ließ Kleiber sich zurücksinken, er dachte nach.
Über das, was jetzt eben – in diesem Augenblick – geschah, konnte es keine Zweifel geben. Ilsabe rief Baumgärtner an. Falls er nicht da war, alarmierte sie seine Mitarbeiter. Sie meldete, daß ein Topkriminalist aus der Bundesrepublik drauf und dran war, die türkische Hafenpolizei auf das Dardano-Depot aufmerksam zu machen.
Irgend jemand würde in den nächsten Stunden oder gar Minuten eine »Aktion Zaubertrick« organisieren: das spurlose Verschwinden jedweder verdächtigen Ware aus dem Lager.
Da das Depot durch Chris Kynast überwacht wurde, war die Aktion von vornherein zum Scheitern verurteilt. Mehr noch, sie würde sich kontraproduktiv auswirken: Statt der erhofften Entlastung mußte sie Baumgärtner eine formelle Verurteilung einbringen – und dann die Abschiebung.
»Baumgärtner wird sowieso überführt«, antwortete er deshalb. »Wir haben es nicht nötig, Beweismaterial zu kaufen.«
»Umsonst ist der Tod. Und der kostet 's Leben«, replizierte Fahti launig. Er verriet damit, daß bundesrepublikanische

und orientalische Mentalität sich in ihm zu einer neuen Form erfolgsorientierter Sachlichkeit vereinigt hatten. Nicht mal die Aussicht auf Rache gegenüber einem Feind konnte ihn dazu hinreißen, auf seinen finanziellen Vorteil zu verzichten.

Kleiber kommentierte das mit einigen passenden Scherzen und ging ins Hotel zurück. Ob der Apparat sicher war, konnte er nicht wissen. Er entschloß sich, während er Kynasts Nummer wählte, vorsichtig zu sein.

»Ja?« meldete der Freund sich.

»Ich bin's auf einer relativ offenen Leitung. Das Depot wird heute nacht noch gecleaned.«

»Von wem?«

»Von den Benutzern.«

»Warum, steht der Abtransport an?«

»Das ist nicht der Grund.«

»Was dann?«

»Die Benutzer haben von der Observation erfahren.«

»Das ist ausgeschlossen«, antwortete Chris konsterniert.

»*Ich* hab' ihnen den Tip gegeben.« Da keine Antwort kam, fügte er beruhigend hinzu: »Was schadet es? Ich sah plötzlich die Möglichkeit, den Ablauf der Dinge zu beschleunigen.«

»Wenn du bloß nichts kaputtgemacht hast!« Chris hängte ein.

22

Eines Mannes Haus ist seine Burg. Das galt auch für Baumgärtners Feriendomizil. Es zog Kleiber dorthin, obgleich er sich sagen mußte, daß eine Durchsuchung nicht möglich war. Nicht ohne Gerichtsbeschluß.

Er blieb unter einer Pinie stehen. Alles wirkte im Mondlicht scharf umrissen.
Kleiber war landfremd. Eine konkrete Beschuldigung konnte er gegen Baumgärtner nicht erheben, ohne Kynast als Quelle anzugeben; und das war undenkbar. Schließlich schien es unwahrscheinlich, daß überhaupt etwas zu finden war. Wenn Baumgärtner nach Istanbul fuhr, ließ er in *Hellespont Paradise* nicht Dinge zurück, die ihn belasten konnten.
Kleiber wollte sich kopfschüttelnd abwenden, als er eine Bewegung wahrnahm. Eine menschliche Gestalt lief behend und beinahe lautlos von Büyüks herüber zum Zaun, flankte darüber und tauchte im Mondschatten von Baumgärtners Haus unter.
Es mußte Ilsabe sein. Sie verschwand durch die Terrassentür im Innern.
Kleiber überstieg den Zaun und lief auf das Haus zu. Er erreichte die Terrasse.
Es war eine Glastür; trotzdem konnte Kleiber nichts erkennen. Der Vorhang war zugezogen.
Kleiber tastete sich zum Fenster. Auch dort war alles dicht. Er ging zurück zur Tür und entdeckte, daß sie nur angelehnt war. Behutsam öffnete er sie und fühlte nach der Kante des Vorhangs.
Besondere Vorsicht legte Ilsabe nicht an den Tag. Im Flur hatte sie sogar Licht gemacht, obgleich sie damit rechnen mußte, daß Nachbarn es bemerken könnten.
Sie stand vor einem schmalen Kasten mit mehreren Schubladen. Alle waren ausgezogen, mit der obersten mühte sie sich gerade ab. Sie stieß ein frustriertes Grunzen aus.
Sie hatte Baumgärtner angerufen und von Kleibers Drohungen berichtet. Er hatte ihr aufgetragen, etwas zu bergen,

in Sicherheit zu bringen... Das schien Kleiber offensichtlich.
Für einige Augenblicke stand sie irritiert still und überlegte. Dann besann sie sich und leerte die bereits geöffneten Schubladen. Sie ertastete mit der Hand Gegenstände und brachte endlich einen Schlüssel zum Vorschein. Den steckte sie ins Schloß der obersten Lade und drehte – er paßte. Sie durchsuchte auch dieses Fach.
Was sie fand, war ein Adreßbuch. Sie kam aus dem Flur ins dunkle Zimmer und warf den ledergebundenen Band auf den Tisch. Ohne weiter darauf zu achten, lief sie in den Flur zurück und die Treppe hinauf in den ersten Stock. Dort hörte Kleiber sie rumoren.
Er nahm das Buch und ging damit in den hell erleuchteten Flur. Was Ilsabe oben tat, war leicht zu erraten. Wie in vielen Häusern, befand sich auch hier das Schlafzimmer im ersten Stock. Ilsabe beseitigte die Spuren ihrer gelegentlichen Anwesenheit.
Er ließ die Seiten unterm Daumen auffächern und drehte das Buch um, so daß lose Blätter herausfallen mußten. Ein einziger Zettel tanzte auf die Keramikfliesen. Kleiber hob ihn auf und steckte ihn ein.
Die Versuchung, mit dem Buch in sein Hotelzimmer zu verschwinden, war groß. Er widerstand ihr und fing statt dessen an, die Seiten von hinten zu überprüfen – unter X, Y, Z waren nur wenige Eintragungen, unter V und W auch nicht viele... Unter R häuften sich unverständliche Kürzel. Auch solche, die mit S begannen.
Das schien Kleiber so auffällig, daß er noch einmal unter dem Buchstaben S nachsah. Tatsächlich stand dort beinahe nichts im Buch, und das wenige kam ihm uninteressant vor.

Dafür tauchten unter dem Buchstaben R mehrere Kürzel auf, die mit S begannen. Es schien unsinnig; doch so war es.

Die Kürzel lauteten: STRV, STR, ZK, PB – jeweils mit vielstelligen Nummern daneben. Über all diesen Eintragungen stand ein Gesamtkürzel: REG.

Noch einmal überflog er die Eintragungen. Verständlich war ihm nur eine einzige: ZK war allgemein gebräuchlich für Zentralkomitee.

Nun begriff er. Unter REG war Regierung zu verstehen. STRV war der Staatsratsvorsitzende. STR = Staatsrat. PB = Politbüro. Er blätterte die Seite um. Da war es überdeutlich: MfS = Ministerium für Staatssicherheit.

Sie kam wieder herunter.

Kleiber verschwand im dunklen Zimmer. Er legte das Buch an die alte Stelle auf dem Tisch und duckte sich hinter den Sessel.

Ilsabe kam mit einem Negligé zurück, das sie mit andern Wäschestücken überm Arm trug. Ungeschickt fingerte sie nach dem Adreßbuch, erwischte es, ließ es fallen, bückte sich danach und bewegte sich zur angelehnten Terassentür. Sie ging hinaus und legte ihre Last dort nieder.

Dann kam sie noch einmal. Im Flur streckte sie die Hand nach dem Schalter aus, um das Licht zu löschen.

»Das lassen wir lieber«, sagte Kleiber und trat hervor.

Sie fuhr heftig zusammen und schrie auf.

Er drängte sie vom Schalter weg: »Ich bin ausgebildeter Personenschützer, spielen Sie nicht die Amazone.«

»Fassen Sie mich ja nicht an!« keuchte sie.

»Ich will nur überprüfen, ob Sie bewaffnet sind.«

Er drehte sie mit dem Gesicht zur Wand und tastete sie unter den Achseln und am Gürtel kurz ab.

Sie war sauber.
»Sie dürfen sich umdrehen. Aber ruhig bleiben!« Er griff zum Telefon.
»Was haben Sie vor?«
»Können Sie sich das nicht denken? Ich rufe meinen Freund vom türkischen Militärischen Abschirmdienst an. Soll er entscheiden.«
»Was glauben Sie, wer mich hergeschickt hat?«
»Baumgärtner.«
»Herr Kynast vom Bundesnachrichtendienst ist es gewesen!«
Während er ihren schweren, stoßweisen Atemzügen zuhörte, stellte er mit routinierter Selbstzufriedenheit fest, daß er Christians Maulwurf enttarnt hatte. Daß Ilsabe es war, konnte ihn nicht verwundern. Immer sind es die Erpreßbaren in den gegnerischen Reihen, die man für seinen Nachrichtendienst rekrutiert. Man droht gewaltig und lockt ein bißchen, schwingt die Peitsche, zeigt das Zuckerbrot... Christian hatte das Manöver in der klassischen Art durchgeführt. Eines Tages würde es in Schulungsunterlagen des BND als Lehrbeispiel auftauchen.
Sie war auf der Treppe niedergesunken. Dort hockte sie wie ein Häufchen Elend, die Hände vor dem Gesicht, und ließ sich von einem Weinkrampf durchschütteln.
Der konnte echt sein oder gespielt.
»Haben Sie Baumgärtner Bescheid gesagt?«
Sie antwortete durch Nicken und Schniefen.
»Er hat Ihnen aufgetragen, das Adreßbuch zu bergen?«
»Ja.«
»Und danach riefen Sie Herrn Kynast an?«
Wieder nickte sie.
Es schien unlogisch, war's aber nicht. Sie fühlte sich beiden

Männern verpflichtet. Baumgärtner, weil sie mit ihm schlief. Und Kynast, weil sie sich von ihm terrorisieren ließ. In gewisser Weise konnte man sagen, daß auch Christian sie fickte: auf seine bundesnachrichtendienstliche Art.

»Und Ihrem eigenen Mann, haben Sie dem Bescheid gesagt?«

Sie heulte auf, während sie wieder durch Kopfneigen zustimmte.

What a mess! dachte er.

Der Weinkrampf mußte echt sein, entschied er nach einiger Zeit. Er setzte sich neben sie und legte ihr seinen Arm um die Schultern.

Da wurde sie endlich ruhiger. Es war die Körperwärme, die sie gebraucht und gesucht hatte.

»Böse Situation, hm?« bemerkte er mitleidsvoll.

»Lassen Sie mich nicht allein«, bat sie kindlich. »Ich weiß nicht mehr weiter. Helfen Sie mir.«

ZWEITER TEIL

Das Massaker von Dortmund

23

Der NATO-Generalsekretär, früherer bundesdeutscher Verteidigungsminister, erschien ohne Krawatte zur Party. Das war nicht stilwidrig, denn es handelte sich um einen »Brunch«, der um elf Uhr vormittags begonnen hatte und gegen zwei Uhr enden sollte. Für ein zweites Frühstück im Freien auf einer Rasenterrasse war die NATO-Exzellenz mit dem offenen Hemdkragen unterm Jackett des lichtblauen Anzugs genau richtig angezogen. Locker, aber nicht nachlässig.

Der frühere Chef der Bonner Hardthöhe ließ sich vom Hausherrn ein Glas Sekt reichen, nippte daran und stellte es wieder weg, denn nun wurden ihm verschiedene Größen aus der Welt des Showbusiness vorgestellt. Ein sehr alter Filmliebhaber, den jeder Deutsche kannte wie einen nahen Verwandten, fesselte die Aufmerksamkeit des Militärbürokraten. »Ich war schon als Kind Ihr Fan!« rief er aus.

Falls Johannes Heesters die Bemerkung als taktlos empfand, ließ er sich das nicht anmerken.

Jan Ziel wurde dem Ex-Minister vorgestellt. »Einer der interessantesten jungen Filmproduzenten«, pries ihn der Hausherr.

»Sie arbeiten sicher auch fürs Fernsehen?«

»Beinahe ausschließlich«, bestätigte Jan.

Der Minister wandte sich nickend der nächsten Nase zu; und Jan eilte aufatmend zum Buffet, wo er sich einen Krug

Bier vom Faß zapfen ließ. Er hatte das Gefühl, vom Mantel der Geschichte gestreift worden zu sein.
Der Ex-Minister mit dem wie poliert glänzenden Glatzkopf war Gesprächspartner von Reagan und Breschnew gewesen. Heutzutage konferierte er mit Bush und Gorbatschow. Jan konnte kaum fassen, wie weit er selbst es in jungen Jahren gebracht hatte. Er war erst Anfang Dreißig und hatte diesem Manne die Hand geschüttelt, der den Bundeskanzler mit Vornamen anredete und duzte.
Er war von sich selbst zu beeindruckt – von der Tatsache, daß er überhaupt auf der Gästeliste stand –, um Karins Annäherung zunächst erstaunlich zu finden.
Er kannte von der jungen Dame bloß den Vornamen, mit dem ihr Chef, der Fernsehredakteur, sie anredete, wenn er mürrisch Kaffee bei ihr bestellte oder verdrossen anmerkte, der oder der Brief müsse heute noch raus.
Nicht, daß Jan zu den häufigen Besuchern von Flamms Büro gehört hätte. Er war ein einziges Mal drinnen gewesen, und das nur für zwanzig Minuten. Im Vorzimmer allerdings, wo Karin ihren Textcomputer zum Piepsen brachte, hatte er sich schon öfters aufgehalten und um einen Termin antichambriert. Herr Flamm müsse doch *irgendwann* frei sein. O ja, aber heute nicht, leider. Morgen auch nicht. Übernächste Woche vielleicht, oder – noch besser – nächsten Monat?
»Sie sind die Karin aus dem Vorzimmer Flamm«, sagte er zu ihr.
Sie nickte. Nach einem kurzen Augenblick des Zögerns trat sie sehr nah an ihn heran und sagte halblaut: »Du, i mecht gern mit dir schloffa.«
Daß sie einen absonderlichen Dialekt sprach, den er so noch nie gehört hatte, war Jan bereits während der beruflichen Kontakte aufgefallen.

Ich möchte gern mit dir schlafen, übersetzte er sich ihre Äußerung. Nachdem er sich von dem Effekt, den Karin bei ihm mit dieser Bemerkung machte, erholt hatte, sagte er beruhigend: »Sie sind reizend, danke, Karin. Ein schöneres Geheimnis hätten Sie mir nicht anvertrauen können.«
»I hobs da scho friha song woin, oba es wa imma so bleed im Voazimma. Und oafach oruffa hob i mi net traut.«
Nun doch etwas erschüttert, stammelte er: »Ich rufe Sie an – wann paßt es Ihnen?«
»Komm hoit mit nauf ins Schloffzimma«, antwortete sie unumwunden.
Er wußte nicht, was er darauf sagen sollte. Er fing an, sich zu fürchten. Daß es hier Schlafzimmer gab wie in jedem Privathaus, war klar. Aber es in der Weise zu benutzen, wie Karin es vorzuhaben schien, war undenkbar. Er kannte den Hausherrn, der eine bekannte Künstleragentur betrieb, nur beruflich. Die Agentur arbeitete mit vielen großen Fernsehsendern zusammen. Sich ausgerechnet bei denen unmöglich zu machen, durfte er sich nicht leisten.
»Karin...« fing er behutsam an. »Sie haben sicher ziemlich viel von dem Wein getrunken...«
»Bsuffa bin i net! 's is ma eanst.«
Er starrte sie an. Selbstverständlich war sie alkoholisiert, sonst wäre das alles nicht möglich gewesen, sagte er sich.
Flamm ging an ihnen vorbei. Er blieb kurz stehen und sagte in seiner unguten Art: »Dein Verlobter sucht dich, Karin.«
»Oasch«, brummte Karin hinter ihm her.
»Sie sind verlobt? Das wußte ich gar nicht.« Jan faßte wieder Mut.
»Oba no net verheirot'!« stellte sie mit unmißverständlicher Entschiedenheit fest. »Begleitst mi nauff?«
»Ich komme gern ein Stück mit«, antwortete er. Es fiel ihm sonst nichts ein.

Auf dem Weg zur Treppe im Innern des Hauses hielt ein Mann Karin am Arm fest. »Du, Schatz...«
»Steer mi jetz net«, beschied sie ihn und ging rasch die Treppe hinauf.
Jan sah eine Chance, der Situation zu entkommen. Er blieb bei dem Enddreißiger stehen. »Ist Karin mit Ihnen hier?«
Er sah Jan besorgt an: »Ja, wir sind verlobt.«
»Sie sollten ihr nachgehn. Ich glaube, sie will sich kurz hinlegen. Vielleicht ist ihr nicht gut.«
Er folgte ihr.
Jan, der sich aufatmend abwandte, hörte sie oben protestieren: »I wui net, naa, loß mi!«
Eilig strebte er dem Rasen zu, wo die Gesellschaft sich nach wie vor um den Verteidigungs-Promi drängte, auf dessen kahlem Schädel die Sonnenstrahlen reflektierten.
Sein gegenwärtiger Gesprächspartner hatte ein verfettetes, von tiefen Lach-, Schmunzel- und Sorgenfalten zerfurchtes Fuchsgesicht.
»Was haben Sie mit meiner Sekretärin erlebt?« fragte Flamm sauer.
»Ich bringe ihr genau die Gefühle entgegen, die Karins Alkoholpegel entsprechen! Brüderliche.«
»So!« Flamm musterte ihn argwöhnisch.
»Der Verlobte ist mit ihr raufgegangen.«
»Aha«, knurrte Flamm und glaubte ihm anscheinend noch immer nicht.
»Sie sehen doch, daß ich hier bin und nicht im Haus!« Er wechselte das Thema. »Das ist Karl Mauch, der mit dem NATO-Generalsekretär spricht.«
»Die kennen sich von früher.« Flamm wandte sich desinteressiert ab.
»Bitte – würden Sie mich mit ihm bekannt machen?«
»Wem?«

»Herrn Mauch! Dem Generalsekretär bin ich bereits...«
»Sie treffen ihn demnächst im Sender! Reicht das nicht?«
»An sich schon. Ich wußte nicht... Was will er dort?«
»Er spricht für die Pallas-Film.«
»Er selber?« Es kam Jan so unglaubhaft vor, als hätte jemand behauptet, der Kanzler schreibe seine Reden eigenhändig.
»Wieso nicht?«
»Ich ging davon aus, er schickt einen seiner angestellten Produzenten...«
»Was wollen Sie denn nun? Vorgestellt werden oder bis demnächst warten?«
Es war nicht möglich, diesem Redakteur ein freundliches Wort, eine liebenswürdige Geste zu entlocken.
»Machen Sie uns bekannt, bitte.«
Schulterzuckend ging Flamm voraus, wartete eine Gesprächspause ab und redete Mauch an: »Wenn Sie erlauben...«
Der massige Kopf schien sich Jan auffallend langsam zuzuwenden. Es ging wohl nicht schneller. Die vielen Wirtschaftsdaten, Deals und gegenläufigen Interessen, die darin gespeichert waren, wären sonst durcheinandergepurzelt.
»Herr Ziel von der Global-Film.«
»Ah, die Konkurrenz aus München«, sagte Mauch mit einem breiten Lächeln. »Nichts für ungut. Jeder will gewinnen.«
»Jeder will gewinnen«, stimmte Jan zu.
Mauch streckte seine Hand aus. Sie war breit und sah fleischig aus. Trotzdem, sie fühlte sich an wie ein Brett.
Jesus, Maria und Josef, dachte Jan, als er sich – das Gesicht noch breit vom Lächeln – wieder abwandte. Gegen den gewinnen? Ich hab' keine Chance.
Sein Herz klopfte, er hatte Angst. Karin fiel ihm wieder ein.

24

Im ersten Stock war das Haus zu Ende, weiter hinauf ging es nicht. Die Treppe mündete in einen Flur. An dessen Schmalseite rauschte eine Wasserspülung... Ein Mann erschien, nickte Jan zu und eilte beschwingt ins Foyer hinab.
Jan fragte sich, welchen Eindruck es machte, wenn er alle Zimmer überprüfte. Er konnte behaupten, er suche das Klo. Doch dann war das nicht mehr möglich, denn er stand genau davor. Etwas Besseres als einzutreten fiel ihm nicht ein.
Er zog die Tür nicht ganz zu, sondern ließ sie angelehnt. Während er pinkelte, rührte sich draußen nichts. Er wusch sich die Hände und brachte danach einige Zeit damit zu, sie abzutrocknen. Als auch das geschafft war, hatte er keinen Grund mehr, sich hier aufzuhalten.
Er wartete trotzdem.
Ein Mann sagte: »Ich schau' bald wieder nach dir. Schlaf ein bißchen, dann geht's dir schnell besser, wirst sehen.«
Jan meinte, die Stimme des Bräutigams zu erkennen. Um sicher zu sein, spähte er durch den Spalt. Der Verlobte – als spüre er den Blickpfeil in seinem Rücken – wandte sich mit einer plötzlichen Bewegung um.
Jan schloß die Tür rasch und verriegelte so laut und nachdrücklich wie möglich.
Es war ein Wohnklo. Auf dem Bord unterm Spiegel stand ein Transistorradio; Jan knipste es an. In einem Regal gegenüber konnte man einen kleinen, tragbaren Farbfernseher per Fernbedienung steuern. Dicke, annoncenreiche Modehefte lagen griffbereit...
Schließlich hatte Jan keine Lust mehr, sich auf den sanitären Luxus zu konzentrieren. Er trat auf den Flur. Der Verlobte hatte sich nach unten verzogen.

Jan probierte die Tür aus, aus der er ihn hatte kommen hören. Sie war offen; abschließbar wäre sie von innen gewesen. Zu einer so aufwendigen Anstrengung konnte sich Karin nicht mehr aufraffen. Das erkannte Jan klar, als er am Fußende des Betts stand.

Er betrachtete sie mit Skrupeln im Herzen. Es hatte was Mitleidloses, sie zu stören.

Gut ging es ihr auf gar keinen Fall – so angestrengt und laut, wie sie atmete!

Karin ging mit einem Kater schwanger, den sie als Tiger zur Welt bringen würde.

Er setzte sich neben sie und nahm ihre Hand.

Sie schlug die Augen auf. Nach einer Weile gelang ihr ein Lächeln. »Schloffst mit mia?«

»Ein andermal.«

»I muaß sovui an di denka!«

»Wir holen alles nach. Ich bin bald wieder im Sender...«

»Vertrittst dei Konzeption?«

»Ja. Die neue Serie.«

»Kannst glei dahoam bleim. Is eh ois wuascht.«

Er ging zur Tür und schloß ab. Ihm war fast übel vor Angst und Wut. Er hatte viele Arbeitstage in die Entwicklung seiner Konzeption gesteckt. Und eine Menge mentaler Vorbereitung in den persönlichen Auftritt; eine ganze Stunde lang sollte er vor Redakteuren und dem Hauptabteilungsleiter sprechen.

»Wie meinst du das, Karin?«

»Di bringa mi um, wenn 's erfohrn, daß i plaudert hob.«

»Du, das ist für mich von existentieller Bedeutung. Ich hab' eine Wahnsinnsvorleistung erbracht!«

»I sogs da net, wannst net mit mia schloffst!«

Er glaubte, sie besser zu verstehen als vorher.

Sie wollte sicher sein, daß sie ihm vertrauen durfte.
Er löste seinen Gürtelverschluß; als symbolische Geste mußte das reichen.
Sie schob ihre Hand auf seinen Schenkel: »Du mogst mi doch pudern?«
Er kannte den sonderbaren Ausdruck, den die Österreicher für die populärste Beschäftigung der Welt benutzen, und nickte.
»Oiso dann.« Sie senkte die Stimme. »Da Auftrag für die Produktion is scho vakafft.«
»Wer hat ihn gekauft?«
»Da Mauch.«
»Von wem?«
»Ha! Vom Flamm.«
»Und woher weißt du das alles?«
Sie sah ihn listig an und flüsterte: »Wenn i Gespräche durchstell, dann geh i net immer glei naus aus da Leitung...!«
»Wieviel hat Mauch für den Vertrag bezahlt?«
»Zwahundatausend!«
»D-Mark?«
»Ja moanst vielleicht Öschis?«
Öschis –? Österreichische Schillinge, übersetzte er für sich.
»Er hat Flamm das Geld überwiesen? Auf sein Konto?«
»Bist bled? Durch Kurier hot a 's eam gschickt. In sei Ferienapartment in da Türkei...«
Schritte näherten sich draußen. Der Türgriff wurde bewegt. Der Verlobte fragte an: »Bist schon wieder wach? Die ersten Gäste verabschieden sich, wir können auch aufbrechen.«
»I komm.«
Sie stand auf und bedeutete Jan, hinter der Tür in Deckung zu gehen. Das tat er – nach einigem Zögern. Sie drehte den

Schlüssel um, öffnete und ging sofort raus. »Ogottogott, is mia schlecht!« hörte Jan sie klagen. »Bringst mi an d' Luft? I glab, i spuck sonst ois voll!«
»Halt durch«, rief der Verlobte ängstlich. »Gleich sind wir im Freien!«
Jan zwang sich, nicht sofort rauszulaufen. Er mußte darauf achten, daß niemand von seiner vertraulichen Unterredung mit Karin erfuhr. Das war ihm deutlich bewußt – trotz des erstickenden Zorns, der ihm fast den Verstand raubte.
Er versuchte, sich durch Umhergehen zu beruhigen. Es gelang ihm nicht.
Wie wies man ein Koffergeschäft nach, wenn die Information von einer Zeugin kam, die unbedingt geschützt werden mußte?
Er verließ das Zimmer und erreichte das Foyer, als der NATO-Generalsekretär sich verabschiedete. Jan sah an der Tür einen Mann, der in ein Walkie-talkie sprach. Einer vom Personenschutz, Kollege seines Vaters.

25

Kleiber sah einem Panzer zu, der den Kampf gegen ein besseres Gartentor aufnahm. Der Panzer war nur ein Teil des Aufgebots, mit dem der türkische Staat gegen das Dardano-Depot antrat.
Ein mit Schnellfeuerwaffen und Nachtsichtgeräten ausgestattetes Sonderkommando war noch in tiefer Dunkelheit zur Lagerhalle entsandt worden. Mittelbarer Auslöser dieser Aktion war Chris Kynast. Er hatte sich nach Kleibers Telefonat entschlossen, einen Kollegen vom – befreundeten – türkischen Geheimdienst aus der Samstagsruhe aufzu-

schrecken. Der Türke hatte das Gelände zunächst abriegeln lassen.
Anschließend war ein Durchsuchungskommando zusammengestellt worden. Man hatte Beamte verschiedener Behörden dazu berufen, um keine zu kränken. Diese Eingreiftruppe stand nun bereit und war begierig, tätig zu werden.
Es handelte sich um Drogenbekämpfer, weil Kynast – Diskretion war seine zweite Natur – Baumgärtner nicht des Waffenhandels, sondern des Drogenschmuggels bezichtigt hatte. Aufs Geratewohl hatte er diese Beschuldigung nicht erhoben, wie Kleiber erkannte; er bewunderte die Wendigkeit seines Freundes.
Die Aktivitäten, die Kynasts Observateure – einschließlich des benachbarten Schrotthändlers – auf dem Gelände festgestellt hatten, wiesen eher auf den Schmuggel mit Betäubungsmitteln als den mit schweren, sperrigen Waffen hin. Lieferwagen, Kleinbusse waren beim Abholen von Kartons beobachtet worden.
Es war freilich möglich, daß Granatgewehre in begrenzter Anzahl mit solchen Fahrzeugen transportiert werden konnten; doch lag der Gedanke an so etwas nicht nah, also hatte Chris ihn gegenüber den Türken nicht geäußert.
Genaues durfte Chris offiziell ohnehin nicht wissen. Man hätte ihn sonst gefragt, weshalb er Baumgärtners Aktivitäten nicht früher gemeldet habe.
Scharfschützen in schußfesten Westen rannten in geduckter Haltung zum Maschendraht, der das Depot umgab, und warfen sich dort auf den Boden. Der Panzer drehte sein Kanonenrohr dem doppelflügeligen, nicht sehr stabilen Tor zu, das lediglich mit einem Vorhängeschloß gesichert war. Ein Schuß knallte, und das Tor flog in Fetzen beiseite.
Der Panzer rollte weiter... In seinem Feuerschatten rückte

der Durchsuchungstrupp gegen die Halle vor. Wachen, um die Staatsmacht aufzuhalten, gab es keine.

Auch die Halle selbst war nur mit einem Vorhängeschloß gesichert. Es wurde mittels einer langgriffigen Zange durchgezwickt; trotz des personellen und technischen Aufwands dauerte diese Operation Minuten.

Endlich konnte unter dem Feuerschutz des Panzers und des Sonderkommandos der Durchsuchungstrupp die Halle betreten. Es war ein Dutzend Männer, alle mit hohen Qualifikationen.

Nun hieß es abwarten.

Kleiber setzte sich in Chris Kynasts Auto. Er fühlte sich vage enttäuscht. Selbstverständlich konnte es ein Trick sein. Baumgärtner und Büyük hatten die Harmlosigkeit des Depots demonstriert, indem sie dessen Schutzlosigkeit betonten... Andererseits hatte es etwas Albernes, mit einem Panzer anzurücken, wenn eine Drahtschere reichte.

Kynast kam zum Wagen zurück und schob sich hinters Steuer. Er sah blaß aus, übernächtigt. Kein Wunder.

»Nato-Freundschaft hin, Nato-Freundschaft her – sie lassen mich nicht rein.«

»Ist schließlich ihr Revier, nicht unseres, Chris.«

»Ja.« Er rieb sich das Gesicht. »Es wäre nicht nötig gewesen, Tilmann.«

»Irgendwann schon.«

»Wenn du es mich auf meine Art hättest machen lassen, würde Baumgärtner jetzt an unserer Angel zappeln... So ein Unternehmen kannst du nur mit dem Zugriff auf den Hauptschuldigen starten, verdammt! Nun ist er weg.«

Der Einwand war theoretisch richtig, praktisch jedoch wertlos. »Du hast mir kürzlich ausführlich dargelegt, wieso du es nicht für machbar hieltest, Baumgärtner durch die Polizei

screenen zu lassen. Vom Geheimdienst hast du nichts erwähnt. Unser Frühstücksgespräch, du erinnerst dich.«
»Du hättest es mir überlassen sollen, auf den Knopf zu drükken!« beharrte Chris.
»Wer zahlt, schafft an«, antwortete Kleiber. »Ich zahle mit, wie du nicht nur weißt, sondern ausdrücklich begrüßt hast. Hast du gehofft, ich würde nur mit der Brieftasche in der Kulisse rumstehn?«
»Merde!«
»Sehr richtig, merde.«
»Mein Obertürke winkt. Anscheinend können jetzt auch wir einen Blick in den Schuppen werfen.«
Es war eine Halle, wie sie überall auf der Welt zur Lagerung von Gütern benutzt wird. Betonfußboden, Leichtbauweise; einen Keller gab es sowenig wie einen Speicher.
Die Türken, die Chris entgegenkamen, stammelten Mitteilungen auf deutsch und englisch, einer hatte Tränen in den Augen. Sie alle, südländisch emotionell und temperamentvoll, umarmten Chris, dann Kleiber, kneteten ihre Schultern, drückte ihre Hände. Kleiber hörte, wie mehrere Einladungen ausgesprochen wurden. Es war vom Galata Kulesi die Rede, einem Restaurant, das Kleiber schätzte; wegen der Bauchtanzdarbietungen war es jedoch nicht billig.
Man zerrte sie zu Reihen von Pappkartons, die auf Paletten gestapelt waren. Der Inhalt war herausgerissen, als hätten Löwen in den Eingeweiden von Gazellen gewühlt – überall lagen quaderförmige Blöcke aus weißem Material.
»Großer Sultan!« rief Chris, auch er stammelte jetzt, er klammerte sich an Kleiber fest.
In einer vernagelt gewesenen Holzkiste lagen Geldbündel, wieviel, blieb unklar; der junge Typ, der sie zählte, hielt immer wieder inne, schüttelte den Kopf und fing von vorn an.

Die Währung war unverkennbar, es handelte sich um D-Mark.
Was nun geschah, hätte Kleiber nicht für möglich gehalten. Er wußte, daß er es niemand in Deutschland würde berichten können – außer seinen allerengsten Mitarbeitern, die wußten, daß er nicht zu Münchhausiaden neigte.
Die Beamten vom Durchsuchungstrupp legten einander die Hände auf die Schultern. Sie formten einen Kreis. Sie begannen zu singen und hüpften auf der Stelle.
Christian Kynast hing an Kleibers Hals wie eine sündige Frau, die um Vergebung bittet. »Tilmann – das sind Tonnen! Pro Palette eine Tonne!«
Das Zeug sah aus wie reines Kokain und war es wohl auch. Da sich aus jedem Kilogramm solchen Stoffs etwa fünfzehntausend Einheiten des Derivates »Crack« erzeugen ließen und jede Einheit, ein sogenannter Rock, etwa fünfzig Mark einbringt, wenn man sie/ihn auf der Straße verhökert, machte der Gesamtverkaufswert bei einer angenommenen Menge von zehn Paletten zu je einer Tonne...
Kleiber gab es auf.
Man winkte ihn in den Kreis und brüllte ihm zu, dies sei der größte Triumph der Istanbuler Drogenbekämpfer seit Menschengedenken.
Er reihte sich ein. Für alles im Leben gab es ein erstes Mal.

26

»Yves Montand's Paris«, die alte CBS-Langspielplatte, drehte sich. Der Saphir hüpfte, kratzte und übersprang Rillen: »...il faisait la guerre avec ses amis...« *Paris Canaille.*

Chris kam reingestampft. Die etwas zu weiten Cordhosen flatterten um die mit den Jahren dünner gewordenen Beine. Er nahm die Baskenmütze vom Kopf und warf sie auf seine Sartre-Ausgabe. »Büyük sitzt.«

»Bestens«, kommentierte Kleiber.

Nadine hatte bereits an der Haustür gesehen, was ihr »trésor« brauchte: Sie kam mit einem Glas und schenkte es aus der Weinflasche voll, die vor Kleiber auf dem Tisch stand.

»Du sollst nicht abends vom Beruf reden«, tadelte sie.

»Sie hat recht, Chris.«

»Hm.« Er stürzte das Glas runter und hielt es Nadine noch mal hin.

»Du trinkst zu rasch!«

»Hm.« Er leerte auch dieses Glas fast ganz, ehe er sich seinem Freund zuwandte. »Du sagst, du hast Ilsabe in ihrem Haus in *Hellespont Paradise* zurückgelassen?«

»Das sage ich nicht nur, das stimmt.«

»Sie ist nicht dort.«

Da es keine Frage war, gab Kleiber keine Antwort. Christian setzte sich und listete einige Daten auf: »Es sind rund zehn Tonnen Koks. Die hundertfünfzig Millionen ›Rocks‹ hätten auf den illegalen Märkten acht Milliarden Mark gebracht.«

»Mon Dieu! Was geschieht jetzt damit?«

Kleiber grinste, als er Nadines aufs Praktische gerichtete Frage hörte.

Chris sagte: »Es sind Unterlagen beschlagnahmt worden, aus denen geschlossen wird, daß Büyük das Zeug vom Goldenen Dreieck bezogen, hier zwischengelagert und auf dem See- und Landweg, meist über Griechenland, nach Europa spediert hat. Jedenfalls ist es zum Teil in hiesigen Labors zu ›Crack‹ verarbeitet worden. Die türkischen Kollegen wollen gern wissen, ob Ilsabe in irgendeiner Weise verstrickt ist. Anscheinend sind Notizen von ihrer Hand beziehungsweise Quittungen mit ihrer Unterschrift gefunden worden, die einen zweifelhaften Eindruck machen. Sag einmal, hast du das Reden verlernt?«

»Wer, ich?« fragte Kleiber.

»Wo ist Ilsabe?«

»Sie war dein Maulwurf. Du kennst ihre Schlupfwinkel.«

»Ich weiß überhaupt nichts von der Frau. Ich hatte nicht mal 'ne Ahnung, daß ihr Mann mit Rauschgift handelt!«

»Vielleicht ist sie nur verreist!«

»Wo kann sie sich versteckt halten?«

»Warum willst du das wissen, Chris?«

»Sie ist nicht sicher! Jeden Moment kann Baumgärtner rausfinden, daß sie ihn verraten hat. Dann ist sie dran. Denk an die drei Kerle, die dich beschossen haben – beschossen!«

»Eben drum ist es gar nicht schlecht, wenn sie nach Maulwurfsart für 'ne Weile in einem unterirdischen Gang bleibt.«

»Du hast sie verschwinden lassen!«

»Wie kommst du auf die Idee?«

»Was hat sie dir dafür angeboten? Sex?«

»Das ist eine der Unterstellungen, auf die zu antworten einem Gentleman...«

»Til, ich frage dich, wo sind die Waffen?«

»Das wüßte ich selbst gern.«

»Ich möchte eine Antwort! Hast du Ilsabe außer Landes gezaubert gegen ihr Versprechen, dich auf die Spur der MGL 40 zu setzen?«

»Du traust mir allerhand zu, muß ich sagen.«

Er hämmerte jedes Wort mit der Faust auf den Tisch: »Ich – will – sie – sprechen!«

Nach seiner Gewohnheit zu schweigen, wenn er nichts zu sagen hatte, verzichtete Kleiber auf eine Antwort. Er konzentrierte sich aufs Cover der Yves-Montand-Platte. Ein Datum war nicht aufgedruckt. Er schätzte ihr Alter auf dreißig Jahre.

»Alles ist durchwühlt worden«, fing Christian wieder an. »Baumgärtners Firmenräume, seine Privatquartiere – das Haus hier und das in *Hellespont Paradise*. Die Polizei war sehr gründlich. Man hat die Mitarbeiter drangsaliert...«

»Gott!« rief Nadine. »Auf die türkische Art?«

Er verzog das Gesicht. »Nadine hat recht, Til. Mancher Arm wird vielleicht nicht gebrochen, wenn du Ilsabe schnell herbeischaffst.«

»Ich habe kein Recht...« Er brach ab. »Jetzt wird es grotesk. Was hätte ich als Kriminalist für eine Möglichkeit, einen unbescholtenen erwachsenen Menschen suchen zu lassen oder gar herbeizuschaffen? Wollen die Türken nach ihr fahnden? Hab' nichts dagegen. Auf einem Haftbefehl müssen allerdings bestimmte Angaben gemacht werden. Es muß draufstehn, was überhaupt vorgeworfen wird...«

»Schon verstanden«, resümierte Chris bitter. »Also hier endet die Freundschaft. Du willst die Waffenladung alleine finden.«

»Genügt es dir, wenn ich versichere, daß ich nicht weiß, wo Ilsabe sich aufhält?«

»Ehrenwort?«

Kleiber legte seine Hand aufs Herz.

Chris besann sich. »Wahrscheinlich ist die ganze Ladung längst im Osten.«

»Wie wollt ihr dann noch drankommen?« fragte Nadine.

»Gar nicht. Die Waffen sind weg, Baumgärtner auch. Und ich sage, Til, es hätte anders ausgehen können!«

»Sollte mir ein Kunstfehler unterlaufen sein, dann ist er eben gemacht. Heute abend läßt er sich nicht mehr korrigieren.« Er nahm einen Schluck Wein – entschlossen, sich die kurze Nacht vor dem Rückflug nicht verderben zu lassen.
»Sein Schmiergeld habt ihr wenigstens.« Nadine war in fraulicher Weise bemüht, ihre abgeschlafften Kämpen aufzumöbeln.
»Hm.«
»Genau«, meinte Kleiber, »drei Komma sechs Millionen De-Em ist er erst einmal los. Er wird kaum zurückkommen und die Summe reklamieren.«
Das brachte ihm einen freudlosen Lacher von Christian ein.

27

Oberkommissarin Eva Kellner zerriß es fast die Fassade, so mußte sie gähnen. Mutterseelenallein im »Kino« des Bundeskriminalamts Videobänder durchlaufen zu lassen konnte jammervoll langweilig werden, schlimmer als jede Schreibtischarbeit.
Man kam sich dabei außerdem wie ein mieser Spanner vor. Das ging jedem so, dessen Gemütsleben noch nicht gänzlich zu Bürokratenbeton erstarrt war.
Es hatte was Entwürdigendes, einer gleichaltrigen Frau per versteckter Kamera in die Wohnung – einschließlich Bad – reinzuluren. Entwürdigt wurde dadurch – wie Eva sehr deutlich empfand – nicht etwa die observierte Person, sondern die Überwacherin.
Die Situation entwickelte allmählich einen Horroraspekt durch ihre schiere Dauer. Iris Zeisinger, ehemals Vorzimmer-Chefin des Bundespräsidenten, inzwischen Sekretärin

eines Abteilungsdirektors im Wissenschaftsministerium, wovon man sich viel versprochen hatte, wurde bereits im zweiten Jahr observiert.

Noch nie hatte man etwas anderes entdeckt als das, was man schon wußte. Sie hielt regelmäßigen Kontakt zu einem Angestellten der Sowjetbotschaft, der somit als KGB-Agent enttarnt war.

Iris bekam Spielmaterial zur Desinformation der sowjetischen Wissenschaftsplaner; der Botschaftsangestellte leitete es an den KGB weiter; der wertete es aus und streute damit – ohne es zu wissen – Sand ins Getriebe der roten Hightech.

Politisch vermutlich sinnlos, ja kontraproduktiv. Wollte man »Gorbi« nicht eher helfen, seine marode Wirtschaft endlich auf Touren zu bringen?

Eva hatte den ehrenvollen Auftrag, eine abschließende Empfehlung zu formulieren: Sollte man die Observation nicht abbrechen, Iris verhaften, den KGB-Mann abschieben und damit gut?

Als gewissenhafte Beamtin ließ sie alles Material noch mal Revue passieren und schlief dabei fast ein.

Es war ein Name, der sie hochriß.

Sie stoppte das Band, spulte es zurück und drückte »Start«.

Iris Zeisinger war am Rheinufer entlangspaziert.

Der dritte Papierkorb nach dem Rosenbeet war, wie mittlerweile bekannt, ihr »toter Briefkasten«.

Unmittelbar vorher war der KGB-Mann vorbeigegangen, er hatte ein Brötchen aus einer Tüte genommen und reingebissen. Die Tüte hatte er zusammengeknüllt Richtung Briefkasten geworfen und daneben getroffen.

Iris hatte den Papierball aufgehoben und so getan, als plaziere sie ihn beim Abfall. In Wirklichkeit hatte sie ihn sehr gekonnt eingesteckt.

Das alles wußte Eva, weil die Treffs zwischen Iris und ihrem Führungsoffizier überwacht wurden.
Die versteckte Kamera trat in Aktion. Sie hielt fest, wie Iris ihre Wohnung betrat und den Papierball ausbreitete.
Iris ging zum Telefon und rief die Auskunft an. Sie verlangte eine Nummer in Dortmund und wurde zu einem andern Schalter weitergereicht, dem für Dortmund zuständigen. Sie verlangte die Rufnummer eines Döner-Kebab-Imbißstands auf den Namen Fahti, Vorname Mehmet. Sie buchstabierte diesen Namen.
Die Rufnummer des Dortmunder Döner-Kebab-Imbißstands auf den Namen Mehmet Fahti hielt Iris schriftlich fest.
»Mich laust der Affe!« murmelte Eva. Den Namen Mehmet Fahti hatte Kleiber im ersten, kurzen Zwischenbericht gleich nach der Rückkehr erwähnt.
Beim Gedanken daran, daß sie ums Haar den Abbruch der Observation vorgeschlagen hätte, ohne sich noch lange mit den allerletzten Bändern rumzuärgern, spielte ihr Herz Preßlufthammer. Wahnsinn!
In Jubelstimmung nahm sie das aufschlußreiche Band fest in die Hände, rannte zum Lift und fuhr in Kleibers Büro.
Es war leer. Die Sekretärin gab Auskunft, weshalb: Der Chef sei nach dem Flug müde, er habe sich abgemeldet und wollc ausschlafcn.
»Nein!« rief Eva.
Sie wählte die Privatnummer der Kleibers und bekam Kirsten an den Apparat.
»Schläft er wirklich schon? Ich müßte ihm ganz dringend was vorführen. Ein Videoband. Ich komme auch gern vorbei, wir spielen es in Ihrem Recorder.«
Schweigen.

»Sind Sie noch dran, Frau Kleiber?«
»Ja«, sagte Kirsten, »und ich darf Ihnen verraten, wir wollten eben nach oben gehn.«
»Oh!«
»Also überlegen Sie, *wie* dringend es ist. Wir haben uns seit mehreren Tagen nicht gesehen.«
»Und wenn ich in einer Stunde vorbeikomme, mit der Kassette?«
Schweigen.
»In zwei Stunden?«
Der schöne Boxer der Kleibers, Boß, kannte Eva. Er bellte trotzdem. Wenn er schon die Gelegenheit bekam, seine Wachsamkeit unter Beweis zu stellen, ließ er das nicht ungenutzt; klar.
Der Kater strich, als er das Gebell hörte, sofort in den Garten ab. Eine der Katzen versteckte sich, die andere blieb liegen und ließ sich nicht stören.
Keins der Tiere sei wie das andere, erzählte Kleiber immer. Er saß in Jeans und leichtem T-Shirt bei einer Tasse Kaffee und sortierte seine Post.
»Jesus!« rief Eva, als sie ihm die Hand gab. »Sie haben noch nicht mal Ihre Post gelesen...!«
»Nee, was gibt es?«
»Eine Sensation. Wo ist der Recorder?«
Kirsten kam aus der Küche und brachte eine dritte Tasse. Scheu wandte Eva den Blick ab, denn Kirsten trug – noch – einen leichten Bademantel. Sie gab sich öfters mit einer gewissen skandinavischen Schamlosigkeit, die zu ihrem Namen paßte. Sehr sympathisch, fand Eva; sie selbst war gehemmter. Der Schatten des Wormser Doms war auf ihre Mädchenjahre gefallen.
Während sie die Kassette einlegte und Kirsten die Fernbe-

dienung neben ihr auf die Sessellehne legte, öffnete Kleiber mit ernstem Gesicht ein Kuvert.

»Bin gleich soweit«, sagte er zu seiner Mitarbeiterin. Und zu seiner Frau: »Es ist von Igor.«

Er zog eine selbstgeklebte Doppelkarte aus grauem Karton aus dem Kuvert. In den Ostberliner Ladengeschäften gab es derartige Karten, wie manches andere, wohl nicht zu kaufen.

Vielleicht hatte Jennifer die Karte geklebt, sie war geschickt mit Dingen – nicht mit Menschen; aber basteln konnte sie.

Auf dem Deckblatt klebte eine Fotografie von Ralf Ott. Sie zeigte ihn mit skeptisch hochgezogenen Brauen und einem abgeklärten, etwas abtuenden Lächeln: Alles nicht so wichtig.

Am Revers seines Jacketts steckte unübersehbar die Parteinadel mit dem SED-Emblem, dem Händedruck beider Arbeiterparteien, die nie wieder getrennt marschieren sollten.

Neben dem Foto stand: »Mein Vater ist tot.«

Kleiber öffnete die Karte und las:

»Lieber Onkel Tilmann, er starb einsam, vor Wochen. Erst am ...« es folgte das Datum, »wurde er in seinem Ferienapartment bei Troja/Türkei gefunden. Ein unwürdiger Tod, den er nicht verdient hat. Er hat viel erlebt, gelebt, durchlebt. Doch was er zeit seines Lebens suchte – Liebe, Verständnis und Anerkennung –, fand er nur selten. Wann seine Beerdigung sein wird, kann ich Dir nicht sagen. Noch wird der Körper nicht freigegeben, der Totenschein nicht ausgestellt. Fremdverschulden müsse erst ausgeschlossen werden, heißt es aus Istanbul.

Igor Ott«

Unter den Namen ihres Sohnes – seine krakelige Schrift erinnerte an die seines Vaters – hatte die Mutter in ihrer so deutlich anderen, kräftigeren Schrift den eigenen Namen gesetzt.

»Jennifer Ott«

28

Döner Kebab stand über dem Imbißwagen. Es war ein innen weißes, außen blaues Fahrzeug – nicht ganz so lang und breit wie ein Autobus für den Linienverkehr, aber groß genug, um auf Jahrmärkten viele Kunden gleichzeitig bedienen zu können. Derzeit war der Wagen in der City von Dortmund in einer Baulücke abgestellt und aufgebockt. Hinterm Tresen gab es Arbeitsplätze für drei oder vier Bedienungen. Die zwei Türken, die an diesem frühen Nachmittag eingesetzt waren, hatten zu tun.

Eva kannte die Türkei von einer Ferienreise. Sie hatte in Kayseri ein Döner Kümbet gesehen und sich erklären lassen, es sei ein »Drehendes« Mausoleum. Seither wußte sie, daß ein Döner Kebab ein Kebab ist, das sich am vertikalen Spieß dreht.

Eva ließ sich eine Portion absäbeln und in einer Tasche aus Fladenbrot reichen. Sie hielt nach dem Firmenschild am Wagen Ausschau. »Mehmet Fahti« stand darauf.

An sich waren für Eva »Pommes mit Mayo« das Delikateste, was das Ruhrgebiet zu offerieren hatte. Früher hatte sie immer, wenn sie zu Besuch bei den rauchenden Schloten gewesen war, eine Tüte voll gegessen. Inzwischen stellte die Region sich auf Sunrise-Industrien um, wie fast täglich in den Zeitungen zu lesen war, und Pommes mit Mayo wurden weniger angeboten; sie paßten nicht in feinnervige Angestelltenmägen.

Von ihrer Brottasche abbeißend, durchquerte Eva die Innenstadt und bog in die Straße ein, die sie gesucht hatte. Das Haus, in dem die Fahtis wohnten, war schon von weitem gut zu erkennen. Ein Art-deco-Bau, hatte Evas Rivale und Kollege Wittrickoff am Telefon gemeint. Es war eine strenge, hochaufstrebende Fassade, der ein eckiger Laubengang häßlich, aber würdig vorgesetzt war. Verblüfft hielt Eva inne und konnte nicht entscheiden, ob sie ein Kunstdenkmal vor sich hatte oder eine Bausünde. Möglicherweise stammte das tatsächlich aus der Art-deco-Periode.

Günter Wittrickoff kam geschäftig über die Straße auf sie zu, blieb neben ihr stehen und tat so, als fresse er den Inhalt des Schaufensters einer Modefirma mit den Augen. »Die Firma heißt Pampl«, berichtete er.

»Wie?«

»Modefirma Pampl, das Schaufenster, in das ich eben sehe.«

»Ach so.« Günter und sie waren Iris Zeisinger mit getrennten Wagen gefolgt, als sie sich aus Bonn Richtung Dortmund auf den Weg gemacht hatte. Günter stand schon über eine Stunde vor dem Haus, in dem Iris verschwunden war. Mußten sie während einer Ermittlung lange Wartezeiten überstehen, dann versuchten sie, sich wach zu halten, indem sie nach originellen Firmen- oder sonstigen Namen Ausschau hielten. Die nettesten, so war es mit Kollegen Wittrickoff vereinbart, wollten sie notieren – zwecks gelegentlicher Verwendung auf Betriebsfesten. Bisher hatten sie zusammengestellt:

Bestattungen Rümpel, Metzgerei Gammel, Dr. med. Rammler, Lehrer Seichter, Richter Ungelehrt, Marcel

Kropf: Hals-, Nasen-, Ohrenarzt, Rechtsanwalt Killer, Gastwirt Durstig.
»Okay, kommt mit auf die Liste«, konzedierte Eva. »Modehaus Pampl, doch, ist blöd genug.«
»Schmeckt's?«
»Ausgezeichnet.«
»Man hört's.«
»Ich geh' ja schon.«
Um unauffälliger zu sein, wechselten sie sich bei Beschattungen immer wieder ab. Eva überquerte also die Fahrbahn und setzte, da Wind aufkam, ihre Sonnenbrille auf – weniger gegen das Licht als gegen den aufgewirbelten Staub. Früher, wenn sie nach Dortmund gekommen war, hatte sie gegen Kohlen- und Rußflocken eine Brille aufgesetzt, jetzt gegen ordinären Schmutz, wie es ihn überall von riesigen, zubetonierten Flächen hochjagte.
Das Ruhrgebiet, rühmten dessen Bewohner, wachse mehr und mehr zu einem einzigen, urbanen Markt von der Leistungs- und Aufnahmekraft eines deutschen Groß-Los Angeles zusammen.
Da konnte Mehmet Fahti viel Döner Kebab und sein Freund Büyük eine Menge Rocks absetzen; falls auch Büyük das Ruhrgebiet als Markt für sich angepeilt hatte. Noch wußte man das nicht mit Sicherheit; von Beweisen konnte ohnehin keine Rede sein.
Iris Zeisinger kam aus dem Haus und stöckelte elegant auf halbhohen Schuhen von – wie Eva mit Scharfblick und Neid erkannte – »Magli« in Richtung Westenhellweg.
Auf dem gegenüberliegenden Gehsteig setzte sich Wittrickoff in schlendernden Gang; und viel weiter hinten ließ Franz Streibel seinen Wagen an.
Egal, ob die schöne KGB-Agentin zu Fuß weiterging oder in

ein Auto umstieg, Franz auf vier Rädern oder Günter blieben an ihr kleben.
Eva betrat das Haus und stand in einer Vorhalle, die eher zu einem Hotel gepaßt hätte als zu einem Mietshaus. Die Halle war mit nikotingelben, quadratischen Steinplatten marmoriert.
Das sah nicht nach einem Hotel, sondern nach einem Mausoleum aus, entschied Eva. Wenn auch keinem »drehenden«.
Wenigstens gab es einen Lift. Er war, der Größe des Gebäudes angemessen, für zwölf Personen eingerichtet. Eva kam sich einsam vor, während er – viel zu langsam, um jüngeren Datums zu sein – hinaufklapperte. Ruckartig hielt er endlich im obersten Stockwerk.
Eva stieg aus. Man hatte die Wahl zwischen einem Treppenaufgang zum Speicher und einer weißen, namenlosen Tür. Die sah aus, als könne sie ohne weiteres in den Trakt einer Psychiatrie führen. Klinisch. Makellos. Das Namenschild fehlte, und es war auch keine Klingel installiert.
Wie machte ein zarte Dame sich denen hinter der Tür bemerkbar?
Eva ballte die Faust und knallte sie gegen etwas, das sie für eine normale furnierte Spanplattenfüllung gehalten hatte – ein Irrtum. Da federte überhaupt nichts. Fluchend trat Eva zurück und schüttelte ihr schmerzendes Pfötchen.
Von innen näherten sich Schritte in einem femininen Rhythmus. »Wer ist da?« klang es unverkennbar ängstlich heraus. Die Stimme zitterte merklich.
»Oberkommissarin Kellner vom Bundeskriminalamt Bonn.«
Eine Kette rasselte. Ein Riegel ratschte. Ein Schlüssel drehte sich. Dann ging die Tür auf.

Etwas verdrießlich musterte Eva die Person, die sie vor sich sah.
Nach allem, was Kleiber angedeutet hatte, war sie auf eine Neuauflage von Jayne Mansfield gefaßt gewesen. Ilsabe entsprach keinem Ideal, das sie je von sich erträumt hatte. Sie war das, was Eva als das Standardmodell der robusten Blondine bezeichnete.
Die Angst in Ilsabes Augen paßte nicht zu ihrem Typ.
Eva trat, während Frau Büyük sie noch anstarrte, ungeniert ein und sah sich um. Im Flur war nicht viel bemerkenswert, er wirkte kahl.
»Woher wissen Sie, daß ich hier wohne?«
»Woher weiß es Frau Zeisinger?« fragte Eva dagegen und bedachte sie mit einem kühlen Lächeln. Ihr machte der hohe Wasserfall keine weichen Knie, sie hieß nicht Tilmann Kleiber.
»Ich... Das... Schickt Herr Kleiber Sie?«
»Ich bin eine Mitarbeiterin von Herrn Kleiber«, bestätigte sie und klappte ihren Ausweis auf; erfahrungsgemäß machte man damit immer einen guten Eindruck und gewann Zeit.
»Das kann ich nicht ohne Brille... Kommen Sie bitte rein... Ich verstehe nicht, woher Sie wissen können...« Sie trippelte voraus in einen Riesenraum.
Jetzt war erkennbar, daß Fahtis den größten Teil des Dachgeschosses ausgebaut hatten. Die Grundfläche mußte bei zweihundert Quadratmetern liegen. Es gab nach vorn und hinten je einen Balkon. Von denen sah man über die Dächer von Dortmund wie von einem Logenplatz auf die Bühne.
Von so einer Wohnung, allerdings in Bad Godesberg, träumte Eva schon lange.
Mit der Brille auf der Nase war Ilsabe die Entzifferung von

Evas Identität gelungen. »Frau Kellner – ich hatte eben zu Herrn Kleiber durchgewählt…«
»Er ist unterwegs.«
»Ja – es ist so. Als wir uns in der Türkei trennten, hat er ein Adreßbuch an sich genommen, rot eingebunden. Er hat gesagt, wenn ich es brauche, soll ich ihn anrufen… Jetzt brauche ich es.«
»Frau Zeisinger verlangt es?«
»Sie kommt im Namen von… Der Eigentümer hat sie zu mir geschickt. Er braucht es.«
»Herr Baumgärtner.«
»Ja.«
»Hat Frau Zeisinger gesagt, wo er sich aufhält?«
»In der DDR, meint sie.«
Ohne zu fragen, ob es erlaubt sei, setzte Eva sich. Auch Ilsabe nahm Platz.
»Wie haben Sie Frau Zeisinger abgewimmelt?«
»Ich hab' gesagt, mein Koffer ist noch im Schließfach. Sie will morgen noch mal kommen, später am Abend. Sie kann nachmittags nicht freinehmen, sagt sie.«
»Das mag schon stimmen. Wo holt sie das Adreßbuch ab, hier?«
»Nein, abends sind doch Doris da – Frau Fahti – und ihre Tochter…«
»Was schlägt Frau Zeisinger also vor?«
»Ich soll das Buch am Bahnhof übergeben.«
»Wo angeblich Ihr Koffer liegt.«
»Ich kann ja hingehn.«
»Mhm… Sie können auch wegbleiben.«
»Dann weiß er – Herr Baumgärtner –«
»Glauben Sie, er weiß es noch nicht? Daß Sie umgefallen und übergelaufen sind?«

Ilsabe befeuchtete ihre Lippen. »Ich möchte gern Herrn Kleiber sprechen.«
»Warum?«
»Er hat gesagt, sobald ich das Buch brauche...«
»Selbstverständlich bekommen Sie das Adreßbuch!« rief Eva ärgerlich. »Es ist nicht als Beweismittel sichergestellt. Herr Kleiber hatte Sie lediglich gebeten, in Ruhe hineinsehen zu dürfen. Sie hätten seine Bitte abschlagen können! Hat er Ihnen das nicht erklärt?«
»Do – doch.«
»Ich bringe Ihnen das Buch. Nur bin ich nicht ganz so vertrauensselig wie Sie, Frau Büyük. Sobald Herr Baumgärtner – beziehungsweise seine Beauftragte – das rote Buch in Händen haben, sind *Sie* doch nur noch eine Belastung.«
»Ja, ich – ich...«
»Hat er Ihnen etwas ausrichten lassen?«
Sie nickte.
Eva wartete.
Nach einer Weile sagte Ilsabe: »Er will mich nicht in den Osten nachkommen lassen. Er hätte Frau und Kind, und ich sei ja selbst auch noch verheiratet.«
»Er macht also Schluß mit Ihnen?«
»Mhm.«
»Trifft Sie das hart?«
Sie holte tief Luft: »Schon. Mein Mann sitzt in Haft, Herr Baumgärtner ist unerreichbar... Unübersehbare Vermögenswerte sind verloren oder zumindest in Gefahr... Wenn ich wenigstens das Gefühl hätte, daß Herr Kleiber mir weiter beisteht!«
Weiter beisteht, registrierte Eva. Er höchstpersönlich hatte ihr also den Rat gegeben, von *Hellespont Paradise* aus, ohne lang zu packen, auf dem schnellsten Weg die nächste Grenze zu überqueren.

»In Herrn Kleiber scheinen Sie wirklich einen aufrichtigen Freund gewonnen zu haben.«
Sie senkte bescheiden den Blick.
»Kriminaldirektor«, fragte sie leise, beinah flüsternd, »das ist doch – ich meine, es klingt jedenfalls wie ein sehr hoher Rang.«
»Ist es auch.«
»Hat er überhaupt jemand über sich?«
»Nicht viele.«
»Kann er da nicht, ich meine, ich weiß nicht, ob Sie verstehen, in welcher Lage ich mich befinde... Ich hab' immerhin für Herrn *Kynast*...« Sie brach ab.
»Für den BND spioniert«, meinte Eva und nickte.
»Ich bin sozusagen eine – in der DDR, das weiß ich von Herrn Baumgärtner, wäre ich eine verdiente Kundschafterin an der unsichtbaren Front, so nennen die das. Dort wäre ich hochgeehrt!«
Eva mußte an sich halten, um nicht zu lachen. »Sie können«, antwortete sie seriös, »sicher in Pullach auf Verständnis und Entgegenkommen rechnen.«
»Ja.«
»Aber was soll ich in Pullach, denken Sie vermutlich?«
»Genau. Ich hab' es ja nicht beruflich, es war nur, also ich bin keine professionelle – eh – Agentin...«
»Es war mehr ein Hobby!« höhnte Eva.
»Nein!« rief Ilsabe und biß ihre Unterlippe. »Wirklich nicht, kein Hobby, das zuallerletzt.«
»Sie haben es auch nicht ganz freiwillig getan. Herr Kynast hat Sie, sagen wir mal, gedrängt –«
»Oh, ja.«
»Na schön, Frau Büyük. Ich will Ihnen sagen, was wir tun. Wir treffen uns morgen am Bahnhof. Bei den Schließfä-

chern. Ich bringe Ihnen das Buch, seien Sie ganz beruhigt. Und dann bleibe ich bei Ihnen, bis Frau Zeisinger in Erscheinung tritt.«

»Wird sie da nicht mißtrauisch?«

»Stellen Sie mich als Doris Fahti vor!«

»Ach so! Das ginge«, sagte sie verwundert. »Aber warum – haben Sie denn – denken Sie, daß ich... mich fürchten muß?«

Eva stand auf. Sie fühlte sich wohlig und warm in ihrer Rolle. »Sie sollten für eine Weile recht vorsichtig sein. Besonders ab morgen nachmittag, wenn Sie erst mal Ihr Faustpfand aus der Hand gegeben haben.«

29

Vor dem Gebäude des NATO-Rats in Brüssel taten die Nationalflaggen aller sechzehn Mitgliedsländer im Wind vom Kanal her besonders wichtig. Tilmann Kleiber ließ die üblichen Sicherheitschecks über sich ergehen. Er bekam zum Zeichen, daß er »gecleared« war, eine Karte ans Revers geheftet und durfte zum Allerheiligsten weiter, dem Büro des Generalsekretärs. Unter seinem Vorsitz trat das oberste politische Organ des Nordatlantikpaktes, der Ständige Rat, zusammen; falls die Botschafter der sechzehn beziehungsweise deren Verteidigungsminister nichts Wichtigeres zu erledigen hatten.

Im Vorzimmer wurde Kleiber bedeutet, er möge sich kurz gedulden, der vorige Besucher werde gleich rauskommen. Kleiber nahm Platz und war sich nicht ganz ohne Respekt der Tatsache bewußt, daß er in der Entscheidungszentrale des mächtigsten und, wie es jetzt, gegen Ende des kalten

Krieges, aussah, auch erfolgreichsten Waffenbündnisses in der Geschichte des Abendlandes –
Er brach diesen Gedanken ab. Entscheidungszentrale, das war übertrieben. Beschlüsse wurden von den Regierungen gefaßt. Hier befand man sich wirklich in einem »Sekretariat«, getroffene Entscheidungen wurden umgesetzt, zu treffende vorbereitet; und der Generalsekretär koordinierte. Wer mehr aus der Aufgabe machen wollte, mußte eine Persönlichkeit von Gewicht sein.
Der gegenwärtige deutsche Generalsekretär hatte sein Amt mit einem Handicap angetreten. Er war in Deutschland in einen Skandal verwickelt gewesen, der ihn fast zum Rücktritt gezwungen hätte. Von der Öffentlichkeit wurde die Affäre als bloße Tolpatschigkeit des Mannes angesehen. Die Sicherheitsfachleute beurteilten die Dinge ganz anders.
Kleiber zweifelte nicht daran, daß sein Gesprächspartner als frisch gekürtes Kabinettsmitglied Opfer einer Information geworden war, die Berater ihm als hart dargestellt hatten; sie hatte sich jedoch als weich, möglicherweise sogar als Desinformation erwiesen.
Mit aufsteigender Nervosität machte Kleiber sich klar, daß er zu der Sorte von Menschen gehörte, denen der Generalsekretär – selbst wenn er normal reagierte und nicht unter einer traumatischen Belastung stand – mit dem Argwohn des gebrannten Kindes gegenübertreten mußte.
Der Besucher erschien, nickte Kleiber zu und stiefelte hinaus.
Der Generalsekretär kam dem eintretenden Kleiber auf halbem Weg entgegen und nötigte ihn mit erprobtem Lächeln zur Sitzecke für Besucher.
Eine Vorzimmerdame stellte Kleiber eine frische Tasse hin und verschwand mit der gebrauchten. Es war, fand Kleiber,

eine schöne Geste, daß der Generalsekretär ihm selbst einschenkte. Das hatte er nicht erwartet; auf der Ebene von Brüssel war der BKA-Controller für Personenschutz kein bedeutendes Licht.

Er bedankte sich für den Kaffee und den umstandslos gewährten Termin.

Der Generalsekretär winkte ab: »Selbstverständlichkeit, lieber Herr...«

»Kleiber.«

»Entschuldigen Sie. Ich wollte sagen, nachdem mein Ex-Kollege, der Bundesminister des Innern, sich persönlich für Sie und die Bedeutung Ihres gegenwärtigen Auftrags verbürgt hat...«

»Ja, darum hatte ich ihn gebeten.«

»Ich bin ganz Ohr.«

Kleiber hatte sich mehrere mögliche Einstiege ins Gespräch zurechtgelegt. Keiner schien ihm jetzt günstig. Sie waren alle zu diplomatisch verklausuliert. Er begann – einem Instinkt für Menschen folgend – brüsk und direkt: »Ich komme leider mit einer sehr undankbaren Aufgabe, Herr Mini...« Er fing das Wort rechtzeitig ab. »Herr Generalsekretär. Der undankbarsten wohl, die uns besseren Bodyguards überhaupt zufallen kann. Ich bin hier, ganz ehrlich gestanden, um Sie vor einem Mann zu warnen, dem Sie möglicherweise Sympathie oder gar Freundschaft entgegenbringen.«

Der Minister versteifte sich sichtbar. Sein Lächeln veränderte sich und wurde fahl, selbstkritisch: »Mit so einer Warnung hab' ich schon mal die übelsten...«

»Ich weiß.«

»Na schön, um wen handelt es sich diesmal?«

Das war kein guter Beginn, aber einen besseren hatte er

nicht erwarten dürfen. »Karl Mauch, den österreichischen Medienzaren. Es könnte Ihre politische Identität beschädigen, wenn Sie sich mit ihm öffentlich oder privat zeigen. Meiden Sie seine Gesellschaft und den Kontakt mit seinen Firmen oder Angestellten.«

»Was werfen Sie ihm vor?« Das klang eisig.

»Es ist meine Pflicht, diese Warnung auszusprechen.«

»Sicher.«

»Die Alliierten Landstreitkräfte Südosteuropa und die 6. Alliierte Taktische Luftflotte sind beide in Izmir stationiert. Ihre militärischen Sicherheitsdienste haben bestimmt guten Kontakt zum türkischen Militärischen Abschirmdienst. Dort gibt es einen Beamten – einen türkischen Major –, der den Tod eines Stasi-Agenten namens Ott untersucht. Ob es sich um Mord handelt, ist noch offen. Auf Grund der Gesamtumstände kann das nicht ausgeschlossen werden... Dieser Ott, der bei Troja in Sichtweite der Dardanellen in einer Beobachterfunktion eingesetzt war, ist dem DDR-Stasi-Residenten unterstellt gewesen. Der Resident ist aus Istanbul geflohen, nachdem er in Verbindung gebracht wurde mit sichergestelltem Rauschgift im Handelswert von Milliarden. Bei den Kokainvorräten wurde eine Summe von 3,6 Millionen D-Mark gefunden und beschlagnahmt. Diese Summe ist durch Karl Mauch in Zürich im Café Baur en Ville am Paradeplatz im Monat März an Ralf Ott, den Toten, übergeben worden. Ott hat die Summe als Kurier in die Türkei verbracht. Das alles sind erwiesene Tatsachen, lediglich ihre Interpretation mag noch strittig sein. Der türkische Major, von dem ich sprach, wird die Fakten bestätigen... müssen.«

»Scheiße.« Der Minister stand auf und tat einige Schritte. »Hören Sie, ich kann es nicht glauben! Karli Mauch und Rauschgift?«

»Er hat dem Residenten Schmiergeld bezahlt, das steht fest. Der Resident hat das Schmiergeld einem Drogentransport beifügen und auf diese Weise nach Westeuropa rückspedieren wollen. Wir nehmen an, in die Bundesrepublik.«
»Also, zuerst läßt er das Geld in die Türkei bringen und danach wieder zurück?«
»Er will die Spur verwischen! Nach unserer Erkenntnis hat der Resident in Bonn Kontaktpersonen sitzen, deutsche und andere. Die wären nach ihrer Stellung in der Lage gewesen, das Geld etwa in Luxemburg auf Nimmerwiedersehen für die Behörden verschwinden zu lassen, das heißt, zu waschen und zu bunkern.«
»Karl Mauch finanziert Drogenhändler?«
»Nein. Wir interpretieren die Fakten anders.«
»Na, wie denn?«
»Bitte haben Sie Verständnis, die Ermittlungen dauern an.«
»Sie kommen eigens nach Brüssel geflogen, um mir zu sagen, ich darf den guten, gemütlichen Mauch nur noch mit Glacéhandschuhen anfassen...«
»Auch nicht mit Glacéhandschuhen. Gar nicht mehr.«
»Woher wissen Sie überhaupt, daß ich ihn kenne?«
»Jetzt werden Sie lachen, von meinem Sohn. Er hat Sie mit Mauch auf einer Party gesehen, einem sogenannten Westfälischen Brunch. So klein ist die Welt. Darf ich fragen, was Mauch – eh – welcher Art die Themen waren, die er berührte?«
»Scheiße«, wiederholte der Generalsekretär.
»Ich verstehe Ihre Gefühle vollkommen«, versicherte Kleiber ihm.
»Er hat ausschließlich von seiner Filmfirma gesprochen. Irgendein griechischer Name – Sitz in Wien. Er will ein Pro-

jekt an Land ziehen, das unter dem Titel läuft... warten Sie... *Europa: Beute oder Haus...*«
»Europa, Beute oder Haus?«
»Ja, es sollen Filme sein, die sich schwerpunktartig mit Polen, der ČSSR, der DDR und so fort befassen. Europas Völker nach dem Ende des kalten Kriegs. Wie stellen sie sich zueinander, in welche neuen Konstellationen könnten sie treten... Also mit Drogen oder sonstwas Illegalem hat das wirklich nichts, null, zu tun.«
»Mhm, und er hat den Auftrag noch nicht?«
»Spielt das eine Rolle?«
»Vielleicht.«
»Na ja, er sagte, er hat den Auftrag. Aber es sei noch geheim, ich solle es um Gottes willen niemandem erzählen. Nun tue ich es doch und brate dafür dereinst wahrscheinlich ein Jahr länger im Fegefeuer.«
»Im Gegenteil, es wird Ihnen eins erlassen.« Kleiber grinste. »Seien Sie ganz beruhigt. Was ich Ihnen nannte, waren ohne Ausnahme Tatsachen, für deren Härte ich mich verbürge.«
Er seufzte und wandte den Blick ab. »Das hat mir schon mal jemand gesagt, und es war gelogen.« Er starrte trübe aus einem der vielen Fenster.

30

Untersuchungshaft wird durch schriftlichen Haftbefehl eines Richters angeordnet. Das heißt nicht, daß der Richter selbst ihn abfaßt; er erwartet, daß die Polizei ihm den Entwurf präsentiert. Diese Aufgabe fiel Eva Kellner zu.
Im Haftbefehl anzuführen hatte sie den Namen der beschuldigten Person: Iris Zeisinger.

Die Tat, deren sie dringend verdächtig war: Geheimdienstliche Agententätigkeit.
Die gesetzlichen Merkmale der Straftat und die anzuwendenden Strafvorschriften: o. G. habe für den Geheimdienst einer fremden Macht eine geheimdienstliche Tätigkeit gegen die Bundesrepublik Deutschland ausgeübt, die auf die Mitteilung und Lieferung von Tatsachen, Gegenständen und Erkenntnissen gerichtet gewesen sei; sie habe sich strafbar gemacht nach § 99 Strafgesetzbuch.
Der Haftgrund war anzugeben: Verdunkelungs- und Fluchtgefahr.
Schließlich waren die Tatsachen aufzulisten, aus denen sich der dringende Tatverdacht und der Haftgrund ergaben.
Was den Haftgrund betraf, so hatte die o. G. sich eines besonders schweren Falles von geheimdienstlicher Tätigkeit schuldig gemacht, denn sie hatte eine verantwortliche Stellung mißbraucht, in der sie zur Wahrung solcher Geheimnisse besonders verpflichtet gewesen wäre. O. G. wußte, daß sie für zehn Jahre in die Kiste wandern konnte.
Nun kam das Schönste. In die Rubrik, wo normalerweise mühselig Tatsachen auszubreiten waren, die den Verdacht dringend erscheinen ließen, schrieb Eva lediglich: Darf wegen Gefährdung der Staatssicherheit nicht spezifiziert werden.
Es war phantastisch. Gerade dieser Eintrag kostete sonst den Schweiß und das Hirnschmalz.
Nachdem sie den Haftrichter dazu gebracht hatte, ihre Auffassung zu akzeptieren, und er seinen Stempel draufgeknallt und seinen Krakel daruntergesetzt hatte, trug sie das Dokument ins Büro von Tilmann Kleiber. Er saß mit Günter Wittrickoff und Franz Streibel zusammen. Alle hatten Pappbecher vor sich, die man in der Kantine statt eines an-

ständigen Glases bekam, und weideten sich an der Batterie belgischer Bierflaschen, die Kleiber auf seinem Schreibtisch aufgebaut hatte.
»Ah, Eva – ich hab' aus Brüssel was zu saufen mitgebracht...«
»Ruhe!« gebot sie und entrollte den Haftbefehl wie die Gründungsurkunde eines neuen Staats.
»Das ist schon einen Hebauf wert«, kommentierte Streibel, der aus Bayern stammte.
»Wie lange haben wir darauf gewartet?« fragte Wittrickoff. Da alle die Antwort wußten, bekam er keine; es war eine rhetorische Frage.
Wenn Kleiber informelle Sitzungen veranstaltete, kam es ihm darauf an, daß die Mitglieder seines Teams nicht, wie sonst, miteinander rivalisierten. Sie waren eingeladen, im offenen Brainstorming mit ihm zusammen alle ihre Einfälle – auch die sogenannten irrationalen – offen herzuzeigen. Waren die Einfälle von unfreiwilliger Komik, so mußte der Urheber sich dem Gelächter der andern stellen. Verriet man mehr über sich als sonst, die eigenen Defizite, Ängste und oft übertriebenen Hoffnungen – dann war es für die andern Ehrensache, das über Nacht zu vergessen.
Es war die Erweiterung einer Technik, deren grundlegende Funktionsweise Kleiber vor langen Jahren von Chris Kynast gelernt hatte. Und Chris hatte sie, wie er sagte, von lippischen Männerrunden ins Leben mitgenommen. »Was im Suff gesagt ist, wird nicht nachgetragen.«
Kleiber entnahm seiner Brieftasche eine Notiz: »Schaut euch das mal an.«
Es war ein weißer Zettel, wie er millionenmal von Schmierblocks abgehoben wird, die neben Telefonen liegen. Er ging von Hand zu Hand.

»Das hat keine Frau geschrieben«, meinte Eva, die gern in Graphologie dilettierte.
»Nee, Baumgärtner. Als ich in *Hellespont Paradise* sein Adreßbuch durchcheckte, drehte ich es routinemäßig um und schüttelte es. Dieser Zettel fiel raus. Ich steckte ihn ein, weil ich zunächst nicht schlau daraus wurde. Die Frage ist, ob es sich um einen Code handelt oder um Klartext.«
»Agenten arbeiten mit Codes«, bemerkte Streibel.
»Eben drum.«
Wittrickoff sagte: »Es ist nicht mit Sorgfalt geschrieben, sondern flüchtig. Als ob er bei einem Telefonat eine Anweisung fixiert hätte. Das spricht gegen einen Code, der doch mit Sorgfalt ausgeführt sein muß, damit es nicht nachher zu Mißverständnissen kommt.«
»Gehen wir inhaltlich ran«, schlug Kleiber vor, »und unterstellen wir, Günter hat recht. Dann hielt Baumgärtner als Gedächtnisstütze fest, was da steht.«
MGL auf schwarzer Linie fahren PKR
»Es sind vier Klartextwörter, *auf schwarzer Linie fahren.* Und zwei Buchstabenkombinationen. Die erste, MGL, ist klar. Er meint die Waffenladung. Auf schwarzer Linie fahren bedeutet, er hat Weisung bekommen, eine bestimmte Art des Transports zu wählen. PKR ist der Adressat – also die Waffen werden in Marsch gesetzt zu einem Peter Karl Rübezahl oder Paulchen Kraus Rostock.«
»Auf schwarzer Linie in Marsch gesetzt«, nickte Kleiber. »Was könnte das heißen?«
»Schwarzmeerroute!« ließ Eva ihre Assoziationen laufen. »Eine bestimmte Linie der türkischen Schiffahrtsgesellschaft Denizyollari transportiert Güter durch den Bosporus und das Schwarze Meer nach – was weiß ich, Bulgarien oder so.«

Streibel sagte: »Eisenbahnen sind schwarz.«
»Die schwarze Linie... Ich will ganz ehrlich mit euch sein und zugeben, daß ich den Zettel vergessen hatte. Aber als Eva eben ihre Papierfahne entrollte – da fiel er mir wieder ein. Hat nicht Iris Zeisinger auf einer schwarzen Linie operiert?«
»Sie verstehen jetzt schwarz wie in Schwarzgeld«, deutete Günter die Frage. »Schwarz gleich verborgen, geheim.«
»Ja, und zwar selbst noch im Zusammenhang mit einer an sich schon verdeckten Aktivität. Iris saß als KGB- und Stasi-Maulwurf im Vorzimmer des Bundespräsidenten. Das war praktisch ihr offizieller Geheimauftrag. Kann es nicht daneben noch eine andere, inoffizielle, sozusagen schwarze Operation gegeben haben?«
»Die schwarze Linie«, echote Eva.
»Genau! Sie tat sich mit einem Exilkroaten zusammen und organisierte die Geiselnahme des Bundespräsidenten. Wir hatten dafür eigentlich keine Erklärung, außer der, daß sie aufs Geld aus war und sich ein für allemal finanziell sanieren wollte, um auszusteigen... Inzwischen ist Zeit vergangen, und wir haben Aufschlüsse bekommen, die uns damals nicht zur Verfügung standen.« Er brach ab. »Ich glaube, ich dominiere dieses Brainstorming. Ist eigentlich nicht der Sinn der Sache.«
Wittrickoff lachte ihn aus. »Sie kriegen Angst vor Ihren eigenen Gedanken. Machen Sie nur weiter.«
»Fahren Sie volles Risiko«, ermunterte auch Eva ihn.
Streibel rief: »Mehr als falsch liegen können Sie nicht!«
»Also gut. Daß der Ostblock auseinanderbricht, der Staatskapitalismus vor dem Bankrott steht, die Menschen dort zwischen Resignation und Revolte schwanken – ist uns noch nicht lange mit dieser Deutlichkeit klar. Aber, und das ist

der Kern meiner Überlegung, Andropow als ehemaliger KGB-Chef hätte nicht Gorbatschow aus der Provinz in den Kreml geholt, wenn er nicht schon vor Jahren gewußt hätte, wie es wirklich um die Staatsökonomien steht. Als wir noch den real existierenden Sozialismus für mehr oder weniger unerschütterlich hielten, gab es bereits ein geheimes Wissen – ein geheimes, wohlgemerkt. Die östlichen Nachrichtendienste wußten Bescheid und zogen ihre Schlußfolgerungen. Das sind Leute, die nicht wie die manipulierte Staatspresse mit geschönten Nachrichten handeln. Sie kaufen und verkaufen zutreffende Informationen. Egal, wie schmerzlich sie sein mögen. Und stellen sich darauf ein... Nun gibt es eine intern legale Option. Man holt sich Reformer und betraut sie mit Veränderungsmacht. Ich nenne das: die weiße Linie fahren. Und es gibt eine staatsintern pechschwarze Option, die auch nach dortiger Ethik illegale und verbrecherische. Die wird von den Hoffnungslosen, ganz und gar Desillusionierten gewählt. Iris Zeisinger, als sie sich mit einem Killer wie Bantelić verbündete, um den Bundespräsidenten zu entführen... Conny Baumgärtner, der als Stasi-Resident mit dem Drogenhändler Büyük koaliert... Sie optierten für die schwarze Linie.« Wieder brach er ab. »Jetzt denkt ihr, der Alte spinnt.«
Eva hatte sich innerlich ganz auf seine Spekulationen eingestellt: »Nach mir die Sintflut!« rief sie. »Rette sich, wer kann.«
»Auf einmal melden die Buschtrommeln, daß jeder sich selbst der nächste ist«, bekräftigte Wittrickoff. »Genießt den kalten Krieg, Leute, der Friede wird fürchterlich!«
»Es bleibt die Frage«, meldete Streibel sich, »wohin geht die Bürgerkriegsausrüstung? Auf einer weißen Linie zur legalen, wenn auch geheimen Stasi? Oder auf einer schwarzen

Linie zu einer illegalen Gruppe innerhalb oder außerhalb der Stasi und noch viel geheimer?«
»Wer ist Peter Karl Rübezahl?« nickte Kleiber.
»Ob *sie* es weiß?« fragte Eva und legte ihre Hand auf den Haftbefehl, der morgen vollstreckt werden sollte.

31

In sanftem Blumengelb und stumpfem Ziegelrot leuchteten türkische Riesenüberschriften aus den Drehständern des Pressekiosks. Eva suchte nach einer deutschen Zeitung, bezahlte an der Kasse und ging mit dem schmalgefalteten Blatt in der Spielhand zu Ilsabe Büyük. Die robuste Blonde stand nervös in der Mitte der Bahnhofshalle und warf ängstliche Blicke nach allen Seiten.
Eva hatte ihr geraten, sich innerhalb der offenen Hallenfläche zu halten und keinesfalls nach abseits ins Halbdunkel bei den Schließfächern zu treten.
Ausländer, allein und in Gruppen, belebten diesen wie jeden andern größeren Bahnhof. Da immer was los war, spürten sie ihr Alleinsein nicht so. Eva konnte das gut verstehen. Manchmal hielt auch sie es zu Haus bei sich nicht aus und lief irgendwohin, nur um Menschen zu sehen und zu hören.
Franz Streibel stand in einer Schlange vor dem Schalter mit dem meisten Andrang. Er schaute nicht her. Trotzdem hatte er sie beide, Eva und Ilsabe, im Auge.
Die vereinbarte Zeit war da und verging.
Iris Zeisinger kam aus Richtung der Schließfächer und bewahrte, während sie auf Ilsabe zustöckelte, ein mühsames Lächeln.

Eva hielt sich noch zurück, obgleich sie die Plastiktüte bei sich trug, in der das rote Adreßbuch steckte.
Die beiden Frauen, die einander begrüßten, machten auf Eva stark den Eindruck, daß sie nicht hierherpaßten. Eva war in ihrem Leben schon oft auf Hauptbahnhöfen gewesen, sie fühlte sich ganz zu Haus. Ilsabe und Iris Zeisinger dagegen wirkten kraß deplaziert, wie Abendroben in einem Fußballstadion.
Außerdem paßten sie nicht zueinander. Es lag daran, daß sie, einerseits so ähnlich – beide waren blond, helläugig und kräftig gekurvt –, andererseits sich selbst in ganz unterschiedlicher Weise präsentierten, um zu gefallen.
Iris trug an diesem Abend einen hochmodernen, dunklen Blazer über einem engen Rock. Ihre Schuhe waren einfarbig. Im Ausschnitt des Blazers war eine Krawatte diskret klein geknotet, die Iris' Augenfarbe wiederholte. Ihr Haar war unter einer Mütze versteckt, deren Schirm sie keß schräg gezogen hatte. Sie sah cool aus, elegant, modisch, damenhaft. Zugänglich blieb sie über den Mund, ihre pfirsichweiche Stelle, die sie mit Schminke kühn und signalhaft gekennzeichnet hatte. Hier, sagte der Lippenstift.
Ilsabe trug einen weiten Rock, der sich über mehrere Lagen Seidentüll bauschte und beim Wippen Spitzen sehen ließ. Die Schuhe glänzten laut. Der Effekt ihrer tiefausgeschnittenen Bluse war zwiefach zurückgenommen: durch ein türkisfarbenes Flimmerjäckchen, das sie keusch über den Schultern trug, und ein transparentes Tuch um den Hals, dessen Zipfel dem Grand Canyon zustrebten, um seine Blöße vor Zudringlichkeit zu schützen. Das Haar, genauso blond wie das von Iris, leuchtete im Abendlicht der Halle wie eine Lampe. Sie trug es ausgekämmt, lose flatternd.
Iris Zeisinger wollte den Anzügen mit Schlips Eindruck ma-

chen, denen sie in den Etagen von Bonn begegnete. Ilsabe war die Verheißung, von der Türken träumten.
Der praktischen Eva Kellner mißfielen beide Frauen. Sie selbst hatte flache Schuhe an, um notfalls rennen zu können; aus demselben Grund Jeans, ein Hemd und eine Lederjacke, die den Griff ihrer Dienstpistole verdeckte. Eva trug die Waffe gern links in Gürtelhöhe in einem Federholster, das beim Ziehen aufsprang und einem die Spritze förmlich in die Hand schob.
An eine derartige Beschäftigung ihrer rechten Hand dachte gewiß niemand, der sie jetzt sah; sie hielt rechts die Zeitung und links die Plastiktüte mit Baumgärtners Buch.
»Ich dachte, wir treffen uns bei den Schließfächern«, rügte Iris.
Ilsabe erwiderte furchtsam: »Meine Freundin hat das Buch geholt.«
Eva kam herbeigetrabt: »Na, Mädels, alles klar?«
Iris musterte sie schockiert von oben bis unten. »Wenn ich gleich bitten dürfte...«
»Logo.« Eva reichte ihr die Plastiktüte. Sie war hochzufrieden mit der Wirkung ihrer Anrede. Wie wenn man früher einem Kind aus dem Villenviertel Himbeereis aufs weiße Kleidchen geschmiert hatte.
»Ich hoffe, es ist jetzt alles recht«, piepste Ilsabe.
»Das denke ich doch«, erwiderte Iris. Sie überprüfte den Inhalt der Tüte.
»Können Sie Conny einen schönen Gruß von mir ausrichten?«
Iris nickte – an ihnen beiden vorbei. Es war unter ihrer Würde, sich näher mit ihnen einzulassen.
»Guten Tag«, grüßte sie. Und bemerkte überraschend im Wegdrehen: »Auch Ihnen einen guten Abend, Frau Fahti.«

Die Täuschung hatte also geklappt; oder vielmehr, Baumgärtner war von vornherein davon ausgegangen, daß Ilsabe bei ihren Dortmunder Freunden Unterschlupf suchen und finden würde.
»'n Ahmd!« grüßte Eva rüde zurück.
»Täßchen Kaffee trinken?« erkundigte sich Ilsabe schüchtern und wies aufs Restaurant.
Eva nickte. Warum nicht? Draußen warteten Kleiber und Wittrickoff, um Iris festzunehmen. Sie selbst und Franz Streibel sollten Ilsabe heimfahren, um sie und ihre Gastgeber auf bestimmte Sicherheitsvorkehrungen einzuschwören.
»Klar, lassen wir den Abend ausklingen –«
Während sie Ilsabe am Arm nahm – sie hatte bei dieser seelisch dauernd hochtoupierten Person das Bedürfnis, die Rolle des Kavaliers zu spielen, und fand sich selbst albern –, nahm Eva Bewegung aus verschiedenen Richtungen wahr.
Sie sah einen Türken ziemlich frontal auf sie beide zukommen. Gleichzeitig näherte sich einer von links. Und auch rechts war Unheil im Anflug, sie spürte es.
Derartige Instinkte kannte sie. Manchmal waren es bloß Reflexe von Anspannung; wie ein plötzliches Zucken der Beine, wenn man nachts im Bett lag.
In diesem Fall spuckte ihr Kopf Feuer – er stellte ihr die Information zur Verfügung, die Kleiber aus Istanbul mitgebracht hatte.
Drei Türken. Zwei mit Schnurrbart, einer mit Hemingway-Bürste von Ohr zu Ohr. Banditen von Baumgärtner. Bewaffnet. Die Beschreibung traf zu.
Eva tat dreierlei.
Sie trat Ilsabe die Beine weg, so daß diese mit einem Aufschrei nach vorn niederbrach.

Sie warf sich über Ilsabe hinweg in einer seitlichen Rolle aus der bisherigen Angriffsrichtung.
Sie zog ihre Pistole.
Als auch die Türken zogen, wartete sie noch einen winzigen Augenblick. Sie wollte sicher sein, daß die nicht bloß nach Messern griffen. Männer zu erschießen, die mit simplen Klingen auf sie losgingen, hatte sie nicht nötig. Sie hätte ihnen die Dinger weggenommen, ohne einen Aufstand im Dortmunder Hauptbahnhof zu veranstalten.
Was sie in den Fäusten der drei auftauchen sah, waren jedoch Feuerwaffen.
Das hatte auch Streibel beobachtet. Er gab den ersten Schuß ab und traf den Vollbärtigen seitlich. Der Mann ließ seine Waffe fallen, während Eva mehrmals schoß; sie mußte sichergehen und hatte in dieser Situation keine andere Wahl, als auf die breiteste Stelle der jeweiligen Angriffsfläche zu zielen.
Beide Schnauzbärtigen starben an der Stelle, wo sie fielen.
Der Hemingway sah ihnen ungläubig dabei zu, er wirkte hellwach.
Ilsabe schrie. In ihre Schreie mischte sich ein Chor des Entsetzens aus allen Richtungen der Halle.

DRITTER TEIL

Der gestorbene Güterzug

32

Jan schüttelte, als er den Vorführraum betrat, als erstem Mauch die Hand. Es ergab sich so, Karli der Große, wie die Branche ihn nur halb spöttisch nannte, stand nahe bei der Tür und hatte sich sofort umgewandt.
»Gut so, ein Händedruck der Kontrahenten ist immer der beste Anfang für einen Kampf«, lobte Redakteur Florian Flamm und streckte als zweiter seine Flosse aus.
Nur daß, wie Jan sich sagen mußte, der Kampf abgesprochen war. Der Händedruck, der Fairneß in Aussicht stellte, war eine kaltblütig inszenierte Illusion; die Damen und Herren von der Programmdirektion, die letzten Endes, auf Flamms Empfehlung, den Siegerkranz vergeben sollten, ließen sich täuschen. Sie murmelten beifällig.
Jan konnte nicht annehmen, daß sie alle von Mauch gekauft waren. Insofern blieb eine Chance; falls es ihm gelang, durch seinen Vortrag Eindruck zu schinden. Freilich würde Flamms Wort schwer in die Waagschale fallen. Das wußte Mauch, entsprechend hatte er sein Geld angelegt.
Karin kam ihm entgegen und fragte, ob sie ihm den Mantel abnehmen dürfe. Der Blick, den sie ihm zuwandte, war nachdrücklich leer.
»Nein, danke, es ist ein leichter Mantel. Ich trage ihn statt dem Jackett.«
»Ein Getränk? Kaffee, Tee, Mineralwasser?«
Jan gab seine Bestellung auf. Er war ein wenig befangen. Ta-

gelang hatte er gezögert, sie anzurufen, weil er sich sagte, daß sie vielleicht an ihr alkoholisiertes Angebot nicht erinnert sein wollte. Schließlich war ihm das zu dumm geworden, er hatte das Gespräch riskiert – und Karin erwischt, als gerade Flamm bei ihr stand, den sie sofort einbezogen hatte: »Herr Ziel für Sie...«

Er war auf einen Rückruf gespannt gewesen, es war keiner gekommen.

Flamm sprach die Einleitung. Europa, Haus oder Beute? – ein aktuelleres Thema gebe es nicht. Entsprechend denke er sich die Signation, sie werde Ausdruck sein einer neuen Informationsphilosophie. Nicht mehr bloß Headlines; auf dieser Sendeleiste müsse man boulevardisieren. Es gebe ein Menschenrecht auf Unterhaltung, dem werde er schon mit dem Opener Rechnung tragen. Kein Meldungsblock wie sonst auf dieser Programmschiene, sofort ein featurisierter Heuler, der die Zuschauer aus dem Lehnstuhl reiße bézetwé hineinbanne. Er denke sich den Zuschauer gelähmt von Faszination. Mehrere professionelle Produzenten seien gefordert gewesen und hätten Konzeptionen eingereicht. Zwei seien ausgesucht worden – bitte, meine Herren, wer will zuerst? Wer fängt an?

»Wenn Dummheit vor Alter geht...« Jan stand auf und stellte anheim, indem er nicht vortrat, sondern stehenblieb.

Mauch nickte, ohne den Blick zu heben.

Jan sagte, er habe bis vor einigen Jahren in Polen gelebt, bei seiner Mutter, deren voller Name auch seiner gewesen sei: »Wenn Sie ihn korrekt aussprechen wollen, kein Problem, sagen Sie Kschipitschjäl. Geschrieben sieht er anders aus, ich buchstabiere: Skrzypiciel. Daraus habe ich, als ich mit Hilfe meines Vaters – er ist Deutscher – hierherkam, die Abkürzung gemacht, die Sie kennen. Warum ich so kompliziert persönlich anfange? Weil ich mich als Katholik *und* Atheist, als Sozi *und* Unternehmer, Pole *und* Deutscher fühle. Die Widersprüche, die unsere Serie thematisieren soll, sind mein Beichtspiegel.«

Infotainment sei gefragt – so habe er Herrn Flamm verstanden. Entsprechend entfalte er seine konkreten Themenvorschläge. Falls Fräulein Karin – nun nannte er den Namen – das Vorführgerät in Gang setzen wolle...

»Trailer ab?«

»Trailer ab, bitte.«

Unterhaltend für den Menschen sei in erster Linie der Mensch. Zum Anfang dieser –

Er stellte einen Warschauer Fotografen vor. Humanfotograf nannte der sich. Ein Typ mit einer alten Leica. Weder vom Einschreiten des Klerus noch von der Repression der Bürokraten ließ er sich daran hindern, Menschen nackt abzulichten. »Dem Mysterium der Nacktheit nachspüren«, nannte er es geschäftstüchtig.

Mit pornografischen Skatblättern, die er gegen Hartwährung an Touristen verhökerte (200 DM für 32 Karten – billig), finanzierte er sein aufwendiges Atelier. Da hinein folgte ihm Jan und ließ ihn reden. Er sei ein Philosoph – wörtlich zu verstehen: Freund des Wissens, der Erleuchtung. Er erläuterte an Modellen: Die Frau wirke nackt am weiblichsten – hilflos, schutzbedürftig, verletzbar. Kurz, attraktiv. Jetzt das Mysterium: Du kannst einem Mann nicht die Kleider wegnehmen und hoffen, er wirke nun sexy. Ein Mann ist am männlichsten, wenn er seine Rüstung trägt, kampffähig ist, angriffsbereit. Rüstung kann alles sein, der Anzug des Managers, der des Astronauten... Jedenfalls, nackt fotografiert wirkt Niki Lauda nicht stärker, sondern falsch präsentiert.

Nimm Filmbilder, Jan, mein Sohn! Der Fotograf zeigte ihm alte aus dem Playboy. Marilyn ist am schönsten nackt. Humphrey Bogart beeindruckt uns, wenn er seinen urbanen Kampfanzug trägt, den dunklen Zweireiher mit der tödlich gemusterten Krawatte; den Trench, ist der Kragen hochgeschlagen, weißt du, es wird sehr ernst; den Hut mit runtergezogener Krempe und das dünne, klatschende Lächeln. Marilyn küßt dich mit ihrem Lächeln, Bogey ohrfeigt dich damit. Ist es so? Jan, wenn du Filme machst, mußt du das wissen: Bogarts Mund öffnet sich nur, um Aggressionen auszustoßen. So und nicht anders schlägt er uns zu Boden. Marilyn – wenn sie alles abtut, sich darbietet, sich nicht mehr schützt.

Mysterien der Nacktheit. Der Bischof ruft mich zur Reue auf. Die PVAP ist erst zufrieden, wenn ich im Kerker schmachte. Glaubst du, es geht aufwärts mit uns, wenn der Kapitalismus das Land freifegt?

Die Hoffnungen dieser Modelle. Schauspielerinnen fragten Jan bang, ob das ihren Ruf zerstören werde, bloßbusig auf einer Spielkarte...? Und ihre Ehemänner, Kollegen, Freunde, Kinder, der Arzt, Lehrer. Politiker, die sie wählten. Sie wählten jetzt.

Ganz Warschau ließ Jan Ziel aus diesem Atelier heraus wachsen wie einen Baum und zeigte *ihn* wieder, den Freund der Erkenntnis, mit dem Kartenspiel vorm Interhotel: »Skatblatt für 200 D-Mark?«

»Wat haste?« glotzte ein westdeutscher Frischling groß in die Kamera.

Jan blendete sich aus und stellte sich erschöpft vor sein Publikum. »Wenn ich aussprechen könnte, was ich meine, wäre ich nicht Filmemacher geworden, sondern Autor«, sagte er in absinkender Stimmung. Es war postkreative

Trauer, was er fühlte. Er hatte sein Werk vollbracht und nun? Nichts war anders.
Die Gleichheit mit Mauch existierte nur scheinbar. Das wurde ihm klar, während er zu seinem Sessel ging, die Unterlagen in eine Mappe einordnete.
Es war formelle Gleichheit. Verlor Mauch – was ja nicht denkbar war –, so blieb er reich. Auch an Einfluß.
Wenn ich verliere, dachte Jan, kann ich mich in Krakau nicht mehr sehen lassen. Alle werden sagen: Was, während überall der Sozialismus stirbt, machst du Pleite im Kapitalismus?
Dann war er gebrandmarkt als einer, der immer versagte, überall, der nur sich selbst anklagen durfte...
Er spürte, daß das, was Mauch sagen wollte, das Aus für ihn war; Gerichtsvollzieher und Konkursverwalter kamen mit Mauchs Präsentation auf ihn zu... Im Innersten wußte er aber aus Erfahrung, daß slawische Tiefs ihn nicht dauerhaft lähmten.
Mauch machte es kürzer als Jan. »Danke, interessanter Vortrag«, fing er an. »Aber der Herr Konkurrent geht davon aus, daß die Kommunisten schon weg sind. Die sind noch da. In jedem Land eine Nomenklatura, ein Sicherheitsapparat, Militär, Polizei, Geheimdienst... Die Bezirksleiter der Partei in der DDR sind Götter. Ihre Aktivität ist durch nichts eingeschränkt, sie sind *praktisch* allmächtig. Das gibt man nicht her, Allmacht. Ich weiß zufällig, daß der Klassenfeind aufrüstet... Ich meine die Partei, ihren harten Kern. Ich hab' meine Beobachter in Stellung gebracht, meine Connections aktiviert. Wenn dort der Bürgerkrieg angeht, drehen wir. Das wird *meine* erste Folge in dieser Serie. Jetzt die Details... Von wem hab' ich die Drehgenehmigung, wer garantiert uns, daß sie eingehalten wird?«
Er ging ausführlich auf seine Geschäftsverbindungen »nach drüben« ein.

33

Kleiber wollte keine Zeit damit verlieren, über unregelmäßige Pflasterung zu holpern und sich dabei das Genick zu verrenken. Weißenfels a. d. Saale, Bezirk Halle, DDR, war eine trübe Kleinstadt; es gab hier nicht mal einen Polizisten, den er nach dem Weg hätte fragen können, und Hinweisschilder sah er auch keine.

Er faßte den Entschluß, anzuhalten und Passanten zu fragen. Auf der Suche nach einem Parkplatz geriet er vor ein nicht großes, aber herrschaftlich wirkendes Gebäude aus dem 18. oder einem früheren Jahrhundert. Er steuerte auf den Vorplatz zu und zögerte noch... Durfte man?

Überall in der DDR waren Parkplätze rar. Parkte jedoch ein Wessie falsch, so kamen aus dem Nichts VoPos gestürzt und forderten unsinnige Strafgebühren in Westmark. Der Hunger nach hartem Geld!

Ein älterer Herr winkte ihm ermutigend zu, und Kleiber kurvte auf den Platz. Er stieg aus und wollte sich bedanken, doch der Herr – er trug einen Mantel, der einst nicht billig gewesen war – kam ihm zuvor.

»Nichts ist erquickender, als von unsern Wünschen zu reden, wenn sie schon in Erfüllung gehn«, sagte er listig.

»Wen zitieren Sie?« fragte Kleiber, der an einen Fall von leichter, altersbedingter Verwirrung glaubte.

»Na, wen schon?« Der Ältere reckte kopfschüttelnd und tadelnd einen Daumen hoch, einem Anhalter auf einer Autobahnauffahrt ähnlich.

Kleiber blickte an dem Gebäude hinauf.

Wie der Herr hatte es wesentlich bessere Tage gesehen. Oben hing eine Gedenktafel. Sie besagte, daß hier 1801 Friedrich von Hardenberg gestorben war, genannt: Novalis.

Seinen Verdacht, der Alte sei leicht gestört, ließ Kleiber nun fallen. Etwas beschämt gestand er, daß seine Bildung ihn bei Novalis im Stich lasse: »Dichter der Romantik, katholisch, konservativ, jung gestorben ... viel mehr weiß ich nicht.«
»Er dachte preußisch.«
»Und was heißt das?«
»Antinapoleonisch, antirevolutionär, königstreu.« Er räusperte sich, und man hörte, daß er wieder zitierte: »Jeder Staatsbürger ist Staatsbeamter. Seine Einkünfte hat er nur als solcher.«
»Klingt aber wie das erste Gebot der zentral geplanten Wirtschaft!«
»Novalis sagt auch: Ein Regent kann für die Erhaltung seines Staats in den jetzigen Zeiten gewiß nicht zweckmäßiger sorgen, als wenn er ihn vielmöglichst zu individualisieren sucht.«
»Das klingt nun wieder wie die Deutsche Bank!«
»Ein sehr interessanter Autor«, nickte der Alte. Er griff unter sein Jackett und zupfte den Rand eines Buches heraus. »Seine Aphorismen könnte ich Ihnen preiswert abgeben.«
»Oh. Ich fürchte, zum Lesen habe ich hier wenig...«
»Fünf Westmark.«
Es war jämmerlich. Kleiber entschloß sich sofort, dem Mann das Geld zu geben; die richtigen Bemerkungen dazu suchte er noch. Kopf nicht hängen lassen, geht auch wieder aufwärts... Es klang ihm alles zu schal.
»Na, einen Silberdollar werden Sie doch einstecken haben«, lächelte der Herr.
Mit dem Gefühl, etwas Ungehöriges und Schäbiges zu tun, griff Kleiber nach seinem Portemonnaie. »Ich danke Ihnen für Ihre Erläuterungen. Von selbst hätte ich die Tafel sicher übersehen. Das wär' schade gewesen. Jetzt hab' ich zu Haus

etwas zu erzählen... Bitte nehmen Sie es als kleines Geschenk für Ihre Enkel. Die freuen sich, wenn die Spardose klappert.«

Der Herr faßte ihn fester ins Auge. Er zitierte: »Der beste unter den ehemaligen französischen Monarchen hatte sich vorgesetzt, seine Untertanen so wohlhabend zu machen, daß jeder alle Sonntage ein Huhn mit Reis auf seinen Tisch bringen könnte. Würde nicht die Regierung aber vorzuziehn sein, unter welcher der Bauer lieber ein Stück verschimmelt Brot äße als Braten in einer andern, und Gott für das Glück herzlich dankte, in diesem Lande geboren zu sein?«

»Das hört sich recht erdfern und träumerisch an«, antwortete Kleiber zögernd. Er war sich bewußt, daß er Novalis widersprach.

»Erdfern und träumerisch. Aus welcher Ecke kommen Sie?«

»Bonn.«

»Alte Universitätsstadt. Sie sind Professor?«

»Um Gottes willen, Sie könnten nicht weiter daneben liegen.«

»Wenn Sie kein Mann des Gedankens sind, sondern das Gegenteil, dann sind Sie ein Mann der Tat.«

»Ich bemühe mich.«

»Danke Ihnen. Ich kriege hier im Umtausch zehn zu eins, fünfzig Mark. Das sind zwei Monatsmieten für eineinhalb Zimmer mit Fernwärme.«

»Schön...«

»Nein, das ist es nicht.« Er wandte sich ab. »Aber billig.«

»Entschuldigen Sie – eigentlich war ich ausgestiegen, um Sie nach dem Weg zu fragen.«

»Wenn ich kann...«

»Es ist die – ich muß nachsehen.« Er nannte die Straße.
»Das ist das Eisenbahnerviertel. Ich mache Ihnen eine Skizze.«

34

Beim Duschen meldete sich Igors Verdacht wieder. Er spürte ihn gleichzeitig als quälenden Druck in der Magengegend und als Lachreiz.
Die Duschkabine prangte neben seinem Bett, eine freistehende Plastik aus trübem Glas. Kein Mensch in der Siedlung hatte Vergleichbares aufzuweisen. Bevor du dich aus der Falle erhobst, strecktest du den Arm aus und erreichtest bequem, ohne dich aufrichten zu müssen, einen Drehknopf. Du stelltest ihn auf ›rot‹. Fünfzehn Minuten später war vorgeheizt, und du konntest wundervoll heiß duschen. Der Fortschritt zog dem kältesten Morgen die Reißzähne; die Behauptung, BRD-Verwandtschaft habe ihnen die Kabine über das Unternehmen Genex geschenkt – Kauf im Westen, Auslieferung im Osten –, war unzutreffend, wie Igor wußte.
Mutters Neuer hatte zwar Verwandte in Westdeutschland. Doch die waren selber arm dran oder zu geizig, um Präsente solcher Größenordnung zu machen.
Wie also kam Reichsbahner Rutger zu dem Glanz und der Gloria?
Nachdem Igor sich abgetrocknet hatte, überkam ihn das Bedürfnis, zu Ehren des Westbesuchs auch noch seine Zähne zu putzen. Um den Becher mit warmem Wasser zu füllen, mußte er nicht in die vor Nässe triefende Duschkabine steigen und es vom dortigen Speicher abzapfen. Es ging simpler

und neuzeitlicher. Er bückte sich und stellte das Rad des Durchlauferhitzers, der unterm Waschbecken angebracht war, auf heiß. Zwei Minuten nur brauchte er vergehen zu lassen – so lang, wie es dauerte, sich zu deodorieren, zu kämmen und die Feuchtigkeitscreme auf dem Nasenrücken zu verreiben – und es kam heißes Wasser auch hier.

Das Haus gehörte der Reichsbahn wie alle in der Siedlung. Die äußere Schauseite war schwarzmürb, die innere Wohnseite weißmürb. Selbstverständlich mußte saniert werden, oder man konnte den Zeitpunkt der Unbewohnbarkeit absehen. Doch die Reichsbahn hatte andere Sorgen. Rutger log, indem er behauptete: »Die Direktion tut das für uns«, und etwas großmäulig hinzufügte: »Bevorzugung verdienter Aktivisten.«

Es war so, daß er Nachbarn und andern Außenstehenden, die neugierig waren, zur Antwort gab: Genex habe die Schätzchen geliefert. Zu Igor sagte er, sie seien eine Art Sonderzuschlag der Reichsbahndirektion Weißenfels/Saale.

Der Widerspruch fiel Igor Ott auf. Schließlich war er Ralfs Sohn, und Ralf hatte mal Kriminalistik gelernt, bevor er auf Spionage umgestiegen war.

Er war erblich belastet. Wenn das andern auch lästig fallen mochte, er selbst konnte schließlich nichts dafür.

Du, Mutter, falls jemand fragt, woher die Sanitärinstallationen in meinem Zimmer sind, ein Kamerad zum Beispiel, der mich abholt, oder ein Mädchen...

Also, wenn deine Mädchen nichts anderes im Kopf haben als deine Sanitärinstallationen, dann machst du was falsch.

Man konnte mit ihr nicht darüber reden. Sie lehnte Vatern ab: Nerv mich nicht wie dein Alter, ich warne dich, Junge! Ich hab' ihn nicht sitzenlassen, um mich jetzt von dir verhören zu lassen, klar?

Klar, Mami. Ich wollte dich gar nicht verhören...
Dann laß es, setz dich ins Zimmer und sieh fern.
Sie wich den Fragen aus, das war es. Damit verstärkte sie den Verdacht, der allmählich – nicht auf einmal, sondern sozusagen Schicht um Schicht immer schwerer werdend – in Igor entstand.
Woher zum Beispiel kam der Waschautomat im Bad? Ein ›Miele‹.
Organisiert, sagte Rutger, ich hatte noch Westmark, es war ein Gelegenheitskauf, übrigens ist er gebraucht...
Ich bin nicht Hamlet, verteidigte Igor sich gegen sich selbst, während er in seine polnischen Jeans stieg. Ich richte keinen krankhaften Verdacht auf Rutger, nur weil er als Nachfolger meines Vaters in Mamis Bett liegt.
Wirklich, von neurotischer Eifersucht durfte er sich freisprechen. Er mochte Rutger sogar ausgesprochen gern, das war die reine Wahrheit. Überhaupt schätzte er Leute, die vor der Arbeit keine Angst hatten. Rutgers Job war nicht leicht. Er machte Schichtdienst, vier Brigaden wechselten einander ab – fast nur Frauen – und ein Springer. Sein Posten war wichtig, er mußte rund um die Uhr besetzt sein. Für die Frühschicht stand Rutger um 3/4 5 auf, fuhr mit dem Bus, fing um 6.30 Uhr an und wurde mittags um 14.30 abgelöst... Oder er fing um 14.30 an und wurde nachts 10.30 Uhr abgelöst. Immer acht Stunden.
Obgleich es reine Schreibtischarbeit war – Rutger hatte büromäßig zu erfassen, was mit dem Bahntransport von Gütern zusammenhing –, war das kein Zuckerlecken. Trotzdem, Rutger klagte nicht. Seine Laune blieb gleichbleibend prima, er lobte seinen Job: Nie wiederhole sich was, kein Tag sei wie der andere, mal sei ein Waggon da und kein Zettel, mal der Zettel und kein Waggon... Es sei eine schöne Arbeit.

Daß Rutger kein Miesmacher war, gefiel Igor. Alles ging besser, seit sie zusammenlebten. Mami wurde zusehends ruhiger... Und Igor war weit davon entfernt, ihr die Freuden des Bettes zu mißgönnen. Wenn gelegentlich aus dem Schlafzimmer diskretes Ächzen an seine Ohren drang, empfand er nicht Haß, nicht Zorn, nicht nostalgische Sehnsucht nach seinem Vater...

Höchstens sagte er sich: Ich hätte es auch mal wieder nötig. Und suchte sich in Gedanken eine aus.

Er knöpfte sein Sporthemd zu und nahm einen passenden, leichten Pulli aus dem Schrank.

Igor war noch nicht lange bei der Volkspolizei. Er hatte nicht mal einen Dienstgrad und das Anfängergehalt von achthundert Mark; seine Erfahrung lag bei Null. Doch hatte er schon gehört, daß es Reichsbahnerbanden gab. Es war in der DDR nicht so wie in Polen, wo ganze Güterwagen physisch verschwanden... Aber manche Waggons sahen, wenn sie ankamen, so aus, als ob eine Atomrakete eingeschlagen hätte, scherzte Rutger. Er meinte damit, die Waggons waren ausgeraubt.

Reichsbahner waren stolz, unheimlich stolz; das wußte jeder.

Gleichwohl gab es unter ihnen auch welche, die sich organisiert am Volkseigentum vergingen. Neulich hatte man bei einem in dieser Siedlung fünfzig Beile gefunden, normale Handbeile! Jedesmal, wenn welche durchgekommen waren, mußte er eines oder mehrere abgestaubt haben. Zwecks Umtausch. Nun saß der Lump ein.

Das Fenster stand offen, damit der Dampf von der freistehenden Duschkabine abziehen konnte. Igor hörte einen Motor näher kommen, der kein Zweitakter war und nicht in der üblichen Art hustete. Es war ein katzenhaft schnurrendes West-Auto.

Onkel Tilmann, wer sonst?
Igor warf einen Blick in den Spiegel und überprüfte durch Handgriff, ob der Reißverschluß seiner Jeans zu war.
Vielleicht war dieser zugleich quälende und unfreiwillig komische Verdacht ihm im Zusammenhang mit Tilmanns Besuch durch den Kopf gegangen.
Was tat man als junger Polizist, wenn die Mutter einen netten und fleißigen Freund hatte, der des Bandendiebstahls verdächtig war? Wohlgemerkt, Mutter liebte ihn, und man selber hatte ihn gern.
Was, zum Teufel, konnte man tun?
Tilmann Kleiber, wenn überhaupt jemand, mußte es wissen.
Die Klingel schlug an. Igor rannte die Treppen runter und riß die Wohnungstür auf.
Er sah einen Menschen vor sich, den er von Fotografien und aus Erzählungen gut kannte, aber seit früher Kindheit nicht mehr getroffen hatte.
Für einen Augenblick war er verlegen.
Nicht sein Freund, wurde ihm bewußt, war Tilmann Kleiber, sondern der Freund seines Vaters und, mit Einschränkung, seiner Mutter.

35

Kleiber war stärker erschüttert, als er für möglich gehalten hätte. Er drückte Igors Hand so lange, bis er sicher war, daß seine Stimme nicht weniger fest sein würde als der Händedruck.
»Wie ähnlich du deinem Vater siehst, haben bestimmt schon viele bemerkt.«

»Aus dem Gesicht geschnitten, sagen die meisten.« Er lächelte scheu.

Doch es stimmte nicht ganz. Den sinnlich arroganten Mund, den festen Blick hatte er von der Mutter. Gut für ihn.

Und dann stand er – nach so vielen Jahren – Jennifer gegenüber.

Während der Fahrt hatte Kleiber versucht, sich auf sie einzustimmen, und es schwierig gefunden. Ihre Härte gegenüber Menschen entsprach einer Neigung zur Sentimentalität, die ihn öfters in Verlegenheit gebracht hatte.

Vor längerer Zeit hatte sie ihm ein Buch geschickt und eine Widmung reingeschrieben: »Ich freue mich, daß ich Dir diesen Roman schenken kann im Bewußtsein, daß Du ihn auch lesen wirst! Ich wünsche Dir ganz sehr, daß Du voll einsteigen kannst, aber auch, daß Du wieder zurückkommst!«

Mit der Widmung hatte sie ihn irritiert. Fantasy-Romane der gefühlvollen Sorte waren nicht die Lektüre, der er seine Abende opferte. Trotzdem, alte Freunde sind alte Freunde; er hatte zu blättern begonnen... Der Roman war ihm als besonders wesensfremd erschienen.

Wußte sie nicht, daß er täglich etliche Stunden mit dem Studium von Akten zubringen mußte? Seine überanstrengten Augen auf die Abenteuer fliegender Nashörner fixieren zu wollen, fand er nicht sehr – überlegt von ihr.

Das eben war es. Sie überlegte selten, bevor sie auf Menschen zuging. So kam es statt der Nähe, die Jennifer zweifellos im Sinn hatte, zu unerfreulichen Rempeleien.

Fauchte der Gerempelte vor Schreck oder Ärger, so kam Jennifer pikiert zu dem Schluß, er sei überempfindlich.

Zu seinem fünfzigsten Geburtstag hatte sie ihm geschrieben, sie fühle sich in ihren – damals – Mittvierzigerjahren

frei und stark wie nie. Das verdanke sie einem wesentlich jüngeren Liebhaber. Die Liaison errege allgemein Kopfschütteln bei Spießers. Sie aber habe gelernt, sich über so was hinwegzusetzen. Dann kam sie auf seinen Geburtstag. Das beigelegte Zitat Theodor Fontanes habe sie vom Kalenderblatt abgerissen, passe es nicht genau?
Voll unguter Ahnung hatte Kleiber das Kalenderblatt studiert.
Der große Autor und Chronist des zweiten Deutschen Reiches schrieb tief resigniert, nun sei er schon fünfzig, habe noch immer nicht erreicht, was er anstrebe, und tue wohl gut daran, nicht mehr darauf zu hoffen.
Sie hatte es – wieder einmal – geschafft, eine Bresche in seiner Hornhaut ausfindig zu machen.
Er war zu dem Zeitpunkt nichts weiter gewesen als der Leiter des Referats für die Sicherheit des Bundespräsidenten. Kein bedeutender Posten innerhalb des BKA. Erwog Jennifer die Zahl seiner Dienstjahre, mußte ihr auffallen, daß er das Ziel seiner früher ehrgeizigen Wünsche nicht erreicht hatte. Der Gedanke, der alte Freund tue besser daran, sich mit dem Erreichten zu bescheiden, lag nahe.
Das war Kleiber bewußt. Ärgerlich fand er ihre aggressiv aufgeladene Gratulation trotzdem.
Er erwiderte: Ist es immer noch Deine Art, andern Leuten schmerzliche Wahrheiten ins Gesicht zu klatschen, obwohl sie nicht drauf gefaßt sind? Wenn Du mir zum 50. rätst, mich auf den Austrag zu orientieren, was wirst Du mir empfehlen, wenn ich sechzig werde? Daß ich schon mal das Grab auf'm Friedhof aussuchen soll?
Sie schrieb in kaltem Ton zurück. Was Fontane sage, wisse sie gar nicht mehr. Sie habe nur gesehen: Oh, eine Notiz zum 50. im Kalender, da freut Tilmann sich, Fontane paßt schließlich immer.

Außerdem, die Erinnerung daran, sterblich zu sein, treffe nur Männer besonders hart – seltsam, daß Frauen so viel stärker seien.

Erbost hatte Kleiber beschlossen, sie und ihre Hartköpfigkeit in seiner Ablage für Privatbriefe für immer verschwinden zu lassen. Er war am Ende mit Ralf befreundet gewesen, was ging seine Mischpoke ihn an?

Und doch stimmte das nicht. Man hatte zusammen geblödelt, geträumt und getanzt, als man jung gewesen war. Er hatte sie einige Male, wenn sie allein waren, geküßt – was sie sich mit Erstaunen und Neugier hatte gefallen lassen. Mehr war selbstverständlich nicht geschehen, sie war Ralfs Frau. Aber soviel eben doch.

Ein einziges Mal hatte er sie imponierend gefunden.

Es war ein seltsames Erlebnis in Ost-Berlin gewesen. Sie war Ralf gefolgt, weil er glaubhaft versicherte, er werde sich andernfalls die Dienstpistole vom verkehrten Ende aus ansehen.

Begreiflicherweise war sie durcheinander gewesen. Erschüttert einerseits, verärgert aber auch. Alles sehr nachfühlbar. Sie rief an und bat Kleiber zu kommen. Sie brauche ihn, Ralf drehe durch, stelle unsinnige Ansprüche. Sie wisse nicht mehr, wie mit ihm reden, wie ihm Vernunft beibringen... »Auf dich hat er immer gehört.«

Er hatte es möglich gemacht und war nach Ost-Berlin geflogen. Ralf hatte er nicht angetroffen. Aber Jennifer. Etwas angeschickert war sie ihm Unter den Linden entgegengekommen. Sie hatte genug davon, ihr Leben durch Probleme kaputtmachen zu lassen, die nicht ihre Probleme waren. Sie war es satt, einen Mann nur zum Bemuttern zu haben. Sie wollte einen, der machte, der konnte, der ranklotzte – einen Sieger statt des ewigen Verlierers. Sie wollte nie mehr se-

hen, nie mehr, nie, wie er vor ihr zu Kreuze kroch, bloß damit sie mit ihm unters Plumeau schlüpfte.
Ein Wagen hielt. Kann man Sie trösten, junge Frau?
Sie sah Kleiber an. Was sie in seinen Augen erkannte – Sympathie für Ralf –, gefiel ihr nicht. Mit harschen Bemerkungen war sie zu dem Fremden eingestiegen und mit ihm weggefahren. Sie hatte – wie sie Kleiber am andern Morgen im Interhotel zerknirscht gestand – mit ihm...
Sie hatte nicht gesagt: geschlafen, erinnerte er sich. Die Formulierung, auf die sie verfiel, war ihm als besonders gesucht und extrem aufgefallen.
»...gehurt.«
Er hatte sie sprachlos angestarrt. Wie konnte sie, wenn sie einem eigenen Bedürfnis nachgab, ein solches Wort wählen? War sie leicht meschugge, wie Ralf ja auch?
Doch der Vorfall selbst, das Einsteigen zu einem Fremden, die entschlossene Art, sich von allen Alltagsverpflichtungen zu entfernen, sich zu vergessen – das hatte ihm gefallen. Es hatte ihm Achtung abgenötigt. Seither hätte er Jennifer nicht nur küssen, sondern auch respektieren können; wenn ihre Art, auf ihn zuzugehen, nicht immer wieder so sonderbar abgesehen hätte von seinen Bedürfnissen. Sie schien, wenn sie ihn ansprach, an ihn dabei gar nicht zu denken.
»Du hast weniger Haare auf'm Kopf«, sagte sie. Tränen traten in ihre Augen.
Er sagte: »Du gefällst mir immer noch so gut wie früher. Hübsch zum Verlieben.«
»Ein Verliebter im Haus reicht.« Sie winkte einen im Hintergrund gebliebenen, freundlich grinsenden Dreißiger nach vorn. Er hatte, zum Erstaunen Kleibers, der bei einem Reichsbahner nicht darauf gefaßt war, lange Haare, die er als Pferdeschwanz trug, und einen Dreitagebart.

Hose und T-Shirt saßen hauteng, sie ließen das Muskelspiel sehen. Es waren beachtliche Muskeln.
»Das ist mein Jungbrunnen, Rutger«, stellte sie ihren Lebensgefährten vor.
Kleiber mußte lachen. »Na, ich beneide Sie nicht darum, hier zu stehn und als Jungbrunnen bezeichnet zu werden.« Er schüttelte ihm kräftig die Hand.
Rutger Plank nahm's gelassen. »Jennifers Art macht mir nichts mehr aus.«
»Was spielt sich hier ab? Schließt ihr 'ne Männerfreundschaft zwecks Kritik an der Hausfrau? Ich hör' wohl nicht recht...«
Scherzend wurde im Wohnzimmer Platz angeboten und von Kleiber akzeptiert.
Rutger wurde von seiner Partnerin in den Keller entsandt, um Wein zu holen, »Ungarwein«. Er sei der beste. Doch es gab auch bulgarischen und Krimsekt.
Kleiber bat um den trockensten.
Igor mußte seiner Mami helfen, die Schnittchen aus der Küche zu holen.
Allein gelassen mit einem aufmerksamen Collie – nicht dem von früher –, sah Kleiber sich um. Der Fernseher lief ohne Ton. Das ZDF war eingestellt. Man konnte vergessen, wo man war.
Ein repräsentatives Porträtfoto von Ralf stand auf dem Apparat, doppelte bis dreifache Postkartengröße.
Ralf sah gut aus. Energischer, als Kleiber ihn in Erinnerung hatte. Auffällig war, daß die Zerstörungsmerkmale fehlten, an denen der langjährige Trinker zu erkennen gewesen wäre.
Über eine Ecke des Silberrahmens war ein schwarzer Trauerflor gespannt.

Er hatte soviel getrunken, weil er erst im Suff auszusprechen wagte, was ihn umtrieb. Politische Dinge... Aber nicht nur diese waren tabu gewesen.
Es gab Themen, die man nicht zur Sprache brachte. Nicht damals. Nicht in den Kreisen der Polizei. Auch dann nicht, wenn die Polizisten miteinander befreundet waren.
Eine Prüderie, die niemand bewußt in Frage stellte, warf wie ein übergreifender Schirm Schatten auf politische wie erotische »Probleme«.
Ich will, daß sie ihre schwarze Wäsche trägt. Und sie soll reden, wie ich es gern mag.
Wie eine Nutte soll ich reden, das will er! Jetzt sagt ihr doch mal, hat er sie überhaupt noch alle beisammen?
Wenn ich es so gern mag!
Geh lieber gleich in den Puff!
Andere Frauen finden es toll.
Ich bin nicht andere Frauen! Ihr habt keine Ahnung, was der hören will. Er drückt mir Pornohefte in die Hand und verlangt, daß ich laut draus vorlese. Ist ja nicht mehr normal!
Was ist normal? fragte Ralf pfiffig. Ist Vincent van Gogh normal gewesen? Siehste.
Du bist nicht Vincent van Gogh.
Ich bin groß auf meine Art. Auch wenn ich den Schwanz – den Schwanz – nur hochkriege...
Er hatte innegehalten und mit seinem rebellierenden Magen einen Kampf ausgetragen. Und knapp gewonnen, nicht gekotzt.
...ich krieg' ihn nur hoch, wenn sie ihre schwarze Wäsche anhat und sagt, und sagt... Na, ihr wißt ja, was in meinen kleinen bunten Heftchen drinsteht.
Mit Unbehagen wurde Kleiber bewußt, daß er damals zwar zugehört, aber nicht geantwortet hatte. Auch Chris hatte

beredtes Schweigen für eine ausreichende Reaktion gehalten. Ralf war am weitesten gegangen in dem Versuch, einige Dinge anzusprechen, die ihr Leben prägend beeinflußten, ohne daß jemand ein Wort darüber verlor.

36

Igor als Erbberechtigter faßte die Interessen der Familie zusammen. Er tat es nüchtern, wie man das bei der Polizei lernte: »Mami und ich wollen beide, daß er hier beerdigt wird. Hat er verdient um dieses Land, meine ich – diesen Staat. Mit der Überführung kommt einiges an Kosten auf uns zu... Er hat in Istanbul ein Konto, da muß ziemlich viel Kohle drauf sein. Die türkische Staatsbank gibt es erst frei, wenn die Todesursache amtlich festgestellt ist. Unser Konsul schreibt, er kann nicht einmal überprüfen, wieviel überhaupt da ist, solange...«

»Ist klar«, nickte Kleiber. Er berichtete über den Stand der Ermittlungen.

»Hört sich an, als ob es noch ewig dauert«, klagte Igor.

»Labortests ziehen sich oft sehr lange hin, das ist überall so. Es gibt keinen konkreten Anhaltspunkt für ein Verbrechen. Andererseits, Ralf Ott ist nicht irgendwer. Die Türken haben inzwischen zur Kenntnis genommen, daß er ein Offizier der Staatssicherheit war. Sie schlußfolgern, er sei vielleicht in dieser Eigenschaft für das Büro Baumgärtner tätig geworden; zumal dieses Büro 'ne recht merkwürdige Konstruktion ist! Einerseits eine normale, legale GmbH. Andererseits weiß man, daß diese Auslands-GmbHs von einem Staatssekretär eures Außenhandelsministers gemanagt werden... Ich verwirre euch bloß«, stellte er fest.

»Sag einfach, worauf du hinauswillst«, schlug Igor vor.
»Die Türkei geht davon aus, daß Ralf in geheimem Auftrag in Istanbul war. Auf Grund abgehörter Gespräche steht fest, daß er für das Büro Baumgärtner einen Waffentransport mit abzuwickeln hatte. Man fragt sich, gegen wen die Waffen demnächst eingesetzt werden sollen... Bei der Beantwortung dieser Frage könnte eine Lageskizze des Düsseldorfer Regierungsviertels eine Rolle spielen. Der Plan ist in Ralfs Apartment nach seinem Tod von den türkischen Ermittlern sichergestellt und uns in Bonn zugeleitet worden.«
Er legte zuerst Jennifer eine Kopie des Plans vor; aus Höflichkeit.
»Das Kartenlesen besorgen bei uns die Männer!« Sie gab den Plan an Igor weiter. Stirnrunzelnd und ungläubig starrte sie Kleiber an.
Igor studierte das Papier.
Rutger meldete sich zu Wort. »Wo sind diese Waffen?«
»Sobald ich das feststellen kann, veranlasse ich die Beschlagnahme – oder zumindest irgendeine offizielle Kenntnisnahme. Danach wird Ralfs Leiche, und damit auch sein Konto, zweifellos freigegeben.«
»Heißt das, erst müssen die Waffen gefunden sein? Vorher bleibt Vater unter Verschluß bei den Türken?«
»Ich fürchte...« antwortete Kleiber; ihm war nicht ganz wohl in seiner Haut.
»Und alles hängt irgendwie mit dieser Lageskizze zusammen?«
»Igor, es sind neue Offensivwaffen von enormer Feuerkraft. Eine Handvoll Männer kann tatsächlich mit kurzfristigem Erfolg ein Regierungsviertel angreifen, wenn man ihnen die Dinger in die Hand drückt und sie damit umgehen lernen.«

Jennifer kommentierte: »Ich trau' meinem Ralf ja vieles zu. Aber daß er einen Krieg gegen die Regierung von Nordrhein-Westfalen anfängt... Meinst du das im Ernst? Es ist abwegig.«
»Der Bundesminister des Innern in Bonn hält es *nicht* für unmöglich. Seine Meinung ist für mich die maßgebende. Er hat mich damit beauftragt«, schloß er etwas steif, »diese Möglichkeit absolut auszuschließen.«
»Wie?« fragte Igor mit der Naivität des Anfängers.
»Ich muß die Waffen finden. Darauf kommt's letzten Endes an. Die Wahrscheinlichkeit spricht dafür, daß die Ladung von Istanbul aus in den Bereich der Staatshandelsländer dirigiert worden ist. Zu Schiff kein Problem. Wenn man den Bosporus hinter sich hat, ist's ein Katzensprung zu den Schwarzmeerhäfen. Dort hebt man den Container auf einen Eisenbahnwaggon...«
Rutger Plank unterbrach ihn. »Wenn es wirklich, wie Sie sagen, drauf ankommt, daß Sie die Waffen finden, und zwar im eigentlichen Sinn des Worts – können Sie bereits heimfahren. Es ist nicht möglich.«
»Wie meinen Sie, im eigentlichen Sinn des Worts?«
»Nicht nur einen Zettel mit einer Adresse drauf. Die Waffen selbst.«
»Ja, sicher, Zettel können gefälscht sein.«
»Es geht nicht. Sowie die Waffen den Comeconbereich erreicht haben, werden sie unter Militäraufsicht genommen. Das sind bewachte Transporte, niemand kommt in die Nähe. Was meinen Sie, was hier los war, als die NVA...«
»Nationale Volksarmee«, warf Igor ein.
»...den letzten Transport durchgeschleust hat! Wir sind alle heimgeschickt worden. Ohne Rücksicht auf Verluste! Uniformen haben das Gelände abgeriegelt!«

»Normalerweise«, erläuterte Igor, »ist Rutgers Arbeitsplatz Tag und Nacht besetzt.«

»Das spielt dann alles keine Rolle. Man kann so einen Transport nicht mal ansehen, auch nicht von weitem!« Er wandte sich an Jennifer: »Im Augenblick, wo die Waffen in einem von unsern Schwarzmeerhäfen ankommen, sind sie faktisch – praktisch – für Normalmenschen unauffindbar. Außer man hat Kontakte zum Militär. Das wär' was anderes.«

»Mich würde trotz allem interessieren, was Ihrer Meinung nach die Waffen für einen Weg genommen haben könnten. Von Süden herauf über Polen...?«

Rutger zog seinen Pferdeschwanz nach vorn, legte ihn über seine Schulter und ließ die Hand darüber gleiten. Er wirkte nervös. »Der Landweg war früher üblich, jetzt nicht mehr. Seit den antisowjetischen Unruhen sind ganze Güterwaggons verschwunden. Man hat sie irgendwo ausrangiert und ratezputz ausgeraubt... Jetzt gehn die Transporte übern Wasserweg. Der Landweg durch Polen wird eingespart.«

»War es wirklich so arg?« erkundigte Kleiber sich erstaunt.

»Wenn D-Züge aus Polen hier ankamen, waren keine Spiegel mehr drin, keine Klopapierhalter! Vorhänge und Aschenbecher fehlten – von Tischlampen wollen wir gar nicht erst reden. Seit Solidarnosc im Clinch mit der SU liegt, wird das sogar als Teil des Befreiungskampfes ausgegeben!«

»Es gibt jedenfalls einen Wasserweg...«

»Die neue Fährverbindung zwischen Klaipeda in Litauen und Mukran auf der Insel Rügen! Eine Flotte von acht Schiffen, vier sowjetische, vier deutsche. Davon fahren täglich sechs hin und her... Wenn es wirklich so ungeheuer wirkungsvolle Waffen sind, wie Sie sagen – und man will absolut sichergehn, daß sie nicht von polnischen Antikommunisten abgestaubt werden: Dann müssen sie über Klaipeda/Mukran gekommen sein.«

»Sie sprechen von einer Waffensendung, die beim Grenzübertritt offiziell wird und per Adresse Stasi oder NVA Berlin weitergeht.«

»Sonst gibt's in der DDR keine Adressaten für eine Waffenladung!«

»Unterstellen Sie, es gäbe doch eine...«

»Du hebst ab, Tilmann«, rügte Jennifer ihn. »Wir sind nicht der Libanon.«

»Nur angenommen. Ich denke nicht an eine illegale Fuhre, sondern an einen Transport, der an NVA und Stasi vorbei gelenkt wird zu einer Gruppe, die *neben* Stasi und NVA operieren soll...« Er hielt inne, als er die Gesichter der andern sah, und lächelte. »Na, so ungewöhnlich ist das nicht. Denkt an Watergate! Nixon hat damals an CIA und FBI vorbei absolut illegal – aber eben als Präsident der USA – eine private Polizeitruppe gegründet. Zum Chef hat er einen seiner offiziellen Berater gemacht, Chuck Colson. Den kannte jeder. Auch der Presse war er bekannt. Ein öffentliches Gesicht. Bloß der Auftrag war verdeckt – daß er eine private Polizeitruppe führte und Operationen leitete, alles auf Befehl Nixons, die ungesetzlich waren und neben den legalen Geheimdienstoperationen herliefen!«

»So etwas gibt es bei uns nicht!« rief Jennifer.

»Warum nicht?«

Sie setzte zu einer langen Erklärung an und verhaspelte sich. Das Argument lief darauf hinaus, daß die SED-Spitze im Unterschied zu Präsident Nixon faktisch an Gesetze nicht gebunden sei.

»Du spinnst!« rief Igor in heller Empörung.

»Und du bist ein Idealist, der erst mal trocken hinter den Ohren...!«
»Leute, ich bitte euch! Es ist nur eine Annahme... Herr Plank, so ein schwarzer Waffentransport, von dem NVA und Stasi nichts wissen dürfen: Wäre auch der über Mukran gelaufen?«
»Niemals. Ausgeschlossen.«
»Wie können Sie das so bestimmt sagen?«
»Sowjetische Waggons laufen auf Breitspur, die müssen umgeladen werden, Stück für Stück. Wenn die Arbeiter nicht doof sind, merken sie, was sie in der Hand haben... Da kommt eine Ladung, sagen wir: Wein aus Bulgarien – und dann merken die Jungs, das sind metallische Teile! Nee. Als Waffenhändler würde ich nachts kein Auge mehr zutun.«
»Es laufen absolut keine sowjetischen Waggons in der DDR?«
»Nur als Sondertransport.«
»Was ist das?«
»Die haben eine andere Nummer. Sie überschreiten das Lademaß in Höhe, Breite und Länge, entsprechen nicht dem westlichen Standard. Normale Güterzüge erkennt man an den Fünfzigernummern. 50702 steht dran. Sonderzüge haben Achtzigernummern: 86432... Das kann ein Kieszug sein, ein Sandzug, ein Militärzug.«
»Also doch.«
»Jeder Wagentyp führt einen bestimmten Inhalt. Einen Kohlewaggon erkennt man von außen. Wie wollen Sie ihn mit Waffen beladen, ohne daß jemand es merkt?«
»Für einen nichtoffiziellen Waffentransport käme also doch eher der Landweg in Frage?«
»Auch nicht!«
»Mein Gott, was soll einem Güterwaggon passieren? Also

gut, man kann ihn aufbrechen, aber wie wahrscheinlich ist das? Die Waggons sind registriert, sind nicht Sie dafür zuständig?«

»Zunächst einmal geht der Abfertiger am Zug entlang und schreibt ihn auf...«

»Was tut er konkret?«

»Er notiert die laufenden Nummern, wie er sie abliest. Waggonnummer; Eigengewicht; ob leer oder beladen; wenn beladen, wieviel Gesamtgewicht...«

»Und der Inhalt?«

»Für den Zugfertigsteller uninteressant.«

»Er wüßte also nicht, ob Waffen drin sind oder Orangen! Er weiß nur, was auf seinem Zettel steht, und da kann stehen: Orangen – auch wenn Waffen drin sind.«

»Richtig.«

»Wir sprachen von der möglichen Gefahr für unsern inoffiziellen Transport – wie könnte aus einem aufgeschriebenen Zug ein Waggon verschwinden? Kommt mir undenkbar vor.«

»Er verschwindet nicht physisch. Man weiß nur nicht mehr, wo er ist.«

»Wie kann so etwas gefingert werden? Ich vergesse mich total«, entschuldigte Kleiber sich. »Aber das ist für einen Polizisten interessanter als der Wein auf dem Tisch – nichts gegen deinen Ungarn, Jennifer.«

Rutger lächelte nachsichtig. »Ich erinnere mich an einen Zug, der war in Halle angekommen und wurde sofort wieder rausgeschickt. Er sollte dann und dann bei uns eintreffen. Der Zug war nicht da. Zuerst denkt man an nichts Böses. Ich rief an in Gera, in Bitterfeld, in Halle... Kein Zug. Er war in den Raum Leipzig gefahren, stellte sich später raus. Der Dispatcher hatte ihn abgestellt und mit neuer Nummer nach

Altenburg geschickt... Die Nummer des Zugs war gestorben!«
Kleiber schüttelte den Kopf. »Man kann einen Zug auf offener Strecke sterben lassen?«
Rutger hob den Finger: »Die Nummer stirbt, nicht der Zug selber.«
»Das symbolische Zeichen kann verschwinden. Es gibt ihn noch, für die Bürokratie ist er jedoch weg.«
»Richtig.«
»Warum tut jemand so was?«
»Passiert dauernd. Ein Waggon wird für eine Reparatur ausgesetzt, oder weil etwas ausläuft, oder zum Regulieren von Gütern...«
»... wird ausrangiert aus dem Zug...«
»Zur Regulierung abgestellt.«
»Und keiner sieht ihm an, was er ist, wo er hingehört...«
»Aber! Die Waggonnummer ist aufgesprüht! Das ist international üblich. Als Eisenbahner sehe ich der Nummer alles an, wenn ich sie im Büro auf meinem Zettel hab'. Ob es ein offener oder gedeckter Waggon ist, die Achsenzahl, aus welchem Land er kommt...«
»Der Wagen«, resümierte Kleiber, »existiert zweimal. Als greifbares Ding vor den Augen des Zugaufschreibers und symbolisch als Nummer auf Ihrem Zettel...«
»Ja.«
»Kann es passieren, daß ein Wagen im Zug rollt, der auf dem Zettel fehlt?«
»Leicht.«
»Das verstehe ich nicht.«
»Derjenige, der entlanglaufen muß, der Zugabfertiger – der wird lieber Papier mit Papier vergleichen. Die meisten sind Frauen in den Dreißiger- und Vierzigerjahren. Nun regnet

es draußen und ist hundekalt. Daß die unter diesen Umständen an einem sechshundert Meter langen Zug langstiefeln – hin und zurück ein Kilometer – und das dreißigmal in einer Schicht bei dreißig Zügen pro Schicht, das ist nicht anzunehmen.«

»Verstehe.«

»Man hakt grade noch die Endnummer vom Waggon auf'm Zettel ab...«

»Und niemand kontrolliert das?«

»Der Waggonmeister kontrolliert den technischen Zustand, der Zugfertigsteller, ob alle Waggons laut Wagenzettel da sind.«

»Den Waggonmeister erwähnen Sie zum erstenmal, was tut der?«

»Sieht nach, ob die Plomben okay sind, ob der Kesselwagen nicht ausläuft...«

»Plomben – ich bin immer noch beim Waffentransport. Es ist laut aufgesprühter Nummer ein Wagen aus Bulgarien. Geladen sind Orangen, also leichtverderbliche Ware. Und plombiert ist außerdem... Wie sollte jemand sich an den Waffen vergreifen können?«

»Also – da gab es einen Vorfall in Erfurt. Zwölf Mann waren beteiligt, und jeder hat einen Schaden von dreihunderttausend Mark angerichtet... Es waren der Rangierlokfahrer; der Zugfertigsteller oder -abfertiger; der Aufsichtsbeamte, der die Frachtbriefe kontrollierte; und der Rangierer selbst. Gemacht haben sie es so: Der Aufsichtsbeamte kriegte die Papiere vom Lokführer. Daraus ging hervor, daß Gefrierschränke geladen waren. Der Beamte schloß sich mit seinen Leuten kurz: Brauchen wir Gefrierschränke? Jawoll, brauchen wir. Nun wurde der Wagen ausrangiert, schlicht auf ein stilles Gleis mit Entlademöglichkeit geschoben... Der

Kunde war telefonisch benachrichtigt und fuhr mit dem Lieferwagen heran. Die Plombe wurde aufgebrochen. Zehn Gefrierschränke kamen raus. Dann ham die den Wagen wieder zugemacht, fertig. Wochen später auf dem Empfängerbahnhof fehlen zehn Systeme. Die Transportpolizei wird gerufen. Schlafwagenschaffner, die haben unterwegs nichts gemerkt. Erschrocken stellen sie fest: erbrochene Plombe – aber wo ist das passiert? Nirgends gab's einen zu langen Aufenthalt. Man hat den Wagen nur irgendwo zwecks Umrangierung kurz ausgestellt. Selbst wenn man dort nachforscht – es ist schichtübergreifend. Welche Schicht war überhaupt beteiligt? Die zehn Systeme sind weg, und kein Mensch weiß, wo sie geblieben sind.«

»So könnte es meiner Ladung auch ergehen?«

»Wenn es meine Waffen wären, ich würde auf Lkw setzen!«

»Obwohl für Waffen nicht so leicht Kunden zu finden sind wie für Gefriersysteme. Weshalb soll man sie stehlen?«

»Und in der DDR sowieso nicht!« warf Igor ein.

»Hier sind schon Waggons mit Orangen aus Griechenland unterwegs nach Berlin gewesen, aus denen hat man an jedem Bahnhof fünf Kisten rausgenommen. Weihnachtsbäume sind auf offenen Loren durchgekommen, da wollten hundert Eisenbahner einen Baum...«

»Und die Transportpolizei?«

»Ich sage ja, Schlafwagenschaffner. Ich hab's erlebt! Der Transportpolizist ist zu mir ins Büro gewackelt und sagte: Du, wenn du deinen Baum holst, bring mir bitte auch einen mit...« Er verstummte und hustete. »Vielleicht hab' ich das nur gehört. Jetzt werden Weihnachtsbäume in Lützen entladen, extra umzäunt! Nee, nee, bei der Reichsbahn wird alles gestochen.«

»Gestochen?«
»Na, ehm hochgezogen!« Er sah Kleibers Amüsement und Igors wütenden Blick und wehrte sich: »Ich bin noch einer von den ehrlichsten!«
»Warum?« fragte Jennifer. »Wenn alle es tun – ich denke nur praktisch.«
Im Ton eines Mannes, der reif genug ist, Versuchungen zu widerstehen, antwortete ihr der »Jungbrunnen«: »Es hält ja nie dicht. Die Kollegen reden plötzlich von Sonderschichten. Aber wenn ich Jungs sehe, die nie von der Biertischkante loskommen, und auf einmal hauen sie die Blauen nur so hin... Da weiß man doch.«
»Und trotzdem geschieht es!« rief Kleiber.
»Sicher. Einer von unsern größten Volkseigenen Betrieben ist der VEB Ketten- und Nagelwerke. Schneeketten, Maschinenketten, Nägel jeder Art und Größe... Von dort war ein Zug unterwegs und ist gestorben. Ein Waggon war zur Regulierung ausgestellt. Erst lange danach kam er in einem ganz andern Zug. Die Maschinenketten waren noch drin, nur Schneeketten fehlten... Im Betrieb, der die ganze Zeit händeringend auf seine Maschinenketten wartete, stand inzwischen die Produktion still. War eine Schlüsseltechnologie, Millionenausfall.«
»Millionen?«
»Kannst nix machen.«
»Wie soll man dabei stillsitzen!« brüllte Igor und sprang auf. »Also ist Vati in einen Saftladen übergelaufen und elend verreckt für solche miesen...!«
»He, mäßige deinen Ton, Sohnemann«, fiel Jennifer ihm barsch ins Wort.
»Das hab' ich schon viel zu lang getan!« Er stiefelte hinaus.
In der kurzen, peinlichen Pause hörte man, wie er die Treppe

rauf- und gleich wieder runterlief. Er verließ das Haus. Die Tür krachte hinter ihm zu.

37

»Abmarsch mit Echo«, kommentierte Igors Mutter. »Der kommt wieder, so bequem wie zu Haus hat er's anderswo nicht. Du solltest sehen, wie Rutger ihm das Zimmer ausgestattet hat. Westlicher Luxus! Er hat seine eigene Duschkabine.«

»Man darf es gar keinem sagen«, meinte Rutger. »Wir sollen Strom sparen. Von fünf Glühbirnen kann man drei rausdrehen, heißt es. Die Energie kostet den Staat sonst zuviel. Duschkabinen mit elektrisch heizbarem Wasserspeicher sind im Budget nicht vorgesehen.«

»Ist es wirklich so schlimm?« fragte Tilmann Jennifer.

»Ein- bis zweimal pro Monat ham wir 'ne Stromsperre.« Sie lebte auf. Die Erwachsenen waren unter sich, endlich redete man über wichtige Dinge. »Zuletzt gab es zur Zeit der Leipziger Messe in Weißenfels kein Rindfleisch mehr. Man mußte sich für die Reste um sieben anstellen, damit man um acht, wenn geöffnet wurde, auf Platz 21 war, dann kam man um neun Uhr dran. Nich mit mir, hab' ich meinen Männern erklärt, mit mir nich.«

»Da ess' ich ähm Schweinekamm«, nickte Rutger ihr zu... mit ganz leichtem sächsischen Akzent.

Kleiber wurde aufmerksam: »Irgendwer erwähnte mal, Sie seien gar nicht von hier...?«

»Nee, ich bin Ihr Landsmann.«

»Trotzdem der Akzent?« grinste Kleiber.

»Man läbt sich ein.«

»Warum sind Sie übergewechselt, aus politischen Gründen?«
Rutger zögerte.
»Das ist 'ne lange Geschichte, Tilmann«, fing Jennifer behaglich an. »Seine Mutter hat ihn vertrieben. Das glaubst du nicht, daß ein junger Mann von kräftiger Statur im besten Alter in den andern deutschen Staat wegläuft, weil er Angst vor seiner Mutter hat! Es ist aber so. Stimmt doch, Rutger?«
»Na ja, der äußere Anlaß war...« Er lachte zurückhaltend. »Ich hab' in meiner Bundeswehrzeit eine kleine Dummheit gemacht. Da hielt ich's für besser, mich der – eh – dem Zugriff der Gerechtigkeit zu entziehen.«
Kleiber schwieg so taktvoll, daß Jennifer sich bemüßigt fühlte, eine Erklärung abzugeben: »Mord war's nich. Er ist gutartig.«
»Ja, wirklich. Sieht man mir das nicht an?« Er legte eine Hand auf ihr Knie. »In unserer Jägerkaserne in« – er nannte den Ort in der BRD, wo er als Rekrut stationiert gewesen war – »waren Gestelle in die Wand eingelassen, da standen die Gewehre drauf. Von zwölf Mann die Gewehre – ohne Magazin. Hier bei unserer NVA geht's anders zu. Wenn du nicht zum Schießen gehst, siehst du keine Waffe. Bei der braven Bundeswehr – wie es heute ist, weiß ich nicht – fiel es kaum auf, als eines Tages so ein Gewehrchen fehlte. Na gut, es gab einiges Gebrüll, aber niemand fühlte sich mehr als formell geärgert... Leider ist das Gewehr später am Tatort eines Juwelenraubs gefunden worden. Das heißt, mein Abnehmer war gar kein Hobbysammler. Der war ganz etwas anderes. Nun hatte ich vierhundert Mark von ihm genommen, weil ich dachte, der hängt sich die Knarre wirklich in seinem Partykeller an die Wand... Als die Lederjacken vom

Ersten Kommissariat – Mord und Raub – anrückten, wurde mir ganz anders. Gleichzeitig ist meine Mutter mir nachgereist – sie nahm ein Zimmer in der Garnisonsstadt und meinte, allein könnte ich mich nicht versorgen. So kam alles zusammen.«

»Sie war hier. Seine Mutter.«

»Tatsächlich?« fragte Kleiber, der sich zu amüsieren begann.

»Was da passiert ist, glaubst du nicht. Du glaubst es nicht. Sie hat sich in unser Doppelbett schlafen gelegt. *Zwischen* ihn und mich.«

»Das ist nicht möglich.«

»Ja...« Rutger war verlegen. »Das meint man. Aber bei ihr ist alles möglich.«

»Hast du nicht mit ihr geredet, Jennifer? Du hast doch sonst eine recht bestimmte Art.«

»Herzlichen Dank, ich weiß genau, wie fies du es meinst. Rede du mal mit einer Siebzigjährigen.«

»Oh!«

»Ja«, sagte Rutger. »So ist das.« Er tätschelte Jennifers Knie.

Eine schwache Frau hatte er sich nach der Flucht vor seiner Mutter nicht ausgesucht. Jennifers Dominanz war stark spürbar.

An sie wandte Kleiber sich deshalb: »Was habt ihr vor in diesem Land ohne Steaks? Tapfer ausharren und auf den Endsieg des Sozialismus warten? Oder...«

»Ich heiße nicht Ralf. Darauf kann ich verzichten«, gab Jennifer bekannt.

Rutger sagte: »Ich war erst im April drüben.«

»Sie durften in die BRD reisen?«

»Ich kam auf Attest raus – meine Mutter lag mit einer Erkältung. Gefahr auf Lungenentzündung, meinte der westdeutsche Arzt. Na ja, bei einer Siebzigjährigen besteht die Gefahr immer, nicht? – solche Atteste stellt jeder ohne weiteres aus.«

»Was hatten Sie für einen Eindruck von Ihrer alten Heimat? Ihre Jugendsünde ist verjährt... Warum kamen Sie überhaupt zurück?«

»Herzlichen Dank!« rief Jennifer. »Du bist galant heute.«

»Ich meinte doch nicht, er soll dich sitzenlassen! Du hättest über Ungarn nachreisen können, Tausende tun das.«

»Ich hab 'n Sohn bei der Volkspolizei.«

»Heißt das, daß die ihn nicht mehr befördern oder ihn gar entlassen hätten?«

Sie schüttelte ungeduldig den Kopf. »Wenn wir legal ausreisen, können wir unsere Sachen verkaufen. Bei illegaler Ausreise kommt die Kripo. Alles wird versiegelt, in Verwahrung genommen. Letztlich fällt es an den Staat.«

»Igor wohnt hier, die Einrichtung bleibt ihm sowieso.«

»Angehörige können nur als Erbe eingesetzt werden, wenn man legal ausreist. Sonst nicht. Diese neue Couchgarnitur, du sitzt drauf...«

»Ja, sehr schön.«

»*Wir* haben sie bezahlt. Igor soll sie haben. Wie komm' ich dazu, sie der SED zu schenken?«

»An Hierblieben habt ihr noch nicht gedacht?«

»Nee, wirklich nicht«, rief Jennifer aus.

»Die Stimmung ist schlecht und wird immer schlechter«, erläuterte Rutger. Es regte ihn nicht auf, er gab es nur bekannt.

»Alles bloß wegen der Versorgungsschwierigkeiten?«

»Bloß, sagen Sie. Ich hab' drüben einen Lada für 13000 Mark stehn sehen. Hier kostet er mich 33000, und ich muß dreizehn Jahre drauf warten. Warum ist das so? Warum ist unser Geld soviel schlechter? Wir arbeiten genauso wie ihr. Einen Lada Jeep sah ich in der BRD beim Gebrauchtwagenhändler. 2000 Mark, Baujahr 78. Der gleiche schrottreife Jahrgang kostet hier 18000. Gleicher Jahrgang«, wiederholte er eindringlich.

»Aber Sie lassen hier sicher viel zurück...«

»Letzten Endes verliert er nichts«, widersprach Jennifer.

»Ich hab' gute Kollegen auf Arbeit, keine Freunde«, erläuterte Rutger. »Die wunderten sich schon im April, daß ich überhaupt wiederkam. Was willst 'n hier noch? hieß es. Die wissen ja, daß ich 'ne alte Mutter drüben hab'... Aber drüben«, schloß er mit bedenklicher Miene, »haben mich alle gefragt, wann ich wieder *heim*fahre in die DDR. Mit Überschwang willkommen geheißen fühlte ich mich nicht bei euch. Bin ich wohl nirgends...« Er brach ab.

»Bei mir!« rief Jennifer. »Du undankbarer Lümmel, in meinen Armen – reicht das nicht?«

Seine Miene hellte sich auf. Gleichzeitig lenkte er auf das weniger intime Thema zurück: »Also, wie jesacht, in Mukran wird alles umgeladen. Container werden zwar nur abgehoben und auf neue Waggons gestellt, aber es wär' 'ne reine Glücksfuhre. Das sage ich, weil ich die Gefahr aus eigener Anschauung kenne... Container sind auch schon uffgemacht worn. Deutschlautende Frachtbriefe mit Ersatzteilen, da gucken sie rein. Wenn Griechenland, Portugal, Bulgarien druffsteht – da gucken sie nich rein. Trotzdem, 'ne Kiste kann beim Umladen abstürzen... Bei LKW-Fuhren wird nichts umgeladen. Das wär' eher etwas. Also mit der Eisenbahn würde ich nicht eine Platzpatrone durch sozialistische Länder schicken. Nur mit LKW. Sie müssen bedenken, wie allmächtig bei uns der Sicherheitsapparat ist. Bei der kleinsten Erkenntnis schlagen die zu. Die Ladung wird kontrolliert, ein Protokoll wird an den Frachtbrief drangeklammert – fertig. Muß gar nicht groß begründet werden, das machen die andauernd. Und falls die Ihre Waffenladung entdecken, würden *wir* das zuallerletzt erfahren. Während der letzten Durchfahrt von Militär war unser Bahnhof für zwölf Stunden menschenleer. Eine Schicht dauert acht Stunden – für eineinhalb Schichten ham die uns heemgeschickt. Wir ham nischt gesehen. Bei solchen Fuhren wird die Bevölkerung, die arbeetnde, großflächig vom Geschehen ausgeschlossen...«

38

Die Kaserne lagerte als Schattenbank vor dem mondbeleuchteten Nachthimmel. Mit wenigen Lichtaugen blickte sie zur Straße, die am querragenden Schlagbaum endete. Es war noch nicht Zeit für den Einlaß.

Von Leipzig her husteten die Trabants, Wartburgs, Ladas auf die Volkspolizeikaserne zu. Längs der Einfahrt rollten sie an den Fahrbahnrand und machten die Scheinwerfer aus. Igor, aus Weißenfels kommend, schloß auf. In der warmen Nacht kurbelte er, wie die Kameraden, die Scheiben runter. Autoradios spielten im Dunkeln weiter.

Musikfragmente verschiedener Sender und Audiokassetten überlagerten einander und bildeten Disharmonien. Ein Stück Geborgenheit für Igor, diese beißende Klangwelt.

Er lächelte. Ihm wurde leichter ums Herz, wie immer, wenn er zum Training kam. Er durfte nur nicht an Rutger denken. Was fiel diesem Affenkopf eigentlich ein? Was glaubte er, einem Volkspolizisten zumuten zu dürfen? Demnächst

legte er regelrechte Geständnisse ab und erwartete stillschweigend, daß das ohne Folgen blieb!
Alles in diesem Auto erinnerte Igor an seinen Vater; einschließlich der lustigen Matka, die am Zündschlüssel baumelte.
So lag es nahe, daß er die Klagen, die ihn beschwerten, an den Vater richtete.
Meine Lage ist beschissen, sagte er. Ich bin nie ich selber. Andauernd repräsentiere ich deinen Klassenstandpunkt. Die Unbeugsamkeit *deines* Sozialismus. Mein Pech, daß ich mich so jämmerlich beugsam fühle! Aber dir ginge es nicht anders, wenn du die Flasche mal beiseite stellen würdest. Verflucht, warum bist du übergelaufen? Es gibt Hunderte von Verfassungsschützern in Köln! Warum mußte gerade *mein* Vater den Helden spielen?
Der schwache Mann, der sich allzuoft Mut antrinken mußte, antwortete wuchtig. Die Sätzen standen unerschütterlich wie Zeilen auf einer Steintafel:
Was bedeutete es meiner Selbstgefälligkeit, ein Deutscher zu sein? Nichts. Und meinem Sündenbewußtsein? Alles. Da stimmte etwas nicht.
Igor haderte dagegen: Warum ist es so gottverdammt wichtig, daß du dir selbst gefällst? Angenommen, wir handeln gegen unsere Überzeugung – ein bißchen – wie alle andern! Na und? Was sind wir Besonderes, ausgerechnet wir, du und ich?
Ralf stellte Wahrheiten auf wie Hinkelsteine, ewige anscheinend: Für nichts kämpfen Menschen so wütend wie für die Befriedigung ihrer Selbstgefälligkeit. Das ist Fakt. Daran kannst du nichts ändern. Überprüfe es selbst. Schmeichle, wem du willst, und er wird dein Freund.
Ich möchte lieber offen sagen können, wie mir ums Herz ist.

Befriedige deine Eitelkeit ein für allemal, arbeite am Menschheitsprojekt Sozialismus mit! Dann weißt du, daß niemand bedeutender sein kann als *du.*
Alles aus Eitelkeit? Das soll die Wahrheit sein: Gefallsucht bestimmt die Welt?
Denk an den beinah unmöglichen Narzißmus der Frauen. Sie und die Kleinkinder sind es, die unsere Eitelkeit am ungeniertesten ausdrücken dürfen. »Baby« läßt deine Mutter sich von ihrem neuen Freund nennen.
Hör auf mit Mutter! Sie will in den Westen zurück! Ich will das auch! Ich hab' gute Erinnerungen an Köln, keine schlechten!
Wir haben uns einen Rausch an Selbstgefälligkeit geleistet. Arische Herren! Wir haben Sklaven genommen, als Herren durften wir das. Dann kam der Kater. Ich hatte kein Heimatgefühl für die Ausnüchterungszelle, die wir bewohnten.
Köln, meinst du?
Diesen Staat da drüben. Ihren Supermarkt der Eitelkeiten.
Man kann auch anders aussteigen als du.
Jeden Mann zieht es in den Puff, jede Frau in den Modesalon. Schäm dich nicht und gräm dich nicht drum, richte dich darauf ein! Wenn du den stolzen Weg wählst, den schweren – dann kannst du am Puff vorbeigehn, und es tut dir um nichts leid.
Vor Igor und hinter ihm wurden Motoren angelassen. Der Schlagbaum war hochgestiegen, ohne daß er es bemerkt hätte.
Igor ächzte vor Erleichterung, als er den Zündschlüssel umdrehte wie alle andern. Er schaltete seine Scheinwerfer ein. Im Wartburg, den er von seinem Vater übernommen hatte.

39

Vielleicht war es wirklich so, daß die Menschen sich vorwiegend in Bewegung setzten, um ihre Eitelkeit zu befriedigen. Zumindest lieferte Vaters These Igor eine gute Erklärung dafür, daß er gern mit der proletarischen Kampfreserve trainierte.
Das Training selbst fand er anstrengend. Die Versuchung, zu Haus zu bleiben und an der Bierflasche zu nuckeln, war jedesmal groß. Auch aus den Trainingsleistungen konnte er keinen Honig saugen. Er kämpfte mit Faust, Fuß, Messer, Stock und Pistole nicht besser als der Durchschnitt seines Jahrgangs.
Was ihn befriedigte, war seine enorme Popularität. Dem Sohn des großen Kundschafters standen in diesem Kreis alle Herzen und Türen offen... Sogar die Schlafkammern der jungen Genossinnen von der PKR. Es war manchmal nicht leicht, immer wieder nach Ralf gefragt zu werden; doch überhaupt angesprochen zu sein bedeutete eine Art Glück.
Nach dem Ausschwitzen von ungefähr einem Liter = zwei Pfund begab man sich unisono die vielen Treppen abwärts in das Kellergewölbe. Umgeben von altertümelnden Rundbogen einer Art Neoromantik, hockte man sich mit seinem Bierkrug, wohin man wollte; der Sohn Ralfs war überall gern gesehen.
In der angenehmen Atmosphäre entschlußfester Männlichkeit – machte die Genossinnen schwer an – schickte man seine Gedanken auf die Reise. In Form von Beiträgen zur Diskussion, die bei der PKR offener verlief als andernorts. Hier wagte man es, mal ins unreine zu denken. Es entstand eine Kakophonie aus Ketzereien der unterschiedlichsten Intensität.

»Der US-Imperialismus empört doch bloß mit seinem platten Materialismus und belustigt mit seinem naiven Fortschritts- und lasterhaften Wachstumsglauben...«
»Ah, leck mich, und die Sowjetunion? Die flößt mir Angst ein durch ihr hektisches Gewackel zwischen eigener proletarischer Linie und feigem Schielen nach bürgerlichen...«
»Nach kleinbürgerlichen!«
»Genau! Wir stehen heute an der Schwelle der Erkenntnis, daß sogar der Generalsekretär der Partei ein CIA-Maulwurf sein kann.«
»Mielke! Achtung!«
Alles lachte bei der beschwörenden Anrufung des Mannes, der die Staatssicherheit verkörperte. Stasi, Schwert der Arbeitermacht. Wie die Vopo ihr Schild war. Wohlwollende Blicke richteten sich auf Ralf, der bescheiden in seinen Krug äugte.
»...diese Feindschaft 's längst Geschichte! In Wirklichkeit haben die Supermächte sich zu einer Sicherheitspartnerschaft zusammengeschlossen, und zwar bereits in Jalta!«
»Der liquidiert den Klassenkampf!«
»Nach dem dritten Bier liquidiert der seine eigene Mutter!«
»Jedenfalls wurde vierzig Jahre lang im Schutz dieser Gemeinschaft niedergehalten, was bei fortschreitender Erosion des Sozialismus *nicht* mehr so leicht wird niedergehalten werden können, ihr Dösköppe: die Furien des Nationalismus, die diesen Kontinent zweimal innerhalb von dreißig Jahren an den Rand der Selbstzerstörung brachten.«
»Das stimmt. Er hat recht! Haltet mal eure Fresse da hinten!«
»Was wir erleben, ist der Zusammenbruch eines Systems, das uns vierzig Jahre den Frieden garantiert hat. *Das* ist der

Fortschritt, den der Westen feiert. *Das* ist es, was Gorbatschow, Liebling der US- und BRD-Imperialisten, uns untern Weihnachtsbaum legt. Und deshalb sage ich, der Gedanke ist nicht abwegig, daß kein anderer als er selbst – jawoll, Gorbi – ein gekaufter Judas im Sold des amerikanischen Großkapi...«

»Das hör' ich mir nicht an.«

»Hier wird sich alles angehört! Schnauze, hinsetzen.«

»Rings um uns, Männer – und ihr Mädels seid selbstverständlich genauso angesprochen –, regt sich die Konterrevolution. Macht euch nichts vor in euern Datschen hinter euern verträumten Fliederhecken: Wenn die Revolution wankt, erstarkt die Reaktion. Ihre Brutalitäten sind abzusehen. Sie werden das Entsetzen der Welt sein!«

»Wo hat er das denn gelesen?«

Leise zweifelnd an dem, was er zu hören bekam, stiefelte Igor zur Theke und ließ sich ein neues Helles zapfen. War es nicht eher eine idyllische Gartenlaube, die sie bewohnten? Eine Datschenexistenz, die sie genossen hatten, ohne recht zu bemerken, wie gut es ihnen ging?

Jedenfalls, er konnte nicht klagen. Er hatte als junger Vopo ohne Dienstgrad sage und schreibe achthundert Mark im Monat – nur hundert weniger als Rutger, und der war geschulte Fachkraft.

War es nicht Hemingway, der gesagt hatte, glücklich ist man dann, wenn man weiß, daß man es ist? Was Gorbatschow kaputtschlug, war schwer abzusehen, jedenfalls nahte das Ende ihrer Datschenexistenz. Ließ man sich wegnehmen, wofür die Väter gekämpft hatten?

Er näherte sich zögernd einer Tür, vor der immer ein stellvertretender Trainingsführer Wache schob. Der paßte auf, daß kein falsches Gesicht durchrutschte.

Der Gorilla lächelte Igor freundlich entgegen.
Eingeladen hatten sie ihn schon öfters.
Ich bin noch nich reif für euer Hinterzimmer, hatte er immer gesagt. Und gedacht auch.
Nun war ein Notfall eingetreten. Buchstäblich zu verstehen: in ihr Haus eingetreten. Was Onkel Tilmann sagte, waren Parolen des Klassenfeinds. Das zu vergessen, wäre unverantwortlich gewesen.
Andererseits mußte man sich daran erinnern, daß Vater Freundschaft mit ihm gehalten hatte.
Es war schier zuviel für einen Kopf.
»Aus Lenins Geist«, sagte Igor zum Gorilla.
Der stellvertretende Trainingsführer nickte mit der Beflissenheit des Kleinheimchens gegenüber der Prominenz: »Von Stalin geschweißt!«
»Wo ein Kader ist, ist die Partei«, gab Igor zur abermaligen, vorgeschriebenen Antwort, bevor er passierte.
Nicht jeder erfuhr die Tageslosung. Ralfs Sohn wann immer er wollte.

40

Conny Baumgärtner sprach. Die Glasaugen des Rehböckchens hinter ihm an der Wand wirkten lebenswärmer als Connys Blicke...
Igor unterbrach seinen hämischen Gedankengang. Er mußte sich davor hüten, Vaters Vorgesetzten durch Tilmanns Brille zu sehen.
Der Verdacht, der in ihm aufstieg, glich dem Chemieschaum in der Saale. Hochaufgeplustert bei dünner Grundsubstanz. Denn worauf konnte Tilmann die Anschuldigung stützen, Ralf sei eventuell mit Gewalt...?

Nicht auf Erkenntnisse der türkischen Mordkommission vor Ort. Die hatte nichts gefunden, was auf Fremdverschulden hingewiesen hätte.

Conny trug sich – wie immer – betont seriös. Er hatte ein braungrün gewürfeltes Sakko an, darunter ein weißes Hemd mit stäbchenverstärktem Kragen. Dessen Ecken krümmten sich über dem Windsorknoten einer Krawatte, die schwarz war – nicht dunkel, schwarz. Als hätte Conny in seiner Familie einen Trauerfall zu beklagen. Zweifellos wollte er mit der Farbe der Feierlichkeit dem Gastgeber Ehre erweisen: der PKR, ihren Führungskadern und Nachwuchshoffnungen.

Eigentlich trat er auf wie der Referent eines Schulungsabends.

Die Brauen waren von seltsamer Form, fiel Igor erstmals auf. Statt Linien über den Augen zu ziehen, bildeten sie je einen rötlichen Haarklecks.

Connys Gesicht war so wenig wettergegerbt, daß man den Büromenschen auf hundert Schritt erkannte.

Und wenn schon, wies Igor sich selbst zurecht. Er mußte die Infizierung seiner Gedanken durch Tilmann verhindern. Der Klassenfeind verbarg sich nicht nur draußen, wo man aufwendig nach ihm fahndete. Er versteckte sich in dir selber, während du rumranntest und Razzien nach ihm organisiertest.

»Wir haben«, sagte Conny und nickte Igor zu, »insgesamt allen Grund, selbstbewußt auf unsere Leistungen zurückzublicken. Ohne Selbst*zufriedenheit* freilich. Panik ist angesichts von« – ein kurzes Innehalten deutete Ekel an, das Hochziehen eines Mundwinkels Erheiterung – »Perestroika und Glasnost sowenig angebracht wie Devotion. Genossinnen und Genossen, in einer sich schnell verändernden poli-

tischen Landschaft ist das, was wir brauchen, ganz einfach zu definieren. Wir brauchen wieder klare Verhältnisse in unserem Staat.« Er nahm einen Schluck Wasser.
Man klatschte hier nicht Beifall wie in der Volkskammer; doch erhob sich ein Gemurmel, dessen zustimmender Charakter unverkennbar war.
Igor hatte einen Stuhl ausgeguckt, auf dem er sich niederließ. Man saß in Zufallsreihe um einen runden Eichentisch. In Glasvitrinen ringsum stand Zinn. Jagdtrophäen schmückten die Wände. Ein rußiges Kaminloch versprach Winterfreuden bei flammender Buche und kaltem Wodka.
Der Sozialismus wankte beängstigend, seit Gorbatschow die Sowjetunion führte. Ungarns Grenzen waren offen, eine blutende Wunde. Das Blut des Sozialismus waren seine Menschen. Sie strömten aus. Dem Kreislauf des Weltimperialismus kam das frische Blut zugute.
Subjektiv mochte »Gorbi« ein wohlmeinender Reformer sein, warum nicht? Daß der Mann mit dem Mal auf der Stirn aber objektiv die historische Rolle eines Konterrevolutionärs spielte, konnte kein Genosse anzweifeln. Indem Gorbatschow die Errungenschaften des Großen Vaterländischen Krieges preisgab, schrieb er dessen Opfer ab, wie ein kapitalistischer Unternehmer aus seiner Bilanz etwas abschreibt: Bezahlt, verbraucht, vergessen.
Was jeder Kommunist auf der Welt dachte, hier bei der PKR wurde es ausgesprochen. Von Conny, dem Freund des Vaters; nicht seinem Mörder, wie Tilmann so niederträchtig anzudeuten gewagt hatte.
»Und damit ist die Machtfrage gestellt, Genossinnen und Genossen: Wer wen? Wer nimmt wen an der Gurgel, der Imperialismus uns oder wir die Imperialisten? Glaubt nicht, daß man sich darüber höchsten Orts irgendwelchen Zwei-

feln überläßt. Unser – ich sag' nicht, wer, dazu bin ich nicht befugt, aber ihr würdet alle aufstehen, wenn er jetzt reinkäme – der also weiß genau, was ansteht. Es ist ein, Genossinnen und Genossen, Entscheidungskampf zwischen denen, die bei uns regieren, und denen, die wir vierzig Jahre lang erfolgreich am Regieren hindern konnten. Werden wir das weiterhin fertigbringen?«

»Jawoll«, tönte es aus dem Rund.

»Wenn wir die Macht abgeben – aus Feigheit oder...«

»Niemals!«

»...aus Schwäche, die nicht nur eine subjektive Seite hat, sondern eine objektive: faktische Machtlosigkeit durch Mangel an Waffen...« Er hielt wieder inne.

Alle hörten intensiv zu. Waffen: davon verstand man hier was.

»Wenn wir die Macht abgeben, wer nimmt sie? Mit wem will man das Land denn regieren, wenn nicht mit uns? Ich sag' es euch, mit denen, die dieser Tage im Westfernsehen verlautbarten, der Friede, das sei eine Propagandaformel der SED, und sie wollten davon nichts mehr hören. Genossinnen und Genossen, die Springerpresse wird uns nicht loben, wenn wir abtreten. Sie gibt uns noch einen Tritt dazu. Darüber macht euch keine Illusionen. Die Duisburger Büglerin, zweihundert Mark netto die Woche, Neunstundentag, Schwerarbeit an der Mangelmaschine, auch die lobt uns nicht. Wo die Friedenskräfte wanken, wo sie nachgeben – da dringen die Kräfte des Krieges vor und werden stärker. Das weiß jede Büglerin auf der Welt! Und wenn sie sonst gar nichts wüßte. Wir gehen? Warum nicht? Ich hab' vor keiner Arbeit Angst, mein Vater war Bergmann. Aber sie – die Büglerin, von der ich sprach, und ihr könnt mir glauben, ich weiß ihren Namen und ihre Telefonnummer –, die hat dann

eine Hoffnung weniger. Vielleicht ist es ihr egal. So sonnig, wie die Westpresse es euch ausmalt, ist ihr Leben sowieso auch jetzt nicht. Und ich sag' noch mal, das ist keine Propaganda. Ich kenne die Frau, ich weiß, von wem ich rede.«
Die Pause wurde genutzt, um geräuschvoll zu trinken, Bemerkungen zu machen oder im Klo zu verschwinden.
Als es ruhiger geworden war, sprach Conny Baumgärtner weiter, ohne daß sein Echsenblick sich belebt hätte: »Ich komme aus der Türkei, wo ich mit einigen treuen Mitarbeitern die Südostflanke der NATO zu beobachten hatte. Ein besonders wichtiger strategischer Punkt dort waren und bleiben die Dardanellen. Troja, die herrliche, uneinnehmbare Festung, wachte in der Antike darüber. Uneinnehmbar, sage ich, war Troja – wäre es gewesen. Es wurde durch List überrumpelt, wie euch bekannt ist. Odysseus, der König von Ithaka, der Verschlagenste unter den Griechen – der kam auf die Idee, die Tatsache anzuerkennen und sich damit abzufinden, daß Troja *von außen* nicht vereinnahmt werden konnte. Sobald er sich zu dieser Erkenntnis durchgerungen hatte, dämmerte ihm, daß er versuchen mußte, die Festung *von innen* zu erobern. Er beglückte die Menschheit mit der Erfindung des trojanischen Pferdes. Meine Genossinnen und Genossen! Der Weltimperialismus hat aus dem Beispiel gelernt und beglückt uns mit der Erfindung des trojanischen Maulwurfs, er heißt Michail Gorbatschow, und er...«
Conny Baumgärtner wartete, bis das Raunen sich gelegt hatte.
Igor rief laut in die Runde: »Das wird draußen im Casino bereits offen ausgesprochen.«
»Gerade der einfache Genosse mit seinem unverfälschten, unverbildeten Sinn für die Realität weiß das längst«,

stimmte Baumgärtner zu. »Ich wiederhole nur, was Arbeitsfrauen und -männer mir in den Docks von Istanbul als Warnung eingehämmert haben. Stark wie die Mauern von Troja steht die Arbeiter- und Bauernmacht. Aber hütet euch – hütet euch vor der List des Odysseus. Fürchtet, fürchtet den trojanischen Maulwurf!«

41

Igor war beeindruckt. Andererseits konnte er gewisse Zweifel in sich nicht ersticken.
Der Sozialismus ging zu Bruch, und der Generalsekretär der KPdSU war der Liquidator. Die Kameraden, die nun im allgemeinen Stimmengewirr sich gegenseitig überschrien, blickten alle voll durch. Schwierigkeiten sah keiner, Handlungsbedarf jeder.
Manchmal vermutete Igor, wenn er den Kameraden zuhörte, daß es nicht die neue Volkspolizei war, die sprach, sondern der alte deutsche Wachtmeister. Der mit der wilhelminischen Pickelhaube – nur mit neuer Botschaft.
Doch die unsichtbare Pickelhaube widerlegte die Verheißung.
Unter denen, die nicht der Theke zustrebten, entstand Unruhe. Sie drängelten zum Ausgang und zu einem Mannschaftswagen auf dem Hof. Igor ließ sich, ohne viel zu fragen, darauf ein. Er stolperte zu einem der Sitze und fuhr mit in die Nacht hinaus.
Vorn neben dem Fahrer gestikulierte Baumgärtner.
Zuerst, als sie zu Vater nach Ost-Berlin umgezogen waren, hatte er alles neu und aufregend gefunden. Gelangweilt gewesen war er nie. Auch Mutter hatte sich rasch arrangiert.

Besonders mit dem Supermarkt für Stasi-Offiziere. Jetzt, mit dem Angebot für Eisenbahner, war sie selten zufrieden. Das Geschimpfe zu Haus war Igor derart vertraut, daß er kaum noch hinhörte.

Was Tschibo rausschmeißt, kaufen wir als Extraklasse und zahlen im Delikatladen sechzig Mark fürs Pfund.

Eine Salatgurke im März? Zur Leipziger Messe zahle ich fünf bis sechs Mark, ab September sind sie aus.

Frühkartoffeln? Ab Juni, vorher nur in Interhotels.

Es stimmte. Er selbst spürte es nicht so, seine warme Mahlzeit nahm er in der Vopo-Kantine ein; die war besser versorgt.

Und all das bedeutete – mußte bedeuten –, daß nicht allein der Imperialismus schuld sein konnte. Die Salatgurken waren doch nicht deshalb knapp, weil ein westlicher Maulwurf Stalins Platz eingenommen hatte!

Er merkte jetzt, daß es Richtung Weißenfels ging. Bald erreichten sie die Gleisanlagen, unterquerten eine Brücke und bogen auf ein Grundstück nahe der Saale ein.

Jämmerliche Erlenzausel standen die Böschung entlang, wo der Gleiskörper auflag. Baumgärtner führte sie durch Pfützen zu einem barackenartigen Aufbau aus Beton. Er öffnete Vorhängeschlösser, die nicht nach einem Hochsicherheitstrakt aussahen; Holzschuppen wurden so abgesperrt, damit niemand einem die Anfeuerspäne klaute.

Zwei Fenster, bemerkte Igor, waren schadhaft. Man hatte sie notdürftig mit Plaste und Elaste aus den Bunawerken verklebt.

»Rauf auf die Gleise!« hallte Baumgärtners Stimme durch die kaum erhellte Nacht. Zwar hatte er Taschenlampen ausgegeben, doch die kamen gegen die Dunkelheit nicht an. Jeweils zwei Mann schleppten eine Kiste. Die Dinger waren

länglich und jammervoll schwer. Man wuchtete sie keuchend durchs aufgeweichte Gelände, platschte durch Pfützen, quälte sich die Böschung hoch.
Baumgärtner schonte seine zarten Pfötchen.
Er blickte den Lichtern von etwas entgegen, das schwer rollte und groß genug war, um ein Güterwaggon zu sein. Geschoben wurde er von einer Lok, die – da sie hier eingesetzt wurde – eine Rangierlok sein mußte.
Ein Mann löste sich von der Lok, sprang ab und kam rasch auf Baumgärtner zu.
»Schnell, schnell!« sagte Rutgers Stimme. »Haben Sie genug Leute?«
»Wo hängen Sie den Waggon an?«
»Nicht so laut«, zischte Rutger ärgerlich. Arm in Arm mit Baumgärtner verschwand er in der Dunkelheit. Igor hörte sie unterdrückt reden, er verstand »sterben lassen«.
Sie wuchteten die Kisten in den Waggon.
Igor richtete den Strahl seiner Taschenlampe darauf. Er las:

MGL 40 ARMSTEL
MADE IN SOUTH AFRICA

42

Igor erschrak dermaßen, daß er sich an der dicken Luft verschluckte. Neunzig Prozent der Haushaltungen wurden mit Briketts aus dem Braunkohleabbau beheizt. In kühlen Nächten war das schon spürbar. Zwar führte in der Nähe eine Erdgasleitung vorbei, doch sie speiste Zentralheizungen nur im westlichen kapitalistischen Ausland. Innerhalb der DDR war die teure Energieform der devisenbringenden Industrie vorbehalten.

Die Hand auf seinem Rücken hatte etwas Intimes. Er drehte sich um und blickte in Rutgers ernste, mühsam lächelnde Miene. »Ich hab' dich am Husten erkannt.«
»Rutger«, keuchte er und wischte sich die Augen, »sag mir eins, warum tust du das?«
»Du stellst vielleicht Fragen. Ich hab' ihm von Kleiber erzählt.«
»Warum?«
»Er denkt sonst, wir wollen es verheimlichen.«
»Ich hab' Onkel Tilmann noch nicht erwähnt.«
»Hattest du Gelegenheit dazu?«
»Eigentlich nicht.«
»Wenn du mit ihm allein bist, sag es ihm.«
»Du redest ja sonderbar. Hast du Angst vor Conny Baumgärtner?«
»Sei vorsichtig. Da kommt er... Tu, was ich dir sage, oder du bereust es!«
Er machte kehrt. Igor hörte ihn lachend zu Baumgärtner sagen: »Die ganze Familie steht zu Ihren Diensten.«
Auch Baumgärtner lachte – höflich. Als er Igor erreichte, war er schon wieder ernst: »Ich wollte, dein Vater wäre noch bei uns.«
»Ja, ich auch.«
»Wenn ich dich anschaue, meine ich, er steht vor mir – dreißig Jahre jünger.«
»Kann ich Sie kurz sprechen, Herr Baumgärtner?«
Der massige Mann legte ihm den Arm um die Schultern und führte ihn die Böschung abwärts. »Immer. Der Sohn von Ralf ist mir lieb wie ein eigener!«
»Danke. Ja, also wir haben Besuch aus 'm Westen gekriegt. Ein früherer Freund von Vater, inzwischen 'ne große Nummer beim Bundeskriminalamt.«

Da Baumgärtner sehr aufmerksam zuhörte, schmückte Igor es noch aus:
»Wir dachten zuerst, er kommt als Freund der Familie... Aber nein, er hat irgendwie von der Waffensendung erfahren und befürchtet anscheinend einen Anschlag auf die Landesregierung von Nordrhein-Westfalen in Düsseldorf.«
Baumgärtner blieb stehen. »Das hat er ausdrücklich gesagt?«
Igor nickte. »Ich war dabei.«
»Hat Rutger dir empfohlen, mir das zu erzählen?«
»Ehrlich gestanden – ja. Ich hätte es aber auch von mir aus getan. Bis jetzt kam ich nur nicht dazu.«
Baumgärtner blieb stehen und wandte sich ihm zu. Er legte ihm die Hand unters Kinn und drehte sein Gesicht ins Licht.
Da Igor eine Brille trug, konnte Baumgärtner ihm zwar in die Augen starren; doch Igor hatte nicht das Gefühl, ihm ungeschützt ausgeliefert zu sein. Die Gläser bildeten eine Art Schutzwand, von der Connys böser Blick teilweise abprallte.
Igor starrte eisern zurück.
»Wirklich wie aus dem Gesicht geschnitten.« Baumgärtner ließ ihn wieder los. »Wir können die bevorstehenden, schweren Auseinandersetzungen mit dem Klassenfeind im Innern unseres Staatsapparates nur gewinnen, wenn wir uns angemessen bewaffnen.«
»Das habe ich voll verstanden, Genosse Baumgärtner.«
»So? Schön, dann möchte ich jetzt sehen, ob du nur wie Ralf Ott aussiehst oder ob du, was viel wichtiger ist, wie Ralf denkst und fühlst.«
»Ich kämpfe für den Sozialismus! Wenn Sie das meinen.«

»Ganz recht, das meine ich.«
Igor fühlte Baumgärtners Tatze an seinem Arm. Er wurde dem Betonschuppen zugeführt.
Es war ein niedriges, langes Gebäude. Typisch barackenähnlich. Es gab mehrere Eingänge, jeweils über zwei vorgemauerte Stufen erreichbar. In Schulterhöhe – wenn man außen stand – reihte sich Fenster an Fenster. Einige auf der äußersten rechten Seite waren jetzt erleuchtet. Eine Art Unterkunft. Dorthin gingen sie.
Feldbetten waren aufgeschlagen. Auf einem saß ein blonder Mann, gut gebaut. Ehemaliger Sportler, schätzte Igor. Er war jedoch nicht mehr jung genug, um Athlet zu sein. Um die Fünfzig.
Er hatte geschlafen und war, wie er aussah, mühsam aufgewacht. Die Augen waren noch klein und zugeschwollen. Ein unsicheres Lächeln verriet, daß er nicht genau wußte, was los war und was sie von ihm wollten.
»Sie sind Chody?« fragte Baumgärtner.
Er nickte und stand auf.
»Bleiben Sie bequem... Mein Name ist Baumgärtner, ich bin der Chef des Unternehmens.«
»Verhandelt habe ich mit Herrn Ott«, antwortete Chody – ein Pole, wie Igor erkannte – zurückhaltend.
»Das ist sein Sohn Igor.«
»Igor Ott«, stellte er sich vor und streckte dem Polen die Hand hin. Anscheinend wurde das von ihm erwartet.
Chody schüttelte Igors Hand, verbeugte sich gleichzeitig und schien es beruhigend zu finden, daß der Sohn des Mannes, mit dem er verhandelt hatte, vor ihm stand.
»Herr Ralf Ott ist leider verstorben«, erläuterte Baumgärtner.
»Oh! So jung noch. Das tut mir leid.« Mit tiefem Mitgefühl

blickte Chody ihn an und griff nochmals nach seiner Hand. Diesmal, um Wärme und Freundschaft zu signalisieren.
»Danke«, sagte Igor.
»Was hatte er für Krankheit?«
»Es wird Herzversagen gewesen sein. Ich war Herrn Otts Vorgesetzter. Hat er mich nicht erwähnt?«
»O doch – doch.« Es klang vage. Igor hatte den Eindruck, der Pole sagte das nur aus Höflichkeit.
»Hatten Sie Schwierigkeiten?«
»Bis jetzt keine.«
»Wie ist es gelaufen, erzählen Sie.«
»Ja – LKW kam verabredungsgemäß in Krakau an. Wir haben auf Giterwaggon umgeladen...«
»Auf was für einen?«
»Ein Waggon in die UdSSR. Stand drauf: Viehsalz. Jemand witterte was mit Nase. Wir haben aufgebrochen und Waggon voller Schinken gefunden...« Er lachte. »Ein Waggon voll mit Schinken, und Krakau hat Hunger.«
Auch Baumgärtner schien dem Vorfall einige Komik abzugewinnen. Er hob einen seiner welken Mundwinkel: ein Lächeln.
Rutger Plank trat ein. »Wir sind soweit.«
»Gut, dampfen Sie ab.«
»Ich möchte noch mal unterstreichen, daß ich es für riskant halte. Es ist eine Glücksfuhre. Sicherer wär's, die Ladung hier zu lassen.«
»Danke für Ihren Rat, Herr Plank, die Entscheidung steht.« Seine Stimme wurde etwas schärfer: »Mir ist klar, daß Sie andersrum Ihren Arsch weniger bewegen müßten.«
Die Bemerkung wirkte auf Igor wie ein Schlag in Rutgers Gesicht. Betroffen schreckte er zusammen. Rutger war blaß geworden; er sagte jedoch nichts, sondern nickte und verließ den Raum.

Sie hörten, nachdem wenige Augenblicke vergangen waren, seine Stimme und dann den anruckenden Zug.
»Wohin geht Ladung endgiltig?« fragte Chody und hob – um anzudeuten, daß es ein Scherz sein sollte – abwehrend seine Hand: »Will gar nichts wissen.«
»Es ist ein Ladung Waffen«, gab Baumgärtner Auskunft.
Der Pole drehte seine Hand um. Ihm war das egal.
»Wir glauben, daß es in nächster Zeit zu einer Verschärfung der Klassenkämpfe kommen wird«, fuhr Baumgärtner fort.
»Ist nicht schlecht, wenn Blut auf Straße fließt«, meinte Chody. »Ist immer so bei Revolution. Wenn kein Blut auf Straße, dann kein Ernst. Kein – kein – Nachdruck?«
»Okay.« Baumgärtner wandte sich um. »Wann brechen Sie auf?«
»Morgen. Bin mide, schlaf noch etwas.«
»Sehr gut, einverstanden. Ihr Geld haben Sie bekommen?«
Er nickte. »Bei Ankunft ist mein Kamerad ausgezahlt worden. Er ist sofort zurick nach Krakau. Ich hab' hier gewartet. War Verabredung.«
»So ist es. Sagen Sie, Chody – können Sie sich nicht denken, warum das so verabredet wurde?«
Der Pole zog ein wenig schmerzlich die Brauen zusammen. Er verstand nicht genau, was gemeint war. Er trat, indem er sich etwas vorbeugte, auf Baumgärtner zu. Zugleich steckte er die Hand in die Tasche. Es war – so fand Igor – eine Geste schüchterner Unterwürfigkeit. Ich weiß nichts. Nicht mal, wo ich meine Hand lassen soll.
Einer von den Typen, die sich ständig in Baumgärtners Nähe aufhielten, bewegte blitzartig den Arm. Daß er Chody niedergeschlagen hatte, merkte Igor erst, als der Pole wankte und fiel.

Es war ein furchtbares Geräusch, das der auf dem Boden auftreffende Kopf verursachte.
Igor fuhr so heftig zusammen, daß Baumgärtner aufmerksam wurde. Wieder zeigte er sein knappes Lächeln, das eigentlich nur im Hochziehen eines Mundwinkels bestand.
»Warst du noch nie dabei?«
»W- w- wo dabei?«
»Wenn ein Klassenfeind liquidiert wurde?«
»Ist er – ich meine...«
»Selbstverständlich. Es handelt sich um einen Spitzel der Solidarnosc.« Baumgärtner griff in seine Tasche und nahm seine Brieftasche raus. »Mach auf, Igor. Sieh dir das Foto an.«
Es war ein Zeitungsausschnitt. Er lag lose drin. Man sah Lech Walesa und den Niedergeschlagenen namens Chody in offenbar intensivem Gespräch. Sie waren allein miteinander. Demnach mußte es sich um eine Beziehung handeln, die nicht flüchtiger oder zufälliger Art war. Walesa war längst kein einfacher Arbeiter mehr. Niemand kam ohne weiteres an ihn heran.
Igor klappte die Brieftasche wieder zusammen und reichte sie Baumgärtner, der sie einsteckte.
Er wartete.
»Kannst gehn«, sagte Baumgärtner.
»Darf ich was fragen?«
»Klar.«
»Woher haben Sie das Foto?«
»Von seinem Kameraden, der wieder in Krakau ist.«
»Ich denke mir, weil ich doch hier wohne – in Weißenfels –, fahre ich nicht mehr nach Leipzig zurück. Ich bleib' gleich hier. Sonst muß ich den ganzen Weg zweimal machen.«
»Selbstverständlich. Sag deiner Mutter einen Gruß von mir.«

Rutger läßt er *nicht* grüßen, dachte Igor, als er die Betonbaracke verließ. Sein Herz klopfte. Er hatte Angst.
Sobald er außer Sicht der Baracke war, fing er an zu laufen.

43

Kleiber saß in Ralfs Lesesessel. Der Lichtschein von Ralfs Lampe fiel in warmem Gelb auf seinen Schoß. Er las in Ralfs Briefen an die Familie.
Es war still im Haus. Rutger war als Springer eingesetzt, anschließend machte er Nachtschicht. Er tat öfters für andere Dienst, hatte Jennifer erläutert. Dies war einer der Gründe dafür, daß er bei den Kolleginnen so beliebt war – den Müttern, die mal wegen eines Kindergeburtstags, mal wegen einer Krankheit ihres Alten nicht plangemäß zur Maloche antreten wollten oder konnten. Immer war es Rutger, der mit einem Schulterzucken und Grinsen sagte: Ja ja, wenn ihr mich nicht hättet.
Jennifer hatte sich hingelegt. Sie sei müde wie ein Bär im Winter. Und Igor, im Ärger weggerannt, hatte Training in Leipzig. Er würde eventuell dort bleiben; das tat er manchmal. Es gab die eine oder andere junge Genossin, die ihn gern sah. Oder er schlief bei einem Kameraden auf der Couch.
Kleibers ungeteilte Aufmerksamkeit galt Ralf Ott.
»... Häufig wird jetzt gegen Lenin vorgebracht: Hätte er nicht gewaltsam den Bolschewismus errichtet, so hätte der Kapitalismus das alte Rußland schneller und humaner industrialisiert. Meine Lieben, wenn Ihr so was hört, dann denkt an Euern ollen Ralfvater. Bei den Türken schwitzend, lernt er eine andere Lektion.

Wo in einem rückständigen Land der Sozialismus verhindert wird – genau das ist hier unterm Sichelmond passiert –, wird keineswegs dem Kapitalismus seine historische Chance eröffnet!

Nee, Leute. Statt den Kapitalismus zu errichten, konservieren die alten Eliten den *Feudalismus*!

Tatsächlich ist nämlich der Sozialismus für die meisten Völker der einzige gangbare Weg gewesen, eine Landreform durchzuführen. Zugegeben, das hat in Frankreich die Bourgeoisie getan und in Nordamerika auch. Wenn es aber in einem Land – z. Exempel Türkei – noch gar keine Bourgeoisie gibt? Wer soll dann die so notwendige Enteignung des Adels, der Kirche eigentlich raffen? – in Igors Worten zu sprechen.

Die Frage wird nicht sein: Hat Lenin einen Fehler gemacht?

Eher: Machen wir einen?

Denn ich denke bei mir: Nach erfolgter Niederschlagung der reaktionären, grundbesitzenden Klassen – wie hieß es in Preußen? Kirche, Gutshof und Kaserne – hat der Sozialismus möglicherweise ausgedient. Jedenfalls in der alten, uns gewohnten, ›real existierenden‹ Form. Vielleicht hat Gorbi recht. Auch wenn ihm der ganze Westen zujubelt. Vielleicht muß nach der Überwindung der feudalen Stagnation – hier unterm Sichelmond nach dem Ende von Sultanat und Kalifat – die Gesellschaft sich wieder auseinander dividieren in Arbeiterklasse, Managerklasse, mittleres Eigentum, Staatseigentum... Wer weiß?

Ihr werdet denken, Euer altes Ralfväterchen bleibt doch ewig kaderdiszipliniert und folgt seit jeher dem obersten Schafhirten des Weltproletariats. Und meege er Gorbi heißen.

Tja, bildet Euch Euer eigenes Urteil, kann ich nur sagen. Glaubt nicht jeden Schmarrn, denkt selbst und besonders Du, mein geliebter Sohn. Denke, bevor Du handelst.
In der heißesten Liebe Euer alter –«
Statt einer Signatur war das Zeichen der Männlichkeit aufgemalt.

♂

Nicht ohne Herzklopfen blätterte Kleiber um. Kein Zweifel, Ralf hatte seiner Familie eine Umkehr, eine Wende seiner Grundüberzeugungen signalisieren wollen . . .
Und außerdem war es auch wieder einer seiner Tricks. Indem er sich über Politik äußerte, vermied er es, über seine Gefühle, seine Gesundheit, seine Sexualität sprechen zu müssen.
Wie viele Briefe von ihm hatte Kleiber bekommen, in denen Ralf sein Gemüt bloßgelegt hatte. Die Briefe an seine Familie dagegen führten ideologische und dialektische Turnübungen vor:
»Historisch gesprochen, ist doch der Sozialismus die Art und Weise, in der diejenigen Gesellschaften sich zum Überleben organisieren, in denen die Rückständigkeit nicht vom Bürgertum abgeschafft werden kann. Warum nicht? Weil es dort kein Bürgertum gibt!«
Es erinnerte Kleiber an das Marx-Kränzchen, das sie über ein Jahr lang jeden Samstagnachmittag zusammengeführt hatte. Chris Kynast hatte mäkelnde Realitätsprüfungen vorgeschlagen: Stimmt das überhaupt, gibt's das in der wirklichen Welt?
Ralf hatte – schon damals – ein Bedürfnis erkennen lassen, aus der Existenz des freischwebenden Polizeimarxisten in eine Organisation einzutreten.

Eben drum hatte Kleiber es begrüßt, daß er zum Verfassungsschutz gegangen war.
Die Verfassung schützt uns. Wenn wir schlau sind, werden wir unsererseits die Verfassung schützen, hatte er Ralf ermutigt.
»Sehe ich mir die türkischen Linksgruppen so an, einschließlich der KP, meine Lieben daheim – dann komme ich zu häretischen Gedanken. Schlimm wird es für die Linke hier eigentlich dadurch, daß sie hartnäckig ihre Ersatzfunktion verkennt. Die Funktion, das nichtvorhandene Bürgertum zu vertreten. In der Türkei den Sozialismus herbeiführen, wie soll das gehen? An der Stelle des feudalistisch verseuchten, gelähmten Bürgertums muß die Linke vielmehr den Kapitalismus herbeiführen. Und das heißt?
O meine Lieben.
Heute dieses und morgen jenes, wird Jennifer sagen. Und weswegen wir dann eigentlich aus Köln rübergemacht hätten?
Und Igor, mein geliebter Sohn: Du wirst Deinen Vater kaum noch verstehen können. Stimmt's? Was ich da äußere, ist eine Ketzerei namens Sozialdemokratismus.
Drei Kreuze, Marx verzeih uns, Engels bleib bei uns, Lenin kehr zu uns zurück.
Euer alter Sünder«

44

Er wunderte sich, die Haustür aufgehen zu hören, und legte die Briefe beiseite, um nachzusehen, wer es war.
Im Flur kam ihm keuchend, stolpernd, mit dreckverschmiertem Gesicht Igor entgegen. Er blieb stehen, als er

Kleiber sah, und stieß hervor: »O mein Gott, ich danke dir.«
Verwundert lächelnd sah Kleiber ihn an. »Mit wem hast du dich geprügelt? Ich denke, du bist in Leipzig.«
»War ich auch. Wieso geprügelt?«
»Schau in den Spiegel.«
»Keine Zeit. Ich hab' einen Mord...«
»Wie bitte?« Kleiber trat einen Schritt vorwärts.
»...miterlebt, wollte ich sagen. Aber das stimmt nicht. Mitbegangen.«
Kleiber ging ins Bad und hielt einen Waschlappen unter den warmen Strahl. »Erzähl mir genau...«
»Nein, keine Zeit! Ich war so erschrocken, weil ich dein Auto nicht sah. Es stand vor der Tür... Jetzt nicht mehr, wo ist es?«
»Brauchst du ein Auto?« Kleiber wusch ihm den Dreck aus dem Gesicht.
»Wir müssen gleich los.«
Kleiber warf ihm ein Handtuch zu. Mechanisch fuhr Igor damit durch sein Gesicht und betrachtete verwundert die Schmutzspuren, die auf dem hellen Frotteestoff zurückblieben. »Ich weiß nicht, wieso...«
»Zeig deine Hände.«
Mechanisch streckte Igor sie vor. Wie ein Schulkind, das dazu aufgefordert wird.
»Du bist gelaufen und gestürzt. Hast es gar nicht gemerkt. Beim Weiterlaufen hast du dir mit den schmutzigen Händen den Schweiß aus dem Gesicht...«
»Ach so!«
Während des Sprechens zog Kleiber seine leichte Autojacke an. Er überprüfte, ob Ausweis und Führerschein drin waren, und nahm die Brieftasche aus seinem Sakko. Den Knoten

der Krawatte lockerte er. Schließlich überzeugte er sich, daß er den Zündschlüssel und Geld dabei hatte.
Igor sah ihm zu wie in Trance. Sein Brustkorb ging in heftigen, schnellen Stößen.
»Du hast von einem Mord gesprochen.«
Igor nickte.
»Was hast du gesehen?«
»Schlag auf den Kopf! Vielleicht lebt der Mann noch.«
»Ein Mann ist geschlagen worden, womit?«
»Eine Art Stock.«
»Bleirohr vielleicht. Wer hat geschlagen?«
»Ein Gorilla von Baumgärtner.«
»Conny Baumgärtner ist *hier* in Weißenfels?«
»War hier«, nickte Igor. »Bei den Bahngleisen... Sie haben die Waffen verladen. Rutger hat den Waggon an einen Zug angehängt. Der Zug soll sterben...«
»Sehn wir uns den Mann an.« Der Hausschlüssel steckte innen. Kleiber zog ihn ab, bevor er die Tür zufallen ließ, und nahm ihn an sich.
Sie gingen zu seinem Wagen. Er hatte ihn nach einer kurzen Fahrt zur nächsten Kneipe, wo er einige Flaschen Bier geholt hatte, um die Ecke abgestellt.
»Dirigier mich, bitte.«
»Zuerst immer geradeaus.«
»Wer ist der Mann?«
»Pole mit Namen Chody.«
»Sagt mir nichts.«
»Mir auch nicht. Er hat gesagt – du, er hat gesagt, Vater hätte mit ihm verhandelt.«
»Worüber?«
»Den Waffentransport. Chody hat das mit Ralf ausgehandelt. Sagte er. War ganz gerührt, in mir den Sohn kennenzulernen.«

»Wieso hat Baumgärtner den Polen niederschlagen lassen?«
»Chody ist ein Solidarnosc-Spitzel.«
»Woher will Baumgärtner das wissen?«
»Er hat mir einen Ausschnitt der – ich weiß nicht, wie sie heißt... Einer polnischen Zeitung gezeigt. Da war Chody zusammen mit Lech Walesa abgebildet. Wir kommen jetzt gleich zu dem Gebäude, es ist ein Betonschuppen. Barackenförmig, lang und niedrig... Dort haben sie es getan.«
»Und du meinst, der Pole liegt da noch?«
»Warum sollen sie ihn mitnehmen? Man schließt hinter sich ab, und niemand gerät in Versuchung, das rattenverseuchte...«
»Ja?«
»Es wimmelt bestimmt von allen möglichen Aasfressern. Ob Baumgärtner daran gedacht hat?«
»Der denkt schnell und genau.« Kleiber hielt an.
»Wir sind noch nicht da.«
»Ich weiß. Ich überlege.«
»Wieso, was ist?«
»Du hast es mitangesehen?«
»Ja!«
»Traut Baumgärtner dir?«
Igor überlegte.
»Ich täte es an seiner Stelle nicht«, beantwortete Kleiber seine eigene Frage. »Weil ich nicht wissen könnte, was dein Vater dir – und deiner Familie – für Informationen über den Türkenjob zukommen ließ. An Connys Stelle würde ich denken: Vielleicht verdächtigt Igor mich oder... hat was gegen mich!«
»Er hat eine Art Gesichtskontrolle bei mir...«
»Du bist vom Tatort Hals über Kopf abgehauen?«

»Hab' nicht mal zurückgeguckt! War zu erschrocken!«

»Mhm. Vielleicht läßt Baumgärtner die Baracke bewachen.«

»Ob sein Toter nicht wegläuft?«

»Igor! Fasse dich, Junge. Ob du die Behörden alarmierst. Oder sonst etwas tust, was Baumgärtner nicht recht sein kann.«

»Da sind jetzt immer noch...? Da stehn irgendwo in der Dunkelheit seine Killer?«

»Ja, und machen uns unschädlich wie Chody.«

»Also dürfen wir uns nicht zeigen.«

»Das müssen wir aber. Sogar sehr schnell. Chody lebt vielleicht noch – deine Worte, erinnere dich.«

»Ich weiß keinen Ausweg.«

»Ich schon.« Kleiber griff auf den Rücksitz und nahm die Aktentasche nach vorn, die dort gelegen hatte. »Schließ deine Hand um den Griff.«

Igor tat es.

»Du spürst eine Art Dorn.«

»Ja, richtig.«

»Drück drauf.«

Igor fuhr zusammen, als die Tasche auseinanderfiel und der Griff unter seinen Fingern breiter zu werden schien.

»Was rausgeschoben wird, ist eine Pistole. Sie ist entsichert und schußbereit. Die Tasche selber wirkt wie eine kugelsichere Weste. Du läufst jetzt zu Fuß zu den Gleisen und fängst, sobald du sicher bist, daß niemand dich im Schatten erkennt, an zu schießen. Falls Baumgärtner Beobachter postiert hat, müssen sie reagieren.«

»Und dann?«

»Ist Rutgers Büro in der Nähe?«

»Ja!«

»Da kannst du hinlaufen. Er hat Nachtdienst...«
»Ich weiß!«
»Okay, sie werden dir nicht bis in ein belebtes Büro folgen. Wenn du die Pistole nicht mehr brauchst, schieb sie zurück. Schließ die Tasche und nimm sie, als ob nur ein Vesperbrot drin wäre, mit zu Rutger. Dort wartest du auf mich.«
»Was tust du inzwischen?«
»Ich überprüfe den Tatort. Welche Tür in der Baracke ist es?«
»Wenn du den Gleiskörper im Rücken und die Baracke vor dir hast, die äußerste Tür rechts.«
»Wo finde ich Rutgers Büro?«
Igor erklärte es ihm und verließ dann den Wagen. Der Junge wirkte noch immer verstört. Kleiber machte sich Sorgen um ihn.
Er sah auf seine Uhr, um mit der Zeit nicht durcheinanderzukommen.
Im Auto sitzen zu bleiben schien das Klügste. Überall auf der Welt war ein parkendes Auto in einer warmen Nacht tabu für Neugierige.
Er habe den Mord mitbegangen, hatte Igor gesagt. Nicht zu Unrecht. Er war Mitglied der verbrecherischen Organisation, die für die Tat verantwortlich war, und ihr Nutznießer.
Gedacht wie ein Polizist.
Als fünf Minuten vorbei waren, knallte es zweimal – nach einer Pause noch einmal. Kleiber nickte vor sich hin. Igor hatte recht, nicht alle Patronen sinnlos rauszuballern.
Er schaute zu dem weiten, nur vom Mond beleuchteten Platz hinüber. Zu sehen war nicht viel. Als er meinte, daß eventuelle Wachtposten jetzt weg sein müßten, stieg er aus dem Wagen und ging rasch zur Baracke.

Die Luft schmeckte – oder roch – vage nach Braunkohle, wie überall hier. Von der Baracke ging ein unguter, intensiver Geruch nach Beton und Feuchtigkeit aus.
Kleiber nahm einen Stein. Er wickelte ihn in seine Autojacke und zertrümmerte damit eine Fensterscheibe. Durch das Loch griff er ins Innere und öffnete das Fenster.
Nachdem er einen Augenblick gewartet und auf Reaktionen hinter sich im Gelände oder vor sich im Gebäude gehorcht hatte – sehen konnte er fast nichts –, stieg er in den Raum ein.

45

Hinter dem Fenster duckte Kleiber sich. Aus dem Handschuhfach seines Wagens hatte er die Stableuchte mitgenommen. Bevor er sie anknipste, legte er die Hand über den Lichtkopf, um abzublenden.
Sein Gehör orientierte er nach draußen. Allerdings war ihm klar, daß er Igor kaum würde helfen können, falls dort etwas schiefging. Der Junge war allein mit – vielleicht – mehreren Feinden.
Er war kein »Junge« mehr, korrigierte Kleiber sich. Igor war Volkspolizist, Kollege. Jung, wendig, athletisch. Ausreichend trainiert.
Kleiber ließ den Lichtstrahl waagrecht über den Boden streichen.
Der Anblick, der ihn erwartete, überraschte durch makabre Schauerlichkeit. Ein Mensch war sozusagen gesichtslos gemacht worden. Man hatte ihm einen Beutel aus festem Packpapier über den Kopf gestülpt.
Vorsichtig näher herangehend, überzeugte Kleiber sich, daß

der Beutel unter dem Kinn zugebunden war – mittels einer Kordel aus Naturfasern. Kokos konnte es sein.
Nun bedauerte Kleiber, daß er Igor weggeschickt hatte. Der Tatort trug so deutlich Baumgärtners Handschrift, daß man ohne Übertreibung von dessen *modus operandi* sprechen konnte.
Kleiber schlitzte den Papiersack auf und hielt einen Finger an die Halsschlagader des Mannes, den er nach Igors Beschreibung als Chody erkannte.
Ein Puls war nicht festzustellen. Auch die Spiegelprobe ergab keine Reaktion. Chody war nicht mehr ins Leben zurückzurufen.
Ein kurzes, schwaches Geräusch veranlaßte ihn, die Lampe auszuknipsen. Er trat seitlich vom Fenster an die Wand und horchte.
Falls jemand draußen lauerte, mußte ihm das geöffnete Fenster auffallen. Kleiber bereute jetzt, es nicht geschlossen zu haben. Er hatte nicht daran gedacht.
Ein dumpfer Schlag ließ ihn zusammenzucken. Gleich darauf ertönten feste Schritte.
»Onkel Tilmann?«
Kleiber atmete auf. »Komm rein. Wie viele waren es?«
»Nur der eine.« Igor überkletterte die Fensterbank. »Er ist zurückgerannt. Vielleicht hat er gemerkt, daß er abgelenkt werden sollte. Also bin ich auch zurück. Ich hab' ihn von hinten erwischt – mit einem Stein.«
»Ausgezeichnet. In welchem Zustand sind deine Nerven?«
»Tote hab' ich schon gesehen... Geborgen, meine ich, von Unfallorten.«
»Mach dich auf einen unguten Anblick gefaßt.« Kleiber schaltete seine Lampe wieder ein und richtete den Strahl auf Chody.

»Sie haben ihn erstickt«, faßte Igor seinen Eindruck zusammen. Seine Stimme verriet, daß er in Leichensachen keine Erfahrung hatte. Sie zitterte deutlich.
»Ja – durch Überstülpen von etwas, das aussieht wie ein kleiner Zementsack. Das Material ist Packpapier. Es hat den gleichen Effekt wie eine Plastiktüte...« Er zögerte. »Es ist wichtig, daß du ganz ruhig und kalt bleibst, Igor.«
»Ich halte es aus.«
»Wenn du dich im Raum umsiehst, kannst du feststellen, daß das Szenario dem in *Hellespont Paradise* gleicht. Fenster und Türen sind zu. Die Leiche wird liegengelassen an einem Ort, wo voraussehbar niemand bald auftauchen wird... In welchem Zustand die Leiche sein wird, wenn man sie Wochen später findet, brauche ich dir nicht auszumalen. Fremdverschulden wird nicht mehr leicht nachzuweisen sein. Selbst wenn noch Spuren von Papier zu finden sind und Reste der Kordel. Naturfaser braucht nicht ganz und gar zersetzt zu sein. Aber wenn du bei einer Leiche in fürchterlichem Zustand Reste von Papier und Naturfaser findest, was denkst du?«
»Nichts. Ich bin auch nicht die Mordkommission.«
»Hellsehen kann niemand. Ich hab' den üblichen Fotoapparat im Auto. Den hole ich jetzt. Wir machen Tatortaufnahmen.«
Er wartete.
»Herrgott, Onkel Tilmann! Ich bin Polizist. Ich kann keinen Mord vertuschen helfen.«
»Vielleicht tust du eben das, wenn du ihn meldest. Deshalb bin ich dafür, daß wir Fotos machen und daß du deine Zeugenaussage in Berichtsform niederschreibst.«
»Ich soll *nicht* unsere zuständigen Organe rufen?«
»Das Risiko ist zu groß. Vielleicht reicht die Macht der

schwarze Linie weiter, als du meinst. Statt daß *wir* Baumgärtner zur Verantwortung ziehen, könnte er *uns* verhaften lassen. Was dann?«

Igor ließ sich diese Variante durch den Kopf gehen. »Westlicher Topkriminalist mit hiesigem Volkspolizisten bei totem Polen angetroffen. Haltlose Anschuldigungen gegen hochrangiges SED-Mitglied Baumgärtner...« Seine Miene umwölkte sich. »Die Umstände hören sich nicht gut an. Wir könnten uralt aussehn.«

»Ich hole also die Kamera? Und du lieferst deinen schriftlichen Bericht nach? Und wir deponieren beides bis zu günstigerer Stunde an einem sicheren Ort?«

»Ist vielleicht das Beste. Was machen wir mit ihm?« Er meinte den Bewußtlosen draußen.

»Schau dir seine Papiere an. Nimm die Personalien in deinen Bericht auf. Er stand Wache, nicht obwohl, sondern weil er wußte, daß eine Leiche in dem Raum lag. Das allein stellt eine schwere Straftat dar.«

»Aber wir lassen ihn nicht verhaften.«

»Wie denn?« Kleiber wurde ungeduldig. »Du mußt schnell entscheiden, Igor. Wenn uns jemand überrascht...!«

»Ja, mach zu.« Er entnahm der Lederjacke des Bewußtlosen die Papiere.

Der Mann regte sich und stöhnte.

Ratlos starrte Igor ihn an. Alles, was in dieser Nacht geschah, überforderte ihn. Nichts, was er tat, schien richtig zu sein.

Kleiber kam zurück und begann sofort mit den Blitzlichtaufnahmen.

»Ich muß ihn noch mal schlagen, er kommt zu sich.«

»Zieh ihm das Hemd aus und verbinde ihm damit die Augen. Warte, zuerst muß ich ihn fotografieren... Er darf dich

nicht erkennen. Seine Hände fesseln wir mit seinen Schnürsenkeln.«
»Baumgärtner wird sowieso wissen, daß ich es war, der noch mal nachsehen kam.«
»Das kann er nicht.«
»Wieso, wer sonst?«
»Der Typ hier wird ihm sagen, daß geschossen wurde. Du hast keine Waffe – soviel Baumgärtner weiß, oder?«
»Er wird annehmen, die Waffe stammt von dir.«
»Mein Lieber, ich hätte sie an den Grenzkontrollen vorbei ins Land schmuggeln müssen. Das wird er mir kaum zutrauen. Jedenfalls kann er nicht sicher sein.«
»Was sage ich, wenn er mir Fragen stellt?«
»Du weißt von nichts.«
»Wo war ich die ganze Zeit?«
»Zuerst zu Haus. Aber du warst aufgeregt und konntest dich nicht beruhigen. Deshalb bist du zu Rutger gelaufen – mach dich auf den Weg. Worauf wartest du?«
»Wo bist du die ganze Zeit?«
»Unterwegs zum Interhotel ›Stadt Leipzig‹. Da wohne ich während meines DDR-Aufenthalts. Ganz offiziell.«

46

Der Ausbau des Eisenbahnnetzes mit Leipzig als sächsischem Zentrum hatte Deutschlands Industrialisierung ab 1850 mit eingeleitet. Die Handels- und Industriemetropole verfügte noch immer über Gleisanlagen von imponierender Ausdehnung.
Kleiber verbrachte den Vormittag damit, sie sich anzuse-

hen. Wer hier einen Waggon suchen wollte, der büromäßig nicht erfaßt war, ließ sich auf ein Geduldsspiel ein.
Er bekam in Auerbachs Keller einen Tisch, nachdem er den Oberkellner mit einem Zwanzigmarkschein (West) bestochen hatte, und aß gut zu Mittag. Am frühen Nachmittag fuhr er in gemächlichem Tempo nach Weißenfels zurück.
Rutger Plank öffnete in Trainingshosen und Sweatshirt. Er war noch unrasiert, wofür er sich entschuldigte. »Der Nachtdienst...«
»Aber ich bitte Sie!«
Jennifer war einkaufen, Igor noch im Dienst. Rutger bot ihm von seinem Kaffee an, Kleiber akzeptierte und setzte sich zu ihm.
Rutger Plank war ein freundlicher Mensch. Er begann sofort, lebhaft über ein Thema zu plaudern, das ihn ehrlich zu interessieren schien: die italienische Küche.
Gelegentlich waren in der Ferne Polizeisirenen zu hören.
»Am Bahnhof muß was passiert sein«, äußerte Kleiber.
»Ja, ein Nachbar war hier und hat es ganz aufgeregt berichtet. Denken Sie, man hat einen Toten in einem Schuppen beim Gleiskörper gefunden.«
»Und da kommt gleich der Nachbar?«
»Für Weißenfels ist so was 'ne Sensation.«
»Weiß man schon Näheres?«
»Ich nicht. Aber wir können Radio hören, vielleicht bringen sie was darüber.«
Die nächste Nachrichtensendung verging jedoch, ohne daß auf den Toten von Weißenfels Bezug genommen wurde.
»Da heißt es abwarten«, bemerkte Plank fatalistisch. »Wenn sie uns informieren wollen, tun sie's. Wenn nicht, dann nicht.«
»Falls es Mord wäre, könnte man es nicht verheimlichen.«

»Die SED ist allmächtig, glauben Sie mir. Ich spreche aus Erfahrung. Es gibt niemand, der die Macht der Partei irgendwie einschränken könnte. Wenn die nicht wollen, daß wir was erfahren, erfahren wir es eben nicht. So einfach ist das.«

»Proteste hätten keinen Zweck?«

»Nicht den geringsten. Um Gottes willen! Wer an so was denkt, kann sich gleich den passenden Sarg aussuchen.«

»Sie übertreiben.«

»Na ja, ein bißchen vielleicht. Aber in Bautzen ist manch einer schon schneller gelandet, als er für möglich hielt.«

»So.«

»O ja!«

Nach einer Weile begann Kleiber, Leipzig zu preisen. Alter Industriestandort! Bildungsbürgerliche Atmosphäre!

Ihm fiel sonst kein Thema ein, über das er mit Rutger hätte sprechen mögen. Verhören konnte er ihn nicht. Er hätte nicht die Möglichkeit gehabt, aus einem Verhör die nötigen Konsequenzen zu ziehen.

VIERTER TEIL

Die chinesische Lösung

47

Die Verhaftung ließ Kleiber wie bei einem erkannten Terroristen unter dramatischen Umständen vornehmen. Formell war er dazu berechtigt; es wäre allerdings nicht unbedingt nötig gewesen. Juristisch gesprochen: Man hätte anders »ermessen« können.

Drei Beamte der Staatsschutzabteilung des zuständigen Präsidiums der Polizei holten Rutger Plank um fünf Uhr morgens aus der Wohnung seiner Mutter. Er war erst seit zwei Tagen in der Bundesrepublik.

Die Einschüchterung gelang. Nachdem Rutger zunächst empört geleugnet hatte, sich in irgendeiner Weise gegen die Staatsinteressen der BRD vergangen zu haben, ging er zu trotzigem Schweigen über. Er brach es nur noch, um einen Rechtsanwalt zu verlangen.

Es wurde Zeit für Kleibers Auftritt. Er war schon vormittags aus Köln eingeflogen und mit einer Linienmaschine der Lufthansa in Stuttgart gelandet. Dort mietete er einen Wagen und fuhr bei Degerloch ab in jenen Stadtbrei, der irgendwann aufhört, Stuttgart zu sein, und dann Fellbach heißt.

Die Kollegen Staatsschützer empfingen ihn freundlich, aber auch erleichtert. Man hatte von Rutger Plank genug, der den Beamten taktlos vorhielt, in einer freiheitlichen Republik dürfe es eigentlich gar keine Staatsschutzabteilungen bei den Kriminaldirektionen geben. Er rührte damit an of-

fene Wunden. Jeder idealistische junge Kripo-Kommissar, wenn er nicht gerade das Gemüt eines Fleischerhunds hatte, mußte sich in unguter Reihe sehen.
Arbeiterfeindlicher Bismarckstaat. Wilhelminischer Obrigkeitsstaat. Weimarer Republik mit ultrarechter Beamtenschaft und besonders Justiz. Das Dritte Reich. Der Arbeiter- und Bauernstaat stalinistischer Prägung.
Hatten deutsche Staatsschützer jemals irgendwo irgendwas *richtig* gemacht?
»Sollten wir ihn nicht laufen lassen?« wurde Kleiber geradezu gefragt. »Der arme Teufel kommt sich schon wieder vor wie bei der Stasi!«
»Nein«, antwortete Kleiber und nahm damit die Last der überaus unerfreulichen Tradition auf seine Schultern.
Rutger Planks Miene hellte sich auf, als Kleiber eintrat. »Das glaub' ich nicht!« rief er. »Eben noch denk' ich an Sie – daß ich Sie anrufen und um Hilfe bitten könnte. Ich wußte bloß nicht mehr die Abteilung. Staatsschutz war es nicht!«
»Personenschutz.« Kleiber schüttelte ihm lächelnd die Hand.
»Genau das, was ich jetzt brauche!«
Kleiber knipste sein Lächeln aus. »Herr Plank, *ich* habe Ihre Verhaftung anordnen lassen.«
»Was haben Sie?« Rutger starrte ihn an.
»Sie sind ein guter Schauspieler.«
»Warum soll ich schauspielern? Ich hab' nichts zu verbergen!«
Kleiber legte die Skizze des Düsseldorfer Regierungsviertels vor ihm auf den Tisch.
»Machen Sie mich nicht wahnsinnig, Herr Kleiber! Mit diesem angeblichen Anschlag auf Nordrhein-Westfalen habe ich nichts, im Wortsinne *nichts* –«

»Halten Sie die Luft an«, fiel Kleiber ihm barsch ins Wort. »Ich habe Ihnen bereits in Weißenfels erklärt, daß ich Offensivwaffen suche, deren Transport nach Osteuropa Ralf Ott vor seinem Tod im Auftrag des Büros Baumgärtner organisiert hat. Erste Anlaufstation war ein polnischer Gewerkschafter namens Chody in Krakau. Er hat die Waffen in Empfang genommen und in einen Eisenbahnwaggon umgeladen. Der Waggon wurde nach Weißenfels geschickt. Dort sind die Waffen zwischengelagert worden. Unter Ihrer Aufsicht, Herr Plank, ist die Ladung wieder auf Schiene gesetzt worden und rollt derzeit – niemand außer Ihnen weiß, wohin. Sie haben den Zug sterben lassen. Zumindest den Waggon, er ist büromäßig nicht existent. Wahrscheinlich wurde er bei Leipzig ausgestellt. Die Waffen für einen Anschlag in Düsseldorf liegen also bereit. Ein Motiv gibt es auch! Im Oktober stellt eine hochkarätige Delegation aus Nordrhein-Westfalen die Kultur ihres Bundeslandes in Sachsen vor. Das soll der deutsch-deutschen Verständigung dienen. Jede Verständigung kann nachhaltig torpediert werden, wenn man *vorher* ein Attentat...«

»Wer soll so etwas machen?«

»Sie beantworten bitte meine Fragen, Herr Plank! Nicht umgekehrt.«

»Glauben Sie, was Sie da sagen?«

»Ich stelle die Fragen.«

»Mein Gott«, ächzte Plank. »Ich hab' mit diesem Waggon überhaupt nichts mehr zu tun. Der ist nicht nur für die Reichsbahn gestorben. Auch für mich! Ich will ja gar nicht mehr zurück.«

»Sie wollen in der Bundesrepublik bleiben?«

»Ja!«

»Und Jennifer?«

»Die beantragt Ausreise. Dann kommt sie auch.«
»Ich glaube, ich fange an zu verstehen. Das war also Ihr Geschäft mit Baumgärtner... Oder vielmehr, mit Ralf Ott. Sie haben mit Ralf direkt verhandelt, nicht?«
Rutger nickte.
»Kaum zu glauben, daß er sich gerade an Sie gewandt hat!«
»Er hatte nichts gegen mich. Ich meine, er hat mir nicht übelgenommen – Sie kannten ihn doch.«
»Er konnte nicht auf Jennifer verzichten!«
»Das stimmt schon. Aber er war nicht eifersüchtig in dem Sinn, daß er mir was nachtrug.« Er stockte. »Im Gegenteil«, meinte er nach einer Weile. »Ich hatte sogar das Gefühl, es ist ihm recht gewesen, daß er mit mir geschäftlich in Verbindung blieb. Weil damit sein Kontakt zu Jennifer und Igor abgesichert wurde. Ralf suchte meine Freundschaft. Mein... mein Wohlwollen!«
Kleiber hielt für wahr, was Rutger sagte. So ein Verhalten wäre echt Ralf gewesen. Eigentlich vermied er Konfrontationen. Er suchte Arrangements. Eben diese Schwäche – das Unvermögen, Konflikte auszuhalten – kompensierte er durch Anschluß an die Partei des unnachsichtigen Klassenkampfes.
Noch hatte Kleiber nicht Platz genommen. Stehend türmte er sich über und vor dem erschütterten Rutger auf. Jennifers athletischer »Jungbrunnen« machte inzwischen den Eindruck eines Nervenbündels.
»Muß ich – muß ich wirklich in den Knast?«
Kleiber ließ einige Zeit verstreichen. Es war ein typisches kriminalpolizeiliches Büro. Der besseren Sorte allerdings, denn es stand nur ein Schreibtisch darin. Daran nahm Kleiber jetzt Platz, um den Abstand zu Rutger gleichzeitig aufzuheben und zu unterstreichen.

Obgleich sie sich erstmals privat begegnet waren, durfte beim Verhörten kein Eindruck von Kumpanei aufkommen.
Außer dem Schreibtisch stand ein Kleiderschrank in dem Raum. In einem Anfall von Großmut hatte die Verwaltung ein Waschbecken einbauen lassen. Begrünt war das Ambiente durch einen Gummibaum.
»Sie sind wieder auf ärztliches Attest raus? Weil Ihre Mutter gefährlich erkrankt ist?«
»In dem Alter kann jeder Schnupfen gefährlich sein.«
»Ihre Mutter hat also nur Schnupfen?«
Er zuckte die Schultern.
»Das freut mich. Ich hatte Gewissensbisse, die alte Dame durch den polizeilichen Überfall heute früh zu erschrekken...«
»Die war mehr tot als lebendig!« rief er hoffnungsvoll.
»Also, soviel ich hörte, hat sie sich mehrerer Beamtenbeleidigungen schuldig gemacht. Wir verfolgen das selbstverständlich nicht... Was hinterläßt sie Ihnen eines Tages, wenn es wirklich soweit ist?«
»Praktisch nichts. Sie haust ja noch in den Möbeln von vor dreißig Jahren. Die haben keinen finanziellen Wert mehr. Sonst hat sie auch nichts. Sie lebt von Sozialhilfe.«
»Dann lassen Sie drüben immerhin einiges zurück? Ihren sicheren Job, die Kollegen, die Wohnung... Wollen Sie mit Jennifer bei Ihrer Mutter einziehen?«
»Der Hauswirt hat gesagt, daß ich nicht bleiben kann, wenn sie stirbt. Solang sie lebt, bleibt sie drin. Danach vergibt er die Wohnung anderweitig, er hat es schon zugesagt.«
»Eine zu Weißenfels gleichwertige Wohnung zu finden, ist nicht leicht, Herr Plank. Ich meine, nicht billig.«
»Das ist mir klargeworden.«

»Na ja, wenigstens haben Sie vorerst eine Unterkunft...«
Zu seiner Überraschung schüttelte Plank den Kopf. »Ich such' ein Zimmer.«
»Warum das denn?«
»Ich hab' regelrecht Angst, abends heimzugehen. Wenn ich noch 'n Film sehen will, meint sie: Der ist doch Schrott! Den brauchst du nicht anzugucken, komm ins Bett. Vorher machst du diese Tür zu und jenes Fenster auf. Den Heizkörper schaltest du ab und jenen Apparat an... Da es ihr Fernseher ist, knipst sie sich das Programm ein, das sie sehen will, pooft sofort und wacht aber blitzartig auf, wenn ich *mein* Programm einschalte – nee.«
»Trotzdem wollen Sie hierbleiben?«
»Ich finde was Eigenes.«
»Wie ist eigentlich Ihre finanzielle Situation?«
»Schlecht. Wäre ich über Gießen eingereist, hätt' ich schon meine Papiere. So muß ich warten. Alles schwebt noch. Auf dem Arbeitsamt haben sie gesagt, ich krieg' Stütze – mit der Post. Bis jetzt hat der Briefträger noch nichts Bares, Knisterndes abgeliefert! Der Paß dauert sechs Wochen, höre ich.«
»Für Bundesbürger auch, er muß erst gedruckt werden.«
»Arbeiten gehn, dagegen hab' ich nichts. Die Bundesbahn will mich nehmen, aber ich muß erst 'ne Art Eignungsprüfung machen. Wahrscheinlich, ob ich sie alle beisammen hab'. Dann setzen die mich als Zugbegleiter ein, wie sie es nennen.«
»Sie wären lediglich Schaffner? Das ist ein enormer Abstieg! Drüben sind Sie ein wichtiger Mann in der Güterabfertigung... Oder haben Sie wegen der kleinen, eh, Unterschlagungen unliebsames Aufsehen erregt?«
»Bis jetzt nicht.«

»Versuchen Sie doch, auch bei uns was im Gütertransport zu kriegen.«
»Der ist bei der Bundesbahn rückläufig und total rationalisiert.«
»Dann am Flughafen oder in einer Spedition!«
»Da müßte ich erst umschulen... Es ist keine Steinbrucharbeit, abwechslungsreich, und ich bin im Kontakt mit Menschen. Was haben Sie gegen Schaffner?«
»Nichts.« Kleiber dachte an Jennifer. Sie war mit Männern liiert gewesen, die über dem Status eines Zugschaffners standen.
»Jedenfalls hab' ich mein Sicheres. So sicher wie der Sozialismus drüben ist's eh... Der zentrale Punkt ist, ich verliere nichts, wenn ich bei der Bahn anfange. Die berücksichtigen meine Dienstjahre, die Zeit drüben wird angerechnet wie eine Zeit hier.«
»Falls Sie nicht silberne Löffel stehlen.«
»Das ist klar.«
»Ihnen müßte daran gelegen sein, uns zum Freund zu haben.«
»Die Polizei? Logo.«
»Wo sind die Waffen?«
»Ich versteh' schon.« Plank starrte ihn verzweifelt an. »Sie glauben, ich lüge Sie an.«
»Auch bei der Reichsbahn weiß ein Bürochef – das sind Sie während Ihrer Schicht – ganz genau, welcher Waggon wo steht.«
»Passen Sie auf. Was ich jetzt sage, sind Fakten, die können Sie überprüfen lassen! Es gibt bei uns 'ne vierteljährliche Waggonzählung! Da haben wir jedesmal zwei bis vier DIN-A-4-Seiten, die sind eng bedruckt mit den Nummern von Waggons, die gesucht werden. Auf einer solchen Seite sind

achtzig bis hundertzwanzig Waggons untereinander in engem Zeilenabstand mit Maschinenschrift aufgelistet. Wer einen Waggon findet, kriegt zwanzig Mark!«

»Von der Reichsbahn?«

»Von der Reichsbahn! Es werden Waggons gefunden, die dürften eigentlich nie angekommen sein! Wieso ist er da? fragt man sich entsetzt. Ein Waggon steht in Halle. Er sollte nach Cottbus – von Magdeburg aus. Hunderte solcher Waggons geistern durch die DDR.«

»Jemand wird sie doch sehen!« rief Kleiber erschüttert.

»Hier steht ein Waggon, man hat ihn auf keinem Zettel, er ist nicht registriert – ich weiß nicht mehr, was ich sagen soll.«

»Na ja, sicher, man findet die Waggons. Man sieht sie. Sie stehn irgendwo.«

»Und dann?«

»Mer müßte sich kümmern, e Protokoll schreiben. Nee! Wieso ich? Solln sich andere dermit rumergern.« Er sprach jetzt fast reines Sächsisch, was die Äußerungen besonders authentisch erscheinen ließ.

Das mochte die Absicht eines Betrügers sein.

»Ich warne Sie, Herr Plank. Ich habe tatsächlich Möglichkeiten, Ihre Angaben gegenzuchecken. Was Sie sagen, kann nicht der Wahrheit entsprechen. Dann würden ja ganze Waggonladungen – Lebensmittel zum Beispiel – auf Abstellgleisen vor sich hinfaulen...«

»Nu sicher! Und wemmerse nach sechs Wochen uffmacht, is alles kaputt!«

»Und den Verantwortlichen geschieht nichts? Man geht nicht gegen sie vor?«

»Wir ham in Weißenfels einen Nachbarn. Oberinspektor. Vierzig Jahre bei der Bahn. Sechshundert bis siebenhundert

Mark Rente. Dazu noch 'ne kleine freiwillige Zusatzrente. Er hat Freifahrt erster Klasse für zwei Auslandsreisen pro Jahr. Sonst ist Ruhe... Der Igor, der kriegt als Anfänger bei der Vopo mehr Geld als dieser Oberinspektor. Was glauben Sie, wie der Alte sich fühlt? Und jetzt frage ich Sie, was wollen Sie dem Mann wegnehmen, mit was wollen Sie ihm drohen? – Dem kann nischt, iberhaupt nischt bassiern.«

48

»Er sagt, er hat die Ladung an einen bestimmten Gleiskilometer geschickt. Dort sei sie übernommen worden. Von wem, wisse er nicht.«

»Er lügt«, vermutete Günter Wittrickoff.

»Nein, es ist die Wahrheit«, widersprach Eva Kellner. »Wüßte er, wo die Waffen jetzt zu finden sind, hätte man ihm die Ausreise nicht gestattet. Baumgärtner hätte Mittel und Wege gefunden, den Träger eines solchen Geheimnisses innerhalb seines Machtbereichs festzuhalten.«

»Wie lange wollen Sie ihn brummen lassen?« fragte Franz Streibel mitfühlend.

»Sie sind der einzige Humanist in unserer Runde.« Kleiber seufzte. »Ich kann ihn erst laufen lassen, wenn er mit einer Information rüberkommt, die uns an die Waffen heranführt.«

»Okay – aber falls Baumgärtner erfährt, daß Plank in der Kiste sitzt, muß er davon ausgehen, wir haben mehr aus ihm rausgekriegt, als tatsächlich der Fall ist«, rief Eva.

»Na und?« fragte Wittrickoff.

»Dann läßt er Jennifer nicht legal ausreisen«, antwortete Kleiber. »Allerdings sind wir nicht für Jennifer verantwortlich.«

Streibel sagte: »Es ist noch eine sehr unangenehme Variante zu bedenken. Vielleicht vermutet Baumgärtner gleich ganz richtig, daß wir bestimmte Informationen von Igor gekriegt haben. Und sie jetzt Plank vorhalten. Wenn er das annehmen muß – daß Igor gesungen hat –, bringt er ihn zum Schweigen. Für immer.«
Kleiber nickte. »Erst Ralf, dann seinen Sohn. Lasse ich Rutger aber frei, dann ist damit zu rechnen, daß er Baumgärtner direkt *sagt,* wir hätten Informationen von Igor bekommen. Um sich selbst zu entlasten, Baumgärtners Wut von sich abzulenken...
»Und was heißt das alles?« fragte Wittrickoff ungeduldig. Er war ein Mann der Tat, Theorien langweilten ihn.
»Das heißt, wir sollten unsere Mordanklage gegen Baumgärtner schnellstens an den Generalstaatsanwalt der DDR...« fing Eva an.
»Nein«, widersprach Kleiber.
»Aber...«
»Die Reihenfolge ist falsch. Auch wenn wir Baumgärtners Verhaftung erreichen würden – was ja wohl zweifelhaft ist, um das mindeste zu sagen –, wüßten wir immer noch nicht, wo die Waffen sind!«
»Verstehe«, meinte Eva und nickte. »Erst die Waffen finden – wie?«
Kleiber sagte nach einer Pause: »Führen Sie Iris Zeisinger vor.« Er wandte sich an Streibel: »Sie machen mit Ihrem Beschuldigten weiter.«
»Und ich?«
»Sie bleiben bitte hier, Günter.« Kleiber kniff ein Auge leicht zusammen. »Spielen Sie alles aus, was Sie haben. Ich glaube, es wirkt bei ihr.«
Wittrickoff blickte bescheiden lächelnd auf den Fußboden.

Als Eva mit Iris erschien, stand Kleiber mit dem Gesicht zum Fenster. Er blickte auf den Kottenforst hinaus, der von Tag zu Tag wildere Herbstfarben anlegte. Es war eines der schönsten Panoramen, die im ganzen Land zu haben waren. Vergaß man, was im BKA ablief, konnte man sich fühlen wie mitten in einem Grimmschen Märchen.

Er wandte sich um, als das Stühlerücken beendet und Wittrickoff mit seinem beruhigenden Gemurmel – ob er ihr was zu trinken bringen dürfe, Kaffee, Tee, einen Saft? Was zu rauchen? – fertig war.

Eva Kellner hatte sich ganz nach hinten, bis an die Wand, zurückgezogen.

Günter saß an der Schmalseite des Schreibtisches und lächelte zuversichtlich

Iris blickte finster in ihren Schoß.

Kleiber setzte sich. »Meine Mitarbeiter berichten, daß Sie Gelegenheit hatten, einiges von unserm Filmmaterial zu sehen.«

»Es ist ekelhaft, in der Privatsphäre bespitzelt zu werden. Demütigend. Ich stelle mir vor, mit welchem Gaudium Ihre ganze Abteilung mir beim Duschen zugesehen hat!«

Kleiber warf Eva einen kurzen Blick zu.

Sie sagte in sarkastischem Ton: »Ich war fürs Vorsortieren der Aufnahmen zuständig. Spaß hat es mir keinen gemacht.«

Nach kurzem Schweigen fragte Wittrickoff: »Warum hat es keinen Spaß gemacht?«

»Weil ich meine Zeit mit was Besserem verbringen möchte als mit unbefriedigten Sekretärinnen, die sich aus Frust mit KGB-Romeos auf die Matratze legen! Gibt nichts Öderes auf der Welt.«

Die Zeisinger verfärbte sich.

Sie war keine junge Frau mehr, aber eine attraktive. Es war weniger Schönheit, was sie auszeichnete, als ein Gesamteindruck von vitaler Intelligenz – und Humor.
Sie war eine Persönlichkeit von Format. Wäre sie es nicht gewesen, hätte sie den Job als Vorzimmerchefin des Bundespräsidenten gar nicht bekommen. Jetzt, im Wissenschaftsministerium, waren die Anforderungen bescheidener.
Die Vorstellung, daß eine solche Frau sich mit einem Gangster zusammengetan haben sollte, um durch eine Geiselnahme des Bundespräsidenten Geld zu erpressen, kam Kleiber immer unwahrscheinlicher vor. Als das Verbrechen aktuell gewesen war, hatte er jedoch keine andere Erklärung für ihr Verhalten anzugeben gewußt. Es ging in der Kriminalistik manchmal zu wie in der Politik: Für bestimmte Vorgänge, die zunächst rätselhaft schienen, suchte man fieberhaft nach Erklärungen – und verfiel auf die falschen, weil man nicht genug wußte.
»Wollen Sie mich durch Schweigen terrorisieren?« fuhr sie ihn an.
»Nein, Frau Zeisinger. Ich habe nachgedacht. Über die Rolle Conrad Baumgärtners in Ihrem Leben.«
»Er hat im Leben vieler Leute eine bedeutende Rolle gespielt. Und tut es noch!«
»Sie haben sich gerade bitter über unsere Indiskretion beklagt. Trotzdem würde ich zu gern eine weitere begehen. Ich tue es einfach und frage Sie! Wie kommt eine Frau, die so schön, so charmant ist wie Sie – wie kommt sie an Baumgärtner? Was finden oder fanden Sie an ihm?«
»Macht.« Sie lächelte ein wenig und warf unter gesenkten Lidern einen Blick auf Günter Wittrickoff.
Günter nickte voller Verständnis, wie ein älterer Bruder. Zugleich brachte er es fertig, einen Ausdruck von Schmerz in seine Miene zu legen.

Sie wurde darauf aufmerksam und wiederholte langsam: »Macht bedeutet, der Mann bietet Sicherheit. Wer Macht hat, kann mich schützen.«
»Es war also tatsächlich eine Art Sex-Appeal? Entschuldigen Sie meine plumpe Fragerei. Es interessiert mich.«
»Erfolg ist bei Männern der Sex-Appeal.«
»Ich mag die Loser«, piepte Eva von hinten.
»Wenn man Ersatz sucht für kleine Kinder, die man gern hätte, um sie zu betütteln...« Iris brach ab.
Eva grinste Kleiber zu und nickte mehrmals kurz hintereinander: Allmählich wird sie weich.
Iris war jedoch noch nicht für die Fangfrage reif. Das brauchte seine Zeit.
»Sie haben drei Killer zu Ilsabe Büyük geführt...«
»Stimmt nicht! Ich wußte doch nicht, was sie vorhatten. Ich wußte nicht mal, daß sie mir folgten. Alles, was ich wußte, war, daß Herr Baumgärtner das Adreßbuch zurückhaben wollte...«
Kleiber rief Streibel aus dem Nebenzimmer und bat ihn, das Protokoll des Verhörs mit dem überlebenden Türken vorzulegen.
Streibel erschien und fing an zu blättern. »Wir können auch eine direkte Gegenüberstellung machen. Er sagt aus – hier steht es, ich lese wörtlich: Wir nehmen Kontakt mit Zeisinger auf, und sie schlägt vor, wir treffen Ilsabe am Hauptbahnhof Dortmund...«
»Ich wußte nicht, daß die drei Männer bewaffnet waren und einen Mordanschlag planten!«
»Was dachten Sie denn, das die drei mit Frau Büyük vorhätten?«
Sie suchte nach einer plausiblen Erklärung, fand keine und rief ärgerlich: »Ich habe mir keine Gedanken darüber gemacht!«

Dünn, dachte Kleiber. Da es ihm lieber war, wenn sie selbst es merkte, sprach er es nicht aus.

»Die drei haben in Istanbul einen Anschlag auf *mich* verübt«, vertraute er ihr statt dessen an.

»Das kann ich doch nicht – konnte ich nicht wissen.«

»Baumgärtner hat diese Kleinigkeit nicht erwähnt?«

»Nein! Sie kennen die Art und Weise unserer... Kommunikation. Die Nachrichtenwege sind so problematisch, daß man nicht viel mitteilt. Nur das Nötigste.«

Die Vernehmungsbeamten grinsten. Das hatte sie schön gesagt. Ein toter Briefkasten war ein problematischer Nachrichtenweg.

»Ich würde so gern ein Geschäft mit Ihnen machen«, gestand Kleiber, nachdem die Atmosphäre wieder ernster geworden war.

»Wenn ich Ihnen über Baumgärtner sage, was Sie wissen wollen, bin ich tot! Der Mann ist sehr mächtig.« Sie warf Wittrickoff einen hilfesuchenden Blick zu: »Was nützt es mir, einige Jahre früher – mmm – enthaftet zu werden, und man bringt mich dann sofort um?«

Darauf antwortete Kleiber nicht. Ein Schweigen breitete sich aus, das immer schwerer zu ertragen war – besonders für die Verhörte.

Sie brach es zuerst: »Wenn ich die Zusicherung bekäme, daß ich mit einer neuen Identität in einem Land wie Australien – um nur ein Beispiel zu nennen! So was wird doch gemacht.«

»Selbstverständlich. Aber nicht mit Leuten, die unsern Bundespräsidenten beinah entführt hätten.«

»Das können Sie nicht beweisen, und Sie wissen es.«

»Wir meinen, wir können. Ich gebe allerdings zu, daß unsere Beweisführung einem sehr strengen Gericht nicht absolut zwingend erscheinen muß. In diesem Fall würden Sie nur wegen nachrichtendienstlicher Tätigkeit verurteilt.« Er tat so, als müsse er diese Dinge erstmals genau durchdenken.

Iris preßte ihre Hände zusammen wie zum Gebet. Sie hob diese betenden Hände Wittrickoff entgegen: »Er sagt, er will ein Geschäft mit mir machen. Warum bietet er mir nichts an?«

»Vielleicht ist der Bundespräsident nicht entzückt von der Idee.«

»Das könnte ich verstehen«, antwortete sie bewegt. »Obwohl er nicht weiß...« Sie brach ab. »So ein enorm privilegierter Mensch weiß manches nicht.«

Kleiber wurde aufmerksam. Der Gedanke war ihm nicht neu, er hatte ihn selbst schon gehabt – daß sie teilweise aus Eifersucht auf den Bundespräsidenten und seinen Erfolg gegen ihn angetreten war. Er sagte:

»Ich kann nicht zu ihm gehen und vorschlagen, Sie laufen zu lassen, wenn ich nicht weiß, was ich dafür kriege. Sie müßten schon eine Andeutung machen, was Sie eventuell zu Geheimprotokoll geben würden... Darf ich mal laut denken? Solang Sie nichts sagen, nehme ich an, ich liege richtig.«

»Keine Reaktion von mir heißt kein Dementi?«

»Genau. Was ich damals nicht ahnte, aber heute weiß: Es gibt in der DDR so was wie eine Privatpolizei der Staatsführung. Diese Truppe wird von Baumgärtner befehligt. Sie schafft Devisen ran – mit allen Mitteln, auch verbrecherischen. Selbst vor Rauschgiftschmuggel scheut man nicht zurück... Es ist klar, daß diese schwarze Linie der staatlichen Exekutive, diese illegale Organisation, in ihrer Funktionsfähigkeit entscheidend behindert wäre, wenn sie nicht mehr mit den Machtmitteln eines ganzen Staates rechnen könnte. Solang Baumgärtner in der DDR seine Gönner an der Macht weiß, hat er immer eine Ruhezone, in die er sich zurückziehen kann. Wo niemand ihn zur Rechenschaft zieht. Er kann sich Waffen besorgen, Papiere jeder Art. Verkehrsmittel wie Flugzeuge stehen zu seiner Verfügung... Bis jetzt haben Sie noch nichts gesagt.«

»Nein, hab' ich nicht.«

»Okay. Für uns alle war es damals unfaßlich, daß Sie – ein vom KGB und von der Stasi gesteuerter Maulwurf – den Bundespräsidenten nicht nur verraten, sondern entführen wollten. So was macht der KGB nicht, dachten wir, und die Stasi auch nicht. Sie hätten Angst vor dem Skandal.« Er wartete.

Sie schwieg weiterhin.

»Unsere Überlegung scheint mir immer noch richtig. KGB und Stasi hätten so etwas tatsächlich nicht getan. Aber Baumgärtner, der Mann fürs Grobe, der war dazu fähig. Und zwar in seinem ureigensten Interesse. Er engagierte den Exilkroaten Bantelić, mit Ihnen – geführt von Ihnen – den Bundespräsidenten als Geisel zu nehmen. Weil damit der Staat Jugoslawien destabilisiert worden wäre. Destabilisierung von Staaten mit sozialistischer Gesellschaftsordnung bedeutet eine Schwächung von Gorbatschows Position. Es war eine für Baumgärtners Denkweise typische Aktion: Er hätte durch die Geiselnahme des Bundespräsidenten eine Menge Geld in die Hand bekommen – wir hätten es bezahlt, um den Präsidenten nicht zu verlieren. Gleichzeitig wäre durch die Belastung der Jugo- und Kroatenszene und die folgende Destabilisierung Jugoslawiens Gorbi geschwächt worden, Baumgärtners Seilschaft in der DDR gestärkt.«

Noch immer sprach sie nicht.
Kleiber atmete tief ein: »Wenn Sie mir bestätigen, daß das stimmt, und es mir sogar beweisen können...!«
»Wie soll ich es beweisen?«
Zeit für die Fangfrage: »Baumgärtner verfügt über eine schwarze – illegale – Miliz und rüstet sie mit Bürgerkriegswaffen aus. Er hat diese Waffen bereits in die DDR bringen können. Irgendwo bei Leipzig liegen sie. Wo?«
Langsam vergingen die Sekunden.
»Das wissen Sie nicht?« fragte Iris.
»Nein.«
»Dann haben Sie also keine Möglichkeit, Conny an der Ausrüstung seiner Miliz mit diesen Waffen zu hindern?«
»Nein«, antwortete Kleiber. Er wurde unsicher.
Sie lächelte. »In diesem Fall gibt es kein Geschäft.«
»Warum nicht?«
»Conny wird seine Macht und alle seine Möglichkeiten behalten. Ich wäre dumm, wenn ich mich gegen ihn stellte.«
»Ach was, er ist nur der Chuck Colson des Politbüros. Und was mit Colson passiert ist, wissen Sie.«
»Nein, keine Ahnung. Was mit Nixon passiert ist, das weiß jeder. Nixon verlor sein Amt.«
»Colson auch, er ist außerdem verurteilt und eingesperrt worden!«
»Weil er nur Nixon hatte! Aber Baumgärtner hat mehr als einen... Sponsor. Darf ich gehen? Ich bin müde.«
Kleiber sah Eva an. »Frau Kellner bringt Sie zurück.«
Als die Frauen draußen waren, sagte Wittrickoff: »Die würde ich nicht von der Bettkante stoßen. Es ist mein Ernst.«
Streibel fragte: »Was haben wir eigentlich jetzt noch für Eisen im Feuer?«

49

Jan Ziel fühlte sich bemüßigt, Karin zu erziehen. Es war nicht ganz mit der Situation im Einklang.
Sie hockte zwischen seinen gegrätschten Beinen auf dem Bett und machte sich ihm in geschäftiger Weise angenehm.
»Immer was in die Hand nehmen, hat meine Mutti mir beigebracht...!«
Trotzdem versuchte Jan, ihr Gewissen anzusprechen: »Ich finde es nicht richtig, wie wir mit deinem Verlobten umgehn.«
»Wie ich mit ihm umgehe, meinst du.«
»Auch meine Rolle gefällt mir nicht.«
»Er kriegt eine Superfrau! Oder bin ich keine Superfrau?«
»Es ist Betrug. Er glaubt, du freust dich auf die Hochzeit und liebst ihn.«
»I hab ihn gern. Des is was anderes. Hab ich ihm auch gesagt.«
»Warum entlobst du dich nicht einfach?«
»Er ist meine Sicherheit.« Sie hielt plötzlich inne: »Ja, sag bloß –! Willst du mi' heiraten?!«
Sie warf sich der Länge nach auf ihn und küßte sein Gesicht von oben bis unten, von links nach rechts.
»Halt, langsam!« rief er.
»Ah! Er erschrickt – zu Tod, wenn ich den waidwunden Blick recht versteh«, schloß sie beleidigt.
»Karin, sei nicht verrückt, ich hab' eine total ungesicherte Zukunft.«
Er versuchte, ihren von Schweiß noch glitschigen Körper fest- und von sich abzuhalten.
»Das stimmt.« Sie hielt inne und rückte von ihm ab. »Der Mauch ist in Leipzig«, gab sie nach einer Weile bekannt.

Inzwischen hatte der Sender auf Anraten des Redakteurs Flamm den Serienauftrag EUROPA – HAUS ODER BEUTE der Wiener Pallas-Film gegeben.

»Der Lump«, präzisierte sie.

»Warum braucht der eigentlich soviel Geld?«

»Der Mauch?«

»Entschuldige – deinen Chef meine ich natürlich, meine Gedanken waren schon weiter, bei Flamm. Er ist ja eigentlich schuld. Ich meine, man bezahlt und behandelt diese Leute wie Beamte. Damit sie es sich leisten können, korrekt zu sein – und dann sind sie's doch nicht!«

»Er hat hohe Ausgaben. Ein Ferienhaus in der Türkei...«

»Ja, davon hast du erzählt.«

»Da liegt auch ein Boot. Keins zum Rudern!«

»Es muß die nackte Gier sein!«

»Jan – bist du immer korrekt? Immer?«

»Meistens. Du hörst es ja, ich hab' schon Skrupel, weil ich irgendwie dazu beitrage, daß du deinen Verlobten hintergehst.«

»Irgendwie?« Sie grinste ihn an.

»Was macht er eigentlich in Leipzig?«

»Filmt die Montagsgebete.«

»Ausgeschlossen, Karin. Es ist jedem Journalisten strikt untersagt, Leipzig an den Montagen auch nur zu betreten...« Er richtete sich auf. »Verdammt, wen kann er *dort* bestochen haben? Das gibt's gar nicht. Ich meine, bis rauf in die SED-Spitze wird die Macht eines Mauch Karli nicht reichen!«

»Der kennt überall die Spitzen der Gesellschaft.« Sie gähnte.

»In Wien höchstens, sonst nicht.«

»Und der NATO-Generalsekretär?«

Sie hatte recht. Er wartete, bis sie eingeschlafen war. Dann machte er sich vorsichtig von ihr frei.
»Wenn dort der Bürgerkrieg angeht, drehen wir. Das wird *meine* erste Folge in dieser Serie.«
»Das gibt man nicht her, Allmacht. Ich weiß zufällig, daß der Klassenfeind aufrüstet... Ich meine die Partei, ihren harten Kern.«
Inzwischen hatte Gorbatschow die DDR besucht und der Bürgerbewegung mächtiges Leben eingeblasen.
Mauch unterhielt Geschäftsverbindungen nach drüben, wie er im Sender geheimnistuerisch erklärt hatte. Seinen Andeutungen nach waren es eher »Connections« zu SED-Größen, die einen gewaltsamen Zusammenstoß mit der Opposition suchten und sich seit langem darauf vorbereiteten.
Nur hatte Jan das nicht ernst genommen. Sagen konnte Mauch viel; besonders in einem Verkaufsgespräch.
Er ging in sein Arbeitszimmer und rief im BKA an. Er verlangte seinen Vater.
Kleiber rief nach einiger Zeit zurück und freute sich, von ihm zu hören.
»Du, ich hab' eine Information«, sagte Jan nach Beendigung der Freundlichkeiten. »In Leipzig stehn am Montag bürgerkriegsähnliche Zustände bevor... Ich dachte mir, irgendwen sollte ich vorwarnen. Oder wißt ihr es schon?«
»Kann sein, daß die Dienste es wissen. Mir ist es neu. Wie hart ist die Information?«
»Also, Karl Mauch dreht in Leipzig. Wie er da hinkommt, weiß ich nicht, die Stadt ist ›strictly a nono‹ für Kamerateams. Er hat offenbar eine Top-Connection zur SED. Und ich weiß von ihm selber, er rechnet mit einer chinesischen Liquidierung von Glasnost und Perestroika. Er hat es vor meinen Ohren im Sender angekündigt – Blut werde fließen.

Er spekuliert auf eine Wiederholung des Massakers vom Platz des Himmlischen Friedens in der DDR. Allen Ernstes.«

»Erzähl mir das ganz genau«, bat Kleiber nach einer Pause.

50

Noch nie hatten die konterrevolutionären Aufmärsche auf Igor Ott so bedrohlich gewirkt wie an diesem Abend. Es war der 9. Oktober. Volksdemonstranten – wie die sich selbst nannten – hielten die Leipziger Innenstadt praktisch besetzt. Die vorwiegend jungen Leute waren, so schien es Igor, bereit zu sterben.

Was anderes wäre ihnen auch nicht übriggeblieben, wenn der Staat seine Machtmittel genutzt hätte.

Die Organe und Militärs hatten alles für die Zerschlagung des Aufruhrs vorbereitet. Panzer standen in Bereitschaft, auch in Dresden. Krankenhäuser waren angewiesen, genügend Betten und Blutkonserven vorzubereiten.

Trotzdem zogen die Sicherheitskräfte sich von der Demonstrationsroute in Seitenstraßen zurück. Sie ließen die Kolonnen vorbeiziehen, aus denen es rhythmisch schallte: »Wir sind das Volk!«

Auch wir sind das Volk, dachte Igor Ott wütend. Ob die das noch wissen? Er war nicht in der Uniform der Volkspolizei angetreten. Heute trug er die Montur der Proletarischen Kampfreserve: blaue Windbluse und rotes Halstuch.

Sie rückten nicht im geschlossenen Verband an, sondern individuell. Igor war unter den letzten, die das Kellergewölbe weit hinter der Nikolaikirche erreichten. Er hatte bis zum Schluß gezögert, Baumgärtners Ruf zu folgen.

Als durchgezählt war – nur wenige fehlten –, wies Baumgärtner auf einige Fernsehleute hin, die Kameras und Scheinwerfer drehfertig machten. Igor hatte das Team bisher kaum bemerkt, er war zu aufgeregt gewesen. Pallas-Film Wien las er auf einem Kameragehäuse. Wien? Westliches Ausland. Wie kamen die hierher an den geheimen Einsatzort?
Baumgärtner erklärte es.
»Genossen Kämpfer«, begann er knapp, »was draußen in unserm Leipzig tobt, ist der Umsturz. Er hat begonnen am 2. Mai. Damals haben der ungarische und der österreichische Außenminister die befestigte Grenze zwischen dem Lager des Sozialismus und dem des Imperialismus symbolisch niedergerissen. Sie nannten es heimtückisch: Löcher in den Eisernen Vorhang schneiden. Die Fernsehkameras besonders der Österreicher waren dabei – drum soll heute, wenn wir dem Umsturz ein Ende setzen, ebenfalls ein österreichisches Fernsehteam das Geschehen begleiten.
Wir sind, Genossen, die Opfer eines beispiellosen Verrats. Nachdem der trojanische Maulwurf seine Wühlarbeit auch bei uns ungehindert verrichten konnte, hat im Politbüro unserer marxistisch-leninistischen Partei eine Clique ehrgeiziger Nachwuchstalente geputscht!«
Igor Ott konnte kaum glauben, was er da hörte. Es war jedoch offensichtlich, daß Baumgärtner seiner Sache sicher war. Er sprach mit tödlichem Ernst – teils zu ihnen, teils in die Kamera.
Der Mann, der ihm ein Mikro hinhielt, sah aus wie ein verfetteter Fuchs. Sein Gesicht war in unzähligen Schmunzelfalten zusammengezogen, und ununterbrochen nickte er ermutigend: Weiter, weiter!
Baumgärtner fuhr fort: »Der Putsch wurde ursprünglich

ausgelöst von einem Leipziger Kapellmeister. Der hat einen Aufruf skizziert, der in heuchlerischer Weise zur Gewaltlosigkeit mahnt. Inzwischen ist dieser Aufruf in den Kirchen verlesen worden. Genossen! Wer heute zögert, eine Demonstration verhetzten Pöbels zu zerschlagen, der beschwört den Bürgerkrieg herauf! Statt heute einige Verletzte haben wir dann nächste Woche oder nächsten Monat zehntausend Tote! Das ist die Gewaltlosigkeit des Herrn Dirigenten! Soll er weiter sein Orchester dirigieren und uns die Politik überlassen.«

Der Fuchs mit dem Mikro benutzte ein kurzes Atemholen Baumgärtners, um eine rasche Zwischenfrage zu stellen: »Befürworten Sie die chinesische Lösung, Panzer und Bajonette?«

»Auch die jetzige Putschfraktion im Politbüro hat sich noch bis vor kurzem für eine gewaltsame Klärung ausgesprochen! Inzwischen glauben die Herren, mit ihrem feigen Zurückweichen vor dem Maulwurf könnten sie sich die Macht im Staat sichern. Aber die Proletarische Kampfreserve ist nicht zusammengetreten, um zurückzuweichen. Genossen Kämpfer – an die Waffen!«

Er hatte es tatsächlich geschafft, die schweren Gewehrkisten in die Innenstadt von Leipzig und in diesen Keller zu bringen. Eine organisatorische Meisterleistung.

Der Mann hat was drauf! sagte Igor sich.

Die Angst, die er empfand, hing nicht mit Zweifeln an Baumgärtner oder an den MGL 40 zusammen. Baumgärtner hatte Führungsqualität unter Beweis gestellt; und die Waffe hatte sich während der Ausbildung als wirkungsstark und verläßlich erwiesen. Man durfte nicht näher als dreißig Meter an die Demonstration herangehen, das war die Mindestschußentfernung. Und man durfte sich nicht mehr als vierhundert Meter entfernen, das war die Höchstschußweite. Innerhalb dieser Parameter war man gegenüber jeder unbewaffneten Menge unüberwindlich – auch ohne gepanzerte Fahrzeuge, die von einer korrupten Führung am Einsatz gehindert wurden.

Aber war die Führung korrupt und daher moralisch zu disqualifizieren? Oder war es – bei all seinen fachlichen Qualitäten – Baumgärtner, dem man nicht mehr vertrauen durfte?

Diese Frage war es, die Igor bis zur Panik ängstigte.

Er bemerkte einen Luftzug neben sich. Bevor er den Kopf wenden konnte, wurde er grob beiseite gestoßen. Volkspolizisten, seine eigenen Kameraden, drangen lautstark, gewaltsam und blitzschnell in den Keller ein.

Die Putschfraktion hatte gesiegt. Sie ging gegen die bisherigen Machthaber vor... Wir werden jetzt alle verhaftet, schoß es Igor durch den Kopf. Fast war er erleichtert bei dem Gedanken, keine Entscheidungen mehr treffen zu müssen.

Kleiber ging an ihm vorbei...

Igor war so überrascht, daß er zunächst meinte, einer Täuschung aufzusitzen. Aber es war tatsächlich Kleiber, der hinter einem DDR-Funktionär nach vorn eilte.

Der Funktionär stellte sich als Generalstaatsanwalt vor und erklärte Baumgärtner in dürren Worten für verhaftet. Als Gründe nannte er Aufruhr und Mordverdacht. Igor hörte den Namen Chody.

»Die Anschuldigung ist völlig haltlos!« bellte Baumgärtner ihn an.

Kleiber sagte in lautem Ton: »Es gibt einen Zeugen namens Igor Ott. Er ist Mitglied der PKR. Vielleicht ist er hier im Raum.«

»Ott Igor möge vortreten«, forderte der Chefankläger.

Tiefe Stille folgte.
»Soll ich eine Ausweiskontrolle anordnen?«
Es hatte offensichtlich keinen Sinn, den Verschwiegenen zu spielen. Igor ging nach vorn.
Er fühlte Kleibers Lächeln, obgleich er es kaum sah.
Der Generalstaatsanwalt fragte nach seinen Papieren. Igor händigte sie aus. »Ich bin bei der Volkspolizei.«
»Ein Volkspolizist? Wissen Ihre Vorgesetzten, daß Sie Mitglied einer Privatarmee sind?«
Das klang nicht gut. »Es gibt welche, die es wissen. Andere nicht.«
»Haben Sie die Beschuldigungen verstanden, die ich gegen Herrn Baumgärtner vorbrachte?«
»Ja.«
»Können Sie als Augenzeuge bestätigen, daß der polnische Staatsangehörige Chody Marian von dem Beschuldigten ermordet wurde?«
Jetzt stand er doch noch vor einer Entscheidung und mußte wählen. Wer war er? Was wollte er?
Sein hilfesuchender Blick fiel auf Kleiber... Onkel Tilmann, Vaters Freund, nickte unaufgeregt, in aller Ruhe.
Letzten Endes bin ich Polizist, wurde Igor klar. Egal, wie plausibel man es ihm zu machen versuchte: Ein Verbrechen zu decken war falsch.
Er sagte: »Genosse Baumgärtner hat den Mord als Vorgesetzter zu verantworten. Das kann ich als Augenzeuge bestätigen.«
»Sie kommen mit, wir brauchen Ihre Aussage fürs Protokoll.« Der Chefankläger wandte sich an Baumgärtner: »Sie sind festgenommen.«
»Ich übertrage meine Verteidigung Herrn Rechtsanwalt Vogel, Ost-Berlin.«

»Ja ja, wenn er Zeit hat...« Der Chefankläger räusperte sich: »Ich mache Sie darauf aufmerksam, daß Ihnen der verbotene Handel mit Waffen und Betäubungsmitteln ebenfalls zur Last gelegt wird.«

»Von wem?«

»Seitens der Türkei.« Er gab dem Kommandeur der Vopo einen Wink: »Die Waffen sind beschlagnahmt. Sie sind in geeigneter Weise unterzubringen und bis auf weiteres zu versiegeln.«

NACHSPIEL

mit Schmiergeld

51

Wie Millionen anderer Bundesbürger hörte Kleiber am Abend des 9. November – genau einen Monat nach der Beschlagnahme der Bürgerkriegswaffen in Leipzig – das Politbüro-Mitglied Günter Schabowski auf einer Pressekonferenz beiläufig sagen, DDR-Bürger könnten ohne polizeiliche Genehmigung ausreisen, Visa würden sofort ausgestellt.

Er freute sich und ging mit dem Gedanken schlafen, einen historischen Augenblick mitzuerleben. Gegen Morgen, er war bereits halbwach, wurde er durch ein Klopfen an die Haustür vollends aufgeweckt.

Der Boxer, »Boß«, explodierte in Gebell und stürzte sich die Treppe hinunter wie eine abfahrende Lawine. Der Hundekörper krachte gegen die Tür, daß es zum Fürchten war. Kleiber beruhigte Kirsten, die neben ihm hochfuhr, und lief nach unten. Er stülpte Boß das Halsband über den Kopf, das er nachts nicht tragen mußte, hielt es fest und öffnete.

Igor stand vor ihm.

Kleiber war im ersten Augenblick völlig desorientiert. »Ich verstehe nicht... Bist du abgehauen?«

»Darf ich rein?« fragte Igor mit seinem scheuen Grinsen.

»Aber um Gottes willen – selbstverständlich. Kirsten! Besuch! Wie kommst du her?«

Igor war in Ost-Berlin vom Generalstaatsanwalt verhört worden – als Zeuge in der Mordsache. Nach Beendigung

dieser Verhöre hatte er einige Tage in der Hauptstadt verbringen wollen... Da sei wie ein Lauffeuer die Nachricht umgegangen: Die Mauer ist auf.
»Ich hab' mich ins Auto gesetzt und bin in den Westen gefahren.«
»Und wie kommst du nach Bonn?« wollte Kleiber noch mal wissen.
»Bin geflogen.« Er wurde verlegen. »Vati hat mir immer wieder etwas Valuta zukommen lassen.«
»Über die Staatsbank?«
»Nee, in Briefen zwischen Kohlepapier, da sieht man die Scheine beim Durchleuchten nicht.«
Das erinnerte Kleiber an die 400000 Mark, die Ralf Ott als Provision kassiert und in Zürich deponiert hatte. Er berichtete Igor beim Frühstück davon.
Der Junge wurde blaß und schob seinen Teller weg: »Woher willst du das wissen?«
»Dein Vater ist durch den BND überwacht worden.« Er erwähnte Chris Kynasts Namen nicht. »Unter anderm hat man seine Gespräche abgehört. Während des Aufenthalts in Zürich war er sozusagen nie allein... Allerdings ist es dem alten Profi gelungen, seine Schatten abzuschütteln. Niemand war bei ihm, als er seine Provision deponierte. Wir wissen nicht mit Sicherheit, wo das Geld liegt.«
Igor fuhr sich mit der Zunge über die Lippen: »Nicht mit Sicherheit? Oder überhaupt nicht?«
Kleiber lächelte mitfühlend. »Ich kann dir nicht garantieren, daß wir das Geld finden. Ich hab' aber eine Idee. Wenn du mit mir nach Zürich fliegst, erkläre ich sie dir.«
»Wann?«
Kleiber sah auf seine Uhr. »Es ist noch früh am Tag. Wir können mittags bequem dort sein.«

Igor ließ langsam die Luft ab, die er angehalten hatte. »Ich fürchtete schon, du würdest mich auf Montag vertrösten.«

»Ach so – richtig.« Daran hatte er gar nicht gedacht. Es war Freitag. Samstag und Sonntag hatten die Banken zu. Kleiber grinste. »Ich verstehe deine Ungeduld, und ich sag' dir noch einmal, garantieren kann ich für nichts.«

Trotzdem war er optimistisch genug, ihre Hin- und Rückflüge für eben diesen Freitag zu buchen. Er erklärte Igor, weshalb.

Ein Attentat auf das Regierungsviertel von Düsseldorf sei niemals geplant gewesen, schon gar nicht von Ralf. Die Tatsache, daß im Apartment von *Hellespont Paradise* eine Lageskizze des Regierungsviertels gefunden worden war, hielt er dennoch nicht für einen Zufall.

»Ich glaube, dein Vater wollte sich aus der schwarzen Linie, aus der Zusammenarbeit mit Baumgärtner, ausblenden. Er nahm sehr bewußt Kontakt mit einem Solidarnosc-Mann wie Chody auf. Spätestens von da an war er in Gefahr... Für den Fall, daß ihm was zustoßen sollte, hat er diese Lageskizze zu seinen Sachen genommen. Er konnte sich ausrechnen, daß ich, als der oberste Bonner Personenschützer, mich damit befassen würde. Und das wollte er. Es war seine Art, mich an den Schauplatz zu holen...«

»Er wollte, daß du seinen Tod untersuchst?«

»Das glaube ich.«

»Und Baumgärtner für den Mord zur Rechenschaft ziehst?«

Kleiber nickte. »Selbstverständlich ist das nicht mehr als eine Theorie. Ein Hirngespinst – solange ich sie nicht verifiziert habe.«

»Wie willst du sie verifizieren?« fragte Igor verblüfft.

»Abwarten.«

Im Baur en Ville aßen sie zu Mittag, und Kleiber erläuterte seine Überlegungen weiter.

»Ich sagte mir, wenn er schon mit seinem Ableben rechnete – dann wird er sich doch Gedanken gemacht haben, wie er dir das Geld in die Hand spielen kann. Er wird *mir*, dachte ich, irgendeinen Hinweis hinterlassen haben: Wie die Bank heißt, wie die Kontonummer lautet. Und zwar einen Hinweis, den ich unmöglich übersehen konnte. Tatsächlich fand ich im Apartment einen Gegenstand, der mir sofort auffiel, den ich zur Hand nahm – den ich keinesfalls unbeachtet lassen würde.«

»Was war das?«

»Eine Schallplatte von Bing Crosby. Ich hab' sie oft mit deinem Vater gehört.«

»Hat er was draufgeschrieben?«

»Das wäre zu auffällig gewesen. Er mußte damit rechnen, daß Baumgärtner das Apartment cleant. Deshalb die umständliche Form der Nachrichtenübermittlung... Nein, ich hab' in einer andern Richtung weitergedacht. Bing Crosby. »BC«. Berner Creditanstalt. Basler Creditanstalt. Bieler Creditanstalt. Ich bat meine Mitarbeiter, nach so einem Insitut in Zürich zu suchen. Und es gibt eins.«

»Du hast die Adresse?«

»Die hab' ich mir selbstverständlich raussuchen lassen«, nickte Kleiber.

»Aber die Kontonummer! Oder müssen wir die nicht wissen?«

»Wenn du als Bezugsberechtigter genannt bist – ich weiß nicht, ob dein Vater so weit vorausdachte –, genügt unter Umständen der Nachweis deiner Identität. Ich hielt es für besser, nichts zu riskieren, und machte mich stark dafür, daß die Kontonummer ermittelt würde.«

»Wie – wie war das möglich?« stammelte der junge Mann.
»Erlaube mal, das ist wirklich nicht mehr schwierig, wenn man erst einmal den Schlüssel weiß. Die LP von B. C. hat – wie jede Schallplatte – eine Nummer, die ist aufgedruckt. Da ich genau wußte, wo die Schallplatte geblieben ist – nämlich im Restaurant von *Hellespont Paradise*, genauer: an der Bar –, bat ich einen Freund, sie zu ermitteln. Er hat sie mir durchtelefoniert.«
Wieder ließ er unerwähnt, daß der Freund Christian Kynast war.
Er legte Igor den Zettel vor, auf dem er den Namen der Bank, ihre genaue Adresse und die Kontonummer notiert hatte.
Igor sah auf die Uhr. »Gleich ist es zwei vorbei. Die Bank öffnet.«
Kleiber nickte. »Gehen wir. Vergiß bitte nicht ganz, daß eine Theorie durch die Realität auch falsifiziert werden kann!«
»Als Kriminalist hilft dir das weiter«, stimmte er tapfer zu.
»Mir schon, aber dir nicht.«
Sie traten nach zehn Minuten Fußmarsch durch die Bahnhof- und eine ihrer Nebenstraßen in ein Foyer, das Kleiber vage an Hallenbäder aus der Jugendstilzeit erinnerte. Ein dienstbarer Geist stand neben einem Glashäuschen. Im Glashaus saß der Pförtner. Der Dienstbare in Zivil trat devot auf sie zu.
»Darf ich Ihnen behilflich sein?«
»Der junge Mann hat ein Konto bei Ihnen.«
»Nummern- oder Namenskonto?«
»Wir nehmen an, daß es ein Nummernkonto ist.«
»Schalter eins bis vier.«
Sie traten an einen dieser Schalter. Kleiber nannte die Kon-

tonummer, und Igor legte seinen Ausweis vor – zur Sicherheit.
Der Schaltermensch tippte alles in seinen Computer ein.
»Möchten Sie einzahlen oder abheben?«
Igor schwieg. Er konnte nichts sagen.
»Erst mal den Kontostand abfragen«, antwortete Kleiber.
Der Schaltermensch zog ein Blatt Papier aus dem Computer und legte es mit dem Rücken nach oben vor Igor hin.
Der Junge drehte es um und lächelte hilflos. »Ich sehe nichts.«
»Du mußt deine Brille putzen, sie ist beschlagen. Gib her, ich tu' es für dich.«
Als Igor die Brille wieder aufhatte, nahm er das Papier zur Hand. »Ich muß mich hinsetzen«, flüsterte er.
»Darf ich sehen?«
Er nickte.
»Ich würde dich nicht darum bitten«, entschuldigte Kleiber sich. »Aber daß Ralf den Plan bei sich hatte, um mich zu rufen, kann ich erst als bewiesen ansehn, wenn ich mich vergewissert habe!«
Igor drängte ihm das Papier auf.
Kleiber las den Computerausdruck. Er war unmißverständlich, wenn auch kompliziert. Die eingezahlten 400 000 DM waren in Schweizer Franken umgerechnet.

[illegible]
[illegible]
[illegible]
[illegible]
[illegible]
[illegible]
[illegible]
[illegible]
[illegible]
[illegible]
[illegible]

M. M.

AUTORENBEMERKUNG

Der Bonner Innenminister, der Präsident des Bundesamtes für Verfassungsschutz, der NATO-Generalsekretär und andere »offizielle« Persönlichkeiten spielen in diesem Thriller ihre von der Spannungsdramaturgie vorgegebene Rolle. Obgleich die Romanfiguren den wirklichen Vorbildern nachempfunden sind, dürfen sie mit diesen keinesfalls verwechselt werden. Porträts einzelner Menschen können schon deshalb nicht beabsichtigt sein, weil Personen kommen und gehen. Was bleibt, ist allenfalls die Funktion; und selbst diese kann über Nacht obsolet werden, wie die Vorgänge in Ost-Europa beweisen.

M. M.

PAULUS GERHARDUS THEOLOGUS
in Cribro Satanae tentatus

PAUL GERHARDT

Sein Leben — Seine Lieder

Karl Hesselbachers
Paul Gerhardt — Der Sänger fröhlichen Glaubens

neu herausgegeben von

SIEGFRIED HEINZELMANN

Sonnenweg-Verlag Konstanz

Bildnachweis

Titelbild: Nach einem Kunstdruck aus dem Verlag Merseburger GmbH Berlin, Kassel. Innentitelbild und S. 188: DEWAG Berlin, Schmidt. Kunst-Dienst der EKD im Evang. Forum Berlin: Foto Ruth Göpfert (185); Foto Wienand Stockmann (193, 194, 196); Foto Magnus Brunkhorst (197); Evang. Pfarramt DDR-1606 Mittenwalde (186, 187, 189); Kunstdienst der Ev. luth. Landeskirche Sachsens, DDR-8122 Radebeul 2, nach dem Stehbildstreifen Nr. 11, 14, 23 der Evang. Zentralbildkammer, Bielefeld (190, 191); Kirchlicher Kunstverlag, DDR-8053 Dresden (198, 200); Aus Privathand (195, 199).

Für die freundliche Hilfsbereitschaft und Zurverfügungstellung der Fotos danken Herausgeber und Verlag herzlich.

Dieser Ausgabe liegt das 1936 erschienene Buch zugrunde: Paul Gerhardt, Der Sänger fröhlichen Glaubens von D. Karl Hesselbacher. Sie erscheint mit freundlicher Erlaubnis der Erben des Verfassers und seines Verlegers.

CIP-Kurztitelaufnahme der Deutschen Bibliothek

Hesselbacher, Karl:

Paul Gerhardt: sein Leben, seine Lieder; Karl Hesselbachers Paul Gerhardt, d. Sänger fröhl. Glaubens / neu hrsg. von Siegfried Heinzelmann. – 8. Aufl. mit erneuertem Bildteil. – Konstanz: Sonnenweg-Verlag, 1985.
ISBN 3-7975-0316-4

NE: Heinzelmann, Siegfried [Bearb.]

9. Auflage 1987

Gesamtherstellung: Mohndruck, Gütersloh
Titelgestaltung: Hans Hug. – Printed in Germany
ISBN 3-7975-0316-4

Karl Hesselbacher wurde am 11. Januar 1943 heimgerufen, als man erschüttert wurde „durch so viel Angst und Plagen, durch Zittern und durch Zagen, durch Krieg und große Schrecken, die alle Welt bedecken". Er wird daran gedacht haben, als er im stillen Baden-Baden, wo er als Dekan und Kirchenrat im Ruhestand lebte, in seinem Paul-Gerhardt-Buch blätterte. 1936 hatte er es herausgegeben. Damals stand die Kirche in schwerer Anfechtung und mancher hatte seinen Christenglauben zu bewähren. Und so wünschte Karl Hesselbacher, „daß die Glaubenskraft und Glaubensfreudigkeit dieser Lieder in unsere Zeit hineinströme. Wir brauchen die klassischen Zeugnisse solcher Glaubensmenschen mehr denn je. Der Blick auf schwere Kämpfe, die damals ausgefochten worden sind, vermag allerhand Menschen in ihren Gegenwartskämpfen zu stärken". Das gilt zu allen Zeiten, das gilt auch heute. Deshalb soll das Leben und das Leiden Paul Gerhardts neu vor unsern Augen erstehen, deshalb sollen seine Choräle in ihrer Fülle zu unsern Herzen sprechen.

Ich habe den Inhalt etwas vereinfacht, den Text gestrafft, aber das persönliche Zeugnis Hesselbachers unangetastet gelassen. Erfahrungen mit Paul-Gerhardt-Liedern aus jüngster Zeit schließen das Buch ab. Unsere Bitte aber für die Zukunft ist:

Du Herr, hast selbst in Händen
die ganze weite Welt,
kannst Menschenherzen wenden,
wie dir es wohlgefällt;
so gib doch deine Gnad
zu Fried und Liebesbanden,
verknüpf in allen Landen,
was sich getrennet hat.

Siegfried Heinzelmann

INHALT

Vorwort 3

Verzeichnis der verwendeten Gerhardt-Lieder 5

Einleitung 7

Heimat und Jugend 11

Der Beginn des Dichtens 21

Die erste Liedersammlung und die ersten Amtsjahre 30

Als Pfarrer und Dichter in Berlin 54

Der Kampf um Amt und Gewissen 77

Viel Leid, viele Lieder 96

Letzte Fahrt 116

Sein Lebenswerk 131

Die Lieder klingen weiter 170

Bildteil 185

Verzeichnis der verwendeten Paul-Gerhardt-Lieder

Seite

Ach treuer Gott, barmherzigs Herz *Strophe 15/16* . . . 127
Alle die ihr Gott zu Ehren 107
Auf auf mein Herz mit Freuden 34, 35, 36
Auf den Nebel folgt die Sonne 166
Befiehl du deine Wege . . 52, 67, 122, 176, 178, 180, 181, 183
Der aller Herz und Willen lenkt. (Oda)
Strophe 5, 6, 7, 8, 17 50
Der Herr, der aller Enden 118, 119
Der Tag mit seinem Lichte *Strophe 3* 140
Die güldne Sonne 108ff., 153, 167, 180
Du bist zwar mein und bleibest mein 26, 27
Du meine Seele singe 65, 66
Ein Lämmlein geht 8, 34, 35, 156
Erhebe dich betrübtes Herz (bei H. Petrich S. 84)
Strophe 17/18 28
Fröhlich soll mein Herze springen 60, 146, 155, 183
Geduld ist euch von nöten 77
Geh aus mein Herz und suche Freud 75, 76, 141, 150
Gib dich zufrieden und sei stille . . . . 112ff.
Gottlob! nun ist erschollen 20, 32
Herr, der du vormals hast dein Land *Strophe 3, 4* . . . 31
Herr höre, was mein Mund *Strophe 4 ff.* 160, 161
Ich bin ein Gast auf Erden . . . . 120ff.
Ich, der ich oft in tiefes Leid *Strophe 9* 151
Ich hab in Gottes Herz und Sinn 34, 42, 91
Ich hab oft bei mir selbst gedacht 165, 166
Ich singe dir mit Herz und Mund 74, 146, 177
Ich steh an deiner Krippe hier 61, 62, 183
Jesu, allerliebster Bruder *Strophe 3 und 13* 116
Johannes sahe durchs Gesicht 114

Seite

Ist Gott für mich so trete 71ff., 134, 142, 158, 159
Kommt und laßt uns Christum ehren 106, 146
Leid ist mirs in meinem Herzen *Strophe 2 und 3* . . . 52
Lobet den Herren 143
Mein herzer Vater, weint ihr noch *Strophe 9* 26
Merkt auf, merkt, Himmel, Erde *Strophe 11* 140
Nicht so traurig, nicht so sehr 134
Nun danket all und bringet Ehr 34, 41
Nun freut euch hier und überall 137, 138, 146
Nun ist der Regen hin 141
Nun laßt uns gehn und treten . . . 32, 63, 64, 134, 146, 180
Nun ruhen alle Wälder 7, 34, 39, 177
O du allersüß'te Freude 34, 37, 146
O Haupt voll Blut und Wunden . 34, 97, 101ff., 156, 180, 182
O Jesu Christ mein schönstes Licht *Strophe 10 und 12* . 117
O Mensch beweine deine Sünd 136
O Welt, sieh hier dein Leben 34, 156
Schwing dich auf zu deinem Gott 125, 153
Sei mir tausendmal gegrüßt 100
Sollt ich meinem Gott nicht singen . . . 73, 126, 152, 153, 159
Voller Wunden voller Kunst 165
Wach auf mein Herz und singe 34, 37, 38
Warum sollt ich mich denn grämen 68ff., 129, 146, 162, 178, 179
Warum willst du draußen stehen 161
Was Gott gefällt mein frommes Kind 135, 152
Weg mein Herz, mit den Gedanken *Strophe 3 und 5* . . 160
Welt-Skribenten und Poeten 28
Wer selig stirbt, stirbt nicht 168
Wer wohlauf ist und gesund *Strophe 10* 139
Wie der Hirsch in großen Dürsten 118
Wie ist so groß und schwer die Last 31
Wie schön ists doch, Herr Jesu Christ . . . 140, 163, 164
Wie soll ich dich empfangen 58, 59, 154
Wir singen dir Emanuel 155
Zeuch ein zu deinen Toren . . . . 34, 103ff.

Einleitung

Es war in unserem Pfarrhaus im Odenwald. Die Mutter hatte uns zu Bett gebracht. Wir beteten unsere Abendgebete. „Mutter, sage uns doch ein neues!“ bat ich. Da begann sie:

Nun ruhen alle Wälder,
Vieh, Menschen, Städt' und Felder,
es schläft die ganze Welt.
Ihr aber, meine Sinnen,
auf, auf, ihr sollt beginnen,
was eurem Schöpfer wohlgefällt.

Wo bist du, Sonne, blieben?
Die Nacht hat dich vertrieben,
die Nacht, des Tages Feind.
Fahr hin! Ein' andre Sonne,
mein Jesus, meine Wonne,
gar hell in meinem Herzen scheint!

Dies Lied wurde dann manche Jahre hindurch mein Lieblingsgebet. Es hat mich eigenartig bewegt, sooft ich es sprach. Mir war, als sähe ich die Sonne hinter den Waldhöhen niedergehen, die unser Dörflein überragten, und die Nacht aufsteigen, eine riesige Frauengestalt in wehendem schwarzem Mantel, die mit weit vorgestreckten Armen die fliehende Sonne verjagt. Aber hinter diesem Bild stand friedlich ein zartes silbernes Leuchten. Eine Himmelspforte schien sich mir zu öffnen, aus der heraus segnende Hände, von geheimnisvoll verborgener Lichtquelle her überstrahlt, sich über die einschlafende Welt der Kinder ausbreiteten.

Damals wußte ich noch nicht, daß Hebbel in seinen „Briefen und Tagebuchblättern“ aus seiner Kinderzeit erzählt: „Ich mußte meiner Mutter immer aus einem alten Andachtsbuch den Abendsegen vorlesen, der gewöhnlich mit einem geistlichen Lied schloß. Da las ich eines Abends das Lied von Paul Gerhardt, worin der schöne Vers:

Die güldnen Sternlein prangen
am blauen Himmelssaal –

vorkommt. Das Lied, vorzüglich aber dieser Vers, ergriff mich gewaltig, ich wiederholte es zum Erstaunen meiner Mutter in tiefster Rührung wohl zehnmal.“
Was den großen Dichter erschüttert hat, hat auch mich erfaßt: es war die echte Poesie, die später Matthias Claudius gepackt hat, daß ihm sein herrliches Abendlied „Der Mond ist aufgegangen ...“ aus der Seele strömte. Eine Poesie, die nur einem Begnadeten geschenkt wird, in dessen Augen wir die Schönheit der Erde schauen können im Spiegel ewiger Gedanken, und aus deren Liedern diese Ergriffenheit strömt, die jeden Empfänglichen in ihre lichte Welt hineinführt.
Es war etliche Jahre später. Wir hatten in Baden ein neues Gesangbuch erhalten an Stelle eines alten Buches, das aus der rationalistischen Zeit stammte. Mein Vater war ein begeisterter Vorkämpfer für dies neue Gesangbuch gewesen und ließ mit Hilfe seines Kirchenchors die neuen Lieder singen. Mit Macht tönte seine Stimme aus dem Holzkäfig, den man Sakristei nannte. Ich saß neben ihm, ein Junge von etwa elf Jahren. Da kam — in der Passionszeit — das Lied dran: „Ein Lämmlein geht und trägt die Schuld ...“ Und majestätisch ging der Vers durch die einfache Dorfkirche:

Geh hin, mein Kind, und nimm dich an
der Kinder, die ich ausgetan
zur Straf’ und Zornesruten.
Die Straf’ ist schwer, der Zorn ist groß,

du kannst und sollst sie machen los
durch Sterben und durch Bluten.

Und dann die Antwort, demütig und gehorsam:

Ja, Vater, ja, von Herzensgrund,
leg auf, ich will dir's tragen.
Mein Wollen hängt an deinem Mund,
mein Wirken ist dein Sagen!

Welch ungeheures Bild tat sich vor mir auf! Der Himmel schien sich über mir zu öffnen. Ich schaute in unendliche Tiefen, in lauter funkelnde Sonnen hinein. In „das Licht, da niemand zukommen kann" hätte ich später vielleicht gesagt. Und die Herrlichkeit Gottes blitzte in tausend Strahlen. Sein Antlitz war überströmt von lauter Erbarmen — als er hinabwies auf die arme dunkle Erde, auf die Welt der Sünde, die verdarb in Elend und Not. „Mein Kind! Du sollst sie retten!" Und im Sternenglanz schien der Heiland zu schweben, als er sein Haupt neigte, um den furchtbaren Weg anzutreten zu Dornenkranz und Kreuzespein.
Als Student habe ich einmal im Kloster Heilsbronn ein mittelalterliches Gemälde gesehen: Gott-Vater in der Pracht eines Weltenherrschers, mit den flammenden Zornesaugen des Weltenrichters, schwingt das Schwert von seinem Wolkenthron aus über die zitternd zusammengeduckte Menschenwelt. Da tritt der Heiland mit den Wundmalen an Händen und Füßen dazwischen und hält das gehobene Schwert an, daß es nicht hinabzucken kann über die Verzweifelten. Da war die gleiche Kühnheit der Phantasie, die das ewige Geheimnis zu bilden wagt.
Und wieder ist in diesem Erlebnis des Kindes in der Dorfkirche etwas von der Kraft und Innigkeit der Gerhardtschen Dichtung aufgegangen. Innenschau eines Herzens, dem es vergönnt ist, die Schranken von Raum und Zeit zu überschreiten und „zu schauen, was keines Menschen Auge geschaut", und „was Gott bereitet hat denen, die ihn lieben". Und Poesie, die das Geschaute in herrlichen Bildern

sagen kann, daß sich jedes wahrhaft kindlich gebliebene Gemüt an ihnen entzündet zur Anbetung himmlischer Geheimnisse. Diese Poesie ist die Vereinigung des Idyllischen mit dem Großen. Derselbe, der den Frieden der sternenbesäten Nacht zu singen weiß, greift in die Wunder der Ewigkeit hinein.

Lautere Poesie — sie ist im evangelischen Kirchenlied nicht immer zu finden. Der „Bekenner" ist nicht allemal zugleich ein „Sänger". Aber Paul Gerhardt war es.

Ihm auf seinen Lebenswegen ein wenig nachzugehen und aus seiner dichterischen Welt die Edelsteine in ihrem eigenen Glanz leuchten zu lassen, sei die Aufgabe dieses Buches.

Heimat und Jugend

Zwischen Wittenberg und Halle liegt die ehemals kursächsische Stadt Gräfenhainichen, die im Volksmund „Hänichen“ genannt wird. Um die Wende des 16. und 17. Jahrhunderts war sie eine nicht unbedeutende Stadt. Wehrhafte Mauern liefen um die Häuser, in denen die Ackerbürger ihre Wohnungen, Ställe und Scheunen hatten. Trutzige Türme schützten Obertor und Untertor. Hoch hinaus über die niederen Dächer hob sich der Turm der Marienkirche. Ein stattliches Schloß war der Sitz eines Adelsgeschlechtes, das sich „die von Mücheln“ nannte. Ein „Amtsschösser“ vertrat den Kurfürsten und wachte eifersüchtig auf seine Gerechtsame. Drei Bürgermeister walteten über die Bürgerschaft. Einer von ihnen war der „regierende Bürgermeister“, der jeweils am Jahresschluß sein Zepter einem der beiden anderen übergab und in die Reihe der „ruhenden“ zurücktrat, die dem Stadtoberhaupt mit ihrem Rat zur Seite gestanden sind.

Einer von diesen Bürgermeistern war „Herr Christian Gerhardt“, der Sohn eines Gastwirts, ein hochangesehener Mann. Seine Frau hieß Dorothea, „hinterlassene Tochter des Ehrwürdigen und Achtbaren Wohlgelahrten Herrn Magisters Caspar Starcke, Superintendenten zu Eilenburg“. Dorotheas Großvater war der Magister Gallus Döbler, gleichfalls Superintendent in Eilenburg. Sein Bild ist heute noch dort in der Stadtkirche zu sehen. Er war eine der unerschrockenen Predigergestalten jener Zeit, die für das Evangelium Kopf und Kragen wagten und mit dem Bekennermut die Herzenseinfalt des echten Seelsorgers vereinten. Der Geist von Großvater und Urgroßvater schwebte über dem Söhnlein, das nach dem Großvater den Namen Paul erhielt, als es am 12. März 1607 geboren wurde.

Es wäre reizvoll, in die Kindertage hineinzuschauen; die der Knabe verlebt hat. Aber wir wissen aus diesen Kindertagen nichts.

Das väterliche Anwesen umfaßte neben dem Wohnhaus ein Brauhaus, Scheune, Stall und Ackerwirtschaft. Da wird der Sohn des Gastwirts allerlei Kostgänger unseres Herrgotts aus- und eingehen gesehen haben. Er wird mit Knechten und Mägden auf den Kornäckern die Frucht geschnitten und mit staunenden Augen jedes Frühjahr gesehen haben, wie der „Weizen mit Gewalt wuchs" zur Freude von jung und alt. Er wird in den Gärten vor dem Tor Narzissus und die Tulipan beschaut haben. Beim Durchstreifen der weitausgedehnten Hopfenäcker, die der Bürgerschaft Haupteinnahmequelle bedeuteten, sang ihm aus den tiefen Wäldern die „hochbegabte Nachtigall" ihr Lied. Und manchmal trat abends der „schnelle Hirsch und das leichte Reh" aus dem dunkelnden Forst in den Wiesengrund, um zu äsen. Drüben an dem gewundenen Bachlauf lagerten die Schafe in ihren Hürden, während ein Hirtenlied durch die still gewordene Flur klang. „Holder Friede, süße Eintracht" lagerten über der kleinen Welt, in der das träumende Auge des Kindes sah, wie sich der Himmel über ihm aufschloß und die güldnen Sterne ihren ewigen gleichen Weg durch die stille Nacht gingen.

Die Schule gab ihm die Kenntnis der lateinischen Sprache und die Fertigkeit im Gesang, da die Schüler im sonntäglichen Gottesdienst den Chorgesang ausübten und mit den „Adjuvanten" aus der Bürgerschaft die stattliche „Kantorei" bildeten, die mit künstlicher Figuration der Stimmen ihre Lieder von der Orgel herab ertönen ließen (S. 185).

Freilich — über dem stillen gemächlichen Leben der Kleinstadt lag doch ein leises Wettergrollen. Die Zeit war voll kirchlichen Streites. Calvinismus und Luthertum lagen in schwerem Ringen. Kurpfalz und Rheinland, Nassau und Hessen, Mecklenburg-Güstrow und Schleswig-Gottorp waren dem Geist des Genfer Reformators zugefallen. Und dazu kam das Anhalter Ländchen, das dem Kurkreis Wittenberg benachbart war. Die lutherische Konfession war die einheimische, konservative, ein Erbteil der Wittenberger Väter; die reformierte aber kam vom Ausland, war welsch angehaucht und vertrat den Fortschritt und die Zukunft. Die politisch vorwärts strebenden, ein Neues suchenden Kreise neigten ihr zu. Etwa zwanzig Jahre vor der Geburt von Paul Gerhardt war in Kursachsen Kurfürst Christian I. an die Regierung gekommen, der sich mehr um eine wohlbesetzte Tafel als um die Regierungsgeschäfte kümmerte. Er hatte sich im Gegensatz zu seinem Vater August zur reformierten Seite gewandt, unter den Einfluß seines reformierten Schwagers, des Grafen Johann Casimir von der Pfalz und besonders seines Kanzlers Nikolaus Krell, der in Frankreich studiert und dort in den Kreisen der Hugenotten die calvinistische Welt kennengelernt hatte. 1591 kam es zum ersten Konflikt. Der Kurfürst griff in die Rechte und Formeln der lutherischen Kirche ein. Die Lutheraner hatten die Gewohnheit, bei der Taufe, wie es im Mittelalter geschehen war, den „Teufel auszutreiben", damit der Fluch der Erbsünde in dem Kind getilgt werde. Das war der „Exorzismus", auf den nicht bloß die Theologen, sondern ebensosehr die Gemeindeglieder hielten. Ein ehrwürdiger Brauch gilt auch heute in den Gemeinden vielfach noch mehr als die „rechte Lehre". Die Calvinisten lehnten den Exorzismus ab. Nun erließ der Kurfürst ein ausdrückliches Verbot dieses Exorzismus. Gab das eine Aufregung im Land! Ein Fleischer in Dresden kam mit dem Beil bewaffnet zur Taufe seines Kindes und verlangte, daß sein Kind mit dem „Fahraus" getauft werde, wie es richtig sei! Die streng lutherischen Pastoren weigerten sich, dem kurfürstlichen Befehl zu gehorchen — mehrere wurden ihres Amtes entsetzt. Auch der Superintendent von Gräfenhainichen, Magister Tobias Mirus — und des Dichters Großvater, Magister Kaspar Starcke in Eilenburg.

Nach dem frühen Tode Christians I. schlug der Wind gründlich um. Der unselige Kanzler Krell mußte auf das Schafott wandern. Die vertriebenen Pastoren wurden wieder eingesetzt.

Aber der Bürgermeister Christian Gerhardt mag wohl zuweilen, als er mit seinen beiden Söhnen am Pfarrhaus hinter der Marienkirche vorüberging, den Knaben erzählt haben, mit welcher Standhaftigkeit Magister Mirus für den lutherischen Glauben eingestanden und die Schmach und Not des Exils erlitten habe. Die Mutter wird einmal nach ihrer Heimat Eilenburg gereist sein. Dort hatte ihr Vater seine Gemeinde nach der Absetzung auf freiem Feld versammelt, um ihr die letzte Predigt zu halten, ehe er ins ‚Elend' zog. Denn das Gotteshaus war ihm verboten. Ehrfürchtig mögen die Kinder den Platz angeschaut haben, auf dem der Verfolgte unerschüttert seinen Mann stand. Kindereindrücke löschen nie aus. Da ist gewiß im Herzen des jungen Paul die Ehrfurcht vor der Tapferkeit des Glaubenshelden eingezogen — wie ähnlich sollte es ihm selber gehen!
Die stillen Kindertage flogen nur zu schnell dahin. Die Kinder verloren ihre Eltern sehr früh. 1619 starb der Bürgermeister Christian Gerhardt, und zwei Jahre drauf tat die Mutter die immer sorgenden Augen zu. Vier Waisen standen an dem Grab. Paul war 14 Jahre alt, als er „mutterseelenallein" in die dunkle Zukunft hineinschreiten mußte. Die neunjährige Schwester Anna kam zu Verwandten und hat mit ihnen die Nöte des Krieges, der Pest, der Teuerung und der Drangsal geteilt. Die jüngere Schwester Agnes scheint daheim geblieben zu sein. Die Söhne aber, Paul und der ältere Bruder Christian, sollten einst studieren. So gingen sie als Schüler nach Grimma. Dort war das ehemalige Augustinerkloster 1550 in eine Fürstenschule umgewandelt worden. 96 Alumnen konnten Aufnahme finden. Die meisten dieser Schüler hatten Freiplätze, die sie sich durch ein Examen erwerben mußten. Einige Wohlhabende saßen auf „Koststellen", für die sie jährlich 15 Gulden zu bezahlen hatten. Darunter waren die beiden Brüder. Am 4. April 1622 ist Paul dort eingetreten.
Das weitläufige Kloster war nicht verändert worden. In

den Mönchszellen schliefen die Schüler. Im alten Refektorium nahmen sie ihre Speisen ein. Wo einst der eintönige Horengesang der Kuttenträger erschollen war, sangen frische Jugendstimmen evangelische Choräle.
Aber das Leben der Zöglinge war nicht viel anders als das einstige Mönchsleben.
Selbst an frostigen Wintertagen heißt es um 5 Uhr „Aufstehen". Die ungeheizte Zelle ist bitter kalt. Der Schüler zieht seine „Schalaune" an, das kuttenähnliche Gewand, das die Fürstenschüler zu Grimma tragen müssen. Auf den Knien wird der Morgensegen gesprochen. Dann geht es ans Bettenmachen und Zellenfegen. Der Kehricht muß zur Grube getragen werden. Die Stunde, bis es sechs Uhr schlägt, muß gut genützt werden, damit alles in blitzblanker Ordnung liegt. Dann gehen die Scholaren in sittiger Ordnung in den großen Lehrsaal. Lateinisch oder griechisch wird das Gebet gesprochen. Die Lehrstunde wird in lateinischer Sprache gehalten. Der Anfänger stöhnt oft, bis es ihm gelingt, dem Vortrag des gestrengen Magisters zu folgen. Aber Latein ist die Sprache, die einzig des Gelehrten würdig ist. Sie muß ihm zur zweiten Muttersprache werden. Deutsch spricht nur „das Volk", über dem der Studierte in turmhoher Erhabenheit steht. Deshalb hat auch der junge Paul, als er um Aufnahme in die Schule bat, schon eine lateinische Erklärung des Lutherischen Kleinen Katechismus und einen lateinischen Brief schreiben müssen, für den Fünfzehnjährigen eine tapfere Leistung.
Um sieben Uhr geht es in die Kirche zum gemeinsamen Morgengesang. Denn es ist oberster Grundsatz der Schule, die Alumnen „zu Gottesfurcht und guter Sitte" zu erziehen. Darum muß Gottes Wort sie ständig begleiten, damit sie „den Gedanken an Gott den ganzen Tag nicht aus den Augen verlieren können", wie der erste Rektor, Adam Siber, einst verlangt hat.
Nach der Morgensuppe beginnen wieder die Lektionen, in denen neben den Griechen und Römern nie die Bibel fehlen

darf. Nach dem Homer wird die Bergpredigt traktiert, und zum Plautus und Ovid treten die Psalmen. Dazu muß sich der Schüler in die schweren Gedankengänge der lutherischen Theologen hineinbohren. Er soll es zur wahren Rechtgläubigkeit bringen, damit er später in Ehren bestehen könne, wenn der „Feind“ wieder in die Herde Christi einbrechen sollte.

Abends um acht Uhr wird das gemeinsame Abendgebet gehalten — dann suchen die Scholaren ihre Schlafstätte auf. Keiner darf die Kammer mit brennendem Licht betreten. In völliger Finsternis legen sich die Ermüdeten nieder.

Es ist eine Schule, in der nur die Klügsten und Begabtesten aushalten. Paul Gerhardts Bruder Christian hat es satt bekommen. Eines Tages riß er aus und kehrte nach Gräfenhainichen zurück. Zwischen dem Rektor von Grimma und dem Magistrat der Heimatstadt geht ein erregter Briefwechsel hin und her. Schließlich erscheint der Ausreißer reumütig — aber sein Können ist nicht besser geworden trotz seiner guten Vorsätze. Und so wird er schließlich in Gnaden entlassen. Er hat zu Gräfenhainichen in des Vaters Erbgut seinen Mann besser gestellt als in der lateinischen Not zu Grimma.

Von der Stadt sehen die Scholaren nicht viel. In klösterlicher Abgeschlossenheit machen sie ihre Spaziergänge, die Welt „da draußen“ ist für sie nicht vorhanden. Was mag eine Seele wie die des jungen Paul sich nach der „lieben Sommerzeit“ gesehnt haben, da sich die Lerche in die Luft schwingt, das Täublein aus seiner Kluft fliegt und die Welt voll Klang und Lied ist. Dafür müssen die Alumnen sich fleißig der sacra musica widmen. Zur Morgenandacht stimmen sie das veni creator spiritus an. Lateinische Hymnen der ersten Sänger der alten Christenheit werden in vielstimmigem Gesang geübt. Jener Rektor Siber hatte verordnet, daß die Schüler nicht bloß mit der Stimme, sondern mit dem Herzen singen sollen. Am Sonntag gehen die Schüler im Oberstock des Klosters einen gepflasterten Gang ent-

lang zur Kirche, und vom Chorplatz aus begleiten sie den Gottesdienst mit Gesang. Aus solchen Stunden mag in dem jungen Sänger der Wunsch entstanden sein, der ihn später in seinen Liedern hieß, „was dem Höchsten klingt, aus seinem Herzen rinnen zu lassen".
Zum Poeta hat's aber damals nicht recht reichen wollen! Die Alumnen mußten lateinische Verse schreiben. Das gehörte zu der gelehrten Bildung. Der Dichter wurde nicht bloß geboren, er wurde durch den Unterricht dazu erzogen. Die Muster waren die „Alten", aus deren Werken man nie genug lernen konnte. Auch Paulus Gerhardus hat sich ans Reimen machen müssen. Und so lautete das Zeugnis seines Herrn Magisters: „Er ist von nicht geringer Begabung, beweist Fleiß und Gehorsam. Sein Stil kann zum großen Teil erträglich genannt werden, und auch seine Verslein sind erträglich." Armer Paul! Man sieht den emsigen, fleißigen und gewissenhaften Scholar seufzend hinter seinen lateinischen Poeten sitzen, um ihnen das Geheimnis der wahren Dichtkunst abzulauschen oder über die mittelalterlichen Hymnen nachsinnen, die zu Ehren der sieben heiligen Gliedmaßen des Gekreuzigten gedichtet waren. Und doch will's nur ein kümmerliches Reimen werden. Kein Lehrmeister ahnt, welch künftiger Dichter hier heranwächst.
Er muß ein tapferer Jungmann gewesen sein, der Scholar Paulus Gerhardus. Ein Jahr, bevor sein sechsjähriges Studium zu Ende ging, kam ein unheimlicher Gast nach Grimma, der damals seine furchtbaren Wege durch Deutschland öfters gegangen ist: die Pest. Da fiel die Furcht über die Alumnen. Sie ließen sich nicht mehr halten, man mußte sie nach der Heimat ziehen lassen. Nur wenige blieben — unter ihnen Paul Gerhardt!
Am 15. Dezember 1627 verließ er die Fürstenschule und zog als Studiosus der Theologie nach Wittenberg auf die stolze Universität des protestantischen Nordens, die sich rühmen durfte, unter dem Geist Martin Luthers zu stehen, und die darum die meistbesuchte Hochschule Deutschlands

geblieben war, auch als die Schrecken des großen Krieges anderen Hochschulen geboten, zeitweise ihre Pforten zu schließen.
Die Universität hielt streng auf ihr heiliges Erbe, das ihr von dem großen Reformator überkommen war. Wer an ihre Tore pochte, um dort zu studieren, einerlei ob Theologe oder Jurist oder Mediziner oder Philosoph, mußte die Augsburger Konfession in ihrer unveränderten Gestalt unterschreiben. Die Professoren der Theologie wachten eifrig darüber, daß kein Hauch eines Irrglaubens über die wohlbehütete Flur wehen durfte. Das Bekenntnis der Väter war Erz. Davon durfte niemand etwas abbrechen. Das war also die Welt, in der Paul Gerhardt aufgewachsen ist. Schon in Grimma — noch mehr in Wittenberg. Eines dieser Bekenntnisse, vor dem er sich mit heiliger Ehrfurcht beugte, war die Konkordienformel. Sie ist von den lutherischen Gottesgelehrten am Ende des 16. Jahrhunderts aufgestellt worden, um der drohenden Zersplitterung zu wehren, in die die Lutherischen auseinanderzufallen drohten. Hier war „die Konkordie", die Einheit und Einigkeit, unter vielen Mühsalen endlich erreicht worden. Darum sah der wahre Lutheraner in der Konkordienformel ein teures Gottesgeschenk, das verteidigt werden mußte, und wenn es Gut und Blut kostete. Das geht durch das ganze Leben Paul Gerhardts hindurch: „Darf ich auf die Konkordienformel verzichten oder nicht?" „Sie ist nicht ein schlichtes und gewöhnliches, sondern ein symbolisches Buch. Sie ist ein Glaubensbekenntnis, und zwar nicht ein privates Bekenntnis irgend einer einzelnen Person, sondern ein Bekenntnis der ganzen lutherischen Kirche!" Man spürt in diesen Worten ein Bangen um die Geltung dieses Bekenntnisses und um die Zukunft der Kirche. Da ist ein Heiligtum, wer es antastet, ist ein Gotteslästerer.
Es ist leicht, jene Zeit abzuurteilen und sie die Zeit des engstirnigen konfessionellen Fanatismus zu nennen. Es tut viel mehr not, dieser Zeit und diesen Menschen gerecht zu wer-

den. Sie haben sich um diese Bekenntnisse gewehrt und lieber das Leben gelassen, als ein Tüttelchen von ihrem „Glauben“, der für sie eins war mit dem Bekenntnis, preiszugeben. Wir kennen die Namen der Lehrer, zu deren Füßen der junge Studiosus gesessen ist: Jacob Martini, Wilhelm Leyser, Johann Hülsemann und vor allem Paul Röber. Der war nicht bloß ein Theologe, sondern — ein Künstler. Dichtung und Musik geleiteten ihn. In seinen Predigten spürte man den Hauch eines Geistes, der in der Welt des Schönen zu Hause war. Sein Wahlspruch hieß „pie, prudenter, patienter“ — fromm, weise, geduldig. Ein Zeichen dafür, daß mitten in dem Trutz der theologischen Bekenntnisfrömmigkeit das Herz, das den Theologen macht, nicht vergessen wurde. Der Studiosus mag an diesem Lehrer mit besonderer Liebe gehangen haben. Er hat ein Lied von Paul Röber später umgedichtet.

Aus dieser Studienzeit Gerhardts ist so gut wie nichts bekannt. Nach einer nicht ganz sicheren Nachricht soll er Informator im Hause des Archidiakonus M. August Fleischhauer in Wittenberg gewesen sein. Aber selbst wenn diese Nachricht zuverlässig wäre, so klafft doch in seinem Leben ein Zeitraum von 14 Jahren, aus dem uns so gut wie keine Botschaft kommt. Das Wichtigste im Leben eines Mannes, seine innere Entwicklung vom Knaben und Jüngling zum ausgeprägten Mann, bleibt uns für immer verborgen. Viel Grauen wird er im Dreißigjährigen Krieg geschaut haben. Seine Vaterstadt Gräfenhainichen ging in Flammen auf, als der Schwede die Brandfackel hineinwarf. Die Pest kam im Gefolge des Hungers und tat ihr grausiges Werk. Auch Paul Gerhardts Bruder Christian scheint ihr erlegen zu sein. Wenigstens berichtet das Beerdigungsregister von Gräfenhainichen am 7. November 1637 den Tod eines Christian Gerhardt, Schöppenmeister.

Der Weg, den Gerhardt in dieser dunklen Zeit gegangen ist, war ein Weg durch „Not und große Schrecken, die alle Welt bedecken“.

Als er sein Lied sang *Gott lob, nun ist erschollen das edle Fried- und Freudenswort*, wußte er von den „zerstörten Schlössern und Städten voller Schutt und Asche zu sagen“:

Ihr vormals schönen Felder,
mit frischer Saat bestreut,
jetzt aber lauter Wälder
und dürre wüste Heid,
ihr Gräber voller Leichen
und blutgem Heldenschweiß
der Helden, deren gleichen
auf Erden man nicht weiß.

So schaut aus diesen Versen noch das ganze Grauen, durch die sein junges Leben hat gehen müssen. Das Herz des Dichters war noch beladen mit der unsäglichen Not seiner Heimat.

Der Beginn des Dichtens

Es ist in der Weltgeschichte nicht anders wie in der Geschichte des einzelnen: Notzeiten sind nicht bloß Zeiten des Niedergangs, sondern ebensowohl Zeiten der Auferstehung.

Es ist ein Merkmal jener Zeit, daß das evangelische Glaubenslied in der Mitte des Lebens und Erlebens vieler Dichter stand. So hat Martin Rinckart sein „Nun danket alle Gott" gesungen. Michael Schirmers Lied „O Heiliger Geist, kehr bei uns ein" ist das klassische Pfingstlied geworden. Sind nicht Nikolaus Herman, Joh. Franck, Joh. Rist, Benjamin Schmolck, echte Kirchenlieder gelungen?

Gelegentlich wurde die Meinung vertreten, das sei aus dem Zeitgeschmack zu deuten. Jene Dichter hätten zeigen wollen, daß sie auf allen Saiten der poetischen Leier, der weltlichen und geistlichen, spielen könnten — und darum hätten sie eben auch in geistlichen Liedern ihre Kunst zu zeigen unternommen. Das ist wenig wahrscheinlich. Ein Georg Neumark gehört zu den Mitgliedern einer der damaligen poetischen Gesellschaften und genoß am Hofe Wilhelms II. zu Weimar ein hohes Ansehen. Aber sein Lied „Wer nur den lieben Gott läßt walten" ist keine poetische Künstelei, sondern die aus tiefer Erfahrung geschöpfte Bekenntnisdichtung eines frommen Christenherzens.

Dieses geistliche Lied, das im 17. Jahrhundert entstanden ist, war aber nicht — Kirchenlied. Paul Gerhardts Lieder sind erst um die Wende des 17./18. Jahrhunderts langsam in den Gottesdienst eingedrungen. In der Kirche sang man die klassisch gewordenen Lieder Luthers und seiner Kampfgenossen. Sie hatten die alleinige Berechtigung, das Bekenntnislied der im Gotteshaus versammelten Gemeinde zu heißen und zu sein. Ihr Ton, das Stehen auf dem „Grund der Apostel und Propheten", der vielgerühmte „Wir-Charakter", der alles Ichbetonte verbannte, gab der Gemeinde den heiligen Klang. Gesangbücher nahm man nicht mit in die

Kirche. Wozu auch? Die meisten Lieder kannte man auswendig. Viele Kirchenbesucher, vor allem auf dem Land, konnten nicht lesen. Ein neues Lied einzuführen, war sehr schwer. Der Chor mußte es vorsingen — so oft und so lang, bis die Gemeinde es nachsingen konnte. Und es war sehr schwer, den Wortlaut der Lieder aus dem vielstimmigen Tönen der Chorsänger zu verstehen. Kein Wunder, daß man bei etwa fünfzig Liedern stehenblieb, die man in den Gottesdiensten von der ersten bis zur letzten Strophe sang. Diese Lieder haben sich in das Herz der Gemeinde hineingesungen. So wurde das Gesangbuch Luthers wirklich, wie er es selber einst ausgesprochen, „der Laien Biblia".
Darum sind die geistlichen Lieder des 17. Jahrhunderts — Volkslieder geworden. Allerdings in einem beschränkten Sinn. Lieder des gläubigen Volkes, das sie bei seiner Hausandacht las und auch sang. Denn die Pflege der häuslichen Erbauung war geheiligte Sitte, die in jeder Familie geübt wurde, die etwas auf sich hielt. Frömmigkeit und bürgerliche Rechtschaffenheit gingen miteinander. Der „Wohlehrwürdige" in Staat und Stadt hielt streng darauf, daß er „gottesfürchtig" war und daß er seine Familie in der „Gottesfurcht" erzog. Der Hausvater war damals wirklich Hauspriester und brachte die Opfer des Dankes und der Anbetung täglich mit seiner versammelten Familie in der häuslichen Feier. Zahlreich sind die Erbauungsbücher jener Zeit. Zu dieser Hausfeier gehörte auch das fromme Lied. Eben darum hat dies geistliche Volkslied des 17. Jahrhunderts eine so große Bedeutung gewonnen. Es war das Lied, aus dem der große Kreis der Glaubenden seine tägliche „geistliche Speise" nahm. Darum darf es nicht wundernehmen, daß diese geistlichen Lieder oft von solch ungeheurem Umfange sind. Auch bei Gerhardt gibt es Lieder bis zu 25 und 28 Strophen.
Eine Art von Dichtung hat im 17. Jahrhundert eine besondere Pflege gefunden, die Gelegenheitsdichtung. Bei allen Höhepunkten des Lebens und bei allen wichtigen Ereig-

nissen wurde eine Feier gehalten, die von erheblichem Pathos war. Kindtaufe, Hochzeit, Doktorpromotion, Einzug in ein neues Amt, und dann vor allem das Begräbnis mußte in feierlicher Form vor sich gehen. Es gibt Tausende und aber Tausende von gedruckten Reden, die bei diesen Feiern gehalten worden sind, und aus deren Studium etwas hervorquillt wie von einer Mischung zwischen Modergeruch und Lavendelduft. Liebenswürdige Freude an dem Familienleben neben übertriebenem Menschenkultus, hochtrabende Redewendungen neben echtem Glaubenstrutz, Posaunenstöße neben gefühligem Flötengetön! Zu diesen gedruckten Reden kam noch ein Lebenslauf, der aufgebauscht wurde mit der Hervorhebung von unzähligen Verdiensten, die der „Verblichene" sich erworben. Und endlich durfte das „carmen"* bei den Leichenfeierlichkeiten ebensowenig wie beim Hochzeitsfest fehlen. Wo sich aber ein Dichter fand, dessen Gesinnung lautere Frömmigkeit war, gelangen Verse, die weit über den vorliegenden Fall einer Familienfeier hinausgingen. So kommt es, daß aus solchen Gelegenheitsgedichten Lieder erwuchsen, die später als Gemeindelieder gedient haben. Man sieht es heute dem Lied Simon Dachs „O wie selig seid ihr doch, ihr Frommen" nicht an, daß dies Lied zuerst ein Gelegenheitsgedicht gewesen ist. Oder das Lied „Mach's mit mir Gott, nach deiner Güt'" von Joh. Herm. Schein ist weit hinausgewachsen über die Familientrauer, der es einst als Trostlied gesungen worden ist.

Auch die ersten bescheidenen Verse Paul Gerhardts waren Gelegenheitsgedichte. Sein erstes ein lateinisches Gedicht! Es war am 26. April 1642 — ein Hamburger Professorensohn, mit der Wittenberger Universität durch allerlei verwandtschaftliche Bande verknüpft, hatte sein Magisterexamen bestanden. Professoren und Freunden war es ein willkommener Anlaß, ihn kräftig anzudichten. Auch der poetische

* Gedicht

Pfarrer und Professor Paul Röber gehörte zu ihnen. An dem Schluß der langen Kette der gelehrten Dichter steht Paul Gerhardt:

Gleichwie aus sonnüberströmeten Gärten die liebliche Flora
goldener Blumen Kranz lächelnd aufs Haupt sich drückt,
so erscheinest du uns, den Freunden, jugendlich herrlich,
mit der Krone geschmückt, die dir die „Mutter“ verlieh.
Daß du allzeit so bliebst, mög Gottes Gnade dich kränzen:
Freude kröne das Herz, ewiges Heil dir das Haupt!*

Man hat diese Verse unter die „erträglichen“ rechnen wollen, von denen einst der strenge Kritikus in Grimma sprach — allein mir erscheinen sie anmutig, aus dem lächelnden Geist antiker Grazie geflossen. Aus ihnen blickt ein feines Gemüt, das heiter in die Frühlingswelt geht und dort bescheiden sein Sträußlein bricht, dem Freunde zu Ehren.

Das nächste Gelegenheitsgedicht ist zu einem Feste geschrieben, das in einer befreundeten Familie zu Berlin gefeiert worden ist. Wer weiß, ob nicht auf diesem Feste das kommende Geschick des Dichters seine ersten Anfänge genommen hat? Jedenfalls taucht auf diesem Fest nach langen dunkeln Jahren, in denen die Gestalt Gerhardts völlig verschwunden war, der inzwischen herangereifte, zum Mann gewordene „studiosus theologiae“ mit einem Mal wieder vor uns auf. Es war im Jahre 1643. Paul Gerhardt war also damals 37 Jahre alt. In einer Zeit, in der sonst der Mann auf dem Höhepunkt seines Schaffens steht und mitten im Wirken des öffentlichen Lebens seinen Platz einnimmt, ist er noch — „Student“. Freilich darf man das Wort nicht im heutigen Sinne nehmen. Es will sagen, daß es ihm noch nicht gelungen ist, ein geistliches Amt zu bekleiden.

In Berlin lebte der Kammergerichtsadvokat Andreas Berthold, der Sproß einer Beamtenfamilie, frühzeitig auf Universitäten eingeschrieben, der Mann einer aus vornehmer Gelehrtenfamilie stammenden Frau. Also ein Hochange-

* Freie Übersetzung. Die „Mutter“ ist die „alma mater“, die Universität.

sehener, dem auch ein nicht unbeträchtliches Vermögen eigen war. Seine dritte Tochter Sabina heiratete einen der ersten Geistlichen von Berlin: Magister Joachim Fromm war Archidiakonus an St. Nikolai, der bedeutendsten Pfarrkirche von Berlin. In der Spandauer Straße, im Hause der Eltern Berthold, wurde die Trauung am 3. September 1643 vollzogen. Die Freunde des Hauses kamen und brachten ihre Glückwunsch-Carmina. An ihrer Spitze der erste Geistliche von St. Nikolai und damit von Berlin: Magister Samuel Hoffmann, und der später berühmt gewordene Dichter Michael Schirmer. Bescheiden überbringt auch der „studiosus" Paulus Gerhardius seine „Oda" in deutschen Versen, die unter den lateinischen (sogar hebräisch hatte einer der gelehrten Freunde gedichtet) Stilübungen, wie der Biograph Gerhardts Hermann Petrich schreibt, „wie eine eben gebrochene Rose zwischen Papierblumen duftet".

Wie ist der „studiosus" nach Berlin gekommen? Wir wissen es nicht. Es darf angenommen werden, daß er in der Familie Berthold als Informator tätig gewesen ist. Wahrscheinlich bei dem Sohn des Hochzeitsvaters, der nach seinem Vater Berthold hieß und ebenfalls wie der Vater den Beruf eines Rechtsanwalts in Berlin ausübte. Ob Gerhardt in dem Jahr der Hochzeitsfeier von Sabine Berthold, 1643, schon in Berlin lebte oder ob er von Wittenberg aus zu dem festlichen Tag erschienen ist, können wir nicht sagen. Es sollte aber wohl anzunehmen sein, daß er mit der Familie Berthold schon in näheren Beziehungen gestanden ist; denn seine Verse zeigen eine innige Vertrautheit mit Eltern und Kindern. So ist es ein freundlicher Gedanke, daß der schon recht gealterte „studiosus" in diesem Haus eine liebe Heimat gefunden hat nach viel schweren Schicksalen, und daß das Gedicht, das er am festlichen Tage überreicht hat, ein bescheidener Gruß gewesen ist, mit dem er dem Freundeshaus einen Dankeszoll abgestattet hat für die trauliche Stätte, an der er nach wechselvollem Leben sein Haupt hat niederlegen können.

Aus dieser ersten Berliner Zeit erscheinen noch einige Gelegenheitsgedichte, bald auf den Tod von Kindern aus befreundeter Familie, bald ein Vorwort zu dem Buche seines Freundes Michael Schirmer „Biblische Lieder und Lehrsprüche“, bald auf den Tod eines Berliner Predigers Johannes Berkow, dem Paul Gerhardt schon vorher ein Trostgedicht auf den Tod eines Sohnes geschenkt hatte. Es hat einen eigenen Reiz, diese Gedichte zu lesen. In ihnen offenbart sich ein zartes, mittrauerndes Gemüt, das den Schmerz der Betrübten wie den eigenen Schmerz spüren kann, und eine wunderbare Gabe, zu den Bekümmerten zu sprechen — der Seelsorger eint sich mit dem stillen Dichterherzen, das sich in redlichen Versen ausströmen kann. Wie wundervoll ist der Vers, in dem das früh verstorbene Kind des Magisters Adam Spengler von der Lieblichkeit der himmlischen Heimat erzählt und sich darauf freut, bis die Eltern zu ihm in diese göttliche Welt kommen:

> Ich will erzählen, wie ihr habt
> euch selbst betrübt und mich gelabt,
> vor Christo und vor allen.
> Und vor dem heißen Tränenfluß
> will ich mit mehr als einem Kuß
> um euren Hals euch fallen.

Wie mag das Herz der Bekümmerten still geworden sein im Anblick dieser zarten Schau in die Welt der Seligen. Und dann das andere Trostlied, in dem er den Vater selbst zu dem heimgegangenen Kind sprechen läßt:

> Du bist zwar mein und bleibest mein
> (wer will es anders sagen?),
> doch bist du nicht nur mein allein:
> der Herr von ew’gen Tagen,
> der hat das meiste Recht an dir,
> der fordert und erhebt von mir
> dich, o mein Sohn, . . .

Der Schmerz quillt über in des Vaters Herzen:

Ach gält' es Wünschens, wollt' ich dich,
du Sternlein meiner Seelen,
vor allem Weltgut williglich
mir wünschen und erwählen ...

Aber über all dem Heimweh steht der Gottesruf:

Ich sprech: Ach weh! Mein Licht verschwindt!
Gott spricht: Willkomm'n, du liebes Kind,
dich will ich ewig haben
und ewig reichlich laben.

Aber dann tut sich auch über diesem betrübten Vater der Himmel auf. Sein Kind

sieht und hört der Engel Mund,
sein Mündlein hilft selbst singen,
weiß alle Weisheit aus dem Grund ...,

so daß in allem Leid doch der Vater zu rufen sich überwinden kann:

Nun will ich nicht mehr klagen:
Ach, mein Sohn, wärst du noch bei mir!
Nein! Sondern: Komm, du Wagen
Eliä, hole mich geschwind
und bring mich dahin, wo mein Kind
und soviel liebe Seelen
so schöne Ding' erzählen.

Ein Vers, der um so ergreifender ist, wenn man weiß, daß nur ein Jahr später der Vater selbst zur Gemeinde der Gotteskinder abgerufen worden ist.
Gewiß, die Verse sind nicht „hohe Poesie", aber in ihnen liegt das Empfinden des schlichten Menschen in all seiner Herzlichkeit und Natürlichkeit.

Und darum kann man auch den Trauergesang auf den Tod Berkows *(Erhebe dich betrübtes Herz)* nicht ohne Bewegung lesen, wenn der Dichter den Vollendeten in Gottes Welt schaut:

Er pred'get seines Gottes Ruhm
und füllt das güldne Heiligtum
und die so schönen Tore.
Sein Name riecht gleich einer Blum'
im heil'gen Engelchore.

Die Pflänzlein, die er vorgeschickt,
hat er auch schon mit Lust erblickt
und herzlich sich ergötzet.
Nun ist sein Geist in ihm erquickt
und alles Leid ersetzet.

Das sind Lieder, die nichts wissen von dem sonst üblichen Verherrlichen der Toten. Sie fließen nicht über von Tränen und wiegen sich nicht in Schmerzgefühlen, sondern stellen demütig und glaubensstark den einzigen Trost, den es zur Überwindung des Leides gibt, in die Nacht der irdischen Not hinein. Diese Lieder zeigen schon in Umrissen den Dichter in seinen hauptsächlichen Zügen: volksliedmäßige Schlichtheit, Zartheit und Innigkeit des Empfindens. Alles herausgeboren aus dem kindlichen Glauben, der als die verborgene Kraft dies Leben trägt und der siegreich das Leid der Erde überwindet!
Gerhardt hat damals zu Michael Schirmers „Biblischen Liedern" geschrieben:

Weltskribenten und Poeten
haben ihren Glanz und Schein,
mögen auch zu lesen sein,
wenn wir leben außer Nöten:
In dem Unglück, Kreuz und Übel
ist nichts Bessers als die Bibel!

Was Homerus hat gesungen
und des Maro hoher Geist,
wird gerühmet und gepreist
und hat alle Welt durchdrungen.
Aber wenn der Tod uns trifft,
was hilft dann Homerus Schrift?

Gottes Wort, das ist's vor allen,
so uns, wenn das Herz erschrickt,
wie ein kühler Tau erquickt,
daß wir nicht zu Boden fallen.
Wenn die ganze Welt verzagt,
steht und siegt, was Gott gesagt.

In diesen Versen ist eine Art Selbstbekenntnis verborgen. Es kam ihm nie darauf an, ein „Poet" zu werden. Der Lorbeer reizte ihn nicht. Vielleicht hat er sich selbst nie für einen „Dichter" gehalten. Was er wollte, war, Gottes Wort in die Herzen von Menschen zu singen, die mit dem Leben schwer zu tun haben, und ihnen zu helfen, daß sie mit diesem schweren Leben fertig werden. Insofern mag auch über seinem Dichten die sooft getadelte „Nützlichkeit" der Dichtung seiner Zeit liegen. Aber da er ein echter Dichter ist, muß ihm auch das praktische Ziel seines Singens Lieder schenken, die ihm nicht „Apoll", aber „David" in den Mund legte.

Die erste Liedersammlung und die ersten Amtsjahre

Wie er zum Dichter geworden ist? Wie er sich zu der Höhe seiner klassischen Lieder entfaltet hat?

Keine Antwort ist möglich auf alle diese Fragen. Die Lieder sind nicht datiert. Aufzeichnungen über seinen dichterischen Werdegang gibt es nicht. Aber einige Vermutungen dürfen gewagt werden. Der Wittenberger Professor und Pfarrer Paul Röber hatte ein Lied gedichtet: „O Tod, o Tod, schreckliches Bild". Es verdeutlicht die in jener Zeit öfters gehegte Vorstellung vom Tode als dem grimmen Bogenschützen. So hat auf der Insel Reichenau um den Beginn des 17. Jahrhunderts ein Malermönch auf die Wand der Westapsis des uralten Kirchleins zum Heiligen Georg in Oberzell eine Kopie des Jüngsten Gerichts von Michelangelo gemalt und die beiden unteren Ecken des Gemäldes mit den Bildern des Todes versehen, der mit der Pfeilspitze auf den Hinausgehenden zielt. Und so ist das Lied Röbers ein kraftvolles Singen von der Gewalt des Todes und der Furchtlosigkeit des Glaubens, der mit „des starken Jesus Heldenhand" die Bande des Todes zersprengt. Gerhardt hat dieses Röbersche Gedicht geglättet.

Sollten hier wirklich Anfänge seines Dichtens vorliegen? Tonfall und Sprache haben in der Gerhardtschen Form gewiß etwas von den anderen Liedern aus seinem eigenen dichterischen Schaffen an sich. Aber auf diese „Verwandtschaft" ist nicht viel zu geben. Sie liegt im ganzen Charakter, den das geistliche Lied jener Zeit überhaupt hatte. Irgendeine Spur davon, daß Gerhardts Dichten aus solchen ersten Glättungsversuchen heraus begonnen hat, kann ich nicht finden.

Es erhebt sich die Frage, ob Gerhardt nicht gegen Ende des großen Krieges seine ersten Lieder gedichtet hat? Es gibt eine Reihe von Liedern, die den Jammer der Kriegsnot schildern. Die Nachdichtung des 85. Psalms *(Herr, der du vormals hast dein Land)* enthält die Verse:

Ach, daß ich hören sollt' das Wort
erschallen bald auf Erden,
daß Friede sollt' an allem Ort,
wo Christen wohnen, werden!
Ach, daß uns doch Gott sagte zu
des Krieges Schluß, der Waffen Ruh
und alles Unglücks Ende!

Ach, daß doch diese böse Zeit
bald wiche guten Tagen,
damit wir in dem großen Leid
nicht mögen ganz verzagen!

In dem biblischen Psalm ist von Krieg und Kriegsgeschrei nicht die Rede. Der Dichter hat diese Gedanken eingefügt — sollte man nicht darauf schließen können, daß er aus der Not des großen Krieges heraus seinen schweren Seufzer zu Gott schickte? Ebenso singt er in dem Lied:

Wie ist so groß und schwer die Last,
die du uns auferleget hast.

Wie oftmals hat bei Tag und Nacht
der Feinde List und große Macht
uns, deine Herd', umringt!

Viel unsrer Brüder sind geplagt,
von Haus und Hof dazu verjagt:
wir aber haben noch
beim Weinstock und beim Feigenbaum
ein jeder seinen Sitz und Raum.

Sieh an, mein Herz, wie Stadt und Land
an vielen Orten ist gewandt
zum tiefen Untergang:
Der Menschen Hütten sind verstört,
die Gotteshäuser umgekehrt.

Aber gerade dieser Hinweis auf den Frieden im eignen Land will nicht recht zu den geschichtlichen Ereignissen stimmen. Ist nicht gerade Brandenburg und besonders des Dichters Geburtsort Gräfenhainichen und später seine erste Pfarrstelle Mittenwalde furchtbar gebrandschatzt worden? Eher könnte das Neujahrslied *Nun laßt uns gehn und treten* aus den letzten Jahren des Dreißigjährigen Krieges stammen, mit der erschütternden Schilderung:

Durch so viel Angst und Plagen,
durch Zittern und durch Zagen,
durch Krieg und große Schrecken,
die alle Welt bedecken.

Aber ob nicht in diesen Versen ebensogut ein Nachzittern der ungeheuren Erlebnisse seinen ergreifenden Ausdruck gefunden hat? Mag dem sein, wie ihm wolle, dieses Lied steht auf der höchsten Stufe der Gerhardtschen Dichtkunst. Ebenso wie das jubelnde Lied:

Gott Lob, nun ist erschollen
das edle Fried- und Freudenwort,
daß nunmehr ruhen sollen
die Spieß und Schwerter und ihr Mord.
Wohlauf und nimm nun wieder
dein Saitenspiel hervor,
o Deutschland, und sing Lieder
im hohen vollen Chor!

Sei tausendmal willkommen,
du teure, werte Friedensgab!
Jetzt sehn wir, was für Frommen
dein Bei-uns-wohnen in sich hab'.

In dir hat Gott versenket
all unser Glück und Heil.
Wer sich betrübt und kränket,
der drückt sich selbst den Pfeil
des Herzleids in das Herze
und löscht aus Unverstand
die güldne Freudenkerze
mit seiner eignen Hand.

Es ist durchaus möglich, daß dieses Lied, das die Verwüstung der Schlösser und Städte, der Felder, die zu dürrer Heide geworden sind, die Gräber voller Leichen, den Tod von unvergleichlichen Helden in dunkler Trauer beklagt, 1648 entstanden ist, als der Kurfürst am 8. November mit allen Glocken in den märkischen Landen läuten ließ, oder 1650, als die schwedischen Truppen aus Berlin abzogen und in St. Nikolai der Propst Lilie die Dankespredigt über den 126. Psalm hielt: Wenn der Herr die Gefangenen Zions erlösen wird, dann werden wir sein wie die Träumenden! Aber eines ist doch seltsam: Daß alle diese Lieder, die am Anfang des dichterischen Schaffens Gerhardts stehen müßten, nicht in der ersten Sammlung seiner Lieder zu finden sind.

Freilich: diese Sammlung ist nicht von ihm veranstaltet. Gerhardt hat im Gegensatz zu den damals berühmten Dichtern nie seine Lieder gesammelt und herausgegeben. Es mag sein, daß das eine oder andere Lied als fliegendes Blatt seine Verbreitung gefunden hat. Aber die erste Veröffentlichung in einem Liederbuch ist von einem Musiker vollbracht worden: von dem Kantor an St. Nikolai zu Berlin, Johann Crüger. Das muß ein feiner und ernster Mann gewesen sein. Denn seine Melodien kommen aus einer Seele, die ein Ohr hatte für die ewigen Harmonien, sagte er doch, daß die Gesetze der Musik Ordnungen der Schöpfung seien. Und wenn sie mit ihrer Kraft auf Menschen wirkten, dann geschehe das zur Ehre Gottes. Auch sein Vater war Gastwirt und seine Mutter eine Pfarrerstochter. Auch er hatte in

Wittenberg Theologie studiert. Aber er war auch Musiker und Komponist, so daß ihn der Berliner Magistrat schon 1622 auf die Kantorenstelle an der Nikolaikirche berufen hatte, mit der auch eine Lehrtätigkeit am Gymnasium zum Grauen Kloster verbunden war. Dort blieb er bis an sein Lebensende. Gleich seinem poetischen Freunde Paul Gerhardt hat er viel Leid erfahren in seinem Leben: Dem Kinderreichen sind die meisten seiner Kinder gestorben. Und so ist sein Singen seines Glaubens Offenbarung geworden. Ähnlich wie Paul Gerhardt aus dem eigensten Erleben heraus singen mußte, so flossen die Lieder Crügers aus tiefsten Erfahrungen. Die beiden, der Dichter und sein Sänger, gingen die gleichen Wege.
Johann Crüger hat im Jahre 1647 in Berlin ein Gesangbuch herausgegeben. Es hatte den Titel „praxis pietatis melica". Wir würden etwa dafür sagen: Christliche Erbauung im Liede. Eine große Anzahl von herrlichen Liedern evangelischer Dichter hat er zusammengetragen. Darunter sind 15 von Paul Gerhardt. Es ist etwas Überraschendes, wenn man die Anfangszeilen dieser Lieder liest: „Ein Lämmlein geht und trägt die Schuld", „O Welt, sieh hier dein Leben", „Auf, auf, mein Herz mit Freuden", „O du allersüß'te Freude", „Wach auf, mein Herz und singe", „Nun ruhen alle Wälder", „Nun danket all und bringet Ehr'", „Ich hab' in Gottes Herz und Sinn" — es zeigt uns diese Reihe den Dichter auf seiner vollen Höhe. Die Festlieder zu Passion, Ostern und Pfingsten hat er kaum übertroffen. Höchstens, daß ihm in dem Passionslied „O Haupt voll Blut und Wunden" und in dem Pfingstlied „Zeuch ein zu deinen Toren" ein noch innigerer und vollendeterer Klang geschenkt worden ist.
In dem Lied *ein Lämmlein geht und trägt die Schuld,* geht der Sang hinab auf die Erde, wo die anbetende Menschheit das Wunder des Kreuzes kaum zu fassen vermag. Wie ist die Herrlichkeit der Gottesliebe in der Hingabe des Gottessohnes besungen worden:

O Wunderlieb! O Liebesmacht!
Du kannst, was nie ein Mensch gedacht,
Gott seinen Sohn abzwingen.
O Liebe, Liebe, du bist stark,
du streckest den in Grab und Sarg,
vor dem die Felsen springen.

Es ist, als ob man das Erdbeben beim Tode des Erlösers miterlebe, sooft man diese Worte singt — aber über diesem Erdbeben und der Finsternis, die sich über das ganze Land legt — zugleich die Glorie des geöffneten Himmels.
Zu diesem Menschheitsdrama gesellt sich die Seligkeit des Christenmenschen, der weiß, daß dies alles für ihn geschehen ist:

Ich will von deiner Lieblichkeit
bei Nacht und Tage singen,
mich selbst auch dir nach Möglichkeit
zum Freudenopfer bringen:
Mein Bach des Lebens soll sich dir
und deinem Namen für und für
in Dankbarkeit ergießen;
und was du mir zugut getan,
das will ich stets, so tief ich kann,
in mein Gedächtnis schließen.

Daneben steht das Osterlied. Es ist wie ein Holzschnitt von Albrecht Dürer:

Auf, auf, mein Herz, mit Freuden
nimm wahr, was heut geschicht!
Wie kommt nach großem Leiden
nun ein so großes Licht!
Mein Heiland war gelegt
da, wo man uns hinträgt,
wenn von uns unser Geist
gen Himmel ist gereist.

Und dann die Siegesworte, die an eine überstandene Feldschlacht von einst erinnern:

Er war ins Grab gesenket,
der Feind trieb groß Geschrei!
Eh' er's vermeint und denket,
ist Christus wieder frei
und ruft Viktoria,
schwingt fröhlich hier und da
sein Fähnlein als ein Held,
der Feld und Mut behält.

Kein Wunder, daß bei solchem Schauspiel des himmlischen Triumphes das Christenherz in eine Freude ohnegleichen ausbricht:

Die Welt ist mir ein Lachen
mit ihrem großen Zorn,
sie zürnt und kann nichts machen,
all Arbeit ist verlorn.
Die Trübsal trübt mir nicht
mein Herz und Angesicht,
das Unglück ist mein Glück,
die Nacht mein Sonnenblick.

Die ganz persönliche Geborgenheit, ganz gleich, wo es auch hingehen mag, findet die überzeugenden Worte:

Ich hang und bleib auch hangen
an Christo als ein Glied;
wo mein Haupt durch ist gangen,
da nimmt er mich auch mit.
Er reißet durch den Tod,
durch Welt, durch Sünd, durch Not,
er reißet durch die Höll'
ich bin stets sein Gesell.

Der Trautgeselle des alten Volksliedes ist hier wieder erstanden, der Tod und Hölle verlachen kann an Christi Seite und unter seinem Schild. Und das wunderbare Ziel, zu dem der Herr die Seinen führt:

Er bringt mich an die Pforten,
die in den Himmel führt,
daran mit güldnen Worten
der Reim gelesen wird:
Wer dort wird mit verhöhnt,
wird hier auch mit gekrönt;
wer dort mit sterben geht,
wird hier auch mit erhöht.

In dem Pfingstlied O *du allersüß'te Freude* weisen sich die Schranken des Gerhardtschen Dichtens.

O du allersüß'ste Freude,
o du allerschönstes Licht,
der du in Lieb' und Leide
unbesucht uns lässest nicht,
Geist des Höchsten, höchster Fürst,
der du hältst und halten wirst
unaufhörlich alle Dinge,
höre, höre, was ich singe!

Es gehört zu der Eigenart unserer Gesangbücher, daß die Pfingstlieder ihr schwächster Teil sind. Auch Gerhardt ist es in diesem Lied nicht gegeben gewesen, das Unsichtbare und Unbeschreibliche in Bild und Gleichnis zu bannen. Der Theologe hat über den Dichter gesiegt, und der Volkston ist nicht stark genug geworden, um diesen Mangel auszugleichen.

Dagegen darf von dem Morgenlied *Wach auf, mein Herz, und singe* gesagt werden, daß beides in beinah vollendetem Maße zusammentrifft, was Gerhardts Dichten in das Herz des Christenvolkes hat einziehen heißen: die herzhafte Kindlichkeit und die ungesuchte, echt natürliche Frömmigkeit.

Wach auf, mein Herz, und singe
dem Schöpfer aller Dinge,
dem Geber aller Güter,
dem treuen Menschenhüter.

Hört man nicht die poetische Deutung der gewaltigen Erklärung Luthers zum 1. Artikel? Schlägt nicht darin schon das Herz der Christengemeinde aller Zeiten? Und dann kommt eine Strophe, die mich in meiner Kindheit immer besonders bewegt hat, ohne daß ich wußte, warum:

Heint[1], als die dunklen Schatten
mich ganz umgeben hatten,
hat Satan mein begehret,
Gott aber hat's gewehret.

Heute weiß ich, worin die dichterische Kraft dieses Verses liegt: es ist das tiefe Naturgefühl, das sich mit dem frommen Empfinden eint. Die Schauer der Nacht ziehen auf mit ihrem Grauen des sternenlosen Dunkels — und darin das Heranpirschen eines unheimlichen „Jägers", des bösen Feindes, der „im Finstern schleichet" — da greift die Gotteshand von oben ein. Die Nachtwolken müssen vergehen vor dem ruhigen Glanz des Mondes.

Du sprachst: Mein Kind, nun liege
trotz dem, der dich betrüge;
schlaf wohl, laß dir nicht grauen,
du sollst die Sonne schauen.

Jenes tiefe Erlebnis, das eine Dichterin unserer Tage einmal so geschildert hat: Sooft sie als Kind einschlief, kam der Vater und legte seine große Hand auf ihr Haupt, und das war etwas wunderbar Friedevolles. Sie war geborgen unter dieser großen Hand — und nie in ihrem Leben konnte sie diese Hand verlieren, die über ihr ausgestreckt bleibt. Der Behütete, dessen Schlaf eine Erquickung war unter solchem Schutz und Schirm, will dem Treuen ein Opfer bringen:

---

[1] Heut Nacht

Mein Weihrauch und mein Widder
sind mein Gebet und Lieder.

Die wirst du nicht verschmähen;
du kannst ins Herze sehen;
denn du weißt, daß zur Gabe
ich ja nichts Bessers habe.

Die Sprache des demütigen Kindes. Und der Blick auf den kommenden Tag:

Sprich Ja zu meinen Taten,
hilf selbst das Beste raten;
den Anfang, Mitt' und Ende,
ach Herr, zum Besten wende.

Mich segne, mich behüte,
mein Herz sei deine Hütte,
dein Wort sei meine Speise,
bis ich gen Himmel reise.

Ob es noch ein Lied gibt, das so wie dies zu dem Herzen des kleinen Kindes und zugleich zu dem Wünschen des Gereiften und Besinnlichen spricht? Hier ist wahre Einfalt zugleich echte Kunst geworden.
Das echte Naturgefühl, das in diesem Morgenlied durchbricht, ist dann im Abendlied noch breiter und wuchtiger zu seinem Rechte gekommen.

Nun ruhen alle Wälder,
... ...
... ...
es schläft die ganze Welt!

Hans Thoma hat einmal von seinem Enkelkind erzählt, wie es am Abend in seinem Bett vor sich hinträumt in leisem Murmeln: Der Wald schlaft, die Wiese schlaft, der Bach schlaft, die Blumen schlafen ... und er setzt hinzu: wie doch die reine Kindesseele zur großen Dichterin wird!

Der Malerpoet empfand das Wunder der im Dichten träumenden und im Traum dichtenden Menschenseele. Und etwas von diesem Wunder schwebt über dem Abendlied Gerhardts. Das Zurruhegehen, das Ablegen der Kleider, das wohlige Behagen der müden Glieder, die sich ausrecken dürfen, das Schließen der Augenlider unter dem Hauch des niedersinkenden Schlummers werden zu Deutungen menschlicher und göttlicher Lebensgeheimnisse.
Dieses Lied wird wohl durch die Sitte entstanden sein, beim abendlichen Turmblasen den Choral „O Welt, ich muß dich lassen“ zu spielen. Diese Melodie wurde 1590 durch den kaiserlichen Kapellmeister Hans Isaac geschaffen als Volkslied „Innsbruck, ich muß dich lassen“. Paul Gerhardt soll sie gehört haben, während er durch die abendlichen Felder ging. Die Töne klangen in ihm nach und er formte zu dieser Melodie sein Abendlied. Hier findet sich die uns allen seit der Jugend vertraute Strophe:

Breit aus die Flügel beide,
o Jesu, meine Freude,
und nimm dein Küchlein ein.
Will Satan mich verschlingen,
so laß die Englein singen:
Dies Kind soll unverletzet sein.

Eines der innigsten Worte Jesu ist in himmlische Musik umgewandelt. Wer kann es singen, ohne an Luther zu denken, dem einst sein Beichtvater Johannes von Staupitz zurief: „Der Heiland ist die Henne, die auch dich mit ihren Küchlein unter ihre Flügel sammeln will“, und der mit diesem Wort die verzweifelte Seele des von tausend Nöten Umgetriebenen stille machte.
Und der Schluß mit seinem Gedenken an die Fernen und Nahen, die dem Einschlafenden lieb sind:

Auch euch, ihr meine Lieben
soll heute nicht betrüben
kein Unfall noch Gefahr.
Gott lass' euch selig schlafen,
stell' euch die güldnen Waffen
ums Bett und seiner Engel Schar.

So stehen in einer Dichtung aus der neueren Zeit die Himmlischen mit erhobenen Händen um das Lager, auf dem ein armes einsames Kind liegt, und wandeln sein Einschlafen zur Heimkehr in die Heimat droben im Licht. Es ist ein geheimes Weben von heiligen Banden über Jahrhunderte hinweg von Seele zu Seele derer, die nach dem Frieden verlangen, der höher ist als alle Vernunft.
So möge denn noch jenes freudvolle Lob- und Danklied etwas von diesem Frieden sagen, der aus der Nähe des segnenden Gottes fließt, das Gerhardt auf Sirach 50, 24 gedichtet hat:

Nun danket all' und bringet Ehr,
ihr Menschen in der Welt,
dem, dessen Lob der Engel Heer
im Himmel stets vermeldt.

Hinunter muß alles, was mich kränkt und quält — Gott ist hier und mit ihm das freudvolle Wandern auf der Straße, die zu der Heimat führt:

Er gebe uns ein fröhlich Herz,
erfrische Geist und Sinn
und werf all Angst, Furcht, Sorg und Schmerz
ins Meeres Tiefe hin.

Welch ein freies Atmen in weiter Gotteswelt! Über sich den weiten Himmel, vor sich das ewige Meer — und er: ein Freier und Getroster! Man muß diese Verse mit den Augen zu schauen versuchen, mit denen sie von dem Dichter einst geschaut worden sind, dann offenbart sich ihre unverwüstliche Kraft.

Er drücke, wenn das Herze bricht,
uns unsre Augen zu
und zeig' uns drauf sein Angesicht
dort in der ewgen Ruh.

Aus den verschiedenen „Kreuz- und Trostliedern" dieser ersten Sammlung ist besonders bekanntgeworden:

Ich hab' in Gottes Herz und Sinn
mein Herz und Sinn ergeben,
was böse scheint, ist mir Gewinn,
der Tod selbst ist mein Leben.
Ich bin ein Sohn
des, der den Thron
des Himmels aufgezogen:
ob er gleich schlägt
und Kreuz auflegt,
bleibt doch sein Herz gewogen.

Es ist merkwürdig, wie in diesen ersten Liedern vom Leid ein trockener lehrhafter Ton vorherrscht. Der Dichter steht auf der Kanzel und erwägt mit klugen, etwas nüchternen Gedanken, wie Gottes Wirken voll Weisheit sei. Der Schöpfer, der — wie später der Rationalismus so gern hervorhob — alles „mit Weisheit und Verstand" eingerichtet hat, der alles erhält, so daß

was er nicht hält,
das bricht und fällt,
was er erfreut, das lachet,

muß wohl auch wissen, wann Freud und wann Leid seinen Kindern diene. Darum ist es töricht, darüber zu klagen, daß „du nicht hast, was Fleisch und Blut begehret"! Gott sorgt dafür, daß

was du jetzt nennest Kreuz und Pein,
wird dir zum Trost gedeihen!

Aber nun mit einemmal ist es, als ob sein Herz erwache, und aus all diesen weisen Belehrungen bricht's mit einer hellen Freudigkeit heraus:

Wart in Geduld
die Gnad und Huld
wird sich doch endlich finden.
All Angst und Qual
wird auf einmal
gleichwie ein Dampf verschwinden.

Das sind seine eigenen Erlebnisse, die ihn nicht mehr predigen, sondern singen heißen.

Ei nun, mein Gott, so fall' ich dir
getrost in deine Hände:
nimm mich und mach es du mit mir
bis an mein letztes Ende,
wie du wohl weißt,
daß meinem Geist
dadurch sein Nutz entstehe
und deine Ehr
je mehr und mehr
sich in ihr selbst erhöhe.

Willst du mir geben Sonnenschein,
so nehm ich's an mit Freuden,
soll's aber Kreuz und Unglück sein,
will ich's geduldig leiden.

Da, wo des Dichters Seele spricht, wird auch seine Sprache groß und eindringlich. Aus diesem tiefen Grund heraus erwachsen später seine klassischen Trostlieder.
Wo ist aber der Dichter dieser Lieder, von denen wir etliche an uns haben vorüberziehen lassen, zu suchen?
Über seine Tätigkeit in Berlin ist uns nichts überliefert. Wir könnten uns aber denken, daß er wie so mancher der gealterten Kandidaten, die damals ohne Stellung waren, auf den Kanzeln da und dort als Hilfsprediger aushalf. Da-

zwischen gibt es wissenschaftliche Arbeiten. Als „Informator" dient er den Heranwachsenden.
Bis endlich ein Ruf auf eine Pfarrstelle an ihn kommt. In der nahe – drei Meilen südlich – gelegenen Stadt Mittenwalde (S. 186) war die Stelle des ersten Geistlichen unbesetzt, die Stelle des Propstes, des Präpositus, der über eine Reihe umliegender Dorfgemeinden und ihre Pfarrer gesetzt war und in Mittenwalde an der Kirche St. Moritz (S. 187–190) als Pfarrer zu wirken hatte. Die Mittenwalder suchten eine besonders tüchtige Persönlichkeit. Darum wandten sie sich an das Geistliche Ministerium nach Berlin. Man möge ihnen einen Geistlichen vorschlagen, der ihre verwaiste Gemeinde als ein redlicher Hirte zu weiden imstande sei. In diesem Ministerium saß Magister Fromm, zu dessen Hochzeit einst Gerhardt gedichtet hatte, der Schwiegersohn des Kammergerichtsadvokaten Berthold, in dessen Hause Gerhardt aus und ein ging. Kein Wunder, daß die gelehrten und wohlehrwürdigen Herren ihr Augenmerk sogleich auf den Kandidatus Paulus Gerhardius richteten, dessen carmina durch Johann Crügers Gesangbuch vielen in Berlin Trost, Friede und Freude gebracht hatten. Sie schrieben nach Mittenwalde: „Wir sind hierüber einmütig zu Rat gegangen, wiewohl wider sein Wissen, welches wir daher auch für den aufrichtigsten Dienst halten, den Ehrenfesten Vorachtbaren und Wohlgelahrten Herrn Paulum Gerhardt, sanctae sacrae theologiae candidatum, welcher sich bei uns allhier in des Churf. Brandenburgischen Kammergerichts-Advocati, Herrn Andreas Bertholds Hause befindet, bestermaßen unseren Herren zu solchem Amte anzutragen, in der Versicherung, daß wir in diesem wohlgemeinten Vorschlag Ihrer Christlichen Gemeinde eine solche Person vorhalten, deren Fleiß bekannt, die eines guten Geistes und ungefälschter Lehren, dabei auch eines ehr- und friedliebenden Gemütes und christlich untadelhaften Lebens ist, daher auch er bei Hohen und Niedrigen unseres Ortes lieb und wert gehalten und von uns all Zeit das Zeugnis erhalten

wird, daß er auf unser freundliches Ansinnen zu vielen Malen mit seinen von Gott empfangenen Gaben um unsere Kirche sich beliebt und wohl verdient gemacht hat!"

Das Schreiben ist ein Empfehlungsschreiben, weshalb das Lob allein das Wort hat. Gleichwohl schaut aus diesem Schreiben etwas von dem Charakter des Empfohlenen heraus. Die gelehrten Herren haben ihm nichts davon gesagt, daß sie ihn vorschlagen. Sie wissen, daß er in seiner Bescheidenheit wohl abgewehrt hätte. Sie rühmen einen fleißigen und wissenschaftlich auf der Höhe stehenden Theologen und wissen davon zu sagen, daß er auf Luthers Lehre unerschütterlich steht. Sie heben hervor, daß er eines friedliebenden Geistes ist und sich eines untadelhaften Wandels befleißigt. Man sieht ihn in klaren Umrissen: den Mann von Charakter und Haltung, vornehm in seiner Gesinnung, zu seiner Überzeugung stehend, still und schlicht, seines Weges gehend in Verantwortung für jeden Schritt und jedes Wort. Ein ganzer Mann.

Die Mittenwalder wählten ihn zu ihrem Propst: nach solchem Zeugnis durften sie in ihm den Mann erwarten, den sie suchten. Nun mußte Gerhardt eine Amtsprüfung bestehen. Die Pröpste von Berlin und Cölln (das damals noch von Berlin getrennt war) bestellten den Kandidaten in die Bibliothek von St. Nikolai in Berlin; sie haben ihn wohl nicht allzu hart „angefochten", denn sie kannten ihn zur Genüge. Nur eines wurde von ihm verlangt: Unbedingtes, nie wankendes Bekenntnis zu den Symbolen der lutherischen Kirche. Da lag ein Schriftstück vor ihm, dessen Unterschrift von ihm gefordert wurde:

„Die Lehre des Evangeliums, wie sie in dem Augsburgischen Bekenntnis in dessen erster und unveränderter Form, ebenso in der Apologia, in den articulis Smalcaldicis, in den beiden Katechismen Luthers, endlich in der Konkordienformel enthalten ist und auf den geoffenbarten und zuverlässigen Grundlagen der prophetischen und apostolischen Heiligen Schrift beruht, ist mein Bekenntnis. Ich werde, so Gott

Gnade gibt, in diesem Bekenntnis bis an mein Lebensende beständig verharren. Das bekenne ich und verspreche ich!" Als Gerhardt die Feder in die Hand nahm und mit festem Strich seinen Namen unter dies Gelöbnis setzte „am Tage meiner Ordination, den 18. November 1651", tat er es mit Freuden. Und mit dem unbedingten Willen, davon nicht abzulassen und koste es Kopf und Kragen. Diese Stunde mit ihrem heiligen Ernst hat dem Mann in seinen späteren Kämpfen die unerschütterliche Standhaftigkeit gegeben, um derentwillen wir ihn heute noch mit Ehrfurcht betrachten. Es war die Stunde eines Eides, den er nie zu brechen entschlossen war. Er hielt daran, als viele andere wankten.

So zog er denn nach Mittenwalde. Noch heute liegt dort das Kirchenbuch, in das der neue Pfarrer im Januar 1652 seine erste Eintragung gemacht hat. In schöner kräftiger Schrift! „Im Namen der heiligen Dreieinigkeit unter meiner Amtsführung. Paulus Gerhardt, Propst zu Mittenwalde, im Jahre des Heils 1652!" Man spürt ordentlich die Freude und den Stolz des fünfundvierzigjährigen Mannes, daß er endlich auf seinem Posten steht (S. 191).

Ein schweres Amt! Das arme Städtchen hatte Unsägliches erlitten in dem großen Krieg. Seine hohen Mauern, die mit doppelten Gräben umzogen waren, und seine beiden Tortürme hatten den Ansturm der schwedischen und kaiserlichen Truppen nicht wehren können. 1637 hatten die Schweden die Stadt ausgeplündert, die Einwohner mißhandelt, die paar Kirchenheiligtümer davongeschleppt — und ein paar Tage später waren die Kaiserlichen gekommen, um das wenige, das den Überlebenden noch geblieben war, vollends zu nehmen. Der Vers:

Der Schwed' ist kommen,
hat alles mitg'nommen,
hat Fenster zerschlagen,
hat's Blei davongetragen,
hat Kugeln draus gossen
und d'Bauern verschossen!

war für die jammervolle Stadt zu einer schauerlichen Wahrheit geworden. Gegen Kriegsende waren von rund tausend Bauern im Umkreis der Stadt nur noch etwa zweihundertfünfzig übriggeblieben. Und sooft Gerhardt in seine stattliche Hallenkirche zum Heiligen Moritz ging und die Stufen zum Altar hinaufschritt, stand das Bild eines seiner Vorgänger vor ihm, des Propst Gallus Luther, der das „Heiligtum vor den Hunden hatte schützen" wollen und unter dem Pistolenschuß eines beutegierigen schwedischen Soldaten zusammengesunken war. Welch eine Predigt für einen wahren Hirten der Gemeinde, sooft sein Fuß auf die Stelle trat, wo das Blut eines dieser Hirten geflossen war, der nicht floh, sondern sein Leben für die Schafe ließ. Die Blutzeiten waren vorüber — aber die Hungerzeiten waren gekommen. Langsam erholte sich das Land von den ungeheuren Leiden, die es hatte erdulden müssen. Aber noch fehlte es an Bauern, die die Felder in Pflege nehmen konnten, und an Vieh, das den Pflug durch die festgestampfte Scholle zog, an Häusern, die aus festem Bau aufgerichtet waren, an Scheunen und Stallungen. Der Bettler schlich in seinen Lumpen durch dürre Heiden und streckte seine Hand aus nach einer kargen Gabe.

Da war es schwer Pfarrer zu sein! Schon rein äußerlich betrachtet! Wie sollten die verarmten Bauern, Handwerker und Tagelöhner das geringe Einkommen aufbringen, dessen der Pfarrer zum Leben bedurfte? Bargeld hatte ein Pfarrer wenig. Er war auf den Zehnten angewiesen. Holz, Frucht, Wein, der „Blutzehnte" — das zehnte Junge aus dem Stall — daraus bestanden die Einkünfte des Pfarrers. Er hatte dann noch seine Pfarräcker und Pfarrwiesen, die er meist selbst bewirtschaftete. Aber wie sollen die Bauern den Zehnten liefern, wenn sie selbst kaum Brot hatten für ihre Kinder? Wie sollte das verwüstete Land in neue Kultur gebracht werden, solange es den Bauern an Ochsen fehlte, um das eigene Land zu pflegen, geschweige denn, daß sie dem Pfarrer „Hand- und Spanndienste" tun konnten? Jene Pfarrer nach dem großen Kriege haben das bittere Leid ihrer Gemeinden am eigenen Leib zu spüren bekommen und redlich mitgetragen, was die ihnen anbefohlenen Seelen zu tragen hatten.

Aber was noch schlimmer gewesen ist, war die furchtbare Verwilderung, die überall eingerissen war. Der Krieg hatte die Gemüter verroht. Der Trotz und die Leidenschaft waren an die Stelle der alten Gottesfurcht und der geheiligten Sitte getreten. Während des Dreißigjährigen Krieges berichtet ein Sittenschilderer: „Öfters hat man Komödianten auch wohl in den Kirchen, Fechtmeister, Springer, Seiltänzer, Tanzmeister, Bären, Affen und ander ungewöhnlicher wilden Tiere Leiter und Führer auftreten und durch dieselbigen dem Volk ein Spektakel und Kurzweil machen lassen, welchem auch der Magistrat und die Geistlichen selbst mit sonderbarer Ergötzlichkeit beigewohnt, und das sind solche Aktiones, welche man an Sonn- und Feiertagen hat vornehmen und verrichten müssen!" Die Kirche zum Zirkus und zur Menagerie verwandelt — wie mag in solcher Welt die Seele des Volkes ausgesehen haben?

Und doch sagt man nicht mit Unrecht, daß in diesen Zeiten die Pfarrer ihren Gemeinden aus „Lehr- und Zuchtmeistern" zu „Seelsorgern und Tröstern" geworden seien! Denn wie mag es um einen lebendigen Glauben ausgesehen haben in solcher wilden und rauhen Zeit? Wie mögen in den redlichen und wahrhaft frommen Gemütern die Fragen der Angst und der Unruhe aufgestiegen sein! Erst wer sich einmal in solche Not der Heimgesuchten hinein zu leben weiß, begreift, warum die „Kreuz- und Trostlieder" den breitesten Raum auch in Gerhardts Dichten einnehmen. Da lag die Not. Da schrien die Geängsteten. Da war der Bittruf, daß Gott seinen Himmel öffne und sich wieder herabneige zu seinem Volk.

Der Propst von Mittenwalde begann seine Arbeit. An seiner Kanzel standen Verse, die mahnten, die Predigt nicht

zu verachten, sie sei wohl eines armseligen Menschen Rede, aber doch ein mächtiges Herrenwort. Mit Ernst wurde darauf gehalten, daß neben der Predigt die Beichte gewissenhaft gehört werde. Vor allem, um das „junge rohe Volk zu verhören und zu unterrichten in der christlichen Lehre"! So hat denn auch Gerhardt in seinem Beichtstuhl gesessen und sich von seinen Beichtkindern allen Jammer sagen lassen, unter dem sie schier zerbrachen, und hat ihnen mit dem fröhlichen Gotteskinderglauben zurechthelfen können, daß sie es wieder wagten, ihre Wege tapfer zu gehen als Wege, auf die sie die göttliche Treue führte.
Wie er wohl gepredigt hat? Es ist schade, daß uns keine einzige Predigtniederschrift erhalten ist. Aber etliche Reden zu Beerdigungen sind uns aus jenen „Nachrufen" geblieben, die das 17. Jahrhundert den Gestorbenen im Druck gewidmet hat. In solchen Reden erweist er sich als der erfahrene Kenner des Lebens und des Menschenherzens, der freundliche Tröster und glaubensstarke Helfer. In ruhiger, etwas breiter Ausführung spricht er für Leute, die noch Zeit hatten, zu hören, und vor allem die innere Aufgeschlossenheit zum Hören mitgebracht haben. Er war ein Prediger, der dem Einfachsten ans Herz zu kommen wußte und gerade darum auch den Gebildeten das Licht leuchten zu lassen vermochte, das keine Geistesbildung ersetzen kann. Seine Schilderungen aus dem täglichen Leben, die Darstellung der Redeweise von jung und alt zeigen den Mann, der lange genug unter Menschen geweilt hat, um zu wissen, wo ihnen der Schuh drückt! Aus dieser Welt sind viele seiner Lieder, die uns Heutigen vielleicht etwas alltäglich in ihrem Ton erscheinen, besser zu verstehen, als wenn man lediglich den Maßstab des künstlerischen Schaffens an sie anlegt.
Es mag wohl an den großen Schwierigkeiten und den unsicheren Verhältnissen des ersten Einlebens in das neue Pfarramt gelegen haben, daß Gerhardt drei Jahre lang unvermählt in Mittenwalde lebte. Aber schließlich wurde

ihm geschenkt, wonach sein Herz gewiß seit langen Jahren verlangt hatte. In dem Hause des Kammergerichtsadvokaten Berthold lebte die jüngste Tochter Anna Maria, noch unvermählt. Ob jenes carmen, das er einst ihrer Schwester dichtete, nicht schon mit verschwiegenem Liebesgedenken um sie geworben hat? Er hatte seither die Stille und Fromme oft genug schauen dürfen. Sie war ihm teuer und wert geworden, vor allem, als er sah, wie sie eine dienende Martha gewesen ist, ohne daß Mariens Glut ihr gefehlt hatte. Ihre Mutter war in langem Siechtum dahingewelkt. Fünf lange Jahre hindurch verließ sie das Leidenslager nicht. Da hat die Tochter die Mutter selbst gepflegt. Neben dem Bette der Mutter bereitete sie sich ein schlichtes Ruhebettlein, um jeden Hilferuf zur Nacht zu hören. Eine im Leid Gereifte und Erprobte, die durch die beste Schule gegangen war, um ihrem Mann und seiner Gemeinde zu dienen als treuste Gehilfin in Herz und Amt.

Nach der damaligen Sitte warb er nicht selbst um sie, sondern ließ durch einen Freund bei ihrem Vater um sie werben. Am 11. Februar 1655 wurde er in dem Bertholdschen Hause durch Propst Vehr getraut. Er war 48 Jahre alt, sie 32. Ein Stück von der Tragik, die über den „Studierten" jener schweren Zeit lag, daß sie ihr Hauswesen erst gründen konnten, wenn der Scheitelpunkt des Lebens längst überschritten war.

Ob nicht jetzt die Verse seiner „Oda" *(Der aller Herz und Willen lenkt)*, die er dem Schwager Fromm gedichtet hatte, in neuer Schönheit vor ihm aufblühten?

Die Bäumlein, die man fort gesetzt
in wohlbestellten Garten,
die pfleget man zuerst und letzt
vor allen wohl zu warten.
Ihr Bäumlein Gottes, freuet euch,
der Gärtner ist von Liebe reich,
der sich euch heut erwählet.

Was er gepflanzt mit seiner Hand,
hält er in großen Ehren.
Sein Sinn und Aug' ist stets gewandt,
dasselbe zu vermehren,
kommt oft und sieht aus reiner Treu,
was seines Gartens Zustand sei,
was seine Reislein machen.

Und wenn denn unterweilen will
ein rauhes Lüftlein wehen,
ist er bald da, setzt Maß und Ziel,
läßt's eilends übergehen.
Wenn er betrübt, ist gut gemeint,
er stellt sich hart und ist doch Freund
voll süßer Huld und Gnade.

O selig, der, wenn's Gott gefällt,
ein Wölklein einzuführen,
ein treues, fröhlich Herz behält,
läßt keinen Unmut spüren.
Ein Wölklein geht ja bald vorbei;
es währt ein Stündlein oder zwei,
so kommt die Sonne wieder.

So gehet nun mit Freuden ein
zu eurem Stand und Orden:
der Weg wird ohne Schaden sein,
der euch gezeiget worden.
Es geht ein Englein vornen an,
und wo es geht, bestreut's die Bahn
mit Rosen und Violen.

So hatte er einst über ein glückliches Paar gesungen und über die Pforte ihres neuen Hauses ein Blumengewinde gebunden. Jetzt mußte dies Lied in seiner eigenen Seele klingen. Wer einen Blick tun dürfte in jene Tage! Sie haben, wie überall es geht, nicht bloß von Rosen und Violen zu sagen gewußt, sondern von „rauhen Lüftchen" und von manchem Wölklein. Eine alte Geschichte berichtet von schweren Sorgentagen, in denen nicht einmal mehr ein Stäublein Mehl im Kasten und keine Rinde Brot mehr im Schrank gewesen sei. Da sei die Pröpstin mit Bangen zu ihrem Gatten gekommen: „Gib mir nur einen Groschen, daß ich das Allernötigste kaufen kann. Sonst kann ich dir heute nicht einmal den Tisch zu Mittag decken!" Aber nicht ein Kreuzer fand sich. Der Treue tröstete: „Ich will dir eine Speise besorgen, die nicht vergeht." Setzte sich in sein Gartenhaus und schrieb das Lied *Befiehl du deine Wege.* Hernach, als er ihr's las, mußten alle Tränen versiegen. Ein Bild, das uns erzählte vom Kreuz und vom Segen des Kreuzes, von Sorgen und von starken Schultern, die zu tragen wissen, von dunklen Tälern und von dem guten Hirten, dessen Stab und Stecken zu trösten weiß.

Schnell genug ist ein schwerer Schatten über das junge Glück gefallen. Anna Maria wurde an ihrem eigenen Geburtstag, dem 19. Mai 1656, ein Töchterlein geschenkt. Aber es ist den Eltern nicht lange geblieben. Ein halbes Jahr später, am 28. Januar 1657, ist das Kind in der Kirche zu Mittenwalde begraben worden. Noch heute hängt eine Tafel in der Kirche zum Heiligen Mauritius in Mittenwalde, auf der in einem Kranze von vier vergoldeten Engelsköpfchen die Inschrift steht:

Maria Elisabeth, Pauli Gerhardts damaligen Propstes allhier zu Mittenwalde und Annae Mariae Bertholdin erstgeborenes herzliebes Töchterlein, so zur Welt gekommen den 19. Mai āo 1656 und wieder abgeschieden d. 14. Januarii āo 1657, hat allhier ihr Ruhebettlein und dieses Täflein zum Gedächtnis von ihren lieben Eltern. genes. 47, v. 9. Wenig und böse ist die Zeit meines Lebens.

Als Gerhardt einige Zeit später „auf das zwar frühzeitige, aber dennoch selige Abscheiden des Jungfräuleins Elisabeth Heinzelmann" einen Nachruf dichtete *(Leid ist mir's in meinem Herzen),* hat er einen Vers hineingeschrieben, in dem das Gedächtnis des eigenen Leidens durchbricht:

Ach, es ist ein bittres Leiden
und ein rechter Myrrhentrank,
sich von seinen Kindern scheiden
durch den schweren Todesgang.
Hier geschieht ein Herzensbrechen,
das kein Mund recht kann aussprechen.

Oh, die vielen Kindergräber des Mittelalters! Welche Summe von Herzeleid schließen sie ein. War doch keine Familie in jener Zeit, die nicht mehr als einmal den Gang zu einem Kindergrab hat tun müssen. Wer die blutige Schrift lesen müßte, die in Tausenden von Mutterherzen eingeritzt war, dem käme der Menschheit ganzer Jammer über die Seele.
Damals mag Paul Gerhardts Glaubenskraft die niedergebeugte Gattin aufgerichtet haben:

. . . das, was wir beweinen,
weiß hievon ganz lauter nichts,
sondern sieht die Sonne scheinen
und den Glanz des ewigen Lichts,
singt und springt und hört die Scharen,
die hier seine Wächter waren.

Als Pfarrer und Dichter in Berlin

Sechs Jahre wirkte Paul Gerhardt in Mittenwalde. Da kam ein Ruf nach Berlin.

An der Nikolaikirche, der Hauptkirche von Berlin, hatte es allerhand Wechsel gegeben. Der alte Propst M. Petrus Vehr, der bei Gerhardts erstem Töchterlein Pate gestanden hatte, war in seinem 70. Lebensjahre heimgerufen worden. Um seine Nachfolge gab es Streit. Gerhardts Schwager, M. Joachim Fromm, war Archidiakonus (Oberpfarrer) und hätte dem Brauch zufolge der Nachfolger in der Würde des Propstes werden sollen. Aber unter den drei Diakonen (Pfarrern) war einer, der sich besonderer Fürsorge der Kurfürstin Luise Henriette erfreute. Er war Offizierssohn, und die Kurfürstin hatte ihm geholfen, daß er studieren konnte. Er hieß M. Georg Lilie. Ein Tapferer und Erprobter war er. Hatte er doch im großen Krieg unter den drohend geschwungenen Säbeln der Kroaten nicht gezittert. Und als üble Marodeure ihn ausplünderten, trug er die Not mit standhafter Seele. Kein Wunder, daß aus seiner Predigt ein heller fröhlicher Mut sprach. Schon kurz nach dem Tod von Propst Vehr ließ der Kurfürst den Magistrat wissen, daß er gern den M. Lilie als künftigen Propst sähe. Und wenn auch einige aus der Bürgerschaft anderer Meinung waren und sich gegen den Kurfürsten auf die Seite von M. Fromm stellten — schließlich war doch der Wunsch eines Fürsten nicht bloß damals Befehl! Lilie wurde Propst. Fromm blieb Archidiakonus. Das hat das Gemüt von M. Fromm tiefer geschmerzt, als er es nach außen hin merken ließ. Ohnehin war er durch viele Predigtarbeit überfordert gewesen. Vierzehn Tage nach der feierlichen Einführung Lilies in die Propstei starb er, am 28. April 1657. „Ein Pastor muß stehend sterben!" hatte er einmal gesagt. Er starb wirklich „stehend".

So mußten denn die Berliner einen neuen Diakonus haben,

und es ist ein Zeichen für die Eintracht, die trotz der unerwünschten Streitereien um den Nachfolger in der Propstwürde im Geistlichen Ministerium zu Berlin waltete, daß sie nun den Schwager des so jäh aus dem Leben geschiedenen M. Fromm wählten. Der Rat der Stadt als Patron der Nikolaikirche ernannte Paul Gerhardt zum zweiten Diakonus an der Kirche. Als dritter wurde M. Johannes Heinzelmann gewählt, der bisher Rektor am Gymnasium zum Grauen Kloster gewesen war. Auf dessen früh verstorbenes Töchterchen Elisabeth hat Gerhardt, wie wir schon hörten, das ergreifende Trauercarmen gedichtet, aus dem sein eigenes Weh nachzittert.
Der Ratsherr Martin Richter überbrachte Gerhardt das Berufungsschreiben. Es scheint dem Gewählten nicht leicht geworden zu sein, diesem Rufe zu folgen. Eine Woche lang ließ er sich Zeit zur Besinnung. Ob ihm der Gedanke zu schaffen machte, daß er seiner Gemeinde Mittenwalde noch längere Jahre seinen Dienst schulde? Aber schließlich war bei ihm wie bei allen großen Wendepunkten nur die eine Frage maßgebend: „Ist es Gottes Wille? Dann muß ich gehen!“ Er schrieb an den Rat am 4. Juni 1657: „Nach fleißiger Anrufung Gottes und reiflicher Erwägung der einhellig auf mich gefallenen Stimmen sehe ich, daß der liebe Gott in diesem Werk seine besondere Schickung und Regierung hat!“ Er wolle diesem großen und allgewaltigen Herrn nicht widerstreben, er folge der Berufung in der „christlichen Hoffnung und Zuversicht, daß fromme Herzen mit ihrem emsigen Gebete mir zu Hilfe kommen und daß durch solch ein geringes Werkzeug, wie ich mich erkenne, Gottes heilige Gemeinde wohlgebauet werde!“
Daß der Magistrat und das Geistliche Ministerium bei dieser Wahl auch der verwaisten Familie Fromms gedacht haben, ist wahrscheinlich. Obwohl vor allen anderen Erwägungen doch gestanden haben muß, mit welcher Treue sich Gerhardt in Mittenwalde bewährt hat. Und der Klang seiner Dichtung war schon weithin erschollen. Man wußte,

daß man in Gerhardt einen Mann berief, der „seinen Mann stellen werde" in Zeiten der friedlichen Gemeindearbeit so gut wie in Zeiten harter Kämpfe, die man damals vielleicht schon vorausahnte.
Die Stadt Berlin war im Aufblühen begriffen. Der Kurfürst Friedrich Wilhelm sorgte mit seiner ungewöhnlichen Tatkraft, daß die häßlichen Spuren des großen Krieges getilgt wurden. Die lange Brücke war schön erneut, der Schloßplatz gepflastert, neben den alten Fachwerkbauten, die mit Stroh oder Schindeln gedeckt waren, erhoben sich neue Häuser, die mit edlem Geschmack ausgestattet waren. Weinstöcke und Obstbäume wurden vor den Häusern gepflanzt und als Spaliere an den Wänden hinaufgezogen. Ein Lustgarten wies den leuchtenden Schmuck von in Berlin noch nie gesehenen Tulipanen und wurde mit Hecken aus Kirschen- und Mandelbäumen umgeben. Die Zahl der Einwohner, die nach Beendigung des großen Krieges auf schätzungsweise sechstausend herabgesunken war, hob sich zusehends. Man spürte das Wehen einer neuen Zeit, die den Stempel des weitschauenden Geistes des großen Fürsten trug (S. 192–195).
Die Nikolaikirche, an der Gerhardt von nun an wirkte, ist die älteste Kirche Berlins, einst den Heiligen Nikolaus, Martin und Katharina geweiht. 1944 wurde sie ausgebombt, es stehen von ihr nur noch die Umfassungsmauern und lassen die Schönheit der spätgotischen, dreischiffigen Hallenkirche ahnen. Sie war reich an Grabkapellen, Gedenksteinen und Wappenschildern alter Berliner Geschlechter. Gerhardt wohnte in einem Diakonatshaus in der Stralauer Straße. Seine Einkünfte waren so, daß er von wirtschaftlichen Sorgen befreit war. Eigenartig ist eine Tätigkeit, von der Paul Gerhardt berichtet. Er hatte diejenigen, die zum erstenmal zur Beichte kamen, über ihre Kenntnisse in der christlichen Heilslehre zu prüfen. Es gab damals noch keinerlei kirchlichen Jugendunterricht. Dafür sollten Katechisationsgottesdienste eintreten, die während der Woche

abgehalten wurden. Aber diese Gottesdienste scheinen nicht mehr besucht worden zu sein. Darum hatten die Geistlichen alle Beichtkinder, die zum erstenmal zu ihnen zur Beichte kamen, abzuhören, wieviel sie im Katechismus Bescheid wußten. Die Reformierten hatten den lutherischen Geistlichen zum Vorwurf gemacht, daß sie es damit recht leicht nähmen. Und so schrieb Gerhardt in einem „offenen Brief" — wie wir heute sagen würden — die Antwort: „Wir wissen gottlob viele unter uns, die sich vorher, ehe sie zum erstenmal zur Beichte kommen, in unseren Häusern einfinden, und einerlei, ob sie hohen, mittleren oder niedrigen Standes sind, sich von uns aus dem Catechismo wohl examinieren lassen". Manch ein Lied, das Paul Gerhardt über „die christlichen Tugenden" verfaßt hat und das uns heute recht hölzern vorkommt, mag aus solchen seelsorgerlichen Aussprachen heraus entstanden sein.
Seine Dichtung hat in den Jahren der Mittenwalder Arbeit und in den ersten Berliner friedlichen Amtszeiten ihre Blüte erlebt. Die bekannten Lieder, die er gedichtet hat, scheinen in diesen Jahren entstanden zu sein. Wenigstens sind sie in dieser Zeitspanne in der Crügerschen „Praxis" erschienen. Dies „Erbauungsbuch im Lied" hat einen großen Erfolg gehabt. Im Jahre 1653, also sechs Jahre nach seinem ersten Erscheinen, konnte es in fünfter Auflage herauskommen! Es trug einen recht umständlichen Titel: „Praxis pietatis melica, das ist Übung der Gottseligkeit in christlichen und trostreichen Gesängen . . . über vorige Edition mit gar vielen schönen neuen Gesängen vermehret: auch zu Beförderung des so wohl Kirchen- als Privatgottesdienstes verfertiget von Johann Crügern Editio V. Gedruckt zu Berlin und verleget von Christoff Runge Anno 1653." Nun standen 81 Lieder Paul Gerhardts drin. Dieses Gesangbuch wird unlöslich mit dem Namen Crügers verbunden bleiben. Es wurde das am meisten aufgelegte Gesangbuch. In ihm hat Crüger 122 Choralmelodien aufgenommen, die er geschaffen hatte, darunter 21 auf Gerhardts Texte, von

denen 18 heute noch gesungen werden. Kein anderer Melodienschöpfer ist auch heute noch so oft in unserem Gesangbuch vertreten wie er. Crüger hat sein Buch dem Kurfürsten und seiner Gemahlin gewidmet und in seinem Vorwort besonders darauf hingewiesen, daß er die gesammelten Lieder mit den schon in den früheren Auflagen vorhandenen „auserlesenen trostreichen Gesängen", aber auch „gar vielen neuen, meistenteils von mir aufgesetzten Melodien und dazu gehörigem Basso, zum nützlichen Gebrauch und Übung der Gottseligkeit verbessert und vermehrt" habe. Wie sehr sein Buch eingeschlagen hat, beweist, daß die Kurfürstin, die als Enkelin des Hugenottenführers Coligny dem calvinistischen Bekenntnis anhing, ebenfalls ein Gesangbuch zu verfassen befahl, das der reformierten Gemeinde dienen sollte. Sie hat einige eigene, aber nicht weniger als 37 Lieder von Gerhardt darin aufgenommen. Die tiefinnerlich fromme Frau, allem Gezänk von Herzen abhold, hat damit versucht, eine Brücke zwischen den beiden Kirchen zu schlagen. Jedoch — diese Brücke trug nicht!
Einige Lieder aus der 5. Ausgabe der Praxis melica müssen in der Zeit des ersten Berliner Aufenthaltes oder in Mittenwalde entstanden sein:
Der Festliederkreis wird erweitert. Zu Advent kommt das Lied, das neben dem gewaltigen „Macht hoch die Tür, die Tor' macht weit" von Georg Weißel das bedeutendste Adventslied der evangelischen Kirche geworden ist: *Wie soll ich dich empfangen?* Das ist die besondere Kraft und Schönheit dieses Liedes: Die Palmen Zions wehen, die Welt, die nach dem Frieden Gottes verlangt, strömt auf den breiten Straßen zusammen. Wie soll die stille fromme Seele den Herrn der Welt grüßen? Der Dichter geht wie einer, der durch das Dunkel wandelt und nach mittelalterlicher Sitte seinen Fackelträger neben sich haben muß. So möchte er von dem Einziehenden selbst den Fackelträger gesandt bekommen, damit er ihm offene Augen verleihe in das Geheimnis, das den König umwittert. Vor ihm liegt die Welt der

Not und der Sünde. Aber die Kerkertüren springen auf! Der Befreier ist erschienen:

Ich lag in schweren Banden,
du kommst und machst mich los.
Ich stand in Spott und Schanden,
du kommst und machst mich groß
und hebst mich hoch zu Ehren
und schenkst mir großes Gut,
das sich nicht läßt verzehren,
wie irdisch Reichtum tut.

Und auf der Erde beginnt ein großes Aufatmen. Die Befreiten gehen durch alle Gassen, in denen der Kummer noch wohnt, und rufen die Freudenkunde in die Häuser der Sorgenvollen:

Das schreib dir in dein Herze,
du hochbetrübtes Heer,
bei denen Gram und Schmerze
sich häuft je mehr und mehr.
Seid unverzagt, ihr habet
die Hilfe vor der Tür:
der eure Herzen labet
und tröstet, steht allhier.

Die erschrockenen Sünder dürfen die Augen wieder aufheben:

Er kommt, er kommt den Sündern
zum Trost und wahren Heil,
schafft, daß bei Gottes Kindern
verbleib ihr Erb' und Teil!

Aber denen, die ihn verfolgen und von sich stoßen, droht die Vernichtung:

Er kommt, er kommt, ein König,
dem wahrlich alle Feind
auf Erden viel zu wenig
zum Widerstande seind.

Über dem Riesenbild von der Scheidung der Geister am Ende der Weltgeschichte leuchtet noch einmal die Seligkeit der Frommen auf:

Ach komm, ach komm, o Sonne,
und hol uns allzumal
zum ew'gen Licht und Wonne
in deinen Freudensaal.

Mit besonderem Reichtum an Liedern ist das Weihnachtsfest bedacht. Da tönt vor allem:

Fröhlich soll mein Herze springen
dieser Zeit,
da vor Freud'
alle Engel singen.
Hört, hört, wie mit vollen Chören
alle Luft
laute ruft:
Christus ist geboren!

Zu der Krippe geht mit den Hirten und Weisen auch der Dichter, vor dem Bethlehem zur beglückenden Gegenwart geworden ist. Man glaubt ein Bild Correggios zu sehen von dem Kind, von dem alles Licht in die Dämmerung hinausstrahlt. Lieblich und mächtig zugleich. Das Kind und der Erlöser in einem!

Nun, er liegt in seiner Krippen,
ruft zu sich
mich und dich,
spricht mit süßen Lippen:
lasset fahr'n, o liebe Brüder,
was euch quält,
was euch fehlt,
ich bring' alles wieder.

Unvergeßlich dies Wort aus dem Mund eines Schwerkranken, den ich an einem Weihnachtsabend besuchte.
Und dann die Pilgerfahrt der Unzähligen:

Ei, so kommt und laßt uns laufen,
stellt euch ein,
groß und klein,
eilt mit großen Haufen.
Liebt den, der vor Liebe brennet!
Schaut den Stern,
der euch gern
Licht und Labsal gönnet.

Wie im Adventslied mündet auch dies Weihnachtslied aus den unendlichen Himmelsweiten in den kleinen Bezirk ein, in dem das fromme Gemüt sich seines Heilands tröstet. Hat sich im Anfang der Himmel geöffnet über der bangenden Welt, so sieht am Schluß der Erlöste die Himmelsbahn, die der Erlöser ihm gebrochen hat:

Ich will dich mit Fleiß bewahren,
ich will dir
leben hier,
dir will ich abfahren.
Mit dir will ich endlich schweben
voller Freud
ohne Zeit
dort im andern Leben.

Neben dem anderen Gemeindelied „Wir singen dir, Immanuel", das die Christenheit an der Krippe in jubelndem Dank ihr Halleluja singen läßt, steht das rechte Weihnachtskinderlied:

Ich steh' an deiner Krippen hier,
o Jesu, du mein Leben.
Ich komme, bring' und schenke dir,
was du mir hast gegeben.
Nimm hin, es ist mein Geist und Sinn,
Herz, Seel und Mut,nimm alles hin
und lass' dir's wohlgefallen.

Es ist das innigste Lied, das Gerhardt gedichtet hat. Darin ist seine Seele ganz und gar zum Kind geworden. Manchmal will einen die Malerei von dem Kind, das vor dem Kind in der Krippe kniet, spielerisch dünken. Aber es liegen hier Empfindungen vor, die aus dem Mittelalter stammen, als die Frommen in seligem Entzücken sich an die Krippe träumten und nichts anderes mehr begehrten, als vor dem „Kinde aller Kinder“ selber zum Kinde werden zu dürfen.

Wo nehm' ich Weisheit und Verstand,
mit Lobe zu erhöhen
die Äuglein, die so unverwandt
nach mir gerichtet stehen?
Der volle Mond ist schön und klar,
schön ist der güldnen Sternen Schar:
dies' Äuglein sind viel schöner!

Oh, daß doch so ein lieber Stern
soll in der Krippen liegen!
Für edle Kinder großer Herrn
gehören güldne Wiegen.
Ach, Heu und Stroh ist viel zu schlecht:
Samt, Seide, Purpur wären recht,
dies Kindlein drauf zu legen.

Nehmt weg das Stroh, nehmt weg das Heu,
ich will mir Blumen holen,
daß meines Heilands Lager sei
auf lieblichen Violen.
Mit Rosen, Nelken, Rosmarin
aus schönen Gärten will ich ihn
von oben her bestreuen.

Aber gerade dieses Lied kennt auch Verse von kraftvoller Klarheit, die unvergänglich sein werden, so lang man Weihnachten in der Christenheit feiert:

Ich lag in tiefster Todesnacht,
du warest meine Sonne,
die Sonne, die mir zugebracht
Licht, Leben, Freud und Wonne.

O Sonne, die das werte Licht,
des Glaubens in mir zugericht't,
wie schön sind deine Strahlen!

Ich sehe dich mit Freuden an
und kann mich nicht satt sehen,
und weil ich nun nicht weiter kann,
bleib ich anbetend stehen.
O, daß mein Sinn ein Abgrund wär
und meine Seel' ein weites Meer,
daß ich dich möchte fassen!

Gerhardt hat ganz selten einmal einen Ton mystischer Frömmigkeit. Er ist sonst viel zu „lutherisch". Ebensowenig wie Luther selbst von dem mystischen Schauen und Genießen etwas hat wissen wollen, hat der lutherische Sänger sich in die Schwärmereien der „Gottgenießer" verirren können. Hier in diesen Versen ist ein Hauch edler und echter Mystik zu spüren, und gerade weil das so selten bei dem Dichter ist, ist er um so wahrer und überzeugter.
Wer kann sich einen Altjahrsgottesdienst denken ohne das Lied *Nun laßt uns gehn und treten?* Das ist das evangelische Neujahrslied geworden. Das Hauptthema, das Gerhardts Dichten beherrscht, die „Geborgenheit", hat in diesem Lied seinen klassischen Ausdruck gefunden. Dies rührende Bild:

Denn wie von treuen Müttern
in schweren Ungewittern
die Kindlein hier auf Erden
mit Fleiß bewahret werden:

Also auch und nicht minder
läßt Gott uns, seine Kinder,
wenn Not und Trübsal blitzen,
in seinem Schoße sitzen.

Sieht man nicht das Bild aus der eigenen Kindheit? Wie die Donner rollten mitten in der Nacht und der Feuerschein der Blitze die schlafenden Kinder aufschreckte — und dann

die Mutter sich neben die Zitternden setzte, daß alle Angst verflog und der süße Schlaf sie mitten im Toben des Wetters wieder umfing?
Aus dem Dunkel des Altjahrsabends geht der neue Morgen hervor und des Dichters Herz ist voll Dank:

Gelobt sei deine Treue,
die alle Morgen neue,
Lob sei den starken Händen,
die alles Herzleid wenden.

Noch dröhnen in den Ohren die Gewitter des Krieges und den Herzen ist bange vor neuer Gefahr:

Laß ferner dich erbitten,
o Vater, und bleib mitten
in unserm Kreuz und Leiden
ein Brunnen unsrer Freuden.

Ist es nicht, als riefe er's in unsere wildbewegte Zeit hinein:

Schleuß zu die Jammerpforten
und laß an allen Orten,
auf so viel Blutvergießen
die Freudenströme fließen.

Die arme Menschheit, von der das Adventslied sagte, „in ihren tausend Plagen und großen Jammerlast", bittet den „Hüter des Lebens":

Sei der Verlassnen Vater,
der Irrenden Berater,
der Unversorgten Gabe,
der Armen Gut und Habe.

Hilf gnädig allen Kranken,
gib fröhliche Gedanken,
den hochbetrübten Seelen,
die sich mit Schwermut quälen.

Aber friedvoll geht durch die Weltnot der Weg des Getrosten:

Und endlich, was das Meiste,
füll uns mit deinem Geiste,
der uns hier herrlich ziere
und dort zum Himmel führe!

Wie schade, daß wir heute solch ein Lied im Gottesdienst nicht ganz durchsingen! Aber lesen muß man's laut. Es ist ja gesprochene Musik.

Über die Passions- und Osterlieder dieser Ausgabe müssen wir in einem anderen Zusammenhang sprechen. Des Pfingstliedes „Zeuch ein zu deinen Toren" werden wir bei der späteren Ausgabe der praxis melica gedenken.

Einen breiten Raum unter den neu hereingenommenen Liedern nehmen die Lob- und Danklieder und die Lieder „In Kreuz und Anfechtung" ein. Es sind meist Umdichtungen von Psalmen und anderen Schriftstellen. Eine wahrhaft vollendete Umdichtung eines Psalms ist das Lied, das nach Psalm 146 gedichtet ist:

Du, meine Seele, singe,
wohlauf und singe schön
dem, welchem alle Dinge
zu Dienst und Willen stehn.
Ich will den Herren droben
hier preisen auf der Erd,
ich will ihn herzlich loben,
so lang ich leben werd.

Wie fragwürdig ist alles, was Mensch heißt! Fürstenmacht und -gunst erblaßt im Tod, ehe man's gedacht. Aber

Wohl dem, der einzig schauet
nach Jakobs Gott und Heil.
Wer dem sich anvertrauet,
der hat das beste Teil,
das höchste Gut erlesen,
den schönsten Schatz geliebt.
Sein Herz und ganzes Wesen
bleibt ewig unbetrübt!

Die Werke des Schöpfers ziehen vor dem Blick vorüber, in der treuherzigen Weise eines kindlichen Gemütes geschaut, die Treue und Gerechtigkeit des Ewigen triumphiert über der Menschen Gewalt. Und — nun geht dem Dichter sein ganzes Herz auf, wenn er die Wunderwege Gottes besingen darf —

Er weiß viel tausend Weisen,
zu retten aus dem Tod,
ernährt und gibet Speisen
zur Zeit der Hungersnot,
macht schöne rote Wangen
oft bei geringem Mahl,
und die da sind gefangen,
die reißt er aus der Qual.

Er ist das Licht der Blinden,
erleuchtet ihr Gesicht,
und die sich schwach befinden,
die stellt er aufgericht't.
Er liebet alle Frommen,
und die ihm günstig seind,
die finden, wenn sie kommen,
an ihm den besten Freund.

Er ist der Fremden Hütte,
die Waisen nimmt er an,
erfüllt der Witwen Bitte,
wird selbst ihr Trost und Mann.

Das ist edelste und reinste Poesie. Denn sie ist der ungekünstelte Ausdruck des Innersten und Schönsten. Sie macht die Verse des Dichters gesund und stark. Und dann der in seiner Schlichtheit und Demut rührende Schluß:

Ach, ich bin viel zu wenig,
zu rühmen seinen Ruhm.
Der Herr allein ist König,
ich eine welke Blum.

Jedoch weil ich gehöre
gen Zion in sein Zelt,
ist's billig, daß ich mehre
sein Lob vor aller Welt.

Die Größe des Ewigen über der welken Menschenblüte — und doch die Würde des Gotteskindes, sein Lied singen zu dürfen in die lauschende Welt hinaus: So ist der Psalm des Alten Testamentes aus einem hebräischen zu einem deutschen Lied geworden.

Aus dem 37. Psalm stammt das Lied *Befiehl du deine Wege.* Es ist wohl neben dem Lutherlied von der festen Burg das volkstümlichste deutsche Kirchenlied geworden. Ein Akrostichon! Das ist ein Gedicht, bei dem die Anfangsworte jeder Strophe hintereinander gelesen, einen Spruch ergeben, hier: „Befiehl dem Herrn deine Wege und hoffe auf ihn, er wird's wohl machen". Die Akrosticha waren sehr beliebt in der verkünstelten Poesie des 17. Jahrhunderts. Sie gaben Raum zu geistreichen Spielereien und ließen die Reimkunst des Dichters in hellem Licht erglänzen. Um so mehr muß von diesem Liede Gerhardts gesagt werden, daß ihm jegliches Gekünstelte abgeht. Man vergißt, daß es im Grunde einer Kunstform entspringt. Es quillt aus dem fröhlichen Glaubensgrund in freier Ungezwungenheit. Man möchte in diesem Lied nicht ein einziges Wort missen. Von dem herrlichen Gedanken an, daß der Schöpfer und Herr, der seine unendlichen Welten in weiser Gesetzmäßigkeit führt, auch das Kleinste, ein Menschenleben, mit derselben Güte und Weisheit umfaßt wie seine Sonnen, die ihren gewiesenen Lauf wandeln müssen — bis zu der Erfahrung einer dunklen Gottesferne, die den Einsamen und Hilflosen scheinbar seinem Schicksal überläßt, bis sich der Glaube erprobt hat und erfahren darf, daß er „Hilfe findet, da er's am mindsten gläubt" — so wie es im Adventslied geheißen hat: Seid unverzagt, ihr habet die Hilfe vor der Tür. Die Schilderung der Gotteskraft, die sich nicht drausbringen läßt,

„und ob gleich alle Teufel hier wollten widerstehn“ steht neben dem warmherzigen Trostzuspruch „Auf, auf, gib deinen Schmerzen und Sorgen gute Nacht“. Das demütige Beugen unter die höhere Weisheit des Ewigen „Bist du noch nicht Regente, der alles führen soll“ wandelt sich um in das siegesfrohe Jauchzen des Glaubenserprobten:

Wohl dir, du Kind der Treue,
du hast und trägst davon
mit Ruhm und Dankgeschreie
den Sieg und Ehrenkron.

Hier ist jedes Wort eine Tat. Darum singt man dies Lied mit gläubiger Zuversicht. Der es sang, sang es aus eigenem Erleben heraus. Ihn hat finsterstes „Schicksal“ nie erschrecken dürfen, weil es zur „Schickung“ wurde, gekommen aus wunderbarer Gottesgüte. Da wird's offenbar, daß Glaube nichts anderes ist und sein wird als die Kunst, „Dennoch“ zu sagen in aller Not der Zeit.
Daneben steht das Lied, in dem das freudige „Dennochsagen“ aus dem seligen Troste zum mutigen Durchhalten wird:

Warum sollt ich mich denn grämen,
hab ich doch
Christum noch,
wer will mir den nehmen?
Wer will mir den Himmel rauben,
den mir schon
Gottes Sohn
beigelegt im Glauben?

Die ganze Nichtigkeit des Menschenlebens steht ihm vor Augen, wenn er bekennt:

Nackend lag ich auf dem Boden,
da ich kam,
da ich nahm
meinen ersten Odem;

nackend werd ich auch hinziehen,
wenn ich werd
von der Erd
als ein Schatten fliehen.

Wie ist dies Hiobswort hier zu einem Donnerwort umgewandelt. Beinah verächtlich sieht der Dichter auf dies arme Erdending Mensch, um sich dann zu dem zu erheben, aus dessen Händen ihm dieses Leben gekommen ist:

Gut und Blut, Leib, Seel und Leben
ist nicht mein,
Gott allein
ist es, der's gegeben.
Will er's wieder zu sich kehren,
nehm er's hin:
ich will ihn
dennoch fröhlich ehren.

Das sind die Urlaute des Christenmutes! Jenes siegreiche und unerschütterliche „Dennoch“ eines Paulus „ich bin gewiß, daß weder Tod noch Leben mich scheiden mag von der Liebe Gottes“. Das sind die, die sich nicht scheuen, ein Kreuz zu tragen und dabei Gott fröhlich zu ehren. Das sind die, die der erschütterten Welt zeigen, was Glauben heißt:

Satan, Welt und ihre Rotten
können mir
nichts mehr hier
tun, als meiner spotten.
Laß sie spotten, laß sie lachen!
Gott, mein Heil,
wird in Eil
sie zu schanden machen.

Und so geht dieser Held seines Weges gleich dem Dürerschen „Ritter“, der durch das Tal der Schrecken reitet. Der Tod weist ihm die ablaufende Sanduhr. Grinsend naht der Teufel. Das Roß wiehert vor Entsetzen. Der Hund duckt sich unter den Bauch des Pferdes in gelähmter Furcht. Aber in dem „dunkeln Tal“ reitet der Geharnischte, keine Muskel zuckt in seinem Antlitz. Die Faust umspannt den Speerschaft:

Unverzagt und ohne Grauen
soll ein Christ,
wo er ist,
stets sich lassen schauen.
Wollt ihn auch der Tod aufreiben,
soll der Mut
dennoch gut
und fein stille bleiben.

Der so singen kann, ist über der Erde Last und Lust hinausgewachsen. Seine Welt ist anderswo. Er hat sein Herz schon „hinaufgeschickt“:

Was sind dieses Lebens Güter?
Eine Hand
voller Sand,
Kummer der Gemüter.
Dort, dort sind die edlen Gaben,
da mein Hirt
Christus wird
mich ohn Ende laben.

In diesem Lied hat Gerhardt sich zu der Höhe Luthers emporgeschwungen. Welche männliche Entschiedenheit und welche Kampfesentschlossenheit spricht aus dem Mann, dessen Lieder sonst so zart und lieblich dahinfließen! Das friedvolle Bächlein, das an blumenreichen Auen dahinrieselt, wandelt sich zur Meereswoge, die der Sturm aufpeitscht.
Noch einmal hat Gerhardt diesen Glaubenstrutz in einem Liede gesungen. In leiser Anlehnung an jenes mächtige Bekenntnis des Paulus in Römer 8, „ist Gott für uns, wer mag wider uns sein?“, das Melanchthon zu seinem Wappenspruch erkoren hat, ist ihm das Glaubenslied geworden:

Ist Gott für mich, so trete
gleich alles wider mich.
So oft ich ruf' und bete,
weicht alles hinter sich.
Hab ich das Haupt zum Freunde
und bin geliebt bei Gott,
was kann mir tun der Feinde
und Widersacher Rott?

Gerhardt hat gelebt, was er gesungen hat. Sein Glaubenslied ist herausgesungen aus der reformatorischen Botschaft: Gerecht durch den Glauben allein. Und diese reformatorische Botschaft hat ihn zu dem Unerschütterlichen werden lassen, der um des Glaubens willen auch das Letzte wagte und das Letzte gab. Man sieht hinter seinem Lied den Märtyrer seiner Überzeugung:

Wer sich mit dem verbindet,
den Satan fleucht und haßt,
der wird verfolgt und findet
ein' hohe schwere Last
zu leiden und zu tragen,
gerät in Hohn und Spott:
das Kreuz und alle Plagen,
die sind sein täglich Brot.

Das ist mir nicht verborgen,
doch bin ich unverzagt:
Gott will ich lassen sorgen,
dem ich mich zugesagt.
Es koste Leib und Leben
und alles, was ich hab':
an dir will ich fest kleben
und nimmer lassen ab.

Das sind keine poetischen Redensarten — das ist das Bekenntnis eines Mannes, der die Faust zusammenballt in dem Gelöbnis: Nimmer zurück!

Darum hat das evangelische Bekenntnis von der Gerechtigkeit aus Gnad' allein in diesem Lied seinen bedeutenden Ausdruck gewonnen. Nichts Nachgesprochenes, sondern Selbsterrungenes:

Der Grund, da ich mich gründe,
ist Christus und sein Blut;
das machet, daß ich finde
das ew'ge, wahre Gut.
An mir und meinem Leben
ist nichts auf dieser Erd.
Was Christus mir gegeben,
das ist der Liebe wert.

Herzerquickend weiß er zu sagen von dem Gottesgeist und seiner Erleuchtung, der „ihm das Abba schreien hilft in aller seiner Kraft". Wieder wie im Lied „Warum sollt ich mich denn grämen" blickt er hinaus auf

ein edle neue Stadt,
da Aug und Herze schauet,
was es geglaubet hat.

Und dann reckt er sich auf, der zum Kampf Entschlossene:

Die Welt, die mag zerbrechen
du stehst mir ewiglich.
Kein Brennen, Hauen, Stechen
soll trennen mich und dich.
Kein Hunger und kein Dürsten,
kein Armut, keine Pein,
kein Zorn der großen Fürsten
soll mir ein Hindrung sein.

Kein Engel, keine Freuden,
kein Thron, kein Herrlichkeit,
kein Lieben und kein Leiden,
kein Angst und Fährlichkeit,
was man nur kann erdenken,
es sei klein oder groß:

der keines soll mich lenken
aus deinem Arm und Schoß.

Hier ist nicht bloß Menschenruhm, sondern ebensosehr Menschenfurcht ins Wesenlose versunken. Und der tiefste Seelengrund ist eine unvergängliche Freude. Wir wüßten, daß Gerhardt ein echter und rechter Dichter gewesen ist, auch wenn wir gar nichts von ihm hätten als den einen Vers:

Mein Herze geht in Sprüngen
und kann nicht traurig sein,
ist voller Freud und Singen,
sieht lauter Sonnenschein.
Die Sonne, die mir lachet,
ist mein Herr Jesus Christ.
Das, was mich singen machet,
ist, was im Himmel ist.

Das Lied *Sollt ich meinem Gott nicht singen* wird zu einem Gemälde des Lebens, das unter der Sonne Gottes dahingeht. Gottes Vatergüte, des Heilands Erlösertat, des göttlichen Geistes Erleuchtung wird ihm ebenso Anlaß zu seinem Jubel wie der Blick in die grüne Welt, aus der die Saat wächst:

Himmel, Erd und ihre Heere
hat er mir zum Dienst bestellt.
Wo ich nur mein Aug hinkehre,
find ich, was mich nährt und hält:
Tier und Kräuter und Getreide,
in den Gründen, in der Höh,
in den Büschen, in der See,
überall ist meine Weide.

Die Geduld Gottes mit den Sündern, seine gnadenvolle Nachsicht wird ihm Grund zum Danken — und wenn der Blick auf Not und Heimsuchung fällt, kommt's getrost und zuversichtlich:

Das weiß ich fürwahr und lasse
mir's nicht aus dem Sinne gehn:
Christenkreuz hat seine Maße
und muß endlich stillestehn.
Wenn der Winter ausgeschneiet,
tritt der schöne Sommer ein,
also wird auch nach der Pein,
wer's erwarten kann, erfreuet.

Jeder Vers schließt mit dem Kehrvers:

Alles Ding währt seine Zeit,
Gottes Lieb in Ewigkeit.

Vielleicht hat dies Lied Gerhardts einen etwas nüchternen Klang. Er hütet sich vor allem Überschwenglichen. Aber echter Dichtkunst volle Klänge tönen in dem anderen Loblied:

Ich singe dir mit Herz und Mund — da singt und jubelt das Herz wie eine Lerche, die aus den Saaten in die Höhe steigt:

Wer hat das schöne Himmelszelt
hoch über uns gesetzt?
Wer ist es, der uns unser Feld
mit Tau und Regen netzt?

Wer gibt uns Leben und Geblüt?
Wer hält mit seiner Hand
den güldnen, werten, edlen Fried
in unserm Vaterland?

Und voll inniger Liebe schaut er auf die Weinenden:

Du zählst, wie oft ein Christe wein
und was sein Kummer sei:
kein Zähr- und Tränlein ist so klein,
du hebst und legst es bei!

So ist die Botschaft von der Gottestreue, die „alle Haare auf dem Haupte zählet" und „keinen Sperling vom Dache fallen" läßt, in die Stube der Bekümmerten hineingetragen:

Wohlauf, mein Herze, sing und spring
und habe guten Mut:
dein Gott, der Ursprung aller Ding,
ist selbst und bleibt dein Gut.

Er ist dein Schatz, dein Erb und Teil,
dein Glanz und Freudenlicht,
dein Schirm und Schild, dein Hilf und Heil,
schafft Rat und läßt dich nicht.

Herz und Lippen strömen über vom Lobpreis des Ewigen:

Er hat noch niemals was versehn
in seinem Regiment:
nein, was er tut und läßt geschehn,
das nimmt ein gutes End.

Es offenbart sich immer wieder in neuen Tönen, dies glückliche Kindesherz, das mit seinem Gott die Wege des Segens geht, gewiß, daß „Er alles herrlich hinausführt".

Ei nun, so laß ihn ferner tun
und red ihm nicht darein,
so wirst du hier im Frieden ruhn
und ewig fröhlich sein!

Aus diesem tiefen Grund echter Freude, die einfach nicht umzubringen ist, kommt etwas vom Lieblichsten, was er gesungen hat, das schöne Sommerlied:

Geh aus, mein Herz, und suche Freud
in dieser lieben Sommerzeit
an deines Gottes Gaben.
Schau an der schönen Gärten Zier
und siehe, wie sie mir und dir
sich ausgeschmücket haben.

Was tut es, wenn wir hören, daß schon 1578 ein ähnliches Sommerlied von Bartholomäus Ringwald erschienen ist, in dem das Erdreich mit seinem grünen Kleid, Lerche, Storch, Schwälblein, Reh und Hirsch, Schafe und Bienen ihren Platz haben? So wie Gerhardt singt, singt eben doch nur er.

Mit dem offenen Auge des Fröhlichen, mit dem Herzen des Kindes, mit dem Mund des Dichters:

Die Bächlein rauschen in dem Sand
und malen sich in ihrem Rand
mit schattenreichen Myrten.
Die Wiesen liegen hart dabei
und klingen ganz vom Lustgeschrei
der Schaf und ihrer Hirten!

Urgesund ist diese Freude an dem großen Bilderbuch Gottes, das den Beschauer schließlich höher hinaufblicken läßt zu dem himmlischen Reich, dessen Abbild die schöne Erdenwelt ist:

Ach, denk ich, bist du hier so schön
und läßt du's uns so lieblich gehn
auf dieser armen Erden,
was will doch wohl nach dieser Welt
dort in dem reichen Himmelszelt
und güldnen Schlosse werden?

Die Klänge der Seraphim, die mit unverdross'nem Mund und Stimm' ihr Halleluja singen, wecken in ihm das Verlangen, in ihrem Kreise mit tausend schönen Psalmen des „großen Gottes großes Tun" zu preisen. Und doch hält er sich fern von allem gemachten „Himmelsheimweh". Gesund und wahrhaftig, wie er ist, will er auch, solang er dieses Leibes Joch trägt, sich zu dem Lobe Gottes neigen. Daß nur dies Leben unter dem Segen, der vom Himmel fließt, stetig blühe.

Mach in mir deinem Geiste Raum,
daß ich dir werd ein guter Baum,
und lass' mich Wurzel treiben.
Verleihe, daß zu deinem Ruhm
ich deines Gartens schöne Blum
und Pflanze möge bleiben.

Der Kampf um Amt und Gewissen

Ich bin in Kreuz und Leiden,
das schreib ich mit der Kreiden!
Und wer kein Kreuz und Leiden hat,
der wische meinen Reimen ab!

sagt ein altes Volkslied. Es ist das Lied Gerhardts geworden.

Der Kreuzesweg hat die zwei Eheleute mehrere Male an Kindergräber geführt. Die kleine Anna Katharina ist ihnen nach vierzehn Monaten genommen worden. Ein Sohn Andreas scheint gleich nach seiner Geburt gestorben zu sein. Da ist ihm wohl aus solchen Leidstunden sein Lied von der Geduld als süßer Trost geschenkt worden:

Geduld ist euch vonnöten,
wenn Sorge, Gram und Leid
und was euch mehr will töten,
euch in das Herze schneid't.
O auserwählte Zahl!
Soll euch der Tod nicht töten,
ist euch Geduld vonnöten:
ich sag es noch einmal.

Geduld kommt aus dem Glauben
und hängt an Gottes Wort:
Das läßt sie ihr nicht rauben,
das ist ihr Heil und Hort,
das ist ihr hoher Wall,
da hält sie sich verborgen,
läßt Gott den Vater sorgen
und fürchtet keinen Fall.

Aber das größte Leiden ist ihm aus dem Streit gekommen, der zu Berlin zwischen dem Kurfürsten und dem Geistlichen Ministerium ausgebrochen ist.

Wer die ganze Not verstehen will, die aus diesem Streit über viele tapfere Männer gekommen ist, der muß ein wenig Bescheid wissen in der Geschichte der evangelischen Kirche des 17. Jahrhunderts.

Das lutherische und das reformierte Bekenntnis wurden damals allgemein als zwei verschiedene Religionen gewertet. Kurfürst Johann Sigismund hatte 1613 den reformierten Glauben angenommen. Dabei waren nicht nur religiöse Empfindungen maßgebend. Das reformierte Wesen hatte seinen Schwerpunkt im Westen und jenseits der Grenze. Ausländische Sitte und Politik kamen mit ihm ins Land. Aus Holland, der Schweiz und anderen westlichen Gegenden waren neue Einwohner gekommen. Sie steigerten den Einfluß des reformierten Bekenntnisses und verschärften das Mißtrauen des eingesessenen Volkes gegen den fremden Glauben und steigerten die Sorge um die Reinheit der lutherischen Lehre. Der Kurfürst wollte keinen Untertan zu diesem Bekenntnis zwingen, seine Gemahlin und seine Tochter blieben beim lutherischen Glauben. Aber der Wunsch des Fürsten war doch da und eine Anzahl der höheren Beamten kam ihm nach. Trotz des veränderten Bekenntnisses übte der Kurfürst seine Aufsichts- und Hoheitsrechte über die lutherische Kirche aus. So kam es zum Kriegszustand zwischen den Bekenntnissen. Es wurden leidenschaftliche Predigten gegeneinander gehalten. Der Kurfürst wollte besänftigen. Schon 1614 gab er ein Edikt heraus, in dem er alles Schimpfen auf den Kanzeln verbot. „Die unzeitigen Eiferer und Zeloten sollen sich außerhalb des Kurfürstentums niederlassen, wo ihnen solch unchristliches Wüten zugelassen sei!" Dieses Edikt hat damals kaum großen Widerspruch in seinem Land gefunden. Es war die Zeit, in der man sich gegen andere Gegner zu wappnen hatte — in der Ferne grollten schon die Wetter des großen Krieges.

Da war schließlich ein Gottesgelehrter zu Helmstedt, Professor Calixt, der den unseligen Streit aus dem Wege zu räumen gedachte. Er schrieb wohlgemeinte Bücher, in denen er die Streitenden mahnte, sie möchten zurückgehen in die erste Zeit der Christenheit. Dort finde man, was einigen könne, statt auseinanderzureißen.

Einmal schien es sogar, als ob eine Verständigung zwischen den Theologen erreicht werden sollte. Damals, als Wallenstein und Tilly ganz Deutschland unter ihre Eisenhandschuhe gepreßt hatten und aus dem Norden der Retter Gustav Adolf herannahte. 1631 kamen Lutheraner und Calvinisten in Leipzig zusammen und verhandelten die Streitpunktc höflich und ohnc Gehässigkeit. Aber es war eine trügerische Hoffnung, die einige Friedensleute auf diesen Leipziger „Konvent" setzten. Sie zerflatterte nur zu schnell. Vor allem die Theologen aus Kursachsen, aus der Heimat Gerhardts, waren unnachgiebig. Einer unter ihnen, der Hofprediger Hoë v. Hohenegg, brachte es sogar fertig, zu sagen: Wer für die Calvinisten die Waffen ergreife, tue nichts anderes als dem Teufel Reiterdienste zu erweisen. Denn der Teufel sei der Urheber des Calvinismus. Man greift sich wirklich an den Kopf und fragt sich, wohin der Fanatismus diese wackeren Männer getrieben hat! Darum hat auch ein nochmaliges „Religionsgespräch", das 1645 in Thorn stattgefunden hat, nicht den geringsten Erfolg gehabt. Man hat den armen Calixt, der auf diesem Religionsgespräch den Reformierten beigestanden ist, schließlich gar nicht mehr als „Lutheraner" anerkannt, ja, man hat ihm 88 Ketzereien nachgewiesen, die gegen das Augsburger Glaubensbekenntnis seien. Und man hat ihm und seinen Anhängern einen üblen Beinamen gegeben, der fortan in allen Streitigkeiten eine verhängnisvolle Rolle gespielt hat: Synkretisten hieß man die Friedfertigen! Dieser Name kommt von einer uralten Geschichte: die Einwohner von Kreta hätten, so erzählt ein griechischer Geschichtsschreiber, untereinander oft harte Fehden ausgefochten. Sobald aber ein Feind von außen gekommen sei, seien dieselben, die sich zuvor bekämpft hatten, zusammengestanden wie Brüder! Darum nannte man alle, die aus Gegensatz und Kampf zum Frieden gekommen waren, nach diesen Kretern: Synkretisten. Aber die lutherischen Theologen haben dies Wort, das im Grunde genommen ein sehr schönes Wort gewesen ist, zu einem bösen Schimpfwort umgewandelt. „Synkretisten“ sind Leute, die aus lauter politischer Berechnung Gewissen und Wahrheit nicht mehr achten. Leute, die rufen „Friede, Friede“, wo doch kein Friede ist! Sie verwischen den Ernst der Gegensätze und vermitteln, statt tapfer und unerschrocken zu bekennen. Sie machen schwarz aus weiß und weiß aus schwarz, und der Friede, den sie stiften, ist nur ein fauler Friede, der bei der ersten Probe, die er bestehen soll, zerbricht. Paul Gerhardt hat in seinem Testament seinem Sohn die Mahnung hinterlassen: „Hüte dich vor den Synkretisten! Sie suchen das Zeitliche und sind weder Gott noch Menschen angenehm!“

Aber diese Synkretisten haben doch in einem deutschen Land einen bedeutenden Erfolg gehabt: das war in Hessen-Kassel. Dort war eine reformierte Universität in Marburg und eine lutherische in Rinteln. Die Theologen von Rinteln waren Schüler des Calixt und somit Anhänger der Friedensbewegung. Sie kamen mit den reformierten Marburgern 1661 in Kassel zusammen und besprachen die Verschiedenheiten der Glaubenslehre. Sie stießen diese Unterschiede nicht um. Jede Partei beharrte bei ihrer Auffassung. Aber sie erklärten, daß von diesen Glaubenslehren die Seligkeit nicht abhänge. Das war eine Tat, die für jene wildbewegte Zeit eine große Tat genannt werden darf. Nun baten die Versöhnten den Landgrafen von Hessen-Kassel, er möge ihr Friedenswerk fördern. Sie setzten ihrer Bitte die Hoffnung zu: Nun könnten auch die Nachbarländer solchem Verständigungswerk beitreten, vor allem Brandenburg und Sachsen.

Hei, wie die Sachsen aufbrausten! Ihr Wortführer, Abraham Calovius in Wittenberg, erklärte dies „Friedenswerk von Kassel“ für „verdammten Synkretismus“. Die Rintelner Theologen seien Verirrte und Verführte. Sie sollten sich bekehren, damit sie nicht dem Satan zum Opfer fielen! Und die Brandenburger Theologen, die zum großen Teil in Wittenberg studiert hatten, stellten sich auf die Seite des Calovius. Keine Fingerspitze sollte den „Synkretisten" gegeben werden, geschweige denn eine Hand! „Hie Luther — hie Synkretisten". Entweder oder. Ein Mittleres gibt es nicht! Paul Gerhardt stand zu seinem Wittenberg mit Leib und Seele.

In Brandenburg herrschte jetzt Friedrich Wilhelm, der „Große Kurfürst". Auch er war, als Enkel von Johann Sigismund, Calvinist. Er war ein kluger und weitschauender Fürst. Seine Lande lagen auseinandergerissen, Brandenburg in der Mitte, Preußen im Osten, Jülich, Cleve und Berg im Westen am Rhein. Ihm schwebte die politische Einigung dieser Landesteile zu einem starken Brandenburg vor. Darum kam ihm der Ruf der Theologen von Marburg und Rinteln zu gelegener Stunde. Warum sollte das nicht auch in seinem Lande möglich sein? Er berief die führenden Theologen seines Landes zu einem Religionsgespräch in Berlin. Es war am 21. August 1662, daß befohlen wurde: Unter der Leitung des reformierten Oberpräsidenten Otto v. Schwerin sollten sich lutherische Theologen mit reformierten Geistlichen über die Frage aussprechen: „Ob in den reformierten öffentlichen Bekenntnissen etwas gelehrt oder bejaht werde, um dessen willen derjenige, der so bekennt, lehrt und glaubt, nach göttlichem Recht verdammt sei"? Die Frage war sehr heikel. Denn es handelte sich um die Bekenntnisse des Kurfürsten Johann Sigismund, um die Bekenntnisse, die im Thorner Religionsgespräch vorgelegt worden waren. Wie konnte ein geistliches Ministerium von Brandenburg einen brandenburgischen Kurfürsten um seines Bekenntnisses willen für verdammt erklären? Und andererseits: hieß es von den Lutheranern nicht etwas Unmögliches verlangen, wenn sie eine auch nur verhüllte Zustimmung zu diesen reformierten Bekenntnissen geben sollten? Das war eine brutale Vergewaltigung ihres Glaubensstandpunktes. Man hat eben in jener Zeit nicht „Glauben“ und „Wissen“ auseinandergerissen. Sondern Glauben mußte in einer klaren Erkenntnis gegründet sein. Und wem die klare Erkenntnis fehlte, dem fehlte auch der wahre Glaube. Glaube, auch der Herzensglaube, war für jene Theologen eins mit der richtigen Lehre. Wer von seiner Lehre ließ, der war ein Abtrünniger, der vom Glauben abfiel und unter das Gericht des Herrn kam: „Wer mich verleugnet vor den Menschen, den will auch ich verleugnen vor meinem himmlischen Vater!“ Es ist jammerschade, daß der große Geist des Kurfürsten diese Grenzen und Schranken in dem Glaubensleben seiner Theologen nicht gesehen hat. Er hätte sich sonst begnügt bei dem Zugeständnis der Berliner Theologen: „Wir wollen unverrückt bei allen unseren lutherischen Lehren bleiben, aber wir sind erbötig, den Reformierten alle nachbarliche und christliche Liebe und Freundschaft zu erweisen und wünschen ihrer aller Seligkeit von Herzen.“ Aber man wollte von seiten der Reformierten mehr — und an diesem „Mehr“ scheiterte die ganze mühevolle Arbeit der Verständigung. Die Reformierten wurden von dem Hofprediger Stosch geführt. Die Lutheraner standen unter Gerhardts Amtsgenossen Reinhart. Schon bei den ersten Verhandlungen war Gerhardt der geistige Führer. Er gab die schriftlichen Gutachten ab — und aus diesen Gutachten ist zu sehen, daß alle weiteren Verhandlungen scheitern mußten. Es ging um die Frage, ob man sich überhaupt in ein Gespräch mit den Reformierten einlassen solle? Gerhardt meinte, die Leute um Stosch seien solche Dickköpfe, daß sie nun und nimmermehr sich zu dem lutherischen Bekenntnis bringen ließen. Und das Ende vom Lied werde sein, daß man sie, die Lutheraner, für ungehorsame, widerspenstige, friedhässige Leute ausschreien werde. Bei ihrem gnädigen Herrn würden sie dann in Ungnade fallen! Also sei es klüger, man gehe von vornherein nicht hin. Das war richtig gesehen und richtig geraten. Nur sieht man, daß Gerhardt kein Politiker war. Denn dann hätte er sich sagen müssen: wer von vornherein nicht kommt, gilt erst recht als der Friedensstörer und wird sich beim Kurfürsten unmöglich machen. Aber „Politiker“ brauchten die Berliner Pastoren nicht, sondern Bekenner. Und Bekenner haben noch nie viel von Politik gehalten.

In dem Hin und Her der Verhandlungen hat Gerhardt eine Behauptung aufgestellt, bei der einen schaudert. Man sieht die ganze Hartnäckigkeit der Wittenberger Theologie darin. Es war die Frage aufgeworfen worden, ob man überhaupt von „reformierten Christen“ reden könne. Und Gerhardt hat die Antwort darauf gegeben: „Daß unter den Reformierten Christen seien, gebe ich gern zu. Aber daß die Reformierten, als reformierte Christen, meine Mitchristen, meine Mitbrüder sind, das leugne ich.“ Es dreht sich um eine Erklärung des Wortes „Christen“. Ein Christ kann sein: ein Mensch, der auf Jesus getauft ist und Jesus von Nazareth als den Erlöser und Heiland der Welt bekennt. Dann könnten nicht allein Calvinisten, sondern auch Papisten Christen genannt werden. Oder aber ein Christ ist derjenige, welcher den wahren seligmachenden Glauben rein und unverfälscht hat und auch dessen Früchte in seinem Leben sehen läßt. „Also kann ich die Calvinisten als Calvinisten nicht für Christen halten!“ Ob Gerhardt bei diesem furchtbaren Urteil wirklich nicht an die Stunde gedacht hat, als die christliche Kirche gegründet worden ist auf das Bekenntnis des Petrus: wir glauben, daß du bist Christus, des lebendigen Gottes Sohn? Es schneidet einen ins Herz, wenn man den Dichter als den hartschädeligen Eiferer sehen muß, der mit rauher Hand das Tischtuch zerschneidet, das zwischen ihnen liegt.

So ging das „Religionsgespräch“ sang- und klanglos zu Ende. Weil man nicht *aus* Religion, sondern *um* die Religion miteinander gesprochen hatte. Das wird immer so sein, solange Menschen sich anheischig machen, das göttliche Ge-

heimnis in das kleine Tongeschirr menschlicher Gedanken fassen zu wollen.
Der Kurfürst war ergrimmt über dieses Ergebnis unbrüderlicher Zwieträchtigkeit eines auf brüderliche Einträchtigkeit gerichteten Gesprächs, setzte höchst ungnädig den Diakonus Reinhart von seinem Amt als Prinzenerzieher ab und war entschlossen, wenigstens den äußeren Frieden unter der Geistlichkeit seines Landes zu wahren.
Er hatte schon am 2. Juni 1662 den Befehl gegeben, daß seine Untertanen „untereinander in christlich friedlicher Einträchtigkeit leben und, bis Gott die völlige Erleuchtung geben werde, einander aufnehmen und vertragen sollten". Die Prediger sollten in Zukunft nicht die Lehren der Reformierten auf ihren Kanzeln so darstellen, daß die Hörer „einen großen Haß und Bitterkeit wider ihre Nebenchristen gewinnen", sondern „Gottes Wort lauter und rein, wie es in den prophetischen und apostolischen Schriften gegründet ist, vortragen".
Jetzt wurde dieses Edikt verschärft. Am 16. September 1664 kam die Verordnung Johann Sigismunds vom Jahre 1614 neu heraus, daß die beiden Kirchen gegenseitig keine Schimpfnamen auf den Kanzeln gebrauchen dürfen. Man darf von den Reformierten in Zukunft nicht mehr reden als von Zwinglianern, Calvinisten, Sakramentierern, Sakramentschändern. Ebenso dürfen die Lutherischen nicht mehr Ubiquitisten, Flazianer, Marzioniten, Pelagianer, Eutychianer genannt werden. Man fragt sich unwillkürlich, welche von den Predigthörern so theologisch gebildet gewesen sein werden, daß sie den Sinn dieser Schelttitel verstanden haben. Es war doch mehr oder minder Theologenstreit, der da auf den Kanzeln statt in den Gelehrtenstuben ausgetragen wurde. Und man empfindet es als eine wahrhaftige Erleichterung der Gottesdienstbesucher, daß ihnen nicht mehr zugemutet wurde, diese theologischen Spitzfindigkeiten als sonntägliche „Erbauung" annehmen zu müssen. Ferner wurde untersagt, daß die Lutherischen den Reformierten

vorwerfen, bei ihnen werde „die Vernunft zur Regel in Glaubenssachen eingesetzt". Und auf der Gegenseite wurde verlangt, daß man den Lutherischen in Zukunft nicht mehr vorhalten dürfe, sie glaubten, das Heilige Abendmahl sei ein kapernaitisches Essen des Leibes Christi. Den Lutherischen wurde befohlen, daß sie den Exorzismus in der Taufe weglassen sollten, wenn ein Taufvater das verlange. Es sei ohnehin dieser Exorzismus nur noch in wenigen Kirchen Brauch. Dieses Edikt wurde sämtlichen Geistlichen zugestellt, und sie erhielten den Befehl, einen Revers zu unterschreiben, der ungefähr folgenden Wortlaut hatte: „Ich will jederzeit Gott mit herzlichem Gebet um die Beförderung dieser Kirchentoleranz anrufen, und ich werde alle Mittel, die zu der Kirchentoleranz vorgeschlagen werden, annehmen. In den strittigen Lehren will ich mit der äußersten Mäßigung sprechen, die Konkordienformel weglassen, den Exorzismus mildern oder ändern und den kurfürstlichen Edikten gehorsam nachleben. So wahr mit Gott helfen will durch Jesus Christus!" Dieser kurfürstliche Befehl brachte die größte Unruhe, vielfach geradezu ein Entsetzen in den brandenburgischen Landen hervor. Man fragt sich, warum? Es mußte doch wohl allen Anständigen unter den Pastoren eine wahre Wohltat bedeuten, daß die häßlichen Verketzerungen, mit denen man sich gegenseitig oft genug beworfen hatte, endlich aufhörten? Es war auch sicherlich nicht das Verbot der Ketzernamen, das die Treuen und Aufrichtigen unter den Predigern lutherischen Glaubens ärgerte, sondern vielmehr die Furcht, daß ihnen jetzt die Möglichkeit genommen werde, ihre Gemeindeglieder im rechten Glauben zu bestärken. Wie sollte ein gründlicher „Unterricht im Bekenntnis" möglich sein, wenn man bei jedem Satz fürchten mußte, ein Wort zuviel gegen die Lehre des Calvinismus zu sagen? Und konnte man darum herumkommen, die „falschen Lehren" Calvins zu bekämpfen? Mußte nicht ein gewissenhafter Hirte diese Lehren, die er für seelenmörderisch hielt, aufs eifrigste widerlegen, damit keine der ihm anvertrauten Seelen ihnen zum Opfer falle? Man muß sich in diese Lage der damaligen Prediger hineinversetzen, um zu verstehen, daß nach ihrer Auffassung diese „Toleranz“, die der Kurfürst befahl, in Wahrheit ihr aufrichtiges Glaubenszeugnis lahmlegte und das Land den Lehren der Calvinisten auslieferte! Sie kamen sich vor wie „die stummen Hunde“, vor denen die Schrift warnt. Der Kurfürst war ihnen ein Tyrann, der in ihre heiligen Anliegen eingriff. Ein Bedrücker ihrer Gewissen, der sträflich den Lauf des wahren Gotteswortes aufhielt in seinen Landen.

Die sechs Geistlichen von Berlin richteten eine Eingabe an den Kurfürsten, in der man die furchtbare Not spürt, in der sie sich befanden, und baten, die Güte des Herrschers wolle ihre Gewissen nicht bedrücken und dem lutherischen Gottesdienst die gleiche Ruhe gönnen wie alle anderen, besonders die Papstler, sie in seinen Landen erfahren dürften! Der Kurfürst wies diese Vorstellungen ab. Es falle ihm nicht ein, die Gewissensfreiheit anzutasten, wenn sie nicht etwa diese Gewissensfreiheit im Verlästern, Verketzern und Verdammen der Reformierten sähen. Man merkt in dieser Antwort die Feder des reformierten Predigers Stosch, der den Kurfürsten beraten hat. Ihm fehlte die Fähigkeit, die erschrockenen Gewissen seiner Gegner zu verstehen. Er mag ihnen wohl auch noch bitterfeind gewesen sein von dem verunglückten Religionsgespräch her. Jetzt hatten sie die Quittung dafür, daß sie die Calvinisten nicht als Christen hatten anerkennen wollen.

Die unglücklichen Pfarrer wandten sich nun nach der damaligen Sitte an die lutherischen Universitäten in Wittenberg, Jena, Helmstedt und an die Geistlichen Ministerien in Hamburg und Nürnberg und baten um ein Gutachten darüber, wie sie sich verhalten sollten. Diese Gutachten bestärkten sie natürlich in ihrer widersetzlichen Haltung gegenüber dem „Toleranzedikt“ des Kurfürsten. Aber nun entbrannte der Zorn des Kurfürsten erst recht. Die Berliner

Prediger erschienen ihm als Rebellen, die hinter seinem Rücken mit allerhand dunklen Elementen konspiriert hätten. Er befahl brüsk, die Gutachten auszuliefern, und die Unbotmäßigen mußten vor dem Konsistorium erscheinen, wo ihnen befohlen wurde, sofort das Edikt zu unterschreiben, vor allem der Propst Lilie und der Archidiakonus Reinhart, dem der besondere Groll von der unseligen Berliner Religionszänkerei her galt. Prächtig stand Gerhardt für den verfemten Freund ein. Er erklärte ritterlich, daß er hinter Reinhart gestanden sei und ihm geraten habe, keinen Schritt zu weichen. Lilie und Reinhart weigerten sich, die Unterschrift unter den Revers zu setzen. Sofort wurde ihnen mitgeteilt, daß sie ihrer Ämter entsetzt seien. Drei Wochen später verließ Reinhart bei Sonnenaufgang, als das Tor geöffnet ward, die Stadt. Ein Ausgewiesener! In Leipzig nahmen sie den Glaubenszeugen mit offenen Armen auf. Er wurde Pfarrer an St. Nicolai, später Superintendent und Professor der Theologie. Propst Lilie war schon 68 Jahre alt. Für ihn war das Durchkämpfen solcher schweren Nöte eine zu harte Aufgabe. So ließ er sich von seinem ältesten Sohn dazu überreden, einen besonderen Revers für seine Person zu schreiben. Man hat ihn ein Jahr später wieder in sein Amt zurückkehren lassen. Aber die Aufregungen, die er erlitten hatte, waren zu groß. Ein paar Wochen nach seiner Wiedereinsetzung traf ihn ein Schlaganfall, an dem er starb.

Dann ging es an Gerhardt. Aus Kleve hatte der Kurfürst im Winter 1666 geschrieben, man solle ihn vorladen, seine Unterschrift unter den Revers verlangen, und, wenn er sich weigere, ihn seines Amtes entsetzen. Am 6. Februar 1666 erklärte Paul Gerhardt vor dem Konsistorium, daß er sich um seines Gewissens willen dem Edikt nicht unterwerfen könne. Daraufhin wurde die Amtsentsetzung ausgesprochen, am 14. Februar hielt er die letzte Trauung. Es wird erzählt, daß er damals gesagt habe: „Es ist nur ein geringes Berlinisches Leiden. Ich bin auch willig und bereit, mit meinem Blute die evangelische Wahrheit zu besiegeln und als ein Paulus mit Paulus den Hals dem Schwerte darzubieten!“ Ihm ging es um die Seligkeit, um nichts Geringeres. So wenig man seine schroffe Haltung in dem Berliner Religionsgespräch heute noch verstehen kann, muß man bei der Beurteilung solcher Charakterköpfe auf die Reformatoren selber zurückgreifen und von ihnen wieder auf Paulus im Neuen Testament. Wenn man überhaupt keinen oder bloß einen dünnen, verschwommenen religiösen Besitz hat, ist es sehr leicht, tolerant zu sein! Dies Glaubensfeuer, das in Gerhardt gelodert hat, hat den Beweis auf seine Echtheit und Stärke geliefert, als er ohne Aufhebens zu machen, sein Leiden auf sich nahm. Es ging ihm auch hier wirklich um niemanden anders als um Christus!

In Berlin entstand eine gewaltige Aufregung. Die Verordneten der Bürgerschaft, die Vertreter der Tuchmacher, der Schuhmacher, der Bäcker, Schlächter, Kürschner, Schneider, Zinngießer setzten eine Eingabe an den Magistrat auf, der das Patronat der Kirche von St. Nicolai inne hatte, und verlangten, der Magistrat müsse beim Kurfürsten vorstellig werden, daß er ihnen ihren „geliebten Prediger und Seelsorger“ nicht entziehe. Denn es sei „mehr als bekannt, daß dieser Mann nimmermehr wider Sr. Churf. Durchlaucht Glauben geredet und keine Seele mit Worten oder Werken angegriffen habe“. Sie verlangten, daß „dieser fromme, ehrliche und in vielen Landen berühmte Mann ihnen gelassen werde“. Der Rat legte diese Schrift mit einem Begleitschreiben vor, in dem gleichfalls betont wurde, daß Gerhardt niemals ein Wort gegen den Glauben des Kurfürsten und seiner Glaubensgenossen gesagt habe, „daß wir, beider Religion Zugetane, ihm wohl das Zeugnis geben können, daß er bisher einen untadelhaften Wandel gegen männiglich geführt, sogar daß Euer Churfürstliche Durchlaucht kein Bedenken tragen lassen, in dero Märckisches Gesangbuch, so unter dero hohen Namen anno 1658 allhier ausgegangen, seine geistlichen Gesänge oder Lieder, deren

eine ziemliche Anzahl, in Druck zu geben. Sollte nun ein solcher frommer, geistreicher und in vielen Landen berühmter Mann diese Stadt verlassen, wäre zu besorgen, daß Gott unsere Stadt heimsuchen möchte".
Der Kurfürst lehnte ab. Gerhardt sei einer der hartnäckigsten Gegner der Reformierten. Er habe, als ihn eine schwere Krankheit befallen, die anderen Prediger zu sich gerufen und sie „ernstlich vermahnet, den Revers nicht zu unterschreiben". Daher müsse er darauf bestehen, daß dieser Mann sich beuge. Der Eisenkopf des Fürsten wußte, was ein Eisenkopf bedeutet! Darum verlangte er: Biegen oder brechen!
Noch einmal „sollizitierten" die Berliner beim Kurfürsten. Auch die Tischler, Messerschmiede, Huf- und Waffenschmiede, die Kupferschmiede schlossen sich an. Hart und schroff war die Antwort: „Der Rat solle die Prediger durch sein unnötiges Interzedieren in ihrem mutwilligen und unbefugten Querulieren nicht stärken!" Lächerliche Querulanten waren dem Kurfürsten die in ihrem Gewissen zu Tode geängsteten Männer!
Nun legten sich die Stände ins Mittel: Auf die hörte der Kurfürst eher. Sie erinnerten den Kurfürsten daran, daß er versprochen habe, die Reverse, die von den Geistlichen zu unterschreiben seien, zuerst ihnen, den Ständen, vorzulegen. Das sei aber nicht geschehen. Sie wagten es, die Form der im Druck erschienenen Reverse zu kritisieren. Sie baten schließlich, der Kurfürst solle die Forderung, daß die Prediger die Reverse unterschreiben müßten, aufschieben. Erst wenn er von Kleve zurückgekommen sei, möge mit den Ständen über eine andere Form beraten werden, durch die die Gewissen der Prediger nicht belastet würden. Dann erst möge er die Unterschrift unter die Reverse fordern. Schließlich baten sie den Fürsten, er möge auch Paul Gerhardt wieder in sein Amt zurückkehren lassen. Es sei erwiesen, daß er ein friedliebender Mann allzeit gewesen sei. Beide Konfessionen zollten ihm ein uneingeschränktes Lob.

Der Kurfürst hat sich in der Tat umstimmen lassen. Er schrieb den Ständen, daß er die Reversangelegenheit nach seiner Rückkunft behandeln wolle. Von Gerhardt ist kein Wort in seinem Briefe. Offenbar wollte sich der Kurfürst Zeit zur Besinnung lassen. Aber man durfte erwarten, daß er mit dem Abgesetzten glimpflich verfahren werde.

Wie mag es in der Seele des Einsamen in der Stralauer Straße ausgesehen haben? In seinem Pfarrhaus hatte man ihn belassen. Auch seine Gehaltsbezüge waren ihm nicht genommen worden. Sorgen ums Brot bedrückten ihn — wenigstens vorerst — nicht. Was mag innerlich bei ihm vorgegangen sein? Es gibt einen Brief aus seiner Hand, der einen Blick in seine Seele tun läßt. Die Gräfin Maria Magdalena zur Lippe hatte sich wiederholt nach ihm erkundigt. Sie hatte ihm eine Stelle in Aussicht gestellt, damit er sich keinen Kummer über seine Zukunft zu machen brauche. Darauf antwortete er in einem Briefe. Kein Wort des Vorwurfs gegen den Kurfürsten! Im Gegenteil — er nennt ihn „seinen ordentlichen Schutzherrn und größten Wohltäter". Aber des Fürsten Forderung, den Revers zu unterschreiben, geht gegen „mein Gewissen, gegen mein hohes heiliges Amt und gegen mein christliches lutherisches Bekenntnis". In der Wahl zwischen Unterschreiben und der Notwendigkeit, „meines Dienstes müßig zu gehen", habe er die „Remotion" gewählt. Vergeblich seien die Bitten der Bürgerschaft von Berlin gewesen und „möchte auch ins künftige wohl schwerlich etwas erhalten werden". Nun hören wir den Dichter des Liedes „Befiehl du deine Wege":

„Ich meines Teils lasse den lieben Gott hierunter walten und bin mit seiner allerheiligsten Regierung wohl zufrieden, nachdem er mir nur das einige widerfahren lassen, daß ich mein armes Gewissen nicht kränken und betrüben dürfen. Denn was würde mirs helfen, wenn ich gleich ein Königreich, ja die ganze Welt gewinnen könnte, und sollte Schaden an meiner Seele leiden? Hingegen, was kann mir das schaden, wenn ich gleich in meinem äußerlichen und zeitlichen Wohlergehen etwas entbehren muß, wenn ich nur das schönste Gut, den köstlichen Schatz, das allerteuerste Kleinod behalte!“ Er lehnt die Berufung in eine Lippesche Stelle bescheiden und fein ab: dies „getreue, milde Anerbieten, das Ew. hochgräfliche Gnaden mir nun mehr als einmal getan. Ich werde noch ein wenig hier auswarten, nachdem mein Gnädigster Kurfürst und Herr mich noch so gnädiglich in seinem Land und Residenz duldet. Ist es Gottes Wille, daß ich Ihm noch in dieser Welt wieder als öffentlicher Prediger dienen soll, will ich Ihm gern das wenige, was noch übrig ist von meinem Leben, aufopfern. Will Er nicht, so will ich Ihn dennoch in meiner Einsamkeit segnen und preisen, loben und danken, so lange sich mein Mund regt und meine Augen offen stehen!“ Da spricht der Dichter des Verses:

> will er's wieder zu sich kehren,
> nehm er's hin:
> ich will ihn
> dennoch fröhlich ehren!

Welch ein Mann! So gar keine Märtyrerpose! Ruhig und getrost geht er den Weg, den Gott führt. Was er getan, das hat er tun müssen. Er hätte wie Luther sagen können: „Wehe mir, wenn ich nicht folgte.“ Darum kein Aufhebens über Menschenwerk und Menschenschicksal. Ist es nicht, als hörte man seine Strophe aus dem Lied *Ich hab' in Gottes Herz und Sinn mein Herz und Sinn ergeben:*

> Das kann mir fehlen nimmermehr:
> mein Vater muß mich lieben.
> Wenn er mich auch gleich wirft ins Meer,
> so will er mich nur üben
> und mein Gemüt
> in seiner Güt
> gewöhnen festzustehen.
> Halt ich denn stand,
> weiß seine Hand
> mich wieder zu erhöhen!

Das sind die Allerstärksten, die kein Geschrei machen, aber stehen, wo viele fallen. Erzählt man sich doch, daß damals viele Pastoren schwere Gewissensbedenken getragen hätten, den Revers zu unterschreiben. Aber Frau und Kinder seien vor ihnen auf die Knie gefallen und hätten gerufen: „Schreib, lieber Herre, schreib, daß Er bei der Pfarre bleib!" Und dann hätten sie sich gebeugt. Gerhardt hat sich nicht gebeugt. Aber seine Haltung ist nicht die des trotzigen Starrkopfes, sondern des demütigen Gotteskindes, das mit dem Vater durch dick und dünn geht, auch wenn der Weg durch die Dornen führt!

Darum ist auch seine spätere Haltung zu begreifen, die er einnahm, weil er sie einnehmen mußte: er gab auch da nicht nach, als der Kurfürst einlenkte und ihm eine goldene Brücke zu bauen gedachte. Am 3. Januar 1667 ließ Friedrich Wilhelm dem Magistrat von Berlin mitteilen: Er habe über Paul Gerhardts Person keine Klage vernommen außer der, daß er die Edikte zu unterschreiben sich geweigert habe. Er halte also dafür, daß Gerhardt die Meinung der Edikte nicht recht begriffen habe. So wolle er ihn völlig wieder restituieren und ihm gestatten, sein Predigtamt wie vorher zu treiben. Man muß zugeben, daß dies das Alleräußerste war, wozu sich der Mann mit dem herrischen Willen verstehen konnte. Er mag sich dieses Entgegenkommen schwer abgerungen haben. Aber die Berliner, die sich vor Jubel nicht zu halten wußten — in der Sonntagszeitung „Sonntagischer Mercurius" kam eine Nachricht, die sicherlich aus dem kurfürstlichen Kabinett geschrieben war, darüber, daß „durch des Kurf. Durchlaucht des Predigers Herrn Paul Gerhardt Unschuld und Moderation gerühmt worden", weshalb der Kurfürst „alsofort befohlen, denselbigen in sein Amt zu restituieren" — wußten nicht, daß der Geheime Sekretär, der Gerhardt die Nachricht von seiner Wiedereinsetzung gebracht hatte, ihm im Auftrag des Kurfürsten hatte mitteilen müssen: Seine Kurfürstliche Durchlaucht lebten der Zuversicht, er würde sich dennoch allemal

Dero Edictis gemäß zu bezeigen wissen und alles Verketzerns und Verdammens der Reformierten sich enthalten! Das hieß mit dürren Worten: Du brauchst den Revers zwar nicht zu unterschreiben — aber du mußt dich ihm gehorsam fügen! Gerhardt geriet in eine neue Not des Gewissens. Einer seiner Biographen schreibt mit Recht: „Ein lautereres, zarteres Gewissen gab es wohl nirgends in der damaligen christlichen Welt.“ Es war zugleich der echte Mann, für den nicht erst die Unterschrift als Bezeugung seines Denkens gilt, sondern dem eben diese Überzeugung selber alles ist. Ob er sein Wort schriftlich oder mündlich gab, ob dies Wort ihm auch nur zugetraut wurde — das galt ihm alles eins. Er war gebunden — und er konnte sich nicht binden lassen. Und sei es ein seidener Faden, der ihn band — er band so schwer wie eine eiserne Kette. Gerhardt mußte ein freies Gewissen haben — sonst konnte er nicht leben.
Es gibt zwei Briefe von ihm, in denen diese Gewissensnot ihren erschütternden Ausdruck findet. Der eine Brief ist an den Magistrat von Berlin gerichtet: „Er wisse es nunmehr durch Gottes Gnade und habe es genugsam erfahren, was für Angst oftmals nur allein die große schwere Arbeit demjenigen Prediger, der sein Amt treulich meine, mache. Wenn er nun dazu einen nagenden Wurm seines Gewissens mit hineinbringen sollte, würde er der elendeste Mensch auf Erden sein. Was mit bösem Gewissen geschehe, das sei vor Gott ein Greuel und ziehe nicht den Segen, sondern den Fluch nach sich, womit aber weder seiner Gemeinde noch ihm geraten wäre!“ Und in einem Briefe an den Kurfürsten schreibt er: „Wenn ich jetzt mein Amt wieder anträte, so würde ich eben die Wunde, die ich vorher mit so großer Herzensangst von mir abzuwenden gesucht, mir mit eigenen Händen in meine Seele schlagen. Ich fürchte mich vor Gott, in dessen Anschauen ich hier auf Erden wandle und vor dessen Gericht ich auch dermaleinst erscheinen muß. Und kann nach dem, wie mein Gewissen von Jugend auf gestanden und noch jetzt stehet, nicht anders befinden, als

daß ich, wo ich auf die vorher berührte Art und Weise wieder in mein Amt treten sollte, seinen Zorn und schwere Strafe auf mich laden werde."

Der Großvater hatte gesagt: „Lieber Amt und Beruf drangeben und mit Weib und Kind ins Elend ziehen als wider das Gewissen zu handeln und den Frieden mit Gott verlieren." Der Enkel entschied genau so.

Der Kurfürst hatte die Sache satt. Er war bis zum Letzten gegangen — nun sah er in dem Mann, der sich immer noch nicht fügen konnte, einen Widerspenstigen, dem nicht zu helfen und zu raten sei. Und der erhalten müsse, was er wollte: die Entfernung aus dem Amt. Am 4. Februar 1667 schrieb er an den Rand der Eingabe des Magistrats: „Wenn der Prediger Paul Gerhardt das ihm von Se. Churf. Durchlaucht gnädigst wieder erlaubte Amt nicht wieder betreten will, welches er dann vor dem Höchsten Gott zu verantworten haben wird — so wird der Magistrat in Berlin ehestens einige andere friedliebende geschickte Leute zur Ablegung einer Probepredigt einladen, aber dieselben nicht vocieren, bis sie zuvörderst Sr. Churf. Durchlaucht von dero Qualitäten untertänigsten Bericht abgestattet haben!"

Für den Fürsten war die Sache erledigt. Ein unbegreiflicher Trotzkopf war auf die Seite geschoben!

Nicht für Paul Gerhardt! Ihn verstand beinahe niemand. Die Bürgerschaft und der Magistrat waren verdrossen. Solche Gewissensbedenken hielten sie für übertrieben. Er hat sich zu rechtfertigen versucht, und man hört aus seinem Schreiben den Wittenberger Studiosus theologiae und den Freund des Abraham Calovius: Wenn er in sein Amt wieder eintrete unter den Bedingungen, die ihm der Kurfürst gemacht habe, müsse er die Konkordienformel verleugnen, „sein Bekenntnis, zu welchem er von Jugend auf gezogen und gewiesen worden, in welchem er auch von Jugend auf vor Gott und vor der Welt mit gutem Gewissen gewandelt sei, und von welchem der Geist Gottes in unserem Herzen Zeugnis gibt, daß es recht und ganz heilig und christlich sei" — aber eine solche Verleugnung des Heiligsten und die Zumutung, ein solches Buch unter dem Namen „eines Schmäh-, Schänd- und Lästerbuches" von sich stoßen zu sollen, das sei doch ein „hartes, großes und schweres Werk". Daraus geht die ganze Erschütterung seines Inneren hervor. Es ging ihm tatsächlich ums Letzte. Um Leben oder Sterben, um Himmel oder Hölle.

Es gehört zu den tragischen Geschehnissen in der Geschichte der evangelischen Kirche, daß sich zwei so aufrechte und große Männer wie der Kurfürst und der Dichter nicht verstanden haben. Nicht verstehen konnten! Auch der Kurfürst war ein wahrhaft frommer Mann. Sein Lieblingslied ist „Befiehl du deine Wege" gewesen! Es ist beinah eine tragische Ironie, daß er den Sänger dieses Liedes verstoßen mußte.

Es war der Gegensatz von Staatsräson und protestantischer Gewissensfreiheit. Der Staat verlangt Unterwerfung. Der Glaube duldet keine Schranken. Der Staat befiehlt — der Glaube, der auf Befehl horcht, ist kein Glaube. So werden immer wieder im Lauf der Geschichte Staat und Glaube des einzelnen hart gegeneinander stoßen, solange Staat Staat und Glaube Glaube ist.

Die Männer, die sich nur auf ihr Gewissen stellen können, „das in Gottes Wort gefangen ist", werden dem Politiker immer sehr unbequem sein. Denn die verstehen die größte Kunst des Politikers nicht: die Kunst des Kompromisses! Aber so unbequem sie sind, so notwendig sind sie. Denn im letzten Grund lebt doch ein Volk davon, daß solche Männer der Innerlichkeit und Unerschütterlichkeit in ihm sind. Sie sind das Rückgrat des Volkes. Eine Kirche, die Männer wie Paul Gerhardt hat, weiß, daß sie lebt und nicht umzubringen ist!

Viel Leid, viele Lieder

Die Jahre, in denen Gerhardt durch diese harten Kämpfe hindurchmußte, waren von manchem persönlichen Leid begleitet. Zwar Mangel mußte er nicht leiden. Aber Trauer um seine Lieben begleiteten ihn sein Leben lang.
Der Sänger, der zu seinen Gedichten die Melodien geschaffen hat, Johann Crüger, starb am 23. Februar 1662. Er hat es, wie einer seiner Schüler bezeugte, beim mühseligen Schul- und Kirchendienst bis in die Grube nicht an Treue und Fleiß fehlen lassen. M. Johannes Heinzelmann hatte von ihm gesagt: „Ich muß eines Mannes in Ehren gedenken, der, hätte er zur königlichen Kunst auch königliche Unterstützung, keinem der Alten und Italiener nachstehen würde. Das ist mein teurer Amtsgenosse Crüger, nicht bloß Vorsänger, sondern wahrhaftiger Meister des Gesanges und der Komposition, der mit den übrigen Heroen in der Musik diese seine göttliche Wissenschaft nach und nach mit den trefflichsten Leistungen bereichert hat, wenn nur auch die Hörer sein Streben mehr aufmuntern und neben dem Ruhme zugleich die Mittel zu einem sorgenfreien Leben ihm zuteil werden ließen." Crüger fand seine Ruhestätte in der Nikolaikirche, wo bis 1944 sein Bild hing (S. 196).
Schwer hatte der Dichter an der Krankheit seiner Gattin zu tragen. Sie war seit der Geburt des Söhnchens Paul Friedrich leidend. Noch einmal gab sie einem Kinde das Leben, es starb jedoch bald nach der Geburt. Dann wuchs sich ihr Brustleiden zu unheilbarem Siechtum aus. Zwei Ärzte, darunter der damals weitbekannte Hofarzt des Kurfürsten, Dr. Martin Weise, mühten sich um sie. Aber sie vermochten die Schwindsucht nicht mehr zu bannen. Rührend ist die Geschichte ihres Heimgangs. Der Gatte sah, wie es mit ihr zum Letzten ging. Er wollte sie gern auf die Todesstunde vorbereiten, ohne sie zu erschrecken. Darum fragte er sie, ob es ihr recht sei, daß er in der Wochenpredigt die Gemeinde zur Fürbitte für sie aufrufen wolle. Er sehe, daß sie

sehr schwach sei. Und — man spürt förmlich das Zittern in seiner Stimme — er wolle ihren Beichtvater Lorentz bitten, ihr das heilige Abendmahl zu reichen. Die Kranke hing an Mann und Sohn. Ist es ein Wunder, daß sie meinte, wenn sie auch etwas schwach sei, hoffe sie doch, es solle keine Not mit ihr haben? Aber zum Empfang des heiligen Abendmahls schmückte sie sich, wie sie sonst gewohnt war; in weißer Gewandung lag sie, andächtig in ihrem Gebetbuch lesend. So empfing sie das heilige Mahl. Danach sagte sie zu ihrer Schwester, der Witwe des Archidiakonus Fromm: „Ich habe es nicht gewußt, daß mir der Tod so nahe sei, wie ich jetzt sehen muß. Aber bekümmere dich nicht! Es ist doch nichts Gutes in der Welt. Wir wollen bald wieder zusammenkommen." Dann ließ sie alle hereinrufen, dankte jedem einzelnen für seine Liebe, legte ihrem Mann den von ihren 5 Kindern allein übriggebliebenen Sohn Paul Friedrich ans Herz und ermahnte den noch nicht Sechsjährigen zum Gehorsam gegen den Vater. Als das Kind sie weinend bat, doch nicht zu sterben, sondern bei ihm zu bleiben, tröstete sie es mit dem schönen Garten, „da die lieben Englein und so viel guter Freunde drin wären, da wollten sie schon einander wiedersehen". Ihr Mann fragte sie, ob sie große Angst im Herzen habe. Nein, Angst habe sie nicht, wünsche aber doch, daß der liebe Gott bald kommen und sie erlösen wolle. Dann bat sie ihn, ihr doch aus ihrem geschriebenen Gesangbuch die Sterbe- und Passionslieder vorzulesen. Und der Dichter der großen Trostchoräle wird wohl seiner eigenen Frau gelesen haben:

Wenn ich einmal soll scheiden,
so scheide nicht von mir;
wenn ich den Tod soll leiden,
so tritt du dann herfür;
wenn mir am allerbängsten
wird um das Herze sein,
so reiß mich aus den Ängsten
kraft deiner Angst und Pein.

Am 5. März 1668 ist sie dann heimgegangen. Sie wurde neben all den Ihren, Eltern und Kindern, in der Nikolaikirche hinter der Kanzel beigesetzt, auf der ihr Mann nicht mehr stehen durfte. Ihr Neffe, der Kandidat Andreas Joachim Fromm, hat ihr die Leichenrede gehalten. „Sie war eine liebende, helfende Freundin und tröstende Priesterin. Nur um die Predigt zu hören, Kranke und Bedürftige zu besuchen oder Heimgegangene zu ihrer letzten Ruhe zu begleiten, verließ sie ihr Haus. Und sah man sie auf der Gasse, dann spiegelte Demut und Sittsamkeit sich in allen ihren Gebärden". Ihrem Mann war sie, vor allem in der harten Kampfzeit, eine überaus treue Gefährtin, da „sie in all ihr Kreuz, es sei gewesen, was es wolle, sich sehr wohl zu schicken gewußt, also, daß sie nicht allein sich selbst aus Gottes Wort kräftiglich aufgerichtet, sondern auch ihrem Herrn zu mehreren Malen ein Herz eingesprochen und mit freundlichen Worten und holdseligen Gebärden ihn getröstet und gestärkt hat und eben darin wird er hinfort ihren Beistand am meisten vermissen".

Es wurde einsam um den Alternden. In sein Haus zog seine Schwägerin, die Witwe Fromm. Er dichtete nur noch selten. Die Trauergeister wichen nicht mehr wie früher vor dem Freudenmeister. Und doch war der Klang des Singens nicht ganz verschollen.

Crügers Praxis pietatis melica erschien in mehreren Auflagen und brachte beinah alle Lieder, die Gerhardt gedichtet hatte. Nach Crügers Tod wurde ihm ein neuer Sänger geschenkt, der ihm mehrere seiner Lieder vertont hat, darunter das trutzvolle „Warum sollt ich mich denn grämen": Johann Georg Ebeling hieß er. Er war ein geborener Lüneburger und kam als Nachfolger Crügers an die St. Nikolaikirche, an der er sechs Jahre lang gewirkt hat. Er wurde Gerhardt ein vertrauter Freund. Der Dichter hat bei einem der Kinder Ebelings Pate gestanden.

Ebeling hat eine wichtige Tat getan, für die wir ihm nicht

genug danken können. Er hat eine Sammlung der Gerhardt-Lieder herausgegeben und seine eigenen Melodien dazu geschrieben. Zuerst erschienen zehn Hefte, von denen jedes zwölf Lieder enthielt. Dann kam ein Gesamtband heraus unter dem Titel „Pauli Gerhardi Geistliche Andachten". Neben den Liedern standen noch Gebete in dem Buch, das in einer späteren Ausgabe (1671) den Titel „Evangelischer Lustgarten Herrn Pauli Gerhardts" erhielt. Die Gesamtausgabe seiner Lieder ist also mitten in den schweren Kampf -und Leidensjahren erschienen. Sie muß des Dichters stille Freude gewesen sein. In das Lärmen des Streites tönten leise die Klänge seines Lebens hinein, und die Seele des Dichters wurde über die herbe Not, die er erleiden mußte, in die Welt des Friedens und der Versöhnung hinausgeführt. Ohne Zweifel hat der Dichter dem Herausgeber zur Seite gestanden. Mehrere der Lieder, die bisher schon in Crügers Praxis pietatis melica erschienen waren, haben Strophen dazu erhalten. Viele Lieder, die noch unveröffentlicht waren, sind jetzt in den Druck gegeben worden. Ebelings Verdienst ist es, daß wir 120 Lieder Gerhardts in dieser Sammlung beieinander haben. Eigenartig erscheint, daß man von der Theologischen Fakultät in Greifswald ein Gutachten einholte und sich ausdrücklich bescheinigen ließ, daß „alles nach dem Wort Gottes eingerichtet und dabei kein synkretistisches Wesen eingemischt" sei! Dabei sagen die gelehrten Herren ausdrücklich, daß dieser Dichter „um der Verwerfung des Synkretismi willen sein Predigtamt habe verlassen müssen"!

Lassen wir auch aus dieser Sammlung einige Lieder an uns vorüberziehen. Aus dem Mittelalter gab es eine Reihe von geistlichen Liedern in lateinischer Sprache. Es waren Lieder, die man „Salvelieder" nannte, weil sie alle mit „salve" begonnen haben: „Sei gegrüßt." Sie waren auf die Gliedmaßen des leidenden Christus gedichtet. Sieben Lieder im ganzen (Füße, Knie, Hände, Seite, Brust, Herz, Angesicht). Gerhardt hat sie in das Deutsche übertragen. Aber es ist mehr daraus geworden als eine Übertragung. Eine neue Dichtung! Was die mittelalterlichen Dichter in tiefer Inbrunst erlebt haben, ist auch Gerhardts ehrfürchtiges Beugen vor dem Wunder des Kreuzes. Aber es ist ins Deutsche und ins Evangelische übergegangen. Darum sind vor allem zwei von diesen Liedern Dichtungen, die aus dem evangelischen Glauben heraus geworden sind. Man muß die erste Strophe des Salveliedes an die Füße lesen:

Sei mir tausendmal gegrüßet,
der mich je und je geliebt,
Jesu, der du selbst gebüßet
das, womit ich dich betrübt.
Ach, wie ist mir doch so wohl,
daß ich knien und liegen soll
an dem Kreuze, da du stirbest
und um meine Seele wirbest.

Die großen Maler der Renaissancezeit haben mit besonderer Vorliebe Maria Magdalena zu Füßen des Kreuzesstammes gemalt und oft „die große Sünderin“ dargestellt, wie sie die Arme um den Kreuzesstamm schlingt und inbrünstig die Füße des Hangenden küßt. Auch Gerhardt hat dichten können:

Ich umfange, herz' und küsse
der gekränkten Wunden Zahl
und die purpurroten Flüsse,
deine Füß' und Nägelmal' —

Aber er setzt hinzu:

O, wer kann doch, schönster Fürst,
den so hoch nach uns gedürst't,
deinen Durst und Liebsverlangen
völlig fassen und umfangen?

Er entreißt sich aller Mystik und Sinnenglut. Ihm ist die Anbetung des Frommen zu eigen, der vor dem Heiligen und Hohen in die Knie sinkt. Das Ausmalen der blutenden Füße verschwindet. Das Abstoßende in diesen Schilderungen macht dem heiligen Erbarmen Platz, das aus dem Herzen des Erlösers quillt:

Schaue meiner Hände Falten,
und mich Armen freundlich an
schau vom hohen Kreuzesstamm
auf mich nieder, Gotteslamm,
sprich: Laß all dein Trauern schwinden,
ich, ich tilge deine Sünden.

Es mag nüchterner klingen als die leidenschaftlichen Verse der mittelalterlichen Dichter. Aber es ist die schlichte und wahrhaftige evangelische Botschaft, die in dankbarer Freude von Gerhardt verkündigt wird. Das Triumphlied des Begnadeten tritt an die Stelle der frommen Phantasien. Das bedeutendere Lied aus den „Salve"-Liedern ist ihm aber in dem Gesang „Auf das leidende Angesicht Jesu Christi" geschenkt worden. Es ist und bleibt das Passionslied ohnegleichen. Neben dem Erlösungslied vom „Lämmlein, das unsere Schuld träget", steht das Lied O *Haupt voll Blut und Wunden* als das Bekenntnis der erlösten Gemeinde zu dem Herrn am Kreuz. Was am Karfreitag jedes empfängliche Herz durchbebt an Not und Triumph, ist hier zum vollen Klang gekommen.
In der Kirche St. Moritz in Mittenwalde steht ein Schnitzaltar aus der katholischen Zeit (S. 188). An der Predella (unterer Altarteil) ist das Schweißtuch der Veronika aufgemalt (S. 189). Von dort schaut „das Haupt voll Blut und Wunden" zu dem Geistlichen, wenn er zum Gebet an den Altar tritt. Gerhardt wird auch jenen mächtigen Holzschnitt von Albrecht Dürer gekannt haben, in dem das Antlitz des Dorngekrönten in der furchtbaren Not des Schmerzes und doch zugleich in der göttlichen Hoheit des Erlösers den Beschauer anblickt.

In Gerhardts Lied ist dies Doppelte Einheit geworden: „Erniedrigte sich selbst bis zum Tod am Kreuz“ — und „Gott hat ihn erhöht und ihm den Namen gegeben, der über alle Namen ist.“

> Du edles Angesichte,
> davor sonst schrickt und scheut
> das große Weltgewichte,
> wie bist du so bespeit?

Nur in dem Kreuzesbild Grünewalds, im Isenheimer Altar, ist dies Schauern vor dem Unmenschlichen, Sinnlosen, Frechen und Lästerlichen der Kreuzigung so zum Ausdruck gekommen. Dort ist das „bespeite Antlitz“.

> Die Farbe deiner Wangen,
> der roten Lippen Pracht
> ist hin und ganz vergangen:
> des blassen Todes Macht
> hat alles hingenommen ...

Wie kann hier noch ein Mensch bestehen? Aber es kommt kein Geschrei über die „verkehrte Welt“, die so völlig gottverlassen ist, daß sie den Frevel der furchtbarsten Schmähung Gottes begeht. Vor dem Kreuz gibt es nur eine Haltung: die des Zöllners. Gott, sei mir Sünder gnädig! Und — o welches Wunder! — das Antlitz des Gemarterten verändert sich. Der von den Sündern Verstoßene wandelt sich um in den Freund der Sünder:

> Dein Mund hat mich gelabet
> mit Milch und süßer Kost,
> dein Geist hat mich begabet
> mit mancher Himmelslust.

Das ist der Heiland, der für seine Feinde betet und dem Schächer sein Trostwort zuruft. Und der Sünder am Fuß des Kreuzesstammes wird von diesen ausgebreiteten Heilandsarmen emporgezogen:

Es dient zu meinen Freuden
und tut mir herzlich wohl,
wenn ich in deinem Leiden,
mein Heil, mich finden soll.

Das Kreuz, das Bild grausamer Marter, wird zur Zuflucht aller Verzweifelten und Geängsteten. An seinem Fuß das Leben geben zu dürfen — welche Seligkeit!
Darum erscheint das Bild des eigenen Sterbens, und ein heiliger Klang ertönt innig und stark zugleich, der Vers, der in Bachs Matthäuspassion das tiefe Schweigen der Ergriffenen schafft:

Wenn ich einmal soll scheiden,
so scheide nicht von mir.

Als der Weinende am Bett seiner sterbenden Gattin stand und ihr letzter Seufzer um baldige Erlösung kam, da mag es durch sein bekümmertes Herz gegangen sein:

Erscheine mir zum Schilde,
zum Trost in meinem Tod
und laß mich sehn dein Bilde
in deiner Kreuzesnot.
Da will ich nach dir blicken,
da will ich glaubensvoll
dich fest an mein Herz drücken.
Wer so stirbt, der stirbt wohl.

Und der Friede vom Kreuz her umschwebte die Sterbende und das Herz des Mannes, der so gern die Arme ausgebreitet hätte, um sie zu halten.
Neben dies Bild der Versöhnung durch das göttliche Kreuzesleiden möchte ich das Bild des Triumphes stellen, das in dem Pfingstlied *Zeuch ein zu deinen Toren* erscheint. Es ist trotz seiner Länge — es umfaßt 16 Strophen — wohl das kraftvollere Pfingstlied der evangelischen Kirche. Ich stelle es höher als das klassisch gewordene Lied: „O heil'ger Geist, kehr bei uns ein!“ Schon der Beginn ist groß. Die Menschenwelt, das Menschenherz in der Erwartung des Kommenden!

Advent und Pfingsten reichen sich die Hände: Anfang und Ende des Kirchenjahres bilden einen güldenen Reif, der sich hier in diesem Lied schließt. In die geöffneten Tore zieht der Geist ein, der schon in der Taufe den Glaubenden in Gottes Welt hineingeboren hat. Darum die Erinnerung an die Zeit, da Gott fern war von dem armen Menschengeschlecht.

Ich war ein wilder Reben,
du hast mich gut gemacht,
der Tod durchdrang mein Leben,
du hast ihn umgebracht
und in der Tauf' erstickt
als wie in einer Flute,
mit dessen Tod und Blute,
der uns im Tod erquickt.

Pfingsten die Krönung von Karfreitag!
Und dann der Lobpreis der Wundertaten, die der Geist vollbringt:

Du bist das heilig Öle,
dadurch gesalbet ist
mein Leib und meine Seele
dem Herren Jesu Christ.

Du bist ein Geist, der lehret,
wie man recht beten soll:
dein Beten wird erhöret,
dein Singen klinget wohl.

Und herzlich klingt die Freude in Gottes Licht und Kraft:

Du bist ein Geist der Freuden,
von Trauern hältst du nicht,
erleuchtest uns im Leiden
mit deines Trostes Licht.

Ach ja, wie manches Mal
hast du mit süßen Worten
mir aufgetan die Pforten
zum güldnen Freudensaal.

Wie leuchtet dieses Bekenntnis hinein in all die Nächte, durch die des Dichters Leben geführt worden ist.
Dann bewegt's ihm das Herz, wenn er hinausblickt in die friedlose Welt. Die Erinnerung an die Greuel des großen Krieges steigt auf:

Erhebe dich und steure
dem Herzleid auf der Erd,
bring wieder und erneure
die Wohlfahrt deiner Herd.
Laß blühen wie zuvor
die Länder, so verheeret,
die Kirchen, so zerstöret
durch Krieg und Feuerszorn.

Wie immer ist der letzte Ausblick in die Welt Gottes, in der alles Sterben sich zum Leben wandelt.

Wenn's mit uns hier wird aus,
so hilf uns fröhlich sterben
und nach dem Tod ererben
des ew'gen Lebens Haus.

Zur Weihnachtszeit sind noch zwei Lieder gekommen.
Ein beliebtes Weihnachtslied des Mittelalters war der „Quempas". Kinder zogen in den Straßen und sangen ihn vor den Türen:

Quem pastores laudavere,
quibus angeli dicere:
absit vobis iam timere,
natus est rex gloriae!

(Den Hirten lobten sehre
und die Engel noch viel mehre:
Fürcht' euch fürbass nimmer mehre,
euch ist geborn ein König der Ehrn.)

Gerhardt wandelt es um in eine ganz schlichte Weise:

Kommt und laßt uns Christum ehren,
Herz und Sinnen zu ihm kehren:
singet fröhlich, laßt euch hören,
wertes Volk der Christenheit!

Dieser Sang klingt, als sei er aus der Lutherzeit gekommen:

Sünd und Hölle mag sich grämen,
Tod und Teufel mag sich schämen,
wir, die unser Heil annehmen,
werfen allen Kummer hin.

Schönstes Kindlein in dem Stalle,
sei uns freundlich, bring uns alle
dahin, da mit süßem Schalle
dich der Engel Heer erhöht.

So haben sie im frühen Mittelalter gesungen von der curia regis, da die Engel singen ihre nova cantica, und mit Verlangen gerufen: Eia, wär'n wir da!
Aus solchen Tiefen sind dem Sänger seine Melodien geflossen.
Dann kam eine Übersetzung aus dem Lateinischen (qui adstatis, adspiratis). War doch trotz allen Widerspruchs gegen das „läppische Wesen" in der evangelischen Kirche Sitte geblieben, an Weihnachten das „Kindelwiegen" aufzuführen. Schüler hatten eine Wiege, in der das Christkind in Puppengestalt lag, und schwangen sie an langen Bändern vom Orgelchor herab hin und her. Dazu wurde das „Kindel-Wiegen-Liedlein" gesungen. Gerhardts Übersetzung hat dies Lied zu einem Kinderweihnachtlied umgestaltet. Wie schade, daß wir es nicht unterm Kerzenbaum singen!
Gerhardt hat den lateinischen Text in einem Melodienbuch gefunden, das der erzherzogliche Kapellmeister Johann Stadlmayr in Innsbruck an Neujahr 1638 herausgegeben hat. In diesem Buch ist unter anderen Weihnachtsliedern auch dies Christ-Wiegen-Lied. Aus welcher Zeit es stammt, wer es gedichtet hat, weiß man nicht.

Alle, die ihr Gott zu Ehren
unsre Christlust wollt vermehren,
eya, eya,
steht und hört vor allen Dingen
Gottes Mutter fröhlich singen
bei dem Kripplein ihres Sohns:
Eya, eya, schlaf und ruhe,
schlaf, schlaf, liebes Jesulein!

Schlaf, mein Krönlein, Licht und Leben!
Was dir lieb, will ich dir geben.
Eya, eya.
Schlaf, du Ausbund aller Gaben!
Laß dich speisen, laß dich laben
bei der armen Krippen hier.
Eya, eya, schlaf und ruhe,
schlaf, schlaf, du mein Ehr' und Ruhm!

Schlaf, o bestes aller Güter,
schlaf, o Perle der Gemüter!
Eya, eya.
Schlaf, mein Trost, dem nichts zu gleichen,
Milch und Honig muß dir weichen,
schlaf, du edler Herzensgast!
Eya, eya, schlaf und ruhe,
schlaf, schlaf, werte Lilienblum!

Ich will dir dein Bettlein zieren,
ganz mit Blumen überführen.
Eya, eya!
Schlaf, du Lust, die wir erwählen,
schlaf, du Paradies der Seelen,
schlaf, du wahres Himmelsbrot!
Eya, eya, schlaf und ruhe,
schlaf, schlaf, Heiland aller Welt!

So sind schon vor Jahrhunderten Eltern und Kinder andächtig vor dem Wunder der Krippe gestanden — und aus dem Lied Gerhardts blickt es wie das Auge von seligen Kindern. Das ist die Sprache aller Kindesherzen, sooft die Botschaft kommt: Ihr werdet finden das Kind in der Krippe liegend! Hier umfassen sich alle christlichen Bekenntnisse zu einem einzigen Kindeslied!
In der Ebelingschen Sammlung findet sich zum erstenmal das Morgenlied *Die güldne Sonne* — die Perle der evangelischen Morgenlieder. Es gibt ein Bild von Moritz von Schwind. Ein junges Mädchen öffnet in der Morgenfrühe die Fenster und blickt hinaus in den glänzenden Morgen. Über sie hinweg flutet das Licht und spielt auf den Scheiben, auf dem Messingbeschlag der Kommode, malt Kringel auf den Fußboden. Sooft ich das Bild sehe, geht mir's durch den Sinn:

Die güldne Sonne
voll Freud' und Wonne
bringt unsern Grenzen
mit ihrem Glänzen
ein herzerquickendes liebliches Licht.
Mein Haupt und Glieder,
die lagen darnieder,
aber nun steh' ich,
bin munter und fröhlich,
schaue den Himmel mit meinem Gesicht.

Schon der Rhythmus dieser Verse hat etwas an sich von dem fröhlichen Spiel der Sonnenstrahlen. Ist es nicht, als sähe man sie durch das Laub der Bäume spielen, die der Morgenwind leise bewegt, auf dem Spiegel des Flusses tanzen, dessen Wellen sich leise kräuseln, daß aus tausend Augen das Licht neckisch zu blicken scheint? Aber dann flutet dies Licht über die ganze Welt hinaus und will das Leben füllen mit seinem edlen Schein. Dankopfer steigt aus der Seele des Glücklichen:

Dankbare Lieder
sind Weihrauch und Widder,
an welchem er sich am meisten ergötzt.

Der ganze Tag wird von der ewigen Gottessonne erleuchtet:

Abend und Morgen
sind seine Sorgen,
segnen und mehren,
Unglück verwehren,
sind seine Werke und Taten allein.
Wenn wir uns legen,
so ist er zugegen.
Wenn wir aufstehen,
so läßt er aufgehen
über uns seiner Barmherzigkeit Schein.

Wie kann's anders sein, als daß auch in dem Herzen des Sängers alles Licht wird und Finsternis schwinden muß?

Laster und Schande,
des Satanas Bande,
Fallen und Tücke
treib ferne zurücke.

In Gottes Licht kann so etwas wie Neid und Scheelsucht nicht bestehen. So kommt's treuherzig heraus – man glaubt, auf dem Dorf oder in der Kleinstadt zu sein, wo Nachbar neben Nachbar wohnt und einer weiß, wie es dem anderen geht:

Laß mich mit Freuden
ohn' alles Neiden
sehen den Segen,
den du wirst legen
in meines Bruders und Nähesten Haus.

Über den Dachfirst des Nachbars geht der Blick weiter. Warum rennen nach Gut mit Sünde? Ist doch das Leben im Hui zu Ende. Eines der gewaltigen Worte des Dichters kommt, gemeißelt wie ein Bild von Granit:

Menschliches Wesen, was ist's gewesen?
In einer Stunde
geht es zugrunde,
sobald das Lüftlein des Todes drein bläst.

Wir sind in der Welt, in der die Totentänze an die Häuserwände gemalt worden sind, ein ehernes memento mori, das der Mensch jener Zeit ertrug und im besinnlichen Herzen erwog, während der Mensch unserer Tage, noch viel mehr ein Raub des schnellfüßigen Todes, dem Todesgedanken ausweicht.

Der Dichter weiß, warum er diesem „Allesvernichter" ruhig ins Antlitz schauen kann:

Alles vergehet,
Gott aber stehet
ohn' alles Wanken:
seine Gedanken,
sein Wort und Wille hat ewigen Grund.

Vor ihm gilt menschliches Wesen sowenig als menschliches Schaffen. Alles, was Mensch heißt, muß aus seiner Gnade leben ganz allein:

Gott, meine Krone,
vergib und schone,
laß meine Schulden
in Gnad' und Hulden
aus deinen Augen sein abgewandt.

Das ist dem Dichter natürlich — er muß sich geborgen wissen in dem ewigen Erbarmen. Dann mag kommen, was will!

Gott ist das Größte,
das Schönste und Beste,
Gott ist das Süß'ste
und Allergewiß'ste,
aus allen Schätzen der edelste Hort.

So kommt's herüber aus uralter Psalmendichterzeit: „Wenn ich nur dich habe ..."

Willst du mich kränken,
mit Galle tränken,
und soll von Plagen
ich auch was tragen,
wohlan, so mach es, wie dir es beliebt.

Da steht der schwere Wolkenschatten über dem lachenden Land, und das Gewitter grollt von ferne. „Wo bist du, Sonne, blieben?“ hatte einst sein Abendlied gefragt. Aber

Kreuz und Elende,
das nimmt ein Ende;
nach Meeresbrausen
und Windessausen
leuchtet der Sonnen gewünschtes Gesicht.

Um den Abend wird es licht sein. Und über dem Tag, der im Licht sich ausgeklärt hat, schaut „jene Sonne“:

Freude, die Fülle
und selige Stille
hab' ich zu warten
im himmlischen Garten.
Dahin sind meine Gedanken gericht't.

Dies Leuchten der ewigen Sonne scheint in einem weiteren Liede, in dem man des Dichters Lebensnot und Lebenssieg wie in keinem anderen spürt. So wenig wir über die Entstehungszeit der Lieder Gerhardts wissen — hier ist's, als ob die Zeit des tiefen Dunkels mit all ihrem Herzweh hinter allem Singen steht. Es ist eines der innigsten Lieder Gerhardts. Nicht im eigensten Sinn „poetisch“. Die Bilder, die sonst ungesucht in seine Verse hereinfließen und sie leuchtend machen, fehlen hier. Die Verse gehen mit einer gefaßten „Sachlichkeit“. Ein Bericht des Dichters über die Kräfte, die ihn getragen haben, als alles von ihm gewichen zu sein schien. Beinah nüchtern — aber von einer tiefen Wahrhaftigkeit.

Gib dich zufrieden und sei stille
in dem Gotte deines Lebens.
In ihm ruht aller Freuden Fülle,
ohn ihn mühst du dich vergebens.
Er ist dein Quell
und deine Sonne,
scheint täglich hell
zu deiner Wonne.

Dieser Ruf „gib dich zufrieden" schließt jede Strophe. Es ist des Dichters Händedruck, der unsere Hände faßt, als wollte er mit uns gehen und immer auf die eine Weisheit deuten, die ihm die Weisheit aller Weisheiten geworden ist: stille zu werden in dem ewigen Gotteswillen. Die Gedanken, die Gerhardt darin ausspricht, gemahnen vielfach an „Befiehl du deine Wege". Aber man spürt dahinter die Illustration des eigenen Erlebens.

Er zählt den Lauf
der heißen Tränen
und faßt zuhauf
all unser Sehnen.

Ist das nicht der Mann, der am Grab seiner Eheliebsten stand? Und dessen Herzeleid niemand sehen durfte?

Wenn gar kein Einger mehr auf Erden,
dessen Treue du darfst trauen,
alsdann will er dein Treuster werden
und zu deinem Besten schauen.

Spricht da nicht der Einsame, dessen „Hartnäckigkeit" im Bekennen auch die Nächsten und Treusten nicht mehr verstehen konnten?

Laß dich dein Elend nicht bezwingen,
halt an Gott, so wirst du siegen,
ob alle Fluten einhergingen,
dennoch mußt du oben liegen.

Da ist dies trutzige „Dennoch", das des Dichters Losung gewesen ist.

Nimm nicht zu Herzen, was die Rotten
deiner Feinde von dir dichten.
Laß sie nur immer weidlich spotten,
Gott wird's hören und recht richten.
Ist Gott dein Freund
und deiner Sachen,
was kann dein Feind,
der Mensch, groß machen?

So hatte es in dem Lied „Warum sollt' ich mich denn grämen“ geheißen: „Satan, Welt und ihre Rotten — können mir — nichts mehr hier — tun als meiner spotten!“ Hinter diesem Bekenntnis aber scheinen wirklich erlebte Feindseligkeiten zu stehen. Sind es jene Räte des Kurfürsten, die über des Gerhardt Trotzköpfigkeit lamentierten und ihn als den Widerspenstigsten unter all den Berliner Geistlichen anklagten?
Und in der gefaßten Haltung, die dem Kreuz weder ausweicht noch das Kreuz als ungerecht schilt, weist sich der Erprobte:

Es kann und mag nicht anders werden:
alle Menschen müssen leiden.
Was webt und lebet auf der Erden,
kann das Unglück nicht vermeiden.
Des Kreuzes Stab
schlagt unsre Lenden
bis in das Grab:
da wird sich's enden.

Klingt das nicht wie Resignation? Nach der Melodie „es ist im Leben häßlich eingerichtet, daß bei den Rosen gleich die Dornen stehn“? Zu diesem modernen „Weltschmerz“ kann ein Gerhardt sich nicht bekennen, weil über der erfahrenen Wirklichkeit des Leides etwas Großes und Herrliches steht: das ist das Wort „Erlösung“.

Es ist ein Ruhetag vorhanden,
da uns unser Gott wird lösen:
er wird uns reißen aus den Banden
dieses Leibs und allem Bösen.
Es wird einmal der Tod herspringen
und aus der Qual uns sämtlich bringen.

Er wird uns bringen zu den Scharen
der Erwählten und Getreuen,
die hier mit Frieden abgefahren,
sich auch nun im Frieden freuen,
da sie den Grund,
der nicht kann brechen,
den ew'gen Mund
selbst hören sprechen:
Gib dich zufrieden.

Aus dem Reich der Vollendung heraus klingt die Stimme des Überwinders selbst hinein in die Scharen, die durch sein Blut überwunden haben, und trägt in ihr wundes Herz den Friedensgruß der Stille. Als ob das Bild der Offenbarung erfüllt vor uns stände von denen, die da kommen sind aus vieler Trübsal und ihre Kleider helle gemacht haben im Blute des Lammes.
Eben dieses Bild hat dem Dichter den Anlaß gegeben zu dem Lied, das in die „güldne Himmelswelt" hineinschaut:

Johannes sahe durch Gesicht
ein edles Licht
und liebliches Gemälde:
er sah ein Haufen Völker stehn
sehr hell und schön
im güldnen Himmelsfelde!

Sie trugen Palmen in der Hand,
ihr Ort und Stand
war vor des Lammes Throne.
Ihr Mund war voller Lob und Preis,
die Kleider weiß,

ihr Lied im höhern Chore
klang süß und sang
des Höchsten Dank,
und dieser Stimm
half um und um
der Engel heilge Krone!

Die eherne Gewalt der Schrift hat der Dichter in ein zarteres Singen umgewandelt. Das Sturmlied, das ein Luther aus dieser Himmelswelt heraus gedichtet hätte, war ihm nicht gegeben. Aber in diesen weicheren Klängen sind Verse von lieblichem Wohllaut:

Daselbst sitzt Gott in seinem Haus
und breitet aus
die Hütte seiner Güte
und deckt mit sanfter Wollust zu
in stiller Ruh
manch trauriges Gemüte.
Was Freude gibt,
dem Herzen liebt,
die Augen füllt,
das Sehnen stillt,
steht da in voller Blüte!

Letzte Fahrt

In Berlin saß ein einsamer Mann. Der „Fall Paul Gerhardt“ geriet sehr schnell in Vergessenheit. Das Leben ging darüber hinweg. Der Kurfürst war milder geworden. Als seine innig fromme Luise Henriette gestorben war, heiratete er 1668 die lutherische Prinzessin Dorothea von Holstein. Seine bisherigen calvinistischen Ratgeber verloren ihren Einfluß. Es gab viele in Berlin, die nichts mehr davon wußten, daß da einer amtslos saß, der unerschrocken für die Freiheit seiner evangelischen Überzeugung gestritten hatte. Ohnehin gab es der „Exules“, der um des Glaubens willen Verbannten, genug in jener Zeit. An die Stelle des „Abgesetzten“ kam ein neuer Diakonus nach St. Nikolai. Gerhardt merkte, daß seines Bleibens in Berlin nicht mehr lange sein könne.

Was ihn in solchen Zeiten aufrechterhalten hat, das waren die Quellen, aus denen viele seiner Lieder geflossen sind: die Psalmen und Johann Arndts „Paradiesgärtlein“, das er stets neben sich liegen hatte. Daraus floß ihm in immer neuer Frische Glaubensmut und Leidensfreudigkeit zu, und so mag manch eines seiner eigenen Lieder ihm jetzt ein Paradies geworden sein, in dem seine Seele aus dem lauteren Strom des Lebens Erquickung schöpfen durfte. Wie wundersam klangen in die Verlassenheit des stillen Klausners in der Stralauer Straße die Verse, die er früher geschrieben hatte (aus *Jesu, allerliebster Bruder*):

> Ach, wie untreu und verlogen
> ist die Liebe dieser Welt:
> ist sie jemand wohlgewogen,
> währts nicht länger als sein Geld.
> Wenn das Glück uns fügt und grünet,
> sind wir schön und hübsch bedienet.
> Kommt ein wenig Ungestüm,
> kehrt sich alle Freundschaft um.

Gute Freunde sind wie Stäbe,
da der Menschen Gang sich hält,
daß der schwache Fuß sich hebe,
wann der Leib zu Boden fällt:
Wehe dem, der nicht zum Frommen
solches Stabes weiß zu kommen.
Der tut einen schweren Lauf,
wenn er fällt, wer hilft ihm auf?

Daneben stehen die Lieder von der Liebe Jesu Christi, die in dem Gebetsleben Johann Arndts eine heilige Macht bedeutet. Und hier hat Gerhardts Dichten eine verwandte Saite angeschlagen, jene innige Liebe zu dem — wie später Michael Hahn ihn genannt hat — „Seelenfreund der Seinen". Töne rauschen auf, die an die späteren Lieder des Pietismus grenzen: sie haben den Bedrückten sicherlich getröstet in jener Zeit der Unsicherheit seiner Zukunft (aus *O Jesu Christ mein schönstes Licht*):

Mein Trost, mein Schatz, mein Licht und Heil,
mein höchstes Gut und Leben,
ach nimm mich auf zu deinem Teil,
dir hab ich mich ergeben.
Denn außer dir ist lauter Pein,
ich find hier überalle
nichts denn Galle.
Nichts kann mir tröstlich sein,
nichts ist, das mir gefalle.

Was ist's, o Schönster, das ich nicht
in deiner Liebe habe?
Sie ist mein Stern, mein Sonnenlicht,
mein Quell, da ich mich labe,
mein süßer Wein, mein Himmelsbrot,
mein Kleid vor Gottes Throne,
meine Krone,
mein Schutz in aller Not,
mein Haus, darin ich wohne.

Das sind ganz einfache Herztöne, die hier sprechen. Und doch spürt man, wie das Herz dabei überquillt vor Freude und Seligkeit, die alles „Gallenbittere“ dieses armen Lebens in Süße umzuwandeln versteht.
Dazu kommen seine Psalmen. Freilich — es sind ihrer viele, die zu sehr bloße „Nachdichtungen“ sind. Die Wucht der Bibelsprache ist in den Versen Gerhardts gedämpft. Was in dem Lutherdeutsch in mächtiger Rüstung einherschreitet, ist bei dem Dichter manchmal in ein idyllisches Schäferkleid gehüllt, das zu den herzerschütternden Himmelsstürmen der Psalmendichter nicht recht passen will. Wer den 42. Psalm kennt, dem kann Gerhardts Vers nicht genügen:

> Wie der Hirsch in großen Dürsten
> schreiet und frisch Wasser sucht,
> also sucht dich Lebensfürsten
> meine Seel in ihrer Flucht.
> Meine Seele brennt in mir,
> lechzet, dürstet, trägt Begier
> nach dir, o du süßes Leben,
> der mir Leib und Seel gegeben!

Hier fehlt der eigene Ton, der dem Dichter dann gegeben ist, wenn er aus dem eigenen Erleben heraus singt. Es ist ein Übersetzen des Bibelwortes in das Versmaß. Ein Nachempfinden — aber nicht der ursprüngliche Quell.
Dennoch gibt es auch in diesen Nachdichtungen Lieder, die in wohllautender Schönheit dahinfließen. Es sind Psalmen, die dem Gotteskind in Paul Gerhardt wesensverwandt sind. Der Psalm vom guten Hirten, vor dem sich Kant in stiller Ergriffenheit geneigt hat, ist solch eine Weise:

> Der Herr, der aller Enden,
> regiert mit seinen Händen,
> der Brunn der ewigen Güter,
> der ist mein Hirt und Hüter.

Er lässet mich mit Freuden
auf grüner Auen weiden,
führt mich zu frischen Quellen,
schafft Rat in schweren Fällen.

Und ob ich gleich vor andern
im finstern Tal muß wandern,
fürcht ich doch keine Tücke,
bin frei vom Ungelücke.

Denn du stehst mir zur Seiten,
schützt mich vor bösen Leuten.
Dein Stab, Herr, und dein Stecken
benimmt mir all mein Schrecken.

Ich will dein Diener bleiben
und dein Lob herrlich treiben
im Hause, da du wohnest
und Frommsein wohl belohnest.

Ich will dich hier auf Erden
und dort, da wir dich werden
selbst schaun im Himmel droben,
hoch rühmen, singn und loben!

So ist dieser Psalm des getrosten Frommen im Herzen des Dichters freundlich erklungen und erträgt sogar das Wort vom Belohnen des Frommen, das gar nicht nach dem Glauben des Paulus hinsieht, mit liebem Lächeln.

Noch ein Lied ist in jener Sammlung zum erstenmal erschienen, das sicher aus solchen Stunden der niedergebeugten Seele heraus gedichtet ist. Man sieht den Dichter vor sich, das Haupt in die Hände gestützt, während der Blick, nach innen gewendet, die ganze Lebensbahn noch einmal durchläuft, auf der dies Leben durch Kriegswetter, Seelenkämpfe, Anfechtung und Bedrängnis, Todesnot und tiefe Trauer gegangen ist. Es ist das Lied, das nach dem 19. Vers des 119. Psalms gedichtet ist:

Ich bin ein Gast auf Erden
und hab' hier keinen Stand;
der Himmel soll mir werden,
da ist mein Vaterland,
hier reis' ich bis zum Grabe,
dort in der ewgen Ruh
ist Gottes Gnadengabe,
die schließt all Arbeit zu.

Aus diesem Lied kommt der Schrei eines zu Tode gehetzten Menschenherzens, das sich zu dem letzten Tröster flüchtet, nachdem keiner auf Erden mehr ist, der es stille machen kann.

Was ist mein ganzes Wesen
von meiner Jugend an
als Müh und Not gewesen?
Solang ich denken kann,
hab' ich so manchen Morgen,
so manche liebe Nacht
mit Kummer und mit Sorgen
des Herzens zugebracht.

Wer denkt nicht an den weltberühmten Vers:

Wer nie sein Brot mit Tränen aß,
wer nie die kummervollen Nächte
auf seinem Bette weinend saß,
der kennt euch nicht, ihr himmlischen Mächte.

Nur daß in dem viel schlichteren Bekenntnis Gerhardts das eigene Schicksal zittert!

Mich hat auf meinen Wegen
manch harter Sturm erschreckt;
Blitz, Donner, Wind und Regen
hat mir manch Angst erweckt.
Verfolgung, Haß und Neiden,
ob ich's gleich nicht verschuldt,
hab' ich doch müssen leiden
und tragen mit Geduld.

Die Berliner Notzeit und jene stille Leidensbereitschaft, die sich mit wehem Herzen in die Widersprüche des Lebens hineinfügte, statt sich dagegen aufzubäumen, hat diesen Vers geschaffen.
Und dann kommt das Beispiel der „lieben Alten", der Pilgerleute Abraham, Isaak und Jakob:

Wie mußte der sich plagen!
In was für Weh und Schmerz,
in was für Furcht und Zagen
sank oft sein armes Herz.

Sie zogen hin und wieder,
ihr Kreuz war immer groß,
bis daß der Tod sie nieder
legt in des Grabes Schoß.

Schmerzvolles Ende von so viel heißem Lebenskampf. Aber das muß so sein — Gerhardts Lieblingsgedanke.

Es muß ja durchgedrungen,
es muß gelitten sein.
Wer nicht hat wohl gerungen,
geht nicht zur Freude ein.

Nicht dunkles Schicksal ist solch ein harter Lebensweg, sondern Durchgang.

Ich wandre meine Straße,
die zu der Heimat führt,
wo mich ohn alle Maße
mein Vater trösten wird.

Die Herberg ist zu böse,
der Trübsal gar zu viel.
Ach komm, mein Gott, und löse
mein Herz, wann dein Herz will.

Wo ich bisher gesessen,
ist nicht mein rechtes Haus;
wenn mein Ziel ausgemessen,
so tret ich dann hinaus.

Es geht dem Dichter wie dem greisen Hans Thoma: Möge doch meine Seele friedlich heiter und gern zurückkehren in die Heimat, aus der sie stammt. Ein Sohn darf nicht mürrisch, brummig, unzufriedenen Sinnes ins Vaterhaus zurückkehren, und auch dann den Wanderstab nicht verdrießlich fortwerfen, wenn es ihm manchmal auf der Reise übel ergangen ist. Er soll dann doppelt froh sein, daß er daheim ist.

Da will ich immer wohnen
und nicht nur als ein Gast,
bei denen, die mit Kronen
du ausgeschmücket hast;
da will ich herrlich singen
von deinem großen Tun
und frei von schnöden Dingen
in meinem Erbteil ruhn.

So hat Novalis in seinem Heinrich von Ofterdingen seine geheimnisvolle Heldin auf die Frage „wo gehst du hin?" antworten lassen: Nach Hause, immer nach Hause! Ich glaube, daß dieser Klang in Gerhardts Liedern der Ausklang seines Dichtens gewesen ist.
Nun ging es auf die letzte Fahrt. Gerhardt selbst hat in seiner Bescheidenheit nichts dazu getan, um seinen Lebensweg in die Fremde zu suchen. Der Mann, der immer alles in Gottes Hände gelegt hat, war auch hier der ruhigen Hoffnung, daß er zur rechten Zeit geführt werde.

Wird's aber sich befinden,
daß du ihm treu verbleibst,
so wirst du Hilfe finden,
da du's am mindsten gläubst.

In der Stadt Lübben ist ihm die Türe aufgetan worden (S. 198). Im Herbst 1668 starb dort der Archidiakonus Konrad Cnisius. Die Freunde Gerhardts meinten, da sei der richtige Platz für den Einsamen. Fürsprecher schrieben von Berlin aus an den Magistrat von Lübben. Gerhardt hatte ihnen gesagt, er werde willig folgen, wohin ihn auch der liebe Gott rufen werde. Dieses Wort des stillen Gottvertrauens hat den Lübbenern besonders gefallen. Sie luden ihn zu einer Gastpredigt ein. Am 14. Oktober predigte er in der Lübbener Kirche und gefiel. Am 28. Oktober wurde er einstimmig gewählt.

Ob die Lübbener wirklich gewußt haben, welche Persönlichkeit ihnen in diesem neuen Prediger geschenkt worden ist? Von seinem Dichten steht nichts in all den Schreiben, die zwischen Berlin und Lübben hin und her gelaufen sind. Und sie haben ihm trotz der einstimmigen Wahl das Kommen nicht allzu leicht gemacht. Es muß eine recht kleingeistige Gesellschaft dort zusammengesessen sein. Gerhardt hatte gleich nach seiner Gastpredigt das Pfarrhaus besichtigt. Es war eine elende baufällige Wohnung. Wenn ein Gerhardt, der in seinem Leben gelernt hatte, „sich zu bücken und zu drücken", bitten mußte, man möge ihm doch für eine würdigere Behausung sorgen, muß das schon ziemlich erbärmlich ausgesehen haben im Archidiakonat zu Lübben. Nun — zuerst versprach man ihm, man werde das Haus herrichten und vergrößern. Das Subdiakonat, das nebenan lag, war ebenso zerfallen. So sollten die beiden Häuser ordentlich instand gesetzt und miteinander zu einem richtigen Pfarrhaus verbunden werden. Aber kaum war dieser Beschluß gefaßt, da fingen die Spießbürger an zu kritteln und zu schimpfen. So wie's auch heute da und dort zuzugehen pflegt. Warum lege sich die Stadt solche große Kosten auf? Das Haus sei dem Vorgänger gut genug gewesen. Warum wolle der Nachfolger es besser haben? Der Kleinstädter sah scheel auf den „Berliner", dem nichts gut genug sei. Die Stadt hatte im großen Kriege furchtbare Schrecken durchgemacht. Da hatte man sich mit dem Kümmerlichsten zu begnügen gelernt. Sollte der Pfarrer sich nicht mit dem zufrieden geben können, was man selber hatte?

Ein anderes Beschwernis der guten Lübbener mutet einen lächerlich an. Sie waren sehr stolz auf ihr gutes Bier, das sie brauten. Gerhardt braute nach damaliger Sitte sein Bier selber. Die Lübbener raunten sich in die Ohren, daß er die Braugerechtigkeit der Stadt Lübben stören werde. Es gab ja freilich in der damaligen bettelarmen Zeit Pfarrer, die ihr geringes Einkommen durch allerhand Nebengeschäfte aufzubessern versuchten. Der Pfarrer als Bierbrauer mag also nicht gerade eine seltene Figur gewesen sein. Gerhardt beruhigte die Aufgeregten. Er sei nicht gesonnen, einen Bierhandel anzufangen.

Dann steckten sie die Köpfe zusammen wegen der „zahlreichen Familie", die Gerhardt mitbringen werde. Damit werde das neue Haus verwohnt und der Stadt womöglich eine Last aufgelegt, die recht drückend werden könnte! Auch darüber mußte Gerhardt schreiben: Seine Familie werde höchstens sechs Köpfe betragen. Er hatte seine Schwägerin, die Witwe Fromm, und deren Sohn, dann seinen eigenen Sohn in seinem Haus. Dazu kamen etliche Dienstboten.

Endlich befürchteten die Leute von Lübben, er werde die Gemeinde in Pestzeiten im Stich lassen. Warum, ist nicht recht ersichtlich. Vielleicht hat er um seines vorgerückten Alters willen darum gebeten, in Pestzeiten von den vielen Besuchen in den Häusern der Kranken befreit zu werden? Er mußte auch hierüber eine beruhigende Erklärung geben.

So ist es kein Wunder, daß im Frühling 1669 ein Brief Gerhardts an den Lübbener Generalsuperintendenten M. Johann Georg Hutten kam, der den sonst so glaubensfreudigen Mann in tiefer Niedergeschlagenheit zeigt! Er schreibt davon, daß sein Sohn Paul Friedrich auf den Tod krank liege und seine gute Pflegerin, „Frau Frommin", auch sich habe legen müssen. „Mein Gemüte ist mir über dem, was ich teils vor mir sehe, teils auch befürchten muß, dermaßen gekränket und beängstigt, daß ich fast gar nicht weiß, wo ich mich hinkehren und wenden soll!“ Es ist das Bekenntnis dieser feinnervigen Dichternatur, die alle Schläge des Lebens mit doppelter Schwere fühlen muß.

Wo kämen Davids Psalmen her,
wenn er nicht auch versuchet wär?

Man sieht in die Tiefen dieses stillen, der Welt abgewandten Mannesherzens hinein. Aus solchen Tiefen sind die Trostlieder geflossen, die heute mit derselben Kraft angefochtene Herzen trösten, wie in den Tagen der Trübsal, als sie entstanden sind:

Schwing dich auf zu deinem Gott,
du betrübte Seele!
Warum liegst du Gott zum Spott
in der Schwermutshöhle?
Merkst du nicht des Satans List?
Er will durch sein Kämpfen
deinen Trost, den Jesus Christ
dir erworben, dämpfen.

Ich bin Gottes, Gott ist mein:
wer ist, der uns scheide?
Dringt das liebe Kreuz herein
mit dem bittern Leide?
Laß es dringen, kommt es doch
von geliebten Händen,
und geschwind zerbricht sein Joch,
wenn es Gott will wenden.

Das kann nur einer singen, der selbst von den Geistern der Schwermut heimgesucht worden ist, und weiß, wie es einem dann zumute sein kann.

Jene Nadelstiche, die Gerhardt von dem Spießbürgertum der Lübbener aushalten mußte, verschwanden. Da der Rat nicht schneidig genug an die Bauarbeiten ging, trat der kurfürstliche Oberpräsident von Hoymb dazwischen — und

als das Wort des Mächtigen kam, lief der Karren! Ausgangs Mai konnte Gerhardt mit den Seinigen die Reise nach Lübben tun (S. 197).
Es war eine Fahrt in die Fremde und doch in die Heimat. Denn Lübben war kursächsisch. Er kehrte also in das Land zurück, dem er entstammte. Die Niederlausitz, in der Lübben liegt, stand damals unter der Regierung des Herzogs Christian von Sachsen-Merseburg. Eine eigene Oberamtsregierung war eingesetzt worden. Gerichtsbehörden, Verwaltungsbehörden, Steuerbehörden nahmen ihren Sitz in Lübben. Sogar ein Oberkonsistorium wurde eingesetzt. Das Landstädtchen wurde Regierungsstadt. Die Gemeinde Paul Gerhardts mag damit etwas von ihrer kleinbürgerlichen Enge verloren und darum das amtliche Arbeiten Gerhardts einen weiteren Gesichtskreis bekommen haben. Schade, daß wir von diesem Schaffen des Alternden nichts erfahren. Sieben Jahre durfte er noch wirken.

Das Letzte, was wir von ihm besitzen, ist ein rührendes Schriftstück: Das Testament, das Gerhardt seinem Sohn hinterlassen hat. Er schrieb es, als er „das 70. Jahr seines Lebens erreicht“, also wenige Monate vor seinem Tode. Es ist das Bekenntnis dieser innigen und anspruchslosen Natur, die ihren Weg durch viel Kampf und Anfechtung in gefaßter Ergebenheit gegangen ist. Er hofft, daß ihn sein „lieber frommer Gott in kurzem aus der Welt erlösen und in ein besseres Leben führen werde, als er bisher auf Erden gehabt“. Er dankt Gott „für all' seine Güte und Treue, die er ihm von seiner Mutter Leibe an bis auf die jetzige Stunde an Leib und Seele erwiesen hat“. Klingt nicht leise ein Ton aus vergangenen Tagen, als er das Lied dichtete: *Sollt' ich meinem Gott nicht singen?:*

Wie ein Adler sein Gefieder
über seine Jungen streckt,
also hat auch hin und wieder
mich des Höchsten Arm bedeckt,

alsobald im Mutterleibe,
da er mir mein Wesen gab
und das Leben, das ich hab'
und noch diese Stunde treibe.

„Daneben bitte ich von Grund meines Herzens, er wolle mir, wenn mein Stündlein kommt, eine fröhliche Abfahrt verleihen, meine Seele in seine väterlichen Hände nehmen und dem Leibe eine sanfte Ruhe in der Erde bis zum Jüngsten Tage bescheren, da ich mit all den Meinigen, die nur vor mir gewesen und auch künftig nach mir bleiben werden, wieder erwachen und meinen lieben Herrn Jesum Christum, an welchen ich bisher geglaubet und ihn doch nie gesehen habe, von Angesicht zu Angesicht schauen werde!"
So hat er einst nach seinem geliebten Arndts-Paradiesgärtlein gesungen *(Ach treuer Gott, barmherzigs Herz):*

Ach, laß mich schauen, wie so schön
und lieblich sei das Leben,
das denen, die durch Trübsal gehn,
du dermaleinst wirst geben:
ein Leben, gegen welchem hier
die ganze Welt mit ihrer Zier
durchaus nicht zu vergleichen.

Daselbst wirst du in ew'ger Lust
aufs süß'ste mit mir handeln,
mein Kreuz, das dir und mir bewußt,
in Freud' und Ehre wandeln.
Da wird mein Weinen lauter Wein,
mein Ächzen lauter Jauchzen sein.
Das glaub' ich. Hilf mir! Amen.

Seinem einzigen Sohn hinterläßt er von irdischen Gütern wenig, „dabei aber einen ehrlichen Namen, dessen er sich sonderlich nicht wird zu schämen haben. Es weiß mein Sohn, daß ich ihn von seiner zarten Kindheit an dem Herrn, meinem Gott, zu eigen gegeben, daß er ein Diener und Prediger seines Wortes werden soll; dabei soll er nun bleiben und sich nicht daran kehren, daß er wenig gute Tage dabei haben möchte, denn da weiß der liebe Gott schon Rat zu und kann die äußerliche Trübsal mit inniglicher Herzenslust und Freudigkeit des Geistes genugsam ersetzen.“ Er ermahnt ihn, daß er die Heilige Theologiam studieren möge in reinen Schulen und auf unverfälschten Universitäten. „Hüte dich ja vor Synkretisten! Denn sie suchen das Zeitliche und sind weder Gott noch Menschen treu!“

„Insonderheit: 1. Tue nichts Böses in der Hoffnung, es werde heimlich bleiben. Denn es wird nichts so klein gesponnen, es kommt doch an die Sonnen. 2. Außer deinem Amt und Berufe erzürne dich nicht. Merkst du dann, daß der Zorn dich erhitzet habe, so schweige stockstille und rede nicht eher ein Wort, ehe du ernstlich die zehn Gebote und den christlichen Glauben bei dir ausgebetet hast. 3. Der fleischlichen sündlichen Lüste schäme dich, und wenn du dermaleinst zu solchen Jahren kommst, daß du heiraten kannst, so heirate mit Gott und gutem Rat frommer, getreuer und verständiger Leute. 4. Tue den Leuten Gutes, ob sie es dir gleich nicht zu vergelten haben. Denn was Menschen nicht vergelten können, das hat der Schöpfer Himmels und der Erden längst vergolten, da er dich erschaffen hat, da er dir den lieben Sohn geschenket hat und da er dich in der heiligen Taufe zu seinem Kinde und Erben an- und aufgenommen hat. 5. Den Geiz fleuch als die Hölle, laß dir genügen an dem, was du mit Ehren und gutem Gewissen erworben hast, ob es gleich nicht allzuviel ist. Beschert dir aber der liebe Gott ein Mehreres, so bitt' ihn, daß er dich vor dem leidigen Mißbrauch des zeitlichen Gutes bewahren wolle. Summa, bete fleißig, studiere was Ehrliches, lebe friedlich, diene redlich und bleibe in deinem Glauben und Bekenntnis beständig, so wirst du einmal auch sterben und von dieser Welt scheiden willig, fröhlich und seliglich. Amen!“

Es sind die Ratschläge eines treuherzigen Mannes, der sich

im Leben umgesehen hat, und etwas nüchtern und verständig, aber doch klug und klar dem jungen Menschen die Schneisen weisen will, die er durch das Gehölz schlagen muß, um auf den rechten Weg und zum rechten Ziele zu kommen. Jeder Überschwang fehlt. Aber auch jeglicher Gefühlsausbruch. „Wir sind Gott alle einen Tod schuldig!" Und darum geht er seinen Weg, wie er gelebt — ohne Furcht und Grauen!
Hart war dann wohl noch der Heimgang seiner Schwägerin Fromm, die das liebe treue Herz in seinem Hause geworden war. Sie starb am 27. Mai 1674.

Er selbst ist am 27. Mai 1676 gestorben, und am 7. Juni, dem ersten Sonntag nach Trinitatis, in der Kirche zu Lübben bestattet worden. Eine glaubwürdige Überlieferung berichtet, daß er das Herannahen des Todes gefühlt und seinem Sohn geheißen habe, er solle ihm den Vers aus dem Liede „Warum sollt' ich mich denn grämen" vorlesen:

Kann uns doch kein Tod nicht töten,
sondern reißt
unsern Geist
aus viel tausend Nöten,
schließt das Tor der bittern Leiden
und macht Bahn,
da man kann
gehn zu Himmelsfreuden.

Sein Leib ruht im Chorgewölbe der Kirche (S. 199). Hier hängt ein Ölbildnis von ihm (Titelbild). Der Wittenberger Professor Gottlieb Wernsdorff hat etwa ein halbes Jahrhundert später eine lateinische Dichtung als Unterschrift zu dem Bilde gesetzt. In freier Übertragung lautet sie:

Lebensvoll blickt hier das Bild des seligen Paulus Gerhardus,
Der von dem Glauben das Lied, von Liebe und Hoffnung einst sang.
Assaph, von neuem geboren, spielt' hier auf güldener Harfe
Lieder, o Christus, von dir, von deinem Erbarmen mit uns.
In ätherischen Höh'n mag Heiliger Geist dich umschweben,
daß du in freudiger Kraft Gott singest dein ewiges Lied.

Darunter steht:

Paulus Gerhardus, der Theologe, in Satans Sieb gesichtet und bewährt, gestorben zu Lübben im Alter von 70 Jahren.

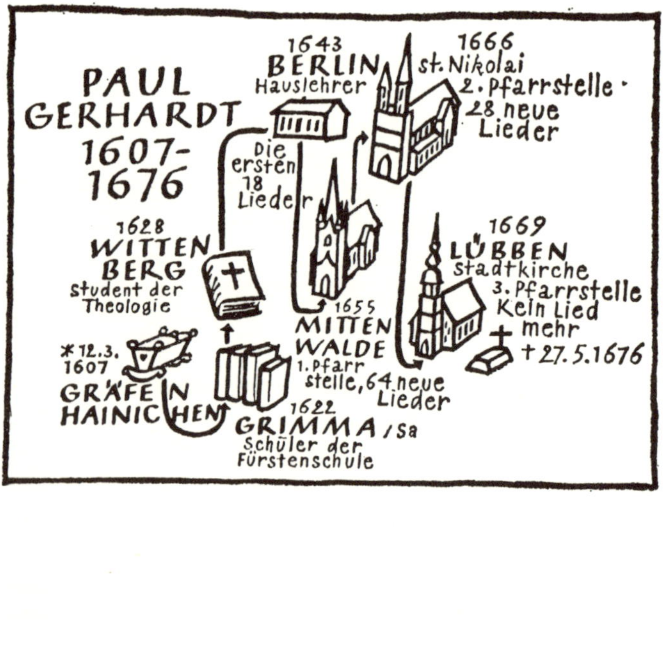

Sein Lebenswerk

Von Paul Gerhardts Liedern sind uns 133 erhalten geblieben. 30 stehen jetzt im Evangelischen Kirchengesangbuch, weitere in den Anhängen der Landeskirchen.
Man hat seine Dichtung „Gelegenheitsdichtung“ genannt. Der Ausdruck führt aber sehr in die Irre. Es sind kaum bestimmte Gelegenheiten gewesen, die ihn zum Dichten veranlaßt haben. Jedenfalls läßt sich nirgends nachweisen, aus welchen Erfahrungen und Erlebnissen heraus seine Lieder entstanden sind. Man kann von dem Lied „Gottlob, nun ist erschollen das edle Fried- und Freudenswort“ sagen, daß es mit dem Ende des Dreißigjährigen Krieges zusammenhängt, aber nicht einmal bei diesem Lied steht fest, wann es entstanden ist. In einem Lied steht das Wort „vom Zorn des großen Fürsten“ — man hat gemeint, das deute auf seinen Streit mit dem Kurfürsten —, aber das Wort heißt richtiger „vom Zorn der großen Fürsten“ und stammt einfach aus dem Psalm, den Gerhardt umgedichtet hat.
„Gelegenheitsgedichte“ sind die Lieder Gerhardts sicherlich nicht, wenn man nicht unter diesem Wort verstehen will, daß sie gedichtet sind in einem Augenblick, da der Geist über ihn kam. Und nicht einmal dies wird ganz richtig sein. Es gibt doch eine Anzahl von Umdichtungen Arndtscher Gebete und von Psalmen, die den Eindruck machen, daß sie nicht einer dichterischen „Stimmung“ entstammen, sondern aus dem Wunsch hervorgegangen sind, diese Gebete und Psalmen, die ihm persönlich wichtig geworden sind, auch einer weiteren Gemeinde zugänglich zu machen.
Er hat zu Gottes Ehre gesungen! So wie er es in seinem Lobpreis zu Michael Schirmers „Biblische Lieder“ gesagt hat: Schirmer habe gedichtet, „was sein heiliger Fleiß ihm zum Trost und Gott zum Preis“ in den Mund legte. Auch Gerhardt muß verstanden werden aus seiner Zeit her-

aus. Neben ihm und mit ihm haben viele treffliche Kirchenliederdichter gewirkt. Man denke an Michael Altenburg mit seinem „schwedischen Feldliedlein“ „Verzage nicht, du Häuflein klein“, an Simon Dachs „O wie selig seid ihr doch, ihr Frommen“, Paul Flemings „In allen meinen Taten“, das denselben Rhythmus aufweist wie Gerhardts „Nun ruhen alle Wälder“, Johann Francks inniges Abendmahlslied „Schmücke dich, o liebe Seele“, Andreas Gryphius „Die Herrlichkeit der Erden“, Johann Heermann „O Gott, du frommer Gott“, dessen Vers „Gib, daß ich tu mit Fleiß, was mir zu tun gebühret“ die Preußen vor der Schlacht von Leuthen gesungen haben, Christian Keymann „Meinen Jesum lass' ich nicht“, dessen letzter Vers ein Namensakrostichon bedeutet, so wie Gerhardt in dem Lied „Befiehl du deine Wege“ die Kunstform des Akrostichons angewendet hat, Johann Matthäus Meyfarts gewaltiges „Jerusalem, du hochgebaute Stadt“, Georg Neumarks unvergängliches „Wer nur den lieben Gott läßt walten“, Martin Rinckart, den Dichter des deutschen Tedeum „Nun danket alle Gott“, Johann Rists „Auf, auf, ihr Reichsgenossen“ und „Ermuntre dich, mein schwacher Geist“, Johann Scheffler-Angelus Silesius' „Ich will dich lieben, meine Stärke“ und „Liebe, die du mich zum Bilde deiner Gottheit hast gemacht“, Michael Schirmers „O heil'ger Geist, kehr bei uns ein“. Es ist kein Wunder, daß sich im Dichten Gerhardts vielfache Berührungen und Anklänge an diese Dichter finden. Man wollte damals nicht um jeden Preis „original“ sein. Die Gerhardt-Forscher haben mit einem wahren Bienenfleiß die Stellen zusammengetragen, in denen Gerhardt an gleichzeitige Dichter anklingt. Es sind lateinische Dichter — wie ja schon der Fürstenschüler zu Grimma in diese Welt der lateinischen Kirchenliederdichter eingeführt worden ist, aber auch Dichter, die zu seiner Zeit gewirkt haben. Der wundervolle Schlußvers in „O Haupt voll Blut und Wunden“ heißt bei Valerius Herberger:

Erschein' mir in dem Bilde
zu Trost in meiner Not,
wie du, Herr Christ, so milde
dich hast geblut't zu Tod.

Der Jubelsang im letzten Vers von „Ist Gott für mich, so trete“ heißt bei Nikolaus Selnecker:

Ich geh' daher in Sprüngen,
der Himmel ist ganz mein:
mit Freuden tu' ich singen,
Gott will mir gnädig sein.
Sein Sohn ist ja mein Fleisch und Blut
und sitzt zu Vaters Rechten,
mein Hort und ewig's Gut.

Und doch braucht man nur den Wortlaut bei Gerhardt damit zu vergleichen, um zu erkennen, mit welcher klassischen Vollendung Gerhardt diese Lieder in seine eigene Sprache umgeformt hat. Bei ihm haben sie nun eben den Ton gefunden, in dem sie in Mund und Herzen durch Jahrhunderte weiterleben. Ebenso kann man sagen, daß ein gewisser Tonfall, eine Reihe von Bildern, zahlreiche Wendungen der Sprache allen diesen Dichtern gemeinsam sind. Aus dieser Dichterschar tönt ein gemeinsames Fühlen, ein gemeinsames Erfassen dieses Fühlens heraus, das sie zu einer einheitlichen Front der Glaubenszeugen in jenem Jahrhundert gemacht hat. Aber man darf doch das Urteil wagen, daß dies Gemeinsame in Gerhardt einen eigenen Klang gewonnen, zur besonderen Ausprägung geführt hat.
Darum ist der Untergrund des Gerhardtschen Dichtens — rein poetisch betrachtet — in seiner Volkstümlichkeit zu suchen. Er hat die Sprache des Volkes in ihrer kraftvollen Ursprünglichkeit in sich aufgenommen und gesprochen. Kein Wunder, daß viele seiner Verse sich wie Sprichwörter lesen:

„Alles Ding währt seine Zeit,
Gottes Lieb' in Ewigkeit.“ —

„Mit Sorgen und mit Grämen
und mit selbsteigner Pein
läßt Gott sich gar nichts nehmen,
es muß erbeten sein!" —

„An mir und meinem Leben
ist nichts auf dieser Erd',
was Christus mir gegeben,
das ist der Liebe wert." —

„Nimm vorlieb mit deinem Gott:
hast du Gott, so hat's nicht Not."

„Gott ist Herr in seinem Haus,
wie er will, so teilt er aus."

„Bleibt der Zentner dein Gewinn,
fahr'der Heller immer hin."

„Erdengut zerfällt und bricht.
Seelengut, das schwindet nicht."

„Deiner Augen helles Glas:
siehe, welch ein Schatz ist das!"

„Ist dir's gut, so geht Er's ein,
ist's dein Schade, spricht Er nein!"

„Geht dir's widrig, laß es gehn,
Gott und Himmel bleibt dir stehn."

(Aus dem Liede *Nicht so traurig, nicht so sehr.)*

In eindrücklichen Bildern weiß der Dichter in den Versen (aus *Nun laßt uns gehn und treten)* zu sagen:

Denn wie von treuen Müttern
in schweren Ungewittern
die Kindlein hier auf Erden
mit Fleiß bewahret werden:

Also auch und nicht minder
läßt Gott ihm seine Kinder,
wann Not und Trübsal blitzen,
in seinem Schoße sitzen.

Hier sind Einfachheit und zugleich bildhafte Sprache zu einem geradezu vollkommenen Ausdruck gekommen. So ist es heute noch, wenn die Kinder zur Mutter kommen im Donner des Wetters. In dem Liede:

Was Gott gefällt, mein frommes Kind,
nimm fröhlich an; stürmt gleich der Wind
und braust, daß alles kracht und bricht,
so sei getrost, denn dir geschicht,
was Gott gefällt.

kann sich der Dichter bis zum Himmel erheben:

Er ist der Herrscher in der Höh',
auf ihm steht unser Wohl und Weh.
Er trägt die Welt in seiner Hand:
hinwieder trägt uns See und Land,
wie's Gott gefällt.

und dann danebensetzen:

Sein Heer, die Sternen, Sonn, und Mond
gehn ab und zu, wie sie gewohnt;
die Erd' ist fruchtbar, bringt herfür
Korn, Öl und Most, Brot, Wein und Bier,
wie's Gott gefällt.

Kann man wirklich darüber lächeln, daß der Dichter das Bier in diesen Weltlauf und Weltzusammenhang hereinstellt? Es ist einfach der Bauersmann, dem sein tägliches Erfrischungsgetränk nun einmal etwas sehr Wichtiges ist. Da kommt's dem Dichter wie von selbst in den Mund, daß er aus allen Himmelshöhen heruntersteigen kann an den gedeckten Tisch in der Bauernstube, wo nach der schweren Erntetagsmühe freundlich die Labe winkt!
Aus dieser Herzensgemeinschaft mit dem Volk scheinen mir auch jene oft als langstielig und unpoetisch aufgefaßten Lieder zu stammen, die die Leidensgeschichte und die Auferstehungsgeschichte in Reime bringen. So hat er Sebastian Heydens „Mensch, bewein' dein' Sünde groß" in dem Liede

O Mensch, beweine deine Sünd' in die Sprache seiner Zeit übersetzt und erweitert. Da wird die ganze Geschichte der Kreuzigung wie eine Ballade abgesungen. Ein Abglanz der naiven Passionale des Mittelalters. Man glaubt, einen fahrenden Spielmann durch das Dorf ziehen zu sehen, der in dem rührenden Ton, ganz leise an den „Bänkelsänger" erinnernd, den Zuhörern den Jammer und die Größe dieses Leidens ohnegleichen vorsingt.

Des Petri Herz und Leuenmut,
nit zwar durch Schwert und Feuersglut,
nur durch ein bloßes Fragen,
ob er nicht Jesu Jünger sei?
Da fällt sein Glaube, Lieb' und Treu,
weiß nichts als nein zu sagen.

singt er nach Heyden — und setzt dann hinzu:

Auf diesen Fall kam große Reu',
er fing an, da der Hahne schrei,
sehr bitterlich zu weinen.
Das Auge, das die Herzen sieht,
tät einen Blick, ließ Gnad' und Güt'
dem armen Petrus scheinen.

Da Heyden das Wort „mich dürstet" übergangen hat, schiebt er das Wort in die Strophe ein:

Der Mittag kam und war doch Nacht,
die Sonn', die alles fröhlich macht,
war selbst mit Leid erfüllet.
Des Lichtes Schöpfer fühlet Pein,
drum muß mit finstern Schatten sein
das schönste Licht verhüllet.
„Eli", rief Jesus, „Gott, mein Gott!
Wie läßt du mich in meiner Not
und Angst so gar alleine?"
Und bald darauf: „Mich dürstet sehr!"
Das alles hört der Juden Heer
und weiß nicht, was er meine.

Der Vers von dem Ende des Herrn ist von einer gewaltigen Wucht:

Er fuhr dahin. Im Augenblick
zerreißt der Vorhang in zwei Stück,
die Erd' erschrak und bebte;
die Felsen sprangen in die Luft,
auch öffnet sich der Gräber Gruft,
und das darinnen, lebte.

Ebenso hat Gerhardt die Auferstehung des Herrn besungen:

Nun freut euch, hier und überall,
ihr Christen, liebe Brüder!
Das Heil, das durch den Todesfall
gesunken, stehet wieder.
Des Lebens Leben lebet noch,
sein Arm hat aller Feinde Joch
mit aller Macht zerbrochen.

Die Morgenröte war noch nicht
mit ihrem Licht vorhanden,
und siehe, da war schon das Licht,
das ewig leucht't, erstanden.
Die Sonne war noch nicht erwacht,
da wacht und ging in voller Macht
die unerschaff'ne Sonne.

Hier wird die Größe des Ostergeschehens echt volksliedmäßig geschildert:

Das war ein Diener aus der Höh'
von denen, die uns schützen;
sein Kleid war weißer als der Schnee,
sein Ansehn gleich dem Blitzen,
der hat das festverschloss'ne Grab
eröffnet und den Stein herab
von's Grabes Tür gewälzet.

Wie eine Miniatur aus einem Evangelienbuch steht die Szene vor uns zwischen dem Auferstandenen und Maria Magdalena!

Und die erbauliche Anwendung:

O Lebensfürst, o starker Leu,
aus Judä Stamm erstanden,
so bist du nun wahrhaftig frei
von's Todes Strick und Banden!
Du hast gesiegt und trägst zu Lohn
ein' allzeit unverwelkte Kron'
als Herr all deiner Feinde.

Die biblische Geschichte muß breit und behaglich dahinlaufen. Daher sind die beiden Lieder von großer Länge. Das Passionslied hat 29 und das Osterlied gar 36 Strophen. Der Zuhörer, der den Sänger vor sich stehen sieht, kann sich nicht satt hören. Er jauchzt bei der Schilderung der eingeschlafenen Krieger, die dem Dichter zum Sinnbild der in Schlaf ertrunkenen gottlosen Welt wird:

O Bosheit! War dein Schlaf so fest,
wie hast du können sehen?
Ist dann dein Auge wach gewest,
wie läßt du's so geschehen,
daß durch der Jünger schwache Hand
der Stein und seines Siegels Band
werd' auf- und abgelöset?

Es ist dein hart verstockter Sinn,
der dich zum Lügen leitet:
so fahr auch nun zum Abgrund hin,
da dir dein Lohn bereitet.

Und er gelobt:

Ich aber will, Herr Jesu Christ,
so lang ein Leben in mir ist,
bekennen, daß du lebest.

Diese Freude am volkstümlichen Sprechen ist ja nun freilich auch die Grenze und Schranke des Gerhardtschen Dichtens. Er kann sich gelegentlich ins Platte und sogar Geschmacklose verlieren. Gerhardt hat nicht davor zurückge-

scheut, triviale Wendungen aus dem Alltag anzunehmen und hart und derb zu werden.
Demgegenüber aber steht nun ein zweites Element der Gerhardtschen Dichtung, das ist das lebendige Naturgefühl, das in jener Zeit aufzuwachsen begann und das in Gerhardt eine besonders lichte Prägung gefunden hat. Hier zeigt sich der Dichter, dem das Herz aufgeht, sooft sich ihm die Wunder in der Welt Gottes offenbaren. Die Welt ist ihm Gottes voll, und darum ist sie die grüne Aue, auf der sein Geist in heller Freude lustwandelt. Eine urgesunde Freude an allem, was lebt und webt und ist, strömt durch sein Singen. Man spürt, wie sich nach den grauenvollen Jahren des großen Krieges das leidvolle Gemüt erhebt. Wie die Knospe, von der er in seinem lieblichen Brautlied zur Hochzeit Fromms singt, das Köpflein erhebt, das, vom Regen beschwert, tief herabhing und in seinen lichten Farben prangt, sobald die liebe Sonne scheint, so weitet sich vor seinem Auge die Welt in ihren tausend Farben und Freuden. Da hebt sich über ihm das „schöne Himmelszelt, hoch über uns gesetzt", da fällt der Tau, der unser Feld mit seiner Erquickung netzt (aus *Wer wohlauf ist und gesund*):

> Aber nun gebricht mir nichts
> an erzählten Stücken:
> Ich erfreue mich des Lichts
> und der Sonne Blicken:
> mein Gesichte sieht sich um,
> mein Gehöre höret,
> wie der Vöglein süße Stimm'
> ihren Schöpfer ehret.

Da sieht er die Bilder des Psalms in neuer Schöne, als ob ihm die Lieder der alttestamentlichen Sänger auf unseren Fluren aus vielen Weisen entgegenklingen (*Merkt auf, merkt, Himmel, Erde*):

Gleich wie ein Adler sitzet
auf seiner zarten Brut
und gar genau beschützet,
was ihm am Herzen ruht;
er dehnt die starken Flügel,
wann er sich hoch erschwingt,
und über Tal und Hügel
sein' edle Jungen bringt.

Da strahlt „die güldne Sonne" in ihrem „herzerquickenden lieblichen Licht", nach Meeresbrausen und Windessausen leuchtet ihr gewünschtes Gesicht. Da sinkt die Nacht hernieder, und die güldnen Sterne prangen am blauen Himmelssaal — und beim Rückblick auf den vergangenen Tag weiß er zu sagen (aus *Der Tag mit seinem Lichte):*

Gleich wie des Hirtens Freude,
ein Schäflein an der Weide,
sich unter seiner Treue
ohn' alle Furcht und Scheue
ergötzet in dem Feld
und sich mit Blumen füllet,
den Durst mit Quellen stillet,
so hat mich heut geführet,
mit manchem Gut gezieret
der Hirt in aller Welt.

Da erscheint ein Lied vom christlichen Ehestand *Wie schön ist's doch, Herr Jesu Christ:*

Der Mann wird einem Baume gleich,
an Ästen schön, an Zweigen reich,
das Weib gleich einem Reben,
der seine Träublein trägt und nährt
und sich je mehr und mehr vermehrt
mit Früchten, die da leben.

Nach einem Regen aber *(Nun ist der Regen hin)* geht es freudig hinaus in die erquickte Welt:

Steh auf, du mattes Feld,
aus deinem Trauerzelt,
steh auf und laß nun wieder
die süßen Sommerlieder
zu deines Schöpfers Ehren
mit Lust und Freuden hören.

Sieh hier, der Sonnen Zier
geht wieder schön herfür,
bringt nach dem Schlag und Regen
den lieben, warmen Segen
und wirkt auf Berg und Talen
mit wunderlichen Strahlen.

Die Erde wird erquickt,
und was durch Näss' erstickt,
das wird nun wieder leben
und reife Früchte geben,
die Äcker gut Getreide,
die Wiesen Grund und Weide.

Die Bäume werden schön
in ihrer Fülle stehn,
die Berge werden fließen
und Wein und Öle gießen,
das Bienlein wird wohl tragen
bei guten warmen Tagen.

Wie jubelt es in dem Sommerlied, da die Gärten sich ausgeschmücket haben, die Bäume voller Laub stehen, Narzissus und die Tulipan sich viel schöner anziehn als Salomonis Seide. Die Lerche schwingt sich in die Luft, das Täublein fliegt aus seiner Kluft. Die hochbegabte Nachtigall erfüllt mit ihrem Schall Berg, Hügel, Tal und Felder. Die Glucke führt ihr Völklein aus, der Storch baut und bewahrt sein Haus, das Schwälblein speist die Jungen. Der schnelle Hirsch, das leichte Reh ist froh und kommt aus seiner Höh' ins tiefe Gras gesprungen! Die Bächlein rauschen in dem Sand, die unverdross'ne Bienenschar sucht ihre edle Honigspeise. Der Saft des Weinstocks quillt. Der Weizen wächset mit Gewalt. Ein Lied, bei dem man die Lebensströme fließen sieht durch alle Adern der Natur.

Da pocht des Dichters hellster Herzschlag, und es muß mit ihm alles singen, was singen kann. Die Kraft seiner Freude ist ganz unerschöpflich, ein großes Kind mit Augen voll ewigem Sonnenglanz.

Darum ist die letzte Wurzel seines Dichtens seine lautere Kindesseele! Er ist einer der „aufrichtigen", natürlichen Liederdichter der evangelischen Kirche. Alles, was er singt, kommt ihm vom Herzen. Es ist nichts Übertriebenes, nichts Anempfundenes, nichts Erzwungenes. In diesen Liedern findet sich nirgends eine Spur von Pathos. Man spürt es: so schlägt sein Herz. So muß er's sagen, wie er's sagt. Und so kann er's sagen. Denn das ist ja das Geheimnis alles wahren Dichtens, daß dem Dichter „ein Gott gab zu sagen, was er leidet" — aber nicht bloß, was er leidet, sondern ebenso, was ihn mit Freuden und mit Kraft und mit Not und Überwindung der Not im Leben bestürmt und reich macht.

Man hat nicht mit Unrecht darauf aufmerksam gemacht, daß Gerhardts stärkste und dichterisch reinste Klänge da ertönen, wo nicht ein biblischer Text von ihm poetisch umgegossen wird, sondern wo es aus ihm selber kommt. „Wach auf, mein Herz, und singe" ist nicht umsonst der erste Ruf des Dichters, wenn der Morgen sein Licht aufglänzen läßt. Doch ist dieser Satz nicht unbedingt richtig. Es gibt „Übersetzungen" von biblischen Texten, aus denen die volle Kraft seines dichterischen Könnens spricht. „Ist Gott für mich, so trete gleich alles wider mich" ist herausgesungen aus Römer 8, 31—39. Und welche Fülle und Herrlichkeit strahlt aus diesem Lied heraus!

Hier berühren sich Bibelwort und Glaubenserleben des

Dichters kongenial. Ähnlich ist es mit dem Loblied „Du meine Seele singe" — in dem der 146. Psalm der Himmelstau ist, der auf die Flur der Dichterseele fällt, um die lieblichen Blüten seiner Verse hervorzurufen. In solchen Versen klingen die Bibelworte leise hindurch, der Künstler schafft die Weisen auf die biblischen Leitmotive. Dazu gehört jenes Morgenlied, das mit „Wach auf, mein Herz, und singe" um die Palme der Morgenlieder der evangelischen Kirche ringt: es ist ein Gegenstück zu einem Gratias (Dank-) Lied aus dem 16. Jahrhundert, in einem Nürnberger Sonderdruck uns bekannt. Es vereint die beiden Seiten des Gerhardtschen Singens, die heilige Ergriffenheit und die volkstümliche Naivität. Mächtig steigt der erste Vers empor:

Lobet den Herren
alle, die ihn ehren!
Laßt uns mit Freuden seinem Namen singen
und Preis und Dank zu seinem Altar bringen.
Lobet den Herren!

Und ebenso schließt das Lied groß:

Herr, du wirst kommen
und all deine Frommen,
die sich bekehren, gnädig dahin bringen,
da alle Engel ewig, ewig singen:
Lobet den Herren!

Und dann kommt dazwischen kindlich und treuherzig:

Daß Feuersflammen
uns nicht allzusammen
mit unsern Häusern unversehns gefressen,
das macht's, daß wir in seinem Schoß gesessen.
Lobet den Herren!

Daß Dieb und Räuber
unser Gut und Leiber
nicht angetast't und grausamlich verletzet,
dawider hat sein Engel sich gesetzet.
Lobet den Herren!

So heißt es auch in manch anderem gleichzeitigen Morgenlied. Die Zeit, in der die Marodeure des großen Krieges als Räuberbanden weithin ihr unheimliches Werk trieben, schaut durch solches Bitten und Danken hindurch.
Daß der Dichter in anderen Umformungen von Bibelworten sich nicht zu dieser klassischen Form und zu diesem ursprünglichen reinen Ton hindurchgerungen hat, liegt sicherlich an seiner Demut und Bescheidenheit. Er will eben nicht ein „Dichter“ sein, sondern ein Prediger, ein Verkünder des Evangeliums, das er mit den Mitteln der Dichtung in die Häuser und Herzen trägt. Darum ist ihm das Bibelwort heilig. Es ist das Wort Gottes, das „da bleibet in Ewigkeit“. Das Wort, das „es tun muß“. Er will diesem Wort schlicht und aufrichtig dienen und es in Rhythmus übersetzen, aber nichts davon und nichts dazu tun. Darum sind die meisten seiner Lieder, die er zu Bibeltexten gemacht hat, bei dem Wortlaut der biblischen Vorlage stehengeblieben, mit leisen Änderungen, die auch im Alten Testament das Antlitz Christi schon leuchten sehen und das Licht der Ewigkeit, das erst im Neuen Testament aufgegangen ist, schon aufstrahlen lassen.

Blicken wir nun einmal in die Glaubenswelt hinein, die uns Gerhardts Lieder erschließen!
Hier erhebt sich die viel aufgeworfene Frage: Wie verhält sich Gerhardt zu Luther?
Man hat eine Zeitlang die Kirchenlieder des 16. Jahrhunderts „Bekenntnislieder“ nennen wollen, auf die im 17. Jahrhundert die „Glaubenslieder“ und dann mit dem Erstehen des Pietismus die „Zeugnislieder“ gekommen seien. Und man hat gesagt: Luther und seine Zeit sei die Zeit der eigentlichen Lieder der Kirche, die in ihrer ehernen Kraft erscheine, weshalb diese Lieder meistens „Wir-Lieder“ seien,

während Paul Gerhardt und seine Zeitgenossen an die Stelle der objektiven Kirchlichkeit die subjektive Gläubigkeit gesetzt hätten und an die Stelle des „Wir" das „Ich" getreten sei. Mit solchen Schlagworten kann man die Frage aber nicht beantworten. Auch Luther kennt das „Ich". Selbst in dem größten „Bekenntnislied": „Nun freut euch, lieben Christen g'mein", in dem die ganze Kraft des Glaubens an das ewige Evangelium in gewaltiger Sprache gesungen wird, kommt das „Ich" in seinem erschütternden Schrei nach der Erlösung zu Worte:

Dem Teufel ich gefangen lag,
im Tod war ich verloren.
Mein Sünd mich quälte Nacht und Tag,
darin ich war geboren.
Ich fiel auch immer tiefer drein,
es war kein Guts am Leben mein,
die Sünd hat mich besessen.

Da branden die Wellen aus dem riesigen Ringen Luthers im Kloster, und das Turmerlebnis in Wittenberg leuchtet in seiner vollen Herrlichkeit auf, wenn es heißt:

Da jammert Gott in Ewigkeit
mein Elend übermaßen.
Er dacht an sein Barmherzigkeit,
er wollt mir helfen lassen.

Und wie tief greift dies „Ich" in dem Bußlied:

Aus tiefer Not schrei ich zu dir,
Herr Gott, erhör mein Rufen,
dein gnädig Ohren kehr zu mir
und meiner Bitt sie öffne!

Und ebenso fehlt bei Gerhardt durchaus nicht das „wir", wenn es auch vor dem „ich" sehr zurück tritt in *Fröhlich soll mein Herze springen:*

„Ei, so kommt und laßt uns laufen,
stellt euch ein
groß und klein,
eilt mit großen Haufen!“

„Kommt und laßt uns Christum ehren,
Herz und Sinnen zu ihm kehren.
Singet fröhlich, laßt euch hören,
wertes Volk der Christenheit!“

„Nun laßt uns gehn und treten
mit Singen und mit Beten
zum Herrn, der unserm Leben
bis hierher Kraft gegeben.“

„Nun freut euch hier und überall,
ihr Christen, lieben Brüder!
Das Heil, das durch den Todesfall
gesunken, stehet wieder.“

„O du allersüß'te Freude,
o du allerschönstes Licht,
der du in Lieb und Leide
unbesucht uns lässest nicht!“

„Was sind wir doch, was haben wir
auf dieser ganzen Erd,
das uns, o Vater, nicht von dir
allein gegeben werd?“

„Du strafst uns Sünder mit Geduld
und schlägst nicht allzu sehr,
ja endlich nimmst du unsre Schuld
und wirfst sie in das Meer!“

Selbst in einem „Ich“-Lied von der eindringlichen Kraft wie „Warum sollt' ich mich denn grämen?“ kommt der Vers:

„Kann uns doch kein Tod nicht töten,
sondern reißt unsern Geist
aus viel tausend Nöten."

Aber es ist richtig: Das Lied des 17. Jahrhunderts hat einen anderen Tonfall als das des 16. Jahrhunderts. Das „Ich" ist die Erfahrung des einzelnen, jedoch — und das muß immer wieder betont werden — des einzelnen, der sich in dieser seiner Glaubenserfahrung zusammenfaßt mit den anderen Gläubigen. Die Kirche steht immer im Hintergrund dieses „Ich"-Singens. Es ist ähnlich damit wie mit dem „Ich" in den Psalmen, in dem hinter dem Sänger die Gemeinde steht, die durch dieselben Nöte geht wie er und dieselbe Hilfe sucht und denselben Trost findet. Die Kirche trägt den einzelnen. Darum mag auf dem „Ich" der Grundton liegen, dieser Grundton findet aber ein vielfältiges Echo in den gleichgestimmten Herzen. Man sollte dies „Ich"-Lied darum nicht ein subjektives Lied nennen, als ob hier ein Dichter wie in der späteren weltlichen Lyrik nur sich und sein eigenes Leben und Erleben besänge. Das ist den Glaubensliedern des 17. Jahrhunderts ein völlig fremder Gedanke. Wie es denn auch beinah unmöglich ist, diese Lieder auf irgendein bestimmtes und persönliches Erlebnis im Leben der Dichter zurückzuführen.
Der Unterschied zwischen den Liedern des 16. und des 17. Jahrhunderts liegt darin, daß das 16. Jahrhundert die große Zeit des Kampfes um das neuentdeckte Evangelium gewesen ist. Die Männer, die damals gesungen haben, haben im Ringen um den Glauben gestanden mit ihrem Herzblut. Sie sind durch furchtbare Erschütterungen ihres Seelenlebens hindurchgegangen. Es galt, einer Welt, in der sie groß geworden waren und an der sie vielfach mit allen Wurzeln und Fasern ihres Wesens hingen, den Abschied zu geben. Das ging nicht ab ohne tiefe Not. Man sieht diese Gesichter mit den zusammengebissenen Lippen, diese Augen voll Glut und Wille, diese Fäuste, wie um das Schwert gekrampft.

Man hört den Donner der Schlacht und das Jauchzen der Sieger: „Ich bin hindurch! Ich bin hindurch!“ wie Luther am 18. April 1521 zu Worms.
Und sie schufen die neue Kirche. Sie dienten ihr, sie bluteten für sie. Sie gingen in die Verbannung um ihretwillen. „Nehmen sie den Leib, Gut, Ehr, Kind und Weib — laß fahren dahin!“ — das war unerbittlicher, blutiger Ernst. Sie schauten sie, von dem Licht der Ewigkeit umstrahlt, auf dem ewigen Felsen Jesus Christus. Ihr gehörte ihr Herz, ihre Liebe, ihr Glaube, ihre Hoffnung. In ihr war die Seligkeit beschlossen. Darum ist die Kirche das mächtige Thema ihres Singens. Die feste Burg, die Gott selbst gebaut hat, daß es „ein Wunder war vor ihren Augen“.
Die Zeit Gerhardts und seiner Sangesgenossen war anders. Alle diese Dichter sind in die Welt des evangelischen Glaubens hineingeboren worden. Sie wußten gar nicht anders: Das Evangelium war ihnen „Milch und süße Kost“, wie es im Passionslied Gerhardts heißt. Man brauchte es nicht mehr aus dem Schutt der Vergangenheit herauszugraben. Es stand auf dem Leuchter und leuchtete allen, die im Hause waren. Darum ist ihr Lied ein Lied der Seligen, die in dem „ewigen Licht“ als „Kinder des Lichts“ wandeln. Der Losungsruf der Reformation „allein durch den Glauben“ war nicht mehr Schlachtgeschrei, sondern fröhliches Bekenntnis. Die „feste Burg“ umschloß sie in ihren Mauern, und nachdem der große Krieg vorübergegangen war, sahen sie von der Zinne dieser festen Burg hinab auf ein Land, in dem die „Gärten lustig grünten, die Saaten blühend standen“. Es gab noch keine neuzeitlichen Zweifel an Gottes Weltregiment. Die Welt war in Gottes Händen. Er saß im Regimente und führte alles wohl. So ist ihr Lied ein fröhliches Singen geworden von den großen Wundertaten Gottes, die sie täglich mit beglücktem Herzen empfingen. Was die großen Wahrheiten umschlossen an Friede und Trost, ergoß sich in immer neuer Klarheit über sie. Und das ist, was

aus Gerhardts Liedern der evangelischen Christenheit aller Zeiten entgegenklingt: die Freude an dem Leben im Licht des Evangeliums!

Man hat das 17. Jahrhundert oft und etwas schnellfertig die Zeit der „toten Orthodoxie“ genannt, und die Kämpfe zwischen Luthertum und Calvinismus sind uns in ihrem harten Trotz heute nicht mehr recht verständlich. Allein die Lieder dieser Zeit offenbaren uns, daß es sich wahrhaftig nicht um einen geistlichen Tod handelte in jener Geisteswelt, sondern daß tiefes, echtes, geheiligtes Glaubensleben die wahre Kraft auch jener Männer gewesen ist, die sich so leidenschaftlich befehdet haben. Man stritt nicht bloß um „leere Dogmen“, sondern man lebte in dem Evangelium. Und auch der Streit, in dem sich die Gemüter erhitzten, ging in Wirklichkeit nach der Meinung der Kämpfer um die Seligkeit. Ihre Lieder sind die Zeichen dafür, daß ihre Seele im heiligen Land zu Hause war, und es bedarf nicht des Zeugnisses der wackeren Berliner Handwerker dafür, daß Paul Gerhardt auf seiner Kanzel schlicht und wahrhaftig seine Zuhörer in das Bibelwort hineingeführt hat: Sein Singen ist ein Blick in die echte Frömmigkeit jener Tage. Gerhardt hat in seinen Liedern das vollbracht, was der Große Kurfürst gewollt hat: den Weg bahnen zu einer wirklichen Einheit der Glaubenden aller Bekenntnisse in der Liebe zu Christus. „Auf daß sie alle eins seien, gleich wie du, Vater, in mir und ich in dir, daß auch sie in uns eins seien!“ Sie sind das einheitliche Bekenntnis aller Evangelischen geworden.

Man könnte als Thema seines Dichtens das Psalmwort bezeichnen: „Das ist meine Freude, daß ich mich zu Gott halte und meine Zuversicht setze auf den Herrn, daß ich verkündige all dein Tun.“ Es geht durch diese Lieder hindurch: der Preis des Ewigen in seiner alles Denken übersteigenden Herrlichkeit und Größe. Gott ist der Ewige, der allein Weise, dem Ruhm und Ehre gebührt in der Gemeinde, der allein Herrlichkeit hat.

> Alles vergehet, Gott aber stehet ohn' alles Wanken;
> seine Gedanken, sein Wort und Wille hat ewigen Grund!
>
> Alles Ding währt seine Zeit, Gottes Lieb in Ewigkeit!

Ihn zu haben, ist mehr als die ganze Welt.
Und das ist das Wunder aller Wunder, daß sich dieser Gott, vor dem alles menschliche Wesen nichts ist, zu dem armen Menschenkinde herabneigt und sich seiner in Liebe und großer Gnade annimmt. Da geht ihm das Herz auf:

> Wach auf, mein Herze, sing und spring
> und habe guten Mut.
> Dein Gott, der Ursprung aller Ding,
> ist selbst und bleibt dein Gut.

Aus dieser überströmenden Freude heraus, die gar nicht auszuschöpfen ist, fließt immer neu sein Singen. Die ganze Welt ist ein einziger Chor, der dieses Gotteslied singt, und er darf in diesem Chor eine Stimme sein:

> Ich singe mit, wenn alles singt,
> und lasse, was dem Höchsten klingt,
> aus meinem Herzen rinnen.

So ist ihm diese frohe Botschaft von Gottes Vaterliebe „in Mark und Knochen eingegangen". Hier steht er auf den Schultern von Luther. Es ist ganz richtig, daß Gerhardt einfach weiter sang, was Luther zu singen begonnen hat. Ein Christ ist ein fröhlicher Mensch, daß er ohne Unterlaß muß singen und springen – so hat Luther das Evangelium, die frohe Botschaft, in die Welt getragen. Und dieser fröhliche Mensch lacht in tausend Freudenweisen aus Gerhardts Liedern heraus. Sein Herze geht in Sprüngen und kann nicht traurig sein! Man hat von Gerhardts Optimismus gesprochen. Das ist nur sehr bedingt richtig. Er hat nicht bloß die Welt im Sonnenschein gesehen! Jenes Bekenntnis „Ich bin ein Gast auf Erden" mit seiner schwermütigen Betrachtung des Weltlaufes der Ungerechtigkeit, der Leidensnot und der harten Last, die getragen werden muß, zieht sich durch viele seiner

Lieder hindurch. Er hat wahrhaftig etwas davon gewußt, „wie oft ein Christe wein'". Sein eigener schwerer Lebensgang und die Betrachtung der Welt, in der es geht „durch so viel Angst und Plagen, durch Zittern und durch Zagen" hat ihm alle Weltvergötterung ein für allemal gründlich unmöglich gemacht. Nicht die Welt und das Leben, auch nicht das liebliche Blühen und Grünen in der Sommerzeit, gibt ihm die Sonne, die ihm lachet, sondern Christus, in dem ihm Gottes Freundlichkeit erschienen ist. Was man Gerhardtschen Optimismus nennt, ist in Wahrheit mehr als eine „glückliche Naturanlage" und mehr als ein Schauen mit beseligten Augen und mehr als ein poetisches Strahlen — es ist die Kraft und Wahrheit des Glaubens, der aus dem „Wort sich nährt". Die Bibel ist ihm in Fleisch und Blut übergegangen — und darum hat er dies unbekümmerte Stehen auf dem Wort der Verheißung, das sich einfach nicht drausbringen läßt, sondern der kecken verwegenen Zuversicht ist, ein Trotzen auf die Zusage Gottes, jenen „Mut, der sich immer das Beste von Gott versiehet, also daß er tausendmal darüber stürbe". Das gibt ihm wie Luther die Sonnigkeit seines Gemütes, die aus seinen Liedern einen köstlichen Schatz gemacht hat, aus dem die Christenheit auf immer dankbar schöpfen wird.

Es ist die besondere Gnade, die dem Dichter geschenkt ist, daß er in dieser Glaubensfreudigkeit nie hat irre werden können. Irgendein Zweifel daran, daß „Gott der Höchst und Beste, mein Freund und Vater sei", ist ihm völlig unmöglich gewesen (aus *Ich, der ich oft in tiefes Leid):*

Es muß ein treues Herze sein,
das uns so hoch kann lieben,
da wir doch in den Tag hinein,
was gar nicht gut ist, üben.
Gott muß nichts andres sein als gut,
daher fleußt seiner Güte Flut
auf alle seine Werke.

Das ist die einfache Wirklichkeit, in der der Glaube steht. Er „ruht in Gottes Arm und liegt in Gottes Schoß", wie Angelus Silesius es einmal ausgesprochen hat, „vor Ihm fühlt er sich klein. In Ihm weiß er sich groß". Das ist das stets aufs neue in ihm aufquellende Lebensgefühl, das ihn zum Jubeln zwingt (aus *Was Gott gefällt*):

Ach könnt ich singen, wie ich wohl
im Herzen wünsch und billig soll,
so wollt ich öffnen meinen Mund
und singen jetzo diese Stund,
was Gott gefällt.

Ich wollt erzählen seinen Rat
und übergroße Wundertat,
das süße Heil, die ewge Kraft,
die allenthalben wirkt und schafft,
was Gott gefällt.

Darum ist ihm auch das Leid und die Trübsal kein Problem, mit dem er sich abplagen muß. Er hat sich die Hiobsfrage, „warum muß ich leiden?" kaum je vorgelegt. Sein Herz ist unbekümmert darum, wie man Lebensnot und Trübsal mit dem Glauben an eine göttliche Güte und Gerechtigkeit in Einklang bringen könnte. Für ihn war Leiden — Kreuz! Und nur das Leiden, das zum Kreuz wird, ist heiliges Leiden. Gerhardt stand seiner Lebetage in diesem heiligen Leiden. Das Kreuz nahm er aus den Händen, die es auferlegen, es ist ihm die Zuchtrute Gottes, der sich ein Kind willig unterzieht (aus *Sollt ich meinem Gott nicht singen*):

Seine Strafen, seine Schläge,
ob sie mir gleich bitter seind,
dennoch, wenn ich's recht erwäge,
sind es Zeichen, daß mein Freund,
der mich liebet, mein gedenke,
und mich von der schnöden Welt,
die uns hart gefangen hält,
durch das Kreuze zu ihm lenke.

Und Christenkreuz wandelt sich immer in Christenfreude. Es währet nur eine kurze Zeit.

Gottes Kinder säen zwar
traurig und mit Tränen,
aber endlich bringt das Jahr,
wonach sie sich sehnen;
denn es kommt die Erntezeit,
da sie Garben machen:
da wird all ihr Gram und Leid
lauter Freud und Lachen.

Das Kreuz hat seine bestimmte Zeit. Dann muß es verschwinden:

Das weiß ich fürwahr und lasse
mir's nicht aus dem Sinne gehn:
Christenkreuz hat seine Maße
und muß endlich stille stehn.
Wenn der Winter ausgeschneiet,
tritt der schöne Sommer ein:
also wird auch nach der Pein,
wer's erwarten kann, erfreuet.

Kreuz und Elende
das nimmt ein Ende;
nach Meeresbrausen
und Windessausen
leuchtet der Sonnen gewünschtes Gesicht.

Im Kreuz gilt es sich zu bewähren. Stille halten! Das ist die Devise des Glaubens. Die Treue, die nicht bricht, findet ihren Lohn. Das „Kind der Treue" empfängt von Gott selbst die Palmen in seine rechte Hand. „Er wird dein Herze lösen von der so schweren Last, die du zu keinem Bösen bisher getragen hast".

In diesen vielen Trostliedern Gerhardts und seiner Zeitgenossen — es sind die Perlen alles christlichen Trostsingens —, sprechen die Bewährten, die in den furchtbaren Kriegsjahren ausgehalten haben. In diesen Bekenntnissen ist die herrliche Frucht der Tat Luthers gereift. Was er gestreut hat, ist wunderbare Ernte geworden, und darum wird aus diesen Liedern die evangelische Christenheit immer neu schöpfen.

Das Bekenntnis

„Gott sitzt im Regimente
und führet alles wohl“

zeigt diese Glaubensgröße, die wie aller wahre Glaube Kindesherz und Heldenmut in eins flicht. Kein Wunder, daß Gerhardt so gern das Bild von dem Kinde gebraucht, das an Gottes Herzen ruht und, wie in der Mutter Schoß geborgen, auch in allen Stürmen unverzagt und ohne Grauen bleibt.

Aber aller dieser fröhliche Glaube ist gegründet in den großen Taten Gottes, die zu unserer Erlösung geschehen sind. Er quillt aus den Tatsachen der Schrift: Weihnacht, Karfreitag, Ostern, Pfingsten. Vor allem in seinen Weihnachtsliedern hat er das mächtige Thema, das Luther angeschlagen hat, weitergeführt. Das Adventslied *Wie soll ich dich empfangen* beginnt diese Klänge:

Was hast du unterlassen,
zu meinem Trost und Freud,
als Leib und Seele saßen
in ihrem größten Leid?
Als mir das Reich genommen,
da Fried und Freude lacht,
da bist du, mein Heil kommen
und hast mich froh gemacht.

Und an Weihnachten klingt es in vollen Chören. So wie Luther gesungen hat von Gottes Sohn: der „den aller Weltkreis nie beschloß, liegt nun in Mariens Schoß“ — so ist es auch Gerhardt das Wunder aller Wunder: Der Ewige nimmt seine Wohnung in der armen Menschengestalt *(Fröhlich soll mein Herze springen):*

Heute geht aus seiner Kammer
Gottes Held,
der die Welt
reißt aus allem Jammer.
Gott wird Mensch, dir, Mensch, zugute.
Gottes Kind,
das verbind't
sich mit unserem Blute.

Den Gegensatz zwischen der Krippe in der geringen Armut und der Gottesherrlichkeit, die sich zu der Sünderwelt herabneigt, zeigt der Dichter in Worten auf, die ganz nah heranreichen an Luthers gewaltiges Weihnachtslied „Gelobet seist du, Jesu Christ“:

Nun bist du hier, da liegest du,
hältst in dem Kripplein deine Ruh;
bist klein und machst doch alles groß,
bekleidst die Welt und kommst doch bloß.

Du hast dem Meer sein Ziel gesteckt
und wirst mit Windeln zugedeckt,
bist Gott und liegst auf Heu und Stroh,
wirst Mensch und bist doch A und O.

Du bist der Ursprung aller Freud
und duldest so viel Herzeleid,
bist aller Heiden Trost und Licht,
suchst selber Trost und findst ihn nicht.

Neben diesem *Wir singen dir Immanuel* steht dem Dichter das heilige Wunder der Passion Jesu. Gerhardt hat das Kreuz auf Golgatha in Liedern besungen, die zu den wesentlichen der evangelischen Christenheit zählen. Man hat darauf hingewiesen, daß Luther kein Passionslied gedichtet hat. Ihm sei Ostern die Vollendung der Erlösungstat Gottes gewesen. Gewiß hat Luther sich mit seinem Wort „vivit“ — er lebt — die ganze Fülle seiner Glaubensfreudigkeit immer wieder aufs neue erobert. Aber man kann doch sagen, daß das Kreuz verborgen hinter seinen Liedern

steht. Seine Theologie des Kreuzes ist die „heimliche Theologie“, die stille Kraft seines fröhlichen Glaubens. Gerhardt hat dies Geheimnis des Kreuzes in seinen Liedern zu singen vermocht. Es ist einmal in dem Lied „Ein Lämmlein geht“ die ganze Schwere des Sühnetodes zum erschütternden Ausdruck gekommen — aber dem Dichter geht erst dann das Herz ganz auf, wenn er das Bild des leidenden Herrn der glaubenden Gemeinde vor Augen malen darf. Man hat davon gesprochen, daß in dem Lied „O Haupt voll Blut und Wunden“ die Größe und Herrlichkeit der Erlösung nicht zum vollen Klange komme, sondern daß der Dichter sich damit begnüge, die Marter des Leidenden auszumalen, um den Beschauer zur tiefsten Sündenerkenntnis zu bewegen. Allein ich meine, daß man dieses Lied und das andere „O Welt, sieh hier dein Leben“ so ansehen müsse, wie etwa ein Fra Angelico da Fiesole, der an dem Stamm des Kreuzes die Gemeinde der Glaubenden sich versammeln läßt, wie sie mit tiefem Schmerz das Trauerspiel ohnegleichen beschauen: In ihren Gesichtern drückt sich das Weh aus, das keine Worte mehr finden kann, und die Zerknirschung des Schuldigen, der die Marter des Unschuldigen mitleiden muß in seinem Innersten: „Meine Schuld, meine Schuld, meine größte Schuld!“
So kann doch nur die Anbetung selber sprechen:

O Welt, sieh hier dein Leben
am Stamm des Kreuzes schweben,
dein Heil sinkt in den Tod.
Der große Fürst der Ehren
läßt willig sich beschweren
mit Schlägen, Hohn und großem Spott.

So lang sich empfängliche Herzen in die Schrecken dieses Todes versenken, wird ein solcher Klang aus ihrem Innern kommen. Und das Bekenntnis:

Ich, ich und meine Sünden,
die sich wie Körnlein finden

des Sandes an dem Meer,
die haben dir erreget
das Elend, das dich schläget
und das betrübte Marterheer.

wird der Schmerz über das unfaßliche Rätsel des schrecklichen Todes des Unschuldigen hinüberführen zu der tiefen Not der Seele darüber, daß Menschheitssünde solches vermochte, die Sünde, an der auch ich meinen Teil trage. „Alte Feinde mit neuem Gesicht" — und ich mitten unter ihnen. „Ich aber, ich traf ihn mitten ins Herz!" Wer die Matthäuspassion gehört hat, weiß, wie gerade der Vers:

Ich bin's, ich sollte büßen
an Händen und an Füßen
gebunden in der Höll';
die Geißeln und die Banden
und was du ausgestanden,
das hat verdienet meine Seel'.

die Seele des Hörers aufrütteln kann.
Und wie innig und zart wird dann der Gesang, wenn dieser sündige Mensch zu dem Bild der Marter kommt, um von der Gnade, die sich dort offenbart, erhoben zu werden zu dem Gelöbnis: Ich bin dein!

Ich bin, mein Heil, verbunden
all' Augenblick und Stunden
dir überhoch und sehr;
was Leib und Seel' vermögen,
das soll ich billig legen
allzeit an deinen Dienst und Ehr'!

Der Ort des Verzweifelns wird zur Stätte des Friedens:

Du nimmst auf deinem Rücken
die Lasten, die mich drücken
viel schwerer als ein Stein;
du wirst ein Fluch, dagegen
verehrst du mir den Segen,
dein Schmerzen muß mein Labsal sein.

So leuchtet das Evangelium über die Nacht der Todesmarter.

Über das Siegeslied des Osterfestes (siehe S. 35) geht der Dichter zum Pfingstfest. Hier zeigt sich seine Schranke. Ihm ist der Geist die Kraft Gottes, die im einzelnen Gläubigen wirkt; der große Pfingstglaube der Gründung der Kirche Christi durch das Wehen des Gottesgeistes findet bei ihm keinen dichterischen Ausdruck. Hier ist das „Ich"-Lied in seiner Innigkeit und Wärme doch zu eng gegenüber dem „Wir", das aus dem Lied Michael Schirmers heraustönt: „O heil'ger Geist, kehr bei uns ein!" So mag es wohl gekommen sein, daß dies Lied Schirmers, obwohl es dichterisch nicht an die Sprache von „Zeuch ein zu deinen Toren" heranreicht, das eigentliche Pfingstlied der evangelischen Kirche geworden ist. Aber gerade die aufrichtige Glaubensfröhlichkeit des Liedes „Zeuch ein zu deinen Toren" bildet eine notwendige Ergänzung zu dem Lied von der Kirche bei Michael Schirmer. Gerhardt hat auch in anderen Liedern das Wirken des Geistes gefeiert:

> Sein Geist wohnt mir im Herzen,
> regiert mir meinen Sinn,
> vertreibet Sorg und Schmerzen,
> nimmt allen Kummer hin.
>
> Sein Geist spricht meinem Geiste
> manch süßes Trostwort zu:
> wie Gott dem Hilfe leiste,
> der bei ihm suchet Ruh'.

Das ist Lutherglaube, der in der Erklärung des dritten Glaubensartikels im Kleinen Katechismus seinen Ausdruck gefunden hat. Und darum bleibt Gerhardt gerade in seinen Versen über die Wirkung des Gottesgeistes auf dem klaren lutherischen Boden. Fern von aller Schwärmerei, die in dem Geist Gottes „das innere Licht" schaut, das dem Gotteskind die Bahn durch das Leben weist, und sich in mystischen

Spielereien verliert, weiß er, daß der Gottesgeist nur durch „das Wort“ wirkt, das in der Schrift gegeben ist:

Seinen Geist, den edlen Führer,
gibt er mir in seinem Wort,
daß er werde mein Regierer
durch die Welt zur Himmelspfort'.

Gerhardt ist der Kantor der großen christlichen Feste in der evangelischen Kirche geworden — aus lutherischem Grund und Boden heraus, in dem sein ganzes Leben wurzelt. Denn der Herzpunkt in seinem Singen ist „die Rechtfertigung aus dem Glauben“. Paul Gerhardt hat dieses reformatorische Bekenntnis in seiner glaubensfreudigen Dichtkunst aussprechen dürfen — als die selige Erfahrung des Gerechtfertigten.

Sein Sohn ist ihm nicht zu teuer,
nein, er gibt ihn für mich hin,
daß er mich vom ew'gen Feuer
durch sein teures Blut gewinn'.

So leuchtet ihm die Botschaft von der Seligkeit aus Gnaden allein in ihrem ew'gen Wunder und Geheimnis trostvoll aus der Ewigkeit in die Zeit:

Nichts, nichts kann mich verdammen,
nichts nimmt mir meinen Mut;
die Höll' und ihre Flammen,
löscht meines Heilands Blut.
Kein Urteil mich erschrecket,
kein Unheil mich betrübt,
weil mich mit Flügeln decket
mein Heiland, der mich liebt.

Gerhardt hat sehr wenige eigentliche Bußlieder gedichtet. Sie sind mehr oder weniger in den Hintergrund getreten. Es sind die Lieder über Lukas 15, den 143. Psalm, den 15. Psalm, die man als Bußlieder bezeichnen kann. Aber auch in ihnen ist viel mehr das helle Licht der Gnade Gottes besungen als „die tiefe Not“ der Menschensünde. *Weg, mein*

Herz, mit dem Gedanken sagt er beim Blick auf den Irrweg, den das verlorene Schäflein durch die Schrecken der Wüste geht:

Er ist ja kein Bär noch Leue,
der sich nur nach Blute sehnt;
sein Herz ist zu lauter Treue
und zur Sanftmut angewohnt —

Diese Schrecken der Wüste verschwinden unter dem erbarmenden Blick des treuen Hirten, der nicht sein verlorenes Schäflein verderben läßt, sondern ihm suchend nachgeht:

Kein Hirt kann so fleißig gehen
nach dem Schaf, das sich verläuft;
sollt'st du Gottes Herze sehen,
wie sich da der Kummer häuft,
wie es dürstet, ächzt und brennt
nach dem, der sich abgewend't
von ihm und auch von den Seinen,
würdest du vor Liebe weinen.

Er weiß davon zu sagen in *Herr, höre, was mein Mund:*

Du bist rein und gerecht,
ich bin ein böser Knecht;
ich bin in Sünden tot,
du bist der fromme Gott,
der Sünde vergibet.

Der Blick wendet sich immer sofort auf die unfaßliche Gottesgüte, sooft auch der Dichter seine Armut und Schwäche erkannt hat:

Willst du nichts sehen an,
als was ein Mensch getan,
so wird kein Menschenkind
von wegen seiner Sünd'
im Himmel bestehen —

bekennt er in Anlehnung an Luthers „Denn so du willst das sehn an, was Sünd' und Unrecht ist getan, wer kann,

Herr, vor dir bleiben" — aber dann weiß er sich zu trösten in dem Blick auf seinen Erlöser:

Sieh an, wie Jesus Christ
für mich gegeben ist:
der hat, was ich nicht kann,
erfüllt und gnug getan
im Leben und im Leiden.

Er kennt Stunden schwermütiger Erkenntnis seiner Armut:

Ich lechze wie ein Land,
dem deine milde Hand
den Regen lang entzeucht,
bis Kraft und Saft entweicht,
und alles verdorret.

Aber er flüchtet sich getrost zu dem, der nach dem Worte des Matthias Claudius den Regen wohl schickt, wenn's dürre ist, und den Hirsch nicht umsonst nach frischem Wasser schreien läßt:

Gleich wie auch auf der Heid'
ein Hirsch begierlich schreit
nach frischem Wasserquell,
so ruf' ich laut und hell
nach dir, o mein Leben!

Seine große kindliche Liebe zu Jesus, dem Heiland, muß besonders genannt werden. Wenn er an seinen Herrn Jesus Christus denkt, tun sich ihm alle Himmel auf. In einem Adventslied, das sonst nicht zu seinen bedeutenden Liedern gehört, ist die Freude an seinem Jesus das verborgene Klingen, in dem das Lied sich zur poetischen Kraft erhebt:

Warum willst du draußen stehen,
du Gesegneter des Herrn?
Laß dir, bei mir einzugehen,
wohlgefallen, du mein Stern.

In der Welt ist alles nichtig,
nichts ist, das nicht kraftlos wär.
Hab' ich Hoheit? Die ist flüchtig.
Hab' ich Reichtum? Was ist's mehr
als ein Stücklein armer Erd'?
Hab' ich Lust, was ist sie wert?
Was ist's, das mich heut erfreuet,
das mich morgen nicht gereuet?

Aller Trost und alle Freude
ruht in dir, Herr Jesu Christ:
dein Erfreuen ist die Weide,
da man sich recht fröhlich ißt.
Leuchte mir, o Freudenlicht,
ehe mir mein Herze bricht:
laß mich, Herr, an dir erquicken,
Jesu, komm, laß dich erblicken.

Noch inniger in *Warum sollt' ich mich denn grämen?*:

Herr, mein Hirt, Brunn aller Freuden,
du bist mein, ich bin dein,
niemand kann uns scheiden.
Ich bin dein, weil du dein Leben
und dein Blut mir zu gut
in den Tod gegeben;
du bist mein, weil ich dich fasse
und dich nicht, o mein Licht,
aus dem Herzen lasse.
Lass' mich, lass' mich hingelangen
da du mich und ich dich
leiblich werd umfangen.

Das sind die echten Töne der Christenfrömmigkeit aller Zeiten. Darin klingen sie zusammen, die Lieder aus der frühen Christenheit und die Bekenntnisse der Reformatoren. Gleicherweise Luther in seinem Wort zum zweiten Artikel: „Jesus Christus, mein Herr, der mich verlorenen und verdammten Menschen erlöset hat ... daß ich sein eigen sei und in seinem Reiche unter ihm lebe und ihm diene" und die Väter des Heidelberger Katechismus: „Das ist mein einiger Trost, daß ich mit Leib und Seele, beides im Leben und im Sterben, nicht mein, sondern meines getreuen Heilands Jesu Christi eigen bin!" Die reine und getroste Freude, die sich geborgen weiß in der ewigen Heilandsliebe. Kein Gefühlsüberschwang, kein Untergehen des vergänglichen Menschen in einer ewigen Lebensflut, wie die Mystiker es zu allen Zeiten gesucht haben, sondern das ruhige Stehen auf dem Grund der heiligen Gottesliebe, die sich in Jesu offenbart.

Wenden wir uns zum einfachen Tagesleben! Es gehört zu dem Bild unseres Dichters. Er stand fest auf dem Erdboden und hat mit all den vielen, die ihre Last tragen, fröhlich sein Bündel auf den Schultern gehabt. Man hat davon gesprochen, daß Gerhardts Lieder wie alle die Pfarrerslieder jener Zeit aus dem Mittelstand herausgekommen sind. Es sei das Bekenntnis der „kleinen Leute", die in stiller Anspruchslosigkeit und großer Genügsamkeit ihre oft schweren Lebenslose getragen haben. Das mag richtig sein. Aber man darf doch nicht vergessen, daß dieser „Mittelstand" in der Zeit nach dem großen Krieg beinah das ganze Volk umfaßt hat. Es war die Zeit der ungeheuren Verarmung, aus der sich alle diese Bauern und Handwerker und Geschäftstreibenden genau so gut wie die Beamten und großen Kaufleute mühsam und schwer herausgearbeitet haben.

Schauen wir uns den „Trostgesang christlicher Eheleute" an. Jeglicher Überschwang fehlt. Die Liebeslieder aller Zeiten haben kein Echo darin.

> Wie schön ist's doch, Herr Jesu Christ,
> im Stande da dein Segen ist,
> im Stande heil'ger Ehe!
> Wie steigt und neigt sich deine Gab'
> und alles Gut so mild herab
> aus deiner heil'gen Höhe!

Wenn Mann und Weib sich wohl verstehn
und unverrückt zusammengehn
im Bande reiner Treue,
da geht das Glück in vollem Lauf,
da sieht man, wie der Engel Hauf
im Himmel selbst sich freue.

Der Dichter weiter von dem Sturme spricht, der das Glück zu zerschlagen, und von dem Wurm, der es zu zernagen droht – darüber steht die Gabe Gottes:

Vor allen gibt er seine Gnad,
in deren Schoß er früh und spat
sein Hochgeliebten heget.
Da spannt sein Arm sich täglich aus,
da faßt er uns und unser Haus
gleich als ein Vater pfleget.

Und dann besingt er das Weib als die Sonne des Hauses. Da sind Söhne und Töchter – und es zwingt uns ein gerührtes Lächeln ab, wie dann der Vers kommt, der unserem Sprachgefühl nicht mehr eingehen will, von den „Tocken, die den Wocken abespinnen". Und ebenso, wenn er die Trübsalszeiten schildert, die nicht ausbleiben:

Zwar bleibt's nicht aus, es kommt ja wohl
ein Stündlein, da man Leides voll
die Tränen lässet schießen.
Jedennoch, wer sich in Geduld
ergibt, des Leid wird Gottes Huld
in großen Freuden schließen.
Schweige,
beuge
dich ein wenig:
unser König
wird behende
machen, daß die Angst sich wende.

Das klingt nach „Knittelversen". Aber es spricht doch eine Lebenserfahrung daraus, die sich in dieser kindlich-treuherzigen Weise kundtut. Da gilt es, dahinter das Herz des Dichters zu sehen — wie denn auch das Lied vom „wundervollen Ehestand" wie eine in Reime gefaßte Traurede erscheint, die von den geheimnisvollen Führungen spricht, in denen Gott Menschenherzen zusammenbringt: Ahasver und Esther, Tobias und Sara, David und Abigail, Jakob und Rahel, Joseph und Asnath, Mose und Zippora! (Aus *Voller Wunden, voller Kunst*):

Ihre Lieb' ist immer frisch
und verjüngt sich fort und fort:
Liebe zieret ihren Tisch
und verzuckert alle Wort;
Liebe gibt dem Herzen Rast
in der Müh — und Sorgenlast.

Hört man nicht auch durch diese nicht gerade gelenken Worte den treuen Seelsorger, der einem jungen Paar die Weisung zum Frieden gibt?

So fest Gerhardt auf der Erde steht, so wenig hat ihm die Erde das letzte Wort zu sagen. Gerade weil er Welt und Leben kennt und nicht vergötzt. Jenes Wort vom „Optimismus" Gerhardts ist auch nach dieser Richtung hin recht schief. Er weiß von der Fragwürdigkeit des Menschenlebens erschütternde Töne zu sagen. Neben all jenen Liedern, in denen die Glaubensfreude jauchzt, stehen Lieder, in denen ihm die Schwere des Erdendaseins in ihrer eisernen Härte erscheint, so daß man ihn mit demselben Recht einen furchtbaren Pessimisten nennen könnte.

Ich hab' oft bei mir selbst gedacht,
wenn ich den Lauf der Welt betracht',
ob auch das Leben dieser Erd'
nur gut sei und des Wünschens wert,
und ob der nicht viel besser tu,
der sich fein zeitlich legt zur Ruh.

Denn, Lieber, denk und sage mir:
was für ein Stand ist wohl allhier,
dem nicht sein Angst, sein Schmerz und Weh
alltäglich überm Haupte steh'?
Ist auch ein Ort, der Kummers frei
und ohne Klag' und Tränen sei?

Sieh unsres ganzen Lebens Lauf:
ist auch ein Tag von Jugend auf,
der nicht sein eigne Qual und Plag
auf seinem Rücken mit sich trag?
Ist nicht die Freude, die uns stillt,
auch selbst mit Jammer angefüllt?

Jene erschütternde Beschreibung seines eigenen Lebens in dem Lied „Ich bin ein Gast auf Erden" ist an unserem Auge vorübergegangen als das Zeugnis eines Menschen, dem es wahrhaftig fern gelegen hat, in lauter Jubel durch die Erdentage zu gehen.

In dem Lied *Auf den Nebel folgt die Sonne* blickt uns ein schmerzdurchzucktes Antlitz an, über das man erschrecken könnte:

Ach, wie ofte dacht' ich doch,
da mir noch des Trübsals Joch
auf dem Haupt und Halse saß
und das Leid mein Herze fraß:
nun ist keine Hoffnung mehr,
auch kein Ruhen, bis ich kehr'
in das schwarze Totenmeer.

Ist das wirklich derselbe Mann, der den Vers gedichtet hat von dem „Herzen, das in Sprüngen geht"?

Aber alle diese Bekenntnisse weisen nur, wie tief auch dieser Dichter all die Nichtigkeit hat einsehen müssen, die sich hinter so viel Wichtigkeit der Eiteln und Hoffärtigen birgt. Er hat keine Schminke gebraucht, um sich über diese Nichtigkeiten hinwegzutäuschen. Das Wort des alternden Faust:

„Es klang so nach, als hieße es — Not,
ein düstres Reimwort folgte — Tod“ —

hätte auch er sprechen können. Aber er hätte es in Wirklichkeit nicht gesprochen. Denn er wußte ein besseres Reimwort. Das ist das Reimwort: Gott. Und mit diesem Wort „Gott“ hat sich bei ihm ein anderes Wort verbunden: das ist das Wort „Ewigkeit“. Mit Gott über die Not triumphieren, ist seiner Trostlieder leuchtender Stern. Aber mit Gott auch den Tod bezwingen, ist all dieser schwermütigen Lebensbetrachtung Lösung! Da er die güldne Sonne über seinem Erdentag aufgehen sieht und ihre Strahlen die herrliche Gotteswelt erhellen, geht der Blick noch viel weiter hinaus über diese Erde, über der doch das Wort von der Vergänglichkeit steht:

Und wo die Frommen dann sollen hinkommen,
wann sie mit Frieden von hinnen geschieden
aus dieser Erde vergänglichem Schoß.

„Mit Frieden“ — darin liegt das wahre Lösewort! Ein Dichter des 18. Jahrhunderts, Theodor Gottlieb von Hippel, berichtet, was seine Mutter über Gerhardts Lieder sagte: „Er war ein Gast auf Erden, und überall in seinen Liedern ist Sonnenwende gesät. Diese Blume dreht sich beständig nach der Sonne und Gerhardt nach der seligen Ewigkeit!“ Das Erdenleid wird aufgehoben durch den Himmelsfrieden. Für ihn ist die Ewigkeitshoffnung die Zuversicht, daß in Gott die Vollendung ist. Das gibt ihm die unverwüstliche und unzerstörbare Freude am Leben, auch am Leben auf der Erde, daß er darüber hinausblicken kann. Daß „Leben“ nichts anderes ist als: in Christus sein zu dürfen, solange man hier seinen Weg geht. Das ist die gesunde Ewigkeitshoffnung, die nicht blind macht gegen die Welt, aber auch ebensowenig müde macht in der Welt. Aber die getrost ihres Weges geht, weil die Ewigkeit kommt, in der er

Stets freudenvoll
gleich als die helle Sonne
nebst andern leuchten soll!

„Der Tod selbst ist mein Leben“ — wer so jubeln kann, der ist „befreit von allem Streit“, dem ist „Zeit zur Ewigkeit geworden“, und dem leuchtet die Ewigkeit hell herein in die Zeit! Es gibt ein Lied auf Herrn Johann Adam Preunels letztes Wort „ego sum in Christo et Christus est in me“ (Ich bin in Christus und Christus ist in mir):

> Wer selig stirbt, stirbt nicht!
> Ein guter Tod gedeiht zum Leben
> und macht die Seel' in Freuden schweben
> vor Gottes Angesicht.
> Laß alles fallen und vergehen,
> wer Christo stirbt, bleibt ewig stehen.
>
> Herr Jesu, du bist mein!
> Du hast dich selber mir geschenket,
> auch bin ich dir ganz eingesenket
> und leb und sterbe dein!
> Uns soll kein Kreuz, kein Schmerz, kein Leiden,
> ja, uns soll auch der Tod nicht scheiden.

Diese schlichte Strophe zeigt die ruhige Zuversicht des Dichters, dem die Ewigkeitshoffnung Anker im Strom der Zeit ist. Darum wird ihm das Erdenleben erst recht wichtig und die Erdenwelt erst recht schön. Denn sie ist Abglanz einer vollkommenen Freude, zu der Gott die Seinen berufen hat. Das ist „christliche Ewigkeitshoffnung“ in ihrer gesunden Kraft. Die Freude behält das letzte Wort, wenn das Ohr alle Mißtöne des Erdendaseins gehört hat!

Wer die Dichtung Paul Gerhardts im ganzen überschaut, wird ihre Grenzen und Schranken wohl sehen müssen. Er schafft nicht mit an dem Webstuhl einer neuen Zeit. In den Geisteskämpfen, die um das Kommen solcher neuen Zeit geführt werden, sieht man ihn nicht. Er sucht den Hort des Friedens, an dem sich die erregten Wogen glätten.

Aber woher sollen diese gewaltigen Geister kommen in jener Zeit, in der der Krieg die Blüte der Jugend genom-

men hatte? In einer Zeit, in der das Landesherrentum sich langsam zum Absolutismus auswuchs und das Bürgertum, durch die lange Drangsal zermürbt, von seiner stolzen Höhe herabsank, in demütiger Unterwerfung unter den Herrn sich beugte, der im „Gottesgnadentum“ sich sonnte? Die erobernden Geister gedeihen nicht in solcher Luft.
Der Glaube wurde mehr und mehr zur stillen Kraft, die das schwere Leben durch das Tragen und Dulden zu meistern wußte. Es gibt ein Heldentum der Tatkraft und ein Heldentum der Tragkraft. Dieses Heldentum der Tragkraft fällt nicht in die Augen, es findet kaum jemals einen Geschichtsschreiber. Es gibt immer Zeiten, in denen die Stürmer, die das Reich Gottes mit Gewalt an sich reißen, das Wort haben müssen — aber es gibt ebenso immer wieder Zeiten, in denen die Stille, die Ergebung, das unverzagte Hoffen vorn dran stehen. Die Kunst, sich durch den scheinbar sinnlosesten Weltlauf „nicht drausbringen zu lassen“, die Welt „stürmen und toben“ zu lassen und indes „in sicherer Ruhe Gott loben zu können“ — ist auch eine Gottesgabe, die in der Zeit des 17. Jahrhunderts als ein verborgener Kraftstrom durch das evangelische Volk floß. Ihr Sänger ist Gerhardt gewesen, und darum wird er, solang es auf dieser Welt nicht bloß zu streiten, sondern ebensogut zu leiden gilt, der Sänger der Überwinder sein, die in Gottes Kraft und Gnade ihren Weg getrost ziehen als „die Pilgrime und Fremdlinge“, die auch am Rand ihres Weges die Blüten dankbar sehen, die Gottes Freundlichkeit ihnen dort erwachsen läßt.

Die Lieder klingen weiter

Die Lieder Gerhardts sind als Lieder erschienen, nicht als Gedichte. Die Bücher, in denen sie zum erstenmal gedruckt worden sind, waren Gesangbücher. Jedoch keine Gesangbücher, die man in der Kirche beim Gottesdienst gebraucht hat. Sondern Gesangbücher, aus denen die Hausgemeinde morgens und abends zu ihrer andächtigen Erbauung ihre Weisen genommen hat.

Es hat lange Zeit gedauert, bis sie ihren Weg in die Gesangbücher der Gottesdienstgemeinde gefunden haben. Die Lieder der Reformatoren, vor allem Luthers, waren für die fromme Gemeinde die geheiligten Lieder, neben die man keine anderen zu stellen gewagt hat.

Erst lang nach dem Tod Gerhardts sind Stimmen gekommen, die davon sprachen, daß man diese Lieder auch im Gottesdienst singen solle. Der Dresdener J. S. Adami hat ums Jahr 1693 geschrieben, daß Paul Gerhardt und Johann Georg Ebeling „eine Zeitlang her viel tausend Christen in ihrer Andacht ermuntert haben durch ihre sehr wohlgesetzten Lieder, die wert wären, daß sie in die Kirchen introduziert würden. Denn ob zwar in vielen Hofkapellen und Kirchen wie auch andern Städten nicht zugegeben wird, daß man andere als Luthers Gesänge brauche, so könnte man wohl bisweilen ein solch schön Lied mit unterlassen, wie denn auch schon manchmal geschehen."

Der Hallische Waisenhausdirektor, Schwiegersohn und Nachfolger von August Hermann Francke, der selbst ein begabter Dichter gewesen ist — er hat zum Beispiel das Lied „Wer ist wohl wie du" und das Lied „Der Tag ist hin, mein Jesu bei mir bleibe" gedichtet — Johann Anastasius Freylinghausen hat 1704 ein Gesangbuch herausgegeben und darin 83 Gerhardt-Lieder aufgenommen. Der gemütsinnige, zarte Mann hat in diesem Dichter die verwandte Saite in seiner Liebe zu Jesus Christus verspürt. Sonst hat merkwürdigerweise der Pietismus von Gerhardt nicht allzuviel wissen wollen.

Der Lutheraner Erdmann Neumeister aber, der Dichter von „Jesus nimmt die Sünder an“, hat ihn einen „wahrhaft christlichen, lieblichen und durchsichtigen Dichter“ genannt. Wie hat der Dichtergeist das Innige und Volkstümliche in der Poesie Gerhardts gespürt.

Immerhin war Gerhardt im Beginn des 18. Jahrhunderts als Kirchenliederdichter erkannt und anerkannt. Sonst hätte nicht J. S. Bach seine Lieder für die Matthäus-Passion verwendet. Ich habe schon darauf hingewiesen, wie gleich der erste Gerhardt-Vers „Ich bin's, ich sollte büßen“ auf die entsetzte Frage der Jünger beim letzten Mahl, „Herr, bin ich's?“ als Antwort der ganzen Menschheit ertönt. Und niemand kann sich ausnehmen! Nach dem Mahle gehen die Jünger mit ihrem Herrn an den Ölberg. Er verkündet ihnen das furchtbare Geschick dieser Nacht, daß „der Hirte geschlagen wird und die Schafe der Herde sich zerstreuen werden“. Da faßt sich die Glaubensgemeinde ein Herz: „Erkenne mich, mein Hüter, mein Hirte, nimm mich an.“ Sie kann nicht von ihm weichen, dem Quell aller Güter, der ihr so viel Gutes getan. Und da des Petrus rasches Bekenntnis aus eifervollem Herzen herausbricht „und wenn ich mit dir sterben müßte, so will ich dich nicht verleugnen“ — kommt in tiefer Besinnung das Gelöbnis der Gemeinde: „Ich will hier bei dir stehen, verachte mich doch nicht“. Nicht die trotzvolle Ansage der Menschenkraft, sondern die demütige Bitte um das ewige Erbarmen, das erst menschliches Wollen zu heiligen vermag. Die Geißelhiebe fallen auf den Rücken des Gotteslammes — „wer hat dich so geschlagen, mein Heil, und dich mit Plagen so übel zugericht't?“ fragt die Gemeinde voll Traurigkeit: das Rätsel vom Leiden des Unschuldigen steht dunkel und hart vor ihr. Der von seiner Regierung Verurteilte steht vor dem römischen Landpfleger. Der Römer will wissen, ob die Klagen zu Recht bestehen. Aber Jesus — antwortet ihm nicht ein

Wort. „Befiehl du deine Wege“ ruft ihm die Gemeinde zu. Nirgends ist dieser Hymnus vom Vertrauen auf die göttliche Weltregierung gewaltiger und erschütternder gesungen worden als dort, wo der Himmel selbst sein Haupt zu verhüllen scheint über die Finsternis der Menschheitslüge und nur die göttliche Hoheit des Erlösers das einzige Licht bleibt, das durch dies Dunkel hindurchbricht. Die Spottszene spielt sich ab, als die Kriegsknechte den Dorngekrönten anbeten „Judenkönig, gegrüßet seist du!“ — aber die Gemeinde hebt die Hände zu ihm empor: „O Haupt voll Blut und Wunden! O Haupt sonst schön gezieret mit höchster Ehr und Zier, jetzt aber hoch schimpfieret, gegrüßet seist du mir!“ Sie weiß, daß er der König ist, der König der Ewigkeit! Und kann auf das Wort des Evangelisten „Jesus schrie laut auf und verschied“ eine bessere Antwort kommen als die „Wenn ich einmal soll scheiden, so scheide nicht von mir“?

Es hat lang gedauert, bis die evangelischen Christen von dem Reichtum der Lieder Gerhardts wirklich etwas verstanden haben. Noch ein Friedrich der Große hatte das Lied „Nun ruhen alle Wälder“ töricht und dummes Zeug geheißen. Die Gebildeten seiner Zeit rümpften die Nase über Vieh, Schuhe und andere Ausdrücke; die Geistreichen bemerkten, daß die erste Strophe reiner Unsinn sei: Wie könnten die toten Wälder ruhen, die nie wachen?

Die Matthäus-Passion ist verloren gegangen, hundert Jahre lang vergessen! Die Zeit des Rationalismus hat für sie kein Verständnis gehabt, und ebenso ist der Choraldichter der Matthäus-Passion von der nüchternen Zeit des Rationalismus nicht mehr in seiner kindlichen Gläubigkeit und seiner treuen Bibelfrömmigkeit begriffen worden. Auch diese Lieder hat man in die Rumpelkammer getan, in der alles „Mittelalterliche“ damals verschwinden mußte. Die gotischen Dome hat man vielfach niedergelegt und die Pracht der Barockkirchen dafür hingestellt. Langatmige Lieder von der Tugend und der Vorsehung sind „gedichtet“ worden und haben dickleibige Gesangbücher gefüllt. Naturlieder von breiter Behaglichkeit sollten der Gemeinde der Glaubenden die Herrlichkeit Gottes in der geschaffenen Welt weisen. Und doch waren sie alle zusammengenommen nicht so viel wert, wie das einzige Lied „Geh aus, mein Herz, und suche Freud“. Es war herzlich gut gemeint, jenes Versuchen, mit dem Verstand die göttlichen Geheimnisse zu ergründen und den Zweifelnden und Unsicheren einen neuen Grund und Boden unter die Füße zu geben. Nur daß man nicht sah, daß dieser scheinbar feste Grund nichts war als — Sand, und von dem Haus, das auf den Sand gebaut ist, hat der Herr das Gerichtswort für alle Ewigkeit gesprochen.

Freilich, auch in dieser Zeit gab es Menschenherzen, die etwas wußten von der Kraft des Glaubens in Gerhardts Liedern. Ein Freiherr vom Stein hat das wackere Wort über die damaligen Gottesdienste mit ihren vernunftnüchternen Predigten gesagt: „Ist die Predigt schlecht, so erklingt doch noch mitunter ein Lied von D. Luther oder Paul Gerhardt, und wenn man fromm sein will, geht's doch!“ Und er hat diese Lieder nicht einmal in ihrer ursprünglichen Kraft gehört, sondern „verbessert“ nach dem neuen Zeitgeschmack. Wie leuchtete auch durch ihre verwässerten Strophen hindurch noch etwas von ihrer ursprünglichen Lebensfrische!

Erst im 19. Jahrhundert haben die Gerhardt-Lieder ihre Komponisten gefunden.

Es ist schade, daß die „Großen“ sich nie an die Vertonung dieser Gesänge gemacht haben. Schon damals, als Gerhardt lebte, hat Heinrich Schütz zwar die wenig bedeutenden Psalmen von C. Becker in Tonweisen gesetzt, aber die Lieder Gerhardts scheinen ihm nicht vor Augen gekommen zu sein. Johannes Brahms hat Paul Fleming als Textdichter zu religiösen Liedern erwählt — Gerhardt war ihm wesensfremd. Max Bruch hat das Sommerlied vertont, frisch und herzlich. Herzogenberg hat in schwerer Stunde seines Lebens die 9. Strophe aus dem Lied „Barmherziger Vater, höchster Gott“ vertont:

Ich hab dich einen Augenblick
o liebes Kind, verlassen.
Sieh aber, sieh, mit großem Glück
und Trost ohn alle Maßen
will ich dir schon die Freudenkron
aufsetzen und verehren.
Dein kurzes Leid soll sich in Freud
und ew'ges Heil verkehren!

Und so ist es auch eine Tragik, daß Beethoven in seinen „Geistlichen Liedern" die Dichtungen von Gellert zu einer himmlischen Herrlichkeit emporgehoben hat, aber von Gerhardt nichts wußte. Auch ein Schumann hat manchmal tiefe religiöse Klänge angeschlagen – Gerhardt ist ihm fremd. Bei der Dreijahrhundertfeier des Geburtstages von Paul Gerhardt ist mit einemmal ein blühender Frühling von Liedern um Gerhardts Dichtungen aufgebrochen. Ein Max Reger hat „Gib dich zufrieden" als sechsstimmige Motette gesetzt, einen fünfstimmigen Satz zu „Ich hab in Gottes Herz und Sinn" geschaffen, die Lieder „Nun laßt uns gehn und treten" und „Ich singe dir" in dreistimmigem Satz vertont. Und außerdem findet sich von Reger ein vierstimmiger Satz von „Ich weiß, mein Gott, daß all mein Tun", und eine gewaltige Choralkantate zu „O Haupt voll Blut und Wunden". Herzogenberg hat das Weihnachtslied „Kommt und laßt uns Christum ehren" als dreistimmigen Kinderchor in einem entzückenden Weihnachtsoratorium verwendet, und Albert Becker die Choralmotetten „Befiehl du deine Wege", „Gib dich zufrieden und sei stille" und „Geh aus, mein Herz und suche Freud" geschaffen. Arnold Mendelssohn gab eine prachtvolle Komposition von „Auf, auf, mein Herz, mit Freuden" für Chor- und Gemeindegesang unter Instrumentalbegleitung und in seinem „Evangelischen Choralbuch" eine Reihe von kraftvollen Sätzen zu Gerhardt-Liedern. Dabei darf auch nicht unerwähnt bleiben, daß sein Namensvetter Felix Mendelssohn-Bartholdy einen Satz für

Männerchor zu „Er nimmt auf seinen Rücken“ geschaffen hat (in einem unvollendeten Oratorium „Christus“).
Neben ihnen aber steht ein schlichter bayerischer Pfarrer, der als der eigentliche Paul-Gerhardt-Sänger bezeichnet werden muß. Es ist Friedrich Mergner (1818—1891). Er hat im Jahre 1876 „Paulus Gerhardts geistliche Lieder in neuen Weisen“ herausgegeben: 122 Gerhardtsche Lieder hat er vertont, mehrere zwei-, drei- und viermal. Im ganzen gab er 136 Melodien. Ich setze die Beurteilung von Friedrich Spitta über den Tonsetzer hierher: „In denkbar anspruchslosester Form birgt sich ein Inhalt von geradezu staunenswertem Reichtum. Eine melodische Erfindungskraft, eine Frische und Originalität in Harmonie und Rhythmus. Nie ist P. Gerhardt ein Mann entgegengetreten, der so imstande war, ihn in vollem Umfang und in seiner ganzen Eigenart zu verstehen, und der ihm zugleich zeitlich fern genug stand, daß sein Bild ihm so idealisiert werden konnte, wie es jedem Zeitgenossen von Gerhardt ausgeschlossen sein mußte. Andererseits weiß sich Mergner auch mit Gerhardt verbunden in der vollen Entschiedenheit des lutherischen Bekenntnisses. Eine Natur von ursprünglich viel größerer Leidenschaft und Schroffheit als der milde Gerhardt empfand er das, was anderen an dem Verhalten des Dichters der Entschuldigung bedürftig erscheint, gerade als richtig. Die Form von Gerhardts Orthodoxie mindert nicht den Zusammenklang mit dem Musiker, sondern verstärkte ihn nur.“
In unsern Tagen hat Ernst Pepping Gerhardts Lieder mit seiner Kunst neu erschlossen. Bis nach Afrika und in den fernen Osten erklingen die Lieder. Die Grenzen der Konfessionen haben sie überwunden. Die Katholiken haben ihnen längst einen Platz in ihren Gesangbüchern eingeräumt. Der Choraldichter unserer Gegenwart, Rudolf Alexander Schroeder (1878—1962) schrieb: „Es ist mir immer, als ginge die Sonne auf, wenn der Name Paul Gerhardt in mein Gedächtnis tritt. Was haben nicht unsere

Klassiker diesem Sprachmeister und Sangesmeister zu danken? Wo vor ihm sind Weisen erklungen von so kristallener Reinheit des Tones und des Wortes wie ‚Befiehl du deine Wege'. Seine Lieder sind Wunder der Sprache, Wunder des innigen Gemütes, in deren Bann wir heutigen ebenso stehen wie die drei Jahrhunderte vor uns".

Immer wieder gaben Liedstrophen Paul Gerhardts Bedrängten Kraft und Halt. Hören wir einige Beispiele davon:

In Württemberg war ein Streit ausgebrochen zwischen dem Herzog Karl Eugen und seinen Landständen. Der Herzog sah in dem „Landschaftskonsulenten" Johann Jacob Moser das Herz des Widerstandes gegen seine Steuerwünsche, die der Landtag nicht erfüllen wollte. Am 12. 7. 1759 ließ er ihn in daß Schloß Ludwigsburg laden, um ihm seine Gefangensetzung anzukündigen und ihn sogleich auf die Festung Hohentwiel abführen zu lassen. Da sagte Moser zu dem Geheimsekretär, der im Vorzimmer arbeitete: „Unverzagt und ohne Grauen soll ein Christ, wo er ist, stets sich lassen schauen." Dieses Wort wurde so bekannt im Lande, daß Moser nach fünf Jahren, als er aus der Haft entlassen wurde, von einem württembergischen Lehrer erkannt wurde, der mit den Worten auf ihn deutete: „Unverzagt und ohne Grauen".

Matthias Claudius (1740 — 1815) hat sein Abendlied „Der Mond ist aufgegangen" dem Gerhardtschen Abendlied nachgedichtet. Er erzählte davon, daß er mit seiner Mutter dann, wenn es nicht war, wie es sein sollte, das Lied „Befiehl du deine Wege" gesungen habe. Seinem Freund Herder, der ihn nach seinen Zukunftsplänen in Wandsbeck gefragt hatte, schrieb er: „Übersetzen, Fortsetzung von Asmus herausgegeben und — Befiehl du deine Wege".

In Rom weilte der große Kunstgelehrte Winckelmann (1717—1768). Er war katholisch geworden, aber er bestellte zu Hause ein evangelisches Gesangbuch. Als es kam, war er bitter enttäuscht, er fand sein Lieblingslied „Ich singe dir mit Herz und Mund“ nicht darin. Er hatte es einst als Kurrendeschüler gesungen. Enttäuscht schrieb er an einen Freund: „Warum finde ich in dem Hannoverschen Gesangbuch mein Leiblied nicht? Lassen Sie diesen Mangel als eine Beschwerde von mir an das Konsistorium gelangen! Ich habe dieses Buch mit Not nach Rom kommen lassen und bin gezwungen, ein anderes Gesangbuch zu verschreiben. Es muß eine Ketzerei dahinter sein und verdient Ahndung“.

Am 14. September 1796 kam ein Trupp von 500 geschlagenen und flüchtenden Revolutionssoldaten in das hessische Städtchen Lißberg. Pfarrer Koch trat ihnen entgegen und mahnte sie, die friedliche Stadt menschlich zu behandeln. Ein Schuß streckte ihn nieder. Die Stadt wurde völlig ausgeplündert und in Brand gesteckt. Die Einwohner flohen. Nur in einem kleinen Häuschen blieb eine Mutter am Bett ihres kranken Kindes zurück, das sie nicht verlassen wollte. Das Toben der Soldaten kam näher. Das Haus erdröhnte von Kolbenschlägen. Die Tür flog krachend ins Zimmer. Voller Wut über die verschlossene Tür stürzte ein Soldat herein. Da legte die Mutter ihre Hände über das Kind und betete: „Breit aus die Flügel beide ...“. Bei diesem Anblick stutzte der Soldat. Er trat an die Wiege, sah lange das Kind an und legte vorsichtig seine große Hand auf sein Köpfchen. Dann reichte er der Mutter die Hand und ging schweigend davon. Als die Mutter vorsichtig zum Fenster trat, sah sie, wie der Soldat unter dem Birnbaum Wache hielt, bis der ganze Soldatentrupp beutebeladen abgezogen war.

Am 2. Juli 1800 erschienen französische Husaren im Dorfe Hächingen auf der Alb. Das Dorf wurde völlig ausgeplündert, am meisten aber das Pfarrhaus. Als die Franzosen am Abend fort waren, herrschte großer Jammer und tiefe Niedergeschlagenheit im Dorf. Pfarrer Gosch rief seine Gemeinde in die Kirche und hielt eine kurze, eindringliche Predigt, von der die Leute noch lange erzählt haben: „Es sind Räuber in unser Dorf gefallen. Was haben sie uns geraubt? Tugend und Unschuld, Ehre und guten Namen, Seele und Seligkeit? Haben sie uns das Neue Testament entrissen, den Zugang zu Gott versperrt, die Gemeinschaft mit dem Himmel abgeschnitten? Aber nein! Das sind nicht die Güter, denen Diebe nachstellen. Was denn? Etwas von unserm Überfluß, der sich leicht entbehren oder wieder ersetzen läßt. Hab ich doch Christum noch, wer will mir den nehmen?" Dann sang der Pfarrer mit seiner ausgeplünderten Gemeinde: „Warum sollt ich mich denn grämen" und still gingen alle in ihre zerstörten Häuser und begannen mit dem Aufbau. Dieses Lied trägt in alten Gesangbüchern die Überschrift: Ein christliches Freudenlied oder: Das beste Antimelancholikum.

Es war Spätherbst 1806. Die Schlacht von Jena und Auerstädt war verloren. Preußens Festungen ergaben sich. Die königliche Familie floh. In Marienwerder fand Königin Luise eine Unterkunft in einem einfachen Haus. Im Zimmer stand ein Klavier. Sie ging darauf zu, spielte und sang: Befiehl du deine Wege. Über diesem Lied steht in alten Gesangbüchern: Das Evangelium unter den Liedern.

Ernst Moritz Arndt sagte 1819 in seiner Schrift „Vom Wort und Kirchenlied": „Die Menschen waren so schwächlich geworden, daß sie Schwälle für Klänge, Zierlichkeiten für Schmuck hielten. Sie verstanden das Leben und die Kunst nicht mehr, und also verstanden sie Gott und die Gewalt Gottes nicht mehr. Darum werden kümmerliche und geistlose Lieder in den Kirchen gesungen, weil man die stille Glut und einige Kunst der alten frommen begeisterten Gesänge nicht mehr empfinden konnte. Aber soll denn das Alte wieder eingeführt werden? Ich will nichts ‚heiligen' von dem, was Luther gedichtet hat und was auch Paul Gerhardt so hell geklungen und gesungen hat. Denn siehe, es ist von sterblichen und sündigen Menschen. Aber auch aus dem Sterblichen und in dem Sterblichen wirkt und lebt der unsterbliche und unendliche Geist. Darum wette ich: Solange deutsch gesprochen wird, werden Luthers und Gerhardts meiste Lieder leben und in christlichen Kirchen gesungen werden, nicht weil der Luther oder Gerhardt sie gedichtet hat, sondern der Geist Gottes."

Martin Flad (1831—1915) verkündigte in Abessinien das Evangelium. König Theodoros verfolgte ihn und brachte ihn fünf Jahre ins Gefängnis, dann wurde er zu Friedensverhandlungen nach England geschickt. Damit er wiederkäme, behielt der Herrscher — wie er spöttisch sagte — des Gesandten „Herz und Augen", nämlich Frau und beide Kinder in Abessinien zurück. Damals, als die Frau im Alleinsein unter dem Anblick vieler Grausamkeiten lebte, schrieb sie in ihr Tagebuch: „Ach Herr, mein Gott, das kommt von dir, du, du mußt alles tun, du hältst die Wach an unsrer Tür und läßt uns sicher ruhn".

Auch in der schwersten Zeit unseres Jahrhunderts haben die Gerhardtlieder ihre tröstende Kraft gezeigt. Wir lesen in einigen Feldpostbriefen des 2. Weltkriegs:
Ein Ludwigsburger, 19 Jahre, Anfang Dezember 1942 vermißt in Stalingrad, bekennt in einem Brief: „Wie ich euch schon geschrieben habe, komme ich bald nach Rußland. Dabei denke ich, daß mir, wenn es des Herrn Wille ist, der Herr genau so durchhelfen werde, wie er mir bisher durchgeholfen hat. Ich gehe mit dem Vers nach Rußland: Gut und Blut, Leib, Seel und Leben ist nicht mein ... Also, genau so, wie mir Leib und Seele nicht gehört, genau so gehört mir nicht mein Leben. Sehet, ich sehe jetzt mir das Leben immer wie ein Geschenk an, das mir der Herrgott gegeben hat und das ich wieder hergeben muß, wenn ers wieder will, um mir dann ein viel schöneres Leben wiederzugeben. Wenn es mir sonst schlecht gegangen ist, oder wenn es mir schlecht geht, hat mir immer der Spruch durchgeholfen: Schickt er mir ein Kreuz zu tragen ... Liebe Eltern, dieser Spruch hat mir schon über schwere Zeiten

weggeholfen. Er wird mir auch weiterhelfen über so manche Not. Und mit dem ersten Spruch will ich nach Rußland ziehen und, wenn es sein muß, will ich ihn mir noch einmal hersagen, wenn ich vielleicht in meinen letzten Zügen liege. Also, liebe Eltern, Ihr braucht keine Sorge um mich zu haben; ich habe die Kraft dieser Sprüche schon verspürt...“

Ein Theologiestudent aus Stuttgart, gestorben im November 1945 in französischer Kriegsgefangenschaft, schrieb als Neunzehnjähriger im Februar 1943: „Mir geht auf Posten, wo ich neben dem Lernen so viel Zeit habe zum Nachdenken, der unerschöpfliche Reichtum des Liedgutes von Luther bis Paul Gerhardt auf; das ist das Liedgut für unsere Zeit. Das paßt doch wirklich haarscharf auf unsere Verhältnisse, weil es, anders als die mehr gefühlsbedingten späteren Lieder, ganz von den Taten Gottes ausgeht, — und von unserm unbedingten Einsatz für diese Tat. Paßt es nicht haarscharf auf unsere Zeit: Gib mir und allen denen, die sich von Herzen sehnen nach dir und deiner Hulde, ein Herz, das sich gedulde. Schleuß zu die Jammerpforten und laß an allen Orten auf so viel Blutvergießen die Freudenströme fließen. Oder: Die Welt, die mag zerbrechen ... Ein ganz starker Glaube steckt in all diesen Liedern — und ich kann viel lernen. Ich will bitten, daß dieser Glaube wirklich Tat wird — da fehlt noch viel.“

Noch ein Theologiestudent, aus Obereßlingen, gefallen 1943, schrieb als Zwanzigjähriger in einem seiner letzten Briefe: „Die alten Choräle sind gleich neben die Bibel zu stellen. Die güldne Sonne z. B. hat mich heute so gefreut und getröstet. Es ist so, und ich zweifle nicht daran, daß dieser Zustand nicht immer dauert, sondern bald sich wieder in einen besseren verwandelt. Nach Meeresbrausen und Windessausen leuchtet der Sonne gewünschtes Gesicht. Freude die Fülle und selige Stille darf ich erwarten im himmlischen Garten. Darauf freue ich mich unsagbar. Oder das wunderbare Lied: Befiehl du deine Wege. Da könnte ich jeden Vers herschreiben, so gut passen sie alle. Der Wolken, Luft und Winden gibt Wege, Lauf und Bahn, der wird auch Wege finden, da dein Fuß gehen kann. Auch wenn ich schon lange keinen Weg mehr sehe. ,Weg hast du allerwegen, an Mitteln fehlt dirs nicht'. ,Gott wird dich aus der Höhle, da dich der Kummer plagt, mit großen Gnaden rücken, erwarte nur die Zeit!' Und dann der Vers, der immer gilt: ,Auf, auf, gib deinem Schmerze und Sorgen gute Nacht; laß fahren, was das Herze betrübt und traurig macht. Bist du doch nicht Regente, der alles führen soll; Gott sitzt im Regimente und führet alles wohl.' Das löst einem doch alle Verkrampfung und Qual in wunderbarer Weise. Ja, Paul Gerhardt! Bei solchen Verheißungen finde ich dann auch ganz natürlich: ,Er wird zwar eine Weile mit seinem Trost verziehn und tun an seinem Teile, als hätt' in seinem Sinn er deiner sich begeben und solltst du für und für in Angst und Nöten schweben, als frag er nichts nach dir'. Das alles paßt wie zugeschnitten auf meine Lage. ,Wirds aber sich befinden, daß du ihm treu verbleibst, so wirst du Hilfe finden, da du's am mind'sten gläubst; er wird dein Herze lösen, von der so schweren Last, die du zu keinem Bösen bisher getragen hast.' Und siehst du, darauf freue ich mich mächtig und darauf bin ich immer froher geworden, und ich hoffe, daß nun meine Niedergeschlagenheit endgültig vorbei ist."

Und auch in den Kerkern und vor der Hinrichtung gaben diese Lieder letzten Halt und begleiteten auf dem Weg in die Ewigkeit. Oberst Freiherr von Roenne hatte am Attentat auf Hitler am 20. Juli 1944 nicht mitgewirkt, Gewissensbedenken verboten es ihm. Aber die freundschaftlichen Beziehungen mit den Männern des Widerstandes genügten zur Verurteilung. Er wurde am 12. Oktober 1944 in Berlin-Plötzensee 42jährig hingerichtet. Im Abschiedsbrief an seine Mutter schrieb er: „Ich hatte mir erst selbst Gedankengänge überlegt, die mir Kraft und Freudigkeit zum Sterben geben sollten, da zeigte Er mir plötzlich zwei Mittel: Vor allem sollte ich mir doch in voller Realität mein Sterben vergegenwärtigen und erst mit Seinem vergleichen. Das hat mir unendlich geholfen: Dort der Sündenlose, freiwillig von seinen ‚Erlösten' viele Stunden zu Tode gemartert, hier gegenüber ein Augenblicksgeschehen eines Vorgangs, der mir sowieso einmal und vielleicht viel qualvoller — lange Krankheit — bevorstehen muß. Den Hinweis erhielt ich durch die zwei schönen Verse ‚Wenn ich einmal soll scheiden' und besonders ‚Und laß mich sehn dein Bilde'. Da schämte ich mich aller Hemmungen und wurde furchtlos. Und dann verwies er mich noch darauf, daß ja der Todesaugenblick zugleich der erste in Seiner seligen Ruhe und Gottesfrieden ist. Diese Gedanken festhaltend, sehe ich seit Tagen stündlich der Abfahrt zu raschem Heimgang völlig ruhig und frei entgegen mit ganz stillen Gedanken und Puls und habe volle Zuversicht, daß das kurze letzte Geschehen ebenso von Seiner unbeschreiblichen Gnade durchleuchtet sein wird."

Der evangelische Theologe und Widerstandskämpfer Dietrich Bonhoeffer schrieb am 4. Advent 1943 aus dem Gefängnis in Berlin-Tegel:
„... Mir geht in den letzten Wochen immer wieder der Vers durch den Kopf: ‚Lasset fahrn, o liebe Brüder, was euch quält, was euch fehlt, ich bring alles wieder.' Was heißt dies: ‚ich bring alles wieder'? Es geht nichts verloren, in Christus ist alles aufgehoben, aufbewahrt, allerdings in verwandelter Gestalt, durchsichtig, klar, befreit von der Qual selbstsüchtigen Begehrens. Christus bringt dies alles wieder, und zwar so, wie es von Gott ursprünglich gemeint war, ohne die Entstellung durch unsere Sünde. Die aus Eph. 1, 10 stammende Lehre von der Wiederbringung aller Dinge ... ist ein großartiger und überaus tröstlicher Gedanke. Das ‚Gott sucht wieder auf, was vergangen ist' bekommt hier seine Erfüllung. Und niemand hat das so ein-

fach und kindlich auszudrücken vermocht wie Paul Gerhardt in dem Wort, das er dem Christuskind in den Mund legt: ‚Ich bring alles wieder' (in dem Lied: Fröhlich soll mein Herze springen). Vielleicht kann Dir dieser Vers in den kommenden Wochen auch etwas helfen.
Außerdem habe ich zum ersten Mal in diesen Tagen das Lied: ‚Ich steh an deiner Krippe hier ...' für mich entdeckt. Ich hatte mir bisher nicht viel daraus gemacht. Man muß wohl lange allein sein und es meditierend lesen, um es aufnehmen zu können. Es ist in jedem Worte ganz außerordentlich gefüllt und schön. Ein klein wenig mönchisch-mystisch ist es, aber doch gerade nur soviel wie es berechtigt ist; es gibt eben neben dem ‚Wir' doch auch noch ein ‚Ich' und Christus, und was das bedeutet, kann gar nicht besser gesagt werden als in diesem Lied ..."

Elisabeth von Thadden, Leiterin eines Landerziehungsheims in Heidelberg-Wieblingen, wurde 1943 durch einen Spitzel an die Geheime Staatspolizei verraten und wegen Wehrzersetzung und Hochverrat zum Tode verurteilt. An beiden Händen mit Ketten gefesselt blieb sie bei allen Verhören standhaft und verriet keinen Namen ihrer Freunde, wodurch sie sich vielleicht hätte loskaufen können. Der Pfarrer, der sie am 8. September 1944 bis zur Tür des Hinrichtungsraumes begleitete, berichtete, daß sie diesen Weg sicheren Schrittes und ohne Zittern ging. Das waren ihre letzten Worte: „Mach End, o Herr, mach Ende mit aller unsrer Not; stärk unsre Füß und Hände und laß bis in den Tod uns allzeit deiner Pflege und Treu befohlen sein, so gehen unsre Wege gewiß zum Himmel ein."

Inneres der Marienkirche in Gräfenhainichen, in die Paul Gerhardt während seiner Jugendzeit ging. S. 12

St. Moritz Kirche in Mittenwalde. S. 44

Inneres der breitgelagerten, dreischiffigen Hallenkirche
St. Moritz in Mittenwalde. S. 44 und 47

Flügelaltar der St. Moritz Kirche in Mittenwalde, den die Kurfürstin von Brandenburg 1514 der Kirche schenkte. Schnitzwerk um 1450, Malerei 1514. S. 44, 47, 101

Predella des Altars. Der Blick des amtierenden Pfarrers fällt auf das Schweißtuch der Veronika mit dem „Haupt voll Blut und Wunden". S. 101

Sakristei der St. Moritz Kirche in Mittenwalde. Sie besteht noch wie zu Paul Gerhardts Zeit, aus der auch Kelch, Kirchenbuch und Tintenfaß sind. S. 44

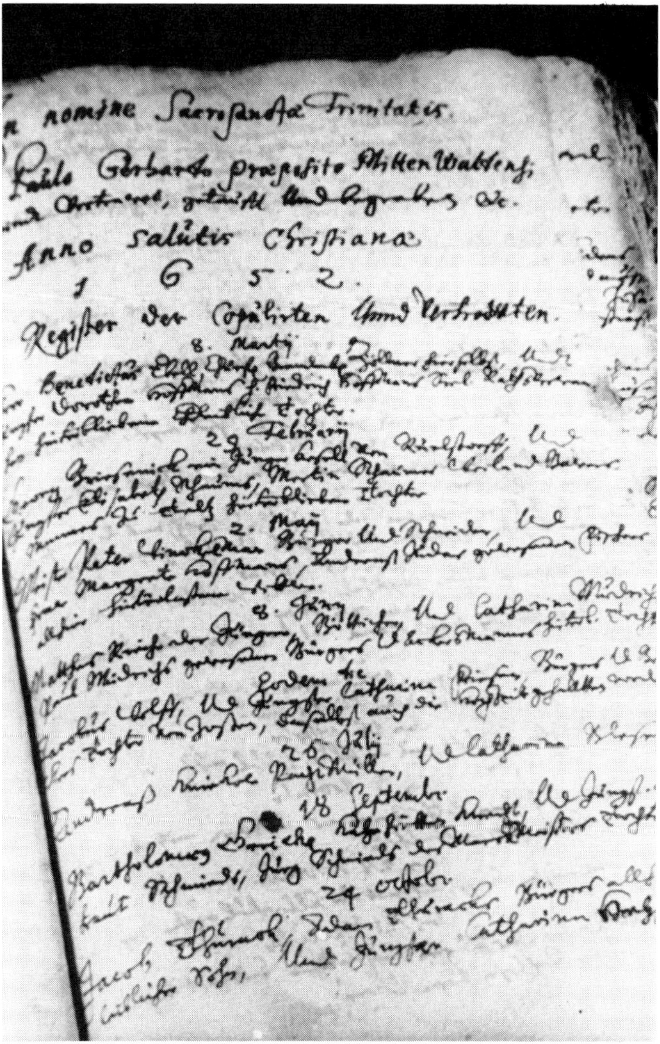
nomine Sacrosanctae Trinitatis
Paulo Gerhardo praeposito Mittenwaldensi
Anno Salutis Christianae
1 6 5 2.
Register der Copulirten Unnd Verbrautten

Seite des Kirchenbuchs in Mittenwalde mit der ersten eigenhändigen Eintragung Paul Gerhardts Anfang 1652. S. 46

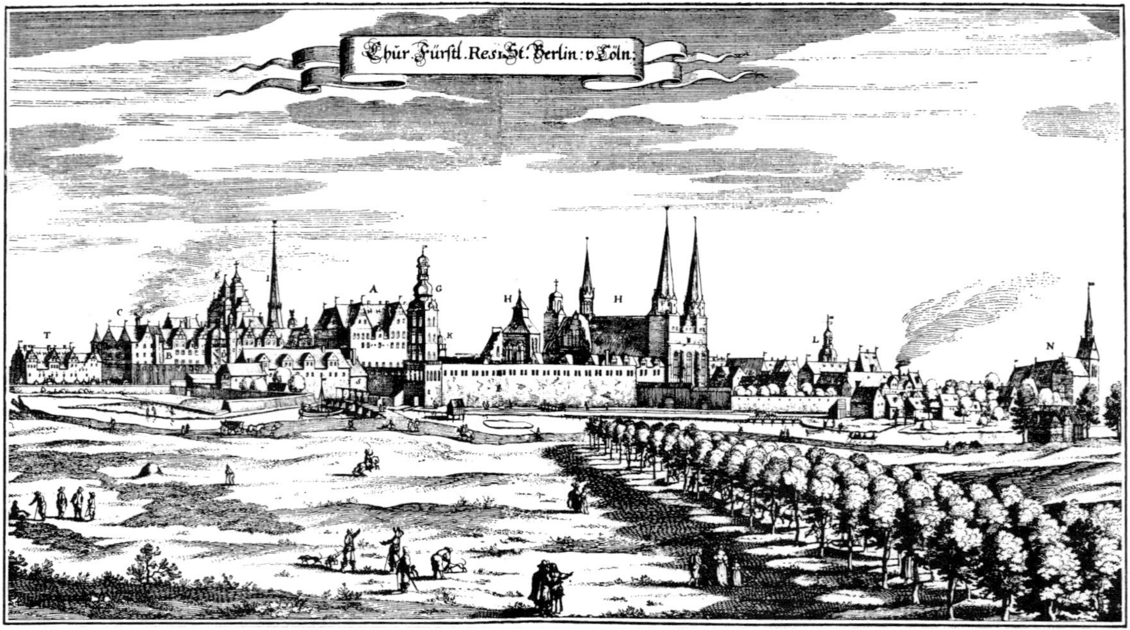

Berlin zur Zeit Paul Gerhardts nach einem Stich von Caspar Merian 1652. Rechts (N) die Nikolai Kirche, A: Schloß, H: Domkirche, rechts vorn Beginn der Allee „Unter den Linden“. S. 56

St. Nikolai Kirche in Berlin um 1825. S. 56

Inneres der 1944 zerstörten St. Nikolaikirche bis zum Wiederaufbau 1984: „Laß blühen wie zuvor die Länder, so verheeret, die Kirchen, so zerstöret durch Krieg und Feuerszorn" (EKG 105,9). S. 56

St. Nikolai Kirche während des Wiederaufbaus 1984. Rechts der Berliner Dom. S. 56

Johann Crüger, Paul Gerhardts Organist an St. Nikolai in Berlin und Komponist zahlreicher Melodien, gemalt von seinem Schwiegersohn, dem Hofmaler Hirt. Das Gemälde hing bis zur Zerstörung von St. Nikolai 1944 in der Kirche und ist erhalten. S. 96

Paul Gerhardts letzte Wirkungsstätte in Lübben, die aus dem 15. Jahrhundert stammende Stadtkirche. Bild: Anfang 20. Jahrhundert. S. 126

Paul Gerhardt Fenster in der Kirche zu Lübben

Inneres der Kirche zu Lübben, in der Paul Gerhardt im Altarraum begraben liegt und wo ein lebensgroßes Porträt, das einzige zu seinen Lebzeiten gemalte Bild von ihm hängt (Titelbild und Innentitelbild). S. 129

Paul Gerhardt Denkmal vor seiner letzten Wirkungsstätte in Lübben, die nun Paul Gerhardt Kirche heißt, 1907 zum 300. Geburtstag errichtet.